କା

କା

କାହ୍ନୁଚରଣ

ବ୍ଲାକ୍ ଇଗଲ୍ ବୁକ୍ସ

ଭୁବନେଶ୍ୱର, ଓଡ଼ିଶା

BLACK EAGLE BOOKS
Dublin, USA

କା / କାହ୍ନୁଚରଣ

ବ୍ଲାକ୍ ଇଗଲ୍ ବୁକ୍ସ : ଭୁବନେଶ୍ୱର, ଓଡ଼ିଶା • ଡବ୍‌ଲିନ୍, ଯୁକ୍ତରାଷ୍ଟ୍ର ଆମେରିକା

BLACK EAGLE BOOKS

USA address:
7464 Wisdom Lane
Dublin, OH 43016

India address:
E/312, Trident Galaxy, Kalinga Nagar,
Bhubaneswar-751003, Odisha, India

E-mail: info@blackeaglebooks.org
Website: www.blackeaglebooks.org

First edition in October 1955

First International Edition Published by
BLACK EAGLE BOOKS, 2023

KAA
by **Kanhu Charan Mohanty**

Cover: **Ramakant Samantray**
Interior Design: Ezy's Publication

ISBN- 978-1-64560-376-4 (Paperback)

Printed in the United States of America

୧ ୯୫୫-୫୬ର ଶ୍ରେଷ୍ଠ ଓଡ଼ିଆ ପୁସ୍ତକ ରୂପେ
ଭାରତ ସାହିତ୍ୟ ଏକାଡ଼େମୀ ଦ୍ୱାରା ପୁରସ୍କୃତ

ସମ୍ବର୍ଦ୍ଧନା

'କା' – କାର କାହ୍ନୁଚରଣ କଲମରେ କରେଁ
କରୁନିଶ୍, ପୁରସ୍କୃତ ହେବା ଅବସରେ।
କବି ଚାହେ କଥାକାର ଜୟ-ଜୟ-କାର,
କରି ଦେଶ ପାଇଁ କାନ୍ତ-କାହାଣୀ ପ୍ରଚାର।

ମାୟାଧର ମାନସିଂହ

ଗଡ଼ନାୟକ,

ତୁମେ ଲଳିତ ମଧୁର ଛନ୍ଦ ସୃଷ୍ଟିକର। ହେ କବି, ତୁମରି କବିତା ପ୍ରାଣରେ ପୁଲକ ଆଣେ। ସେଦିନ ସଞ୍ଜରେ ମୋର କା-କା ରାବ ଶୁଣିବାକୁ ଆଗ୍ରହରେ ତୁମେ କାନ ଡେରିଥିଲ, ଶୁଣିସାରି ଛୁଟାଇ ଥିଲ ଦୀର୍ଘଶ୍ୱାସ। ସେଇ 'କା'କୁ ଆଜି ତୁମରି ହାତରେ ଉତ୍ସର୍ଗ କରୁଛି।

ଭୁବନେଶ୍ୱର   କାହ୍ନୁଚରଣ
୩.୧୧.୫୪

ଏଥର ଦିନର ଆଲୁଅ ମଥା ନୋଇଁବ।

ନନ୍ଦିକା ପଲଙ୍କ ଉପରେ ବସିଲା। କନି ବିଛଣା ପାରି ଦେଇଛି। ଧୋବ ଫର ଫର ଚଦର ପାତି ମୁଣ୍ଡ ଉପରେ ଯାଉଁଳି ତକିଆ ଥୋଇଛି। ବେହିଆଣୀଟା ସେ, ଦରବୁଢ଼ୀ ହେଲାଣି, ହେଲେ, ତା' ମୁହଁକୁ ଟିକିଏ ଲାଜ ସରମ ଅଛିକି ? କେଡ଼େ ଯତ୍ନରେ ଦରଫୁଟିଲା ଚମ୍ପାକଢ଼ିର ମାଳ ଗୁନ୍ଥି ଝୁଲାଇ ଦେଇଛି ପଲଙ୍କ ବାଡ଼ାରେ। ତା' ଆଖିରେ ନନ୍ଦିକା ସବୁଦିନେ ପିଲା, କାଲି ଯେପରି ଡୋଲିରୁ ଓହ୍ଲାଇ ଏ ଘରେ ଗୋଡ଼ ଦେଇଛି, ଆଜି ଚଉଠିଘର।

ନନ୍ଦିକାକୁ ଚିଡ଼ି ମାଡ଼େ, ଖୁସିବି ଲାଗେ।

ଚମ୍ପାକଢ଼ିର ମାଳଟି ହାତରେ ଧରି ନନ୍ଦିକା ନିରେଖି ଚାହିଁଲା। ମଧୁର ମହକ ନାକରେ ବାଜୁଛି। ଚମ୍ପାକଢ଼ିର ମାଳଟିଏ ତ, ତାଆର କି ମୂଲ୍ୟ ଅଛି ? ତାଆରି ଭିତରେ ଯେଉଁ ସ୍ନେହ, ମମତା, ଉଦ୍‌ବିଗ୍ନତା ପୂରିରହିଛି, କିଏ ତା'ର ମୂଲ କରିବ ?

ଦକ୍ଷିଣ ପାଖ ଝରକା ସେପଟେ ଗଜା ଚମ୍ପାଗଛରେ ଫୁଲକଢ଼ ଲଦି ହୋଇଛି, ଗଛମୂଳରେ ବିଛେଇ ହୋଇପଡ଼ିଛି ବେତାଏ। କେବଳ ଚମ୍ପା ନୁହେଁ। ଆଉ ଝରକା ପାଖରେ ଜାତିଜାତିକା ଗୋଲାପ ବୁଦାରେ ନାଲି, ହଳଦୀ, ଧୋବଲା ଫୁଲର ମହୋତ୍ସବ। ତା'ର ବି ମୂଲ୍ୟ ନାହିଁ। କିନ୍ତୁ ଯେଉଁ ମଣିଷଟି ସେ ଫୁଲ ଆହରଣ କରି, ମନପ୍ରାଣ ଦେଇ ଗୁନ୍ଥି, ମାଳା କରି, ଖଟବାଡ଼ରେ ଝୁଲାଇଛି, ତା'ର ସେବା, ଆନୁଗତ୍ୟ, ସ୍ନେହ, ମମତା ଅମୂଲମୂଲ।

ସେ ଯେ କନି, ଶାଶୁଙ୍କର ହାତବାରିସି, ଅତି ବିଶ୍ୱାସୀ। ସେ ଯାହା କହିବ, ଶାଶୁ ସେଥିରୁ ବାହାର ହେବେ ନାହିଁ।

ନନ୍ଦିକା ଫୁଲମାଳଟି ପଲଙ୍କର ବାଡ଼ାରେ ଝୁଲାଇ ଦେଲା। କଅଁଳ ବିଛଣା ଉପରେ ଗଡ଼ିପଡ଼ିଲା।

ଘଣ୍ଟାଏ କି ଦୁଇଘଣ୍ଟା ସେ ଉପରବେଳା ବିଶ୍ରାମ ନେବାକୁ ସମୟ ପାଏ। ଛାଇ ଲେଉଟିଲେ କବାଟ ଖୋଲି ତାକୁ ପୁଣି ପଦାକୁ ଯିବାକୁ ପଡ଼ିବ। ଘରଯାକର କାମ ତା' ଉପରେ, ବିଶ୍ରାମ କାହିଁ? ଶାଶୁବୁଢ଼ୀ ସବୁ ତା' ହାତରେ ସମର୍ପି ଦେଇଛନ୍ତି। ସେ କୁଆଡ଼େ କୁଳଲକ୍ଷ୍ମୀ। ନିଜ ହାତରେ, ସବୁ କରିବା କୁଳଲକ୍ଷ୍ମୀମାନଙ୍କର କର୍ତ୍ତବ୍ୟ।

ନନ୍ଦିକା ଶାଶୁଙ୍କର କଥା ଅମାନ୍ୟ କରେନାହିଁ।

ଆଖି ବୁଜିଲା।

ସେ କ୍ଳାନ୍ତ ହୋଇଛି। ଟିକିଏ ଶୋଇବାକୁ ମନହେଉଛି। କେଜାଣି, ହଠାତ୍ ଯଦି କାହା ଘରର ଝିଅବୋହୂମାନେ ବୁଲି ଆସିବେ, ଆଉ ବିଶ୍ରାମ ନେଇ ହେବନାହିଁ। ସମସ୍ତଙ୍କର ସବୁବେଳେ ଅଭିମାନିଆ କଥା, ଆମ ଘରେ କଅଣ କଣ୍ଟା ପଡ଼ିଛି କି, ତମର ପାଦ ପଡ଼ିବ ନାହିଁ?

ବେଳ ମିଳୁ ନାହିଁ।

ନେଏଁ ନା ନେଞ୍ଚୀରା?

ନନ୍ଦିକା ଆଖି ଖୋଲିଲା।

ଛାତିରେ ଛନକା। ନେଏଁ ନା ନେଞ୍ଚୀରା। ନନ୍ଦିକା ଉଠି ବସିଲା। ତାକୁ ନିଦ ହେବନାହିଁ। ଦକ୍ଷିଣପଟ ଝରକା ଦୁଇଟି ଖୋଲା ଅଛି। ଘର ଭିତରେ ଆଲୁଅ ପଶୁଛି। ଆଲୁଅ ଯେ ନିଦର ବଇରି। ମଣିଷ ଶୋଇପାରେନାହିଁ। ମନ ଖୋଲି ଚିନ୍ତାରାଇଜରେ ଧାଇଁପାରେ ନାହିଁ। ସବୁ ଆଖିରେ ପଡ଼େ। କେତେ ସ୍ମୃତି ମନରେ ଜାଗିଉଠେ। ସବୁ ସ୍ମୃତି ନିଜ ନିଜର ଇତିହାସକୁ ଜୀବନ୍ତ କରି ଆଖି ଆଗରେ ଠିଆ କରନ୍ତି।

ସେ କବାଟ କିଳିଛି। ଏଥର ଦକ୍ଷିଣ ପଟର ଝରକା ଦିଓଟି ବନ୍ଦ କଲେ ଘର ଅନ୍ଧାର ହେବ। ଆଖିକୁ ନିଦ ଆସିବ। ନନ୍ଦିକା ଉଠି ଠିଆ ହେଲା। ଧାରାଶ୍ରାବଣ ହେଲେ ମଧ୍ୟ ଏବର୍ଷ ସେତେ ବର୍ଷା ହେଉନାହିଁ। ବାହୁଡ଼ାଦଶମୀ ଦିନତମାମ ବର୍ଷା କୁଟୁଥିଲା, ସେଇଠୁ ବନ୍ଦ। ଯେଉଁ ଗରମକୁ ସେଇ ଗରମ। ଦେହରୁ ଗମ୍ ଗମ୍ ଝାଳ ଫିଟିପଡୁଛି। ବ୍ଲାଉଜ ସାୟା ଲଦି ହୋଇ ଛଟପଟ ହେବାକୁ ମନ ହେଉନାହିଁ।

ଆଲମାରୀ ଉପରେ କାନ୍ଥରେ ଟଙ୍ଗା ହୋଇଥିବା ସ୍ୱାମୀଙ୍କର ବଡ଼କରା ବାଷ୍ଟଫଟୋ ସତେକି ହସି ଉଠୁଛି। ନନ୍ଦିକା କଣେଇ ଚାହିଁଲା। ଆରେ ସତେ ତ, ସେ ମୁରୁକି ହସୁଛନ୍ତି। ପଛକୁ କୁଣ୍ଡାହୋଇଥିବା କେଶରୁ ଦୁଇ ତିନୋଟି ଖିଅ ଆଗକୁ ଝୁଲି ପଡ଼ିଛି। ସରୁ ସରୁ ଭ୍ରୂଲତା ତଳେ ସୁନାଫ୍ରେମ ବନ୍ଧା ଶକ୍ତିହୀନ ଚଷମା। ସୁନାର ନାଡ଼

ଦିଓଟି ଦୁଇ କାନକୁ ବେଷ୍ଟନ କରିଛି। ଲମ୍ବ ନାକ ତଳେ ପ୍ରଜାପତିଆ ନିଶ। ମୁରୁକି ହସ।

ନନ୍ଦିକା ମନକୁ ଲାଜରା ହେଲା। ପୁଣି କଣେଇ ଚାହିଁଲା। ସ୍ୱାମୀ ହସୁଛନ୍ତି। ସାତବର୍ଷ ତଳେ ଏମିତି ସେ ହସୁଥିଲେ। ଏବେବି ହସୁଛନ୍ତି। ଲାଜୁଆ ମନ କହିଉଠିଲା, ଦୁଷ୍ଟ ବୁଝିପାରୁନା କିପରି ଝାଳବୁହା ଗରମ ? ତମ ମାଆଙ୍କର ପାଦ ଆଉଁଶି ଦେଉଥିଲି, ତାଙ୍କୁ ନିଦ ହେଲା, ବିଶ୍ରାମ ନେବାକୁ ଏ ଘରେ ପଶିଛି। ନିରୋଳାରେ ମୁହୂର୍ତ୍ତେ ନିଜର ନିଜେ ହେବାକୁ ମୋର ସ୍ୱାଧୀନତା ନାହିଁ ?

ଦେହ ଉଲୁସିଲା। ସ୍ୱାମୀ ହସୁଛନ୍ତି !

ନନ୍ଦିକା କହିଲା ଅଭିମାନିଆ କଥା ମନ ଭିତରେ, ଭଲକରି ହସ। ତମରି ପାଖରେ ଯାହାର ଫଟୋଟି ବଡ଼ କରାଇ ଝୁଲାଇଛି, ତାଆରି ଆଡ଼କୁ କଣେଇଁ ଚାହଁ, ମନଇଚ୍ଛା ହସୁଥାଅ। ମୁଣ୍ଡରେ ଅଧ-ଓଢ଼ଣା, ମଥାରେ ଅଳକା, ମୁଣ୍ଡ ଉପରକୁ ଆଉ କପାଳ ଉପରେ ଦୁଇକାନ ଆଡ଼କୁ ଲମ୍ବିଯାଇଛି ସରୁ ସୁନା ଚେନ୍। ଦେଖ, ଦୁଇକାନ ମଝିରେ ପଥରବସା ଫାସିଆ। କାନ ବଉଳିରୁ ଝୁଲୁଛି ମାଙ୍କଡ଼ି, ଝରା ଲାଗିଛି। ଗୋଟିଏ ନାକରେ ନୋଥ, ଆର ନାକରେ ଫୁଲ, ନାକ ତଳେ ଦଣ୍ଡି। କେମିତି ମାନୁଛି ? ସେଇ ତମର ସାତବର୍ଷ ତଳର ନନ୍ଦିକା। ମୁଁ ନୁହେଁ, ସେଇ ଅଲାଜୁକୀ।

ନନ୍ଦିକା ଆଲମାରୀ ଆଗକୁ ଆଗେଇ ଆସିଲା। କବାଟ ଆଇନାରେ ନିଜକୁ ଚାହିଁଲା। ତୃପ୍ତିର ହସରେ ଉଜ୍ଜ୍ୱଳି ଉଠିଲା ପାନପତର ପରି ମୁହଁ। ମଲ୍ଲୀଫୁଲ ପରି ଧୋବ ଫରଫର ମୁହଁରେ ରଙ୍ଗଣୀ ଫୁଲର ରଙ୍ଗ ଚହଟିଲା। ନିଜକୁ ନିରେଖି ନିରୋଳାରେ ମଧ୍ୟ ନିରିମାଖୀର ଆଖିରେ ଲାଖିଲା ସଙ୍କୋଚ।

ସେ ବଦଳିଛି।

ଦୁଇ କାନରେ ନୂଆ ଫେସନର ଆଶୋକଚକ୍ର ଡିଜାଇନ୍ କାନଫୁଲ। ନାଆଁକୁ ସୁନାର ଫୁଲ, କିନ୍ତୁ ଟିକି ଟିକି, ଚିକି ଚିକି, ଧଳା ପଥରଗୁଡ଼ିକର ଝଟକ ତଳେ ସୁନାର ଫ୍ରେମ ଲୁଚିଯାଇଛି। ଗହଣା ଭିତରେ ମୁହଁରେ ସେତିକି। ଅତିସରୁ କମକୁଟ ହାରଟିଏ ପାଞ୍ଚସରି ହୋଇ ବେକରେ ଝୁଲୁଛି। ହାତରେ ଦି ଦି ପଟ ଡାଇମଣ୍ଡକଟା ସୁନାକାଚ। ଗୋଡ଼ରେ ସରୁ ସରୁ ପାବାଜୁ। ଗହଣା ଦେହରେ ଏତିକି। ଏ ଯୁଗର ସାଧାସିଧା ଫେସନ୍। ସ୍ୱାମୀଙ୍କର ରୁଚି ଓ ଇଚ୍ଛାର ସେ ଅଧୀନ।

ନନ୍ଦିକା ବଦଳିଛି।

ବାହାପାଣି ପଡ଼ିଲାରୁ କି କଅଣ, ଦେହରେ ମାଉଁସ ଲାଗିଛି। ଧୀରେ ଧୀରେ ସାତ ବରଷରେ, କେଡ଼େ ବଡ଼ ମାଇପିଟାଏ ସେ ହୋଇଗଲାଣି ସତେ ! ଡୋଲିରୁ

ଓହ୍ଲାଇ ଏ ଘରେ ଯେଉଁଦିନ ପାଦ ଦେଲା, ଗାଁ ମାଇପେ କଥାଭାଷା ହେଲେ, ସୁନାଖଡ଼ିକା ବୋହୂ ପାଇଛି ସୁନନ୍ଦବୋଉ। ଶାଶୁ କହିଲେ, ରୂପରୁ ମତେ କି ମିଳିବ, ମା' ଦୁର୍ଗା ଆଇଷ ନିହତ ଦେଉନ୍ତୁ, ସୁଖ ଆନନ୍ଦରେ ସେମାନେ ଘର କରନ୍ତୁ। କେମିତି ତା' ମା' ବଢ଼େଇଛି କେଜାଣି, ଫୁଙ୍କିଦେଲେ ତ ଟଳି ପଡ଼ିବ।

ତିନିବର୍ଷ ପରେ ଯେତେବେଳେ ସେ ପୁଆଣୀ ହୋଇ ବାପଘରକୁ ଗଲା, ବୋଉଙ୍କ ଆଖିରୁ ଲୁହ ଝରିଲା। ନନ୍ଦିକାର ଆଖିରୁ ଲୁହ ପୋଛି ଦେଉଣୁ ସେ କହିଲେ, ମୋ ମାଆର ଅବସ୍ଥା ନାହିଁ। କାମ କରାଇ ପିଲାଟାକୁ କି ସରି କରିଛି ସେ ରାକ୍ଷାସୁଣୀ ଶାଶୁ ବୁଢ଼ୀ !

ଭାଉଜ ଦିହେଁ ମୁରୁକେଇ ହସୁଥାଆନ୍ତି। ସମ ବୟସୀ ହସପେଡ଼ୀ ସାନ ଭାଉଜ ନନ୍ଦିକାର ମୁହଁ ଟେକି ନିଜେ ମୁଣ୍ଡ ଦୋହଲାଇ ତୁନି ତୁନି କହିଲେ, ଆହା, ମରି ଯାଉଥାଏଁଟି, ନନ୍ଦିର କଣ୍ଠା ଦୋହଲୁଛି, ଖାଲି ଗାଲ ଦୁଇଟା ପୁଚୁକା ହୋଇଛି।

ବାପଘରେ ଚାରିମାସରୁ ଅଧିକ ଶାଶୁ ରଖେଇଦେଲେ ନାହିଁ। କନି ଖବର ପଠେଇଲା, ବୋହୂକୁ ନ ଦେଖି. ବୁଢ଼ୀ ଆହାର ଛାଡ଼ିଲେଣି।

ଶାଶୁଘରକୁ ଫେରି ଆସିଲା। ଚାହିଁଦେଇ, ଲୁହ ଜକେଇଲା ଆଖିରେ ବୋହୂମୁହଁକୁ ଘଡ଼ିଏ ତକେଇ ଶାଶୁ କହିଲେ, ସାବତ ମା' କି, ଗଲାଦିନୁ ବୋହୂଟାକୁ ମୋର କଳାକାଠ କରି ଛାଡ଼ିଛି !

କନି କହିଲା ନିରୋଳାରେ, ଆଗୋ ନୂଆବୋହୂ, ତମେ ଗଲାଦିନୁ ନନ୍ଦଭାଇ ଆଉ ଶନିବାରେ ଗାଁକୁ ଆସି ସଁବାରେ କଟକ ଫେରନ୍ତି ନାହିଁ। କେଉଁ ଛୁଟିରେ ଥରେ ଆଇଲେ ସେ ଘରେ ପଶନ୍ତି ନାହିଁ। ସେଥିପାଇଁ ଜାଣ ତମକୁ ଆସିବାକୁ ମୁଁ ଖବର ପଠେଇଲି। ମୋ ହାତ ରନ୍ଧା ତ ଜାଣି ବୁଢ଼ୀମା'ଙ୍କ ତୁଣ୍ଡକୁ ରୁଚେ ନାହିଁ।

ସତେ, ସେ କେଡ଼େ ମୋଟା ହେଲାଣି। ସକାଳୁ ଉଠି ରାତି ଅଧଯାଏ କାମ କଲେ ବି ଦେହ ଝଡୁନାହିଁ। ସ୍ୱାମୀଙ୍କୁ କହିଲା, ଆଉ ବେଶୀ ମୋଟା ହେଲେ କାମ କରିପାରିବିନାହିଁ। ମୋତେ ଔଷଧ ଆଣି ଦିଅ।

ସୁନନ୍ଦ ମୁରୁକେଇ ହସି କହିଲା, ହଁ, ଟିକିଏ ଟେରେଇଛ, ରଙ୍ଗ ବଦଳିଛି, ଢଙ୍ଗ ବଦଳି ନାହିଁ। ବେଶ୍ ଫୁର୍ତ୍ତି ଅଛ। ତେବେ, ଗୋଟିଏ କାମକର। ଘରର କବାଟ କିଳି ପ୍ରତିଦିନ ଦଣ୍ଡବୈଠକ ଅଭ୍ୟାସ କର। ଦେହର ଚର୍ବି ତରଳି ଯିବ। ଆସ, ମୁଁ ବତେଇ ଦେଉଛି। ଦଣ୍ଡ ବୈଠକ ଚର୍ବି ଝାଡ଼ିବାର ଅବ୍ୟର୍ଥ ଓଷଧ।

ଆରେ।

ଆଜି ଶନିବାର।

ଶୁଭ କାଉପଲ ଘଡ଼ିକି ଘଡ଼ି ଆସି ରାବ ଛାଡ଼ି ଉଡ଼ିଯାଉଛନ୍ତି। ବାଆଁ ଆଖି ଆଜି ସକାଳୁ ଡେଉଁଛି। ତିନିଥର କି ପାଞ୍ଚଥର, ହାତରୁ ବାସନ ଖସିଲାଣି। ଅଜାଣତରେ ମନ ଛନ ଛନ ହେଉଛି।

ନନ୍ଦିକା ଆଜି ଟିକିଏ ଶୋଇପଡ଼ିବ। ସବୁ ଶନିବାରେ ସେ ସାଇକେଲ ଚଢ଼ି ଆସି ପହଞ୍ଚନ୍ତି। କେବେ ସାଞ୍ଜ ଆଗରୁ, କେବେ ରାତି ଆଠଟା ହୁଏ। ଯେତେବେଳେ ପଛେ ସେ ଆସନ୍ତୁ ରାତିରେ ଶୋଇଦିଅନ୍ତି ନାହିଁ। ରାଜ୍ୟଯାକର ଗପ ତାଙ୍କଠି। ସବୁ ଶୁଣିବାକୁ ହେବ। ପ୍ରତି ପଦରେ ହୁଁ କହିବାକୁ ହେବ, ନୋହିଲେ ସେ ଅଭିମାନ କରିବେ। ଘୁମେଇ ପଡ଼ିଲେ ଚିମୁଟିବେ।

ନନ୍ଦିକା ମୁଣ୍ଡ ଉପର ଝରକା ବନ୍ଦ କଲା। ଆଉ ଝରକା ବନ୍ଦ କଲାବେଳକୁ ଘର ଚଟିଆ ଚଢ଼େଇ ଦିଓଟି କଡ଼ି ଉପର ବସାରୁ ବାହାରି ଫଡ଼୍‌ଫାଡ଼୍ ହୋଇ ପଦାକୁ ଉଡ଼ି ପଳାଇଲେ। କୁଟାକାଠି ଦେଇ କଡ଼ି ଉପରେ ବାନ୍ଧିଥିବା ବସା ଭିତରୁ ଚିଁ ଚିଁ ଶବଦ ଆଉ ଶୁଭିଲା ନାହିଁ। ଛୁଆ ଦିଓଟି ପୁଣି ବାପମାଆଙ୍କର ଆସିବାକୁ ଅପେକ୍ଷା କରି ରହିଛନ୍ତି। ସେମାନେ ଥଣ୍ଟରେ ଅଧାର ନେଇ ଆସିବେ।

ନନ୍ଦିକାର ହାତ ଅଟକିଲା। ନା, ନିଦ ପଛେ ନ ହେଉ, ସେ ଝରକା ବନ୍ଦ କରିବ ନାହିଁ। ଛାର ଚଢ଼େଇ ହେଲେ ବି ସେମାନେ ଏ ଘରେ ବସା ବାନ୍ଧିଛନ୍ତି, ଛୁଆ କରିଛନ୍ତି। ଏ ଘରେ ତାଙ୍କର ମଧ୍ୟ ଅଧିକାର ଅଛି। ତାଙ୍କର କର୍ତ୍ତବ୍ୟ ଓ ଆନନ୍ଦର ଅନ୍ତରାୟ ହେବ ନାହିଁ।

ନନ୍ଦିକା ଫେରିଆସିଲା। ପଲଙ୍କ ଉପରେ ଲମ୍ବହୋଇ ଶୋଇଲା। ଆଖି ବୁଜିଲା। ବିରକ୍ତ ଲାଗୁଛି। ଆଖିପତା ଭେଦକରି ଦିନର ଆଲୁଅ ମୁଣ୍ଡରେ ପଶୁଛି।

ପୁଣି ଚେଁ ଚେଁ ଶବଦ।

ଆଖି ଖୋଲିଲା। ବାପ ମା' ଚଢ଼େଇ ଦିଓଟି ଛୁଆଙ୍କ ପାଟିରେ ଆଧାର ଦେଉଛନ୍ତି। ଉଡ଼ିଗଲେ ପଦାକୁ। ଟିକି ଟିକି କଅଁଳିଆ ଥଣ୍ଟ ଦିଓଟି ବସା ଭିତରୁ ପଦାକୁ ଦିଶିଲା, ଲୁଚିଗଲା ପୁଣି ବସା ଭିତରେ। ପୁଣି ଚିଁ ଚିଁ।

ନନ୍ଦିକା ଏକା ଆଖିରେ ଅନେଇଁ ରହିଲା। ଛାତି ଥରାଇ ଛୁଟିଲା ଦୀର୍ଘଶ୍ୱାସ। ମନର କେଉଁ କନ୍ଦିରେ ଛଟପଟ ହେଲା କାମନା। ଛଟପଟ ହେଲା, ଅସ୍ଥିର ଲାଗିଲା। କାହିଁକି କେଜାଣି, କୋହ ଉଠିଲା। କାନ୍ଦ କାନ୍ଦର ଆକୁଳ ବିକଳ ଭାବ ଛାତି ଥରାଇଲା। ଅଜାଣତର ଅମାନିଆ ଲୁହ ଆଖି କୋଣରୁ ଝରି ଆସିଲା।

ଛାର ଘରଚଟିଆଠାରୁ ମଧ୍ୟ ସେ ହୀନ!

ନୂଆବୋହୂ ହୋଇ ଏଇ ଘରକୁ ଆସିଲାଦିନ ତାଆର ବୟସ ହୋଇଥିଲା ସତର। ଚବିଶ ପୂରି ପଚିଶ ଚାଲିଲାଣି, ସେ କସି ଧରିଲା ନାହିଁ।

ଝରକା ସେ ପାଖେ ଆତ ଗଛରେ ଲଟେଇଛି ଯେଉଁ କଖାରୁ ଲଟା, ସେଥିରେ ଫୁଲ କସି ଲଦିହେଲାଣି। ତା' ଏପାଖେ ଡାଳିମ୍ବଗଛ ନାଲି ଟହ ଟହ ଫୁଲଫଳରେ ଲଦି ହୋଇଛି। ସମୟ ଆସିଲେ ସମସ୍ତେ ହୁଅନ୍ତି ଜନନୀ, ଓଜନ୍‌ଦାର। ଅତି ବୃଶାଳିଆ ହୋଇ ବଢ଼ିଛି ଯେଉଁ ଭେଣ୍ଡି ଗଛଟି, କାହିଁ ସେଥିରେ ଫଳ କି ଫୁଲ? ଭୃକୁଣ୍ଡା ହେଲାଣି। ଅଗରେ ଚଢ଼ି ପିମ୍ପୁଡ଼ି ମୁଣ୍ଡ ଖାଇଲେଣି।

ତା'ର କଅଣ ସେଇ ଭେଣ୍ଡି ଗଛର ଅବସ୍ଥା ହେବ? କେବଳ ଗଣ୍ଡି ବଢ଼ାଇ ସମୟ କାଟିବ? କାହିଁ ସପନ! ଚବିଶ ପୂରି ପଚିଶ ହେଲା। କାହିଁ ମାତୃତ୍ୱର ଅହମିକା? ପୁଷି ବିଲେଇ, ବୁଲାକୁତୀଠୁଁ ସେ ହୀନ। ସମୟ ଆସିଲେ ସେମାନେ ମାଆ ହୁଅନ୍ତି। କାନ୍ଥରେ ଚଢ଼ି ଯେଉଁ ବୁଢ଼ୀ ଝିଟିପିଟି, ପିମ୍ପୁଡ଼ି ପୋକ ଟୋକୁଛି, ସେ ବି। ଏକା ମଣିଷ ନୁହେଁ, ବୃକ୍ଷଲତା, ଜୀବଜନ୍ତୁ ସମସ୍ତେ ଜନନୀ ହୁଅନ୍ତି।

ମଣିଷ ଜନମ ପାଇ ସେ ଜନନୀ ହୋଇନାହିଁ।

ଆଖି ପିଛୁଡ଼ା ପଡ଼ିଲାପରି ସମୟ କଟିଯାଇଛି। ଶାଶୁ ଓ ସ୍ୱାମୀଙ୍କର ସ୍ନେହ ଆଦର ତାକୁ ବାନ୍ଧି ରଖିଛି। ସବୁ ସେ ଗ୍ରହଣ କରିଛି। କିଛି ସୁଝାଇ ପାରିନାହିଁ। ସେ କେବଳ ଫୁଲରାଣୀ ହୋଇ, ଭଲ ଶାଢ଼ୀ, ମୂଲ୍ୟବାନ୍ ଗହଣା ପିନ୍ଧି ଏ ଘରର ଶୋଭା ବଢ଼ାଇବାକୁ ଆସିନାହିଁ। ଏ କୁଟୁମ୍ବର ରକ୍ତର ଧାରା ଅନନ୍ତ ଭବିଷ୍ୟତକୁ ଛୁଟାଇବାକୁ ସେ ଆସିଛି। ଯୌବନର ଖେଳ ଖେଳିବା କେବଳ ନାରୀଜୀବନର ଉଦ୍ଦେଶ୍ୟ ନୁହେଁ। ସେ ଖେଳର ଅନ୍ୟ ଉଦ୍ଦେଶ୍ୟ ଅଛି ମାତୃତ୍ୱ।

ସେ ମାଆ ହୋଇପାରି ନାହିଁ।

ସେ ଗୃହଲକ୍ଷ୍ମୀ।

ଘରେ ବାହାରେ ସମସ୍ତଙ୍କ ତଣ୍ଡରେ ସେଇ ଗୋଟିଏ କଥା। ଗାଆଁ ମାଇପେ ମୁହେଁ ମୁହେଁ ଏଇ କଥା କହନ୍ତି। ସତମିଛ ସେ ଜାଣି ନାହିଁ।

ମଧ୍ୟବିତ୍ତ କୁଟୁମ୍ବରେ ଜନମ। ବାପ ମା', ଭାଇ ଭଉଣୀ, ଭାଉଜ, ଆଇ, ସାଙ୍ଗ ଝିଅଙ୍କ ମେଳରେ, ଦୂର ମୋଫସଲ ଗାଆଁରେ ସେ ବଢ଼ିଛି। ଗାଆଁ ଝିଅଙ୍କର ଯେତେ ଯାହା ଶିଖିବାର କଥା, ଜାଣିବାର କଥା, ସେ ଶିଖିଛି, ଜାଣିଛି।

ଗାଆଁ ଦାଣ୍ଡରେ ସାଇପଡ଼ିଶାର ଟିକି ଟିକି ଝିଅପୁଅଙ୍କ ସଙ୍ଗେ ଧୂଳି ଖେଳରେ ଖୁସି ଆନନ୍ଦ, ରାଗରୋଷ, ହସକାନ୍ଦ। ଗାଁ ସ୍କୁଲରେ ପାଠ। ଶିକ୍ଷକମାନଙ୍କ ସ୍ନେହ ଶାସନ। ସୂତାକଟା, ବଗିଚା ଗଛରେ ପାଣିଢାଳିବା। ଦଶ ପୂରି ଏଗାର ଚାଲିଲାବେଳକୁ ଗାଆଁ ସ୍କୁଲର ପାଠ ସରିଲା। ଫ୍ରକ୍ ଛାଡ଼ି ଶାଢ଼ୀ ବେଢ଼େଇ ହେଲାବେଳକୁ ଶାଢ଼ୀ ସଙ୍ଗେ ସଙ୍ଗେ ସରମ ଘୋଟି ଆସିଲା। ଘର ଭିତରେ ଘର କରଣା ଓ ସଣ୍ଟଣା ଶିକ୍ଷା। ସବୁବେଳେ ଖାଲି ଗେହ୍ଲାଳିଆ ଛିଡ଼ାକ।

ଛି, ଏ କି ଚାଲି ନନ୍ଦିକା, ମାଇପି ଝିଅର ଦୁମୁଦୁମୁ ଚାଲି ଭଲ ଦିଶେ ନାହିଁ ମା'। ଦେଖିଲୁ ତୋର ବଡ଼ ଭାଉଜକୁ, କେମିତି ଗୁଣ୍ଡୁଣୀ ହାତୀ ପରି ଚାଲେ। କେହି ଜାଣିବ ନାହିଁ ଯେ ମାଇପିଟିଏ ଆଉଚି ଯାଉଚି। ପାଦତଳେ ପିମ୍ପୁଡ଼ି ମରିବ ନାହିଁ। ମା' ଏଇପରି. ସ୍ନେହର ଶାସନ କରନ୍ତି। ଶିଖେଇ ଦିଅନ୍ତି। ଗେହ୍ଲାକରି ମୁଣ୍ଡ ଆଉଁସି ଦିଅନ୍ତି।

ବଡ଼ ଭାଉଜ ତୁନି ତୁନି କହନ୍ତି ଛି, ନନ୍ଦି ଏ କି ହସ? ହସିବାକୁ କେହି ମନା କରୁନାହିଁ, ତା' ବୋଲି ଘୋଡ଼ା ପରି ହିଁ ହିଁ ହୋଇ ପାଟି ଶୁଣେଇବ ଗୁରୁଜନଙ୍କୁ? କଥା କହିବ ଯେ ଏ କାନରୁ ସେ କାନ ଶୁଭିବ ନାହିଁ। ଛଳ କଲ କି ଏଇ କଥାକୁ? ମୋ ରାଣ, ସୁନା ଭଉଣୀଟି, ଟିକିଏ ହସିଲ। ଭାଉଜ ମୁହଁ ଟେକନ୍ତି।

ଦେହମୁଣ୍ଡରୁ ଲୁଗା ଖସିଗଲେ ଆକଟ। ସିଧାସଳଖ କାହା ମୁହଁକୁ ମୁହୂର୍ତ୍ତେ ଚାହିଁଲେ କିଏ ବାଛିଲାଣି। ଅଳସ ହୋଇ ନିରୋଳାରେ ବସିଲେ ଆଈମା' ତିଆରିଲେଣି, କାମ ନ କରି ବସିବା ଗେହ୍ଲାପଣିଆ ନୁହେଁ ଲୋ ନନ୍ଦି। ରାଜାର ରାଣୀ ହେବାକୁ ସମସ୍ତଙ୍କର ମନ। ସମସ୍ତେ କଅଣ ରାଜାର ରାଣୀ ହୁଅନ୍ତି? ଦେଖିଲୁ ମୋ କଥା, ସାତ ପୁଅରେ ଗେଲବସର ସାନ ଝିଅ ମୁଁ, ଆମ ଖାନଦାନୀ ଘର ସାତପୁରୁଷରୁ ଧନୀ। ଚଉଧୁରୀ ଘର ଖଣ୍ଡମଣ୍ଡଳରେ ଡାକ। ସାତ ପୁଅରେ ଝିଅ, ସାତ ଭାଇରେ ମୁଁ ଭଉଣୀ।

କେବଳ ଛି ଛାକର, ଆକଟ ଭିତରେ ବେଳ ବିତେ ନାହିଁ। ନିଜ ମେଳରେ ସ୍ୱାଧୀନତା। ଘରେ ବାହାରେ ଧନ୍ୟ ଧନ୍ୟ ପ୍ରଶଂସା। ରଜ, କୁଆଁର ପୁନେଇଁର ମେଳରେ ହସଖୁସି, ସରଳ ନିରୀହ ଟାହି ଟାପରା। ଚିତାପକା, ଚନ୍ଦନଘୋରା, ପାନଭଙ୍ଗା, ଜାତି ଜାତିକା ପିଠା ପଣାରେ କମକୁଟ ନକ୍‌ସା କାମ, ଲୁଗାକୁଞ୍ଚ, ଫୁଲଗୁନ୍ଥା, କାଇଁଶ ଓ ଘାସରେ ବିଭିନ୍ନ ପ୍ରକାର ବିଚଣା ଓ ପାଚିଆ କରା, ତାଳପତର ଝୁମୁକା, କ୍ରୁସ୍ କାମ, ଉଲ୍ କାମ ସବୁ ଶିଖିଛି ନନ୍ଦିକା। ଯେ ଦେଖେ, ସେ କରେ ପ୍ରଶଂସା।

କାମ ଓ ଶିକ୍ଷାର ଆନନ୍ଦରେ ଝିଅଦିନର ବେଳ କେଡ଼େବେଗେ କଟିଗଲା ସତେ! ପରଘର କଥା କେହି କେହି ମନେପକେଇ ଦିଅନ୍ତି। ବାହାହୋଇ ଫେରି

ଆସିଥିଲା ଝିଅମାନେ କେହି ନ ଥିଲାବେଳେ ନୂଆ ଅଭିଜ୍ଞତା, କେତେ ପ୍ରକାରେ, କେତେ ରଙ୍ଗରେ ଗପନ୍ତି। ଡରି ଡରି ତରଙ୍ଗ ତରଙ୍ଗ ହୋଇ ନନ୍ଦିକା ଶୁଣେ। କଅଣ ଶୁଣେ, ବୁଝେ ନାହିଁ। ବୁଝିବାକୁ ଆଗ୍ରହ ହେଲେ ବି ସାହସ ହୁଏ ନାହିଁ। ଯେଉଁମାନେ ଥରେ ସାଙ୍ଗଛଡ଼ା ହୋଇ ପରଘରେ ପାଦ ପକାଇ ଫେରନ୍ତି, ସେମାନେ ଆଉ ଜାତିକା ହୋଇଯା'ନ୍ତି।

ଗାଆଁ ଦାଣ୍ଡରେ କେଳାକେଲୁଣୀ ନାଟ, ସାପ ଖେଳ, ଭାଲୁ ନାଚ, ରାତିରେ ସୁଆଙ୍ଗ ହାରାବତୀ ହରଣ, ଠିଆପାଲା, ଗାଁ ମାଇପିଙ୍କ ମେଳରେ ଦେଖିବାରେ ବାଧା ନାହିଁ। ଅଶ୍ଳୀଳ କବିତାର ଶ୍ଳୀଳ ଅର୍ଥ, ରୂପ ବର୍ଣ୍ଣନା କେଳିପୁର ବର୍ଣ୍ଣନା ସେ ସବୁ ମଧ୍ଯ କାନରେ ପଡ଼େ। ଲାଗେ ପ୍ରହେଳିକା ପରି। ଚାରି ଚକ୍ଷୁର ମିଳନ, ହାବଭାବ, ଇଙ୍ଗିତ, ଏସବୁ ଗ୍ରାମବାଳା ପକ୍ଷରେ ଗଳ୍ପ କି ଉପନ୍ୟାସ ପରି। ଦେଖିବାକୁ, ଶୁଣିବାକୁ, ପଢ଼ିବାକୁ ଭଲ ଲାଗେ; କିନ୍ତୁ ସପନ ବି ଦେଖି ହୁଏ ନାହିଁ। ସପନରେ ମା', ଖୁଡ଼େଇ ଆକଟନ୍ତି, କିଲୋ, ତେଣେ କାହିଁକି ଡବ ଡବ କରି ଅନେଇଁଛୁ, ମୁଣ୍ଡରେ ଲୁଗା ନାହିଁ ?

ସପନ ଭାଙ୍ଗେ, ଚାଉଁକରି ନିଦ ଭାଙ୍ଗେ। ଦେହ ଝିମି ଝିମି ହୁଏ। ଛାତି ଥରେ। ନନ୍ଦିକା ଡରି ଡରି ଚାରିଆଡ଼କୁ ଚାହେଁ। ସତେ କି ସେ ଅନ୍ୟାୟ କରିଛି। କେଉଁ ମୁନି, କି କେଉଁ ବୀର ପୁରୁଷ, ଧୀବର କନ୍ୟା କି ରାକ୍ଷସ, ନାଗ ବା ଦେବକନ୍ୟାର ପ୍ରେମରେ ପଡ଼ିଥିଲା, କାହାର ପଞ୍ଚପତି ଥିଲେ, କିଏ ବେଦୀ ଉପରୁ କାହାର କନ୍ୟାକୁ ଟେକି ନେଇଥିଲେ, ଏ ସବୁ ପୁରାଣର ଗଳ୍ପ। ପଢ଼ିବାକୁ ମଜା ଲାଗେ, ଜାଣିବାକୁ ଆଗ୍ରହ ହୁଏ। ଅଭିନୟ, ଗ୍ରାମ ବାଳିକା ପକ୍ଷରେ ସମ୍ଭବେ ନାହିଁ।

ସାହୀ ମାଇପିଙ୍କ କଳି। ମାଇପି କଳିରୁ ଗୋଟିଏ ଘର ଭାଙ୍ଗି ଦିଓଟି ହୁଏ। ପ୍ରାଣରୁ ବଳି ଯେଉଁ ଭାଇ ଆର ଭାଇକୁ ଭଲପାଏ, ସେମାନେ ମୁହଁ ଚାହାଁଚୁହିଁ ହୁଅନ୍ତି ନାହିଁ। ଏ ସବୁ ଘଟଣା କାନରେ ପଡ଼େ, ଆଖିରେ ଦିଶେ। କେଜାଣି ବା ଅଜାଣତରେ ମନରେ ଲାଖୁଥିବ। ଭାବି ବସିଲେ କାବା କାବା ଲାଗେ।

ନନ୍ଦିକାର ମନ ବିଦ୍ରୋହୀ ହୋଇଉଠେ। ନିଜକୁ ନିଜେ ସେ କହେ, ମୋ ଭାଇମାନେ ସେମିତି ହେବେ ନାହିଁ। ପର ଘରେ ମୁଁ ହେବି ସର୍ବସହଣୀ। ବଡ଼ ଜାଆ ଥିଲେ ଗୋଡ଼ରେ ଶରଣ ପଶିବି, ସାନ ଜାଆ ଥିଲେ କୋଳରେ ବସାଇବି।

ପୁରୀ ସହରର ଧର୍ମଶାଳା।

ରଥବେଳ। ଦୋମାହାଲା ଉପର, ପାଖାପାଖି ଦିଓଟି ଘରେ ଦିଓଟି କୁଟମ୍ବ।

ସେଇଠି ପ୍ରଥମେ ସୁନନ୍ଦର ଆଖିରେ ତା'ର ଆଖି ମିଶିଲା। ଚାରୋଟି ଆଖିର ଅକୁହା ଆଗ୍ରହ ଆଉ ଦିଓଟି ଆଖିକୁ ଠକି ପାରିନଥିଲା।

ସେ ଦିଓଟି ଆଖି କନିର। କନି ହସିଥିଲା।

ସେଇଠି ସମ୍ବନ୍ଧ ସ୍ଥିର ହେଲା। ସର୍ବମଙ୍ଗଳ ଜଗନ୍ନାଥ ପ୍ରସ୍ତାବ।

ସାତବର୍ଷ କଟିଛି।

ଏ ଭିତରେ ନନ୍ଦିକାର ବାପ ମା' ସେ ପୁରକୁ ଚାଲିଗଲେଣି। ଭାଇ ଦିହେଁ ଭିନେ। ଯିଏ ଯାହାର ପିଲାକୁଟୁମ୍ବ ନେଇ ବିଦେଶରେ ଅଛନ୍ତି, ଚାକିରି ଗାଁରେ। ଜଣେ ପୋଲିସ୍ ସବ୍‌ଇନ୍‌ସପେକ୍ଟର, ଆଉ ଜଣେ ଅବକାରୀ ସବ୍‌ଇନ୍‌ସପେକ୍ଟର। ଯେଝା ହାତରେ ଯିଏ ଚଉଦ ପା। କେଉଁଠି କିଏ ଅଛନ୍ତି, ସେ କଥା ନନ୍ଦିକା ଜାଣେନାହିଁ। ସେ ଏତିକି ଜାଣେ, ବାପଘର ଟାଣ ତା'ର ନାହିଁ। ଶଶୁର ଘରେ ସେ ସବେସର୍ବା। ବାଦ କରିବାକୁ ଆଉ କେହି ନାହିଁ।

ସବୁ ଆନନ୍ଦ, ସବୁ ସୁଖର ମଝିରେ ମନ ବିଚଳିତ ହୁଏ। ମନ ପ୍ରଶ୍ନେଇ ଉଠେ, ସେ କଅଣ ବାଞ୍ଝ ?

ନନ୍ଦିକାର ଦୁଇ ଆଖିରୁ ଲୋତକ ଝରେ।

କେତେ ଜ୍ୟୋତିଷ, କେତେ ଅବଧାନ ପୁଅର ଜାତକ ଦେଖି, ହାତ ଦେଖି, ଗଣନା କରି କହିଲେ, ସୁନନ୍ଦର ତିନି ପୁଅ, ଦୁଇ ଝିଅ ହେବେ। ପିଲାଦିନୁ ସମସ୍ତେ ସେଇ କଥା କହି ଆସିଛନ୍ତି। ସମସ୍ତେ କଅଣ ଠିକ୍ ଦେଖୁ ଦେଖୁ ସାତବର୍ଷ କଟିଗଲା। ସୁବର୍ଣ୍ଣପ୍ରତିମା ଲକ୍ଷ୍ମୀ ବୋହୂ ନିଜେ ବାଛି ଘରକୁ ଆଣିଲେ। ଆଜିଯାଏ କସି ଧରିଲା ନାହିଁ।

ଅଭୟା କଡ଼ ମୋଡ଼ିଲେ। ଦିନ ଦୁଇପ୍ରହରେ ଆଖିକୁ ନିଦ ଆସେ ନାହିଁ ପେଟ ପୂରାଇ ଖାଇଦେଲେ ଅଶକତ ଲାଗେ। ବିଛଣାରେ ଟିକିଏ ପଡ଼ିଯିବାକୁ ମନ ହୁଏ। ବୋହୂ ହୋଇ ନନ୍ଦିକା ଘରେ ପାଦ ଦେଲା ଦିନୁ ଅଭୟାଙ୍କର ଏତେଦିନର ଅଭ୍ୟାସ ବଦଳିଛି। ସେ ଅଳସୋଇ ହେଲେଣି। ପର ଉପରେ ନିର୍ଭର କରିବା ତାଙ୍କର ଅଭ୍ୟାସ ହେଲାଣି।

ନ ହେବ କେମିତି ? ନୂଆ ବୋହୂ ନନ୍ଦିକା, ନାକ ଉପର ଓଢ଼ଣା। କପାଳ ଉପରକୁ ଟେକି ସିଧା ସଳଖ ହୋଇ ଚାଲିଲା ଦିନରୁ ଅଭୟାଙ୍କର ହାତରେ ପାଣି ଲାଗିନାହିଁ। ନନ୍ଦିକା ସବୁ କାମ ଆଦରି ନେଇଛି। ଶାଶୁଙ୍କର ସେବାଯତ୍ନ ତା'ର ଧର୍ମ। କି ଦିନ, କି ରାତି, ଗୋଡ଼ରେ ହାତ ନ ଦେଲେ ସେ ନ ଉଠେ।

ଧନ୍ୟ ତା'ର ମା'। ଭଲ ଶିକ୍ଷା ତାକୁ ଦେଇଛି। କାମ କାର୍ଯ୍ୟରେ ନିପୁଣ, ଢଙ୍ଗଢାଙ୍ଗରେ ତହୁଁ ବଳି। ରାଗରୋଷ, ମାନଅଭିମାନ ଟିକିଏ ନାହିଁ। ଥିରିଥିରି କଥା, ଏକାନରୁ ସେ କାନକୁ ଶୁଭେ ନାହିଁ। ଆଖି ଦିଓଟି ଏଡ଼େ ସୁନ୍ଦର ଯେ ଯେଡ଼େବଡ଼ କାମ ହେଲେ ଅନେଇଁ ଦେଲେ ଶତ୍ରୁପଣିଆ ପାଣି ଫାଟିଯାଏ। ହସିଲା ପରିକା ମୁହଁରେ ତା'ର କି କିମିଆଁ ଅଛି କେଜାଣି, ତଳେ ପଡ଼େ ନାହିଁ।

ଭାଗ୍ୟକୁ ମିଳେ ଏମିତିକା ସୁଲକ୍ଷଣୀ ବୋହୂ।

ଦିଓଟି ଝିଅ ସେ କୋଳକୁ ଆଣିଥିଲେ, ସୁନନ୍ଦ ପଛକୁ ଶୋଭା ଓ ଆଭା।

ଗରିବ ଘରର ଝିଅ ଥିଲେ ଅଭୟା। ବାପଘରର ଗରବ ନ ଥିଲା। ସେଥିପାଇଁ ଖୁସିବାସିଆ ଘରର ମଝିଆଁ ପୁଅଙ୍କ ହାତରେ ତା'ର ବଡ଼ ଦାଦି ହାତ ଛନ୍ଦିଦେଲେ। କେତେଦିନ ଆଉ ଘରେ ରଖନ୍ତେ ? ଦେଖୁ ଦେଖୁ କୋଡ଼ିଏ ପୂରି ଏକୋଇଶି ଚାଲିଲା।

ଯାହାଙ୍କର ହାତ ସେ ଧରିଲେ, ସେ ଦରବୁଢ଼ା। ପ୍ରଥମ ସ୍ତ୍ରୀ ପାଞ୍ଚବରଷ ରହି ହଇଜାରେ ଗଲେ। ପେଟରେ ପାଞ୍ଚ ମାସର ପିଲା ଥିଲା। ସ୍ୱାମୀ କୁଆଡ଼େ ବାଇଆ ବାତୁଳା ହୋଇ ତିନି ବର୍ଷ ବୁଲିଲେ। ସେଇଠୁ ଆସିଲେ ଦ୍ୱିତୀୟା। ପାଞ୍ଚଟି ବର୍ଷ ତାଙ୍କର ସଂସାର। ପୁଅଟିଏ ହେଲା। ଅନ୍ତୁଡ଼ିଶାଳରେ ସେ ଆଖି ବୁଜିଲା, ଦୁଇଘଣ୍ଟା ପରେ ମା'।

ମାସ ଦୁଇଟା ପୂରିନାହିଁ, ବାହାତିଥି ଯେମିତି ଆସିଲା, ଆଗ ସାହାଡ଼ା ଗଛକୁ ବିଭା ହୋଇ ସେଉଠୁ ବାହାହେଲେ ଅଭୟାଙ୍କୁ। ବୁଢ଼ାବର ବୋଲି ସଂସାରସାରା ହୁରି ପଡ଼ିଲା। ଲୋକଙ୍କର ଟାହିଟାପରା, ଟିକା ଭାଗବତ ବରପକ୍ଷ କି କନ୍ୟାପକ୍ଷ କେହି ଶୁଣିଲେ ନାହିଁ।

ଅଭୟା ହେଲେ ଏ ଘରର ବୋହୂ। ତିନି ବରଷ ପୂରିଲାବେଳକୁ କୋଳକୁ ଆସିଲା ସୁନନ୍ଦ। ବରଷକ ପରେ ଶୋଭା, ପୁଣି ବାରମାସ ନ ପୂରୁଣୁ ଆଭା। ସେଇଠି ପଡ଼ିଲା ଗଣ୍ଠି।

ଦେଢ଼ଶୁରଙ୍କର ତିନି ପୁଅ, ପାଞ୍ଚ ଝିଅ। ଦିଅରଙ୍କର ପାଞ୍ଚ ଝିଅରେ ଗୋଟିଏ ପୁଅ। ବହୁକୁଟୁମ୍ବୀ ଘର। ବାପ ଅଜା ଯାହା ସମ୍ପତ୍ତି ରଖି ଯାଇଥିଲେ ସେତିକି। ଯାଙ୍କ ଅମଳରେ ସମ୍ପତ୍ତି ଗମେଇଲେ ପଛେ, କମେଇଲେ ନାହିଁ।

ଦେଢ଼ଶୁର ଗେହ୍ଲାରେ ବଢ଼ିଥିଲେ। ସେଥିପାଇଁ ସେ କୁଟାଖଣ୍ଡିକ ଦିଖଣ୍ଡ କରି ଜାଣନ୍ତି ନାହିଁ। ପୋଥିପୁରାଣ ପଢ଼ି ପଶାତାଆସ ଖେଳି ସେ ବେଳ କଟାନ୍ତି। ଦିଅର ତ ହୁଣ୍ଡା। କଥା କହୁଁ କହୁଁ ହାତ ଉଠାନ୍ତି। ମୃଦଙ୍ଗ ବଜାଇ ତାଳ ପକାଇବା ତାଙ୍କର ବେଉସା। ଶେଷକୁ ସେ ଗଞ୍ଜେଇ ଅଫିମ ଅମଳ ଧରିଲେ।

ଏକା ଏଇ ନନ୍ଦିଆବାପ, ପାଠ ଅଳପ, ହେଲେ, ବିଚକ୍ଷଣ ବୁଦ୍ଧି। ସବୁ କାମ ସେଇ କରନ୍ତି, ଜମିବାଡ଼ିର ହାଲ ହକିଯତ ବୁଝାଠୁଁ ଘରର ହାନିଲାଭ, ଗାଆଁର ମାମଲତ। ସୁଖେଦୁଃଖେ ଚଳିଯାଉଥିଲା। ପେଟ ସଂଖ୍ୟା ବଢ଼ିଲା। ଛୋଟ ଛୋଟ ପେଟ ବଡ଼ ବଡ଼ ହେଲା। ପୁଅଗୁଡ଼ା ସିନା ଦରପାଠୁଆ ହୋଇ ବାବନାଭୂତ ପରି ବୁଲିପାରିବେ, ଝିଅଗୁଡ଼ା ତ ପରଘରକୁ ଯିବେ। ଧନ କାହିଁ ? ଗୋଟିଏ ଝିଅର ନିମିତ୍ୟକୁ ବିକା ହେଲା ତିନିମାଣ ଜମି। ଆଉ ଗୋଟିଏ, ଆଉ ଗୋଟିଏ-ଚାରିମାଣ, ପାଞ୍ଚମାଣ ସରିଲା।

ସବୁ ସରିବ !

ଅଭୟା ଆସିଛନ୍ତି ସବା ପଛରେ। ଦିଅରଙ୍କର ଗୋଟିଏ ପୁଅକୁ ଛାଡ଼ିଦେଲେ ତାଙ୍କର ପିଲା ତିନୋଟି ସବୁଠୁ ସାନ। ସ୍ୱାମୀଙ୍କ ଆଖିକୁ ପୁଅ, ପୁତୁରା, ଝିଅ, ଝିଆରୀ ଏକାପରି ଦିଶିପାରନ୍ତି, ହେଲେ ଅଭୟାଙ୍କ ଆଖିକୁ ତ ଦିଶିବେ ନାହିଁ।

ସୁନନ୍ଦକୁ ଯେତେବେଳେ ଆଠ ବରଷ, ତିନି ଭାଇ ଭିନେ ହେଲେ। ସମସ୍ତେ ଅଭୟାଙ୍କର ଦୋଷ ଦେଲେ। କେତେ ଛି ଛାକର, ନିନ୍ଦା, ଅପମାନ, ଅଭିଶାପ ସେ ସହିଛନ୍ତି। ରାତି ପାହିଲେ କଳିକଜିଆ, ପାଟିତୁଣ୍ଡ। ଛୋଟ କଥାରୁ କନ୍ଦଳ ଉପୁଜେ। ପୁରୁଣା ଭିଅ ଛାଡ଼ି ନୂଆ ଭିଅ କିଣି ଘର ନ କଲେ ଜୀବନରେ ଆଉ ଶାନ୍ତି ମିଳିବ ନାହିଁ। କଜିଆରେ ଯଦି ବେଳ କଟିବ, କାମ କରିବାକୁ ତର ମିଳିବ ନାହିଁ।

ଗାଆଁ ମଝିରେ ନୂଆଘର କଲେ।

ରକ୍ଷା ମିଳିଲା।

ପାଞ୍ଚ ଛ'ବର୍ଷ ସଂସାର। ଉଦ୍‌ଯୋଗୀ ପୁରୁଷ। ଚାଷବାସର ତତ୍ତ୍ୱ ନିଅନ୍ତି। ସଞ୍ଜବେଳେ ନିଜର ଛୋଟ ଦୋକାନରେ ବସନ୍ତି। ଦୁଇ ପ୍ରାଣୀଙ୍କର ପରିଶ୍ରମ ଦେଖିଲେ ଲୋକେ ଆଖି ଟେକନ୍ତି। ଶତ୍ରୁ କହନ୍ତି। ଅଧର୍ମ ବିତ୍ତ ଫଳେ ବହୁତ, ଗଲାବେଳେଯାଏ ମୂଳ ସହିତ। ଦୂର ଗାଆଁର ଲୋକେ ଚାଲିଗଲାବେଳେ ଗାଁ ମଝିରେ ବଡ଼ ହତା ଓ ବଗିଚା ଦେଖି ଘଡ଼ିଏ ଚାହାନ୍ତି।

ଶହେ ଗଛ ନଡ଼ିଆ ଚଅଁର କାଢ଼ିଲାଣି। କଦଳୀ ବଗିଚା, କାନ୍ଧିମାନ ତଳେ ଲୋଟୁଛି। ଆରେ, ନାହିଁ କଅଣ ? ଆମ୍ବ, ଜାମୁ, କଇଁଥ, କରମଙ୍ଗା, ପିଜୁଳି, ସଜନା, ଡାଳିମ୍ବ, ଯାହା ଖୋଜିବ। ଅପନ୍ତରା ଅରମା ଜଙ୍ଗଲ ହୋଇ ପଡ଼ିଥିଲା ଏ ଖଣ୍ଡ, ସଞ୍ଜେ ସକାଳେ ଗାଁ ମାଇପେ ନାକରେ ଲୁଗା ଦେଇ ଟିପେଇ ଟିପେଇ ପଶୁଥିଲେ। ସେଇ ଭଙ୍ଗାହାଣ୍ଡି ଭରା ଟୁବି ଗାଡ଼ିଆ କେତେ ବଡ଼ ହୋଇଛି। କାଚକେନ୍ଦୂ ପରି ପାଣି। ରୋହି ଭାକୁର ମନଖୁସିରେ ଖେଳୁଛନ୍ତି।

ସବୁଦିନେ ପାଗ ଭଲ ନ ଥାଏ। ଖରା-ଝରା ଧରା ଛାତିରେ ଅନହୁତି ବରଷା କୁଟେ, ଅନ୍ଧାର ଘୋଟେ, ବାଆ ବତାସ ଛୁଟେ। ଆକାଶର ମଥାନଛୁଆଁ ଦେବଦାରୁର ଉରୁ ଭାଙ୍ଗେ। ସେ ଭୂଇଁରେ ଲୋଟେ। ବାହା ବାହାର ସ୍ୱର ବୁଡ଼ାଇ କାଳର କୁହାଟ ଆହା ଆହା ଛାତି ଥରାଏ।

କଅଣ ହେଲା ?

ମୋଟେ ଦିନ ଦୁଇଟା ଜର।

ନନ୍ଦିଆର ବାପା ସଂସାର ଛାଡ଼ିଲେ; ଜୁଇରେ ପୋଡ଼ି ଧୂଆଁ ପାଉଁଶ ହେଲେ। ପର ଦୁଃଖରେ ଯେଉଁମାନଙ୍କର ମନ କାନ୍ଦେ, ଛାତି ତରଳେ, ସେଇମାନେ ଆଗକୁ ଆସି ସାନ୍ତ୍ୱନା ଦେଲେ- ଜୀବନ ମରଣ ନୂଆ କଥା ନୁହେଁ କେତେବେଳେ ଆସି କାହା ଘରେ ପଶେ। କାନ୍ଦି ବୋବେଇ, ମୁଣ୍ଡ କୋଡ଼ି, ବିଛଣା ଧଇଲେ ଚିଙ୍ଗୁଡ଼ି ବାଛୁରି ପିଲାଗୁଡ଼ିକ ହତାଶ୍ ହେବେ। ଦବି ଯିବେ। ଉଠ। ଏଥର ଘର ସମ୍ଭାଳ। ଆଜିଯାଏ ଏକା ମାଆ ହେଇଥିଲେ, ଏଣିକି ତମେ ବାପ ହେବ, ମା' ହବ।

ଜାଆମାନେ, ସେମାନଙ୍କର ପିଲାଝିଲା, ଦେଢ଼ଶୁର ଓ ଦିଅର ଆସି ଘରେ ଆସ୍ଥାନ ଜମେଇଲେ। ସମସ୍ତଙ୍କ ଆଖିରେ ଲୁହ।

ଜାଆମାନଙ୍କର ମନ ହସୁଛି। ଛାତିତଳେ ଛପି ଛପି ଛଟପଟା ହେଉଥିବା ହିଂସା, ଅଭିମାନ, ପରଶ୍ରୀ କାତରତା ମୁଣ୍ଡ ଟେକି ଉଠୁଛି। ତୁଣ୍ଡରୁ ନିଆଁମୁହାଁ ବିଲୁଆ ପରି ତାତିଲା କଥା ଝରୁଛି, ଅଲକ୍ଷଣି, ସ୍ୱାର୍ଥପର, ସବୁ ଏକା ଭୋଗଭାଗ୍ୟ କରିବ ବୋଲି ଭିନେ କରେଇଲା। ନିଂଅଶୀ ଢିଅ, ଅନାବାଦୀ ବଣ, ଯେଉଁଠି ଦିନ ଦି'ପହରେ ବ୍ରହ୍ମରାକ୍ଷସ, ଭୂତ, ପ୍ରେତ, ସଇତାନ, ଦେବାଦେବୀ ଆତଯାତ ହେଉଥିଲେ, ସେଇଠି ଘର ତୋଳିଲା। ଫଳ ଏବେ ମିଳିଲା। ବାପଠୁଁ ବଳି ବଡ଼ବାପ, ଦାଦି ଓ ଭାଇ ଭଉଣୀମାନେ ଅଛନ୍ତି। ପିଲା ତିନିଟା କ'ଣ ମଣିଷ ନ ହେବେ କି ? କଥା ପଡ଼ିଛି ନା !

ମାସେକାଳ ବିଛଣାରେ ପଡ଼ି, ଛଟପଟ ହୋଇ, ଲୋକଙ୍କର ଭଲମନ୍ଦ କଥା ମନରେ ଭେଦାଇ, କପାଳକୁ ନିନ୍ଦି, ଆଖିରେ ଯେତେ ଲୁହ ଥିଲା ସବୁ ନିଗାଡ଼ି ଶେଷ କରି ଅଭୟା ବିଛଣା ଛାଡ଼ିଲେ। ପୁଅଝିଅ ତିନୋଟି କାହାପରି କେଉଁଠି ହତାଶ୍ ହୋଇ ଠିଆ ହୋଇଛନ୍ତି। ଶୁଖିଶାଖି କଣ୍ଟା ଦୋହଲୁଛି। ଜାଆମାନଙ୍କର ପିଲାଙ୍କ ହସ ଓ ପାଟି କୁହାଟରେ ଘର ଭାଙ୍ଗିପଡୁଛି। ଗାଈବଳଦଙ୍କ ଛାତିରେ ବିଦାକାଠି, ଆଖିରେ ପାଣି। ଛାର କୁକୁରଟା ମୂଷା ପାଳଟିଛି। ମୁଣ୍ଡରେ ଘା। ମାଛି ଭଣ ଭଣ। ବିଲେଇ ଦିଓଟି ମ୍ୟାଉଁ

ମ୍ୟାଉଁ ହୋଇ ଗୋଡ଼ରେ ଘଷି ହେଉଛନ୍ତି। କ'ଣ କହୁଛନ୍ତି, କି ଅଳି କରୁଛନ୍ତି ସେମାନେ ?

ଅଭୟା ବାରିଆଡ଼କୁ ଆସିଲେ। ଚାରିଆଡ଼େ ଗୋଦା ମେଲା। ନଡ଼ିଆଗଛରେ ଗୋଟମା ନାହିଁ। ଆଉ ଗଛମାନଙ୍କର ବି ସେହି ଅବସ୍ଥା। ପୋଖରୀ କୂଳରେ ଠାଏ ଠାଏ କୁଜିଗେଣ୍ଡା ଜମା ହୋଇଛି। ପାଣି ଗୋଳିଆ। ମାଛ କଥା ଛାଡ଼, ଲୋକେ ଗେଣ୍ଡା କଙ୍କଡ଼ା ବି ଛାଣି ନେଇଛନ୍ତି। ଧାନଘର ମେଲା। ଅମାରରେ ଧାନ କାହିଁ ? ଜଣେ ଲୋକ ଆଖି ବୁଜିଲା, ଆଉ ଜଣେ ଲୋକ ତାକୁ ଝୁରି ଝୁରି ବିଛଣା ଧରିଲା, ସବୁ ଉଜୁଡ଼ିଲା ? ଆଖି ଥାଉଣୁ କିଛି ନ ଦେଖିଲେ ଏମିତି ସବୁ ଧ୍ୱଂସନାଶ ହୁଏ। ପିଲା ତିନୋଟି ମଣିଷ ହେବେ କିପରି ? ଜାଆ ଦେଢ଼ଶୁର ଦିଅର କରିବେ ?

କେହି କରିବେ ନାହିଁ। ବଣିଛୁଆ ଦିଓଟିଙ୍କ ପାଟିରେ ସେମାନଙ୍କର ବାପା ମା' ଅଧାର ଦେଉଛନ୍ତି ଜଣେ ନ ଥିଲେ ଆରକ। ଭଅଁରଟା ଭଁ ଭଁ ହୋଇ ମୁହଁ ଚାରିପାଖେ ବୁଲୁଛି। କଅଁଳ ଖରା ପୋଖରୀର ଦରଗୋଳିଆ ପାଣି ଉପରେ ଚିକ୍ ଚିକ୍ କରି ସତେ କି ଡାକୁଛି, ଆସୁନୁ ଏଠିକି ! ସାନ ଝିଅ, ମା' ମା' ହୋଇ ପାଖକୁ ଆସିଲାଣି। ମଝିଆଁଟି ଲେମ୍ବୁଗଛ ତଳେ ଠିଆ ହେଇଛି। ନନ୍ଦିଆ ମୁହଁ ଶୁଖେଇ ପାଖକୁ ଆସୁଛି।

ବାପ ସିନା ମରିଛି, ମା' ତ ବଞ୍ଚିଛି, ପିଲାଏ ଅନାଥ ହେବେ ?

ନା, ନା, ନା !

ଅଭୟା ମୁଣ୍ଡ ହଲାଇଲେ। ଲମ୍ବ କେଶ ଫିଟିପଡ଼ିଲା, ପିଠିରେ ଲୋଟିଲା।

ମୁକୁଳା କେଶ ବନ୍ଧା ହେଲା ନାହିଁ।

ପାଞ୍ଚାଳୀର ପ୍ରତିଜ୍ଞା। ଯେଉଁ ଘର ସେ ତୋଳିଯାଇଥିଲେ ସେ ଘର ପୁଣି ହସିଉଠିବ। ଯେଉଁ ଅପରାନ୍ତ ଅରମା ବଣକୁ ହାତରେ ତାଡ଼ି, ମୁଣ୍ଡରୁ ପୋଷ ପୋଷ ଝାଳ ନିଗାଡ଼ି, ସେ ନନ୍ଦନ ବନ କରିଯାଇଥିଲେ, ସେ ପୁଣି ଯତ୍ନ ଅଭାବରୁ ଅରଣ୍ୟ ପାଲଟିବ ନାହିଁ। ଆଉ, ଏଇ ପିଲା ତିନୋଟି, ଯାହାଙ୍କୁ ଦୁନିଆକୁ ଆଣିବାକୁ ଲୋକ ଅପବାଦକୁ ଭ୍ରୂକ୍ଷେପ ନ କରି ସେ ତିନିଥର ସଂସାର କରିଥିଲେ, ସେମାନେ ମଣିଷ ହେବେ ନାହିଁ ? ସେ ସିନା ମରିଛନ୍ତି ତାଙ୍କର ଉଦ୍ଦେଶ୍ୟ ବଞ୍ଚି ରହିଛି। ସେ ସିନା ହଜିଯାଇଛନ୍ତି, ଯାହା ସେ ସମ୍ପାଦି ରଖି ଯାଇଥିଲେ ସବୁ ସେମିତି ଅଛି।

କିଏ କରିବ ? ସଂସାରରେ କିଏ କାହା ପାଇଁ କରେ ?

ଯେବେ କରିବ ଘର, ଅଧେ ଆପଣା ଅଧେ ପର। ଆଖିରେ ଲୋତକ ଭରି,

ଦୁନିଆ ଉପରେ ଅଭିମାନ କରି, କର୍ତ୍ତବ୍ୟ ପାଖରୁ ଅପସରି, କେହି କେବେ ସଂସାରକୁ ଜିତିପାରିନାହିଁ। ଗୋଟିଏ ମାସର ଅଭିଜ୍ଞତା ତାଙ୍କ ମନରେ ବାରମ୍ବାର ଚିଆଁ ଦେଇ ଏଇକଥା ତାଙ୍କୁ ଶିଖାଇଯାଇଛି। ଲାଜ, ଭୟ, ସଂକୋଚ, ଆଳସ୍ୟ, ଅପାରଗତା ଓ ଛଳ ସବୁ ଦୂରେଇ ଯାଉ।

ଲୋକେ ଛି-ଛାକର କରିଛନ୍ତି। ଦେଖେଇ ଦେଖେଇ କହିଛନ୍ତି, ହଁ, ନନ୍ଦିଆ ମା', ଗୋଟାଏ ପିଶାଚୁଣୀ ପରି ଦିଶେ। ବାଳ ମୁକୁଳା, ମହଳ ଲୁଗା, ଦେହରେ ମୁଣ୍ଡରେ ତେଲ ଟିକେ ମାରେ ନାହିଁ, କେଡ଼େ ଅପରଛନ। ମାଇପିଟାଏ ହେଇ ନିଜେ ବଗିଚାରେ କାମ କରିବ, ପିଲାଙ୍କୁ କରାଇବ, ଚାକର ମୂଲିଆଙ୍କ ଖଟେଇବ। ଏ ଗାଁରେ ଏମିତିକା ଅଣ୍ଡିରୀ ଅଭିଲା ବୋହୂ ଆଉ କେହି ନ ଥିଲା, କି ନାହିଁ!

ଆଉ, ଶୁଣିବ କଅଣ? ବିଲର ଧାନ, ମୁଗଠୁ ଆରମ୍ଭ କରି ବଗିଚାର କଦଳୀ ପତ୍ର, ନଡ଼ିଆ ବାହୁଙ୍ଗା ଯାଏ ସବୁ ସେ ବିକେ। ପଇସାକୁ ଚିହ୍ନେ ଏକା। ଛି ଛି। ଛାର ଲେମ୍ବୁ କସିଟାଏ, ପୋଖରୀକୂଳର କଳମ୍ବ ଲଟା ସେ ବି ହୁଏ ବିକା। ହଉ ଦେଖିବା, କେତେ କଅଣ ସେ ସାଙ୍ଗରେ ବାନ୍ଧି ମଶାଣିକୁ ନେବ।

ଉପକାର ପାଇଲା ଲୋକେ କହନ୍ତି, ହେଲେ, ନନ୍ଦିଆ ମାଆର ମନରେ ଆହା ପଦ ଅଛି! ଯାହାର ଯେବେ କେଉଁ ଚିଜ ଲୋଡ଼ା ହେଲା, ମୁହଁ ଖୋଲି ମାଗିଲେ ସେ କେବେ ମନା କରିନାହିଁ। ଶାଗପତର ଛାର କଥା, ଧାନଚାଉଳ, ଗଛର ଫଳ, ପୋଖରୀର ମାଛ। ଧନ ଦେଲେ ଭଲ, ନ ଦେଲେ ତା'ର ମୁହଁ ନେଫଡ଼ା ନାହିଁ। ମାଗିବ ନାହିଁ। ହେଲେ, କଳା ଦରବ ସେ ବିନା କାରଣରେ କାହାରିକୁ ଦେବ ନାହିଁ। ଉଜାଡ଼ିବ ନାହି। କାହାରି ଲୋଡ଼ା ନ ଥିଲେ ସେ ଗୁରୁ ବ୍ରହ୍ମାଙ୍କ କଥା କାନକୁ ନେବ ନାହିଁ।

ଯୋଗୀ ଭିକାରୀ ଦୁଆରୁ ତା'ର ହତାଶ୍ ହୋଇ କେବେ ଫେରନ୍ତି ନାହିଁ। ଯିଏ ମାଗେ, ମୁଠିଏ ପାଏ, କେବଳ ମୁଠିଏ। ଅଳି କର କି କଟାଳ କର, ଆଉ ନାହିଁରେ ବାବା! ଚାକରବାକରଙ୍କୁ ଖଟାଏ ଯେତିକି ସ୍ନେହ କରେ ତହୁଁ ବଳି। ସେମାନେ ଆଗ, ନିଜ ପିଲା ପଛ। ଆଗରେ ବସି ଖୋଇବ ପେଇବ। ସେମାନଙ୍କ ଘରର ହାନିଲାଭ ବୁଝିବ। କେହି ବାଧକା ପଡ଼ିଲେ ନିଜେ ଧାଇଁଯିବ। ଭାରି ହୁସିଆର। ସେମାନେ ବି ସେମିତି ମାନି ଚଳନ୍ତି। ନନ୍ଦିଆ ମାଆର ପଦେ କିଏ ନିନ୍ଦା କଲେ ତଣ୍ଟିରେ ମୁହଁ ଲଗାଇଦେବେ।

ବଡ଼ ପୁଅ ସୁନନ୍ଦ, ଝିଅ ଦିଓଟି ଶୋଭା ଓ ଆଭା, ସତେକି ପାଠ ପିଇଯାଉଛନ୍ତି। ଗାଁ ମାଇନର ସ୍କୁଲରୁ ପାଠ ଶେଷ କରି ବୃତ୍ତି ପାଇ ସୁନନ୍ଦ ଗଲା କଟକରେ ପଢ଼ିବାକୁ।

ଝିଅ ଦିହେଁ ଗାଁ ଇସ୍କୁଲରେ ପାଠ ପଢ଼ିଲେ। ଆଖିଦୁରୁଶିଆ ହେଲାରୁ, ସ୍କୁଲରୁ ନାଁ କଟେଇ ଝିଅ ଦୁହିଁଙ୍କୁ ଘରେ ରଖିଲେ ଅଭୟା। କଡ଼ା ଶାସନ! ସ୍ନେହ ଥାଉ ମନରେ ବାହାରକୁ ଦେଖେଇହେଲେ ପିଲା ଖରାପ ହେବେ।

କି କାମ ସେ ଝିଅ ଦୁଇଟାଙ୍କୁ ନ କରାନ୍ତି! ବାସନମଜାରୁ ଗୁହାଳ ପୋଛା, ରୋଷଇ ବାସରୁ ପୁରାଣ ପାଠ, ହିସାବ ଲେଖା। କେତେ ଉପଦେଶ ଦିଅନ୍ତି। ସଂସାରର ଭଲମନ୍ଦ, ହାନିଲାଭ କଥା ଶିଖାନ୍ତି। ଦାଣ୍ଡମାଇପେ ଘରକୁ ଆସି ପଦାରେ ଯାଇଁ ଗପନ୍ତି ଝିଅଗୁରାଙ୍କୁ ପୋଇଲୀ କରି ରଖିଛି ସେ ନନ୍ଦିଆ ମାଆଟା। ଭଲ ଶାଢ଼ୀଖଣ୍ଡେ ନାହିଁ, ଭଲ ଗହଣା ଖଣ୍ଡେ ନାହିଁ। ବାପ ନ ଥିଲାରୁ ସିନା ଏଇଆ!

ଲେଖାଯୋଖାରେ କନି ଝିଆରୀ ହେବ।

ଅପରଛନ ରୂପ। ଜଣକୁ ଦେଖେଇ କନିକୁ ତା'ର ମାମୁଁ ଯାହାକୁ ବାହା କରେଇଦେଲେ, ଚଉଠି ରାତିରେ କନିକୁ ଦେଖି ଉତ୍ସାହୀ ବର ଘର ଭିତରୁ ବାହାରି ଆସିଲେ ମୁହଁ ଆମ୍ବିଳା କରି। ସକାଳୁ ଖବର ମିଳିଲା, ବାଉରୀବନ୍ଧୁ ଘର ଛାଡ଼ିଛୁ। ଦୁଇମାସ ପରେ କଲିକତାରୁ ତାଙ୍କ ପାଖକୁ ଚିଠି ଆସିଲା, ବାପା, ଯେଉଁ ଜନ୍ତୁଟିକୁ ବୋହୂ କରି ଆଣିଛ, ସେ ଘରେ ଥିବାଯାଏ ମୋର ଦେଖା ପାଇବ ନାହିଁ।

କାହିଁକି ଶଶୁରେ କନିକୁ ତା' ମାମୁଁଘରେ ଛାଡ଼ିଦେଇ ଗଲେ, ସେ କଥା କନି ବୁଝିଲା ଚାରିମାସ ପରେ, ଯେତେବେଳେ ଖବର ପାଇଲା ତାହାରି ବର ଆଉ ଠାଆକରେ ଭୁବନମୋହିନୀ କନ୍ୟା ବାହା ହୋଇଛନ୍ତି। କାନ୍ଦି ବୋବେଇ ରହିଲା। ଆଗ ମଲେ ମାମୁଁ, ସେଇଠୁ ମାଇଁ। ମାମୁଁ ପୁଅ ଭାଇ ତିନିହେଁ ପିଟାପିଟି ହେଇ ଭିନେ ହେଲେ। କଚିରୀକୁ ଧାଇଁଲେ।

କନିକୁ ଆଶ୍ରା ଦେବ କିଏ?

ଦୁଃଖରେ ଜୀବନ କଟିଛି। ବାପମା'ଙ୍କୁ ପିଲାଦିନୁ ଖାଇ ସେ ମାମୁଁ ଘରେ ବଢ଼ିଥିଲା। କହନ୍ତି, ବାପ ଓଳି ନେଇ ଜନମ ଲଭିଲେ ଝିଅ ସୁଖରେ ରହେ। ଦେଖୁନ କନିର ସୁଖ! ଯାହା ହେଉ, ବାଡୁଅ ଦୋଷ ତା'ର କଟିଯାଇଛି, ଏଇ ବଡ଼ ଭାଗ୍ୟ!

ସାତ ବରଷ ବାଡୁଅ ଦୋଷ କାଟି, କେଜାଣି କେମିତି ଦଇବ ଦଉଡ଼ିରେ ଓଟାରି ହୋଇ ଆସି କନିର ଭାଗ୍ୟ ବନ୍ଧା ହେଲା ଅଭୟାଙ୍କ ଘରେ। ଦେଖୁ ଦେଖୁ ଚାରି ବରଷ କଟିଲାଣି। କନିକୁ କେବେ ଅଳସ ହେଇ ବସିବାର ଦେଖିଲେ ଅଭୟା ପଛେ ଆଖି ଫେରାଇବେ, ଝିଅମାନେ ଅଳସ ହେଲେ ସେ ଗରଜି ଉଠିବେ।

ଆରେ, ମାଇପିଟା କୋଠା ତୋଳୁଛି, ମାମଲତକାର ହୋଇଛି ଗନ୍ଧିଆ। ସେ ଜାତିରେ ସଅର, ଚାକରଟା। ବାଡ଼ି ଧରି କନି ଜଗି ବସିଛି। କିଏ ଖଣ୍ଡେ ଇଟା କି ପଥରରେ ହାତ ଦେଉ ତ ଦେଖି। କଟକରୁ ରାଜମିସ୍ତ୍ରୀ ଆସି କାମକରୁଛନ୍ତି। ସୁନନ୍ଦ କଲେଜ ପାଠ ଛାଡ଼ି ବେଳେ ବେଳେ ଧାଇଁ ଆସୁଛି।

ତିନି ବଖରା ଦିବ୍ୟସୁନ୍ଦର କୋଠାଘର। ଧନ୍ୟ ମାଇପିଟାର କରାମତି !

ବଡ଼ ଝିଅ ଶୋଭାର ବାହାଘର। କେତେ ମଧ୍ୟସ୍ଥ ଗାଁ ଗାଁ ବୁଲି ପାତ୍ର ଖୋଜି ହଟିଲେ। ଶେଷକୁ ସୁନନ୍ଦ ସମ୍ବନ୍ଧ ସ୍ଥିର କଲା। ଦୂର ଗାଁରେ ଘର।

ଭାଗବତ ଯୋଗ୍ୟ ପାତ୍ର। ବେଶି ପାଠରୁ ମିଳିବ କଅଣ ? ଧନୀଘର ପୁଅ। ଜମି ଜମିଦାରୀ, ମହାଜନୀ, କାହିଁରେ ଊଣା ନାହିଁ। ରଙ୍ଗ ଟିକେ ଊଣା। ରୂପ ଗୁଣ ନିଖୁଣ। ଝିଅକୁ ଯାହା କହନ୍ତି, ସୁନାର ଖୋଳରେ ପୂରାଇ ଶଶୁର ଘରକୁ ବିଦା କଲେ।

ଏ ଗାଆଁରେ ଧନ୍ୟ ଧନ୍ୟ ପ୍ରଶଂସା କଥା ପଚାରେ କିଏ, ଝିଅର ଶାଶୁଘରଆଡୁ ଯେଉଁ ପ୍ରଶଂସା ଖବର ଶୁଣନ୍ତି, ସେଥିରେ ଅଭୟାଙ୍କର ମନ ଉଲୁସି ଉଠେ। ଆଖିରୁ ଲୁହ ଝରେ। ଆହା, ବାପେ ଯଦି ଥାଆନ୍ତେ, ଶୁଣି ତେଢ଼େ ଉଷତ ହୋଇଥାନ୍ତେ। ହଁ, ବାପ ନ ଥିଲାରୁ, ପୁଣି ବଡ଼ବାପ ବଡ଼ମା'ଙ୍କ ପଛରେ ଗୋଡ଼ାଇ ସରଗଧାମକୁ ଚାଲିଯାଇଥିବାରୁ, ଭିନେ ହେଲା ଦାଦି ଶୋଭାକୁ ବାହା କରେଇଲେ।

ଆଭାର ବାହାଘରକୁ ସେତକ ବି ହେଲା ନାହିଁ। ଦିଅର ସେପୁରକୁ ଚାଲିଯାଇଥିଲେ। କର୍ତ୍ତା ହେଲେ ବଡ଼ ପୁତୁରା। ଲକ୍ଷ୍ମୀନୃସିଂହ ପରି ସୁବର୍ଣ୍ଣପ୍ରତିମା ଆଭା ପାଖରେ ଦିବ୍ୟ ଗୌରବର୍ଣ୍ଣ ଦୋଳଗୋବିନ୍ଦକୁ ଯିଏ ଦେଖୁଥାଏ ପ୍ରଶଂସା କରୁଥାଏ। ସେ ଜଣେ ବଡ଼ ଡାକ୍ତର। ଦୂର ଗାଁ ନୁହେଁ, ଦୂର ଜିଲା ବଲାଙ୍ଗୀରର ମୋଫସଲରେ ଦୋଳଗୋବିନ୍ଦଙ୍କ ଘର। ହଇହେ, ଆଜିକାଲିକା ଯୁଗରେ ରେଳ ମଟର, ଉଡ଼ାଜାହାଜ ଚଳପ୍ରଚଳ। ଦୂର ହୋଇ କୋଉ ଜାଗାଟା ରହିଛି ? ସବୁ ପାଖ। ନଗଦ ନାରାୟଣ ପଇସା ଥିଲେ, ଶହେ କୋଶ ଶହେ ପଦିକା।

ଆଭାର ବାହାଘରକୁ ଶୋଭା ଆସି ପାରିନଥିଲା। କୋଳରେ ତା'ର ଦଶ ଦିନର ପୁଅ। କାନ୍ଦି ବୋବେଇ ସେ ଚିଠି ଲେଖିଥିଲା। ଦଇବ ଯୋଗ, ହାତ କାହାର ଅଛି ?

ସୁନନ୍ଦର ବାହାଘରକୁ ସଭିଙ୍କର ମେଳ ହେଲା, ଆଭାର ବାହାଘରର ପାଞ୍ଚ ବରଷ ପରେ। ଶୋଭା ତା'ର ଦୁଇ ପୁଅ ଓ ସାନ ଝିଅକୁ ସାଙ୍ଗରେ ନେଇଆସିଲା। ଲେଖାରେ ନଣନ୍ଦ ହେବ, ଗରିବଘର ଝିଅଟିଏ, ତାଆ ନାମ ଲଳିତା, ନଅ ବରଷର ସୁନ୍ଦର ଓ ଢଙ୍ଗର ପିଲାଟି, ତାକୁ ବି ଆଣିଥିଲା ସଙ୍ଗରେ, ପିଲାଙ୍କୁ ଟିକେ ଦେଖିବ ବୋଲି। ଆଭା ଆସିଥିଲା ଝିଅ ଦିଓଟିଙ୍କୁ ସଙ୍ଗରେ ନେଇ।

ଏକା ସେଇ ଆଭା ବଦଳିଛି। ନାକରେ ଚଷମା, ହାତରେ ଘଡ଼ି, ଗୋଡ଼ରେ ଚପଲ, ଲୁଗା କେମିତି ଆଉ ଜାତିକା କରି ପିନ୍ଧୁଛି।

ବାହା ହେଲା ଝିଅ, ଡାକ୍ତରଙ୍କର ଘରଣୀ, ଆକଟ କରି କହିହେବ ନାହିଁ। ସହିବାକୁ ପଡ଼ିବ।

ଦୁଇମାସ ରହି ଯିଏ ଯୁଆଡ଼େ ଗଲେ। ସପନ ପରି ଲାଗେ ଅଭୟାଙ୍କୁ।

ସାତ ବରଷ ହେଲା ଯାହାକୁ ବୋହୂ କରି ଘରକୁ ଆଣିଛନ୍ତି, ତା' ମୁହଁକୁ ଅନେଇଦେଲେ, ଝିଅମାନଙ୍କୁ ପର ଘରକୁ ପଠେଇବାର ଦୁଃଖ ସେ ଭୁଲନ୍ତି।

କାଲିପରି ଲାଗୁଛି, ସାତ ବରଷ କଟିଗଲା।

ଗତକଥା ସବୁ କାଲିପରି ଲାଗେ। ମୁହୂର୍ତ୍ତକରେ ମନ ଧାଇଁଯାଏ ଅତୀତକୁ। ହେତୁ ପାଇଲାଦିନୁ ଯାହା ଯେବେ ଘଟିଥାଏ ମନ ଓ ଜୀବନକୁ ଥରାଇଥାଏ, ସବୁକୁ ସେ ମନ ଅନେଇଁ ଦେଇ ଫେରେ। ମନର ଆଖିକୁ ସବୁ ଦିଶେ ଜଳଜଳ, ହେଇଟି ଦିଶିଯାଉଛି ପରା ! ଆଉ, ପରକ୍ଷଣରେ କଅଣ ଘଟିବ, କିଏ କହିବ ? ଆଖିକୁ ଦିଶେ ନାହିଁ, ମନ ଅଣ୍ଡାଳି ହେଇ ଫେରେ।

ଯେଉଁମାନେ କର ଓ କପାଳ ଦେଖି, ରାଶି ଓ ନକ୍ଷତ୍ର ଗଣି, ଦେବାଦେବୀଙ୍କ ନାମ ଧରି, ଆଗତ ଭବିଷ୍ୟ କଥା କହନ୍ତି, ସେମାନେ ଅନ୍ଧାରରେ ବାଡ଼ି ବୁଲାନ୍ତି। ଗୋଳିଆ ପୋଖରୀରେ ପଙ୍କ ଚିପି ଚିପି ମୀନ ଅଣ୍ଡାଳିବା ସାର ହୁଏ। ଦଶ କଥାରୁ ଦି କଥା ଲାଖିଲେ ଲାଖିଲା, ନୋହିଲେ ନାହିଁ। ଜମାରୁ ନ ଘଟିଲେ, କହିଲା ମଣିଷ ଓ ନ ରହିଲା କଥା ମନକୁ ଆସେ ନାହିଁ। ବାଏଁ ବାଏଁ ଉଡ଼ିଯାଏ। କଥାଟିଏ ଯଦି ଘଟେ, ମନ କହେ ହଁ ଫଳିଲା ତ !

ଗୋଳେଇ ହୁଏ ଅଭୟାଙ୍କ ମନ। ଯିଏ ଯାତକ ଦେଖିଛି, ସେ କହିଛି ନନ୍ଦିଆର ତିନି ପୁଅରେ ସୁନାନାକୀ ଝିଅ ହେବ। କାହାରି କଥା ଏବେଯାଏ ଫଳିଲା ନାହିଁ। ଦେବାଦେବୀଙ୍କର ଆଶ୍ରା ନେଇ, ଉପାସବ୍ରତ କରି ସୁବର୍ଣ୍ଣ ପ୍ରତିମା ବୋହୂ ନନ୍ଦିକାର କୋଳରେ ପିଲା ବକଟେ ଝୁଲିଲା ନାହିଁ। ତେବେ କଣ ନନ୍ଦିକା.... ?

ମନରେ ବି ସେ ଅଶୁଭ ଭୟଙ୍କର ଶବ୍ଦଟା ଆଣିହୁଏ ନାହିଁ। ଛାତି ଥରିଉଠେ। ହଁ, କଥା ସାତ ବରଷର ବୋହୂ, ଆଜିଠଉଁ କାହିଁକି ସେ ଚିନ୍ତା ? ପନ୍ଦର ବରଷ ବାଞ୍ଝରହି ଅନୁଆ ଭାରିଯା ଚମ୍ପାର ଦିବ୍ୟ ସୁନ୍ଦର ପୁଅ ହେଇଚି। ଅଭୟାଙ୍କ ଆଖି ଆଗରେ ଏମିତି କେତେ ମାଇପେ ଆସି ଠିଆ ହେଲେ। ସମସ୍ତେ ମା' ହେଇଛନ୍ତି।

ଆରେ, ନ ହେଲାବେଳକୁ ଭୁବନେଶ୍ୱର, ହାଟକେଶ୍ୱର, ଗୁପ୍ତେଶ୍ୱର ଚନ୍ଦ୍ରଭାଗା ଯାଇ ମାନସିକ କରିବେ।

କିଏ କହିବ କାଲି କଅଣ ହେବ? ପାଚିଲା ପତର ସେ, ବେଳକାଳ ସରିଆସିଲା। ମୁଣ୍ଡବାଳ ଝୋଟ ହୋଇଆସିଲା। ଚାଲିଲାବେଳକୁ ଦେହ ଥରୁଛି, ଛାତି କଅଣ ହେଉଛି। ଏମିତି କେତେ ଲୋକ ଟଳି ପଡ଼ିଛନ୍ତି। ହାକୁଟି ମାରୁ ମାର ଯୁଆନ ଟୋକା ବିଶି ବାରିକ ଟଳିପଡ଼ିଲା। ପୁରାଣ ପଢୁପଢୁ ଗୋକୁଳି ତିହାଡ଼ୀ ଢଳି ପଡ଼ିଲେ। ବେଶିଗୁଡ଼ାଏ ବୟସ ତ ହୋଇନଥିଲା। ରାଧି ମା' ତେଲୁଣୀ ରୋଗ ବଇରାଗ ନାହିଁ, ପଖାଳ କଂସାଏ ଖାଇଦେଇ ଶୋଇଛି ତ ଶୋଇଛି। ଡାକିଲେ, ବୁଢ଼ୀ ଆଉ ନ ଶୁଣେ।

କିଏ କହିବ କାଲିକା କଥା?

ଅଭୟା ଛଟପଟ ହେବାକୁ ଲାଗିଲେ। ମନ କହିଲା, ଆସିଥାଇଁ ତ ଯିବାକୁ, ଆଜି ନୋହିଲେ କାଲି। ହେଲେ, ନାତି ମୁହଁ ନ ଦେଖି ସେ ମରିବେ?

ଅଭୟା ଡବ ଡବ କରି ଓରାକୁ ଚାହିଁ ରହିଲେ। ଭାବନା ଅଟକି ରହିଲା।

ଝୁମୁଝୁମୁ ନୂପୁର ବାଜେଣି। ଚମ୍ପାଫୁଲଘେରା କବରୀର ମଧୁର ମହକ। ଥରି ଥିରି ଚାଲିର ଆଭାସ। ହଁ, ନନ୍ଦିକା ଆସୁଛନ୍ତି। ଅନ୍ଧାର ଘର। କେତେ ଡେରି ସେ କରନ୍ତି। ସବୁ ପାଇଟି ଶେଷ କରି ଆସିବେ। ମାଆଙ୍କର ପାଦସେବା, ସେଇଠି ହୁଏ ଡେରି। ସାତ ବରଷର ଘରଣୀ, ତଥାପି ଲାଜପାଣି ମୁହଁରୁ ଶୁଖିନାହିଁ! ରାତି ଅଧ ନ ହେଲେ ଏ ଘରେ ପାଦ ପକାଇବେ ନାହିଁ।

ଆଜି ସୁନନ୍ଦ ଅଭିମାନ କରିବ। ସେ ଛଳନା କରି ଶୋଇବ। ଘୁଗୁଡ଼ି ମାରିବ, କଥା କହିବ ନାହିଁ। ଆଗ ନନ୍ଦିକା କଥା କୁହନ୍ତୁ। ଚଉଠି ରାତିରେ ସୁନନ୍ଦ କଥା କହି କହି ଥକିଗଲା, ନନ୍ଦିକାର ତୁଣ୍ଡରୁ ପଦେ ବାଣୀ ଆଣିପାରିଲା ନାହିଁ। ମୁହଁରେ ହସ ଫୁଟାଇ ପାରିଲା ସିନା, ତୁଣ୍ଡରୁ ଭାଷ ସ୍ଫୁରାଇ ପାରିନଥିଲା। ଆଲୁଅଟା ବଇରି। ସେ ଲିଭୁ। ଲିଭିଲା। ରାତି ପାହି ପାହି ଆସୁଛି। ନନ୍ଦିକା ଅବଶ୍ୟ କଥା କହିବେ। ଦେଖିବା, କେମିତି ଓଠରେ କୋଳପ ପକାଇ ରହିବେ?

କୋଳପ ଫିଟିଲା। କଥା ବାହାରିଲା, ଆରେ-, ଛି-।

ରହ, ଆଜି ନନ୍ଦିକାର ପାଳି। ସେ ସୁନନ୍ଦକୁ କଥା କୁହାଇବ।

ସୁନନ୍ଦ ଘୁଙ୍ଗୁଡ଼ି ମାରିବ। ସେ କଟକରୁ ସାଇକେଲ ଚଢ଼ି ପନ୍ଦର ମାଇଲ ବାଟ ଧାଇଁଆସିଛି। ବଡ଼ ରାସ୍ତା, ଛୋଟ ରାସ୍ତା, ନଈବନ୍ଧ, ନାଳବନ୍ଧ, ଶଗଡ଼ଦଣ୍ଡା, ଗହୀରବିଲର ହିଡ଼, ଗାଁ ଗୋହରୀ ଡେଇଁ ଧାଇଁ ଆସି ସେ ଅଥା ହୋଇଛି। ଗୋଡ଼ରେ ବଥା। ସେ ଶୋଇବ, କଥା କହିବ ନାହିଁ। ରାତି ପାହୁ।

ଝୁମୁଝୁମୁ ନୂପୁର ବାଜେଣି। ଚମ୍ପାଫୁଲର ମଧୁର ମନପୁଲକା ମହକ। ଧୀର ଚାଲି। କାହିଁ, ସରୁନାହିଁ ତ। ଖୋଲାଦେହରେ କଅଁଳ ଦେହର ମନଭୁଲା, ଅମୃତ ପରଶ ଲାଗୁନାହିଁ ତ। ଥର ଥର ନିଶ୍ୱାସର ଉଷୁମ ସୁଷମା ଲାଗୁନାହିଁ ଦେହରେ।

ଫେରିଗଲେ ନନ୍ଦିକା, ଅଭିମାନିନୀ, ନା ଦୂରେଇ ବସିଲେ ?

ଅଣ୍ଟାଳିଲେ ହାତରେ ବାଜୁଛି ଟାଣ କାନ୍ଥ। ଆରେ, ଏଇଟା କଅଣ ?

ସ୍ୱିଚ।

ବିଜୁଳି ଆଲୁଅ ଝଟକି ଉଠିଲା, ଆଲୋକିତ ହେଲା କୋଠରୀ। ଆଖି ଝଲସିଲା। ସୁନନ୍ଦ ଆଖି ଖୋଲିଲା। ଥକ୍‌କା ହୋଇ ସେ ମୁହୂର୍ତ୍ତେ ଚାହିଁଲା। ଟେବୁଲ ଉପରେ ଛୋଟ ଜାଜ୍‌ଘଣ୍ଟା ଟିକ୍‌ଟିକ୍ ହୋଇ ଚାଲିଛି। ରାତି ଗୋଟାଏ। କାନ୍ଥରେ ଝୁଲା ହୋଇଥିବା କ୍ୟାଲେଣ୍ଡରର ରମଣୀ ମୂର୍ତ୍ତି ହସିଉଠୁଛି। ହିମାନୀ ସ୍ନୋର ସେ ନିର୍ଜୀବ ବିଜ୍ଞାପନ। ନିର୍ଲଜ ଆଭରଣ, ଅତି ନିର୍ଲଜ୍ଜ ଚାହାଣୀ ଓ ହସ।

ଟେବୁଲ ଉପରେ ନନ୍ଦିକାର ଫଟୋ। ମୁହଁ ଶୁଖେଇଛି, ସତେ କି କାନ୍ଦୁଛି।

ସୁନନ୍ଦ ବିଚଳିତ ହେଲା। ଉଠି ବସିଲା। ନନ୍ଦିକା କାନ୍ଦୁଥବ। ଆଜି ଶନିବାର। ମୋଟେ ପନ୍ଦର ମାଇଲ ବାଟ। ହେଇଟି ପରି ଲାଗୁଛି। ସେ ଯାଇପାରିନାହିଁ। ଉହୁଁ, ସେ ଯାଇନାହିଁ।

କାହିଁକି ?

ଛାତିରେ ଛନକା ପଶିଲା। ନିଜ ପାଖରେ ସେ କୈଫିୟତ ଦେଇପାରିବ ନାହିଁ। ନାକରେ ଚମ୍ପା ଏସେନ୍‌ସର ମହକ ଏବେବି ଲାଖିରହିଛି, ଦେହରେ କଅଁଳ ମାଂସର ପରଶ।

ତାଙ୍କର ନାମ ହିମାନୀ। ଏଇ କ୍ୟାଲେଣ୍ଡର ଛବି ସଦୃଶ ତାଙ୍କର ରୂପ ଓ ବେଶ।

ଶନିବାର !

ବର୍ଷା, ତୋଫାନ, ଘଡ଼ଘଡ଼ି। ମେଦିନୀ ଦୁଲୁକି ଉଠୁଛି। ଗହୀର ବିଲରେ ପାଣିସୁଅ। ଗଛରୁ ଡାଳ ଭାଙ୍ଗି ତଳେ ଲୋଟୁଛି। ସଞ୍ଜ ଅନ୍ଧାର।

ପାଣି କାଦୁଅରେ ଦେହ ଜୁଡୁବୁଡୁ। ଶୀତରେ ଦେହ ଥରୁ ଥୁରୁ। ମୁହଁରେ ଖାଲି ସାହସିଆ ଗଡ଼ ଜିତା ହୁଏ।

ନନ୍ଦିକା ଆଖିରେ ଲୁହ। ଭୟରେ ଦେହ ଥରୁଛି। ଲାଜ ସରମ ଦୂରେଇ ପାଖକୁ ସେ ଧାଇଁଆସିଛି। ନିଜ ଅଞ୍ଚଳରେ ଓଦା ଦେହ ପୋଛିଦେଇ କହିଛି, ଏମିତିକା ଦୁର୍ଦ୍ଦିନରେ ଘରୁ କେହି ପଦାକୁ ଗୋଡ଼ ବଢ଼ାଏ ନାହିଁ।

ପଦାରେ ଥିବା ଲୋକେ ତିନ୍ତିବୁଡ଼ି ଘରକୁ ଧାଇଁ ଆସନ୍ତି, ନୁହେଁ କି ନନ୍ଦିକା? ପନ୍ଦର ମାଇଲ ମତେ ପନ୍ଦର ଖୋଜ ପରି ଲାଗିଲା ନାହିଁ।

ଦୁର୍ଯ୍ୟୋଗରେ ପଡ଼ିଲା ପରି କାହିଁକି ଧାଇଁଆସିଲ?

ତମରି ପାଇଁ।

ମତେ ମରଣ ହେଉ।

ରାତି ଗୋଟାଏ।

ଘରକୁ ଯିବ ନାହିଁ ବୋଲି ସେ ଆଗରୁ ଖବର ପଠାଇନାହିଁ। ହଁ, ବେପାର ବଣିଜ କଥା, ଅତି ଆବଶ୍ୟକ ପଡ଼ିଲେ କେବେ କେବେ ଶନିବାର କି ରବିବାର ଦିନ ଗ୍ରାମକୁ ଯାଇପାରେନାହିଁ। ଆଗରୁ ଲୋକ ପଠାଇ ଖବର ଦିଏ, ନୋହିଲେ ଘରେ ସେମାନେ ଦକଦକ ହେବେ। ଆଜି ସେ ଖବର ପଠାଇ ନାହିଁ। ବୁଢ଼ୀ ମା' ବ୍ୟସ୍ତ ହେଉଥିବେ। ନନ୍ଦିକାର ଆଖିକୁ ନିଦ ଆସୁ ନ ଥିବ। ସେ ଛଟପଟ ହେଉଥିବ। ତୁନୀ ତୁନୀ କାନ୍ଦୁଥିବ।

ମନ ପଚାରୁ ଥିବ ଭାମିନୀ ଭାବନାକୁ, କଅଣ ହେଲା, କାହିଁକି ଆସିଲେ ନାହିଁ।

ନିଜେ ସୁନନ୍ଦ ବି ଏଇଁ ପ୍ରଶ୍ନ ଦିଓଟିର ଉତ୍ତର ଦେଇପାରିବନାହିଁ। ସେ ସାହସ ତା'ର ନାହିଁ। ବେପାର ତାକୁ ଅଟକାଇ ରଖିନାହିଁ। ସେ କେତେକାଂଶରେ ସ୍ୱାଧୀନ। ପର ପାଖରେ ମୁଣ୍ଡ ବିକି ନାହିଁ।

ଅଳ୍ପ ବୟସରେ ବହୁ ଅବସ୍ଥା ଓ କେତେ ଜୀବନର ଅଭିଜ୍ଞତା ସେ ଅର୍ଜନ କରିଛି। ସେ ଗେହ୍ଲା ପୁଅ। ପିତୃବିୟୋଗ ପରେ ଛାତ୍ର ଜୀବନର ଦୁଃଖ। କଲେଜ ଛାଡ଼ି ବର୍ଷଟିଏ କିରାଣୀଗିରି। ଚାରିପାଞ୍ଚ ମାସ ସ୍କୁଲ ମାଷ୍ଟରୀ। ସେଇଠୁ, ବେକାର ଜୀବନ।

ନା ବେକାର ବୋଲି କହିହେବ ନାହିଁ। ଘରର ତତ୍ତ୍ୱ, ବିଲ ବଗିଚାର କାମ, ଗାଁ ମାମଲତି, ଟିକିଏ ରାଜନୀତି, ଏସବୁ ତ ପୁଣି ମଣିଷକୁ ମଣିଷ ଚିହ୍ନାଏଁ। ପୋଲା ମଣିଷକୁ ନିଦା ମଣିଷ କରେ। ଉପାୟର ଫନ୍ଦି ଦେଖାଏ। ଚାରି ପଇସା ଭେଇବାର ବାଟ ଦେଖାଏ। ମନରେ ବଦ୍ଧମୂଳ କରେ ଧାରଣା - ଆଲୋ ମଉସା, ଜଡ଼ ପଇସା,

ଆଉ ସବୁ ମିଛ। ଧନ ଅର୍ଜିଲେ ଧର୍ମ କରି, ଧର୍ମେ ପ୍ରାପତ ନରହରି।

ଆଗ ତେବେ ଧନ?

ସୁନନ୍ଦ ଇତିହାସରେ ସମ୍ମାନ ପାଇ କଳାରେ ବିଶ୍ୱବିଦ୍ୟାଳୟର ଓଥରା ହୋଇଛି। ମୁହଁରେ କଳା ସିନା ବୋଳିଥିଲା, କଳାବଜାରରେ ଆଖି ପଡ଼ି ନ ଥିଲା। ଏବେ ପଡ଼ିଲା।

ଆଗ ଧନ!

କଟକ ସହର।

ବଡ଼ ରାସ୍ତାର ଦୁଇପାଖରେ ଟୋପିଖସା ଆକାଶର ମଥାନଛୁଆଁ କୋଠାମାଳ। ରାସ୍ତା ଉପରକୁ ଖୋଲିଥିବା ଦୋକାନମାନଙ୍କରେ ଧନକୁବେର, ଥନ୍ତଲପେଟ। କଳା ବଜାରକୁ ସେଇମାନେ ଚିହ୍ନନ୍ତି। ଧର୍ମ ଅର୍ଜିଛନ୍ତି। ଧର୍ମଶାଳା ତୋଳି ବନ୍ୟା, ଦୁର୍ଭିକ୍ଷ, ସ୍ମୃତିମନ୍ଦିର ପାଣ୍ଠିକୁ ଭିକ ଦେଇ ଧର୍ମ ଅର୍ଜିଛନ୍ତି। ନରଦେହରେ ଆତଯାତ ହରିମାନଙ୍କୁ ସେମାନେ ପ୍ରାପତ ହୋଇଛନ୍ତି। ସେମାନେ ଚୋର, ଡକାୟତ, ତସ୍କିକଟା ନୁହନ୍ତି। ସେମାନେ ସାଧୁ, ସେମାନେ ସାବଧାନ।

ସୁନନ୍ଦକୁ ସିଧାସଳଖ ବାଟ ଦିଶିଲା। ଏକ୍‌ସପେରିମେଣ୍ଟ କରିବାକୁ ଆଗ୍ରହ ହେଲା। ଭେଳା ସେ ଅବଶ୍ୟ ଭସାଇବ। ପାରି ହେଲେ ଭଲ, ଅଧ ନଈରେ ବୁଡ଼ିଲେ, ପହଁରି ପହଁରି, ଓଦା ସରସର ହେଇ କୂଳରେ ଲାଗିବ। ପହଁରା ମଧ୍ୟ ଜାଣିବା ଭଲ। ଶିଖିବ।

ମା', ମୁଁ ବେପାର କରିବି, ପର ପାଖରେ ମୁଣ୍ଡ ବିକିବି ନାହିଁ।

ତୋ'ର ଇଚ୍ଛା, ବାପ!

ଟଙ୍କା?

ଅଭୟା ଚାବିମୁଠିକ ବଢ଼ାଇଦେଲେ। କହିଲେ, ଦେଖ କ'ଣ ଅଛି। ଯାହା କମେଇବୁ ତୋରି ରହିବ। ଯାହା ଗମେଇବୁ ତୋ'ରି ଯିବ। ତୋ ସଙ୍ଗେ ହିଂସାବାଦ ସାଧିବାକୁ ଆଉ କେହି ନାହିଁ, ବାପ! ଗୋଡ଼ ଚିପିଚିପି ଚାଲିଲେ, ଗୋଟିଏ ପାଦ ଟାଣ କରି ଆରପାଦ ଟେକିଲେ, ଖସଡ଼ା ବାଟ ପଡ଼ିଲେ ବି ଗୋଡ଼ ଖସିବ ନାହିଁ। ନେ।

ମାଆଙ୍କର ଉପଦେଶ ସେ ମାନିଛି। ଛୋଟ କାରବାରରୁ ସେ ଆରମ୍ଭ କଲା। ଯାହା ପାଇଲା ଲାଭ ଅଧେ ରଖି ଆର ଅଧକ ସେ ବିତରଣ କଲା। ଗଛମୂଳରେ ସେ

ପାଣି ଢାଳିଛି। ଗଛ ଅଗରେ ସେ ବାନା ବାନ୍ଧିନାହିଁ। ଚିହ୍ନିବା ଲୋକେ ତାକୁ ଚିହ୍ନିଛନ୍ତି। ସେମାନଙ୍କର କଥା ତଳେ ପଡ଼େ ନାହିଁ। ସେମାନଙ୍କର ଆଜ୍ଞାକୁ ଅବଧାନ। ଆରେ, ପିଅନ ନ କଲେ କିରାଣୀ କରିବ, ସେ ନ କଲେ କରିବ ହାକିମ। ସେ ମୁହଁ ଶୁଖେଇଲେ, ତା' ଉପରକୁ, ସେଇଠୁ ତା' ଉପରକୁ, ଯେଉଁଠି ମୁଣ୍ଡି ମରିଛି। ସବା ଉପରେ ତ୍ରିଶୂଳ ସେଇଠି ଫର୍‌ଫର୍ ହୋଇ ଉଡ଼େ ପତିତପାବନ ବାନା!

ସୁନନ୍ଦ ପତିତଟିଏ କହିଲେ ଚଳେ। ଆଗେଇ ଚାଲିଛି। ପାଦ ଚିପିଚିପି, ଗୋଡ଼ ଟାଣ କରି। ଛୋଟ କଣ୍ଟ୍ରୋଲ ଦୋକାନ। ବଡ଼ କଣ୍ଟ୍ରୋଲ ଦୋକାନ।

ମାଆଙ୍କ କଥା ତା'ର ମନେଅଛି। ସେ ଚିପିଚିପି ପାଦ ପକାଉଛି। ମନ୍ତ୍ର ଶିଖିଲାଣି ଦେବ, ଦିଆଇବ, ଦେ ପଦ ବୋଲାଇବ।

ସେଥିପାଇଁ ଅବଶ୍ୟ ନେବାକୁ ପଡ଼ିବ। ନେବ ଓ ଦେବ। କେବେ କେବେ ଓଲଟା ରୀତିରେ ବେପାର ଚଳେ, ଦେବ ଓ ନେବ। ସୁନନ୍ଦକୁ ତିନିଖୁଣ ମାଫ୍। ଯେଉଁମାନଙ୍କୁ ତା'ର ଡରିବାର କଥା, ସେମାନେ ତା'ର ହାତମୁଠାରେ। କାହା ଘରେ ରେଡ଼ିଓ ବାଜୁଛି। କାହାର ଘରଣୀ ସପନ ନ ଦେଖିଲା ଶାଢ଼ୀ ପିନ୍ଧି ଅପ୍‌ସରା ସାଜି ସ୍ୱାମୀର ମନ କିଣୁଛି। କାହାର ଟିକି ଝିଅର ବେକରେ ହାର।

ସମସ୍ତେ ସେମାନେ ସୁନନ୍ଦକୁ ମନେପକାନ୍ତି। ସେମାନେ ଆଖି ବୁଜିଲେ ସୁନନ୍ଦକୁ ଗୋଳିପାଣିର ସୁଯୋଗ ମିଳେ। ମିଳିଛି। ସେ ସୁବିଧା ହାସଲ କରିଛି। ଟଙ୍କା ଅର୍ଜନ କରିଛି, ଚାନ୍ଦା ଦେଇ ସୁପାରିସ୍ ପାଇଛି। କାମ ହାସଲ କରିଛି। ସେଇମାନଙ୍କଠାରୁ ଯେଉଁମାନେ ସେବାର ଆଦର୍ଶକୁ ଲାଙ୍ଗୁଡ଼ କରି ଉପରକୁ ଉଠିଲେ, କଞ୍ଚା ପାଚିଲା ଫଳ ଛିଣ୍ଡାଇ ଖାଇଲେ, ନିମନ୍ତ୍ରଣ କରି ଆଣିଲେ ଦୂର ଦେଶର ବାଦୁଡ଼ି। ଗଛ ରୋପିଲା ଲୋକଙ୍କ ଭାଗ୍ୟକୁ ଖଣ୍ଡିଆ ପୋକଡ଼ା ଫଳ। ଉପରକୁ ଚାହିଁବା ହିଁ ସାର।

ସୁନନ୍ଦର କି ଥାଏ ?

ସେ ଟଙ୍କା କମେଇଛି। ଯାହା ଆଣିଛି, ଅଧେ ଯାଇଛି ଆହୁରି ଅର୍ଜନର ଫନ୍ଦିରେ। ବାକିତକ ବୁଣିଦେଇଛି ବିଭିନ୍ନ କ୍ଷେତରେ। କଟକରେ ଛୋଟ ଘରଟିଏ ସେ ତୋଳିପାରିଛି। ପାଖକୁ ଲାଗି ଭଡ଼ା ଘର। ସେଇଠି ତା'ର ଗୋଦାମ ଓ ଦୋକାନ। କର୍ମୀ ରଖିଛି, ଗୁମାସ୍ତା ରଖିଛି।

ଗାଆଁରେ ଜମି କିଣିଛି। କାଳେ କେତେବେଳେ ଡଙ୍ଗା ବୁଡ଼ିବ, ଏହି ଭୟରେ ନୂଆ ନୂଆ ଗହଣା ଆକାରରେ ଓ ସୁନା ମୋହର, ନଗଦ ଟଙ୍କା, ମାଆଙ୍କ ପାଖରେ ଥୋଇଦେଇ ନିଶ୍ଚିନ୍ତ ହୋଇଛି।

ସୁନନ୍ଦ ହୁସିଆର।

ଗାଆଁ ଯାକର ଲୋକ ତା'ର ହାତରେ। ଗ୍ରାମର ସବୁ ଦିଗରେ ଉନ୍ନତି କରିବାକୁ ସେ ମନ ବଳାଇଛି। ଶିକ୍ଷା, ସ୍ୱାସ୍ଥ୍ୟ ଆର୍ଥିକ ଅବସ୍ଥାର ଉନ୍ନତି। କେବଳ ଧନ ଚାନ୍ଦା ଦେଲେ ହେବ ନାହିଁ, ଲୋକଙ୍କର ମନ ଏକାଠି କଲେ ହେବ। ଧୀରେ ଧୀରେ, ଅତି ସତର୍କତାରେ। ଧୀରେ। ସାତ ଦିନରେ ଗୋଟିଏ ଦିନ ରବିବାର। ସେଇଦିନ ସେ ଗ୍ରାମରେ କଟାଏ। ସବୁ କାମରେ ହାତ ଦିଏ।

ଅତି ସାଧାସିଧା। ବଦଖୋଇ ସେ ଜାଣେ ନାହିଁ। ମନରେ ଗର୍ବ କି ଅଭିମାନ ନାହିଁ। ନ ଜାଣିଲା ଲୋକେ ଭ୍ରମରେ ପଡ଼ନ୍ତି।

ଆରେ ହେ। ସୁନନ୍ଦବାବୁ ଅଛନ୍ତି ?

କହନ୍ତୁ, ମୋରି ନାମ ସୁନନ୍ଦ।

ଏପରି ଭ୍ରମ ବହୁବାର ଘଟେ। ଏହିପରି ଗୋଟିଏ ଭ୍ରମ ଅତନୁବାବୁଙ୍କୁ ସୁନନ୍ଦର ବନ୍ଧୁ କରିଥିଲା।

ଅତନୁ କେଉଁ ରାଜବଂଶର ଦାୟାଦ। ରାଜ୍ୟ ଗଲା ପରେ ରାଜା ଓଡ଼ିଶା ବାହାରେ ଅନ୍ୟ କେଉଁଠି ରହିଲେ। ଦ୍ୱିତୀୟ ଭାଇ ସଂଚିତ ଧନର ସୁଧରେ ନିର୍ଭର କରି ତୀର୍ଥ କ୍ଷେତ୍ରର ମାଳା ଗଡ଼ାଇ ନାମ ଜପି ଧର୍ମ ଅର୍ଜନରେ ମନ ଦେଲେ। ସେହି ବଂଶର କେହି ଜଣେ ଅତନୁ, ମନ ବଳାଇଲେ ବେପାରରେ।

ସୁନା ଚିହ୍ନେ ବଣିଆ। ଅତନୁ ଚିହ୍ନିଲେ ସୁନନ୍ଦକୁ।

ମୋଟେ ଛଅ ମାସର ଘନିଷ୍ଠତା।

ଅତନୁବାବୁ କଟକରେ ଗୋଟିଏ ନୂଆ ଧରଣର ହୋଟେଲ ଖୋଲିବାକୁ ମନ ବଳାଇଛନ୍ତି। ସେ ଧନ ଚାହାନ୍ତି ନାହିଁ, ତାଙ୍କର ଲୋଡ଼ା ପରାମର୍ଶ। ପରାମର୍ଶ ଦେବାକୁ ସୁନନ୍ଦ ହିଁ ଏକମାତ୍ର ଲୋକ। ଅତନୁବାବୁ ଆସନ୍ତି ଅଥବା କେବେ କେମିତି ଭଟଅମଳର ମଟର ଗାଡ଼ିଟ ପଠାଇ ଦିଅନ୍ତି ସୁନନ୍ଦକୁ ନେବାକୁ। ସୁନନ୍ଦ ନାହିଁ କରିପାରେ ନାହିଁ। ଅତନୁବାବୁଙ୍କର ଟିକିଟିକି ପିଲା ଦିଓଟିଙ୍କୁ ସେ ଅତ୍ୟନ୍ତ ସ୍ନେହ କରେ। ସେମାନେ ନେପାଳୀ କନ୍ୟାର ପୁଅ ଝିଅ। ନେପାଳର କେଉଁ ଛୋଟ ଜମିଦାର କି ଜାଗିରିଦାରଙ୍କ ଦୁହିତା ଶ୍ରୀମତୀ ତୁହିନା ଦେବୀ ଅତନୁଙ୍କର ପତ୍ନୀ।

ତାଙ୍କରି ବଡ଼ଭଉଣୀ ହିମାନୀ। ବଙ୍ଗ ପାକିସ୍ତାନର କେଉଁ ଜମିଦାର ପୁତ୍ରର ସେ ପାଣି ଗ୍ରହଣ କରିଥିଲେ। ଆତ୍ମରକ୍ଷା ଓ ଇଜତ୍ ରକ୍ଷା କରିବାକୁ ସେମାନେ ଭାରତ

ପଳାଇ ଆସୁଥିବା ଅବସ୍ଥାରେ କ'ଣ ଘଟିଲା ହିମାନୀ ଜାଣିଲେ ନାହିଁ। ମୂର୍ଚ୍ଛା ଭାଙ୍ଗିଲା ପରେ ସେ ନିଜକୁ ଦେଖିଲେ ଜଣେ ବିଧର୍ମୀଘରେ ବନ୍ଦିନୀ। ତାଙ୍କୁ ଉଦ୍ଧାର କରାଗଲା। ଯବନ ଆଶ୍ରିତାକୁ ନିଜ ଘରେ ସ୍ଥାନ ଦେବାକୁ ତାଙ୍କର ଭାଇ ପ୍ରସ୍ତୁତ ହୋଇପାରିଲେ ନାହିଁ, ହେଉପଛେ ସେ କୁଟୁମ୍ବର ଝିଅ, ସାନଭଉଣୀ।

ଅଗତ୍ୟା ଭଉଣୀଘରେ ଆଶ୍ରା।

ଦୁଇବର୍ଷ କଟିଗଲାଣି।

ଶାଶୁ, ଶଶୁର, ସ୍ୱାମୀ, ଦେବର ଓ ତିନୋଟି ସନ୍ତାନଙ୍କର କୌଣସି ଖବର ସେ ପାଇନାହାନ୍ତି। ହୁଏ ତ ଭୁଲିଗଲେଣି। ଅନ୍ୟମାନଙ୍କର ଶୁଭ କାମନା ଅଛି, ଅନହୁତି ଦିନେ ଖବର ମିଳିବ। କେଜାଣି ବା ସମସ୍ତେ ଦିନେ ଆସି ପହଞ୍ଚିବେ। ଆସନ୍ତୁ ବା ନ ଆସନ୍ତୁ, ହିମାନୀ ସେମାନଙ୍କ କଥା ଭୁଲିଯିବାକୁ ଚେଷ୍ଟା କରନ୍ତି। ସେଥିପାଇଁ ବନ୍ଧୁତା ଲୋଡ଼ା, ବନ୍ଧୁଲୋଡ଼ା, ଯେଉଁ ବନ୍ଧୁ ଦୁଃଖର କଥା ମନେପକାଇବ ନାହିଁ, ସୁଖର କଥାହିଁ ଆଗରେ ବାଢ଼ିବ। ଆଖିରେ ଲୋତକ ଆଣିବ ନାହିଁ, ଓଠରେ ଆଣିବ ମନପୁଲକା, ପ୍ରାଣମତାଣିଆ ହସ।

ସେପରି ବନ୍ଧୁ ହୋଇପାରିଛି ସୁନନ୍ଦ।

ମୋଟେ ଛଅଟି ମାସର ଘନିଷ୍ଠତା।

କାହିଁକି ଏ ଘନିଷ୍ଠତା ? କିପରି ସେ ଆଗେଇ ଚାଲିଲା ?

ସୁନନ୍ଦ ବିଚଳିତହୋଇ ଭାବିବାକୁ ଲାଗିଲା। ଅତନୁବାବୁଙ୍କର ପାଞ୍ଚ ବରଷର ପୁଅ ମଳୟ ଓ ତିନି ବର୍ଷର ଝିଅ ଛବିଳା। ପିଲା ଦିଓଟି ଦିଶନ୍ତି ଦେବଶିଶୁ ପରି। ଅବିକଳ ତୁହିନାଙ୍କର ରୂପ। ହିମାଳୟ ରାଜ୍ୟର କନ୍ୟା ସେ, ତାଙ୍କୁ ଦେଖିଲେ ପାର୍ବତୀଙ୍କ ରୂପର ଧାରଣା କରିବାକୁ ସାହସ ହୁଏ। ତାଙ୍କରି ଅଙ୍ଗରୁ ଉତ୍ପନ୍ନ ମଳୟ ଓ ଛବିଳା। ଦେଖିଲେ ଖୁସି ଲାଗେ। ସ୍ନେହ କରିବାକୁ ମନ ହୁଏ।

ସୁନନ୍ଦ ପ୍ରତିବାଦ କରେ।

ପିଲା ଦିଓଟିଙ୍କର ଯତ୍ନ ନିଅନ୍ତି ନିଜେ ହିମାନୀ।

ଜାଣନ୍ତି ସୁନନ୍ଦବାବୁ, ମୁଁ ପିଲାଙ୍କ ଜଞ୍ଜାଳରୁ ତୁହିନାକୁ ମୁକ୍ତ କରିଦେଇଛି। ତିନୋଟି ସନ୍ତାନ ମତେ ସେ ଦେବ। ତା' ପରେ ଯେତେ ଆସିବେ ସେମାନେ ହେବେ ତାଆର। ନୁହେଁ, ତୁହିନା ?

ତୁହିନାଙ୍କ ମୁହଁରେ ସରମରଙ୍ଗା ହସ।

ତୁନୀ ରହିଲୁ ଯେ ? ଆଚ୍ଛା, ତମେ କହ, ଅତନୁ!

ଅତନୁଙ୍କର ସମ୍ମତିସୂଚକ ହସ ଓ ମୁଣ୍ଡହଲା।

ହିମାନୀ କହନ୍ତି ଦେଖନ୍ତୁ ସୁନନ୍ଦବାବୁ, ମଳୟ ଓ ଛବିଳା କାହାର ପିଲା ପରି ଦିଶନ୍ତି ? ମୋର, କି ତା'ର ?

ସୁନନ୍ଦ ଉତ୍ତର ଦିଏ, ଦୁଇ ଭଉଣୀ ଆପଣ ନିଶ୍ଚୟ ଯାଆଁଳା ।

ତୁହିନା ମୋଠାରୁ ପୂରା ପାଞ୍ଚବର୍ଷ ସାନ ।

ଏକା ଛାଞ୍ଚରେ ଆପଣ ଦୁହିଁଙ୍କୁ ଷଠୀ ଗଢ଼ିଛି ।

ହିମାନୀ ଖୁସି ହୁଅନ୍ତି ।

ସୁନନ୍ଦ ସତେ କି ସେହି କୁଟୁମ୍ବର ଜଣେ । ଅସୁବିଧାକୁ ସୁବିଧା କରିବାପାଇଁ ଅତନୁଙ୍କର କେବେ କେମିତି ବ୍ୟସ୍ତଭାବ ଦେଖି ସୁନନ୍ଦ ଚେକ୍ କାଟି ଟଙ୍କା ଦେଇଛି । ଦୁଇ ହଜାର ଟପିଗଲାଣି । ଲେଖାପଢ଼ି କିଛି ହୋଇନାହିଁ । ସାହାଯ୍ୟ ନୁହେଁ, ଧାର ନୁହେଁ, ଦାନ ବି ନୁହେଁ । ତେବେ ସେ କ'ଣ ? ସେତିକିରେ ସରିଲା ନାହିଁ । ଭଲ ଦିନ, ପୂଣ୍ୟପର୍ବ, ଜନ୍ମତିଥିରେ ପିଲା ଦିଓଟି, ସେମାନଙ୍କର ଜନନୀ ଓ ତାଙ୍କର ଭଗିନୀଙ୍କୁ ଉପହାର ଦେଇ ଆସିଛି । ସେ ସବୁର ହିସାବ ନାହିଁ ।

ବିନମୟରେ ସୁନନ୍ଦ ପାଇଛି ସ୍ନେହ, ଆଦର, ଆତିଥ୍ୟ, ବ୍ୟାକୁଳତା । ସେ କିଣି ହୋଇଯାଇଛି, ପାଇଛି ଅତନୁବାବୁଙ୍କର ସୌହାର୍ଦ୍ଦ୍ୟ, ତୁହିନା ଦେବୀଙ୍କର ସମ୍ମାନ ପିଲା ଦିଓଟିର ସ୍ନେହ ଓ ହିମାନୀ ଦେବୀଙ୍କର ସହାନୁଭୂତି । ସହାନୁଭୂତିର ଅନ୍ତରାଳରେ ଯେ ତା'ର ମନରେ କେଉଁ ଅଜଣା କନ୍ଦିରେ ଛପି ଛପି କ୍ରୀଡ଼ା କରୁଥଲା ଆଉ କଅଣଟିଏ, ଜାଣି ମଧ୍ୟ ସେ ଜାଣିବାକୁ ଚାହିଁ ନ ଥିଲା ।

ସାନ୍ନିଧ । ଲାଳାୟିତ ଗତି । ପ୍ରଜ୍ଜଳିତ ବହ୍ନି ପରି ହସ । ଅତି ସାବଧାନତାର ଆଳରେ ତୁହିନା ଧବଳ, ପରିପୁଷ୍ଟ ଆବୃତ ଦେହର ଅସାବଧାନ ଚଳନ । ଖନେଇଁ ଖନେଇଁ କୁହା ଓଡ଼ିଆ-ବଙ୍ଗଳା-ଇଂରେଜି ମିଶା ଭାଷା । ଭ୍ରୂଲତା ଟେକା ତୀରଛୁଟା ଚାହାଣୀ । ସୁବାସିତ ଆଗମନ । ମୁକୁଳା ଲମ୍ବିଲା କଜ୍ଜ୍ୱଳ କଳା କେଶର ଦୋହଲା ପ୍ରସ୍ଥାନ ।

ତିନୋଟି ହଜିଲା ସନ୍ତାନର ଜନନୀ ସେ, ତୋଫାନ ଛିଡ଼ା ଉତ୍କ୍ଷିପ୍ତା କୁସୁମ ? କେଜାଣି ? ସନ୍ଦେହ ହୁଏ । ସେ ଗୋଟିଏ ପ୍ରହେଳିକା । ଜାଣିବାକୁ ଆଗ୍ରହ ହୁଏ ପଚାରି ହୁଏ ନାହିଁ ସେତିକି ସେମାନେ କହନ୍ତି, ସତ ବୋଲି ମାନିନେବାକୁ ପଡ଼େ ।

ତିନୋଟି ସନ୍ତାନର ଜନନୀ ସେ !

ସିନେମା ଫେରନ୍ତି।

ଅତନୁବାବୁଙ୍କର କେଉଁ କାଳର ପୁରୁଣା କାର। ଶବ୍ଦରେ ତିନିପୁର କମ୍ପେ। ନିଜେ ସେ ଡ୍ରାଇଭ କରୁଛନ୍ତି। ସାନ ଶୋଇଲା ପିଲାଟିକୁ କୋଳରେ ଧରି, ପାଖରେ ବସିଛନ୍ତି ତୁହିନା ଦେବୀ। ପଛରେ ବସିଛନ୍ତି ହିମାନୀ, ମଳୟ ଓ ସୁନନ୍ଦ। କ୍ୟାପିଟାଲ ସିନେମାରୁ ଅତନୁବାବୁଙ୍କର ବସାଘର ମୋଟେ ତିନି ଚାରି ମିନିଟ୍‌ର ଡ୍ରାଇଭ। ପିଲାଙ୍କୁ ଆଗ ଘରେ ଛାଡ଼ି ଅତନୁ ପୁଣି ସୁନନ୍ଦକୁ ଛାଡ଼ିବାକୁ ଯିବେ।

ରାତି ସାଢ଼େ ନଅଟା।

ହିମାନୀ ମଳୟକୁ କୋଳକୁ ନେଲେ, ଗେଲ କଲେ। ପଚାରିଲେ, ଘୁମଉଛୁ ମଳୟ ନିଦ ଲାଗୁଛି ? ଏଇ ଦେଖ କେତେ ଲୋକ, କେତେ ଦୋକାନ ଆଲୁଅ–

ମଳୟକୁ କଡ଼ରେ ବସାଇଲେ। ନିଃସଙ୍କୋଚରେ ଘୁଞ୍ଚିଆସିଲେ ସୁନନ୍ଦ ଆଡ଼କୁ। ତୁହିନା ଧବକ କୋମଳ ଦେହର ଅଯାଚିତ ନିଃସଙ୍କୋଚ ପରଶ। ଚମ୍ପକ ଏସେନ୍ସ ବୋଳା ମୁକୁଳା ଲମ୍ବିଲା କେଶର ମଧୁର ମହକ। ଦୋହଲା କାରର ମୃଦୁଘାତ।

ବାଟ ପ୍ରାୟ ସରିଆସିଲା।

ଭଲ ଲାଗିଲା ଶୋ’ଟା ସୁନନ୍ଦ ବାବୁ ?

ଟିକିଏ ଅଶ୍ଳୀଳ ନୁହେଁ କି ?

ହୋ, ହୋ, ହୋ ! ଜୀବନରେ ଶ୍ଳୀଳ ଓ ଅଶ୍ଳୀଳ କଅଣ ଅଛି ? ଦିଓଟି ଅବସ୍ଥା ମଝିରେ କଅଣ ବିଭେଦକ ?

ବସନ ?

ମୁଁ ଯଦି କହେ, ମନ ?

ଢଳିଆସିଲା ହିମାନୀଙ୍କର ପ୍ରଶ୍ନପଚରା ମୁହଁଟି, ସୁନନ୍ଦର ଛାତି ଉପରକୁ। ଦେହରେ ବିଞ୍ଚି ହୋଇ ପଡ଼ିଲା ମହକିଲା କେଶରାଶି। ପ୍ରଶ୍ନର ଉତ୍ତର ପାଇବାକୁ ସେ ଆଗ୍ରହୀ। ବାଟ ସରିଆସିଲା। ଏଇ ସେ ମୋଡ଼। ମଟରହର୍ଣ୍ଣ ବାଜିଲା। ଆଉ ଅଧମିନିଟର ବାଟ।

ପ୍ରଶ୍ନର ଉତ୍ତର ସେ ଦେବ।

ନାକ ପାଖରେ ଚମ୍ପାଫୁଲର ମହକ।

ନନ୍ଦିକାର ସେଇ ଫୁଲରେ ସ୍ନେହ। ଝରକା ସେପାଖେ ଧାଡ଼ିଏ ଗଜା ଗଛ। ବେତା ବେତା ଫୁଲ ଫୁଟେ, ମହକ ଛୁଟେ, ଧଇର୍ଯ୍ୟ ଲୁଟେ। ମହକ ସାଥିରେ ନନ୍ଦିକା ପଶେ ମନରେ। ଶ୍ଳୀଳ ଓ ଅଶ୍ଳୀଳ ମଝିରେ ‘ଓ’ଟି ନୁହେଁ ବସନ। ମନ, କେବଳ ମନ।

ଆନତ ହୁଏ ନିଜ ଭୁଲା ବିମୁଗ୍ଧ ଆନନ। ଘୋଟିଆସେ ସପନପୁରୀର ମାୟା। ସୁନନ୍ଦର ମନ ଓ କାୟା ଏକାକାର ହୁଏ।

ଛାତି ଉପରେ କାହାର ସୁବାସିତ ମସ୍ତକ ଦୋହଲୁଛି। ବିଞ୍ଚି ହୋଇ ପଡୁଛି ଦୋହଲା କେଶ।

ନଇଁ ଆସୁଛି ସୁନନ୍ଦର ଥରିଲା ଓଠ, ଥରକୁ ଥର। ମନ ହିଁ କଥା କହୁଛି, ନୀରବ ସେ ଭାଷା, କେବଳ ମନ, ବସନ ନୁହେଁ।

କାର ଥମିଲା।

ରାତି ଦୁଇଟା।

ସୁନନ୍ଦର ମନ ଭ୍ରମିଲା। ହିମାନୀ ସ୍ନୋର ନିର୍ଲଜ୍ଜ ବିଜ୍ଞାପନ ନାରୀମୂର୍ତ୍ତି ଉପହାସ କରୁଛି, କହୁଛି, ମୁଁ ବି ମନର କଳ୍ପନା ମହାଶୟ, ତଥାପି କିଏ କହିବ ମୁଁ ନିର୍ଜୀବ? ହାତ ମାରି ମୋତେ ଅନୁଭବ କର! ଆଖି ବୁଜ। ମୁଁ ନାହିଁ। ମୁଁ ଶୂନ୍ୟ। ଆଖି ଖୋଲ ଚିତ୍ରକରର ମୁଁ କଳ୍ପନା। ତା'ର ମନର ରଙ୍ଗ ଓ ଧାରଣା ମୋତେ ଜୀବନ ଦେଇଛି। ନିର୍ଲ୍ଲଜୀ କରିଛି, ଅଶ୍ଳୀଳ କରିଛି, ତମରି ଆଗ୍ରହକୁ ଟାଣିଛି ମୋଓରି ଆଡ଼କୁ। ଯତ୍ନ କରି ମୋତେ ଟାଙ୍ଗିଛ, ଅଳନ୍ଧୁ ଝାଡୁଛ, ଦୁଇବର୍ଷ କଟିଗଲାଣି।

ସୁନନ୍ଦ ଆଖି ମଳିଲା। କେଶ ଟାଣିଲା। ମନଦୁଃଖ କଲା। ସେ ବାଟ ଭୁଲିଛି। ଅନ୍ୟାୟ କରିଛି। ତା'ର କର୍ମ ନନ୍ଦିକାର ଆଖିକୁ ଦିଶିବ ନାହିଁ। ସ୍ୱାମୀ ତା'ର କୃତଘ୍ନ, ଏହା ସେ ସ୍ୱପ୍ନରେ ସୁଦ୍ଧା ଭାବିପାରିବ ନାହିଁ।

ଆଜି ସେ ମନଦୁଃଖ କରିଥିବ, ଆଖିରୁ ଝରାଉଥିବ ଲୋତକ। ନିଜକୁ ନିଜେ ପଚାରୁଥିବ, ଆସିଲେ ନାହିଁ? ଖବର ପଠାଇଲେ ନାହି? କାହିଁକି? ଦେହପା ଭଲ ଅଛି ତ?

ସୁନନ୍ଦ ଟେବୁଲ ଉପରୁ ନନ୍ଦିକାର ଫଟୋଟି ଉଠାଇ ଧରିଲା।

କେଉଁ ଗୁଣରେ କିଏ ତମଠାରୁ ସୁନ୍ଦର? ଏମାନେ ସଂସ୍କୃତିକୁ ଜଳାଞ୍ଜଳି ଦେଇଛନ୍ତି, ସଭ୍ୟତାର ନୂଆ ଅର୍ଥ ପ୍ରକାଶ କରୁଛନ୍ତି। ନାରୀ ଦେହରେ ନଗ୍ନତା ଘୋଡ଼େଇବାକୁ ଏମାନେ ବସନ ବ୍ୟବହାର କରନ୍ତି ନାହିଁ। ନଗ୍ନତାକୁ ପରିସ୍ଫୁଟ କରି ଆଦିମାନବ ସ୍ତରକୁ ମନକୁ ଓଟାରିନେବାକୁ ଚାହାଁନ୍ତି। ଆଜି ତାହାହିଁ ହୋଇଛି। ମୋତେ କ୍ଷମାକର ନନ୍ଦିକା, ମୁଁ ପଥରଯୁଗକୁ ଓହାଇଯାଇଥିଲି।

ଛାତି ଉପରେ ନନ୍ଦିକାର ଫଟୋ। ଆଖିରେ ଢଳ ଢଳ ଲୋତକ।

ତୁମେ ସ୍ୱର୍ଣ୍ଣଯୁଗର ଦେବୀ, ଯେଉଁ ଯୁଗରେ ପତ୍ନୀ ଆସି ଆଗରେ ଉଭା ହୁଏ ଜନନୀ ପରି, ସ୍ନେହ କରେ, ଆକଟ କରେ, ଭଲମନ୍ଦ ବତାଇଦିଏ। ଭଗିନୀ ପରି କ୍ରୀଡ଼ା କରେ, କଜିଆ କରେ, ଅଭିମାନ କରେ। କନ୍ୟାପରି ଅଳି କରେ, ଆଦର ଲୋଡ଼େ।

ତୁମେ ବନ୍ଧୁ। ତୁମେ ପ୍ରିୟା। ମୁଁ ଅନୁତପ୍ତ !

ସୁନନ୍ଦର ମନ ଲୋଡ଼ିଲା, ସେ ନିଜ ଆଗରେ ନିଜେ କୈଫିୟତ ଦେବ। ଅତନୁବାବୁଙ୍କର ଘର ସଙ୍ଗେ ଛଅ ମାସର ଘନିଷ୍ଠତା। ସେଥିପାଇଁ ସେ ଦଣ୍ଡ ଦେଇଛି। ଉତ୍ସର୍ଗ କରିଛି। କାହିଁକି ? କିଏ ତାକୁ ଟାଣିନିଏ ?

ହିମାନୀ ନୁହେଁ। ମଳୟ ଓ ଛବିଳା। ଟିକିଟିକି ମଣିଷ ଦିଓଟି। ସୁନନ୍ଦକୁ ଦେଖିଲେ ଖୁସି ହୁଅନ୍ତି ସେମାନେ। ସେମାନଙ୍କର ହସଖୁସି, ଆନନ୍ଦ, ଅଳି, ଅଝଟପଣିଆ, ହୁମ୍‌ଦୁମ୍ ଦେଖିବାକୁ ସୁନନ୍ଦ ଧାଇଁଯାଏ।

ଆଉ ସେ ଯିବ ନାହିଁ। ପରପିଲାଙ୍କୁ ଆପଣାର କଲେ ବି ସେମାନେ ଆପଣାର ହେବେ ନାହିଁ। ଡହଳ ବିକଳ ହିଁ ସାର। ତାଆରି ସାଥିରେ ମନର ବିକଳଭାବ ଓ ଯାବତୀୟ ଜଟିଳତା। ଦୁର୍ବଳତାକୁ ସେ ପ୍ରଶୟ ଦେବ ନାହିଁ।

ନନ୍ଦିକାର ଫଟୋକୁ ଉଠାଇ ନିରେଖି ଚାହିଁଲା। ସେ ହସୁନାହିଁ, କାନ୍ଦୁନାହିଁ, ସରମରେ ସଙ୍କୁଚିତ ହୋଇଛି। ନନ୍ଦିକା ଅବଶ୍ୟ ଜନନୀ ହେବ। ଆଗ ସେ ଗଢ଼ିବ ମଳୟ, ସେଇଠୁ ଛବିଳା, ସେଇଠୁ-

କନିକୁ ଚାଳିଶି ଡେଇଁଲାଣି। ରୂପ ଅସୁନ୍ଦର ହେଲେ ଗୁଣ ସୁନ୍ଦର। ଜହ୍ନିମଞ୍ଜି ପରି କଳା ମିଚି ମିଚି ରଙ୍ଗ, ସତେ କି ଥପ୍ ଥପ୍ ହୋଇ କଳାପାଣି ନିଗିଡ଼ି ପଡ଼ିବ। ଗୋଟିଏ ଆଖି ଛୋଟ। ଚିପିଦେଲା ପରି ନାକ। ଛାମୁଦାନ୍ତ ଦିଓଟି ଅଧେ ଅଧେ ପଦାକୁ ଦିଶେ ବୋଲି ଉପର ଓଠକୁ ଟାଣି ତଳ ଓଠରେ ଲଗାଇବାକୁ ସବୁବେଳେ ସେ ଚେଷ୍ଟା କରେ। ଦେହଟି ମୋଟାସୋଟା ହେଲେ ବି ଗାଲ ଦୁଇଟି ପଟା। ଉଚ୍ଚ କପାଳ ମଝିରେ ଟିପ ଅକାରର ସିନ୍ଦୂରବିନ୍ଦୁ ଶୋଭାପାଏ।

କନି କୁଆଡ଼େ ଅସୁନ୍ଦର। ପିଲାଦିନୁ ସମସ୍ତେ ସେ କଥା କହନ୍ତି। କନିର ପରତେ ହୁଏ ନାହିଁ। ଯେଉଁଦିନ ସେ ବାଡୁଅପାଣି ଗାଧୋଇଥିଲା ସେ ଭଲକରି ବୁଝିପାରିଲା ସେ ଅସୁନ୍ଦର ନୁହେଁ। ଯେଉଁଦିନ ପୁଣି ଜାଣିଲା, ତା'ର ହାତଧରିଲା ବର

ତାକୁ ପରିତ୍ୟାଗ କରିଛନ୍ତି। ସେଇଦିନ ସେ ସତ କଥାଟି-ବୁଝିପାରିଲା। ଦୁନିଆରେ ତା'ର କ'ଣ ଅଛି ସମ୍ବଳ, କଅଣ ବା ଅଛି ସ୍ୱାର୍ଥ ?

କପାଳର ଏଇ ସିନ୍ଦୂରଠୋପାଟି, ହାତର ରୂପାକାଚ ଦି ଦି ପଟି। ଯାହା ପାଇଁ ସେ ଏତକର ଯତ୍ନ ନେଇଛି, ସେ ସୁଖରେ ରହୁ, ଆନନ୍ଦରେ ଥାଉ। ତା'ର ଭଲ ଖବର କାନରେ ପଡୁ। ଏତିକି। ଯାହାଙ୍କ ଘରେ ଆଶ୍ରା ପାଇ ସେ ଥଇଥାନ ହୋଇଛି। ବର୍ଷ ପରେ ବର୍ଷ କଟାଇ ଦେଇଛି, ସେମାନେ ଭଲରେ ରହନ୍ତୁ। ଅଧିକରୁ ଅଧିକ ହେଉ। ଏ ଘରର ସେ କିଛି ନୁହେଁ, ପୁଣି ଏ ଘରର ସେ ସବୁ, ଝିଅ, ଘରଣୀ, ଚାକର।

ସବୁ ଚାଲିଛି ଭଲରେ। ଧନଧାନ୍ୟ ପୂରିଉଠିଛି। ଘର ହସୁଛି। ହସ ଭିତରେ କେଉଁଠି ଛପି ରହିଛି ବିଷାଦ। ଭାଉଜର କୋଳରେ ପିଲା ବକଟେ ନାହିଁ। ସେ ନ କହିଥିଲେ ନନ୍ଦିକା ଏଘରର ବୋହୂ ହୋଇ ଆସିନଥାନ୍ତା;। ସାତ ପୂରି ଆଠ ବରଷ ଚାଲିଲା। କେହି ନ ଜାଣନ୍ତୁ, ସେ ଜାଣେ ସୁନନ୍ଦଭାଇ ବାହାଗଣ୍ଠିରୁ ଆଜିଯାଏ ନନ୍ଦିକାକୁ କେଡ଼େ ଭଲ ପାଏ। ଯେଉଁ ନନ୍ଦିକାକୁ ସଜେଇ ସାଜେଇ ଅଧରାତିରେ ନେଇ ଶୋଇଲା ଘରେ ଛାଡ଼େ, ସେଇଆକୁ ପୁଣି ରାତି ନ ପାହୁଣୁ ନିଜ ହାତରେ ଘଷିମାଜି ଗାଧୋଇ ଦେଇ, ଠାକୁର ଘରେ ଛାଡ଼େ।

ଏତେ ସେବା ତା'ର ବ୍ୟର୍ଥ ହୋଇଛି।

ବୁଢ଼ୀ ଏବେ ମୁହଁ ଖୋଲି ମନର ଜଳିଲା ଦୁଃଖ ପଦାକୁ କାଢ଼ିଲେଣି, ତୋ'ରି ପାଇଁ ଲୋ ସବାଖାଇ !

ତୁନି ହ ମାଉସୀ, ଭାଉଜ ଏଣେ ଆଉଚି।

ଆସନ୍ତୁ ଲୋ ! କଥାରେ କହନ୍ତି, ବାଞ୍ଝ ମାଇପିର ମୁହଁ ଦେଖିଲେ ତ୍ରାହି ଗତି ନାହିଁ, ହେଉନ୍ତୁ ପଛକେ ସେ ବୋହୂ।

ତମ ଗୋଡ଼ ଧରୁଚି, ତୁନୀ ହ।

ଗୋଇଠା ମାଡ଼ ସେ ଖାଉ ପଛେ, ବୁଢ଼ୀଙ୍କର ତୁଣ୍ଡ ବନ୍ଦ କରେ। ଦିନରାତି ଭାବେ। ଦେବାଦେବୀଙ୍କୁ ଡାକେ। ତା'ର ଆଉ କି ଚାରା ଅଛି ? ନନ୍ଦିକା କି ସୁନନ୍ଦର ବେଳ ବୟସ ଗଡ଼ି ଯାଇ ନାହିଁ। ବୁଢ଼ୀ ଖାଲି ହମ ହମ ହେଲେ ହେବ ? କାହାର ହାତର କଥା ହେଇଚି ? ତାଙ୍କର ମରଣକାଳ ପାଖେଇ ଆଇଲା କି କଅଣ, ନୋହିଲେ ନନ୍ଦିକା ପରି ବୋହୂ ଉପରେ ଏତେ ଚିଡ଼ି ଚିଡ଼ି ହୁଅନ୍ତେ ?

ସୁନନ୍ଦ କାହିଁକି ସବୁ ଶନିବାରେ ଘରକୁ ଆସୁନାହିଁ ? ଚିଟାଉ ଲେଖି ପଠାଉଛି ଯେ ଭିଡ଼କାମ, ବ୍ୟବସାୟ ବଢ଼ାଉଚି। ସେଥିପାଇଁ ବୁଢ଼ୀ ଅଧିକ ଚିଡୁଛି ନନ୍ଦିକା

ଉପରେ। ବ୍ୟବସାୟ ବଢ଼ାଇବା ଯେପରି ନନ୍ଦିକାର ଦୋଷ। କେଉଁ ସିଅରେ କେଉଁଠିକି ପାଣି ଗଡ଼ି ଚାଲିଛି, ବୁଝିବା କନିର ବୁଦ୍ଧିର ଅଗମ୍ୟ।

କିଏ ବା ଏମତିକା କୋହଲା ପାଗରେ? ଦିନ ଦିପହରେ ଟିକିଏ ଶୁଆଇ ଦେବ ନାହିଁ? ରହ, କାଇଁକି କବାଟ ବାଡ଼ାଉଚ? ବାର୍ ସହୁନାଇଁ?

କନି କବାଟ ଖୋଲିଲା।

ଦାଣ୍ଡଘର ଭିତରକୁ ପଶିଆସିଲେ ସୁମିତ୍ରା। ସଙ୍ଗରେ ଦିଓଟି ପିଲା। କୋଳ ପିଲାଟି ଛାତିରେ। ତା' ଉପରେ ତିନି ଚାରି ବର୍ଷର ପିଲା, ବାଛୁରୀ ପରି ପଛରେ ଗୋଡ଼ାଇଚି। ଆସିଚନ୍ତି ସିନା। ଏଇ ଦିଓଟି ସେତିକିରେ ସରିଲା ନାହିଁ। ତା' ଉପରେ ଆଉ ତିନୋଟି। ସ୍କୁଲକୁ ଯାଇଥିବେ।

ଧନ୍ୟ ଏ ସୁମିତ୍ରା। ସୁନା ଖଡ଼ିକା ପରି ଧଡ଼ିଆ ଧେଡ଼ଙ୍ଗ ମାଇପିଟିଏ। କୁହ, ହାଡ଼ ଚାରିଖଣ୍ଡି। ଫୁଙ୍କିଦେଲେ ଟଳିପଡ଼ିବ। ପାଞ୍ଚ ପୁଅର ମା'! ପିଲା ଆସି ତଳେ ଶୋଇ କୁଆଁ ରାବ ଛାଡ଼ିଲେ ଘରଲୋକେ ଜାଣିବେ, ରାଜୀବର କଅଣଟିଏ ହେଲାଣି।

କଅଣଟିଏ ଆଉ?

ସେଇ କାଠଫଳରୁ ଗୋଟାଏ ତ, ପୁଅ ମ!

ରାଜୀବଲୋଚନ ସୁନନ୍ଦର ଦାଦିପୁଅ ଭାଇ।

ବୟସରେ ସାନ। ଗାଆଁ ସ୍କୁଲରୁ ମାଇନର ପାସ୍ କରି ଘରେ ବସିଥିଲେ। ଅଳସ ବେଳ କଟିବ କେମିତି? ନାଳ ପୋଖରୀରେ ମାଛଧରା, ତାଆସ ଖେଳା, ପରବାଡ଼ିରୁ କଦଳୀ କାନ୍ଦି ଚୋରି, ଭଲ ମଣିଷକୁ ମିଛକହି ବାଟରୁ ନେଇ ଅବାଟରେ ଛାଡ଼ିବା, ଏଇସବୁ ତ କାମ! ବାପ ବଡ଼ବାପ ଭିନେ ହେଲା ପରେ ଅଭାବ ଚାରିଆଡ଼ୁ ମାଡ଼ିଆସିଲା, ଅବସ୍ଥା ହେଲା ବାରଣ୍ଡା ଦି କଡ଼ା, ଯାହା କହନ୍ତି ଠକ୍ ଠକ୍ ମଦନ ଗୋପାଳ। ବୁଝିବାର ବୟସ ହେଲାରୁ ପିଲାର ମନ ଘର ଧରିଲା।

ରାଜୀବ ବଦଳିଲା।

ସବୁ କାମ ସେ ହାତରେ କଲା। ଲୋକେ ଆବା କାବା ହେଲେ। ରାଜୀବ ଏମିତି ବଦଳିଲା କିପରି? ବାପା ମା'ଙ୍କ କଥା ନିଆରା, ବଡ଼ମା' ଓ ସୁନନ୍ଦଭାଇଙ୍କର କଥା ସେ ତଳେ ପକାଏ ନାହିଁ। ଅତି ଅନୁଗତ। ସେମାନଙ୍କର ବୋଲହାକ କରେ। ସାହାଯ୍ୟ ଦିଏ। ସାହାଯ୍ୟ ପାଏ। ଅଳ୍ପ ବୟସରେ ବାପ ମା' ତାକୁ ସୁମିତ୍ରାର ହାତ ଧରାଇଦେଲେ, ବୋହୂଟିଏ ଆସିଲେ ଘର ସମ୍ଭାଳିବ।

ତିନି ଭଉଣୀଙ୍କ ବାହା ନିମିତ୍ୟକୁ ଭିନେ ହେଲା ସମ୍ପତ୍ତି ପ୍ରାୟ ସରିଆସିଥିଲା; ଯେତେକ ଥିଲା, ସେତକ ଗଲା ବାପ ମା'ଙ୍କ ଶୁଦ୍ଧିରେ। ସ୍ତ୍ରୀ ପିଲା ଚଳନ୍ତେ କେମିତି ?

ଚଳେଇ ନେଲା ସୁନନ୍ଦ। ଏବେ ସେ ସୁନନ୍ଦର ଡାହାଣ ହାତ। ଅତି ବିଶ୍ୱାସୀ। ସୁନନ୍ଦ ବାହାର କାମକୁ ଧୂରନ୍ଧର ଅସଲ ବେଉସା ଚଳେଇବା ଲୋକ ରାଜୀବଲୋଚନ। ଭାଇ ହାତ ଟେକି ନ ଦେଲେ ସୁନାମୁଣ୍ଡା ହେଲେ ବି ରାଜୀବ ନ ଛୁଏଁ। ହିସାବରେ ଚଢ଼ାଇବ, କାରବାରରେ ଲଗାଇବ।

ଅଭୟାଙ୍କର ସେ ବିଶ୍ୱାସୀ, ନନ୍ଦିକାର ବି।

କଟକର ବ୍ୟବସାୟ ଛାଡ଼ି ଘଣ୍ଟାଏ ପାଇଁ ଗାଁକୁ ଆସିବାକୁ ଅମଙ୍ଗ। ଘରର ଖବର ଅନ୍ତର ବୁଝିବାକୁ କିମ୍ବା ଚିଠି ଓ ଟଙ୍କା ମାଆଙ୍କୁ ଦେବାକୁ ସୁନନ୍ଦ ତାକୁ ବେଳେ ବେଳେ ବିରକ୍ତ ହୋଇ ତଡ଼ିକରି ଘରକୁ ପଠାଏ।

ଭାଇଙ୍କର ବିରକ୍ତିର ଫଳ ସୁମିତ୍ରାର ପାଞ୍ଚଟି ସନ୍ତାନ। କହିଲେ ବି ସଭିଙ୍କ ଆଖିକି ଜଳଜଳ ହୋଇ ଦିଶୁଛି।

ସୁମିତ୍ରାର ପେଟରେ କଥା ରହେ ନାହିଁ। ତାକୁ ଭଲକରି ନ ଜାଣିବା ଲୋକେ ନାନ୍ଦୁରୀ ନୁହେଁ ବୋଲି ମତେ କରିବେ, କିନ୍ତୁ ସେ ନାନ୍ଦୁରୀ ନୁହେଁ। ଯାହା ଦେଖିଥାଏ କି ଶୁଣିଥାଏ, ଅବା ଅଙ୍ଗେ ନିଭାଇଥାଏ, କହୁ କହୁ ସେ ଅନ୍ୟ ଆଗରେ ଖୋଲିଦିଏ। କହିଲା କଥାର ଫଳାଫଳ କ'ଣ ହେବ, ସେ ବିଷୟ ସେ ଭାବିବିଚାରି ପାରେ ନାହିଁ। ପରଘରେ କଜିଆ ଲାଗିଲେ ନିଜେ ସେ ଅତିବ୍ୟସ୍ତ ହୁଏ, କାହିଁକି ମୁଁ ନିଆଁଲାଗୀ ତା' ଆଗରେ କହିଲିଟି ? ଆରକ ଯେ ମିଛ କହୁଥିଲା, ଏହା ମୋତେ କେହି କହିନାହିଁ ! ମିଛକଥାର ପ୍ରଭାବ ସେ ପାଉଛି। ହେଲେ, ମୁଁ କାହିଁକି କହି ମଲିଟି ?

ସୁମିତ୍ରା କାନମୋଡ଼ି ଚାପୁଡ଼ା ମାରିହୁଏ।

ଗାଁ ମାଇପେ ସାଙ୍ଗମେଳ ହୋଇ ଖୁସି ଆନନ୍ଦରେ ପରଘର ଘଟଣା ଚର୍ଚ୍ଚା କଲାବେଳେ ଅକସ୍ମାତ ସୁମିତ୍ରାର ଆବିର୍ଭାବ ହେଲେ କହିଲା ଲୋକର ତୁଣ୍ଡ ଖନି ବାଜେ। ସେ ତୁନି ହୁଏ। ମାଇପି ସ୍ୱଭାବ, ପାଞ୍ଚ ଦେଖିଲେ କଥା ନହସରେ ସେ ଅଜାଣତରେ ପଚିଶ ବଖାଣେ। ସୁମିତ୍ରାର କାନରେ ପଡ଼ିଲେ, ପଥରରେ ଗାର ଖୋଦିଲା ପରି ସେ ରହିବ, ଯେବେ ହେଲେ ସେ ବାହାରିବ। ସୁବଠୁଁ ଭଲ ତୁନୀ ରହିବା।

ରାଜୀବଲୋଚନ ମନଖୁସିରେ ଘରଣୀଙ୍କ ଆଗରେ ଦୁନିଆର ଭଲମନ୍ଦ ଚାରିକଥା କହିବାକୁ ପଛାନ୍ତି। ଦୁଃଖସୁଖ ହେଲେ ଘରର ହାନୀଲାଭ, ପିଲାଙ୍କ ପାଠ, ଜମିର ଭାଗ, ଗାଈ ବଳଦଙ୍କ ତତ୍ତ୍ୱ କଥା ପଡ଼େ।

ସ୍ତ୍ରୀକୁ ସେ ପର ବୋଲି ମଣନ୍ତି ନାହିଁ, ତେବେ ଆଉ ସାତଟା ମାଇପିଙ୍କ ସାଙ୍ଗେ

ଜଣେ ବୋଲି ଗଣନ୍ତି ନାହିଁ। ମୂର୍ଖ, ନିର୍ବୁଦ୍ଧିଆ ସରଳବିଶ୍ୱାସୀ ବୋଲି ଜାଣନ୍ତି। ତେବେ, ବେଳେବେଳେ ଯେ ତୁଣ୍ଡରୁ ମନଖୁସିଆ ଗପ ଖସି ନ ପଡ଼େ ତାହା ନୁହେଁ, କହିସାରି ଅନୁତାପ ଆସେ, ଆରେ, କହିଦେଲି ?

ରାଜୀବଲୋଚନ ଘରକୁ ଆସିଥିଲେ, ଦିନଟିଏ ରହି ଫେରିଲେ।

ଶୁଣିଲଣି ଗୋ କନି, ସାଆନ୍ତଙ୍କର ଏ କି ଢଙ୍ଗ ବା ?

କହଣ କି ଭାଉଜ ?

ସେ ପରା କହୁଥିଲେ, କେଉଁ ରଜାଘର କୁଆଁର ଯେ, ତାଙ୍କର ଶଙ୍ଖ କଣ୍ଢେଇ ପରି ଟିକି ପୁଅ ଝିଅ ଦିଓଟି, ସାଆନ୍ତେ ତାଙ୍କୁ ନିଜର ପୁଅଝିଅ ପରି ସ୍ନେହ କରୁଛନ୍ତି।

ଭଲ ସୁନ୍ଦରିଆ ପିଲା ଦେଖିଲେ ସମସ୍ତଙ୍କର ସ୍ନେହ ଶ୍ରଦ୍ଧା କରିବାକୁ ମନ ହୁଏ ଭାଉଜ, ଦେଖୁନ, ତୁମ ପିଲାଙ୍କୁ ଆମ ନୂଆବୋହୂ କେମିତି ସୁଖ ପାଆନ୍ତି ?

ତା' ବୋଲି କଅଣ ପିଲାଙ୍କର ମା' ମାଉସୀଙ୍କୁ ସୁଖ ପାଇବ ? କାମ ଧାମରେ ମନ ନ ଦେଇ ପିଲା ଦୁହିଁଙ୍କ ମାଉସୀ, ଟୋକୀଟାଏ ମ, ମେଏମ୍ ପରିକା, ତାଙ୍କ ସଙ୍ଗେ, ବେଳ ନାହିଁ, ଅବେଳ ନାହିଁ, ବୁଲି ବାହାରିବ ?

କନି କାବା ହୋଇ ସମିତ୍ରାର ମୁହଁକୁ ଚାହିଁରହିଲା। ସୁମିତ୍ରା କଅଣ ସଜ ମାଛରେ ପୋକ ପକାଉଛି ?

ସେ ପରା କହୁଥିଲେ !

ନନ୍ଦଭାଇ ତୁମ ଦେଢ଼ଶୁର, ନା ଦିଅର ଗୋ ?

ବୟସ ଗଣିଲେ ଦେଢ଼ଶୁର। ମୋର ସାତ ପଛରେ ନନ୍ଦିଅପା ଆଇଚନ୍ତି। ଏବେବି ସେ ମୋ ଆଖିରେ ପିଲା। ପାଞ୍ଚ ପିଲାର ମା' ମୁଁ। ସେହି ହିସାବ ଧରିଲେ ସାଆନ୍ତେ ମୋଓର ଦିଅରଠୁଁ ହୀନ। ତାଙ୍କର ପିଲାପଣିଆ ଯାଇନାହିଁ। କଟକ ସହର, ଡାଆଣୀ ମାଳ ମାଳ, ନନ୍ଦିଅପା କଟକ ଯାଉନ୍ତୁ।

କି କଥା ତୁମେ କହୁଛ ?

ସତକଥା କହୁଛି, ଭଲକଥା କହୁଛି। ଆଲୋ ହେ, ବର ମୁହଁ ତ ଦେଖୁନ, କୋଳରେ ପିଲା ବକଟେ ଖେଳେଇନ, ପୁରୁଷ ସ୍ୱଭାବ କେମିତି ଜାଣିବ ? ତିନି ବରଷ, ପାଞ୍ଚ ବରଷ ଅତି ଭଲ ମଣିଷ ହେଲେ ସାତ ବରଷ। ସେଉଠୁ ? ଚମ ଚହଟ ମିଣିପଙ୍କୁ ବାନ୍ଧି ରଖିପାରେନାହିଁ। ଦେହଘଷା ହେଲେ ଘରର ଘରଣୀ ନିତିପିନ୍ଧା ଲୁଗା

ଜାମା ପରି ହେଇଯାଏ ଲୋ। ହଁ, ପିଲାଛୁଆ କୋଳକୁ ଆଇଲେ ନିଆରା !

ପଚାରିଲା ଆଖିରେ କନି ଅନେଇଲା।

ବୁଝିପାରିବ ନାଇଁ ତୁମେ, କନି। ଟିକି ପିଲାଟିର ଲୋଭ, ତା'ର ଖେଳ କୌତୁକ, ହସ, ଦରୋଟି କଥା, ରୋଗ ବାଇରାଗ, ସବୁ ମିଶି ବେପରୁଆ ମଣିଷକୁ ଖୁଣ୍ଟରେ ବାନ୍ଧେ। ଘରର ଘରଣୀ, ହେଉ ପଛେ ସେ ନିତିପିନ୍ଧା ପୁରୁଣା ଲୁଗା ଜାମା, ସେଇଥିରେ ଏ ମିଣିପେ ବାନ୍ଧିହୋଇ ରହନ୍ତି। ପଥୁରିଆ କି ବାଲିଆ ଜମିରେ ଫଳ ନ ଫଳିଲେ ଚଷାପୁଅ ଉର୍ବର ଜମିକୁ ଚାହେଁ। ପାଇବାକୁ ମନ କରେ, ଚେଷ୍ଟା କରେ। ଯେଉଁ ଚଷାର ଜମି ସରସ, ସେ କଅଣ ଗୋଟିଏ ଫସଲ ଫଳେଇ ତୁନୀ ହେଇ ବସେ କି ?

କନି ତୁନୀ ହେଇ ଖାଲି ଶୁଣିଲା।

ସାଆନ୍ତେ କଟକରେ କେଉଁ ପିଲା ଦିଅଟିଙ୍କୁ ଶ୍ରଦ୍ଧା କରୁଛନ୍ତି। ଗାଆଁକୁ ଆସିବାକୁ ବି ବେଳ ମିଳୁନାହିଁ। ସେଇକଥା ସେ ମତେ କହୁଥିଲେ। ନନ୍ଦିଅପାଙ୍କୁ ମୁଁ ସେଇଆ କହିବାକୁ ଆଇଚି। କାହା କଥାରୁ ତାଙ୍କୁ କଅଣ ମିଳିବ ? ସେ କଟକ ଯାଉନ୍ତୁ। ହଁ, କହିଦେଉଛି, ହାତରୁ ଖସିଲେ ଅଣବାହୁଡ଼ାଟି ! ମିଣିପଙ୍କର ସେମିତି ଖୋଇ।

କନି ଆଖିରୁ ଲୁହ ଝରିଆସିଲା।

କାନ୍ଦୁଛ ଯେ ?

ନନ୍ଦିଆ ଭାଇ ?

ହଁ, ସେ କହୁଥିଲେ।

ଭାଉଜ !

କହୁନୁ, କାନ୍ଦୁଛୁ କାହିଁକି ?

ତୁମ ଗୋଡ଼ ଧରୁଛି, ତୁନି ରହ। ନୂଆବୋହୂକୁ ଏସବୁ କଥା କହିବ ନାହିଁ। ତୁମକୁ ରାଣ ଅଛି। ଆଉ କାହାକୁ ବି ଏସବୁ କଥା କହିବ ନାହିଁ। ତୁମେ ଭଲ ବିଚାରି କହୁଚ, ଫଳ ମନ୍ଦ ହେବ। ନୂଆବୋହୂ ଶୁଣିଲେ ନିଶ୍ଚେ ସେ ଜୀବନ ହାରିଦେବ।

ଏଁ, କଅଣ କହୁଛ ?

ସତ କହୁଛି। ମତେ କହିଲ ଭଲ କଲ। ତୁମରି ବିଚାର ଯେ ଠିକ୍ । ସେତକ ଯେମିତି ହୁଏ, ସେଥିର ଚେରେଷ୍ଟା ମୁଁ କରିବି। ତୁନି ରହ ହେଇଟି, ସେ ଉଠିଲେଣି କି କ'ଣ, କବାଟ ଖୋଲିବାର ଶବଦ ହେଲା। ଯିବଟି ଏଠୁଁ।

ମାଡ଼ ମାରିଲା ପରି ସୁମିତ୍ରା ପିଲାଟିଏ କାଖରେ ଧରି, ଆରପିଲାଟିର ହାତଧରି ଟାଣି ଘୋଷାରି ସେଠାରୁ ଚାଲିଗଲେ। ଛାତି ଦାଉଁ ଦାଉଁ ପଡୁଛି। ସତେ, ନନ୍ଦିଅପା

ଶୁଣିଲେ ଜୀବନ ହାରିଦେବେ ? ଜଣ ଜଣ କରି ଏକଥା ସେ କେତେ ମାଇପିଙ୍କୁ କହିସାରିଛି । କି ବୁଦ୍ଧି ସେ କରିବ ? ଯିବ ସେମାନଙ୍କ ପାଖକୁ ? ଜଣ ଜଣ କରି ସେମାନଙ୍କ ହାତଗୋଡ଼ ଧରି, ନେହୁରା ହୋଇ ମନା କରିଦେଇ ଆସିବ, ତମ ବାପଭାଇଙ୍କ ରାଣ, ଆଉ କାହାକୁ କହିବ ନାହିଁ ।

କି ବୁଦ୍ଧି ସେ କରିବ ସୁମିତ୍ରା ?

କାଠ କି ପାଷାଣ ପ୍ରତିମା ପରି ଅଭୟା ପାଲୁଣୀର କଥା ଶୁଣିଲେ ।

ଭଣ୍ଡାରୁଣୀଟା ଗାଆଁର ଘର ଘର ବୁଲି ଗାଆଁ ମାଇପିଙ୍କ ନଖ ଫିଟାଏ । ଗୋଡ଼ରେ ଅଳତା ମଣ୍ଡେ । ସମସ୍ତଙ୍କ ପେଟର କଥା ଶୁଣେ । ନିଜର ପେଟରେ ସାଇତି ରଖେ । ବୋହୂଦିନରୁ ପାଲୁଣୀକୁ ସେ ଦେଖିଆସୁଛନ୍ତି । ସେ ଏବେ ଦରବୁଢ଼ୀ ହେଲାଣି ।

ତେର ବରଷରେ ସେ ବୋହୂ ହେଇ ଏ ଗାଆଁକୁ ଆଇଥିଲା । ସେ କାଳ ଥିଲା ଦୋସରା ।– ଏବେ ଆଇନି ହେଇଚି, ଚଉଦ ନ ପୂରିଲେ ଝିଅ ବାହାଘର ହେବ ନାହିଁ, କି ଷୋଳ ନ ପୂରିଲେ ଝିଅ ଶାଶୁଘର ଯିବ ନାହିଁ । ଆଇନି ନ ମାନି ପାଲୁଣୀର ବର ତେର ବରଷର ଝିଅର ବାହାଘର କଲା । ମକଦ୍ଦମାରେ ପଡ଼ି ଆଚ୍ଛା ପରସ୍ତେ ହଲାପଟା ହେଇ ନିସ୍ତାର ପାଇଲା, ଜୋରିମାନା ଦେଇ ।

ବାଘ ନେବା ଯେତେ ନ ବାଧେ, ବାଘ ଘୋଷରା ସେତେ ବାଧେ । ପାଲୁଣୀ ଯେଉଁଠି ବସେ ଆଗ ସେଇ କଥା କହେ । ଆହା, ଏତେ ହୋଇ କ'ଣ ଝିଅ ବଞ୍ଚିଲା ? ପନ୍ଦର ବର୍ଷର ପିଲା, ଚାରିଦିନ କଷ୍ଟ ପାଇ ଶେଷକୁ ସେ ପୁରକୁ ଗଲା । ଦଶ ମାସର ଛୁଆ ପେଟରେ ମଲା । ଓ ହୋ, ସେ କି କଦର୍ଯ୍ୟ !

ପାଲୁଣୀ ଭୁଲିପାରି ନାହିଁ । ସେଇଆ ସେ କହେ । ଆଖିରୁ ଲୁହ ଦି'ଧାର ଗଡ଼ାଏ । ସେଇଠୁ ଶୁଣେ ଅନ୍ୟର ବଚନ, ଖାଲି ଶୁଣେ । ମନ ହେଲେ ଭଲ କଥା ପଦେ କହେ । ଶୁଣିଲେ ଶୁଣ, ନ ଶୁଣିଲେ ନାହିଁ ।

ସେ ମିଛ କହେ ନାହିଁ । କଥାରେ ଲଥା ଲଗାଇ ଲଗାଇ ଜାଣେ ନାହିଁ, ସାତଘରେ କଜିଆ ଭିଆଏ ନାହିଁ । ସମସ୍ତେ ତାଆର ସାଆନ୍ତାଣୀ । ସମସ୍ତଙ୍କର ପାଦ ସେ ଧରିବ । ଗଲି ଆଇଲି, ଯାହା ଦେଖିଲି, ଯାହା ଶୁଣିଲି, ତାହା କହିଲି । ଏଇ ତା'ର ନୀତି । ସେ କାହିଁକି ମିଛ କହିବ ?

ପାଲୁଣୀ ଯାହା କହିଲା, କଅଣ ସତ ? ଗାଆଁରେ ରାଷ୍ଟ୍ର ହୋଇଛି । ଭଗାରି ହସୁଛନ୍ତି । ସାତ ପାଞ୍ଚ ମାଇପେ ବସି ଚର୍ଚ୍ଚା କରୁଛନ୍ତି !

ସୁନନ୍ଦ ମୋର ଶେଷକୁ ଏଇଆ ହେଲା ? କେଉଁଆଡ଼ର ଡାଆଣୀକୁ ଦେଖି ମାଆ ଓ ସ୍ତ୍ରୀକୁ ତୁଚ୍ଛ କଲା ? କାହାର ସେ ଛୋଟ ଛୋଟ ପିଲା ଦିଓଟି, ତାଙ୍କୁ ସ୍ନେହ ଶରଧା କରି ଦିନରାତି, କୋଳକାଖ କରି ବୁଲିଲା ? ସେଇଥିପାଇଁ ମାସେ ହେଲା ଘରକୁ ଆସୁନାହିଁ ? ଚିଠି ଲେଖି ଖାଲି ଜଣେଇ ଦେଉଛି, କାର୍ଯ୍ୟବ୍ୟସ୍ତ ଅଛି। ଏଇ କାର୍ଯ୍ୟ।

ଅଭୟା ନିଃସହାୟ ଆଖିରେ ଚାରିଆଡ଼କୁ ଅନାଇଁଲେ। ଛାଇ ନେଉଟବେଳ। ଆଦ୍ୟ ମଗୁଶିର। ଦେହ ଶୀତେଇ ଆସିଲାଣି। ଆଗରେ ବଡ଼ ପୋଖରୀର କାଚକେନ୍ଦୁ ପରି ପାଣି। ଚାରିପାଖେ ନାନା ଜାତିର ଗଛ। ସମସ୍ତେ ଯେପରି ପାଲୁଣୀର କଥା ଶୁଣି ଥକ୍‌କା ହୋଇ ଚାହିଁ ରହିଛନ୍ତି। ବିଶ୍ୱାସ କରିପାରୁ ନାହାନ୍ତି।

ସୁନନ୍ଦ ଏଇଆ ହେବ ? ଏ ଘର, ଏ ସମ୍ପତ୍ତି, ବାଡ଼ିବଗିଚା କାହାପାଇଁ ?

ଅଭୟା ମଣିଲେ, ଦୁନିଆରେ ସତେ କି ସେ ଏକା, ଆଉ ତାଙ୍କର କେହି ନାହିଁ। କାହିଁକି ସେ ଅଲକ୍ଷଣୀ ପାଲୁଣୀ ତାଙ୍କୁ ବାରିଆଡ଼ ବଗିଚାକୁ ଡାକିନେଇ ଏ ସବୁ କହିଲା ? ଗାଆଁରେ ରାଷ୍ଟ୍ର ହେଲାଣି, କନି କଣ ଜାଣି ନ ଥିବ ? କହିନାହିଁ କାହିଁକି ?

ସତ କଥା ଲୁଚେଇ, ବାଆଁରେଇ ହୋଇ କନି କେତେଥର ପ୍ରବର୍ତ୍ତାଇଲାଣି, ଅପା ମ, ତମେ ଆଉ ଭାଉଜ କଟକ ଯାଇ ବୁଲିଆସିଲେ ହୁଅନ୍ତା ନାହିଁ ? ମୁଁ ଘର ଜଗି ରହିବି।

କିଲୋ କନି, କାହିଁକି ? କଟକ କ'ଣ ଆମେ ଯାଇନୁ ନା କଟକରେ ରହିନୁ ? ମଗୁଶିର ମାସରେ ଘର ଛାଡ଼ି କିଏ ପଦାକୁ ଗୋଡ଼ ବଢ଼ାଏ ?

କଟକରେ ବି ତମ ଘର ଅଛି।

ମଗୁଶିର ମାସ କଟୁ।

କନି ଜାଣିଛି, ତୁନି ରହିଛି। ବୋହୂ ? ନା, ତା'ର ଚାଲିଚଳନ, ଢଙ୍ଗଢାଙ୍ଗ, କଥାଭାଷାରୁ କିଛି ବୁଝି ହେଉନାହିଁ। କେଜାଣି, ଶୁଣିକରି ହସରେ ଉଡ଼ାଇ ଦେଇଥିବ। ମାସେକାଳ ଘରକୁ ନ ଆସିବା ସୁନନ୍ଦର ନୂଆ ଢଙ୍ଗ ନୁହଁ। କାମ ପଡ଼ିଲେ ଏପରି ଘଟେ। ଆଜି ଅସମ୍ଭବ କଥା ଶୁଣିଲାରୁ ନୂଆ ପରି ଲାଗୁଛି।

ସତ ହେଉ କି ମିଛ ହେଉ, ମନ୍ଦଗୁଜବ ଦୁନିଆରେ ପ୍ରଘଟିଲା। ସତ ନ ହୋଇଥିଲେ, ସତ ହେବାକୁ କେତେବେଳ ? ରାଜୀବ ବୟସରେ ସୁନନ୍ଦଠାରୁ ସାନ, ପାଞ୍ଚ ପୁଅର ବାପା ହେଲାଣି। ସୁନନ୍ଦର କିଛି ନାହିଁ !

ନାତିଟିଏ କୋଳରେ ଧରିବାକୁ ମନ ହାଇଁ ପାଇଁ ହେଉଛି। ସାତ ଆଠ ବରଷ ସଂସାର କରି ପିଲା ମୁହଁ ଦେଖିବାକୁ କାହାର ମନ ନ ହେବ ? ଯେଉଁ ସ୍ତ୍ରୀ କୋଳରେ ପିଲା ବକଟେ ନ ଧରିଲା ସେ ସ୍ତ୍ରୀରେ ଲେଖା ନୁହେଁ।

ନନ୍ଦିକା ବାଞ୍ଝ !

ଦେହ ସହୁ ନାହିଁ ବୋଲି ସତକଥା ନିଜ ପାଖରେ ଲୁଚାଇଲେ ମନ ମାନିବ ନାହିଁ। ନାତି ମୁହଁ ନ ଦେଖି ସେ ଆଖି ବୁଜିବେ। କାହିଁକି ? ନନ୍ଦିକା ତାଙ୍କର କଅଣ ? ବୋହୂଟାଏ ତ। ସେ ନ ଆସି ଯିଏ ଏ ଘରକୁ ଆସିଥିଲେ ବୋହୂ ହୋଇଥାନ୍ତା। ସେ ପେଟରୁ ଜନମି ନାହିଁ। ଏ ବଂଶର ପିଲା ପେଟରେ ଧରି ନାହିଁ। କାହିଁକି ଆଉ ଲୋଭ ? ଯିଏ ହାତ ଧରିଥିଲା ସେ ଯଦି ତୁଚ୍ଛ କରିଛି, କାହିଁକି ତା' ଠେଇଁ ଆଶା ?

ଦେଖେଇ ଦେଖେଇ କେତେ ଲୋକ କହିଲେଣି, ଖବର ପଠେଇଲେଣି, ସୁନନ୍ଦ ପୁଅ କରୁ। ଝିଅ ଦିହେଁ ଚିଠି ଲେଖି ଜଣାଇଛନ୍ତି, ବୋଉ ମ, ପୁଅ କିଏ ଭଣଜା କିଏ ? ଗାଆଁ ଲୋକେ କୁହାକୁହି ହେଲେ ସୁନନ୍ଦର ପୁଅ ନ ଥାଇ ପାଞ୍ଚ ପୁଅ। ରାଜୀବକୁ ସେ ମଣିଷ କରିଛି, ନୂଆ ଘର ତୋଳେଇ ଦେଇଛି। ପିଲାଟିମାନଙ୍କ ଭଲମନ୍ଦ ବୁଝୁଛି, ପାଞ୍ଚ ପୁଅରୁ ବାଛି ବାଛି ଗୋଟିଏ ପୁଅ ସେ ନେବ। ପୁଅ କିଏ, ପୁତୁରା କିଏ ?

ଗନ୍ଧିଆ ଶହରର ବୁଢ଼ୀମା' ଦିନେ କଥାର ମରମ କହିଲା, ସାଆନ୍ତାଣୀ ମ', ଦାଣ୍ଡକୁ ଯଦି ହାତ ପାତିବ, ଅଂଶବଂଶରୁ ନୁହେଁ। ବଡ଼ ପ୍ରମାଦ। ଆଣିବ ତ ଏକାଥରେ ପଦାରୁ, ଯାହା ସଙ୍ଗେ ମୋଟେ ସମ୍ପର୍କ ନ ଥିବ। ସେ ଯେ ତଟିବ। ଆଉ କେହି ନୁହେଁ।

ଗନ୍ଧିଆ ଭାରିଯା ଅସଲ କଥାଟି କହିଲା, ନାଇଁ ଗୋ ସାଆନ୍ତାଣୀ, ପୋଷା ପୁଅ ଗୁଣ୍ଡାରୁଅ। ବାଘ ଘରେ ବିଲୁଆ ଛୁଆର ନାଟ ହେବ। କାହିଁକି ବା, ଆମେ ସମସ୍ତେ ଠାକୁରଙ୍କୁ ଡାକୁଛୁ, ନୂଆ ସାହାନ୍ତାଣୀଙ୍କର ପୁଅ ହେବ, କୁଳ ଉଜ୍ଜ୍ୱଳ କରିବ।

ସେଇ ଆଶାରେ ବର୍ଷ ବର୍ଷ କଟିଯାଇଛି।

ଆଉ ସେ ଅପେକ୍ଷା କରିପାରିବେ ନାହିଁ। ସୁନନ୍ଦ ଦାଣ୍ଡରୁ ପୁଅ ଆଣିବ, ଏ କଥା ବଞ୍ଚିଥାଉଣୁ ସେ କରେଇଦେବେ ନାହିଁ। ସୁନନ୍ଦକୁ ସେ ପୁଣି ବାହା କରେଇବେ। ବୟସ ବଳେଇ ଯାଇ ନାହିଁ। ସୁନନ୍ଦ ହୁଏତ ସେଇଆ ଚାହେଁ। ମନର କଥା ସେ କହିପାରୁ ନାହିଁ। ମା' ହୋଇ ତା' ମନର କଥା ସେ ନ ବୁଝିଲେ ଆଉ କିଏ ବୁଝିବ ?

ସୁନନ୍ଦ ପିଲା ଚାହେଁ। ସେଇଥିପାଇଁ ସେ ପର ପିଲାଙ୍କୁ ସ୍ନେହ କରିଛି। ନନ୍ଦିକା ପରି ଲକ୍ଷ୍ମୀ ବୋହୂକୁ ପାଇ ମଧ୍ୟ ତା'ର ଆଖି ପଡ଼ିଛି ଅନ୍ୟ କାହା ଉପରେ। ଯିଏ ପଛେ ସେ ହଉ, ରୂପରେ ଗୁଣରେ ନନ୍ଦିକାଠାରୁ ଅବଶ୍ୟ ହୀନ ହେବ। ଆଠ ବରଷର ଘରକରଣା ଭିତରେ କେବେ ସେ ପୁଅବୋହୂଙ୍କର ମୁହଁ ଶୁଖାଶୁଖି ଭାବ ଦେଖିନାହାନ୍ତି। ଲକ୍ଷ୍ମୀନୃସିଂହ ପରି ଦିଶନ୍ତି ସେ ଦିହେଁ। ଚାହିଁଦେଲେ ଆଖି ଆଗରେ ସ୍ୱର୍ଗପୁର ଉଭା ହେଲାପରି ଲାଗେ। ମନ ପୂରିଉଠେ। ପ୍ରାଣରେ ଉଠେ ପୁନେଇ ଜୁଆର।

ହଁ, ଏଇ ଦୁହେଁ ମୋର ଦୁଇ ଆଖି, ପିଣ୍ଡର କାରଣ।

ଅଭୟାଙ୍କର ଦୁଇ ଆଖିରେ ଲୁହ ଛଳ ଛଳ।

ଅଭୟା ମୁହଁ ଫେରାଇ ପଛକୁ ଚାହିଁଲେ।

ଆରେ, ନନ୍ଦିକା କେତେବେଳୁ ଆସି ପଛରେ ଠିଆ ହୋଇଛି ! କଅଣ ସେ ଶୁଣିଲେ, କଅଣ ସେ ଭାବୁଥିଲେ, ସବୁ ଭୁଲିଗଲେ। ଏମିତି ବୋହୂର ପଦେ ଡାକ ଶୁଣିଲେ, ବୋହୂ ମୁହଁକୁ ମୁହୂର୍ତ୍ତେ ଚାହିଁ ଦେଲେ, ସବୁ ଦୁଃଖ ସେ ପାସୋରି ଯାଆନ୍ତି। ତା'ରି ପଦଟିଏ ଡାକ 'ବୋଉ' ଭିତରେ ଦି' ଝିଅ ଓ ପୁଅର ସବୁ ଡାକ ସତେ କି ଛପି ରହିଥାଏ। ତିନୋଟି ପିଲା ତାଙ୍କର ଏଇ ସୁବର୍ଣ୍ଣ ପ୍ରତିମାରେ ଏକାଠି ଠୁଳ ହୋଇଛନ୍ତି।

ହସହସ ସଜଫୁଟା ମଲ୍ଲୀଫୁଲ ପରି ତୋରା ମୁହଁଟି ହଠାତ୍ ମଉଳା ଦିଶିଲା କାହିଁକି ? ଦୁଃଖ, ଉଦ୍‌ବେଗ ଓ ଅଜଣା ଭୟ, ପ୍ରମାଦ ମିଶା ଥରିଲା ସ୍ୱର, ଓଠରୁ ଖସିଲା, ବୋଉ, ତୁମେ ଏଠି କାହିଁକି ?

ଅଭୟା ଉତ୍ତର ଦେଇପାରିଲେ ନାହିଁ।

ତୁମେ, –ତୁମେ କାନ୍ଦୁଛ ?

ନନ୍ଦିକାର ଆଖିରେ ଲୋତକ।

ଗତକଥା ମନେପଡ଼ିଲା, ମା' !

ଘରକୁ ଆସ ବୋଉ, ଏଥର କାକର ପଡ଼ିବ।

ଚାଲ।

ଟଳିଲା ପରି ଅଭୟା ଆଗେ ଆଗେ ଚାଲିଲେ। ପଛରେ ଗଲା ନନ୍ଦିକା। କାହାରି ତୁଣ୍ଡରୁ କଥା ବାହାରିଲା ନାହିଁ। ଅଭୟା ବୁଝିଲେ, ବୋହୂ ତାଙ୍କର କଥାକୁ ସତ ବୋଲି ଗ୍ରହଣ କରିପାରିନାହିଁ।

ନନ୍ଦିକା ମନେ ମନେ ଗୁଣିହେଲା, ବୋଉ ମନକଥା ଲୁଚେଇଲେ କାହିଁକି ? ଦାଣ୍ଡ ଲୋକଙ୍କ ଆଲୋଚନା କଅଣ ତାଙ୍କର କାନରେ ପଡ଼ିଛି ? ପେଟରୁ ଜନମିଲା ପୁଅ, ଜୀବନରୁ ବଳି ଯାହାକୁ ଅଧିକ ସ୍ନେହ କରନ୍ତି, ତାଙ୍କ ଉପରେ ସନ୍ଦେହ ? ଯିଏ ପବିତ୍ରତାର ପ୍ରତୀକ, ଯାହାଙ୍କ ମନରେ କଳଙ୍କର ଦାଗ ପଡ଼ିନାହିଁ, ଯିଏ ଶୁଦ୍ଧ ସୁବର୍ଣ୍ଣ, ତାଙ୍କ ଉପରେ ଅବିଶ୍ୱାସ ?

ରାତି ନଅଟା।

ଯା, ମା', ଏଥର ଶୋଇବୁ। କେତେବେଳଯାଏ ଗୋଡ଼ ଆଉଁସୁଥିବୁ? ରାତି ବେଶି ହେଲାଣି।

ବୋଉ!

କହ।

ତୁମ ମନରେ ସୁଖ ନାହିଁ କାହିଁକି?

ଅଭୟାଙ୍କ ଛାତିରେ କ'ଣ ଯେପରି ଅଟକିଗଲା। ସେ ଛେପ ଢୋକି ଗଳା ସଫା କରି କହିଲେ ପାଗଳୀ!

ଆଜି ଅଳପ ଖାଇଲ କାହିଁକି?

ଦେହ ଭଲ ଲାଗୁନାହିଁ, ମା'!

କବାଟ ଦରମେଲା କରି କନି ଡାକିଲା, ନୂଆ ବୋହୂ!

କଅଣ କି?

କେତେବେଳେ ଆଉ ଖାଇବ?

ଏଁ, ବୋହୂ ମୋର ଖାଇନାହିଁ।

ଅଭୟ ପଲଙ୍କ ଉପରେ ଉଠି ବସିଲେ। ଭାବିଲେ, ନନ୍ଦିକା ଖାଇନାହିଁ। କୁଳଲକ୍ଷ୍ମୀ ଉପାସ ରହିଛି। ଏ ଘରକୁ ଦୁର୍ଯ୍ୟୋଗ ଘୋଟିଆସିଲା? ସବୁ ସେ ଶୁଣିଛି? ସବୁ ସେ ଜାଣିଛି? ସେଇଥିପାଇଁ ତା' ମନ କଲବଲ ହେଉଛି?

କାଲି ସକାଳୁ କଟକ ଯିବା, ବୋହୂ!

ମଗୁଶିର ମାସ, ଘରେ ମାଣ ବସିଛି।

ବସିଥାଉ।

ବୋଉ,–!

ତୁ ଆଗ ଖାଇବୁ, ଚାଲିଲୁ। ମୋତେ ମରଣ ନ ହେଲା ଯାହା। କାନ ମୋର ଶୁଣିଲା, କୁଳର ଲକ୍ଷ୍ମୀ ଉପାସ ରହିଛି। ଆ, ମା'!

କେତେ 'ବର୍ଷପରେ କେଜାଣି' ଅଭୟା ବୋହୂର ହାତଧରି ରୋଷଘରକୁ ନେଲେ। ମନା ମାନିଲେ ନାହିଁ। ସତମିଛ ପାଞ୍ଚକଥା ଶୁଣି ନନ୍ଦିକା ମନ ମାରିଛି। ବୋହୂକୁ ଆଜି ନିଜେ ବସି ଖୁଆଇବେ।

ଘରେ ମାଣ ବସିଛି। ଲୋକଙ୍କର ବାଜେ କୁହା ଶୁଣି ମନ ଖରାପ କରିଛି, ବୋଉ? ପର ପିଲାଙ୍କୁ ଶରଧା କରିବାକୁ ସମସ୍ତଙ୍କର ମନ ହୁଏ।

ସତ ଲୋ, ମା'!

ଅଭୟାଙ୍କର ମୁହଁରେ ହସ।

ନନ୍ଦିକା ଶୁଖିଲା ମୁହଁ ତୋରା ଦିଶିଲା। ଶାଶୁଙ୍କର ଗୋଡ଼ଧୂଳି ମୁଣ୍ଡରେ ମାରି ସେ ଗଲା ନିଜର ଶୋଇବା ଘରକୁ। ରାତି ଅଧରେ ନିଜେ ଶାଶୁ ପାଖରେ ବସି ରାଣ ନିୟମ ପକାଇ ପେଟେ ଖୁଆଇଛନ୍ତି। ପେଟ ପୂରିଛି, ମନ ପୂରିଛି।

ଖାଲି ହସ ମାଡୁଛି, ଯେ କୁଆଡ଼େ–!

ଅତି ଆନନ୍ଦରେ ବି ମଣିଷର ଆଖିରୁ ଲୋତକ ଝରେ, ଆଉ ଅତି ଦୁଃଖରେ ଓଠକୁ ଆସେ ହସ।

ସେ ଦୁଃଖରେ ହସିଥିଲା, କି ଆନନ୍ଦରେ, ବୁଝିପାରିଲା ନାହିଁ। ସେ ସୁଖରେ କାନ୍ଦୁଛି, କି ଦୁଃଖରେ, ଏହା ବି ଜାଣିପାରୁନାହିଁ। ଆଖିରୁ ଲୁହ ଝରୁଛି, ତକିଆରେ ପଡୁଛି। ଆଜି କାହିଁକି ନର୍ଜନତା ଖେଙ୍କି ଉଠୁଛି। ଘଣ୍ଟାର ଟିକ୍ ଟିକ୍ ଛାତିରେ ମୁଦ୍‌ଗର ପିଟୁଛି। ଆଲୁଅଟା ଦେହରେ ଶର ବିନ୍ଧିଲା ପରି ଲାଗୁଛି।

ନିଦ ଆସୁନାହିଁ। ମନ ଧାଇଁଯାଉଛି କଟକ। ଦେଖୁଚି, ଛୋଟ ଛୋଟ ପିଲା ଦିଓଟି, ଝିଅଟିଏ, ପୁଅଟିଏ, କେଡ଼େ ସୁନ୍ଦର। ଲହୁଣୀ ପରି ଦେହ, ଚନ୍ଦ୍ରମା ପରି ମୁହଁ, କି ଶୋଭା ହସ! ଗୁଡୁରୁ ଗୁଡୁରୁ ଚାଲି, ଗୁଲୁରୁ ଗୁଲୁରୁ କଥା। ସ୍ନେହ କରିବାକୁ କାହାର ମନ ନ ହେବ? କୋଳ କରି ଛାତିରେ ଯାକି ବୋକ ଦେବାକୁ କାହାର ପ୍ରାଣ ନ ଡାକିବ? ନିଜର ପିଲା ଥାଉ ବା ନ ଥାଉ। ପିଲା ଯେ ସଭିଙ୍କର ଯାହାର ମନରେ ପର ଆପଣା ଭାବ ପଶିନାହିଁ:, ସେ ତ ସମସ୍ତଙ୍କର। ସ୍ନେହ କରିବା ପାପ ନୁହେଁ, ଅନୀତି ନୁହେଁ।

ଆଉ, ସେ ଝିଅ ଜଣକ?

ବଙ୍କେଇ କରି ଚଉକି ବାଡ଼ରେ ହାତଭରା ଦେଇ ମୁହଁକୁ ମୁହଁ ଯୋଡ଼ି ସେ ଝିଅ ଠିଆ ହୋଇଛି। ଟେବୁଲ ଉପରେ ଚିକ୍ ଚିକ୍ ଦିଶୁଛି, –ସେଇଟା କଅଣ? ନୂଆ ଡିଜାଇନ୍‌ର ସୁନା ହାରଟିଏ। ରଙ୍ଗଢଙ୍ଗର ପଥର ବସିଛି।

କେଡ଼େ ଖୁସିରେ ସେ ଝିଅଟା ସିଧା ହେଇ ଠିଆ ହେଲା।

ଛି ଛି, କି ଢଙ୍ଗ! ଏଡ଼େ ନିର୍ଲଜୀ, ପାତଳ ଶାଢ଼ୀ ଦେହରୁ ଦଶଥର ଖସିପଡୁଛି। ଏଡ଼ିକି ବେହିଆ!

ପିଲା ଦିଓଟିଙ୍କର ମାଉସୀ ସେ, ତିନିଟି ପିଲାର ମା'! ସମସ୍ତଙ୍କୁ ହରାଇ ଆଶ୍ରା ନେଇଛି ପର ଘରେ। ତା'ର ପୁଣି ଏମିତିକା ଢଙ୍ଗ?

ହାତରେ ହାରଟି ଧରି ସେ ସପନାବତୀ ଉଠିଲେ। ହସୁଛନ୍ତି। ଏଁ. ଇଏ କଅଣ କଲେ? ହାରଟି ତାଆରି ପାଇଁ, ନନ୍ଦିକା ପାଇଁ ନୁହେଁ? ଏଁ, ଇଏ କଅଣ– ?

ନନ୍ଦିକା କାନ୍ଦିଉଠିଲା। ଉଠି ବସିଲା। ଆଖିରୁ ବରଷା ଧାର ପରି ଲୁହ ଛୁଟିଛି। କୋହ ଉଠୁଛି, ଛାତି ଥରୁଛି ନିଶା ଗର୍ଜୁଛି।

ନା, ସହି ହେବ ନାହିଁ। ପନ୍ଦର ମାଇଲ ବାଟ ପନ୍ଦର ଖେପା କରି ଧାଇଁଯିବାକୁ ମନ ହେଉଛି। ସେଇ ଅଜଣା ଡାହାଣୀ ସପନାବତୀ ଆଗରେ ଠିଆ ହୋଇ ଗର୍ଜି ଉଠିବାକୁ ମନ ହେଉଛି, କିଲୋ, କିଏ ତୁ? ବାହାର ମୋ' ଘରୁ, ବାହାରି ଯା–।

କାହା ନେଇ ଟାଣ, କିଲୋ, କହୁନୁ? ପଚାରୁଛି ସେ ଅଧଲଙ୍ଗୁଳୀ।

ସ୍ୱାମୀ ଠିଆ ହୋଇ ଚାହିଁ ରହିଛନ୍ତି କଟମଟ କରି? ତାଙ୍କର ଢଙ୍ଗ ହିଁ ପଚାରୁଛି, କାହା ନେଇ ଏ ଟାଣ? ମୋର ସବୁ ସ୍ନେହ, ସବୁ ସୋହାଗର ବିନିମୟରେ କଅଣ ତମେ ମତେ ଦେଇଛ, ନନ୍ଦିକା? କାହିଁକି ମୋର ଏ ଜୀବନମୂର୍ଚ୍ଛା ପରିଶ୍ରମ, ଅର୍ଜନ? କିଏ ଭୋଗ କରିବ? ଚାହିଁ ଦେଖ ଏ ପିଲା ଦିଓଟିଙ୍କୁ। ଦେଇପାରିଲ? ନା ତମେ ମୋର ମଣିଷ ଜୀବନକୁ ବ୍ୟର୍ଥ କରିଛ, ମୁଁ ହୋଇଛି –

ରାକ୍ଷସ! ନା, ନା। ତମେ ମୋର ଦେବତା, ତମେ ମୋର ସର୍ବସ୍ୱ। ମୋର ଆଉ କିଛି ଲୋଡ଼ା ନାହିଁ, କେବଳ ତମ ପାଦର ଟିକିଏ ଧୂଳି। ତମର ସୁଖ ହିଁ ମୋର ସୁଖ, ତମର ଆନନ୍ଦ ମୋର ଆନନ୍ଦ। ତମର ଇଚ୍ଛା ଓ ଆଗ୍ରହ ମୋର ଆଦେଶ। ମୁଁ ଆଉ କାନ୍ଦିବି ନାହିଁ। ତମର ଅଭିଳାଷ ଆଗରେ ପ୍ରତିବନ୍ଧକ ହୋଇ ଠିଆ ହେବାକୁ ଧାଇଁଆସିବି ନାହିଁ। ମତେ କ୍ଷମାକର।

ନୂଆବୋହୂ; ନୂଆବୋହୂ!

ନନ୍ଦିକା ନିଜ ଭିତରକୁ ଫେରିଆସିଲା। ଆରେ, କନି ଡାକୁଛନ୍ତି, କବାଟ ବାଡ଼ଉଛନ୍ତି। ତା' ମନରେ ଭାବନା ପଦାକୁ ଛୁଟିଗଲା। କଅଣ ସେ କରିବ?

ନୂଆବୋହୂ!

ଆଖିରୁ ଲୁହ ପୋଛି ଅସ୍ତବ୍ୟସ୍ତ ହୋଇ ନନ୍ଦିକା ପଲଙ୍କ ଉପରୁ ତଳକୁ ଓହ୍ଲାଇଲା। ଆଲୁଅ ତେଜି କବାଟ ଖୋଲିଲା। ସାରା ଦେହ ଥରିଉଠୁଛି। ଘର ଭିତରକୁ ପଶି କନି ବଲବଲ କରି ଚାରିଆଡ଼କୁ ଚାହିଁଲା। ନନ୍ଦିକାର ମୁହଁକୁ ଅନେଇଁ ପଚାରିଲା, କାନ୍ଦୁଥିଲ?

ନାଇଁ ତ!

ସପନ ଦେଖିଲ କି, କଇଁ କଇଁ କୋହ ଶୁଭିଲା ଯେ?

ନିଜେ ତମେ ସପନ ଦେଖି ରାତି ଅଧରେ ଡାକି ଉଠଉଛ, କନି !

ମୁଁ ମୋଟେ ଶୋଇନାହିଁ। ଏଇ ଝରକା ତଳେ ବସିଥିଲି।

ତେବେ ମୁଁ ସପନ ଦେଖିଥିବି।

ହୋଇଥିବ। ଅଧଘଣ୍ଟାଏ ହେବ ମୋତେ ତୁନୀ ତୁନୀ କାନ୍ଦ ଶୁଭୁଛି। ତମେ ତେବେ ବିଳିବିଳଉଥିଲ ?

ହୋଇଥିବ।

କେବେ ତ ବିଳିବିଳାଅ ନାହିଁ, ଆଜି କାହିଁକି ?

ନନ୍ଦିକା ହସି ହସି ଖଟ ଉପରେ ବସିଲା। ଉତ୍ତର ଦେଲା, କେମିତି କହିବି ?

ମୁଁ କହିବି, ନୂଆବୋହୂ, ଦାଣ୍ଡଲୋକଙ୍କ ମିଛ ପ୍ରଚାର ଶୁଣି ତମେ ମୋ ଭାଇ ଉପରେ ଅବିଶ୍ୱାସ କଲ। ଚନ୍ଦ୍ରରେ କଳଙ୍କ ଅଛି, ମୋ ଭାଇ ମନରେ କଳଙ୍କ ନାହିଁ।

କନିର ଆଖରେ ଲୁହ ଢଳଢଳ।

ନନ୍ଦିକା ଚମକି ଉଠିଲା। ତୁଣ୍ଡରୁ ବଚନ ବାହାରିଲା ନାହିଁ। ହସିବାକୁ ଚେଷ୍ଟା କଲା। କୋହ ଚାପି କହିଲା, ଲୁଚେଇବି ନାହିଁ, କନି, ମୁଁ ଜାଣି ଜାଣି କାନ୍ଦିନାହିଁ, ମତେ କାନ୍ଦ ମାଡ଼ିଲା। ଯେତେ ଚେଷ୍ଟାକଲି, ମନର କୋହ ଚାପି ପାରିଲି ନାହିଁ। ମୋର ଦୋଷ ହୋଇଛି। ତାଙ୍କ ଉପରେ ଅବିଶ୍ୱାସ କରି ମୁଁ ମୋ ନିଜ ଉପରୁ ବିଶ୍ୱାସ ହରେଇଛି।

ମିଛ ଦୁର୍ନାମ ଶୁଣି ?

ସତ ହେଲେ ବି ମୁଁ ଆଉ କାନ୍ଦିବି ନାହିଁ। ତମେ ଯାଅ କନି, ଶୋଇବ, ରାତି ଅଧ ହେଲାଣି।

ମୁଁ ଏଇଠି ଶୋଇବି।

ମତେ ଜଗିବ? କଅଣ ଜଗିବ? ମୋ ମନରେ ପଶି ଭାବନାରେ ଶିକୁଳୀ ଲଗାଇପାରିବ? କନି, ଆଜିକି ପଚିଶି ଦିନ ହେଲା ତମର ଭାଇ ଆସିନାହାନ୍ତି। ମୁଁ ସିନା ଅଲୋଡ଼ା ଅଖୋଜା, ଗୋଟାଏ ସ୍ତ୍ରୀ ମଲେ କି ହଜିଲେ, ମନକୁ ନ ପାଇଲେ, ଦୁନିଆରେ ସହସ୍ର ସ୍ତ୍ରୀ ଅଛନ୍ତି। ଜନମକଲା ମା' ଜଣକରୁ ଦୁଇଜଣ କାହାରି ହୋଇପାରନ୍ତି ନାହିଁ। ବୁଢ଼ୀ ମଣିଷ, ପାଚିଲା ଆମ୍ବ, କେବେ ଖସିବେ କିଏ ଜାଣେ ! ଦେଖିବାକୁ ତାଙ୍କର ମନ ହେଲା ନାହିଁ ?

ଶୁଣ କନି ବୋଉ ସଞ୍ଜବୁଡ଼େ ପୋଖରୀକୂଳରେ ବସି ଆଖିରୁ ଲୁହ ଗଡ଼ାଉ ଥିଲେ। କହିଲ, ମୁଁ କେମିତି ସହିପାରନ୍ତି ? ତାଙ୍କ ଆଖିରୁ ଲୁହ ଗଡ଼ିଲେ ଅକଲ୍ୟାଣ ହେବ ନାହିଁ ? ମତେ କାନ୍ଦ ମାଡ଼ିଲା। ଯେବେ ହେଲେ ତ ସେ ଆସିବେ, ଏ କଥା ମୁଁ

ତାଙ୍କୁ କହିବି ।

ତୁମେ ପାଗଳ ହେଲେ କି ନୂଆଉ ?

ହୋଇନାହିଁ ଯେ, ରାତି ଅନିଦ୍ରା ହେଲେ ହେବି । ତୁମେ ଯିବ ଟି, ମତେ ନିଦ ଘୋଟିଆସିଲାଣି ।

କନି ଉଠିଲା ।

କବାଟ କିଳି ନନ୍ଦିକା ଆଲୁଅ ଲିଭାଇଲା । ପଲଙ୍କ ଉପରେ ବସି ପୁଣି କଣ ଭାବିବାକୁ ଚେଷ୍ଟା କଲା । କଅଣ ସେ ଭାବିବ ? ଅଜାଣତରେ ସେ କାନ୍ଦିଥିଲା । କାନ୍ଦର କାରଣ ସେ କନିକୁ କହିଦେଉଛି, ନିଜ ପାଇଁ ନୁହେଁ, ବୋଉଙ୍କ ପାଇଁ ସେ କାନ୍ଦିଛି । ତା'ର ମନର ଆଉ ଦୁଃଖ ନାହିଁ । ଦୁନିଆର ଲୋକେ ଅପବାଦ ଦେଲେଣି ଯେ ସେ ବାଞ୍ଝ । ବୃନ୍ଦାବତୀଙ୍କଠାରୁ ଆରମ୍ଭ କରି ଯେତେ ଦିଅଁ ଦେବତା, ସମସ୍ତଙ୍କର ପୂଜା ସେ କରିଛି । ବାରବ୍ରତ କରି ନିର୍ଜଳା ଉପାସ ରହି ସମସ୍ତଙ୍କୁ ସେ ପ୍ରାର୍ଥନା କରିଛି । ତା' ମାତୃତ୍ୱର ଆକୁଳ ବିକଳ ଡାକ କେହି ଶୁଣିନାହିଁ ।

ଆଉ କାହିଁକି ?

ଏଥର ସେ ନିଶ୍ଚିନ୍ତରେ ଶୋଇବ ।

ନନ୍ଦିକା ନିଶ୍ଚିନ୍ତରେ ଶୋଇପାରିଲା ନାହିଁ ।

ମୁଦିଲା ଆଖିପତା ତଳେ ଚେଇଁଲା ଆଖିଡୋଳା ଭ୍ରମିବାକୁ ଲାଗିଲା । ଦୁଇ ନଣନ୍ଦ ଶୋଭା ଓ ଆଭା, ସାନ ଜାଆ ସୁମିତ୍ରା, ବଡ଼ ଜାଆମାନେ, ଗାଆଁର ଆଉ କେତେ ଝିଅବୋହୂ, ସମସ୍ତେ ସେମାନେ କେତେ ପିଲାର ମା' । ସେ ବି ସେମାନଙ୍କ ପରି ନାରୀଟିଏ । ସେ କାହିଁକି ହତାଶ୍ ହେଲା ? ସେ ଯଦି ଏ ଘରର ବୋହୂ ନ ହୋଇ ଆଉ କେଉଁ ଘରର ବୋହୂ ହୋଇଯାଇଥାନ୍ତା ।

ଛି, ଏ କଥା ମନକୁ ଆଉଚି ? ମରଣ ନ ହେଲା ଯାହା । ପୁଣି କାହିଁକି ସେ ଭାବୁଛି ? ଏଥର ଶୋଇବ ।

ନନ୍ଦିକା କଡ଼ ଲେଉଟାଇଲା । ଆଗରେ ଉଭା ରାଜୀବ, ଲେଖାରେ ଦେବର । ସମସ୍ତଙ୍କର ବିଶ୍ୱାସର ପାତ୍ର, କର୍ମଚାରୀ । ପାଞ୍ଚଟି ପିଲାର ପିଅର । ସାନ ପିଲାଟିର କାଲି ଏକୋଇଶା । କେମିତି ଲାଜରା ହୋଇ ଠିଆ ହେଇଛନ୍ତି ।

ସୁମିତ୍ରା ତାଙ୍କୁ ଗାଳି ଦେଉଛି, ଗୋଟିକ ପରେ ଗୋଟିଏ, ପାଞ୍ଚଟି ପିଲା ସଂସାରକୁ

ସେ ଆଣିଲାଣି ଅଲାଜୁକ, ମୁଁ ଖାଲି ଘାଣ୍ଟି ହେଇ ମରୁଛି। ଗୋଟିଏ ଶୂଳ ଯଦି ସେ ସହନ୍ତେ, ବାପପଣିଆର ଭାବ ବୁଝନ୍ତେ।

ତାଙ୍କ ପଛରେ ଠିଆ ହୋଇଛନ୍ତି ଶୋଭା ଦେଈଙ୍କର ବର ଭାଗବତ, ତାଙ୍କ ପଛରେ ଆଭା ଦେଈଙ୍କର ବର ଦୋଳଗୋବିନ୍ଦ, ତା' ପଛକୁ ଗନ୍ଧିଆ ଶଅର, ତା' ପଛକୁ ସମସ୍ତେ ସେମାନେ ବାପ ହୋଇଛନ୍ତି।

ସୁନନ୍ଦ କାହିଁ ?

ନନ୍ଦିକା ଆଖି ଖୋଲିଲା। ଅନ୍ଧାର। ଝରକା କବାଟ ବନ୍ଦ। ବାହାର ଜହ୍ନ ଆଲୁଅ ଘରେ ପଶିପାରୁନାହିଁ। ଅନ୍ଧାର ଭିତରେ ସ୍ୱର ଶୁଭୁଛି, କାହିଁକି ଦେଖୁଛ ସେମାନଙ୍କୁ ?

ସେମାନେ ଜନକ।

ମୁଁ ବି ହୋଇଥାନ୍ତି।

ମୁଁ କଅଣ ଜନନୀ ହୋଇପାରନ୍ତି ନାହିଁ, ଭାବିଛ ?

ହାଃ ହାଃ ହାଃ।

କିଏ ହସୁଛି ? ନିର୍ଜନତା ? ତା'ରି ଅପରିପୂର୍ଣ୍ଣ ମାତୃତ୍ୱ କାମନା ? ନୀତି ଓ ସଂସ୍କୃତିର ବାଡ଼ ଡେଇଁ ନନ୍ଦିକାର ଓଲେଇ ମନ କୁଆଡ଼େ ଧାଇଁଛି ? ଆଠ ବର୍ଷର କଠୋର ସାଧନା, କର୍ତ୍ତବ୍ୟ ଧାରଣା, ସ୍ନେହ ସୋହାଗ, ଗେହ୍ଲାପଣିଆ ସବୁ ଛାଡ଼ିଗଲା ପଛରେ ? ବିବାହ ମନ୍ତ୍ର ବ୍ୟର୍ଥ ହେବ ? ଦିଓଟି ଦେହ, ମନ, ଆତ୍ମା, ଅଭିଳାଷ, ଆଗତ କଳ୍ପନାର ମିଳନ ମଝିରେ ପ୍ରତିବନ୍ଧକ ହୋଇ ଠିଆ ହେବ ମାତୃତ୍ୱ କାମନା ?

ମୁଁ ନିର୍ବୋଧ। ତୁମେ ହସ ନାହିଁ। ମୁଁ ଜନନୀ ହେବାକୁ ଚାହେଁ ନାହିଁ। ମୁଁ ପତ୍ନୀ।

ମୁଁ ତମର ପଦସେବିକା, ଏଘରର କୁଳବଧୂ।

ମୁଁ ଗୃହିଣୀ।

ସମସ୍ତଙ୍କର ସୁଖ ଓ ଆନନ୍ଦ ଦେଖି ସୁଖୀ ହେବା ମୋର କର୍ତ୍ତବ୍ୟ। ମୋ କର୍ତ୍ତବ୍ୟ ମୁଁ ପାଳନ କରିବି। ମୋର ନିଜତ୍ୱ ନାହିଁ। ସମସ୍ତଙ୍କ 'ତ୍ୱ' ଭିତରେ ମୁଁ ସତ୍ତା ହଜାଇବି। ମୋର ପୁଣି ଭାବନା କଅଣ, ଆକାଙ୍କ୍ଷା କଅଣ ? ଦୁଃଖ ଓ ରୋଦନ ପାଇଁ ସ୍ଥାନ ନାହିଁ ମୋ ଭିତରେ ?

ମୁଁ ପତ୍ନୀ, ତମର ପଦସେବିକା ଗୃହିଣୀ। ହସ ନାହିଁ, ହସ ନାହିଁ, ହସ ନାହିଁ।

ନନ୍ଦିକାର କ୍ଳାନ୍ତ ଆଖିଡୋଳା ସ୍ଥିର ହେଲା।

ନନ୍ଦିକା ଡାକ ଛାଡ଼ିଛି, ତମେ ଆସ।

ଚା' ଟିକେ ଢୋକି ସୁନନ୍ଦ ବିସ୍କୁଟ ଖଣ୍ଡି ପାଟିରେ ପୂରାଇଲା। ଶୀତୁଆ ସକାଳ ମୋଟେ ସାଢ଼େ ଛଅଟା। ଶୀଘ୍ର ପ୍ରସ୍ତୁତ ହେବାକୁ ପଡ଼ିବ।

ଆଜିକାଲି ପ୍ରୋଗ୍ରାମ ଲମ୍ବା। ଦୁଇଟି ମକଦ୍ଦମା ତତ୍ତ୍ୱ ନେବାକୁ ହେବ। ଭଲକରି ହିସାବ ତନଖି ନ କରି ବିକ୍ରୟକର ହାକିମ ତିନି ହଜାର ଟଙ୍କା କର ଧାର୍ଯ୍ୟ କରିଦେଇଛନ୍ତି। ଉପର ହାକିମଙ୍କ ପାଖେ ଅପିଲ ଫାଇଲ୍ କରାହୋଇଛି। କାଲି ଶୁଣାଣି ତାରିଖ। କାଗଜପତ୍ର ନେଇ ଓକିଲଙ୍କୁ ଦେଇଆସିଛି। ତାଙ୍କର ମନେପକାଇଲେ ସେ କେସ୍ ପାଇଁ ପ୍ରସ୍ତୁତ ହେବେ।

ଆହୁରି ଗୋଟାଏ କଣ୍ଟ୍ରୋଲ କେସ୍। ମଣିଷ ଦିକ୍‌ଦାର ହୋଇସାରିଲାଣି। ଏ ସବୁ ରାଜୀବର ଅସତର୍କତାର ଫଳ। ବିକ୍ରି ଖାତାରେ ମିଛ ନାମ ଓ ହିସାବ ଲେଖାଇଲୁ, ଭଲ କଲୁ, ସଙ୍ଗେ ସଙ୍ଗେ ସେ କିରାସିନି ଟିଣଗୁଡ଼ାକ ଓ ଲୁଗା, ଶାଢ଼ୀ ପଚାଶ ଖଣ୍ଡ ଅନ୍ଧାରି ଘରକୁ ଚାଲାନ୍ କଲୁ ନାହିଁ? ଆଚ୍ଛା, ସେତେକ କରିନପାରିଲୁ ତ ଚା', ସିଗାରେଟ ଯୋଗାଡ଼ କଲୁନାହିଁ? ତନଖି କରୁଥିବା କର୍ମଚାରୀଙ୍କ ଘରକୁ ନମୁନା ମାଲ ପସନ୍ଦ ପାଇଁ ପଠାଇଥିଲେ ହୋଇନଥାନ୍ତା? କେସ୍ ଲଢ଼ିବାକୁ ହେବ। ଖବର, ହଇରାଣ, ଖୁସାମତ, ଓକିଲ। ବ୍ୟସ୍ତର କଥା।

ଚା' ସରିଲା।

ଟେବୁଲ ଉପରେ ନନ୍ଦିକାର ଚିଠି। ଖୋଲାହୋଇ ପଡ଼ିଛି। କାଲିଠାରୁ ଆସିଲାଣି। ରାତି ଅଧରେ ଫେରି ଚିଠି ଖଣ୍ଡି ପଢୁପଢୁ ନିଦ ହୋଇଗଲା। ଟିକିଏ ଲମ୍ବ ଚିଠି। କ'ଣ ସେ ପଢ଼ିଥିଲା, ମନେନାହିଁ। ପଢ଼ିଲା। ଏ ଚିଠିରେ ଏତେକଥା ସେ ଲେଖିଛନ୍ତି, ବୋଉଙ୍କଠୁଁ ଆରମ୍ଭ କରି ଶବର ସାହୀର କେଉଁ ଶବରୁଣୀର ଛୋଟ ପିଲାଯାଏ। ଗାଈଗୋରୁ, ଗଛ, ଧାନ, ପୋଖରୀ, କେତେ ବିଷୟ। ସମସ୍ତେ ଭଲ ଅଛନ୍ତି।

ଆଉ ସେ ନିଜେ?

ନିଜ କଥା ଲେଖିବାକୁ ସବୁଦିନେ ସେ ଭୁଲିଯାଆନ୍ତି।

—ଦେଖୁ ଦେଖୁ ମାସଟିଏ ପୂରିବ, ତମର ଏତେ କାମ ଯେ ଦିନକ ପାଇଁ ଆସିବାକୁ ବେଳ ମିଳୁନାହିଁ? ତମେପରା ସ୍ୱାଧୀନ ବ୍ୟବସାୟ କରୁଛ? ମୁଣ୍ଡବିକା କର୍ମଚାରୀଙ୍କଠୁଁ ବଳିଲ? ବୋଉ ଛୁଆଖାଇ ବିଲେଇ ପରି ହେଉଛନ୍ତି। ତମକୁ ଦେଖିବାକୁ କେଡ଼େ ଛଟପଟ ହେଉଛନ୍ତି ସତେ! ତମେ ଆସ, ଦିନକ ପାଇଁ ହେଲେ ଆସ। ବୋଉ କଟକ ଯିବାକୁ ବସିଥିଲେ, ମତେ କହୁଥିଲେ। ମଗୁଶିର ମାସ, ଘର ଛାଡ଼ି ଯିବା ଭଲ ନୁହେଁ, ମୁଁ ମନା କଲି।

ରାଗିଲ କି ?

ଶୋଭା ଚିଠି ଦେଇଛନ୍ତି। ହାଣ୍ଡିଏ ଆରିସା ପିଠା, ହାଣ୍ଡିଏ ଫେଣିଖଜା ପଠାଇଛନ୍ତି। ତମେ ନ ଚାଖିଲେ ଆଉ କେହି ଛୁଇଁବେ ନାହିଁ। କାଳୀଗାଈର ଦିବ୍ୟ ସୁନ୍ଦର କଳା ମିଚି ମିଚି ଝିଅ ହୋଇଛି। ଗାଆଁ ଲୋକେ ସମସ୍ତେ ଆସି ଦେଖିଯାଉଛନ୍ତି। ଧନ୍ୟ ଧନ୍ୟ ପ୍ରଶଂସା କରୁଛନ୍ତି। ତମ ଭାଇବୋହୂ ସୁମିତ୍ରା, ସେଇଟା ତୁମକୁ ଦିଅର ଲେଖା କରେମ, ଏଡ଼ିକି ଅଲାଜୁକୀ। କହୁଛି, କାଳୀଗାଈଟା ଷଣ୍ଢ ମୁହଁ ଦେଖିଲା ନାହିଁ, କଟକରୁ କୋଉ ଡାକ୍ତରକୁ ସାଆନ୍ତେ ଅଣାଇଁଥିଲେ, ସେ କି ଔଷଧ ଫୋଡ଼ିଲା ଯେ, ଦେଖମ, ଦିବ୍ୟ ସୁନ୍ଦର ହାତୀଛୁଆ ପରି ବାଛୁରୀ ହୋଇଛି। ସାଆନ୍ତେ ମନ୍ତର ଜାଣନ୍ତି।

ପୁଣି କହୁଛି—

ନା, ଲେଖିବି ନାହିଁ। ଶୁଣିଲେ ହସି ହସି ଗଡ଼ିଯିବ।

ସେ ଯେଉଁ କାଠିଆ କଦଳୀ କାନ୍ଦି ପୋଖରୀ ହୁଡ଼ା ପାଖ ଗଛରେ ଫଳିଥିଲା, ସେ ହେଲା ତିରିଶି ଫେଣା, ପୁରୁଷେ ଉଞ୍ଚ କାନ୍ଧି। କଦଳୀଟିମାନ ଚାଖଣ୍ଡେରୁ ବଡ଼। ପାଚି ହଳଦୀଗଣ୍ଠି ପରି ହେଲାଣି। ଏତେ ସ୍ନେହ କରିଥିଲ, ଆସି ଥରେ ଆଖି ନ ପକାଇଲେ ସଢ଼ି ଗୋବର ହେବ ପଛେ, କେହି ଛୁଇଁବେ ନାହିଁ।

ଚିଠି ଲେଖିବ ନାହିଁ, ନିଜେ ଆସିବ। ସମସ୍ତେ ଆମେ ଚାହିଁ ରହିଛୁଁ।

ଚିଠି ଖଣ୍ଡି ପକେଟରେ ରଖିଲା। ନନ୍ଦିକାର ଫଟୋକୁ ଚାହିଁଲା ଅତି ସ୍ନେହରେ। ମନ କହିଲା, ତମେହିଁ ଖୋଜୁଛ। ମାସଟିଏ ଅଦେଖା। ବିଚ୍ଛେଦ ସହିପାରୁନା ? କାମ ନ ଥିଲେ ବର୍ତ୍ତମାନ ସଙ୍ଗେ ସଙ୍ଗେ ବାହାରି ପଡ଼ନ୍ତି। ବେପାରୀର ପରାଧୀନତା କହିଲେ ନ ସରେ ନନ୍ଦିକା, ସମସ୍ତେ ତା'ର ପ୍ରଭୁ ଅନେକ ତା'ର ଶତ୍ରୁ। ତମର ଆଦେଶ ଲଙ୍ଘନ କରିପାରିବି ନାହିଁ। ଆଜି ଯିବି। କାମ ଛିଣ୍ଡାଇ ଆସେ।

ଟେଲିଫୋନ ଡାକୁଛି।

କିଏ ?

ଓ, —ହଉ, ଦର କେତେ ? ହଲୋ, ହଲୋ—ଚନ୍ଦୁଲାଲ ? ବଡ଼ଦାନା ଚିନି ? ଦର— ? ଆଚ୍ଛା। ମୁଁ ନିଜେ ଯିବି। ସଞ୍ଜ ଆଗରୁ ଯାଇପାରୁନାହିଁ। ହଁ, ରାତି ଆଠଟା।

ସୁନନ୍ଦ ଉଠିଲା। ଏଇ ଟେଲିଫୋନଟା ଲଗାଇ ବଡ଼ ବ୍ୟସ୍ତରେ ସେ ପଡ଼ିଛି। କାମ ଥାଉ ନ ଥାଉ, କିଏ ହେଲେ ଡାକ ଛାଡୁଛି। ସେଇ ରାଜୀବର ଦୋଷ। ମାଲଗୋଦାମରୁ ଦିନକୁ ଷାଠିଏ ଥର ଡାକରା। ପୁଣି ପଡ଼ାଯାକର ଜଣାଅଜଣା ଲୋକ

ଆସି ବ୍ୟସ୍ତ କରୁଛନ୍ତି, ଥାନା, ମେଡ଼ିକେଲ, କଲେଜ, ସିଭିଲକୋର୍ଟ, ଭୁବନେଶ୍ୱର, ସବୁଠି ସେମାନଙ୍କର କାମ। ନାହିଁ କଲେ ମନ କଷ୍ଟ କରିବେ।

ସୁନନ୍ଦ ପ୍ରସ୍ତୁତି ହେଲା। ଆଜିକାଲି ସେ ଖଦଡ଼ ପୋଷାକ ପିନ୍ଧି ପଦାକୁ ବାହାରେ ଧୋତି, ପଞ୍ଜାବୀ, ଚଦର, ମୁଣ୍ଡରେ ବଙ୍କେଇ କରି ପିନ୍ଧେ ଟୋପିଟି। ଭଲ ଦିଶେ। ଏଇ ତା'ର ଦରବାରିଆ ପୋଷାକ। କାମିଜ ତଳେ ଗେଞ୍ଜି, ଉପରେ ସ୍ୱେଟର, ଶୀତ ହୁଏ ନାହିଁ। ଗୋଡ଼ରେ ଚପଲ। ଏ ପୋଷାକରେ ଏ ଯୁଗର ସମ୍ମାନ ଅଛି, ସାଧୁତାର ଟେକ ଅଛି। ଏଇ ପୋଷାକ ପିନ୍ଧି ପଦାକୁ ବାହାରି ଆସିଲେ କାର୍ଯ୍ୟସିଦ୍ଧିର ଦୃଢ଼ତା ମନକୁ ଆସେ।

ରାଜୀବ ପାଖକୁ ଆସି ପଚାରିଲା, ଭାଇ, ଆପଣ କୁଆଡ଼େ ବାହାରିଲେଣି ? ଓକିଲ ଘରକୁ ଯିବେ ପରା, କାଲି ଆୟକର ଅପିଲର ଶୁଣାଣି ଅଛି !

ମୁଁ ଓକିଲ ଘରକୁ ବାହାରିଛି।

ଲୁଗାଗଣ୍ଠି ପାର୍ଶଲଗୁଡ଼ା ମାଲଗୋଦାମରେ ପଡ଼ିଛି। ଡେରି କଲେ ଡିମରେଜ୍ ପଡ଼ିବ। ପାଖରେ ମୋଟେ ତିନି ହଜାର ଟଙ୍କା ଅଛି। ଆହୁରି ପ୍ରାୟ ତିନି ହଜାର ଟଙ୍କା ଦରକାର। ମାଲଗୁଡ଼ା ଆଜି ଛଡ଼ାଇ ନ ପାରିଲେ ବୃଥାରେ ଜୋରିମାନା ଦେବାକୁ ହେବ। ଗୋଦାମରୁ ଷ୍ଟକ୍ ସରିଆସିଲାଣି। ମୋଫସଲ୍ ବେପାରୀଙ୍କୁ ପୂରା ମାଲ ଯୋଗାଇ ହେଉନାହିଁ।

ମୋ ପାଖରେ ଏତେ ଟଙ୍କା ନାହିଁ। ହଜାରେ ପାଖପାଖି ଅଛି। ବ୍ୟାଙ୍କ୍ ବ୍ୟାଲାନ୍ସ ଦୁଇ ହଜାର ଭିତରେ। ସବୁଯାକ ଖରଚ କରି ପାର୍ଶଲ ଉଠାଇ ଆଣିଲେ କେସ୍ ଚଳିବ କିପରି ? ଦୁଇ ଚାରି ଦିନ ଯାଉ। ଡିମରେଜ୍ ପଡ଼ିଲେ ପଡ଼ିବ, ଆଉ କ'ଣ କରିବା ?

ବୃଥା ଅର୍ଥ ଦଣ୍ଡ !

ସୁନନ୍ଦ ଚମକିଉଠିଲା। ସତେତ, ବୃଥା ଅର୍ଥ ଦଣ୍ଡ। ଏପରି କେବେ ହୋଇନାହିଁ। ହାତେ ମାପି ସେ ଚାଖଣ୍ଡରେ ଚାଲି ଆସିଛି। ବେପାରୀ ଜୀବନରେ ଧାର ଉଧାର ଲାଗି ରହିଥାଏ। ତେବେ, ଏପରି ଅପ୍ରସ୍ତୁତ କେବେ ସେ ହୋଇନାହିଁ। କେତେ ଲୋକଙ୍କୁ ଧାର ମାଗିଛି। ସେମାନେ ପ୍ରକାରାନ୍ତରେ ମନା କରିଦେଇଛନ୍ତି। କାହିଁକି ସେମାନେ ମନା କରିଛନ୍ତି, ତା'ର ସୂଚନା ସେ ପାଇସାରିଛି।

ନିର୍ବୋଧ ଶିଶୁଟି ଦୋଷ କରି ନିଃସହାୟ ଲୋଚନରେ ବେତ୍ରହସ୍ତ ଶିକ୍ଷକର ମୁହଁକୁ ଚାହିଁଲା ପରି ସେ ରାଜୀବଲୋଚନର ମୁହଁକୁ କ୍ଷଣେ ଚାହିଁ ରହିଲା। ଏଇତାର ସାନ ଭାଇ, ଦିନେ ଦୁର୍ଦ୍ଦାନ୍ତ ଥିଲା। ଏବେ ସେ ଭଲ ହୋଇଗଲାଣି। ଦୁର୍ବଳ ଦେହ। ମୁଣ୍ଡରୁ କେଶ ଖସିଯାଉଛି, କପାଳ ଉପରେ ଟଙ୍କା ଆକୃତିର ଚନ୍ଦା ବଡ଼ ନିଶ। ଆଠ

ଦଶ ଦିନରେ ଥରେ ଖିଅର ହୁଏ। ରୁଢ଼ ବଢ଼ିଛି। ଆଖି ପଶିଯାଇଛି। ଦେହରେ ସଫା ଜାମା, କାନ୍ଧ ଉପରେ ଫଟା।

ବୟସରେ ଦେଢ଼ ବରଷ ସାନ ହେଲେ ମଧ୍ୟ ଦଶ ବରଷ ସୁନନ୍ଦଠୁଁ ବଡ଼ ପରି ସେ ଦିଶେ ରାଜୀବଲୋଚନ। ଦିନରାତି ପରିଶ୍ରମ କରେ। କଥା କହିଲେ ପାଣିରେ ପକାଏ ସର। ସୁନନ୍ଦ ପାଖରେ ଅଳପ ସେ କହେ, ଯେତିକି କହେ ତା'ର ମୂଲ୍ୟ ଅଛି। ସୁନନ୍ଦ କେବଳ ତା'ର ବଡ଼ ଭାଇ ନୁହେଁ, ସେ ତା'ର ଗୁରୁ, ଅନ୍ନଦାତା, ତା'ର ଭବିଷ୍ୟତ। ଦରମା ନେଇ ସେ କାମ କରେ ନାହିଁ। ହିସାବ ଦେଖାଇବାକୁ କ'ଣ ଗୋଟାଏ ଦରମା ଖାତାରେ ଚଢ଼େ। ତା'ର ଯାହା ଯେବେ ଲୋଡ଼ା, ସୁନନ୍ଦ ଆପେ ଦିଏ। କଅଣ ତା'ର ଆବଶ୍ୟକ, ସୁନନ୍ଦ ଜାଣେ।

ରାଜୀବଲୋଚନ ତଳକୁ ଅନାଇ ବାକ୍ୟବାଣ ହାଣିଲା, ଆମର ବର୍ତ୍ତମାନ ଅସୁବିଧା ବେଳ ପଡ଼ିଛି, ଅତନୁବାବୁଙ୍କୁ ଟଙ୍କା ମାଗିଲେ ସେ ବୋଧହୁଏ ଦେଇପାରନ୍ତେ।

ସୁନନ୍ଦ ଚମକି ଉଠିଲେ। ସେ ଜାଣେ, ରାଜୀବଲୋଚନଙ୍କୁ କିଛି ଲୁଚେଇ ହେବ ନାହିଁ। ଜିରାରୁଶିରା କାଢ଼ିବା ମଣିଷ ସେ। ନଡ଼ିଆର କେଉଁ ଶିଅରେ ପାଣି ପଶେ ସେ ଠିକ୍ ଠଉରାଇପାରେ। ଅତନୁବାବୁ ହାତଉଧାରସ୍ୱରୂପ କେତେ ଟଙ୍କା ତା'ଠାରୁ ନେଇଛନ୍ତି ଏକା ତାହାଛଡ଼ା ଅନ୍ୟମାନଙ୍କୁ ଅଗୋଚର। କିନ୍ତୁ, ରାଜୀବକୁ ସେ ଜଣାଇ ନ ଥିଲେ ମଧ୍ୟ ରାଜୀବ କଡ଼ା ବରକଡ଼ା ହିସାବ ରଖିଥିବ। ସେ ଦକ୍ଷତା ତା'ର ଅଛି କେବେ କାହାକୁ ସେ କ'ଣ ଉପହାର ଦେଇଥିଲା ତା'ର ମୂଲ୍ୟ ଅତନୁବାବୁଙ୍କ ହିସାବରେ ଯୋଗ ନ କରିଥିଲେ ରକ୍ଷା।

କହିଲା, ଅତନୁବାବୁ ନିଜେ ଟଙ୍କା ଖୋଜି ବୁଲୁଛନ୍ତି। ସିନେମା ଘର ତାଙ୍କର ତୋଳା ସରିଛି। ବୋଧହୁଏ କାଲି ତାଙ୍କର ପ୍ରଥମ ସୋ ଆରମ୍ଭ। ଶିକ୍ଷା ମନ୍ତ୍ରୀ 'ସୋ' ଖୋଲିବେ। ସିନେମା ଚାଲୁ ହୋଇଗଲେ ସେ ଟଙ୍କା ସୁଝିପାରିବେ। ତା' ଆଗରୁ ତାଙ୍କୁ ମାଗିଲେ ସେ ଦେଇପାରିବେ ନାହିଁ।

ବିନା ଲେଖାପଢ଼ିରେ ଦୁଇ ହଜାର ସାତଶ ଟଙ୍କା !

ଏଁ, ଏତେ ?

ଆପଣ ହିସାବ ରଖିନାହାନ୍ତି ?

ରଖିଛି, ଦେଖିନାହିଁ।

ଦେଖନ୍ତୁ। ମୋର ମୋଟାମୋଟି ହିସାବରେ ଏତିକି ଆସିଲା। ସୁଧ ହିସାବ କଲେ ଆହୁରି ଅଧିକ ହେବ। ଆପଣ ମତେ ହିସାବଟା କହିଲେ ସୁଧମୂଳ କଷି ମୁଁ କହିଦେବି।

ଦରକାର ନାହିଁ। ସେ ସୁବିଧା ଦେଖି ବଳେ ଦେଇଦେବେ। ତାଙ୍କର ସିନେମା ଚାଲୁହେଉ ଆଗ। ଭଦ୍ରଲୋକ–।

ସିନେମାଘରର ଅତନୁବାବୁଙ୍କର ନୁହେଁ। ସେ କେବଳ ମ୍ୟାନେଜର। ଯାହା ଖରଚ ହୋଇଛି ବା ହେଉଛି, ସେଥିପାଇଁ ସେ ମାଲିକଠାରୁ ଟଙ୍କା ଆଣୁଛନ୍ତି।

ସୁନନ୍ଦ ନୂଆ କଥା ଶୁଣି ଥକ୍କା ହୋଇ ବସିପଡ଼ିଲା।

କିଏ ସେ ମାଲିକ ?

ନିଜେ ଠୁନ୍ ଠୁନ୍ ୱାଲା। କାଲି ତାଙ୍କର ବଡ଼ ପୁଅ ଆସି ଅତନୁବାବୁଙ୍କର ବାକିଆ ହିସାବ ସଫା କରିଦେଇ ଯାଇଛନ୍ତି। ନଗଦ ଦଶ ହଜାର! ଆଜି ମାଗିଲେ ଆମର ସେ ଟଙ୍କା ଦେଇପାରନ୍ତି।

ଅତନୁବାବୁ ମ୍ୟାନେଜର ?

ଏ କଥା ସେ ଲୁଚେଇଛନ୍ତି।

କାହିଁକି ?

ସେ ଭଦ୍ରଲୋକ! ରାଜାର ପୁଅ, ଚାକିରି କରୁଛି କହିଲେ ଅସମ୍ମାନ ହେବ। ଠୁନ୍ ଠୁନ୍ ବାବୁ ଓ ଅତନୁବାବୁଙ୍କ ଭିତରେ ସର୍ତ୍ତ ହୋଇଛି, ଠୁନ୍ ଠୁନ୍ ସବୁ ଖରଚ ଦେବେ, ଅତନୁ ମ୍ୟାନେଜ୍ କରିବେ। କାର୍ଯ୍ୟ ଆରମ୍ଭ ହେଲା ଦିନରୁ ସିନେମା ଚାଲୁ ହେଲାଦିନ ଯାଏଁ ଅତନୁବାବୁ ପାଞ୍ଚ ଶହ ଟଙ୍କା ମାସିକ ବେତନ ପାଇବେ। ଚାଲୁ ହେଲାଦିନୁ ସେ ହେବେ ୱାର୍କିଂ ପାର୍ଟନର୍। ସବୁ ଖରଚ, ଟଙ୍କାର ସୁଧ ଇତ୍ୟାଦି ଯାଇ ନିଟ୍ ଲାଭର ସତୁରୀ ଭାଗ ଠୁନ୍ ଠୁନ୍ ୱାଲାଙ୍କର ଓ ଶତକଡ଼ା ତିରିଶି ଅତନୁବାବୁଙ୍କର। ଅତନୁବାବୁଙ୍କର ଅଂଶ ମାସିକ ପାଞ୍ଚଶରୁ ଯଦି କମେ ଠୁନ୍ ଠୁନ୍ ୱାଲା ସେତକ ନିଜ ଅଂଶରୁ ଦେବେ।

ଟେଲିଫୋନ୍ ସଙ୍କେତ ହେଲା, କିଏ ଡାକୁଛି।

ସୁନନ୍ଦ କାନରେ ରିସିଭର ଲଗାଇ ମୁହୂର୍ତ୍ତେ ଶୁଣିଲା। କହିଲା, ଟିକିଏ ରହନ୍ତୁ। ମୁହଁ ପାଖରୁ ରିସିଭର ଦୂରେଇ ଧରି ସୁନନ୍ଦ କହିଲା ରାଜୀବକୁ, ଟଙ୍କା ପାଇଁ ଏତେ ଚିନ୍ତା କରିବା ଦରକାର ନାହିଁ, ଡିମରେଜ୍ ପଡ଼ିଲେ ଦିଆଯିବ। ତୁ ଯା।

ପ୍ରତିବାଦ ନ କରି ରାଜୀବଲୋଚନ ସୁନନ୍ଦ ପାଖରୁ ଚାଲିଗଲା।

ହିମାନୀ ନୁହନ୍ତି, ତୁହିନା କହୁଛନ୍ତି।

ଏଡ଼େ ସକାଳୁ ପିଲା ଦିଓଟିଙ୍କୁ ଚାକର ପାଖରେ ବସାଇ ଛାଡ଼ି ତୁହିନା

ଅତନୁବାବୁଙ୍କ ସଙ୍ଗେ ନୂଆ ସିନେମାଘରକୁ ଚାଲିଆସିଛନ୍ତି। ସେଇଠୁ ସେ ସୁସମ୍ବାଦ ଜଣାଇ ଦେଉଛନ୍ତି ! ନିଜ ବସାଘରେ ଟେଲିଫୋନ୍ ଲାଗିନାହିଁ।

ସୁସମ୍ବାଦ !

ଆଜି ନୂଆ ସିନେମା ଖୋଲିବ। ମନ୍ତ୍ରୀ ଉଦ୍‌ଘାଟନ କରିବେ। ଦେଶରେ କେତେ ଗଣ୍ୟମାନ୍ୟ ଲୋକ ଆଗରୁ ନିମନ୍ତ୍ରିତ ହୋଇଥିଲେ। ସୁନନ୍ଦ ପର ନୁହେଁ। ଫର୍ମାଲିଟି ଦେଖାଇବାକୁ ନିମନ୍ତ୍ରଣ ଚିଟାଉ ଖଣ୍ଡେ ତାଙ୍କୁ ପଠା ହୋଇନାହିଁ। ତେଣୁ ତୁହିନା ନିମନ୍ତ୍ରଣ କରୁଛନ୍ତି। ଆଜି ସନ୍ଧ୍ୟାରେ ସେ ଯେପରି ଅନ୍ୟକୁଆଡ଼େ ନ ଯାଆନ୍ତି, ସେଥିପାଇଁ ତୁହିନା ସାବଧାନ କରିଦେଉଛନ୍ତି। ଅତନୁବାବୁ କାର୍ଯ୍ୟବ୍ୟସ୍ତ। ଆୟୋଜନ କରିବାରେ ଲାଗିପଡ଼ିଛନ୍ତି। ମନ୍ତ୍ରୀ ଆସିବେ, ବଡ଼ ବଡ଼ ସରକାରୀ କର୍ମଚାରୀମାନେ ଆସିବେ। ଆହୁରି କେତେ ମାନ୍ୟଗଣ୍ୟ ଲୋକ, ନାରୀ ଓ ପୁରୁଷ।

ସୁସମ୍ବାଦ !

ହିମାନୀ ଦେବୀ ରାତି ଏକ୍‌ସପ୍ରେସରେ କଲିକତା ଚାଲିଗଲେ। ସେଇଠୁ ସେ ଯିବେ ଭାଗଲପୁର। ଆନନ୍ଦର କଥା, ତାଙ୍କର ସ୍ୱାମୀ, ଶାଶୁ, ଶଶୁର ଓ ପିଲା ତିନୋଟି ଭାଗଲପୁରରେ ଅଛନ୍ତି। ଖବର ପାଇ ଅତନୁବାବୁ ପତ୍ର ଲେଖିଥିଲେ। ତାଙ୍କର ସ୍ୱାମୀ ଅସୀମବାବୁ ନିଜେ ଆସି ସନ୍ଧ୍ୟା ଗାଡ଼ିରେ ପହଞ୍ଚିଲେ। ସେ ଭାଗଲପୁରରେ ବେପାର କରୁଛନ୍ତି। ଯେତେ ଅନୁରୋଧ କଲେ ବି ରାତିଟିଏ ମଧ୍ୟ ରହିବାକୁ ସେ ରାଜି ହେଲେ ନାହିଁ। ତାଙ୍କର ମା' ରୋଗରେ ପଡ଼ିଛନ୍ତି। ସତୀସ୍ୱାଧୀ କୂଳବଧୂର ମୁହଁ ଦେଖି, ଶେଷ ବେଳରେ ତା'ରି ହାତରୁ ଗଙ୍ଗାଜଳ ତୁଣ୍ଡରେ ଦେଲେ ବୁଢ଼ୀ ମୁକ୍ତିଲାଭ କରିବେ। ସେଥିପାଇଁ ମାତୃଭକ୍ତ ପୁତ୍ର ଅସୀମବାବୁଙ୍କର ଅଧୀରତା।

ନିଜେ ହିମାନୀ ଦେବୀ, ପିଲା ତିନୋଟିଙ୍କର ସମ୍ବାଦ ପାଇ ସେମାନଙ୍କ ଦେଖିବାକୁ ବ୍ୟାକୁଳ ହୋଇପଡ଼ିଲେ। ଉଡ଼ିଯିବାର ଶକ୍ତି ଥିଲେ ସେ ଅବଶ୍ୟ ଉଡ଼ିଯାଇଥାନ୍ତେ। ରେଳଗାଡ଼ିରେ ଚଢ଼ି ଗାଡ଼ି ଛାଡ଼ିବା ଆଗରୁ ସେ ମତେ ତୁନୀ ତୁନୀ କହିଲେ, ସୁନନ୍ଦବାବୁଙ୍କୁ ନମସ୍କାର ଜଣାଇ କହିଦେବୁ ଭଉଣୀ, ଯିବା ଆଗରୁ ଦେଖା ହୋଇପାରିଲା ନାହିଁ, କ୍ଷମା କରିବେ। ତାଙ୍କର ସ୍ନେହ ଭୁଲିପାରିବି ନାହିଁ। ସେ ନିଶ୍ଚୟ ଉଡ଼ା ଚଢ଼େଇଟାକୁ ଭୁଲିଯିବେ; କିନ୍ତୁ ତାଙ୍କ ସ୍ନେହର ସ୍ମୃତି ମୁଁ ସାଥିରେ ଧରି ଯାଉଛି।

ଗାଡ଼ି ଛାଡ଼ିଲା। ମୁଁ ତରତର ହୋଇ ପ୍ଲାଟଫର୍ମ ଉପରକୁ ଓହ୍ଲାଇଲି। କଥା ରହିଗଲା ଅଧା।

ସେ କାଲି ଚାଲିଗଲେ ସୁନନ୍ଦବାବୁ, ଆଜି ମନ ଭଲ ଲାଗୁନାହିଁ। ପିଲା ଦିଟାଙ୍କୁ

ଘରେ ଛାଡ଼ିଦେଇ ସିନେମା ଘରକୁ ମୁଁ ଖସିଛି। ମୁଁ ଏବେ ଘରକୁ ଫେରୁଛି। ଆପଣ ଆଜି ନିଶ୍ଚୟ ଆସିବେ।

ଯିବି।

ହଉ, ନମସ୍କାର।

ରିସିଭର ଥୋଇଦେଇ ସୁନନ୍ଦ ଥକ୍‌କା ହୋଇ ଟେଲିଫୋନ୍ ଯନ୍ତ୍ରକୁ ଚାହିଁରହିଲା। ବିଚିତ୍ର କଥା। ତୁହିନା କେବେ ଏତେକଥା କହନ୍ତି ନାହିଁ। ହିମାନୀ ଚାଲିଯାଇଛନ୍ତି, ସେଥିପାଇଁ ତାଙ୍କର ଦୁଃଖ ନାହିଁ ବରଂ ଆନନ୍ଦରେ ସେ ଅଧୀରା।

କାହିଁକି ?

ସୁନନ୍ଦ ଜାଣେ, ଅତନୁବାବୁଙ୍କ ସଙ୍ଗେ ହସଖୁସିରେ ହିମାନୀ କଥାଭାଷା ହେଲେ ତୁହିନା ସବୁ କାମ ଛାଡ଼ି ବାଆଁରେଇ ହୋଇ ପାଖକୁ ଆସନ୍ତି। କେଉଁ କାମର ଆରା ଦେଖେଇ ଅନ୍ୟଆଡ଼େ ଡାକି ନେଇଯାଆନ୍ତି। ହିସାବ ଖାତା ଖୋଲି ଦେଖାନ୍ତି। ସୁନନ୍ଦ ସଙ୍ଗେ ହସଖୁସିରେ ଗଳ୍ପ କରିବାକୁ ହିମାନୀଙ୍କୁ ପ୍ରଶୟ ଦିଅନ୍ତି।

ସେଥିପାଇଁ ବଡ଼ିସକାଳୁ ସୁ-ସମ୍ବାଦଟା ଜଣାଇଦେଲେ। ପରିହାସ କରି କହିଲେ, ତାଙ୍କର ସ୍ନେହର ସ୍ମୃତି ସେ ସାଥିରେ ଧରି ଯାଉଛି।

ସ୍ମୃତି ?

ସୁନନ୍ଦର ଦେହ ଝିମେଇ ଉଠିଲା।

ସେ ଚାରିଆଡ଼କୁ ଚାହିଁଲା। କାନ୍ଥରେ ଝୁଲା ହୋଇଥିବା ହିମାନୀ ସ୍ନୋ'ର ବିଜ୍ଞାପନ ଫୋଟଟି ପବନରେ ଓଲଟି ପଡ଼ିଛି। ସଫେଦ୍ କାନ୍ଥ ଉପରେ ଝୁଲୁଛି ଚିକ୍‌କଣ ସଫେଦ୍ କାଗଜ ଖଣ୍ଡେ। ଗାରଟିଏ ବି ସେଥିରେ ପଡ଼ିନାହିଁ। ଟେବୁଲ ଉପରେ ଗୃହଲକ୍ଷ୍ମୀ ନନ୍ଦିକାର ଫଟୋ ହସି ହସି ଡାକ ଛାଡ଼ିଛି, ତମେ ଆସ, ଦିନକ ପାଇଁ ହେଲେ ଆସ।

ସେଇ ଫଟୋଟି ଆଡ଼କୁ ଚାହିଁବାକୁ ସାହସ ହେଉ ନାହିଁ। ନିଜକୁ ସେ ଅପରାଧୀ ମଣୁଛି।

ରାଜୀବଲୋଚନ ପୁଣି ଘରେ ପଶିଲା।

ଓକିଲ ଘରକୁ ଯିବେ ନାହିଁ ?

ତୁ ବି ଚାଲ୍। ଅତନୁବାବୁଙ୍କୁ ନୋଟିସ୍ ଦେବାକୁ ହେବ।

ଟଙ୍କା ପାଇଁ ?

ହଁ, ମୂଳ ଓ ସୁଧ ଅସୁଲ ପାଇଁ।

ଯେଉଁମାନେ ପଦେ ଶୁଣି ବିପଦ ଲଗାଇ ଗୁପ୍ତକଥା ତୁନୀ ତୁନୀ ପ୍ରଚାର କରୁଥିଲେ, ସେଇମାନେ ଓଲଟି କହିବାକୁ ଲାଗିଲେ, ଦେଖ ମା', ଲୋକଙ୍କର ଢଙ୍ଗ, ପବନରେ ଗଣ୍ଠି ପକାଇବେ। କାହା ନାମରେ କଅଣ କହୁଥିଲେ ଟି! ସୁନନ୍ଦ ପରି ପିଲା, ପର ଦରବକୁ ଯେ କଣେଇ ଚାହେଁ ନାହିଁ।

ପାଞ୍ଚଟି ଦିନ ସେ ଗାଆଁରେ କଟାଇ ସାରିଛି। କଟକ କି କଟକର ବେପାରରୁ ସେ ଦୂରେଇ ରହିପାରିଛି। ଟେଲିଫୋନ୍ ବେଲ୍ ବାଜି ବାଜି ହତାଶ୍ ହୋଇଥିବ। ଡିମରେଜ୍ ଓ କେସ୍ କଥା ରାଜୀବଲୋଚନ ବୁଝୁଥିବ। ନୋଟିସ ନ ଦେଇ ଅତନୁବାବୁଙ୍କ ପାଖକୁ ଚିଠିଖଣ୍ଡେ ଲେଖି ରାଜୀବ ଜିମା ଦେଇଆସିଛି। ସେ କଥା ଆଉ ପାଞ୍ଚଜଣଙ୍କର ଭଲମନ୍ଦ ବୁଝିବାରେ ବେଳ କଟାଇଛି।

ସୁନନ୍ଦର ହାତ ଖୋଲିଛି। ଗରିବ, ଅଭାବଗ୍ରସ୍ତ, ଯିଏ ଯାହା ମାଗୁଛି, ପାଉଛି। ସ୍କୁଲରୁ ଅଭାବ ଥିଲା ଛାତ୍ରବାସ। ସେତକ ନ ହେଲେ ଦୂର ଗାଆଁର ପିଲାଏ ପଢ଼ିପାରୁନାହାନ୍ତି। ନୂଆ ହାଇସ୍କୁଲ, ଉଧେଇପାରୁନାହିଁ। ଛାତ୍ରାବାସ ପାଇଁ ପାଞ୍ଚ ହଜାର ଟଙ୍କାର ପ୍ରତିଶ୍ରୁତି। ନଗଦ ଏକ ହଜାର ଟଙ୍କାର ଦାନ। ହଷ୍ଟେଲ ହେବ ମାଆଙ୍କ ନାମରେ, 'ଅଭୟାଶ୍ରମ'। କେଡ଼େ ଖୁସିରେ ନନ୍ଦିକା ଟଙ୍କା କାଢ଼ି ଦେଇଛି।

କେବଳ ରାଜୀବର ସ୍ତ୍ରୀ ପିଲାଙ୍କ ପାଇଁ ନୁହେଁ, ସବୁ ଭାଇଙ୍କର ପିଲାମାନଙ୍କ ପାଇଁ ଭାଉଜମାନଙ୍କ ପାଇଁ ଶୀତଲୁଗାର ଆୟୋଜନ କରିଛି ସୁନନ୍ଦ। ତାଲିକା ନେଇ ଗନ୍ଧିଆ ଶଅର କଟକ ଧାଇଁଥିଲା। ରାଜୀବଲୋଚନ ହିସାବ ପ୍ରକାରେ ବଡ଼ ଗଣ୍ଠିରାଟିଏ ପଠାଇଦେଲା। ନନ୍ଦିକା ନିଜେ ଯାଇ ଘର ଘର ବୁଲି ସେମାନଙ୍କୁ ପିନ୍ଧାଇ ଆସିଛି। ସ୍ନେହ, ଆଦର, କଲ୍ୟାଣ ଘେନି ଫେରିଛି। କାହାର ପାଦଧୂଳି, କାହାର ପିଠି ଆଉଁସା, କାହାର ବାଙ୍କିଲା ମୁହଁର ମନପୁଲକା ହସ, ପୁଣି ଭୂଲତାଟେକା ପରିହାସ ନେଇ ଆନନ୍ଦରେ, ଗର୍ବରେ ସେ ବାହୁଡ଼ିଛି।

ସୁମିତ୍ରା ମୁଣ୍ଡ ବାନ୍ଧିଦେଉଛି। ମଥାର କେଶ ତଳେ ଲୋଟିବ ବୋଲି ନନ୍ଦିକାକୁ ବସାଇଛି ଟୁଲ୍ ଉପରେ। ଆଗରେ, ଟେବୁଲ ଉପରେ ବଡ଼ ଆଇନା। ବେଳ ବୁଡ଼ିନାହିଁ, ରତ ରତ।

ଚାବୁରୀ ସୁମିତ୍ରା କହିଲା, ମୁଣ୍ଡ ହଲାନା, ଅପା!

ଦର୍ପଣରେ କାହାର ଛାଇ ପଡ଼ିଲା ଦେଖିଲ?

ଇଲୋ ମାଆଲୋ, ସାଆନ୍ତେ ଚାଲିଯାଉଛନ୍ତି।

ଠିକ୍ ହୋଇଛି, ଆଜି ହାବୁଡ଼େ ପଡ଼ିଲୁ।

ମଲି ନାହିଁ ଯାହା। ମୁଣ୍ଡବନ୍ଧାରେ ନଜର, ଓଢ଼ଣା ଖସି ପଡ଼ିଥିଲା। ହଁ, ଯାଆନ୍ତୁ, ପିଲା ସାଆନ୍ତ ତ ! ଶୁଣ ମ ଅପା, ତମ ଦିଅରଙ୍କ ଉପରେ ମୁଁ ରାଗିଛି। ଆସନ୍ତୁ ଏଥର, ପଚାରିବି କେମିତି ସେ କହୁଥିଲେ, ସାଆନ୍ତେ ସବୁବେଳେ କାହାର ପିଲା ଦିଓଟିଙ୍କୁ ସଙ୍ଗରେ ଧରି ବୁଲୁଛନ୍ତି, ଆଉ ତାଙ୍କର ମାଉସୀ, ବେଳ ନାହିଁ, ଅବେଳ ନାହିଁ, ତୁମ ଘରକୁ ଆଉଚି; ସାଆନ୍ତଙ୍କ ସଙ୍ଗେ ହସଖୁସିରେ ଗପ କରୁଚି।

ଏଇଆ ସେ କହୁଥିଲେ ?

ପଚାରିବି ଯେ, ତାଙ୍କ ସତିଆପଣ ମୁଁ ଏଥର କାଢୁଚି, ରହ। ମୋ ପାଖରେ ମିଛ କହିବାର...

ମିଛ ବୋଲି କେମିତି ଜାଣିଲୁ ?

ମୁଁ ଅନ୍ଧ ନୁହେଁ, କି କାଲ ନୁହେଁ।

ନିଜେ ସାପ ମାରି ଯଦି ପର ଗଳାରେ ଲମ୍ବାଇବାକୁ ରାଜୀବ କହିଥିବେ ? ମିଣିପେ ସବୁବେଳେ ସତ କହନ୍ତି ନାହିଁ। ସେଥିପାଇଁ ତାଙ୍କୁ ଜବାବ ଦେବେ ସେଥିରେ ବିଶ୍ୱାସ କରିବା ତୁଚ୍ଛା ଓଲାମି।

ସାଆନ୍ତଙ୍କୁ ପଚାରି ନା ?

ମିଛ ଗପ ଶୁଣିବାକୁ ? କିଏ କଅଣ କରୁଛି, ସେଥିରୁ ଆମକୁ କ'ଣ ମିଳିବ ? ରାଜୀବ ତମକୁ ପରିହାସ କରି କହୁଥିବେ। ତାଙ୍କର କଥା ଶୁଣିଲ କାହିଁକି ?

ସୁମିତ୍ରାର ହାତ ଅଟକିଗଲା ମୁହୂର୍ତ୍ତେ। ଦର୍ପଣ ଉପରେ ନଜର ପଡ଼ିଲା। ପାଖାପାଖି ଦିଓଟି ମୁହଁ, ଗୋଟିଏ ଯୌବନ ଢଳଢଳ, ସତେକି ଡୋଲିରୁ ଓହ୍ଲେଇ ଆସିଛି। ଆରଟି, ସତେକି କେଉଁ କାଳର ଧୋକଡ଼ୀ ବୁଢ଼ୀ। ପାଞ୍ଚଟି ପିଲାର ମା'।

ସେହି ମୁହଁଟାକୁ ସହାନୁଭୂତିଭରା ଆଖିରେ ଚାହିଁରହିଛି ନନ୍ଦିକା। ତା'ର ଆଖି ଦୁଇଟା ଆହୁରି ଥରେ କହିଉଠୁଛି, ନିଜେ ସାପ ମାରି ପର ଗଳାରେ ପକାଇବାକୁ ସେ କହିଥିବେ। କିଏ କହିପାରିବ ପୁରୁଷ ପିଲାଙ୍କ ଢଙ୍ଗ ? ସେମାନେ ଖାଲି ସଜ ସୁନ୍ଦର ରଙ୍ଗିଲା ଗୋଲାପ ଚାହାନ୍ତି ପରା ! ସେ ତ ଶୁଖିଲା, ମଉଳା, ପୁରୁଣା ଫୁଲ। କେଜାଣି, ନନ୍ଦିକା ଅପାଙ୍କ କଥା ସତ ହୋଇଥିବ !

ଅପା ମ !

କଅଣ ?

ସାଆନ୍ତେ କଅଣ କହୁଥିଲେ ?

କି କଥା ?

ଯାହା କହିଲ।

ନନ୍ଦିକା ହସିଉଠିଲା। କହିଲା, ସତ ହେଲେ ବି ମୋ ଆଗରେ ସାନ ଭାଇଟା ନାମରେ କହିବେ ? ମୁହଁକୁ ଲାଜ ନାହିଁ ? ମୁଁ ଅନୁମାନ କରି କହିଲି ନା !

ପଚାରିବ ?

ରାଜୀବଙ୍କ ଉପରେ ତୁମର ବିଶ୍ୱାସ ନାହିଁ ?

ଏ ଗାଆଁକୁ ଆସିଲା ପରେ ତାଙ୍କ ନାମରେ ବାରକଥା ଶୁଣିଥିଲି। ସେ କୁଆଡ଼େ ଭଲ ପିଲା ନ ଥିଲେ। ସେ କୁଆଡ଼େ ଚଗଲା ଥିଲେ। କଟକ ସହର ବଡ଼ ଖରାପ ସହର। ମୁଁ, ଦେଖୁନ, ଦରବୁଢ଼ୀ ହେଲିଣି।

ତମ ସାନ ପୁଅ ମୁନା ପରା ସାନ ମଝିଆ ହେବାକୁ ଯାଉଛି।

ସେଇଟା ମୋ ରୋଗ।

ତାଙ୍କୁ ସେ କଥା କହିବି ?

ଛି।

ତେବେ, କହିବି ନାହିଁ, କି ପଚାରିବି ନାହିଁ।

ସୁମିତ୍ରା ତୁନୀ ରହିଲା। ମୁହଁଟି ତା'ର ମଉଳିଗଲା। କାହାକୁ କହିବ ମନର କଥା ? ମିଣିପଙ୍କର ସୋଗ ଯେ ମାଇପଙ୍କର ରୋଗ। ବାହା ସଇଲେ ବେଦିମୁହଁ ପୋଡ଼ା।

ସଞ୍ଜ ଆଗରୁ ସୁମିତ୍ରା ଘରକୁ ଫେରିଲା। ସଙ୍ଗରେ କନି ଥାଏ। ସାନ ପିଲାକୁ ଘରେ ଛାଡ଼ି ସୁମିତ୍ରା ଏତେବେଳଯାଏ ନନ୍ଦିକା ପାଖରେ ଅଟକି ଯାଇଥିଲା। ସେ କଥା ତା'ର ମନେପଡ଼ିଲା ଅଧା ବାଟରେ। ଭ୍ରମିଲା ମନକୁ କଟକ ଆଡ୍ଡୁ ଘୋଷାରିଆଣି ଆକଟ କରିଲା ବଡ଼ ପାଟିରେ, ହଁ ମୋର କି ଥାଏ ? ଆସି ଦରବୁଢ଼ୀ ହେଲି ପାଞ୍ଚଟାର ମା'।

କଅଣ କି ଭାଉଜ ?

କିଛି ନାହିଁ। ପିଲାପିଚିକା ନ ହେଲା ଯାଏ ମାଇପି ଜନମ ଗେରସ୍ତ ଆଡ଼କୁ ତକେଇ ରହେ। ମନ କହେ, ହଁ, ଏଇ ମୋର ସର୍ବସ୍ୱ, ଏଇ ମୋର ଗତିମୁକ୍ତି। ଯାହା କୋଳରେ ଦଇବ ପିଲା ବକଟେ ଦେଇଛି, ସେ କାହିଁକି ଆଉ କାହାର ଛିଦ୍ର ଖୋଜି ବୁଲିବ ?

କାହା କଥା କହୁଛ ?

ମୋ ନିଜ କଥା। ସେ କୁଆଡ଼େ କଟକରେ କେଉଁ ଦୋଚାରୁଣୀକୁ ସୁଖ ପାଉଛନ୍ତି। ମୋର କି ଥାଏ ? ଏଥର ଫେରିଯାଅ ଗୋ କନି, ଆମ ଘର ପାଖେଇ ଆସିଲା। ହେଇଟି, ପିଲାଟାର କାନ୍ଦଣା ଶୁଭୁଛି। ଅଝଟ ହେଉଛି। ଅପାଙ୍କୁ ବହୁତ ବହୁତ କହିବ।

କହିବାକୁ ଏତେବେଳଯାଏ କନିର ମନେ ନ ଥିଲା । ଶାଶୁଙ୍କର ଗୋଡ଼ଘଷା ପାଇଟି ଶେଷ କରି ରାତି ଅଧରେ ନନ୍ଦିକା ଫେରିଲା ଶୋଇବା ଘରକୁ । କନି ତୁନୀ ତୁନୀ କହିଲା, କାହାଠୁଁ କଅଣ ଶୁଣି ସୁମିତ୍ରା ଭାଉଜ ଅଭିମାନ କରିଛନ୍ତି ରାଜୀବ ଭାଇ ଉପରେ ।

ନନ୍ଦିକାର ମନ କହିଉଠିଲା, ସମସ୍ତେ ସମାନ, ଟୋକୀ ଦରବୁଢ଼ୀ, ସୁନ୍ଦରୀ ଅସୁନ୍ଦରୀ, ଧନୀ ଓ ଦରିଦ୍ର । ପାଞ୍ଚ ପିଲାର ମା' ହେଉ କି ସପନରେ ଶୂଳର ଧାରଣା କରି ନ ଥାଉ, ମାଇପି ଜନମ ସମସ୍ତେ ସମାନ । ମିଛ ସତ ବୁଝିବାକୁ ଧୈର୍ଯ୍ୟ ନ ଥାଏ । ପଦେ କଅଣ କେଉଁଠୁ ଶୁଣିଲେ ମନ ଚକା ଚକା ଭଉଁରୀ ଖେଳେ । ଭଲ ହେଇଚି, ସୁମିତ୍ରା ଅଭିମାନ କରିଚି ।

ସେ ବି ଅଭିମାନ କରିବ ?

ନନ୍ଦିକା ପଲଙ୍କ ଆଡ଼କୁ ଚାହିଁ ମନେ ମନେ ହସି ଉଠିଲା । କବାଟ କିଳିଲା । ଆଲୁଅ ତେଜିଲା । ସୁନନ୍ଦ ଶୋଇପଡ଼ିଛି । ସତକୁ ସତ ନିଦ ହୋଇଛି । ଛଳନା ନୁହେଁ । ମଶାରି ପଡ଼ିନାହିଁ । ମୁହଁରେ କେଇଟି ମଶା ବସି ରକତ ଶୋଷୁଛନ୍ତି । ମୁହଁ ଛଡ଼ା ଦେହସାରା ଖଣ୍ଡେ ଧୋବଲା ଆଲୁଆନ୍‌ରେ ଆବୃତ ।

ପାଖରେ ଠିଆ ହୋଇ ନନ୍ଦିକା ମଶା ହୁରୁଡ଼େଇଲା । ହସି ଉଠିଲା । କନି ନିର୍ଲ୍ଲଜୀ କର୍ତ୍ତବ୍ୟରେ ତ୍ରୁଟି କରି ନାହିଁ । ଖଟ ବାଡ଼ାରେ ମାଳମାଳ ଝୁଲାଇଛି ଗେଣ୍ଡୁ ଫୁଲର ମାଳା । ତକିଆ ପାଖରେ ପେନ୍ଥାଏ ଗୋଲାପ । ଚଉଠି ରାତିରେ ସେତିକି ସେ ଦେଖିଥିଲା, ଅନୁଭବ କରିଥିଲା ହସିଲା ଫୁଲର ମହକ । ସେତିକି ସେ ମନେ ରଖିଛି ।

ବଗିଚାର ଫୁଲ ମନ ସରସ କରିବାକୁ ପ୍ରୟୋଜନ ହୁଏ ନାହିଁ । ଯେଉଁଠି ସେ ଟଙ୍ଗା ହୋଇଥାଏ, ସେଇଠି । ସବୁ ଫୁଲର ସୌନ୍ଦର୍ଯ୍ୟ ଆସି ଠୁଳ ହୋଇଛି ଏଇ ଶୋଇଲା ମୁହଁରେ । ସବୁ ସୌରଭ ଏଇ ନିଶ୍ୱାସରେ । ସମୁଦ୍ରର ଲହଡ଼ି ପରି ମମତା ମାଡ଼ିଆସେ, ପ୍ରଫୁଲ୍ଲ ହୋଇ ଫେରିଯାଏ ଆହୁରି ଥରେ ଧାଇଁ ଆସିବାକୁ ।

ଏଇ ଫୁଲଟି ସବୁବେଳେ ଫୁଟି ରହିଛି ତା'ର ଅନ୍ତର ଭିତରେ, ସୁନ୍ଦର, ଅମଳିନ, ସତେଜ । ଏହାରି ସୌରଭ ସେ ଅନୁଭବ କରେ । ସାତ ବରଷ ସାତ ମୁହୂର୍ତ୍ତ ପରି ଲାଗୁନାହିଁ । ସମୟ ଅଟକି ରହିଛି ।

ଏଇ ତା'ର ପହିଲି ମଗୁଶିର । ଏବେବି ସେଦିନ ପରି ତା'ର ଦେହରେ ଓ ମନରେ ଛୁଟିଛି ପୁଲକର ପ୍ରବାହ । ମନ ହେଉଛି, ଯେଉଁ ମୁହଁଟି ତା'ର, କେବଳ ତାଆର, ସେଇ ମୁହଁରେ ସେ ଓଠ ଲଗାଇବ । ସରଗର ନିଧି ସମ୍ପତ୍ତି ଆଡ଼େଇ ଦେବ, ଦୂରେଇ ଦେବ ।

ନଇଁଆସିଲା ମୁହଁଟି ଅଟକିଗଲା ଲାଜରେ। ସୁନନ୍ଦର ନିଶ୍ୱାସ ବାଜୁଛି ତା'ର ଲାଜରା ମୁହଁରେ। କାଳେ ସେ ଆଖି ଖୋଲିବେ, କଅଣ ଭାବିବେ? ଆଉ କେହି ଦେଖୁନାହିଁତ?

ନନ୍ଦିକା ମୁହଁ ଟେକିଲା, ଚାହିଁଲା ଚାରିଆଡ଼କୁ। କବାଟ ଝରକା ଖୋଲା ନାହିଁ, କେବଳ ନିଳଠା ଆଲୁଅ ଡବଡବ କରି ଅନେଇଛି। ବଡ଼ ଆଇନା ଭିତରୁ ନନ୍ଦିକା ଚାହିଁରହିଛି ନନ୍ଦିକା ଆଡ଼କୁ। ତାକୁହିଁ ତା'ର ଲାଜ। ଆଲୁଅ ଲିଭୁ, ନନ୍ଦିକା ଛପୁ ନନ୍ଦିକା ଭିତରେ।

ନନ୍ଦିକା?

ମଶାରି ପକାଉଥିଲି।

ଅନ୍ଧାର କଲ ଯେ!

ଆଲୁଅରେ ନିଦ ହେବ ନାହିଁ।

ମୋ ନିଦ ଭାଙ୍ଗିଲ ଯେ?

ନନ୍ଦିକା ନିରୁତ୍ତର।

ଘରେ ପାଞ୍ଚଟି ଦିନ କଟାଇ ସୁନନ୍ଦ ପୁଣି କର୍ମଭୂମି କଟକକୁ ଫେରି ଆସିଲା। ସବୁ କାମ ନିର୍ବିଘ୍ନରେ ଚାଲିଛି। କିଛି ଅଟକି ରହିନାହିଁ ତା' ପାଇଁ। ରାଜୀବଲୋଚନ ଥିଲେ ତାଆର ଚିନ୍ତା କଅଣ?

ସେଇ ଆସି ପ୍ରଥମେ ସୁସମ୍ବାଦ ଜଣାଇଲା, ଚିଠି ଖଣ୍ଡି ଖୋଲି ଅତନୁବାବୁ କହିଲେ, ହଁ, ତାଙ୍କର କେତେ ଟଙ୍କା ମୋ ଉପରେ ଅଛି, ହିସାବପତ୍ର କରି ମୁଁ ପରେ ପଠାଇଦେବି। ହତାଶ୍ ହୋଇ ମୁଁ ଫେରିଆସିଲି। ଦୁଇ ତିନି ଘଣ୍ଟା ପରେ ତାଙ୍କ ସ୍ତ୍ରୀ ନିଜେ ଆସି ପାଞ୍ଚ ହଜାର ଟଙ୍କା ଦେଇଗଲେ।

ନିଜେ ଆସିଥିଲେ?

ହଁ।

ଏତେ ଟଙ୍କା ପାଉଣା?

ଶୁଝିବା ଲୋକର ହିସାବ ଯଦି ଭୁଲ ହୁଏ, ପରିମାଣ କମେ ସିନା, ବଢ଼େ ନାହିଁ।

ସୁନନ୍ଦ ତୁନୀ ରହିଲା।

କେତେଦିନ ହେଲା ମନ ଗୋଳେଇ ହେଉଛି, ଅତନୁବାବୁଙ୍କ ଘରକୁ ଯାଇ ମଳୟ ଓ ଛବିଳାଙ୍କୁ ଦେଖିଆସିବ। ଯାଇପାରୁନାହିଁ। ମନକୁ ମନ ଲାଜରା ହୋଇ ରହୁଛି। ସ୍ଥିର କରିପାରୁନାହିଁ, କାହିଁକି ତୁହିନା ନିଜେ ଆସି ଟଙ୍କା ଦେଇଗଲେ। ଅତନୁବାବୁଙ୍କୁ ଯେତେଥର ସେ ହାତଉଧାର ଦେଇଛି, ସବୁ ମିଶାଇଲେ ଏତେ ଟଙ୍କା ହେବ ନାହିଁ।

ତୁହିନା ଓ ଅତନୁବାବୁ ତା'ଠାରୁ ସବୁ ସମ୍ପର୍କ ତୁଟାଇଦେବାକୁ ଚାହାନ୍ତି ? ଯିବ ଥରେ ତାଙ୍କ ଘରକୁ ? ପିଲା ଦିଓଟିଙ୍କୁ ଦେଖିଆସିବ ? ପଚାରିବ ତୁହିନାଙ୍କୁ ?

ଯାଇପାରିଲା ନାହିଁ।

ସେମାନେ ମଧ୍ୟ କେହି ଆସିଲେ ନାହିଁ। କେତେଥର ସେ ସିନେମା ଦେଖିବା ଆଳାରେ ଜୟନ୍ତଟକି ଘରକୁ ଯାଇଛି। ଅତନୁବାବୁଙ୍କ ସଙ୍ଗେ ଦେଖା ହୋଇପାରିଲା ନାହିଁ। ଦେଖା କରିବାକୁ ତା'ର ଆତ୍ମସମ୍ମାନ ଅବା ଛାତି ଭିତରେ କେଉଁ ଛପିଲା ଲାଜ ବାରଣ କରିଛି।

ମନେପଡୁଛନ୍ତି ପରଘରର ପିଲା ଦିଓଟି !

କାହିଁକି ଏ ଦୁର୍ବଳତା ? ନିଜର ପିଲା ନାହାନ୍ତି ତ ଦାଣ୍ଡକୁ ବାହାରିଲେ କେତେ ଦୁର୍ବଳ, ଅନାଥ, ଭୋକିଲା ପିଲା ଆଖିରେ ପଡ଼ନ୍ତି। ସେମାନେ ବି ସୁନ୍ଦର, ସରଳ, ଭଲପାଇବାର ସାମଗ୍ରୀଗୁଡ଼ିଏ। ସେମାନଙ୍କୁ ସ୍ନେହ କଲେ, ସେମାନଙ୍କର ଯତ୍ନ ନେଲେ, ସେମାନେ ବି ମଳୟ ଓ ଛବିଳାଙ୍କଠୁଁ ବଳିବେ, କୋଳ କାଖ ହେବାକୁ ହାତ ବଢ଼ାଇବେ।

ସୁନନ୍ଦ ପିଲାରଙ୍କୁଣା ହୋଇଛି। ପର ପିଲାକୁ ସ୍ନେହ କରୁଛି। ଆହା ଉହୁ କହି ତୁଣ୍ଡରେ ନୁହେଁ, ଦେବାନେବା ଓ ଉପରେ ପଡ଼ି ସେବା। ସ୍ନେହର ମାତ୍ରା ଅତ୍ୟଧିକ ହେଇଛି ରାଜୀବଲୋଚନର ପିଲାଙ୍କ ଉପରେ। ସେମାନଙ୍କର ଅଭାବ ସେ ରଖିଦେଉନାହିଁ। ଗ୍ରାମକୁ ଆସିଲେ ରାଜୀବର ପିଲାମାନଙ୍କ ପାଇଁ ଲୁଗା, ଜାମା, ବହି ସେ ଆଣେ। ନିଜେ ଯାଇ ଦେଇଆସେ। କାଖ କରି ସାନ ସାନ ପିଲା ଦିଓଟିଙ୍କୁ ଘରକୁ ଆଣେ।

କୁନୁ, ମୁନୁ, ସୁନୁ, ଗୁନୁ- ସେମାନଙ୍କର ଡାକ ନାମ। ଡାକୁ ଡାକୁ ସୁନନ୍ଦ ଭୁଲ କରେ। ସେମାନେ ହସନ୍ତି।

ଅଭୟା ରକ୍ତଚାଉଳ ଚୋବାନ୍ତି। ସୁନନ୍ଦକୁ କିଛି କହନ୍ତି ନାହିଁ। କୁନୁ ମୁନୁଙ୍କ ପ୍ରତି ମନରେ ବୈରଭାବ ଜାତ ହୁଏ।

ମନ କହେ ମନକୁ, ଶେଷକୁ ଏଇଆ ହେବ ? ଶତ୍ରୁର ପିଲାରୁ ଗୋଟିଏ

ହେବ ଏ ଘରର ପ୍ରଭୁ ? ତାଆରି ହାତରୁ ଅଧାର ଖାଇବାକୁ ସେ ପୁରରୁ ସେ ଓ ସୁନନ୍ଦର ବାପା ଉଡ଼ି ଆସିବେ ?

କାହିଁକି ଶାଶୁ ଏବେ ଏପରି ଅବୁଝା ହେଲେଣି ? ସବୁକଥାରେ ନା-ନା ନା । ଭଲକରି ମୁଠିଏ ଖାଉନାହାନ୍ତି । ଭଲ ଲୁଗାଖଣ୍ଡେ ପିନ୍ଧୁ ନାହାନ୍ତି । ପୁରାଣ ଶୁଣିବାକୁ ଯାହାଙ୍କର ଏତେ ଆଗ୍ରହ, ସେ ପୁଣି କହୁଛନ୍ତି, ଥାଉ । ହସଖୁସିରେ ପଦେ ଭଲ କଥାରେ ଚିଡ଼ି ଉଠୁଛନ୍ତି । ଗୋଡ଼ରେ ହାତ ଦେଲେ ସେ ଗୋଡ଼ ଟାଣି ନେଉଛନ୍ତି । ତୁଣ୍ଡରେ ଖାଲି ନା-ନା-ନା ରବ । ଚାଲିଚଳନ ଓ ଢଙ୍ଗରେ ମଧ୍ୟ ମୁଣ୍ଡହଲା ନା-ନା-ନା-ଭାବ ।

ସେ ଦୁର୍ବଳ ହୋଇପଡ଼ିଲେଣି । ସେ ପୀଡ଼ିତ ?

ନନ୍ଦିକା ଗୋଡ଼ରେ ହାତ ଦେଲା । ରାତି ନଅଟା । ଫଗୁଣ ମାସ । ଶୀତ କମିଆସିଲାଣି । ବାହାରେ ଅନ୍ଧାର । ଘର ଭିତରେ ଆଲୁଅ ଜଳୁଛି । କନି ନଲଟଣ ଧରି ଏଘରୁ ସେଘର ହୋଇ ଜିନିଷପତ୍ର ସଜାଡ଼ି ଘରେ ଶିକୁଳୀ ଦେଉଛି ।

ଦୁଇଦିନ ହେଲା ସୁନନ୍ଦ ଆସିଛନ୍ତି । କାଲି ସେ କଟକ ଫେରିଯିବେ ବୋଲି କହିସାରିଲେଣି, ହେଉ ପଛେ ତିନିଦିନ । ଜରୁରୀ କାମ ଅଛି । ସେ ଆଉ ଘରେ ବସି କଅଣ ପଢୁଛନ୍ତି । କେଜାଣି, ନନ୍ଦିକାକୁ ଅପେକ୍ଷା କରି ବସିଛନ୍ତି । ସଂସାର କଲେ କେତେ ଦୁଃଖ ସୁଖ ପଡ଼ିବ ।

କନି ତରତର ହେଉଛି ।

ନନ୍ଦକା ଶାଶୁଙ୍କର ଗୋଡ଼ ଚିପୁଛି । ନିଦ ହେଲେ ଆଲୁଅ କମାଇ, କବାଟ ଆଉଜାଇ ସେ ଚାଲିଯିବ ।

ଅଭୟା ଶିହରି ଉଠିଲେ । ଗୋଡ଼ ଟାଣିନେଲେ, ସତେକି ସେ ସପନ ଦେଖିଲେ । ମଣ୍ଡ ଟେକି କଣେଇଁ ଚାହିଁଲେ ନନ୍ଦିକାକୁ । ଦୃଷ୍ଟି ଫେରାଇ ପୁଣି ମୁଣ୍ଡ ଥୋଇଲେ ତକିଆ ଉପରେ ।

ବୋଉ !

ଉଁ ।

ଚମକି ଉଠିଲ କାହିଁକି, ସପନ ଦେଖିଲ ?

ହଁ, ସେପୁରର ସପନ, ଏପାଖ ସଂସାର ଆଉ ମତେ ଭଲ ଲାଗୁନାହିଁ, ମା' !

ତମେ ଦୁର୍ବଳ ହୋଇପଡ଼ିଲଣି ବୋଉ ! ତାଙ୍କ ସଙ୍ଗରେ କିଛିଦିନ ପାଇଁ କଟକ ଯାଅ । ମନ ଫେରିବ, ଭଲ ଚିକିତ୍ସା ହେବ ।

ଗଲେ ଏକାଥରେ ମଶାଣିକୁ ଯିବି ସିନା, ଆଉ କେଣେ ଯିବି ନାହିଁ।

ଏପରି କାହିଁକି କହୁଛ ?

କେତେ ଜେରା କରୁଛି ମ', ଯାଉନ ଶୋଇବ।

ନନ୍ଦିକା ତୁନି ରହିଲା। ଦେହସହା ହେଲାଣି। ଯିଏ ଦିନେ କୋଳରେ ବସାଇ, ପିଠି ଆଉଁସି, ତୁଣ୍ଡରେ ଖଣ୍ଡଖିରୀସା ଦେଇ ଗେହ୍ଲେଇ କହୁଥିଲେ, ମୋ ରାଣ, ଏଇଥରକ ଢୋକି ଦେ, ସେଇ ଶାଶୁ ଯେ। ତାଙ୍କ କଥାକୁ ଛଳ କରିବ ?

ଛାତି ଥରାଇ ଦୀର୍ଘଶ୍ୱାସ ଛୁଟିଲା। ଆଖିରୁ ଲୋତକ ଗଡ଼ିଲା। ବିଚାରିଲା, ତାଙ୍କରି ପାଦରେ ମୁଣ୍ଡ ରଖି ରାତି କାଟିବ।

ହଁ, ସେଇଆ ସେ କରିବ। କୋପ କରି ଗୋଡ଼ରେ ଆଡ଼େଇଦେଲେ ମଧ୍ୟ ସେ ଛଳ କରିବ ନାହିଁ। ଆର ଘରେ ସ୍ୱାମୀ ଅନେଇଁ ବସିଛନ୍ତି। ଗପ କରିବେ। ନନ୍ଦିକା ଶୁଣିବ, ହୁଁ କହିବ। ଯାହା ସେ କହିବେ, ସବୁ ସତ ବୋଲି ମାନିନେବାକୁ ହେବ। କେଉଁ କଥା ମନକୁ ନ ଆସିଲେ ନନ୍ଦିକା ହୁଁ କହେ ନାହିଁ, ଖାଲି ହସିଉଠେ। ସେଇ ହସରୁ ସେ ବୁଝନ୍ତି। କଥାର ସୁଅ ବଦଳାନ୍ତି।

ଆଜି ସେ ତୁନି ହୋଇ ବସିଥିବେ। ନିଦ ମାଡ଼ିଲେ ବଳେ ଶୋଇପଡ଼ିବେ। ନନ୍ଦିକା ଆଜି ଶାଶୁଙ୍କ ପାଖରୁ ଯିବ ନାହିଁ, ଜଗି ବସିଥିବ।

କି ଗୋ, ଯାଉନ ଶୋଇବ। ହୁଙ୍କା ପରି ବସିରହିଛ କାହିଁକି ?

ମୁଁ ଏଇଠି ଶୋଇବି।

ନନ୍ଦିକା ଅଭୟାଙ୍କର ପାଦ ଉପରେ ମୁଣ୍ଡ ରଖି ପଲଙ୍କ ଉପରେ ଲୋଟିପଡ଼ିଲା। କୋହ ସମ୍ଭାଳି ନ ପାରି କଇଁ କଇଁ ହୋଇ କାନ୍ଦି ଉଠିଲା। ଓଠ ଚାପିଲା।

ଅଭୟା ଅଟଳ। ମୁହୂର୍ତ୍ତେ ଅପେକ୍ଷା କରି ସେ କହିବେ, ଏ ସବୁ ଢଙ୍ଗ ମତେ ଭଲ ଲାଗୁନାହିଁ ବୋହୂ! ରାତି ଅଧରେ ଆଖିରୁ ଲୁହ ଝରାଅ ନାହିଁ। ତମେ ଏଠୁଯାଅ କହୁଛି, ଅବାଧ୍ୟ ହୁଅନା।

ନନ୍ଦିକା କୋହ ଚାପି ଉଠି ବସିଲା। ଭିଜା ସ୍ୱରରେ ପଚାରିଲା, ମୁଁ କି ଦୋଷ କରିଛି, ବୋଉ ?

ଅଭୟା ହସିଲା କଣ୍ଠରେ କହିଲେ, ଦୋଷଗୁଣରୁ ମତେ କଅଣ ମିଳିବ ? ଯାହାକୁ ଯାହା ଭଲଦିଶୁଛି, କର। ହେଲେ, ମୁଁ ବଞ୍ଚିଥିବାଯାଏ ଭଗାରୀ ଘରର ପିଲା ଏ ଘରକୁ ପୁଅ ହୋଇ ଆସିବ ନାହିଁ। ମୁଁ ଆଗ ମରେଁ, ସେଇଠୁ ତମେ ରାଜୀବର ପୁଅକୁ ଏ ଘରକୁ ଆଣିବ। ନଇଲେ ଯେଉଁଦିନ ତାକୁ ଆଣିବ ସେଇଦିନ, ହଁ କହିଦେଉଛି, ସେଇଦିନ....।

ଅଭୟା ବାକ୍ୟଟି ଶେଷ କଲେ ନାହିଁ। ବିଜୁଳିର ଚମକ ପରି ତାଙ୍କର କଥା ନନ୍ଦିକାର ଦେହରେ ଶିହରଣ ଖେଳାଇଲା। ସେ ବୁଝିପାରିଲା, ସ୍ୱାମୀଙ୍କର ପର ପିଲାଙ୍କ ପ୍ରତି ସ୍ନେହ ଶାଶୁଙ୍କ ମନରେ ହତାଶାର ପ୍ରଭାବ ପକାଇଛି। କିନ୍ତୁ ସେଥିପାଇଁ ସେ କାହିଁକି ଦାୟୀ ହେବ? ସ୍ୱାମୀ ଯଦି ରାଜୀବଲୋଚନର କେଉଁ ପୁଅକୁ ପୋଷ୍ୟପୁତ୍ର କରିବାକୁ ଚାହାନ୍ତି, ନନ୍ଦିକା ବାଧା ଦେଇପାରିବ ନାହିଁ। ତା'ର ମତାମତ ଲୋଡ଼ିଲେ ସେ ମନାକରିପାରିବ ନାହିଁ।

ବୋଉ, କଥାଟିଏ କହିବାକୁ ମୋର ସାହସ ହେଉ ନାହିଁ।

ଅଭୟା ନୀରବ।

ବୋଉ, ତମେ ଆଉ ଗୋଟିଏ ବୋହୂ ଏ ଘରକୁ ଆଣ।

କହି ହୋଇଗଲା। କହିବାକୁ ତା'ର ମନ ତାକୁ ଇଙ୍ଗିତ ଦେଇ ନ ଥିଲା। ଆତ୍ମା କେବେ ଅଲୋଡ଼ା ସାଥୀଟିଏ ଲୋଡ଼ିନାହିଁ। ମାତୃତ୍ୱର କାମନା ଲୋଡ଼ିଥିଲା ସନ୍ତାନଟିଏ, ଯାହାକୁ ସେ ଦେହରୁ ସମ୍ଭୂତ କରିବ। ନିଜର ରକ୍ତ, ମାଂସ, ଅସ୍ଥି, ଦେଇ ଗଢ଼ିବ।

ଦେବତାମାନେ ସେ ସୁଯୋଗ ତାକୁ ଦେଲେ ନାହିଁ। ଦେବେ କି ନାହିଁ। ସେଇମାନେ ଆଜି କୂଟ କରିଛନ୍ତି। ତା'ର ଅଜାଣତରେ ତଣ୍ଡରୁ ଖସାଇଛନ୍ତି ସେଇ ବଚନ, ଯାହାର ଭାବନା କେତେଥର ତାକୁ ସପନରେ କନ୍ଦାଇଛି, ପୋଖରୀକୂଳକୁ ଆତ୍ମହତ୍ୟା କରିବାକୁ ଦଉଡ଼ାଇ ନେଇଛି।

ସଉତୁଣୀ !

କହିହେଇଗଲା ଅଲୋଡ଼ା ଅସମ୍ଭବ ପ୍ରସ୍ତାବ। ସେ ଶୁଣିପାରିନାହାନ୍ତି। ଭଲ ହୋଇଛି। ନନ୍ଦିକା ସତର୍କ ହୋଇଛି। ଆଉଥରେ ସେ ତୁଣ୍ଡରେ ଧରିବ ନାହିଁ। ନିଜର ବେକରେ ନିଜେ ସେ ଛୁରୀ ଲଗାଇବ ନାହିଁ। ବରଂ ପୋଷ୍ୟପୁତ୍ର ଭଲ। ତା' ପାଖରେ ଦାଣ୍ଡର ପିଲା ବା ସଉତୁଣୀର ପିଲା ଭିତରେ ପ୍ରଭେଦ ରହିବ ନାହିଁ, କିନ୍ତୁ ଶାଶୁଙ୍କ ଆଖିରେ, ସ୍ୱାମୀଙ୍କ ମନରେ ଓ ଦୁନିଆର ଲୋକଙ୍କ ବିଚାରରେ ?

ଅଭୟା କଡ଼ ଲେଉଟାଇଲେ। ନନ୍ଦିକାର କଥା ତାଙ୍କ ମନରେ ଭେଦିଛି, ଭେଦେ ଯେପରି ଦେହର ମାଂସରେ ଦାଢୁଆ ଛୁରୀ। କାଟିହୁଏ, ରକ୍ତର ଧାର ଗଡ଼େ, ପୋଡ଼ିଉଠେ କ୍ଷଣକ ପରେ। ସେଇ କ୍ଷଣକର ନିରଳସ ଭାବ। କ୍ଷଣକ କଟିଛି। ରକତର ଧାର ଆଖିରେ ପଡ଼ିଛି। କଟା ଘା ପୋଡ଼ି ଉଠିଛି। ଆଉ ସହି ହେଉ ନାହିଁ।

ସେ ଉଠି ବସିଲେ। ଅସ୍ତବ୍ୟସ୍ତ ଭାବ। କଟମଟ କରି ନନ୍ଦିକାକୁ ଚାହିଁଲେ। ମୁହଁଟି ତା'ର ମହଳ ଦିଶୁଛି। ଆଖିରେ ଢଳଢଳ ହେଉଛି ଲୁହ। ସେ ତେବେ ମନର

କଥା କହିନାହିଁ ? ଯାହା ସେ କରାଇଦେବ ନାହିଁ, ସେଇଆ ସେ କହିଛି ମନ ବିଡ଼ିବାକୁ କଟା ଘାଆରେ ଲୁଣ ଛିଟା ? ମନ ଆକୁଳ ହେବାରୁ ନିଜର ଅସାବଧାନତାରେ କାହା ଆଗରେ ସେ ନିଜେ ଏଇ ଭାବନା ଥରେ ଅଧେ ମୁହଁଖୋଲି କହିଦେଇଥିଲେ ନନ୍ଦିକା ଖବର ପାଇଛି ?

ପରିହାସ କରୁଛ, ବୋହୂ ?

ନନ୍ଦିକା ଚମକି ଉଠିଲା। ମୁଣ୍ଡ ହଲାଇ କହିଲା, ମୋ ମନର କାମନା ମୁଁ କହିଲି, ବୋଉ ! ମୋର ଭାଗ୍ୟ ପୋଡ଼ା ବୋଲି ମୁଁ କାହିଁକି ଅନ୍ୟମାନଙ୍କର ସୁଖ, ଆନନ୍ଦରେ ବାଧା ଦେବି ? ସେ ପର ପିଲାଙ୍କୁ ସ୍ନେହଶ୍ରଦ୍ଧା କଲେ ମୁଁ ମନା କରିପାରିବି ନାହିଁ। ତମେ ପରପିଲାକୁ ଘୃଣା କଲେ ମୁଁ ବାଧା ଦେଇପାରି ନାହିଁ। କାହିଁକି ପର ପିଲା ଏ ଘରକୁ ଆସିବ ? ମୋ ସାଙ୍ଗକୁ ମୋର ସାନ ଭଉଣୀଟିଏ ଯଦି ଆସେ, ଭଗବାନ ଯଦି ତା' କୋଳରେ ପିଲା ବକଟେ ଦିଅନ୍ତି ସେ ତ ଆଉ ପରପିଲା ହେବ ନାହିଁ ? ସେ ହେବ ଘରର ପିଲା।

ସୁନନ୍ଦ ରାଜି ହେଲେ ତ ?

ତାଙ୍କୁ ରାଜି ହେବାକୁ ପଡ଼ିବ।

ଏକି କଥା କହୁଛି ନନ୍ଦିକା ?

ପ୍ରଥମେ ଯେଉଁଦିନ ତମର ହସିଲା ମୁହଁରୁ ଏ ପ୍ରସ୍ତାବ ମୁଁ ଶୁଣିଲି, ଭାବିଲି, ତମେ କାହାଠାରୁ କଅଣ ଶୁଣି ପରିହାସ କରୁଛ। ତମର କଥା ମୋ କାନରେ ପଶି ବାହାରିଯାଇଥିଲା। ଆଉଥରେ ସେଇକଥା ତମେ ପୁଣି କହିଲ। ମୋ କାନରେ ଭେଦିଲା। ତମ ପାଖରୁ ବିଦାୟ ନେଇଗଲା ପରେ ନୀରୋଳା ବେଳରେ ତମର ସେଇ କଥାଗୁଡ଼ାକୁ ସତେକି କାନରୁ ବାହାରି ଜୀବନ ପାଇ ଉଠିଲା। ତମର ଗମ୍ଭୀର ମୁହଁ ମୋର ଆଖି ଆଗରେ ଉଭା ହେଲା।

କେତେଦିନ ଯାଏ ମୁଁ ଛଟପଟ ହୋଇଛି। ତମ ଉପହାସିଆ ପ୍ରସ୍ତାବ ପଛରେ କି ଘଟଣା ଛପି ରହିଚି ଜାଣିବାକୁ ମୁଁ ଉଦ୍‌ବିଗ୍ନ ହୋଇଉଠିଲି। ସେଇଆ ତମକୁ ପଚାରିବାକୁ ସାହସ ହେଉ ନ ଥିଲା। ତମେ ଆଗ ବଳିପଡ଼ି ସେ କଥା କହିଲ। ଏଥର ମୁଁ ବୁଝିପାରିଛି। ଆଉ କହନା।

ସୁନନ୍ଦର ଗମ୍ଭୀର ମୁହଁରେ ହସ। ସେ କଟମଟ କରି ଅନାଇଁ ରହିଛି ନନ୍ଦିକାକୁ।

ବେଳ ଦୁଇ ପ୍ରହର।

ବାହାରେ ଫଗୁଣର ନରମ ଖରା। ଝରକା ବାଟେ ଚୋରା ମଳୟର ମୃଦୁ ପ୍ରବାହ। ତଥାପି, ନନ୍ଦିକାର ଦେହ ଝାଳେଇ ଉଠିଛି। କପାଳରେ ସ୍ୱେଦବିନ୍ଦୁ। ଚିତ୍ର ପ୍ରତିମାର ମୁହଁରେ ନିପୁଣ ଚିତ୍ରକାର ହସ ଖଞ୍ଜିଲା ପରି ନନ୍ଦିକାର ମୁହଁରେ କୃତିମ ସ୍ମିତ ଲାଖି ରହିଛି। ସେ ପାଖକୁ ଆସିନାହିଁ। ଟେବୁଲ ପାଖରେ ଠିଆ ହୋଇଛି, ଟେବୁଲକୁ ଆଉଜି। କି ଦୁଃଖ ତା' ମନଭିତରେ ଆଉଟି ହେଉଛି ସତେ? କିଏ ଏଥିକି ଦାୟୀ?

ସୁନନ୍ଦ ଝରକା ବାଟେ ପଦାକୁ ଚାହିଁଲା ନିମିଷେ, ଦୃଷ୍ଟି ଫେରାଇଲା ଖଞ୍ଜା ଆଡ଼କୁ। କେହି କୁଆଡ଼େ ନାହିଁ। କାହାରି ତୁଣ୍ଡ ଶୁଭୁନାହିଁ। ନିଃଶବ୍ଦତା ଏଡ଼େ ଭୟଙ୍କର! ସହି ହେଉନାହିଁ। ଆଖି ପୁଣି ଲାଖି ରହିଲା ନନ୍ଦିକା ଉପରେ।

ସେ କହିଉଠିଲା, ଏମିତି ଚାହିଁ ରହିଛ କାହିଁକି?

ଦେଖୁଛି, କିଏ ଆମର ସୁଖର ସଂସାରରେ ନିଆଁ ଜଳାଇବାକୁ ଚେଷ୍ଟା କରିଛି। କିଏ ଆମର ଅମୃତହାଣ୍ଡିରେ ବିଷକଣିକା ଆଣି ପକାଇଛି। ଦେଖୁଛି ଓ ଭାବୁଛି।

ଆରେ, ଯେ କ'ଣ ଏଣୁତେଣୁ ଭାବୁଛନ୍ତି? ଅନୁମାନ ନ କରି କେଉଁ ନିରୀହ, ନିର୍ଦ୍ଦୋଷ ଲୋକଟି ଉପରେ ନେଇ ସନ୍ଦେହର ବୋଝ ଲଦିଦେଉଥିବେ। ନା, ତାଙ୍କୁ ଏପରି ଅଯଥା ଭାବିବାକୁ ସେ ସୁବିଧା ଦେବ ନାହିଁ। କହିବା ଯଦି ଦୋଷ ହୋଇଥାଏ, ସେ ଦୋଷ ନିଜେ ସେ ମୁଣ୍ଡକୁ ନେବ।

ନନ୍ଦିକା ସୁନନ୍ଦର ପାଖକୁ ଆସିଲା। ପଲଙ୍କ ଆଗରେ ଠିଆ ହୋଇ ହସି ହସି ସୁନନ୍ଦର ମୁଣ୍ଡର ଅସଜଡ଼ା କେଶ ସାଉଁଳି କଅଁଳେଇ କହିଲା, ରାଗିଲ? ମନର କଥା ତୁମ ଆଗରେ କହିବି ନାହିଁ ତ ଆଉ କାହାକୁ କହିବି? ମତେ ଏକୁଟିଆ ରହିବାକୁ ଭଲ ଲାଗୁନାହିଁ। ସତେକି ମନରୁ ଗୋଟାଏ ଭୂତ ପଦାକୁ ବାହାରି ମତେ ମାରି ଗୋଡ଼ାଉଛି। ମୋର ଗୋଟିଏ ସାଥୀ ଲୋଡ଼ା। ସେ ହେବ ମୋର ଝିଅ, ମୋର ସାନଭଉଣୀ, ପୁଣି ମୋର ସାଥୀ।

ଆଉ ଶତ୍ରୁ?

ହୋଇପାରିବ ନାହିଁ। ତାକୁ ମୁଁ କୋଳରେ ଥାନ ଦେବି। ତା' ପାଖରେ ମୁଁ ନିଜକୁ ସମର୍ପିଦେବି। ସଉତୁଣୀର ଧାରଣା ତା' ମନରେ ମୁଁ ଅଣେଇଁ ଦେଲେ ତ?

କେଉଁ ଉପନ୍ୟାସରୁ ଚାରିପଦ ମୁଖସ୍ଥ କରି ପୁନରାବୃତ୍ତି କଲାପରି ଲାଗୁଛି। କଳବଜାର ସଙ୍ଗୀତ ପରି ମନେ ହେଉଛି। ସେତିକି ଥାଉ। ଆଉ କହନା।

ମନର ବାସନା ଖୋଲି କହିବି ନାହିଁ?

ନନ୍ଦିକା ସୁନନ୍ଦର ମୁହଁରୁ ଦୃଷ୍ଟି ଦୂରେଇଲା। ଥରି ଉଠିଲା ଛାତି ଭିତର। ସତ ସେ କହୁଛି? ମନର କଥା? ସ୍ୱାମୀ ଦେବତାଙ୍କର ଆଗରେ ଠିଆ ହୋଇ ମୁଣ୍ଡର

କେଶ ସାଉଁଳୁଣୁ ସେ ମିଛ କହିଛି। ପ୍ରତାରଣା କରୁଛି। କହିଦେବ କି ସତ କଥାଟି, ତୁମ ବୋଉଙ୍କର ଆଉ ଧୈର୍ଯ୍ୟ ନାହିଁ। ସେ ନାତିର ମୁହଁ ଦେଖିବାକୁ ଚାହାନ୍ତି। ସେଇ ନାତିଟି ହେଇଥିବ ତମରି ରକ୍ତମାଂସରୁ ଉଦ୍ଭବ !

ନନ୍ଦିକା ସୁନନ୍ଦର ମୁଣ୍ଡରୁ ଥରିଲା ହାତ ଓହ୍ଲାଇଲା। ଭାବିଲା, କହିଦେବ ସତ କଥାଟି, ଲମ୍ବିଲା ପାଦ ଦିଓଟିରେ ମୁଣ୍ଡ ରଖି ସେ ସ୍ୱୀକାର କରିବ, ସେ ଆଉ କାହାରି ସନ୍ତାନର ମୁହଁରେ ବୋକ ଦେବାକୁ ଚାହେଁ ନାହିଁ। ସୁନନ୍ଦର ସନ୍ତାନ ଆଉ କାହାର ପେଟରୁ ଜନମିବ ଏକଥା ସେ ଚାହେଁ ନାହିଁ। ସହିବ ବା କିପରି ?

ତୁମୁଳ କାଣ୍ଡ ଘଟିବ। ବୋଉ ଆଶା କରି ଚାହିଁ ରହିଛନ୍ତି, ନନ୍ଦିକା ଅବଶ୍ୟ ସୁନନ୍ଦକୁ ପ୍ରବର୍ତ୍ତାଇ ପାରିବ। ସେ ଆଉ ଗୋଟିଏ ଝିଅର ହାତ ଧରିବାକୁ ମଙ୍ଗିବ। ସେ ନାତି ମୁହଁ ଦେଖିବେ। ଆନନ୍ଦରେ ଆଖି ବୁଜିବେ। ସ୍ୱର୍ଗପୁରକୁ ଯିବେ।

ସିଧା ସଳଖ କେବେ ସେ ପଚାରି ନାହାନ୍ତି। ତାଙ୍କର ଚିଡ଼ୋଲ ଢଙ୍ଗରୁ ତାଙ୍କ ମନର କଥା ପ୍ରକାଶ ପାଉଛି। ଯେଉଁ ବୋହୂକୁ ଦଣ୍ଡେ ନ ଦେଖିଲେ ଦିନେ ସେ ଛୁଆଖାଇ ବିଲେଇ ପରି ହେଉଥିଲେ, ସେ ପୁଣି ପାଖକୁ ଗଲେ ପଚାରି ଉଠୁଛନ୍ତି, କଅଣ ଗୋ ?

ଏଇ ତା'ର ଜୀବନସର୍ବସ୍ୱ।

ଆଗରେ ନିର୍ବୋଧ ପରି ବସିଛନ୍ତି। କଅଣ ସେ ଭାବୁଛନ୍ତି ତାଙ୍କୁହିଁ ଜଣା। ପିଲାଛୁଆ କଥା ଆଜିଯାଏ ମନରେ ତାଙ୍କର ଥାନ ପାଇ ନାହିଁ। କେବେ ସେ ମୁହଁ ଖୋଲି କହିନାହାନ୍ତି। ସବୁବେଳେ ଖୁସି ଆନନ୍ଦ, ଖେଳ କୌତୁକ। ପିଲାଟିଏ ପରି ଅଳି। ଅତି ଛୋଟ କଥାରେ ଅଭିମାନ।

କାହିଁକି ତମେ ପଥରବସା କଙ୍କଣ ନାଇନ, ସେ ନେଳିଆ ସିଲ୍‌କ ଶାଢ଼ୀ ପିନ୍ଧିନ ? ସାଇତି ରଖିବାକୁ ମୁଁ କଲିକତାରୁ କିଣି ଆଣିଥିଲି ?

ଭୁଲିନାହିଁ ଯେ, ବେଳ ପାଇ ନ ଥିଲି। ଯାଉଛି। ପିନ୍ଧି ଆସିବି।

ସତେ କି ଉତାଣୀ ପିଲା। ବିଭାଘରର ପ୍ରଥମ କେଇଟି ବର୍ଷ, —ଲାଜ, ସଙ୍କୋଚ, ଛପିଲା ଭୟ, ଡରିଲା ଅଭିମାନ, ସେ ସବୁ ଦୂର ହୋଇଛି। ପିଲାଟି ପରି କୋଳରେ ମଥା ରଖି ଛାତିରେ ମୁହଁ ଗୁଞ୍ଜି ଅଳି କରନ୍ତି, ମତେ ଗେଲ କର।

ଛି, କନି ଆଉଥିବେ, ଉଠିବଟି।

ଆସୁ କନି ଉଠିବି ନାହିଁ। ଗେଲ କର, ନୋଇଲେ...

ତରତର କରି ଗେଲ କରିଛି। ପିଲାପରି ତାଙ୍କର ଟହ ଟହ ହସ। ସେ କେଡ଼େ ଖୁସିରେ ଉଠିଯାଆନ୍ତି।

ସତେକି ଟିକି ପୁଅଟି । ନନ୍ଦିକାର ଆଉ କେଉଁ ପୁଅରେ ଲୋଡ଼ା ?

ଆଗରେ ସେ ମୁହଁ ଶୁଖାଇ ବସିଛି, ନନ୍ଦିଆଟା ! କିଏ କହିବ ଆଠ ବର୍ଷର ଚିହ୍ନା ପରିଚ ? ଓଃ, କେବକାଳରୁ । ବୟସର ବୁଦା ବାଡ଼ ସେ ଦେଖୁ ନାହିଁ । ନନ୍ଦିଆ ଚଗଲାଟା, ମୁହଁ ଶୁଖେଇଛି । ଅଭିମାନ କରି ବସିଛି ଗୋ, ଗେଲ ହେବ ।

କୁଲୁକୁଲିଆ ସୁନ୍ଦର ମୁହଁ, ଗଜୁରି ଆସୁଛି ନିଶ । ନାକ ତଳର ପ୍ରଜାପତିଆ ନିଶ କେବଠୁ କାଟି ପକେଇଛି । ଆଖିରେ ଚଷମା ନାହିଁ । ପଛକୁ ଓଲଟିଥିବା କେଶ ଛୋଟ କରାହୋଇଛି ।

ଏଇ ପିଲାଟା, ମଥାର କେଶ ଧଳା ହେବ, ଦୁଇପାଟିର ଦାନ୍ତ ଦି'ଧାଡ଼ି ଝଡ଼ି ପାକୁଆ ହେବ । ସେତେବେଳେ ବି ବୟସର ଧାରଣା ନ ଥିବ ମନରେ । ସେତେବେଳେ ବି ଅଳି କରି ମାଗୁଥିବ ଗେଲ ବକଟେ ।

କି ହେବ ତା'ର ଅଲଗା ପିଲାଟିଏ ? ସେ ସିନା ପେଟରୁ ଜନମିବ, ଏଇ ନନ୍ଦିଆଟା, ଜନମିଛି ତା' ଆତ୍ମାରୁ । ତା' ଆତ୍ମାରୁ ଅଧିକ ସେ । ମୁହଁ ଶୁଖେଇ ବସିଛି । ଆକାଶ ପାତାଳ କେତେ କଅଣ ଭାବୁଛି ।

ନନ୍ଦିକା ନିଜର ଭାବନାରେ ବିଭୋର ହେଲା । ନିଜକୁ ଭୁଲିଲା । ସୁନନ୍ଦର ମୁହଁକୁ ଟେକିଧରି ଗେଲ କରିବାକୁ ମନ କଲା । ପାରିଲା ନାହିଁ । ସୁନନ୍ଦର ଆଖି ପଡ଼ିଲା ତା' ଆଖିରେ । ସରମରେ ସଂକୁଚିତ ହେଲା । ସୁନନ୍ଦ ତା'ର ହାତଧରି କଅଁଳେଇ କହିଲା, ବସ, ଏଇଠି ମୋ ପାଖରେ ।

ନନ୍ଦିକା କଥା ମାନିଲା ।

କଅଁଳେଇ ସୁନନ୍ଦ କହିଲା, ପିଲାଟିଏ ପାଇଁ ତମେ ଆକୁଳ ହୋଇ ପଡ଼ିଲଣି ଦେଖୁଛି । କଥାଟିଏ କହିବି, ମାନିବ ?

ନନ୍ଦିକାର ଆଖିରେ ଛଳ ଛଳ ଲୁହ ।

ଯେଉଁ ଓଷଧ ମୁଁ ଆଣି ଦେଇଥିଲି ତାକୁ ତମେ ମୋଟେ ଖାଇନା । ଆଲମାରୀ ଭିତରେ ସେ ସେମିତି ରଖା ହୋଇଛି । ସେଇ ଓଷଧ ତମେ ଖାଅ ।

ଆଖିରୁ ଲୁହ ପୋଛି ନନ୍ଦିକା କହିଲା, ମୁଁ ଆଉ ଓଷଧ ଖାଇବି ନାହିଁ । ମନ୍ତୁରା ପାଣିରୁ ଆରମ୍ଭ କରି ହୋମିଓପାଥି, କବିରାଜି, ଏଲୋପାଥି ସବୁ ଖାଇ ହଜମ କଲିଣି । ସେସବୁ କେବଳ ଗଣ୍ଡି ବଢ଼ାଉଛି, ଲୋକହସା କରାଉଛି । ଆଉ ଓଷଧ ଖାଇବାକୁ ତମେ କହନା ମଣିଷର ଭାଗ୍ୟକୁ ଓଷଦ ବଦଳାଇପାରିବ ନାହିଁ ।

ତମେ କଟକ ଚାଲ । ସ୍ତ୍ରୀମାନଙ୍କ ସମ୍ବନ୍ଧରେ ଅତି ଅଭିଜ୍ଞ ଡାକ୍ତରାଣୀ ଶ୍ରୀମତୀ କୁମାରୀ ଭୋଇ ଥରେ ତମ୍ଭୁକୁ ଦେଖନ୍ତୁ, ପରୀକ୍ଷା କରନ୍ତୁ । ପାଞ୍ଚ ବରଷ କାଳ ବିଲାତ,

ଆମେରିକା, ଜାପାନରେ ଶିକ୍ଷା ପାଇ ସେ ଫେରିଛନ୍ତି। ଥରେ ସେ ଦେଖନ୍ତୁ। ତେଣିକି ସେ ଯାହା କହିବେ କରିବା।

ନିଜର ଦକ୍ଷତା ସମ୍ବନ୍ଧରେ ଛପି ଛପି, ଡରି ଥରି, ଭାବନାଟିଏ ଆସୁଣୁ ପରର ପାଚିରୀ କାହ୍ନୁଙ୍କୁ ଆଉଜି ସେ ଦୃଢ଼ ହୋଇ ଠିଆହେଲା। ତୁହିନା ନିଜେ ପିଲା ଦିଓଟିଙ୍କୁ ସଙ୍ଗରେ ଧରି ଅତନୁବାବୁଙ୍କ ପୁରୁଣା ଗାଡ଼ିରେ ମଳୟର ଜନ୍ମଦିନକୁ ନିମନ୍ତ୍ରଣ କରିବାକୁ ଆସିଥିଲେ। ମୋଟେ ପାଞ୍ଚ ସାତ ମିନିଟ୍ ସେ ରହିଥିଲେ। ସୁନନ୍ଦ ଯାଉନାହିଁ ବୋଲି ଅଭିମାନ କରି କେତେ କଅଣ କହୁଥିଲେ–

–ସିନେମା ଭଲରେ ଚାଲିଛି ! ଆଶାନୁରୂପ ଲାଭ ହେଉନାହିଁ। ସର୍ତ୍ତ ଅନୁଯାୟୀ ଅତନୁବାବୁ ମାସକୁ ମାସ ତାଙ୍କର ପ୍ରାପ୍ୟ ପାଉଣା ପାଇପାରୁଛନ୍ତି। ଠୁନ୍ ଠୁନ୍ ୱାଲା ଅଧୀର ହୋଇପଡ଼ିଲେଣି।

ଭାଗଲପୁରରେ ସେମାନେ ଭଲ ଅଛନ୍ତି। ବ୍ୟବସାୟ ଭଲରେ ଚାଲିଛି। ହିମାନୀଙ୍କର ଶାଶୁ ଶଶୁର ଡକାଡକି ହେଇ ଦିନ ଚାରିଟାରେ ସଂସାର ଛାଡ଼ି ଚାଲିଗଲେ। ସେ ଏବେ ଦହଗଞ୍ଜ ହେଉଛନ୍ତି।

ଟିକି ପିଲାଟି କୌତୁକିଆ ହୋଇଛି !

ନନ୍ଦିକାର ମେଡ଼ିକାଲକୁ ଯାଇ ପରୀକ୍ଷା କରାଇବାର କଥା, ଭଲ ମନ୍ଦ ବଳେ ଜଣାପଡ଼ିବ।

କାହିଁକି କଟକ ଆସିଛି, ଭାବିଲାବେଳକୁ ଛାତି ଥରିଉଠେ। ପରୀକ୍ଷା ! ସେ ଓ ଦୁନିଆର ସମସ୍ତେ ଜାଣିବେ, ନନ୍ଦିକା ମା' ହୋଇପାରିବ କି ନାହିଁ।

କନି ହାତରେ ରୋଗଣା ଶାଶୁଙ୍କର ଦାୟିତ୍ୱ ସେ ସମର୍ପିଦେଇ ଆସିଛି। ସାତଟି ଯୁଗ ପରି ସାତଟି ଦିନ ଲାଗେ, ଯେତେବେଳେ ଶାଶୁଙ୍କର କଥା ମନେପଡ଼ିଯାଏ। ପୁଣି ଏଇ ସାତଟି ନିମେଷ ପରି ବି ଲାଗେ ନାହିଁ, ଯେତେବେଳେ ସ୍ୱାମୀଙ୍କର ସ୍ନେହ ସୋହାଗ ମନେପଡ଼େ। ଏଥର ସେ କଟକ ଆସିଛି ଏକା। ସେ ସ୍ୱାଧୀନ। ଡର ଭୟ କାହାକୁ ନାହିଁ। ଆକଟ କରିବାକୁ କେହି ନାହିଁ। ଯେଉଁମାନେ ଅଛନ୍ତି, ସେମାନେ ଚାକରବାକର। ଠିକା ଚାକରାଣୀଟିଏ ଖଞ୍ଜା ହୋଇଛି। ସଭିଙ୍କ ତଣ୍ଡରେ ଖାଲି ମା', ମା' ଡାକ।

ତାଙ୍କୁ ତର ମିଳୁନାହିଁ। ତାଙ୍କର ଗୋଡ଼ ତଳେ ଲାଗୁନାହିଁ। ଘର ଛାଡ଼ି ପଦାକୁ ଯିବାକୁ ସେ କୁଣ୍ଠିତ। ଗଲେ, ଅଳପ ସମୟ ରହି ଫେରିଆସୁଛନ୍ତି। ଖାଲି ଗପିବାକୁ

ମନ। ଗପ କରୁ କରୁ ଗେଲ। ଗେଲ କରୁ କରୁ ହସ। ହସୁ ହସୁ ଲୋଟିଯାଉଛନ୍ତି, ଲୋଟି ଯାଉଛନ୍ତି କୋଳରେ। ହସପେଡ଼ୀର ଢାଙ୍କୁଣୀ ଫିଟିଛି। ହସର ସୁଅରେ ଭାସିଆସୁଛି ଅସରନ୍ତି ପ୍ରେମର କୁସୁମ, କେଉଁ ଅଜଣା ସରଗର ପାରିଜାତ ମାଳା।

ସତେକି ସେ ସାତ ବରଷର ପିଲା ବକଟେ। ହଁ, ଆଖିକି ତ ସେମିତି ଦିଶୁଛନ୍ତି। ଗେଲ ହେବାକୁ ଅଳି। ନନ୍ଦିକାର ଅକୁଣ୍ଠିତ, ନିଃସଙ୍କୋଚ ଦାନ।

ଆଠବରଷ ତଳେ, ସେ କେବଳ ଦେହର ଉତ୍ତେଜନା, ମନର ଅରଣା ଦଉଡ଼। ଖାଲଢିପ, ବୁଦାବାଡ଼ ଡେଇଁ ମଦୁଆ ମନ ଧାଏଁ। ନନ୍ଦିକାର ଡରିଲା ଥରିଲା ଚମକିଲା ତରଙ୍ଗ ତରଙ୍ଗ ଢଙ୍ଗ। ଆଖିପତା ମୁଦି କେହି ନାହିଁ, କିଛି ନାହିଁର ଧାରଣାରେ ନିଶ୍ଚିତ ହେବାର ଚେଷ୍ଟା !

ଆଜି ସେସବୁ ନାହିଁ। ଟିକି ଟିକି ପିଲା ଦିଓଟିଙ୍କର ସଙ୍କୋଚହୀନ, ପର ଆପଣା ଭେଦହୀନ, ହସି ହସି ନ ହସି ପଡ଼ିବା ଖେଳକୌତୁହଳ। ଦୁହେଁ ଦୁହିଁଙ୍କର ଖେଳ କଣ୍ଢେଇ। ଦୁହେଁ ଦୁହିଁଙ୍କର କଣ୍ଢେଇକୁ ଘଷିମାଜି ସଫାସୁତରା କରନ୍ତି। ଦାମିକା, ଭଲିଭଲିକା ଶାଢ଼ୀ, ଲୁଗା, ଗହଣାରେ ସଜାଇ ଦେଖନ୍ତି, ଦେଖନ୍ତି ଆଖି ପୂରାଇ।

ଧୂଅରେ ବାଇଆ ଧୋଓ।

ଦୁଇଟି ଜୀବନର ମିଳନରେ ଏତେ ଆନନ୍ଦ !

କଅଣ ମିଳିବ ପିଲାପିଚିକାରୁ ?

ପନ୍ଦର ଦିନ କଟିଲା। ଡାକ୍ତରାଣୀ ଦୁଇଥର ଆସି ଏଣୁତେଣୁ ପଚାରି, ଦେହମୁଣ୍ଡ ପରୀକ୍ଷା କରିସାରିଲେଣି। ଅଧା ଉମର, ମୋଟା ସୋଟା ଚମ୍ପାଫୁଲ ରଙ୍ଗ, ସୁନ୍ଦରିଆ ମାଇପିଟିଏ। ବେଶି କଥା କହନ୍ତି ନାହିଁ। ଯେତିକି କହନ୍ତି, ହସି ହସି, ଗେହ୍ଲେଇ କହନ୍ତି। ପ୍ରତି ପଦ କଥାରେ ଭଉଣୀ ଯୋଡ଼ନ୍ତି। ଠାକୁର ଓ ଭାଗ୍ୟ ଉପରେ ପୂର୍ଣ୍ଣ ବିଶ୍ୱାସ।

କହନ୍ତି, ଶୁଣ ଭଉଣୀ, ମଣିଷ ଚେଷ୍ଟା ସିନା କରେ, ଭଗବାନଙ୍କର ଇଚ୍ଛା ନ ଥିଲେ କଅଣ ହୋଇପାରେ ? ଯାହାର ପିଲା ହେବାର କଥା, ଦେହର ଯନ୍ତ୍ର ସବୁ ଠିକ୍ ଅଛି, ତା'ର ବି ପିଲା ହୁଏ ନାହିଁ। ଯାହାର ଯନ୍ତ୍ର ବିଗିଡ଼ିଛି, ତା'ର ତ ପିଲା ନ ହେବାର କଥା। କିନ୍ତୁ ଅସମ୍ଭବ ବି ସମ୍ଭବ ହୁଏ। ଡାକ୍ତର କାରଣ ଖୋଜେ। ଆମର କାମ ଔଷଧ ଦେଇ, ନଇଲେ ଅପରେସନ୍ କରି, ବାଟ ସଫା କରିଦେବା। ସହଜ କଥା, ଭଉଣୀ, ଡରଭୟ କିଛି ନାହିଁ। ମୁଁ ଯନ୍ତ୍ର ଦେଇ ଦେଖେଁ।

ଯନ୍ତ୍ର ଦେଇ ଦେଖା ହୋଇନାହିଁ।

ବେଳ ମିଳୁଛି କେଉଁଠି ? କଟକ ସହରରେ ଯିଏ ଯେଉଁଠି ଚିହ୍ନା ପରିଚ, ବନ୍ଧୁବାନ୍ଧବ ଅଛନ୍ତି, ସମସ୍ତଙ୍କ ଘରକୁ ସେ ଯାଇ ବୁଲି ଆସିଲାଣି। ସେମାନଙ୍କ ମଧ୍ୟରୁ କେହି କେହି ସଙ୍ଖୋଳି ଗଲେଣି। ଥିଏଟର, ଟକି ବି ବେଳେ ବେଳେ ଦେଖା ଚାଲିଛି।

ଜୀବନକୁ ପୂର୍ଣ୍ଣମାତ୍ରାରେ ଉପଭୋଗ କରୁଛନ୍ତି ସେମାନେ। ସତେ, ସମୟ ଯଦି ଇମିତି ଆନନ୍ଦରେ କଟିପାରନ୍ତା, ମନରେ ଚିନ୍ତା ନ ଥାନ୍ତା !

କଟେ ନାହିଁ। କିଏପଛରୁ ଡାକ ପକାଏ, ରହ। ନ ରହିଲେ ଓଟାରି ଧରେ। ଆଉ କିଏ ଆଗରେ ଠିଆହୋଇ ପଥ ଓଗାଳେ।

କିଏ ?

ଚିହ୍ନିପାରିବ ନାହିଁ।

ସତେ ଚିହ୍ନି ହେଉନାହିଁ। ଆଉ କେବେ ଦେଖିଲା ପରି ମନେ ହେଉନାହିଁ। ଏଡ଼େ ସୁନ୍ଦର ରୂପ ! ଚିନା କଣ୍ଢେଇ ରଙ୍ଗ ଦେଖିଲେ ସରମରେ ଲୁଚିବ। ଭ୍ରୂଲତା ଦିଓଟି କିଏ କେଡ଼େ ଯତ୍ନରେ ତୁଳିରେ ଆଙ୍କିଛି। ଓଠରେ ବୋଳିଛି ଅଳତା। ତାଳୁରୁ ତଳିପାଯାଏ କିଏ ପୁଣି ବାଛିବ ? ସତର ଅଠର ବର୍ଷର ଝିଅଟିଏ ପରି ଦିଶୁଛି। ଦୁଇଟି ପିଲାଟି ପିଲାର ମା'। ଦୁଇ ପିଲା, ସେମାନେ ବି ସୁନ୍ଦର, ଅବିକଳ ମାଆ ପରି।

ଆରେ ମଳୟ, ମାଉସୀଙ୍କୁ ପ୍ରଣାମ କର। ଛବିଳା, କାନିରେ ମୁହଁ ଲୁଚାଉଛୁ କାହିଁକି ? ତୁ ବି ମାଉସୀଙ୍କୁ ପ୍ରଣାମ କର। ହଁ, ସୁନା ଝିଅ।

ନନ୍ଦିକା ଚିହ୍ନିଲା। ତୁହିନା, ହିମାନୀଦେବୀଙ୍କ ସାନ ଭଉଣୀ। ଆର ଘରେ ଅତନୁବାବୁ ସୁନନ୍ଦ ସଙ୍ଗେ ଗପ କରୁଛନ୍ତି। ରାତି ହେବ ଆଠଟା। କେଡ଼େ ଭଲ, କେଡ଼େ ଢଙ୍ଗର ମଣିଷ ସେ ତୁହିନା, କି ସୁନ୍ଦର କଥା କହିନ୍ତି, ସତେକି କିଣିନେବେ।

ମୁଁ ସୁନନ୍ଦବାବୁଙ୍କର ଦୋଷ ଦେବି। ସେ ଆଉ ଯାଉନାହାନ୍ତି। ଖାଲି କାମର ଆରା। ତମେ ଆସିଲଣି ଏତେଦିନ ହେଲା, ଖବର ଦେଉନାହାନ୍ତି।

ନନ୍ଦିକାର ଆଖି ପିଲା ଦିଓଟିଙ୍କ ଉପରେ। ମନ ହେଉଛି, ତାଙ୍କୁ ଛାତିରେ ଜାକି ଧରିବ, ଛାଡ଼ିବ ନାହିଁ। ସାହସ ହେଉ ନାହିଁ। ଟିକି ଟିକି ହାତଟିମାନ ଧରି ନାମ ପଚାରିଯାଏ ସାହସ। ମୁହଁରେ ବୋକ ଦେବାକୁ ମନରେ ଆସୁଛି ସଙ୍କୋଚ।

ନନ୍ଦିକା ସମସ୍ତଙ୍କର ଚର୍ଚ୍ଚା କଲା। ବିଦାୟ ନେଲାବେଳକୁ ତୁନିହାଙ୍କର ହାତ ଧରି ଆହୁରି ଥରେ ଆସିବାକୁ ଅନୁରୋଧ କଲା। ମନର ସରାଗକୁ ଅଟକାଇ ନ ପାରି

ମଳୟକୁ କାଖ କଲା। ଛାତିରେ ଜାକିଲା। ମୁହଁରେ ବୋକ ଦେଇ କହିଲା, ଆରେ, ମୁଁ ତୋ'ର ଆଉ ଜଣେ ମାଉସୀ ମ'!

ସେ ତ ଭାଗଲପୁର ଯାଇଛି।

ତୁହିନା କହିଲେ, ଏ ତୋର ଆଉ ଜଣେ ମାଉସୀ।

ଛବିଳା ମା' କାଖରୁ ଓହ୍ଲାଇଲା ନାହିଁ।

ତୁହିନା କହିଲେ, ତୁମେ ଆମର ଗରିବ ଘରେ ଥରେ ପାଦ ନ ଦେଲେ ମୁଁ ଆଉ କେବେ ଆସିବି ନାହିଁ। ସୁନନ୍ଦବାବୁ, ନନ୍ଦିକାଙ୍କୁ କାଲି ନେଇ ନିଶ୍ଚୟ ଆମ ଘରେ ପହଞ୍ଚିବ। ଠିକ୍ ଆଠଟାବେଳେ। ନୋହିଲେ ଧାରୁଆ ରହିବ।

ସୁନନ୍ଦ ହସିଲା।

ନନ୍ଦିକା କହିଲା, ମୁଁ ତାଙ୍କୁ ସଙ୍ଗରେ ନେଇଯିବି।

କନି ଖବର ପଠେଇଛନ୍ତି, ମାଆଙ୍କର ଦେହ ଖରାପ ଥିଲା, ଭଲ ହୋଇଗଲାଣି। ନୂଆବୋହୂ କଟକରେ ଦିନାକେତେ ରହନ୍ତୁ। ତରତର ହେଇ ଫେରିବା ଦରକାର ନାହିଁ। ସୁମିତ୍ରା ଭାଉଜ ତତ୍ତ୍ୱ ନେଉଛନ୍ତି।

ନନ୍ଦିକା ମଣିଲା, କନି ଯେପରି ଡାକ ଛାଡ଼ିଛନ୍ତି, ଶାଶୁଙ୍କର ଦେହ ଭଲ ନାହିଁ, ତମେ ସେଠି ନାଖିଗଲ ? ସେବା କରିବ କିଏ ? ଜାଣ ତ, ସେ ସୁମିତ୍ରାକୁ ଦେଖିପାରନ୍ତି ନାହିଁ ! ଫେରିଆସ।

ସ୍ୱାମୀଙ୍କୁ ଏକୁଟିଆ ଛାଡ଼ି ଗାଆଁକୁ ଫେରିଯିବାକୁ ପ୍ରାଣ ଡାକୁନାହିଁ। ଶାଶୁଙ୍କ ପାଖରୁ ଦୂରରେ ରହିବାକୁ ବି ମନ ହେଉନାହିଁ। କେଡ଼େ ଦହଗଞ୍ଜିଆ ଏ ମାଇପି ଜୀବନ, କଲବଲ, ଛଟପଟ। ଡାକ୍ତରାଣୀ ଯଦି ତାଙ୍କର ପରୀକ୍ଷା ଶେଷ କରି ଭଲମନ୍ଦ କହି ଦିଅନ୍ତେ, ମନର ଦୁଃଖ ଏକାଥରେ ତୁଟନ୍ତା।

ସାହସ କରି ନନ୍ଦିକା ସୁନନ୍ଦକୁ କହିଲା, ବୋଉଙ୍କର ଦେହ ଭଲ ନାହିଁ।

ସୁନନ୍ଦ ଉତ୍ତର ଦେଲା, ଭଲ ନ ଥିଲା କୁହ।

କନିଙ୍କର ସେ ଠାର ଖବର।

ଫେରିଯିବାକୁ ମନ ହେଲାଣି ?

ତମେ ବୋଉଙ୍କୁ ଏଠିକି ନେଇଆସ। ତାଙ୍କର ଦେହ ଏବେ ଭଲ ରହୁ ନାହିଁ। ଦିନୁଦିନ ଦୁର୍ବଳ ହୋଇପଡୁଛନ୍ତି। ତମେ ଜିଦ୍ ଧରିଲେ ସେ ଆସିବାକୁ ମଙ୍ଗିବେ। ମୁଁ କହିଲେ ଶୁଣିବେ ନାହିଁ। ତାଙ୍କୁ ଡାକ୍ତରାଣୀଙ୍କୁ ଦେଖାଇବା।

ସୁନନ୍ଦ ନିନ୍ଦାକାର କଥାର ମର୍ମ ବୁଝିଲା। ସେ ଜାଣେ, ଗୁରୁବ୍ରହ୍ମା କହିଲେ ମଧ୍ଧ ବୋଉ କଟକ ଆସିବାକୁ ମଙ୍ଗିବେ ନାହିଁ। ସେ ଯେଉଁ ଘରବାରି, ଜମି, ତୋଟା, ଗାଈଗୋରୁ ଭିଆଣ କରିଛନ୍ତି, କାହାରି ତତ୍ତ୍ୱ ନେଇ ନ ପାରନ୍ତୁ ପଛେ, ତାଆରି ମଝିରେ ବେଳ କଟାଇବାକୁ ଚାହାନ୍ତି। କଟକ ଆସିବାକୁ କେତେଥର ସୁନନ୍ଦ ଅନୁରୋଧ କରିଛି। ବୋଉ ଆଖି ଦେଖାଇ ମନା କରିଦିଅନ୍ତି। ଯେତେଥର ସେ କଟକ ଆସନ୍ତି, ଦୁଇଚାରି ଦିନ ରହି ଗାଁକୁ ଫେରିବାକୁ ଉଛନ୍ନ ହୁଅନ୍ତି। ଏଠି ତାଙ୍କୁ ଅଣନିଶ୍ୱାସୀ ଲାଗେ। ବାରପ୍ରକାର ଶବ୍ଦରେ ତାଙ୍କର କାନଅତରା ପଡ଼େ।

ନନ୍ଦିକା ଫେରିଯିବାକୁ ଚାହେଁ। ଗୋଟିଏ ପାଖରେ ସ୍ୱାମୀ, ଆର ପାଖରେ ଶାଶୁ। ତା'ର ବେକରେ ପ୍ରେମ ଓ ଭକ୍ତିର ପବିତ୍ର ଡୋର ବନ୍ଧା ହୋଇଛି। ଦୁହିଁଙ୍କୁ ସେ ସଙ୍ଗରେ ଧରି ଚାଲିବାକୁ ଚାହେଁ। କର୍ତ୍ତବ୍ୟ! ତା' ପାଖରେ ଦିଓଟି କର୍ତ୍ତବ୍ୟ ସମାନ। ଏଥିରେ ଅଭିମାନ କରି ମୁହଁ ଶୁଖାଇବାର କିଛି କାରଣ ନାହିଁ। କୁଟୁମ୍ବ ଭିତରେ ସମସ୍ତେ ସମାନ। ନନ୍ଦିକା ପରଘର ଝିଅ, ଏ ଧାରଣା କାହାରି ମନକୁ ଆସି ନାହିଁ। ସତ୍ୟଟା ସପନ ପରି ଲାଗେ।

ନନ୍ଦିକା ହିଁ ଘରର କର୍ତ୍ତ୍ରୀ। କୁଳଲକ୍ଷ୍ମୀ। ଅନ୍ୟମାନେ ତା'ର ଆଦେଶ ପାଳିବେ। ଦଶରଥ ଜୀବନରେ ଥିଲେ ସୀତାଙ୍କର ନିର୍ବାସନ ଦଣ୍ଡ ସମ୍ଭବ ହୋଇ ନ ଥାନ୍ତା। ବିଚଳିତମତି ପୁତ୍ରକୁ ସେ ବୁଝାଇ କହିଥାନ୍ତେ, କୁଳଲକ୍ଷ୍ମୀ ମୋର ସୀତା, ଇକ୍ଷ୍ୱାକୁ ବଂଶର ଜନନୀ ସେ ହେବେ, ସେଇ ବଂଶର ଭବିଷ୍ୟତକୁ ପେଟରେ ଧରି ସେ ହେବେ ନିର୍ବାସିତା? ଅସମ୍ଭବ! ମୁଁ କିଏ, ତମେମାନେ କିଏ? ଲମ୍ବି ଆସିଥିବା ଜୀବନମାଳାର ଗୋଟିଏ ଲେଖାଏଁ ମାଳି। ଅତୀତ ପୁରୁଷ ଗଣା ସରିଛନ୍ତି। ମୋ ଉପରେ ଇକ୍ଷ୍ୱାକୁ ବଂଶର ହାତ। ଗଣା ସରିଲେ ପଛକୁ ଯିବି। ତା' ପରେ ତମେ। ତା' ପରେ ଯେ ଅଛି ମୋର କୁଳବଧୂର ପେଟରେ। ଜାଣୁ ଜାଣୁ ମାଳା ଛିଣ୍ଡାଇବି? ଶୁଣ ରାମ, ନାମର ମୋହରେ ଅନ୍ଧ ହୁଅ ନାହିଁ। ଅବାଧ ହେଲେ ଏ ବଂଶର ହାତ ତୁମକୁ ଡେଇଁଯିବ। ଗଣନାରେ ଏକ ମିଶାଇ ତମକୁ ହିଁ ଦେବ ନିର୍ବାସନ ଦଣ୍ଡ!

ନନ୍ଦିକା କୁଳଲକ୍ଷ୍ମୀ, କିନ୍ତୁ ବଂଶର ଭବିଷ୍ୟତକୁ ସେ ପେଟରେ ଧରିପାରିନାହିଁ। ସେଥିପାଇଁ ତା'ର ବ୍ୟାକୁଳତା। ସେଥିପାଇଁ ସେ ମନେପକାଇ ଦେଇଛି, ଡାକ୍ତରାଣୀ!

ଏମିତି ମୁହଁ ଶୁଖାଇ ବସିଲ କାହିଁକି?

ନନ୍ଦିକାର ଆଖିରେ ଢଳଢଳ ଲୁହ। ସେ ସୁନନ୍ଦ ପାଖକୁ ଆସିଲା। ପଲଙ୍କ ବାଡ଼ାକୁ ଆଉଜି କହିଲା, ମୁଁ ଗାଆଁକୁ ଫେରିଯିବାକୁ ଚାହେଁ ନାହିଁ। ତମେ ବୋଉଙ୍କୁ ଏଠିକି ନେଇ ଆସ। ବୁଢ଼ୀ ମଣିଷ, ଗାଆଁରେ ସେ ଏକା ରହିବେ ନାହିଁ।

ସୁନନ୍ଦ ନନ୍ଦିକାର ହାତଧରି ପାଖକୁ ନେଲା । ହସିଲା ମୁହଁରେ କହିଲା, ବୋଉ ଗାଆଁରେ ଏକୁଟିଆ ରହିପାରିବ ନାହିଁ । ମୁଁ ଜାଣେ, ପୁଅ ଅପେକ୍ଷା ବୋହୂକୁ ସେ ଅଧିକ ଭଲ ପାଏ । ତମକୁ ନ ଦେଖି ସେ ଝୁରି ଝୁରି ମରିଯିବ ।

ଏ କି ଅଶୁଭ କଥା ତୁଣ୍ଡକୁ ଆଣୁଛ ? ଛି !

ଏତିକି ଶୁଣିବି ବୋଲି । ଏତିକି ଶୁଣି ମୋ ମନରେ ଯେଉଁ ଆନନ୍ଦ ହୋଇଛି, କଥାରେ କେମିତି କହିପାରିବି, ନନ୍ଦିକା ? ଏ ସଂସାର ତମର । ତମେ ଯାହା କହିବ ତାହାହିଁ ହେବ । ଆଖିରୁ ତମର ଲୁହ କାହିଁକି ଝରିବ ? ହସିବ ନାହିଁ, ହସିବ ନାହିଁ ?

ନନ୍ଦିକାର ଆଖିରେ ଲୁହ, ମୁହଁରେ ହସ ।

ବେଳ ଅଛି, ରାତି ମୋଟେ ଆଠଟା । ଚାଲ ଆଜି ଅନ୍ନପୂର୍ଣ୍ଣା ଥିଏଟରକୁ, କାଳିବାବୁଙ୍କର 'ଗଣ-ଦେବତା' ଦେଖିଆସିବା । ଯିବ ?

ତୁହିନା ଦେବୀଙ୍କୁ ସାଙ୍ଗରେ ନେଲେ ହୁଅନ୍ତା ନାହିଁ ? କେଡ଼େ ଭଲ ମଣିଷ ସେ ! ଦୁଇଥର ଆସିଲେଣି, ତାଙ୍କ ଘରକୁ ମୁଁ ଥରେ ବ ଯାଇପାରିନାହିଁ ।

ବାହାରିପଡ଼ ଜଲଦି ।

ଗଣ-ଦେବତା ।

ପରଦା ଉଠୁଛି, ପରଦା ପଡୁଛି । ପ୍ୟାଣ୍ଡାଲ ଉପରକୁ ପୋଷାକପିନ୍ଧା ଅଭିନେତା ଓ ଅଭିନେତ୍ରୀମାନେ ଆସୁଛନ୍ତି, ଯାଉଛନ୍ତି । କେତେ କଥାଭାଷା, ରାଗରୋଷ, ହସକାନ୍ଦ, ଗୀତ, ବାଦ୍ୟ, ପାଟିତୁଣ୍ଡ ।

ତୁହିନା ତନ୍ମୟ ।

ନନ୍ଦିକା ବି ତନ୍ମୟ ! କିଛି ସେ ଦେଖିନାହିଁ, କିଛି ସେ ଶୁଣିନାହିଁ, କେବଳ ଅନୁଭବ କରିଛି ଛବିଳାର ଦେହର ପରଶ । ଟିକି ଛାତିଟିର ସ୍ପନ୍ଦନ ଭେଦିଛି ତା'ର ଶିରାପ୍ରଶିରାରେ । ପିଲାଟି ଶୋଇପଡ଼ିଛି ତାଆରି କୋଳରେ । ତୁହିନା ମାଗିଲେ ବି ସେ ଦେଇନାହିଁ ।

ଅତନୁବାବୁଙ୍କ ପାଖରେ ମଳୟ, ଚେଇଁଛି । ଡବଡବ କରି ଚାହିଁଛି ପରଦା ଆଡ଼କୁ ।

ତାକୁ ବି କୋଳକୁ ଆଣିବାକୁ ନନ୍ଦିକାର ମନ । ସେ ଆସୁନାହିଁ ।

ଅଭିନୟ ଚାଲିଛି ।

ଅଭିନୟ ଶେଷ ହୁଏ। ମଣିଷ ଫେରିଆସେ ବାସ୍ତବତାର ମଝିକି, ଶତ ପରୀକ୍ଷାର ବନ୍ଧନୀ ଭିତରକୁ।

ଯନ୍ତ୍ରଣା ଆଲୋକ ଓ କେତେ ପ୍ରକାର ପରୀକ୍ଷା ସରିଲା। ଡାକ୍ତର ଶ୍ରୀମତୀ ଭୋଇ ହସହସ ହୋଇ କଅଁଳେଇ କହିଲେ, ପେଟର ଯନ୍ତ୍ର ଟିକିଏ ବିଗିଡ଼ିଛି, ଔଷଧ କାଟୁ କରିବ ନାହିଁ। ଅପେରେସନ୍ ଲୋଡ଼ା। ଭୟ କି ସନ୍ଦେହର କାରଣ ନାହିଁ। ଅପରେସନ୍ ପରେ ସବୁ ଠିକ୍ ହୋଇଯିବ ଯେ।

ନନ୍ଦିକା ଏଥିପାଇଁ ପ୍ରସ୍ତୁତ, ଜୀବନମରଣ ସମସ୍ୟା ହେଉ ପଛେ।

ସୁନନ୍ଦ ପ୍ରତିବାଦ କଲା, କହିଲା, ମୋର ସନ୍ତାନ ଲୋଡ଼ା ନାହିଁ, ନନ୍ଦିକା ତମ ଅପେକ୍ଷା ପୁଅଟିଏ କି ଝିଅଟିଏ ମୋତେ ଅଧିକ ସୁଖୀ କରିପାରିବ ନାହିଁ।

ନନ୍ଦିକାର ମୁହଁରେ ଗେଲ, ଅସରନ୍ତି ଗେଲ, ସତେ କି ସୁନନ୍ଦର ପ୍ରଥମ ସନ୍ତାନ, ଅତି ଅଲିଅଳ ପ୍ରଥମ କନ୍ୟା।

କଥା ଛପି ରହିଲା ନାହିଁ।

ପ୍ରଘଟ ହେଲା। ଗାଁ ମାଇପେ ଜଣ ଜଣ ହୋଇ, ଦଳ ଦଳ ହୋଇ, ବେଳ ଅବେଳ ନ ମାନି, ବୁଝିବାକୁ ଧାଇଁଆସିଲେ। କନିକୁ ପଚାରିଲେ ସେ ମୁହଁ ମୋଡ଼େ। ଅଭୟାଙ୍କୁ ପଚାରିବାକୁ ସାହସ ହୁଏ ନାହିଁ। ନନ୍ଦିକାକୁ ପଚାରିବାକୁ ତୁଣ୍ଡ ଖୋଲେ ନାହିଁ, ମନ ପଚାରେ। ନନ୍ଦିକାର ଚାଲିଚଳନ ଢଙ୍ଗଢାଙ୍ଗରୁ ସେମାନେ ଉତ୍ତର ପାଆନ୍ତି, ସତ କଥା, ସେ ଜନନୀ ହେବ ନାହିଁ, ସେ ବାଞ୍ଝ।

ଆଶା ତୁଟିଛି। ଆଶା ସଙ୍ଗେ ମନର ଶକ୍ତି ଉଭେଇଯାଇଛି। ପୁତ୍ରକାମନା କରି ନନ୍ଦିକା ଦେବାଦେବୀ ଓଳଗି ହୁଏ ନାହିଁ। ସେ ପ୍ରାର୍ଥନା କରେ, ମୋର ମରଣ ହେଉ, ଠାକୁରେ !

ନାରୀ ଜନମ ତା'ର ବ୍ୟର୍ଥ ହୋଇଛି।

ଆଖିରୁ ଲୋତକ ଝରେ।

ଶାଶୁଙ୍କର କୋପ ନାହିଁ। ସେ ମୌନ ହୋଇଛନ୍ତି। ପଚାରିଲେ ସେ ଉତ୍ତର ଦିଅନ୍ତି ନାହିଁ।

କନି ଗୋଡ଼ରେ ଅଳତା, ମୁଣ୍ଡଲେ ଗାର ବଙ୍କେଇଯାଏ। ଆପତ୍ତି କରି ସେ କହେ ନାହିଁ, ଆଜି ପରା ଭାଇ ଆସିବେ, ଏଇ ପୁରୁଣା ଲୁଗାଟା ପିନ୍ଧିଛ ? ମୁଣ୍ଡ ଫୁରୁଫୁରୁ। ଭାଇ ମନେ କରିବେ, କନି ନୂଆଉର ଯତ୍ନ ନେଉନାହିଁ।

କେବଳ ସେତିକି ତ ମନେକରେ ନାହିଁ, ସୁନନ୍ଦ ନନ୍ଦିକାକୁ ଚାହିଁ ଦେଲେ ପ୍ରାଣ ତା'ର ଛଟପଟ ହୁଏ। ରାଗ ଅଭିମାନ ହୁଏ ସଭିଙ୍କ ଉପରେ, କେହି ତା'ର ଯତ୍ନ ନେଉନାହାନ୍ତି। ସେ ଶୁଖିଯାଉଛି। ମୁହଁ ମଳିନ ଦିଶୁଛି।

କାହିଁକି ଲୋ କନି ?

ଭାଇଙ୍କ ମୁହଁରୁ ଏ ପ୍ରଶ୍ନ ଶୁଣିବ ବୋଲି ସେ କେବଳ ଆଶା କରି ନ ଥିଲା। ସେବାରେ ସେ ତ୍ରୁଟି କରୁନାହିଁ, ତଥାପି ନନ୍ଦିକା ଶୁଖିଯାଉଛନ୍ତି। କଟକରୁ ଫେଣିଲା ଦିନୁ ସେ ଅଧାପେଟ କରି ଖାଉଛନ୍ତି। ତାଟିଆରେ ହାତ ନ ପଶି ତଳେ ବାଜିଲେ ଯାଇଁ ସେ ବୁଝୁଛନ୍ତି ନିଜର ଭ୍ରମ।

ହୁଁ, ସେ ପୁଣି କଟକ ଯିବେ। ଗାଆଁରେ ସେ ଆଉ ଚଳିପାରିବେ ନାହିଁ। ତମେ ସମସ୍ତେ ଏକାଠି ହୋଇ ତାଙ୍କୁ ମାରିଦେବାକୁ ବସିଛ।

ସୁନନ୍ଦ ପଦାକୁ ବାହାରିଗଲା। କେଉଁଠି ତା'ର ମନ ଲାଗୁନାହିଁ। କଟକ ଗଲେ ଯେତେ ସମୟ କାମକାର୍ଯ୍ୟରେ ବ୍ୟସ୍ତ ରହୁଛି, ସବୁ କଥା ଭୁଲିଯାଉଛି। ନିରୋଳାବେଳରେ ସବୁ ମନେପଡୁଛି। ଘରର ଯୁଆଡ଼କୁ ଚାହିଁଲେ ନନ୍ଦିକା ଦିଶୁଛି ଆଖିରେ। ସୁଖ ଆନନ୍ଦ, କୌତୁକରେ ଆଖି ପିଛୁଡ଼ା ପଡ଼ିଲା ପରି ଦିନ କେତେଟା କଟିଗଲା। ପୁଣି ଯେଉଁ କଥାକୁ ସେଇ କଥା। ଏକୁଟିଆ ନୀରସ ଜୀବନ। ଚିନ୍ତାଗ୍ରସ୍ତ ଝରିଲା ଜୀବନ। ନନ୍ଦିକା ହତାଶ୍ ହୋଇଛି, ତଥାପି ସେ ହସିଛି, ହସି ହସିକା ଫେରିଛି। ଥରେ ଦେଖିଆସିବ।

ଏଇଆ ଦେଖିଲା ? ମଳିନ ମୁହଁ। ନିଜର ଦେହ ପ୍ରତି ଅସବଧାନ। ନନ୍ଦିକା ଚେଷ୍ଟାକରି ହସୁଛି, ବାଧ ହୋଇ କଥା କହୁଛି। ଅନ୍ୟକେହି ପଛରୁ ଠେଲିଲା ପରି ସେ ଆତଯାତ ହେଉଛି। ଅନ୍ୟମନସ୍କ। କାହିଁକି ଏପରି ହେଲା। ପଚାରିଲେ ସେ କହୁନାହିଁ। କିନ୍ତୁ ସୁନନ୍ଦ ବୁଝିପାରିଛି ସତ କଥାଟି। ପଦାକୁ ଗୋଡ଼ କାଢ଼ିଲେ ଯିଏ ଦେଖୁଛି ପଚାରୁଛି, ଡାକ୍ତରାଣୀ ଏଇଆ କହିଲା ? କେଉଁଠୁ ଦେଖି ପିଲାଟିଏ ଆଣ। ରକ୍ତର ସମ୍ପର୍କ ଭଲ।

ଗାଁ ମାଇପେ ନନ୍ଦିକାକୁ ଏମିତି ବାରକଥା କହୁଥିବେ। କାହା ତୁଣ୍ଡରେ କିଏ ବାଡ଼ବତା ଦେବ ? ସେ ସହିପାରୁ ନାହିଁ। ମନର କଥା କାହାକୁ କହିପାରୁ ନାହିଁ। ଏ ଗାଆଁରେ ରହିବା ତା' ପକ୍ଷରେ ଅସମ୍ଭବ। ଏଇଥର ସେ ତାକୁ କଟକ ନେଇଯିବ, ବୋଉଙ୍କୁ ମଧ୍ୟ ସଙ୍ଗରେ ନେବ। ଜଣକୁ ଛାଡ଼ି ଆଉ ଜଣେ ରହିପାରିବ ନାହିଁ।

ସଞ୍ଜ ଗଡ଼ିଗଲାଣି । ମାର୍ଚ୍ଚ ମାସ ଅଧ । ଅଧା ଜହ୍ନ ଆକାଶ ଉପରୁ ହସି ହସି ଖସି ଆସୁଛି । ଅଗଣାରେ ସପ ଖଣ୍ଡେ ପାରି ତୁନୀ ହୋଇ ବସିଛନ୍ତି ଅଭୟା । ଆଗରେ ବସିଛି ସୁନନ୍ଦ । ନନ୍ଦିକା ରୋଷଘରେ । କନି ସେଇଠି । ଗରମ ପଡ଼ିଲାଣି । ଆଜି ପବନ ନାହିଁ । ଜହ୍ନ ଆଲୁଅ ମନକୁ ପ୍ରଫୁଲ୍ଲ କରିପାରୁନାହିଁ । ବିରକ୍ତ ଲାଗୁଛି ।

ଯାହା କହିବାକୁ ସେ ମନ କରିଥିଲା, କହିପାରିଲା ନାହିଁ ।

ଏଇ ତା'ର ଦୁଃଖିନୀ ଜନନୀ । ବୟସ ସରିଆସିଲାଣି । କେତେବେଳେ ଟଳିପଡ଼ିବ କେହି ଜାଣେ ନାହିଁ । ସେ ଜାଣେ, ମା' କଟକ ଯିବାକୁ ମଙ୍ଗିବ ନାହିଁ । ତାଙ୍କର କାମନା, ଯେଉଁ ମଶାଣିରେ ପୂର୍ବପୁରୁଷ ଅଛନ୍ତି, ସେଇଠି ଯେ ଚିତା ଘେନିବେ, ଆଉ ସୁନନ୍ଦ ଦେବ ମୁଖାଗ୍ନି । ସେଇଆ ସେ ବାରମ୍ବାର କହନ୍ତି । ଏବେବି କହୁଥିଲେ ।

ନନ୍ଦିକା କଟକ ଯାଇପାରିବ ନାହିଁ । ଯିବା ମଧ୍ୟ ଉଚିତ ନୁହେଁ । ଥାଉ ଏଇଠି । ଯାହାଥିବ ତା' ଭାଗ୍ୟରେ । ତା' ସମ୍ବନ୍ଧରେ ମାଆଙ୍କ ଆଗରେ ପଦେ କହିବାକୁ ସାହାସ ହେଉନାହିଁ । ତୁଣ୍ଡରୁ ପଦେ କଅଣ ଖସିଗଲେ କାଳେ ମାଆଙ୍କ ମନରେ କଷ୍ଟ ହେବ ! ବେପାର କଥା, ଜମିବାଡ଼ି, ଗାଈଗୋରୁ, ଦୁଇ ଭଉଣୀ, ଗାଁଆର ଖବର, ରାଜୀବର ପ୍ରଶଂସା, ଏଇସବୁ ଗପ ।

ଅଭୟା ମନଦେଇ ଶୁଣିଲେ । ମନ ଖୋଲି ପୁଅ ସଙ୍ଗେ କଥା ଭାଷା ହେଲେ । ନନ୍ଦିକା ସମ୍ବନ୍ଧରେ ପଦେ ହେଲେ ସେ ପଚାରିଲେ ନାହିଁ । ମୋ ବୋହୂ, ମୋ ସୁନା କଣ୍ଢେଇ ବୋଲି ଯେ ପାଞ୍ଚପଦ କଥାରେ ଦୁଇ ପଦ ଲଗାନ୍ତି, ସେ ଆଜି ନନ୍ଦିକାର ନାମ ଧରିନାହାନ୍ତି । ନନ୍ଦିକାର ଦୁର୍ଭାଗ୍ୟ ପାଇଁ ମା' ତାକୁ ଘୃଣା କଲେଣି ।

ଅତି ଦୁଃଖରେ ସୁନନ୍ଦ ଉଠିଲା । କଡ଼େଇ ଚାହିଁଲା, ନନ୍ଦିକା କାର୍ଯ୍ୟବ୍ୟସ୍ତ । ଧୀରେ ଧୀରେ ସେ ଚାଲିଆସିଲା ବାରିଆଡ଼କୁ । ପୋଖରୀ କୂଳରେ ବସିଲା । ନିସ୍ତବ୍ଧତା ମନରେ ଆଣିଲା ଉଦାସ ଭାବ । ଆଗରେ ନିର୍ମଳ ଜଳରେ ଆକାଶ ଓ ଚନ୍ଦ୍ରର ପ୍ରତିବିମ୍ବ । ଚାରିପାଖେ ନାନା ଜାତି ଗଛ । ଅଜଣା ଚଢ଼େଇଙ୍କର ଫଡ୍ ଫଡ୍ ଶବ୍ଦ ।

କିଛି ସେ ଦେଖିଲା ନାହିଁ , କିଛି ସେ ଶୁଣିଲା ନାହିଁ, କେବଳ ଭାବିବାକୁ ଲାଗିଲା

ନନ୍ଦିକା ଆସିଲା ପରି ଲାଗିଲା । ମୁହଁ ବୁଲାଇ ସୁନନ୍ଦ କଣେଇଁ ଚାହିଁଲା ।

ନନ୍ଦିକା ଆସିବ ପାଦ ଚିପି ଚିପି । ପଛରେ ଥାଇ ଆଖି ବୁଜି ଧରିବ । କେଡ଼େ ନିର୍ବୋଧ ! ଜଣକ ବ୍ୟତୀତ କିଏ ଆଉ ସୁନନ୍ଦ ଆଖି ବୁଜିପାରେ ? ସବୁଥର ସେ

କହେ, ଛାଡ଼, ନନ୍ଦିକା ! ଆଜି ସେ ମଜା କରିବ ହାତ ଚିପି ଚପି କହିବ, ସୁଷମା, ସେଇଠୁ ହିମାନୀ, ଉହୁଁ କହିବ ଇନ୍ଦିରା !

ଚମିକି ଉଠିବ ନନ୍ଦିକା। ଆପେ ଆପେ ହାତ ଖୋଲିବ। କଇଁ କଇଁ ହୋଇ କାନ୍ଦି ଉଠିବ ପରା !

କିଏ ସେମାନେ ?

ତୁମରି ନାମ ମ, ଯେତେ ଯେଉଁଠି ସୁନ୍ଦର, ଗୁଣର ଝିଅବୋହୂ ଅଛନ୍ତି, ସେମାନଙ୍କୁ ମୁଁ ତମଠି ଦେଖେଁ।

ମତେ ଦେଖନି ତ ସେମାନଙ୍କଠିଁ ?

କି ଉତ୍ତର ସେ ଦେବ ?

ନନ୍ଦିକା ପଛରେ ଠିଆ ହେଲାଣି। ଚମ୍ପାଫୁଲର ମହକ ବାଜୁଛି ନାକରେ। ଏଥର ସେ ଆଖି ବୁଜିବ। ସୁନନ୍ଦ ଭାବିଲା, କି ଉତ୍ତର ସେ ଦେବ ?

ଖାଇବ ନାହିଁକି ?

ନାଇଁ।

ରାଗିଛ ମୋ ଉପରେ ?

ନନ୍ଦିକା ପାଖରେ ଠିଆ ହୋଇଛି। ସୁନନ୍ଦ ବୁଝିଲା, ନିଜ ଅଭିଳଷିତ ପ୍ରଶ୍ନର ଉତ୍ତର ଦେଇ ନନ୍ଦିକାର ମନରେ ସେ ସନ୍ଦେହ ଆଣି ନାହିଁ। ସେ ନନ୍ଦିକାର ହାତଧରି ପାଖରେ ବସାଇଲା। କହିଲା, ସତରେ ମୁଁ ତମ ଉପରେ ରାଗିଛି। କଟକରୁ ଫେରିଲା ଦିନରୁ ତମେ ଖିଆପିଆ ଭୁଲିଛ। ନିଜର ଦେହ ପ୍ରତି ଯତ୍ନ ନେଉନ। ଦିନୁଦିନ ଦୁର୍ବଳ ହୋଇପଡୁଛ।

ମିଛକଥା।

ଛି, କାହିଁକି ନିଜକୁ କଷ୍ଟ ଦେଉଛ, ଶୁଣେ ? ସନ୍ତାନଟିଏ ହେବ ନାହିଁ ବୋଲି ତ ଡାକ୍ତରାଣୀ କହିନାହାନ୍ତି ? ସେ କହିଲେ ଅପରସନ୍ କରି ପେଟ ସଜାଡ଼ି ଦେବେ। ଭାବିଚିନ୍ତି ମୁଁ ସ୍ଥିର କରିଛି, ଅପରେସନ୍ କରାଇବା।

କୋଳ ଖାଲି କରି, ଆଣ୍ଠୁକୁଡ଼ୀ ହୋଇ, ଅପରେସନ୍ ଟେବୁଲ ଉପରେ ମୁଁ ମରିବାକୁ ଚାହେଁ ନାହିଁ।

ଶୁଖି ଶୁଖି, କାନ୍ଦି କାନ୍ଦି–।

ସେମିତି ପଛେ ମରିବି।

ଲୋକଙ୍କର କଥା ଶୁଣି–।

କାହାରି କଥା ଶୁଣି ମୁଁ ରାଗ, ଅଭିମାନ କି ଦୁଃଖ କରିନାହିଁ। ସେମାନେ

ସମସ୍ତେ ସତ କହୁଛନ୍ତି। ମୁଁ ଭାବୁଛି କେବଳ ବୋଉଙ୍କ କଥା। ସେ ମୁହଁ ଖୋଲି ପଦେ କହୁନାହାନ୍ତି; କିନ୍ତୁ ଝୁରିହେଉଛନ୍ତି ନାତିଟିଏ ପାଇଁ।

ଭଲ କଥା। ମୁଁ ପୁଅ କରିବି। ମୋର ଭଉଣୀମାନଙ୍କର ଏତେ ପିଲା ଅଛନ୍ତି। ସେମାନଙ୍କ ଭିତରୁ ଯାହାକୁ ତମର ଇଚ୍ଛା, କି ବୋଉଙ୍କର ଇଚ୍ଛା, ତାକୁ ହିଁ ମୁଁ ପୁଅ କରିବି।

ବୋଉଙ୍କର ଇଚ୍ଛା ତାହା ନୁହେଁ। ସେ ଚାହାନ୍ତି ତୁମରି ପୁଅ।

ତା' ହେଲେ କଲିକତାରେ ଅପରେସନ୍ କରାଇବା।

ମୋର ମରଣ ଯଦି ଲୋଡୁଛ।

ଆମର ପୁଅ ଲୋଡ଼ା ନାହିଁ। କାହାରି ପୁଅ କାହାକୁ ସ୍ୱର୍ଗକୁ ନେଇଯାଇନାହିଁ। ଜାଣି ଜାଣି ଆମର ସୁଖ ଆନନ୍ଦର ସଂସାର ଭିତରେ ଜଟିଳତା ସୃଷ୍ଟି କରିବା ନାହିଁ। ନନ୍ଦିକା, କଅଣ ମିଳିବ ସେଥିରୁ? ଆମର କପାଳରେ ସନ୍ତାନ ନାହିଁ। ଠାକୁରଙ୍କର ଯଦି ତାହାହିଁ ଉଦ୍ଦେଶ୍ୟ, ସେଥିରେ ବାଧା ଦେବ କିଏ? ନନ୍ଦିକା, ବୋଉ ନାତିଟିଏ ପାଇଁ ଝୁରୁଛନ୍ତି। ପାଇବେ ତ ନାହିଁ, ଆଖି ବୁଜିବେ। ବୁଜନ୍ତୁ। ସେଥିକି ତମେ କାହିଁକି ଭାବୁଛ? କାହିଁକି ଶୁଖି ଶୁଖି ଏ ଦଶା ହୋଇଛ?

ନନ୍ଦିକା କାନ୍ଦର କୋହ ଅଟକାଇ ରଖିଲା। ଓଠ ଚାପିଲା।

ସୁନନ୍ଦ କହିବାକୁ ଲାଗିଲା, ମୁଁ ଆଉ ଗାଆଁକୁ ଫେରିବି ନାହିଁ। ତମର ମଳିନ ମୁହଁ, ସରାଗହୀନ ଚଳନ, କାନ୍ଦିଲା ପରି ଆଖି, ଅନ୍ୟମନସ୍କ ଢଙ୍ଗ ଦେଖିବାକୁ କଟକ ଛାଡ଼ି ଗାଆଁକୁ ଧାଇଁଆସିବାକୁ ଚାହେ ନାହିଁ।

ତମର ଗୋଡ଼ ଧରୁଚି, ସେପରି କହ ନାହିଁ।

କଇଁ କଇଁ ହୋଇ ନନ୍ଦିକା କାନ୍ଦିଉଠିଲା। କାନ୍ଦ ଚାପିବାକୁ ଚେଷ୍ଟାକରି ପୁଣି କହିଲା, ଏ କି କଥା ତମେ କହୁଛ? ତମର ଗୋଡ଼ ଧରି କହୁଛି, ଏ ସବୁ ତମେ ଆଉ କେବେ ଦେଖିବ ନାହିଁ। ମୁଁ, ମୁଁ ଏଣିକି ଖାଲି ହସିବି, ନୂଆବୋହୂଟି ପରି ନିଜକୁ ସଜେଇ ତମ ଆଗରେ ଆସି ଠିଆ ହେବି।

ସୁନନ୍ଦ ଚମକି ଉଠିଲା। ନନ୍ଦିକା କାନ୍ଦୁଛି। ଗୋଡ଼ଧରି ଅଳି କରୁଛି, ସେ ଏଣିକି ହସିବ, ସେ ଏଣିକି ନୂଆବୋହୂ ସାଜି ଆଗକୁ ଆସିବ। ସୁନନ୍ଦ କଅଣ କେବଳ ନନ୍ଦିକାର ହସ ଓ ରୂପକୁ ଭଲପାଏ? ନନ୍ଦିକାର ମଳିନ ମୁହଁ, ରୋଗଣା ଦେହ, ଅସଜଡ଼ା ଅସାବଧାନ ରୂପ ଓ ମନର କୋହକୁ ଭଲ ପାଏ ନାହିଁ? ନନ୍ଦିକା ଯାହାହେଉ, ଯେପରି ଥାଉ, ସେ ତା'ର ପ୍ରେମମୟୀ, ଦୁଃଖପାସୋରା ପତ୍ନୀ।

ସୁନନ୍ଦ ନନ୍ଦିକାର ମୁଣ୍ଡଟି ଛାତି ଉପରକୁ ଆଉଜାଇ ଆଣିଲା। ପିଠି ଆଉଁସି

କହିଲା, ତମ ମନରେ ଦୁଃଖ ହେବ ବୋଲି ମୁଁ ଜାଣି ନ ଥିଲି। ମୋ ରାଣ, ତୁନୀ ହୁଅ। ପରିହାସ କରି କହିଲେ ଯଦି ସତ ମଣି କାନ୍ଦିବ, ମୁଁ ଆଉ କିଛି କହିବି ନାହିଁ। ଚାଲ, ଖାଇବାକୁ ଦେବ।

ନନ୍ଦିକା ମୁଣ୍ଡ ଉଠାଇ କହିଲା, ରାଗିଲ ତମେ ?

ଏ ଧାରଣା ତମ ମନକୁ ଆସିପାରୁଛି ?

ସବୁ ଦୋଷ ମୋର। ଆସ, ବୋଉ ଶୋଇପଡ଼ିବେ।

ଅଭୟା ଏତେଦିନକେ ଭଲ କରି କଥା କହିଲେ, ଡେରି କରି ଲାଭ ନାହିଁ ମା' ଆମ କପାଳକୁ ବିହି ଯଦି ବାମ ହେଲା, କାହାର ଦୋଷ ଦେବା ? ତମର ପିଲାପିଲି ହେବାରେ ଆଶା ନାହିଁ ବୋଲି ଯେଣୁ ଡାକ୍ତରାଣୀ କହିଲେ, ବୃଥାରେ ଅନେଇଁ ବସି, ହନ୍ତସନ୍ତ ହୋଇ ବେଳ ବିତାଇବା ଆଉ ଲୋଡ଼ା ନାହିଁ। ଯେଉଁ ପିଲାଟି ତମର ସ୍ନେହ, ଯାହାର ବାପ ମା' ଦେବାକୁ ମଙ୍ଗିବେ, ସେଇଆକୁ ତମେ ପୁଅ କରି ଆଣ। ସୁମିତ୍ରାର କଅଣ ପିଲାପିଲି ହେବ। ଫୁଲନାଡ଼ କରି ସେଇ ପିଲାକୁ ତମେ ଟେକିଆଣିପାର।

ଗୋଡ଼ ଘଷୁ ଘଷୁ ନନ୍ଦିକାର ହାତ ଥରିଉଠିଲା। କାହିଁକି ଆଜି ଶାଶୁ ଏପରି କହୁଛନ୍ତି ? ଶତ୍ରୁର ପିଲା ପରା, ଘରକୁ ଆଣିବାକୁ ଉପଦେଶ ଦେଉଛନ୍ତି ? ମନ ବିଗୁଡ଼ୁଛନ୍ତି ନା !

ନିର୍ଭୟରେ ଉତ୍ତର ଦେଲା, ମୁଁ ସିନା ହୀନିକପାଳୀ, ଆଉ ଯାହାକୁ ବୋହୂକରି ଆଣିବ, ତା'ର ସନ୍ତାନ ନ ହେବ କାହିଁକି ?

ବୋହୂକରି ଆଣିବି ?

ତମେ ଅନୁମତି ଦେଲେ ହେବ ?

କିଏ ସେ ?

ଲଳିତା। ଲେଖାରେ ଶୋଭା ଅପାଙ୍କର ନଣନ୍ଦ। ଆଠ ବରଷ ତଳେ ଶୋଭା ଅପାଙ୍କ ସଙ୍ଗରେ ଯେଉଁ ଆଠ ନଅ ବର୍ଷର ଝିଅଟି ଏଠାକୁ ଆସିଥିଲା, ସେଇ। କେଡ଼େ ସୁନ୍ଦର ବିଚକ୍ଷଣ ପିଲା ! ମୋ ପାଖ ଛାଡ଼େ ନାହିଁ। କେବେ କେମିତି ମୋ ପାଖକୁ ଚିଠି ଲେଖେ। ମୁଁ ବି ଥରେ ଅଧେ ତା' ପାଖକୁ ବେଉରା ଦେଇଛି। ସେଇ ପିଲାଟି ମୋ ମନକୁ ପାଉଛି। ଅପା ତା'ର ପ୍ରଶଂସା କରି ଲେଖୁଛନ୍ତି।

ଶୋଭା ?

ହଁ, ମୁଁ ତାଙ୍କୁ ଲେଖିଥିଲି।

ତା' ବାପ ମା' ମଙ୍ଗିବେ?

ଲଳିତାର ବାପା ମା' ନାହାନ୍ତି, ଭାଇ ଭାଉଜ ଅଛନ୍ତି। ସେମାନଙ୍କର ଗୁଡ଼ିଏ ପିଲା। ସେମାନେ ଗରିବ। ଭାଉଜ ଯେ ଲଳିତାକୁ ଦେଖିପାରନ୍ତି ନାହିଁ। ଦିନରାତି ଖଟାନ୍ତି, ତଥାପି ଲଳିତା ଉଁ ଚୁଁ କହେ ନାହିଁ। ଅପା ଲେଖିଛନ୍ତ, ପ୍ରସ୍ତାବ ପକାଇଲେ ତା'ର ଭାଇଭାଉଜ ରାଜି ହେବେ।

ଅଭୟା ଉଠି ବସିଲେ। ମୁହୂର୍ତ୍ତେ ଚାହିଁଲେ ନନ୍ଦିକାର ମୁହଁକୁ। ଦେଖିଲେ ତା'ର ଆଖିରେ ଆଗ୍ରହ, ଓଠରେ ଦରହାସ। ବୁଝିଲେ, ନନ୍ଦିକା ହୃଦୟର ଭାଷା କହୁଛି, ମନ ବିଜୁନାହିଁ।

ନନ୍ଦିକାର ଛାତି ଭିତରେ ପଶି ତା'ର ଛଟପଟ ଆତ୍ମାରସ୍ୱରୂପ ସେ ଦେଖିପାରିଲେ ନାହିଁ, ଆକୁଳ ବିକଳ କୁହାଟ ସେ ଶୁଣିଲେ ନାହିଁ!

ପଚାରିଲେ, ସୁନନ୍ଦର ମତ ନେଇଛ?

ତାଙ୍କର ମତ ନେବା ଲୋଡ଼ା ନାହିଁ। ତମର ମନକୁ ଆସିଲେ ହେଲା। ତମେ ଅନୁମତି ଦେଲେ–

ସେ ଜାଣେ?

ମୁଁ ତାଙ୍କୁ କହିନାହିଁ।

ଯଦି ସେ ମନାକରେ?

ମାଆଙ୍କ କଥାରେ ସେ ପ୍ରତିବାଦ କରିପାରିବେ ନାହିଁ।

ଲଳିତା ପିଲାଟି ଯଦି ତମ ମନକୁ ପାଉଛି, ମୁଁ କାହିଁକି ମନା କରିବି? ମୁଁ ଆଉ କେତେଦିନ ବଞ୍ଚିବି? ତମେ ସୁଖ ଆନନ୍ଦରେ ସଂସାର କରୁଛ, ଏତିକି ଦେଖିଲେ ମୋର ଆନନ୍ଦ, ମା'।

ମୁଁ କାହିଁକି ମନା କରିବି?

ଯୁଆଡ଼େ ଚାହିଁଲେ ସିଆଡୁ ଭାସିଆସୁଛି ଏହି ପ୍ରଶ୍ନଟି। ରାତି ଅଧ। ଅନ୍ଧାର ଘୋଟିଛି। ଆକାଶରେ ଅସୁମାର ତାରା। ଧୀର ଶୀତଳ ପବନ। ନୀରବତା। ସମସ୍ତେ କହୁଛନ୍ତି ସେଇ ଗୋଟିଏ କଥା।

ନନ୍ଦିକାର ଛାତି ଥରିଉଠିଲା। ଆଖିରୁ ଝରିଲା ଲୁହଧାର। ଯେତେ ପୋଛିଲେ ମନା ମାନିଲା ନାହିଁ, ଅଟକିଲା ନାହିଁ। କେମିତି ସେ କାନ୍ଦୁରା ମୁହଁଧରି ଘରେ ପଶିବ?

ସେ ନିଶ୍ଚିନ୍ତରେ ଶୋଇଛନ୍ତି । ଧୋବ ଫରଫର ମଶାରି । ଆଲୁଅ କମା ହୋଇଛି । ମଶାରିରେ ହାତ ଦେଲେ ନିଦ ଭାଙ୍ଗିବ । ମୁହଁକୁ ଚାହିଁଲେ ପଚାରି ଦେବେ, କାହିଁକି କାନ୍ଦୁଛ ? ମନର କଥା ସେ କହିପାରିବ ନାହିଁ । ତୁଣ୍ଡର କଥା ସାହସ ନାହିଁ । କଅଣ ସେ କରିବ ?

ଆର ପାଖ ଘରଟି ଖୋଲା ପଡ଼ିଛି । ଜଞ୍ଜିର ଦିଆ ହୋଇନାହିଁ । ସେଇ ଘରେ ସେ ବେଶ ହୋଇଛି । ନିର୍ଲଜୀ କନି ତାକୁ ସଜାଇ ଦେଇଛି । ଏ କି ବିଡ଼ମ୍ବନା ! କାହିଁକି କନି ତାକୁ ଲୋକହସା କରୁଛି ? ଛି, ବେଶଭୂଷା ତା'ର ଲୋଡ଼ା ନାହିଁ । ଏ ଘରେ ଆଉ ତା'ର କଣ ଅଛି ? ସେ ହେବ କନି ଠୁଁ ହୀନ, ଅଖୋଜା, ଅଲୋଡ଼ା, ଗୋଟାଏ ଅପଦାର୍ଥ !

ଆଗ ଧାଉଡ଼ିର ମଝି ବଖରାରେ କନି ଶୁଏ । ସେ ଶୋଇପଡ଼ିଲାଣି । ନିଜ ହାତରେ ଘଷିମାଜି ପରିଷ୍କାର କରି କନି ତାକୁ ସଜାଇଛି । ଭଲ ଶାଢ଼ୀ ପିନ୍ଧାଇଛି । ନିଜେ ସେ ଦେହରେ ଖଞ୍ଜିଛି ଅଳଙ୍କାର । ଆଖିରେ କଜଳ । ଖୋଷାରେ ଫୁଲମାଳ । ଦୁଇ ପାଦରେ ଅଳତା ! ସତେକି ଆଜି ତା'ର ଚଉଠି ଘର । ବେହେଲ ।

କାହିଁକି ?

ସେ ଖୁସି ହେବ ?

ମଉଳା ଦେହ, ମଳିନ ମୁହଁ, କାନ୍ଦୁରା ଆଖି, ଅଭିମାନିଆ ଢଙ୍ଗ ଦେଖିଲେ ତାଙ୍କ ମନରେ ଦୁଃଖ ହେବ । ସେ ଚାହାନ୍ତି, ନିଶ୍ଚିନ୍ତ ଭାବ, ଆନନ୍ଦ, ଚିରଦିନ ପିଲାଳିଆ ରୀତି ।

ସେଇଆ ହେଉ ।

ସେ ବି କହିବେ, ମୁଁ କାହିଁକି ମନା କରିବି ?

ନାଇଁ, ନାଇଁ । ଦୁନିଆରେ ଏକା ସେହି ଜଣକ ଯିଏ ତା'ର ମନ ତଳର ଛପିଲା, କାନ୍ଦିଲା କଥା ବୁଝିବେ । ଯେତେ ଗେହ୍ଲେଇ ହୋଇ ବିଷପାଣିଭରା ଗିଲାସକୁ ଅମୃତ କହି ପିଇବାକୁ ବସିଲେ, ସେହି ଜଣକ ହିଁ ମନା କରିବେ, କହିବେ ଛିଇ, ପିଅନା, ପିଅନା, ବିଷ !

ସେହି ଜଣକ !

ନନ୍ଦିକା ଘର ଭିତରକୁ ଆସି କବାଟ କିଳିଲା । ଆଲୁଅ ତେଜିଲା । ଚାହିଁଲା ଦର୍ପଣକୁ । ଆଖିଲୁହରେ ସରୁ କଜଳଗାର ବୋହି ଆସିଛି । ଅଞ୍ଚଳରେ ଆଖି ତଳ ପୋଛିଲା ।

ଏଥର ହେଲା । ଜାଣିପାରିବେ ନାହିଁ । ଦେଖି ଆଶ୍ଚର୍ଯ୍ୟ ହେବେ । ଦୁଇଘଣ୍ଟା

ତଲେ ନନ୍ଦିକାକୁ ସେ ଦେଖିଥିଲେ। ସେ କେମିତି, ଏବେ ଦେଖୁଛନ୍ତି କେମିତି ? କାହୁଁ ଜାଣିବେ ସେ ମିଣିପି ଜାତି, କିପରି ଆମେ ମୁହୂର୍ତ୍ତକରେ ବଦଳିପାରୁଁ ?

ପାଖକୁ ଆସିଲା। ଧୀରେ ଧୀରେ ମଶାରି ଟେକି ଚାହିଁଲା। ଶୋଇଛନ୍ତି ନିଶ୍ଚିନ୍ତରେ। ଶୁଅନ୍ତୁ। ସେ ସୁଖୀ। ମନରେ ଭଲମନ୍ଦ ପଶେ ନାହିଁ। ହିଂସାବାଦ ଜଣାନାହିଁ। ସମସ୍ତଙ୍କୁ ସ୍ନେହ କରନ୍ତି। କାହାରିଠାରେ ସନ୍ଦେହ ନାହିଁ। ଶୁଅନ୍ତୁ ସେ ନିଶ୍ଚିନ୍ତରେ। ରାତି ପାହିଲେ ସେ ଦେଖିବେ। ବୁଝିବେ, ନନ୍ଦିକା ଅବାଧ୍ୟ ନୁହେଁ। ତାଙ୍କୁ ଖୁସି କରିବାକୁ ନନ୍ଦିକା ନିଜକୁ ଆଠ ବର୍ଷ ପଛକୁ ଫେରାଇ ନେଇ ପାରିଛି।

ଆଲୁଅ କମେଇଁବାକୁ ନନ୍ଦିକା ଟେବୁଲ ପାଖକୁ ଫେରିଆସିଲା। ରାତି ଅଧ ହୋଇଆସୁଛି।

ଆଲୁଅ ତେଜ !

ନିଦ ଭାଙ୍ଗିଗଲା କି ?

ତମେ ମୋର ନିଦ ଭାଙ୍ଗିଲ। ଏତେ ଡେରିଯାଏ କଅଣ କରୁଥିଲ ଶୁଣେ ? ବେଳ କେତେ ହେଲାଣି ?

ନନ୍ଦିକା ଘଣ୍ଟା ଆଡ଼କୁ ଚାହିଁଲା। କହିଲା, ମୋଟେ ଏଗାରଟା।

କଟକ ହୋଇଥିଲେ କାମ ସରି ନ ଥାନ୍ତା। ଗାଆଁକୁ ଆସିଲେ ମଣିଷ ଅଳସୁଆ ହୋଇଯାଏ। ମୋର କେଡ଼େ ନିଦ ହୋଇ ପୁଣି ଭାଙ୍ଗିଲାଣି। ଆଉ ନିଦ ହେବ ନାହିଁ।

ସୁନନ୍ଦ ମଶାରି ଟେକିଲା। ଚାହିଁଲା ନନ୍ଦିକା ଆଡ଼କୁ। କେବଳ ଆଖି ନୁହେଁ, ତା'ର ମନ ବି ପୂରିଉଠିଲା। ଭାବିଲା, ନନ୍ଦିକା ମନରେ ସାମାନ୍ୟ ଦୁଃଖ ହୁଏତ ହୋଇଥିଲା, ସେ ଦୁଃଖ ଅପସରିଛି। ନିଜ ହାତରେ ନିଜକୁ ସଜାଇ ସେ ଆସିଛି ସ୍ୱାମୀ ପାଖକୁ। ସରମରେ ପାଖକୁ ନ ଆସି ଟେବୁଲ ପାଖରେ ଠିଆ ହୋଇଛି। କାଗଜପତ୍ର ସଜାଡୁଛି, ବାଆଁରେଇ ହୋଇ।

ସୁନନ୍ଦର ଇଚ୍ଛା ହେଲା, ନିଜେ ଉଠିଯାଇ ନନ୍ଦିକାର ହାତଧରି ପାଖକୁ ଆଣିବ। ପଚାରିବ, କାହିଁକି ସେତେବେଳେ କାନ୍ଦୁଥିଲ ? ମୁହଁ ଶୁଖାଇଥିଲ ? ନା, ସେକଥା ସେ ପଚାରିବ ନାହିଁ। ତା'ର ନିଷ୍ଫଳ ଜୀବନର ଅଭିଶାପ ମନେପକାଇ ପୁଣି ତା' ମନରେ ଦୁଃଖ ଆଣିବ ନାହିଁ।

କହିଲା, ଆସ, କେଡ଼େ ମଜାର କଥାଟିଏ କହିବି।

କି କଥା ଶୁଣେ ?

ନନ୍ଦିକା ଚାହିଁଲା ସୁନନ୍ଦକୁ। ସେ ବସିଛନ୍ତି। ଆଗ୍ରହଭରା ଆଖିରେ, ହସିଲା ମୁହଁରେ ଚାହିଁ ରହିଛନ୍ତି। ସେ ଦୃଷ୍ଟି ଓ ଦରହାସରେ ଅର୍ଥ ନନ୍ଦିକା ବୁଝେ।

ଅତି ଗୁପ୍ତ !

ସତେ ? ମତେ ନିଦ ମାଡ଼ିଲାଣି । ଗପ ଶୁଣିବାକୁ ମୋର ଆଉ ଆଗ୍ରହ ନାହିଁ ।

ଶୋଇ ଶୋଇ ସପନ ଦେଖୁଥିଲି ।

ସପନ କାହାଣୀ ?

ହଁ, ମୋଟେ ପଦଟିଏ । ବେଶିଗୁଡ଼ାଏ ଗପି ତମ ନିଦରେ ବ୍ୟାଘାତ ଘଟାଇବି ନାହିଁ । ଆଲୁଅ ନିଭାଇ ଦେଇ ଆସ । କାମ କରି କରି କ୍ଳାନ୍ତ ହୋଇଛ ।

ଆଲୁଅ ନିଭିଲା ।

ନନ୍ଦିକା ହାତଧରି ସୁନନ୍ଦ ପାଖକୁ ନେଲା । ମଶାରି ପଡ଼ିଲା ।

ନନ୍ଦିକା ପଚାରିଲା, କହିବ ପରା ଗୁପ୍ତ କଥାଟିଏ, ସପନ କାହାଣୀ ?

କହୁଛି ଶୁଣ । ମୁଁ ସପନ ଦେଖିଲି, ତୁମର ପୁଅଟିଏ ହୋଇଛି । ଡାକ୍ତରାଣୀ ଶ୍ରୀମତୀ ଭୋଇ ହସି ହସି କହୁଛନ୍ତି, କେମିତି ଆପଣଙ୍କୁ ଠକି ଦେଇଥିଲି ଦେଖିଲ ତ ? ସତେ ନନ୍ଦିକା, କି ସୁନ୍ଦର କଇଁଫୁଲ ପରି ପୁଅଟିଏ, ଆଖିରେ ଦେଖିଲା ପରି ଲାଗୁଛି । ତା'ର କୁଆଁ କୁଆଁ ଡାକ ଏବେବି ମୋ କାନରେ ବାଜୁଛି । ଏମିତିକା ସପନ ମୁଁ ଆଉ କେବେ ଦେଖିନାହିଁ । ନନ୍ଦିକା, ସପନ ମୋର ସତ ହେବ । ବିବାହର ପନ୍ଦର କୋଡ଼ିଏ ବର୍ଷ ପରେ ମଧ୍ୟ କେତେଙ୍କର ସନ୍ତାନ ହେଉଛି । ଆଉ ତମେ, ତମେ ତ କାଲି ଆଇଚ, ମତେ କାଲି ପରି ଲାଗୁଛି । ଡାକ୍ତରମାନେ ମିଛ ନ କହିଲେ ବି ବେଳେବେଳେ ଅଜାଣତରେ ଭୁଲ କହିପକାନ୍ତି । ଶ୍ରୀମତୀ ଭୋଇ ଦିନେ ତାଙ୍କର ଭୁଲ ନିଶ୍ଚୟ ମାନିବେ ।

ନନ୍ଦିକା ଓଠ ଚାପି, ଦାନ୍ତ ଚାପି, ଛାତିର କୋହ ଅଟକାଇ ରଖିଲା । ଥରାଇ ଥରାଇ ଦୀର୍ଘଶ୍ୱାସ ଛାଡ଼ିଲା । ସତରେ ସେ ସପନ ଦେଖିଲେ ? ସପନ ସତ ହେବ ? ନନ୍ଦିକା ଅପେକ୍ଷା କରିବ ପନ୍ଦର କି ସତର ବରଷ ? ଅଥବା ତା'ର ମନରେ ଲିଭିଯାଇଥିବା ଆଶାର ଦୀପଟିକୁ ଜଳାଇବାକୁ ମିଛ ସପନର ଅବତାରଣା ! ନିଜର ଛଟପଟ କାମନାର ସପନ ପ୍ରତିମା ସେ ଦେଖିଲେ ?

ନନ୍ଦିକା ଉତ୍ତର ଦେଇପାରିଲା ନାହିଁ ।

ଶୋଇପଡ଼ିଲ କି ?

ନା ।

ତୁନି ରହିଲ ଯେ ?

ସପନ କଥା ଭାବୁଛି ?

ମିଛ ମଣୁଛ ?

ତମର କେଉଁ କଥା କେବେ ମୁଁ ମିଛ ମଣେ ନାହିଁ । ତମର ସପନ ଦିନେ ସତ

ଫଳିବ। ଯେଉଁ କୁଲୁ କୁଲିଆ କଇଁଫୁଲିଆ ଶିଶୁଟି ସପନରେ ଆସିଥିଲା, ସେ ସତକୁ ସତ ଏ ଘରକୁ ଆସିବ। ତାକୁ କୋଳରେ ଧରି ମୁଁ ତା' ମୁହଁରେ ବୋକ ଦେବି। ଆଉ ମୁଁ ଅପେକ୍ଷା କରିପାରିବି ନାହିଁ।

ସତେ, ଏତେ ଆତୁରତା ?

ଦେହରେ ଉଷୁମ ପରଶ। ଚିବୁକରେ ଶିଶୁର ନିମନ୍ତ୍ରଣ ଚିଟାଉର ମୋହର। ନନ୍ଦିକାର ବାହୁଟି ସୁନନ୍ଦର ପିଠି ଉପରେ ଖସି ପଡ଼ିଲା। ସେ ପିଠି ଆଉଁସିଲା। ଗେହ୍ଲେଇ କହିଲା, ଅତି ତୁନୀ ତୁନୀ, ମନକାମନା ମୋର ପୂର୍ଣ୍ଣ କରିବ ? ସବୁ ଦିଅଁ ଦେବତା ଭୋଗରାଗ ଖାଇ, କାନରେ ହାତ ଦେଇ, ମୁହଁ ବୁଲାଇଲେ। ତମେ ମୋର ଚଳନ୍ତି ଦେବତା, ମନକାମନା ତମେ ମୋର ପୂରଣ କରିବ ?

ସୁନନ୍ଦର ରକ୍ତରେ ଅନଳର ତେଜ। ସ୍ନାୟୁରେ ବିଜୁଳିଲତା। ସେଇ ଲତାର ପୁଲକିତ ପଲ୍ଲବପାଶରେ ନନ୍ଦିକାର ନିବିଡ଼ ବନ୍ଧନ। ସୁମଧୁର ସୁଗନ୍ଧ ସୁମନରାଶିର ସୁଷମା ପରି ନନ୍ଦିକାର ଆନନ୍ଦରେ ଚୁମ୍ବନର ପରଶ, ମୂର୍ଚ୍ଛାଳିଆ ଆକୁଳ ହରଷ। ଅଳିର ଗୁଞ୍ଜନ ପରି କାନରେ ବାଜିଲା ପଦଟିଏ କଥା, ସୁନନ୍ଦ କହୁଛି, ଅବଶ୍ୟ।

ନନ୍ଦିକାର ଅବଶ ଆଖିରେ ଲୋତକଧାର ଲୁଚାଇ ରଖିଲା ନିଶୀଥର ନୀରବ ଅନ୍ଧାର।

ଆନନ୍ଦର ପାରାବାରରେ ମନଫୁଲା ଲହଡ଼ିମାଳ ପରି ସେ ଚଞ୍ଚଳ। ଟଳିଲା ଲହଡ଼ିର ଶବଦ ପରି ସେ ମୁଖର। ଫେଣାଇ ଉଠୁଛି ହସ। କେବଳ ତତ୍ପର ନୁହେଁ, ସଯତ୍ନ। ସମସ୍ତଙ୍କ ପ୍ରତି ସଦୟ ସହାନୁଭୂତିଶୀଳ ବ୍ୟବହାର। ନିଜ ପ୍ରତି ମଧ୍ୟ। ଦିନକୁ ତିନିଥର ତିନିବେଶ। ନୂଆ ଶାଢ଼ୀ, ନୂଆ ଗହଣା। ଲୋକେ ହୁଏତ ମନେକରୁଥିବେ ନନ୍ଦିକା ଫୁଲେଇ, ବେହଲ, ଗରବୀ। ଯିଏ ଯାହା ମନେକରୁ, ସେକଥା ସେ ଭାବୁନାହିଁ। ଶାଶୁଙ୍କ କଥାହିଁ ମନରେ ଲହଡ଼ି ଭାଙ୍ଗୁଛି।

ବୋହୂ, ସେ ମଙ୍ଗିଲା ?

ସେ ମଙ୍ଗିବେ, ବୋଉ, ଅପାଙ୍କୁ ଲେଖି ମୁଁ ଲଳିତା ସମ୍ବନ୍ଧରେ ଆଗ କଥା ସ୍ଥିର କରିସାରେଁ।

ଆଉ ଦିନେ ଅଭୟା ଅଭିମାନ କରି କହିଲେ, ପଚାରିଲ ?

ସୁବିଧା ଦେଖି ପଚାରିବି।

ମୋ ମଲା ପରେ ?

ମୋତେ ଅବିଶ୍ୱାସ କରନା ବୋଉ, ସେ ବଳେଇଯିବେ ନାହିଁ। ଅପା ଲେଖିଛନ୍ତି, ଲଳିତାର ରାହାବାଲୀ ଭାଉଜ କୁଆଡ଼େ ଅମଙ୍ଗ ହେଉଛି। କହୁଛି, ସଉତୁଣୀ ପାଖକୁ ଲଳିତାକୁ ସେ ପଠାଇବ ନାହିଁ। ତା'ର ଭାଇ ଅମଙ୍ଗ ନୁହନ୍ତି। ତା' ଭାଉଜ ପାଖକୁ ମୁଁ ନିଜେ ଚିଟାଉ ଲେଖିବି।

ଏମିତି ଚକ ଗଡ଼ି ଚାଲିଥିବ, ମୋର ମରଣ ହେବ।

ଏତେ ଦୂରକୁ କଥା ଯିବ ନାହିଁ। ଯାହା ପାଇଁ ତା' ଭାଉଜଙ୍କର ଆପତ୍ତି, ବରଂ ସେ ବାଟ ସଫା କରିଦେବ। ଅଲୋଡ଼ା ଜୀବନ, ବେହିଆ ଚଳନରେ ମୋର ପ୍ରୟୋଜନ ନାହିଁ।

ନନ୍ଦିକା ହସିଉଠିଲା କିରି କିରି। ଆଗରେ ଶାଶୁ ବସିଛନ୍ତି। ଏମିତି ମନଫୁଲାଣିଆ, ବେପରବା ହସ ଯେ କୁଳବଧୂକୁ ସାଜେ ନାହିଁ, ଏକଥା ସେ ଭୁଲିଗଲା।

ଚଇତ ମାସର ଦୁଇ ପହର। ଥିରିଥରି ଚଇତି ବାଆରେ ଆମ୍ବ ବଉଳର ମଧୁରବାସନା ମନ ପୁଲକାଉଛି।

ଅଭୟା କଟମଟ କରି ଚାହିଁଲେ। ଦେଖୁ ଦେଖୁ କଠୋର ଦୃଷ୍ଟି ଦରବିଗଲା। ଆରେ, ବୋହୂ କି କଥା କହୁଛି? ସତେ ତା' ମନରେ ସେଇଆ ଅଛି? କାହିଁକି ଏ କଥା ସେ କହିଲା? କାଲି ସକାଳେ ଡୋଲିରୁ ଗୋଡ଼ କାଢ଼ିଲା ପରି ଦିଶୁଛି। କିଏ କହିବ ଆଠ ବରଷର ବୋହୂ? ଦେହର ସୁବର୍ଣ୍ଣ ବରନ ଚହଟି ଉଠୁଛି। ପାନପତର ପରି ସୁନ୍ଦରିଆ ମୁହଁରେ ଆନନ୍ଦର ଆଭା। ମଥାରେ ଝଟକୁଛି ସିନ୍ଦୁର ଗାର। କପାଳ ଉପରେ ଟୋପି ଟୋପିକା ଚନ୍ଦନ ପାଟି, ମଝିରେ ନେଳିଆ ବିନ୍ଦୁ। ଦେହରେ ଆକାଶିଆ ସୁଝୀନ ବସନ, ସର୍ବାଙ୍ଗରେ ସୁନାର ଗହଣା।

ଅଭୟାଙ୍କର ଆଖି ଓହ୍ଲାଇଆସିଲା ତା'ର ତାଳୁରୁ ତଳିପାଯାଏ। କିଏ କହିବ ନନ୍ଦିକା ଆଠ ବରଷର ବୋହୂ?

ଏଗୁଡ଼ା କଅଣ ତୁଣ୍ଡକୁ ଆଣୁଛ ବୋହୂ, ଲଳିତାଠି କଅଣ ମୋହର ମରିଛି? ସଂସାରରେ ଆଉ କେହି ଝିଅ ନାହିଁ? ପୁଅ ମଙ୍ଗିଲେ ଯେଉଁଠି ହେଲେ ହେବ।

ସମସ୍ତେ ଆଗ ଖୁଣିବେ। କହିବେ, ସଉତୁଣୀ ଅଛି।

ହୁଁ। ତେବେ, ମୋର ଆଉ ଗୋଟାଏ ବୋହୂ ଲୋଡ଼ା ନାହିଁ। ତମେ ପୁଅଟିଏ କର, ଯେଉଁଠି ତୁମର ମନ ମାନୁଛି।

ନନ୍ଦିକା ମୁରୁକେଇ ହସିଲା।

କିଏ ପଞ୍ଚାଏ ଗାଁ ମାଇପେ ଆସିଲେଣି। ପାଟି ଶୁଭୁଛି। କନିର ପାଟି ବି ଶୁଭୁଛି। କାହିଁକି ସେମାନେ ଆସିଛନ୍ତି ନନ୍ଦିକାକୁ ଅଜଣା ନାହିଁ। ଆଠ ବରଷର ବୋହୂକୁ ନୂଆ

ରୂପରେ ଦେଖିବେ, ନିଜ ମନକୁ ନିଜେ କୁତୁକୁତୁ କରିବେ। ପଛରେ କୁହାକୁହି ହେବେ, ଦେଖ ଗୋ, କେଡ଼େ ଫୁଲେଇ। ଘରେ ଜାଆ ନାହିଁ କି ନଣନ୍ଦ ନାହିଁ, କିଏ ତାକୁ ବେଶ କରାଉଛି ? ନିଜେ ନିଜେ। ଗେରସ୍ତ କଟକରେ, କାହା ପାଇଁ ଏ ସଜ ?

ଉତ୍ତର ତା'ର ମନ ଭିତରେ, ନିଜପାଇଁ। ଏତିକି ମୋର ସମ୍ବଳ। ନୂଆବୋହୂ ଆସୁଛି। ସବୁ ସେ ପିନ୍ଧିବ, ସବୁ ସେ ନାଇବ। ମୋ ବେଳକାଳ ସରିଆସିଲା। ଲଳିତା ଆସିବ। ତା' ପାଖରେ ନୂଆବୋହୂ ହୋଇ ମୁଁ ଠିଆ ହେବି ନାହିଁ। ମୁଁ ନନ୍ଦିକା, ବୁଢ଼ୀ ପାଲଟିବି।

ଲଳିତା, କାଲିକାର ପିଲା। ସେଇ ହେବ ନୂଆବୋହୂ। ଏ ସବୁର ଅଧିକାରିଣୀ ସେ ହେବ। ମୁଁ ଆସିଛି ଆଗ, ମୁଁ ସବୁ ଭୋଗ କରିବି। ପାଲଟା କରିବି। ହସନ୍ତୁ ସେମାନେ ଗାଁ ମାଇପେ, କରନ୍ତୁ ଟାହିଟାପରା। ଲଳିତା ନ ଆସିଲେ, ଆଉ କାହାର ଆସିବା ପାଇଁ ମୁଁ ବାଟ ସଫା କରିଦେବି।

ବେଳକାଳ ମୋର ସରିଆସିଲା !

ଅବାଧ ଲୋତକ ଝରିଆସିଚି ଆଖିରୁ। ଗାଁ ମାଇପେ ଖଞ୍ଜାରେ ପଶିଲେଣି। ସେମାନଙ୍କୁ ବିଦାୟ କରି ଆଜି ସେ ତିନୋଟି ଚିଠି ଲେଖିବ। ଆଗ ଲେଖିବ ସୁନନ୍ଦକୁ, ତମେ ଆସ।

କାନ୍ଦୁଛ, ବୋହୂ ?

ନାହିଁ ତ !

ଆଖିରୁ ଲୁହ ପୋଛି ନନ୍ଦିକା ଉଠିଲା। ଅଭୟା ଥକ୍‌କା ହୋଇ ଚାହିଁ ରହିଲେ।

ବଡ଼ ଭାଉଜ କଳାହାଣ୍ଡିରୁ ଚିଠି ଲେଖିଛନ୍ତି। ନନ୍ଦିକାର ବଡ଼ ଭାଇ ସେଠି ପୋଲିସ ଇନ୍‌ସପେକ୍‌ଟର। ଭାଉଜଙ୍କ ପେଟରୁ ଜନମିଲେ ପୁଅ ଝିଅ ହୋଇ ପାଞ୍ଚଟି। ତିନୋଟି ବାହୁଡ଼ିଲେ। ସବା ବଡ଼ଟି ଛଅ ବରଷର ଝିଅ। ହାଉଡ଼ୀଟିଏ। ଆଜିଯାଏ ଭଲହୋଇ ପାଟି ଫିଟିନାହିଁ। ମଝିଆଁଟା ତିନି ବରଷର ପୁଅ। ଅପଡିଆଣୀ। ଯମ ଅଇଁଠା। କେଉଁ ପୁଅରେ ସେ ଲେଖା ? ସବା ସାନଟି ଏନ୍ତୁଡ଼ିଶାଳରୁ ଗଲା। ଭାଇ ହେଲେଣି ଉଦାସ। ଭାଉଜଙ୍କ ଆଖିରେ ସବୁବେଳେ ଲୁହ। ଛୋଟ ଚିଠି ଖଣ୍ଡିକରେ ବି ଲୁହର ଦାଗ।

ପଢୁପଢୁ ନନ୍ଦିକାର ଆଖିରେ ଲୁହ ଛଳ ଛଳ ହେଲା, -ଏ କି କଥା କରିବାକୁ ଯାଉଛ, ନନ୍ଦୀ, ନିଜ ହାତରେ ଜହର ଗୋଳି ପିଇବ ? ବଥ ବଥାଏ ସିନା, ଆବୁ

ବଥାଏ ନାହିଁ, କେଉଁ ପୁଅ କାହାର? ମୋ ସାନକୁହା ମାନ, ନିଜେ ଫାଶ କରି ସେଥିରେ ନିଜ ବେକ ଗଳେଇ ହୁଅନା।

ନନ୍ଦିକାର ଛାତି ଦମଦମ, କାଳେ କିଏ ଚିଠିଖଣ୍ଡି ଦେଖିବ, କାଳେ ପଡ଼ିଯିବ ତା' ସ୍ୱାମୀଙ୍କ ହାବୁଡ଼େ? ସେ ଚିଠିଖଣ୍ଡି ଟିକି ଟିକି କରି ଚିରିପକାଇଲା। ଦୀର୍ଘଶ୍ୱାସ ଛାଡ଼ି ଆଖି ପୋଛିଲା। କବାଟ କିଳି ସେ ଚିଠି ପଢୁଛି। ଦି' ପହରର ଆଲୁଅ ଝରକା ସେ ପାଖେ ଉପହାସ କରୁଛି। ଚଇତି ବାଆର ମୁଖର ହସ।

ଆଖି ଫେରାଇଲା ସାନ ଭାଉଜଙ୍କର ଚିଠି ଉପରକୁ, - ତମ ପରି ବୁଦ୍ଧିଆ ଝିଅର ବୁଦ୍ଧି କିଏ ପୋଡ଼ିଜାଳି ଅଙ୍ଗାର କଲା ମ? ମିଣିପଙ୍କଠେଇଁ ବିଶ୍ୱାସ? କଅଣ ସେମାନେ ଚାହାନ୍ତି ତମେ-କାହୁଁ ଜାଣିବ? ମଙ୍ଗ ଛାଡ଼ି ପର ହାତକୁ ବଢ଼ାଇଦେଲେ ତମେ ରହିବ ମଙ୍ଗୁଆଳର ମରଜି ଉପରେ। ବଲବଲ କରି ଅଥଳ ପାଣିକି ଚାହିଁ ରହିଥିବ। ଦେଖ ମୋର ଅବସ୍ଥା। ଚାରିଟା ପିଲା ନେଇ ଫୁଲବାଣୀ ପରି ଥାନରେ କେଡ଼େ ଦହଗଞ୍ଜ ହେଉଛି। ଭାଇ ତମର ଅବକାରୀ ବାବୁ। ଯେଉଁଠି ଥିଲେ ସେଇଠି। ସବୁବେଳେ ମଦ ଖାଇ ମାତାଲ। ଘରକୁ ଆଇଲେ ପିଲାଠୁଁ ଆରମ୍ଭ କରି ମୋ ଯାଏ କିଏ ନ ସହିଛି ତାଙ୍କ ହାତ ଗୋଡ଼ର ତାପ ! ମତେ ମରଣ ହେଉ ନାହିଁ। ଚାରି ପୁଅରୁ ଯେଉଁ ଗୋଟିକୁ ମନ, ତମେ ନିଅ ନନ୍ଦିକା, ତମର ଧରମ ହେବ। ଜାଣି ଜାଣି କାଳସାପ ଆଣି ବେକରେ ପକାଇବ କାହିଁକି?

ନନ୍ଦିକା ଭାବିଲା, ସାନଭାଇ ଏଇଆ ହେଲେ? ଧାଇଁଯାଇ ଆକଟ କରିବାକୁ ମନ ହେଉଛି; କିନ୍ତୁ ନାଚାର। ଭାଉଜଙ୍କ ଉପଦେଶ ସେ ଗ୍ରହଣ କରିପାରିବ ନାହିଁ। ତାଙ୍କର ଅନୁରୋଧ ମଧ୍ୟ ସେ ରକ୍ଷା କରିପାରିବ ନାହିଁ। ସେ ସାହସ ତା'ର ନାହିଁ।

ଆହୁରି ଗୋଟିଏ ଦୀର୍ଘଶ୍ୱାସ। ଚିଠି ଚିରା ହେଲା।

ବଡ଼ ନଣନ୍ଦ ଶୋଭାଙ୍କର ଚିଠି, -ଶେଷକୁ ସେ ମଙ୍ଗିଲା ମ' ନୂଆବୋହୂ। ନଣନ୍ଦ ଲଳିତାକୁ ଏତେ ଭଲ ପାଏ ବୋଲି, ତା'ର ସେଇ ରାହାବାଳୀ ଭାଉଜ ଦେଖେଇ ହେଉଥିଲା। କାହା ପାଖରେ ଏ ଚାତର? ଗାଆଁ ଲୋକେ ସମସ୍ତେ ତା' ଗୁଣ ଜାଣନ୍ତି। ଖଣ୍ଡିଆ ଘରକୁ ସମ୍ପତ୍ତି ଭିତରେ ଦି'ମାଣ ଜମି, ଭାଗ ଦିଆ ହୋଇଥାଏ। ଗେରସ୍ତ ତେଲ, ଲୁଣ, ଡାଲି, ପକେଇ ଛୋଟ ଦୋକାନଟିଏ କରିଛି। କି ଲାଭ ହେବ ସେଥିରୁ ଯେ ସୁରୁଖୁରୁରେ ସଂସାର ଚଳିବ? ବେଳେ ୟାଙ୍କ ଘରେ, ତାଙ୍କ ଘରେ ଲେଖାପଢ଼ି କାମ କରି ଗୁଜୁରାଣ ମେଣ୍ଟାଏ।

ହେଲେ, ବିମ୍ବାଧର ଲୋକଟି ଭଲ। ଯେତେ ଯାହା କହ, ହସ ଛଡ଼ା ମୁହଁଶୁଖା ଜାଣେ ନାହିଁ। ଲଳିତାର ବୟସ ହେଲା। ଗରିବ ଘର। ଦେଇପାରିଲେ ସିନା ବଡ଼

ଘରେ ନିମିତ୍ୟ କରିବାକୁ ମନ କରିବ, ନୋହିଲେ ଲୋକହସା ହେବା ସାର। ବିମ୍ବାଧର ସେ କଥା ଜାଣେ। ମୋ ଭାଇ ତ କିଛି ବୁଢ଼ାହଡ଼ା ହୋଇ ନାହାନ୍ତି, ପୁଣି ନିଜେ ଭାଉଜ ମୋର ଚିଠି ଲେଖି ପ୍ରସ୍ତାବ ପକେଇଛନ୍ତି, ବିମ୍ବାଧର ନ ମଙ୍ଗନ୍ତେ କାହିଁକି ?

ତାଙ୍କ ଘରଣୀ ମାଗୁଣା, ଆଗ ମଙ୍ଗିଲେ ନାହିଁ। ଲଳିତା ତାଙ୍କର ହାତବାରିସି। ଦଶ ବରଷରୁ ଦଶ ମାସ ଯାଏ ପାଞ୍ଚଟି ପିଲା। ଗୁହାଳପୋଛା, ବାସନମଜାରୁ ଢିଙ୍କି କୁଟା, ଚୁଲିଫୁଙ୍କା ଯାଏ ସବୁ କରେ ଲଳିତା। ତଥାପି, ଭାଉଜଙ୍କର ତୋଡ଼ ଝିଙ୍ଗାସ ସହେ। ମନ ମାରି, ମୁହଁ ଶୁଖାଇ ରହେ। ପଚାରିଲେ ଲଳିତା- ପଦେ ନିନ୍ଦା କରି କହିବ କି ? ସେ ଜାତିକା ଝିଅ ଏବକାଳେ ମିଳନ୍ତି ନାହିଁ ମ ଭାଉଜ।

ମାଗୁଣା ଯେମିତି ଶୁଣିଲେ, ବାହାଘରରେ ତାଙ୍କର ପଇସାଟିଏ ଖରଚ ହେବ ନାହିଁ, ଯାହା ଲୋଡ଼ା କେହି ଜାଣିବେ ନାହିଁ, ସବୁ ଆମେ ଦେବା, ମୁଣ୍ଡହଲା ବନ୍ଦ କରି କହିଲେ, ଯାହା ଭଲ ମଣୁଛ କର। ବାପା ମା' ନାହାନ୍ତି, ଛେଉଣ୍ଡ ପିଲା। ସେ ସୁଖ, ଆନନ୍ଦରେ ରହୁ।

ଭାଉଜ ମ, ଲଳିତାକୁ ଦେଖିଲେ ତମେ ଖୁସି ହେବ। ଆଠ ବରଷ ତଳେ ଯେମିତି ଦେଖିଥିଲେ, ସେ କ'ଣ ସେମିତି ଅଛି ? କେଡ଼େ ସୁନ୍ଦରିଆଟିଏ ହେଲାଣି। ତମ ପାଖରେ ଅବିକଳ ତମ ସାନ ଭଉଣୀ ପରି ଦିଶିବ। କାନ କାଟିଲେ ବଚନ ବାହାରିବ ନାହିଁ। ତମର ସେ ଅବାଧ ହେବ, ଏହା ମୁଁ ଭାବି ପାରୁନାହିଁ। କିନ୍ତୁ ଭାଉଜ କଥାଟିଏ ନ ଲେଖି ରହିପାରୁ ନାହିଁ।

ନନ୍ଦିକାର ଆଖି ସ୍ଥିର ହେଲା ଶୋଭା ଦେବୀଙ୍କର ଶେଷ କେଉ ଧାଡ଼ିରେ। ସେତିକି ସେ ବାରମ୍ବାର ପଢ଼ିବାକୁ ଲାଗିଲା; ନୂଆ କଥାଟିଏ କରିବାକୁ ମନ କରିଛ। ଯେତେହେଲେ ସେ ହେବ ସଉତୁଣୀ। ସଂସାର କଥା ତ ଜାଣ। ଯଦି ଭେଣ୍ଡି ହୁଏ, କର୍ମକୁ ନିନ୍ଦିବ ସିନା ! ତମର ଆତୁରତା ଦେଖି ସମ୍ବନ୍ଧ ପକାଇଲି। ସବୁ ସ୍ଥିର ହେଲା। ତଥାପି, ଭଲକରି ଭାବିଚିନ୍ତି, ବୁଝି ବିଚାରି ଯାହା କରୁଛ କର। ପରେ ଯେପରି ଅନୁତାପ ନ କର।

ନନ୍ଦିକାର ମନରେ ଘୋରଡେଇ ହେଲା ସେଇ ଧାଡ଼ିକ, ନିଜ ସୁନା ଯଦି କେବେ ଭେଣ୍ଡି ହୁଏ !

ଭାବିପାରିଲା ନାହିଁ। ମୁଣ୍ଡ ବଥେଇଲା। ଏହା କେବେ ସମ୍ଭବ ହୋଇପାରେ ? କାହାକୁ ପଚାରିବ, କିଏ ସଦୂପଦେଶ ଦେବ ?

ନନ୍ଦିକା ପଲଙ୍କ ଉପରେ ଶୋଇ ଛଟପଟ ହେବାକୁ ଲାଗିଲା। ନିଦ ହେଉନାହିଁ। ଶୋଭା ଦେବୀଙ୍କର ସତର୍କବାଣୀର ଉତ୍ତର ସେ ଖୋଜି ପାଉନାହିଁ।

ଝଞ୍ଜିର ଖଡ଼ ଖଡ଼ କରି ଶାଶୁ ଡାକିଲେ, ବୋହୂ, ବୋହୂ!

ନନ୍ଦିକା ଧଡ଼ପଡ଼ ହୋଇ ଉଠିଲା। କବାଟ ଖୋଲିଲା। ନୂଆ କଥା। ଶାଶୁ ଏମିତି କେବେ ନିଜେ ଆସି ଡକା ଛାଡ଼ନ୍ତି ନାହିଁ। କଅଣ ସେ ଚାହୁଛନ୍ତି? କାହିଁକି ନିଜେ ସେ ଧାଇଁ ଆସିଛନ୍ତି?

ଅଭୟା ଘରଭିତରକୁ ନ ଆସି ପଦାରେ ଠିଆ ହୋଇ ପଚାରିଲେ, କିଏ ସବୁ ଚିଠି ଦେଇଛନ୍ତି କି?

ଶୋଭା ଅପା।

ଆଗ୍ରହରେ ଉଜ୍ଜ୍ୱଳ ଦିଶିଲା ଅଭୟାଙ୍କର ଶୁଖିଲା ମୁହଁ। ସେ ଘର ଭିତରକୁ ପଶି ଆସିଲେ। ଖଟ ଉପରେ ବସି କହିଲେ, କଅଣ ଲେଖିଛି, ପଢ଼। ସମସ୍ତେ ଭଲ ଅଛନ୍ତି ତ?

ହଁ।

ନନ୍ଦିକା ଚିଠିଖଣ୍ଡି ଧରି ପଢ଼ିବାକୁ ଲାଗିଲା। ଶେଷ କେଇପଦ ପଢ଼ି ଶାଶୁଙ୍କ ଶୁଣାଇବାକୁ ତା'ର ସାହସ ହେଲା ନାହିଁ। ବୁଢ଼ୀଙ୍କର ମନର ସରାଗ ଭାଙ୍ଗିବ। ହସିଲା ଆଖିକୁ ଓହ୍ଲାଇ ଆସିବ ସନ୍ଦେହର କଳାଘୁମର ମେଘ। ବରଷିବ କରକା ସାଥିରେ। ତୋଫାନ ବହିବ, ବିଜୁଳି ମାରିବ। ଘଡ଼ଘଡ଼ିର କିଳିକିଳା ରଡ଼ିରେ ମେଦିନୀ ଥରିବ। ସବୁ ଉତ୍‌ପାତ, ସବୁ ତୋଡ଼ ସହିବ ଏକା ଜଣେ, ସେ ନନ୍ଦିକା। ତା'ର ଦୁଃଖ ଓ ନୈରାଶ୍ୟର ଭାଗ ନେବାକୁ ଆଉ ଜଣେ କେହି ନାହିଁ।

ଟିକିଏ ରହି ଅଭୟା କହିଲେ, ଭଲ ପିଲାଟିଏ ଲଳିତା! ପିଲାଦିନେ ଏଠିକି ଆସିଥିଲା। ମୋ ପାଖ ଛାଡ଼େ ନାହିଁ। ସତେକି ସେ ଏଇ ଘରପାଇଁ ଜନମିଥିଲା ଗୋ! ଆଠ ନଅ ବରଷର ଛୁଆଟାଏ, ସେ ପୁଣି ମୋ ଗୋଡ଼ରେ ହାତ ଦିଏ!

ଭଲ ପିଲାଟିଏ!

ହଁ ମା', ସେମିତି ଝିଅଟିଏ ଲୋଡ଼ା। କୁହାର ବୋଲର ହେବ। ସବୁ କାମକୁ ଆଗ ଅଣ୍ଟା ଭିଡ଼ି ବାହାରିବ। ଚାରି ପଦ କହିଲେ ସହିବ। ତମ ମନକୁ ତ ପାଇଛି, ସୁନନ୍ଦ –?

ନନ୍ଦିକାର ବିଦ୍ରୋହୀ କୋହ ମଥା ଟେକିଲା। ଧୈର୍ଯ୍ୟର ଟାଣ ଖୁଣ୍ଟ ଦୋହଲାଇ ଦେଲା, ସେତିକି ପଘା ଛିଣ୍ଡାଇ ଗୋଜିଆ ଶିଙ୍ଗରେ ଭୂଷିବାକୁ ଛୁଟି ଆସିବ। ଆରେ, ଦୁନିଆର ଢଙ୍ଗ ଏଇଆ! ଆଠବରଷର ସେବା, ଭକ୍ତି, ଭଲ ପଣିଆ, ସର୍ବସହଣୀ ଗୁଣର ଏଇ ପରାଭବ? ଭାଗ୍ୟ ପଛେଇଗଲା ବୋଲି ଏମାନେ ମଧ୍ୟ ଦାଉ ସାଧିବେ? ମୁହଁକୁ ଚାହୁଁ ଚାହୁଁ ଶାଶୁ ତାକୁ ଅକୂଳରେ ଭସାଇ ଦେବାକୁ ଚାହାନ୍ତି! ପୁଅ ଆଗରେ

ମନର କଥା କହିବାକୁ ସାହସ ନାହିଁ, ପରଝିଅର ସର୍ବନାଶ କରିବାକୁ ତାକୁ ହିଁ କରିବେ ଦୂତିକା ?

ହୁଗାଳି ଦେବ ଅସହିଷ୍ଣୁତାର ପଘା ? କହିବ କି, ଏ ସମ୍ବନ୍ଧ ହୋଇପାରିବ ନାହିଁ, କୌଣସି ସମ୍ବନ୍ଧ ହୋଇପାରିବ ନାହିଁ ? ତମର ସୁନନ୍ଦ ଥରେ ବିବାହ କରିଛନ୍ତି, ପତ୍ନୀ ବଞ୍ଚିଥାଉଣୁ ଅନ୍ୟ ବିବାହ ସେ କରିପାରିବେ ନାହିଁ। ଜାଣି ଜାଣି ନନ୍ଦିକା ଆତ୍ମହତ୍ୟା କରି ମରିବ ନାହିଁ। ବରଂ, ତୁମେ –

ଶାଶୁଙ୍କର ପ୍ରଶ୍ନିଳ ମୁହଁରେ ଆଗ୍ରହ। ସେ ନନ୍ଦିକାର ମରଣ କାମନା କରନ୍ତି। ନିଜର ଆଶାଦେବୀ ପାଖରେ ନନ୍ଦିକାକୁ ବଳି ଦେବାକୁ ଚାହାନ୍ତି। ହେଉ, ତାହାହିଁ ହେଉ। ଛାତି ତଳର କୋହ ନାଚି କୁଦି ହତାଶ୍ ହୋଇଛି, ପଘା ଛିଣ୍ଡାଇ ପାରି ନାହିଁ। କ୍ଳାନ୍ତ ହୋଇ ମଥା ନୋଇଁଛି। ତଳେ ପଡ଼ିଛି ଏଥର ଘାତକର କର୍ମ ଭରସା କେବଳ ଆଖିର ଲୁହ।

ତମେ କାନ୍ଦୁଛ ?

ନାଇଁ ତ !

ନନ୍ଦିକାର ଆଖିରୁ ଲୁହ ଝରିଲା। ଅଞ୍ଚଳରେ ଯେତେ ପୋଛିଲେ, ସେ ଅବାଧ ଲୁହ ଅଟକିଲା ନାହିଁ। ସେ ଅନୁଭବ କଲା, ଅଜାଣତରେ ସେ ତା'ର ମନର କଥା ପ୍ରକାଶ କରି ଦେଇଛି, ଦୁନିଆକୁ ଜଣାଇ ଦେଇଛି। ଯାହା ସେ କହିଛି ଯାହା ସେ କରିଛି, ସବୁ ତା'ର ଭଲପଣିଆର ସୁନାମ ପାଇଁ ପ୍ରତାରଣା। ସେ କିଛି ଚାହେ ନାହିଁ, କାହାକୁ ଲୋଡ଼େ ନାହିଁ। ସେ ଲୋଡ଼େ ଜଣକୁ, ସେ ତା'ର ଜୀବନସର୍ବସ୍ୱ ସୁନନ୍ଦ, ତା'ର ଧନ ଦଉଲତ ସେହି ଜଣଙ୍କର ସ୍ନେହ। ତାଙ୍କ ପାଖରେ ବି ନନ୍ଦିକାକୁ ପ୍ରତାରଣା କରିବାକୁ ପଡ଼ିବ ?

ବୁଝିଲି।

ନନ୍ଦିକା ଚମକି ଉଠିଲା। ହଠାତ୍ କହିଲା, ମୋ ଉପରୁ ତମର ବିଶ୍ୱାସ ତୁଟିଛି ବୋଉ, ସେତିକି ମୋର ଦୁଃଖ। ତମର ପୁଅ ଅମଙ୍ଗ ହେବେ ଏ ଧାରଣା ଯଦି ମୋର ଥାଆନ୍ତା, କେଉଁ ମୁହଁରେ ଶୋଭା ଅପାଙ୍କ ପାଖକୁ ଚିଟାଉ ଲେଖି ମୁଁ ନିଜେ ଲଳିତାର ସମ୍ବନ୍ଧ ସ୍ଥିର କରିଥାନ୍ତି, ବୋଉ ?

ପୁଣି ନନ୍ଦିକାର ଆଖିରୁ ଲୁହ ଝରିଲା।

ଅଭୟା କହିଲେ, ତେବେ ମୁଁ ଭୁଲ ବୁଝିଥିଲି।

ନନ୍ଦିକା ନଇଁପଡ଼ି ଶାଶୁଙ୍କର ଗୋଡ଼ ଧରିଲା। ଥରିଲା କଣ୍ଠରେ କହିଲା, କେବେ ତମର ଅବାଧ ହୋଇନାହିଁ, କି ଆଜି ହେବାକୁ ଚାହୁନାହିଁ। ଭଲ ଦିନ, ଭଲ ତିଥି ଦେଖି ବାହା ସ୍ଥିର କଲେ ବାହାଘରର ଆୟୋଜନ କରିବି।

ଅଭୟା ଉତ୍ତର ଦେଲେ ନାହିଁ। ଧୀରେ ଧୀରେ ଖଟ ଉପରୁ ଉଠି ନିଜ କୋଠରୀ ଭିତରକୁ ଗଲେ। ପଛକୁ ଫେରି ଚାହିଁଲେ ନାହିଁ।

ନନ୍ଦିକା ଥକ୍‌କା ହୋଇ ଅନାଇଁ ରହିଲା। ମନ କହିଲା, ସେ ବିଶ୍ୱାସ କରିନାହାନ୍ତି। ସେ ଚାହାନ୍ତି ପରୀକ୍ଷା। ନୀରବ ଭାଷାରେ ସେ ମୋର ପ୍ରାଣଦଣ୍ଡ ଆଦେଶ ଦେଇଗଲେ। ମଥାପାତି ସେ ଆଦେଶ ମୁଁ ଗ୍ରହଣ କରିବି।

ନନ୍ଦିକାର ଦୁଇ ଗାଲ ଭିଜାଇ ଦୁଇଧାର ଲୁହ ଝରି ଆସିଲା।

ଫାଶୀଖୁଣ୍ଟି ଲୋଡ଼ା ନାହିଁ। ଘାତକ ବା ତା'ର କୃପାଣ ମଧ୍ୟ ଲୋଡ଼ା ନାହିଁ। ସେ ନିଜେ ନିଜର ଘାତକ ହେବ। ସେ ହେବ ନିଜର କୃପାଣ। ହସିହସି, ହସିହସିକା ସେ ମଶାଣିଭୂଇଁକୁ ଯିବ। କେହି ତା'ର ବାଟ ଓଗାଳିପାରିବେ ନାହିଁ। ପଛରୁ କେହି ପାଟି କଲେ ସେ କାନରେ ହାତ ଦେବ। ଆଖିର ଲୁହ ଶେଷ ହେଉ।

ନନ୍ଦିକା ହସିବାକୁ ଲାଗିଲା। ଶୋଭାର ଚିଠିଟି ମଧ୍ୟ ଟିକି ଟିକି କରି ଚିରି ପଦାକୁ ପକାଇଲା। ସେ ଚିଠିରେ ଟିକିଏ କିନ୍ତୁ ଅଛି। କୌଣସି କିନ୍ତୁ ତାକୁ ବାଧାଦେବ ନାହିଁ।

ସେ ସତେକି ଉନ୍ମାଦିନୀ ହୋଇଛି। ଘରର ଏ ପାଖରୁ ସେପାଖ ହୋଇ ସେ କେବଳ ହସୁଛି।

କନି ପାଖକୁ ଆସିଲା। ମୁହୂର୍ତ୍ତେ ଚାହିଁଲା। ନୂଆଉ ବାଇଆ ହେଲେ କି? ମାଇସଞ୍ଜ କେତେ ଡେରି ଅଛି। ଘରଭିତରେ ଏପାଖରୁ ସେପାଖ ହୋଇ ଖାଲି ସେ ହସୁଛନ୍ତି। ଯାହାଙ୍କ ଦେହରୁ ଭୁଲରେ ବି ଟିକିଏ ଲୁଗା ଖସେ ନାହିଁ, ତାଙ୍କର ଆଜି ଦରନଙ୍ଗୁଳୀ ବେଶ! ଆର ଖଞ୍ଜାରେ ନିଜ କୋଠରୀରେ ବୁଢ଼ୀ କାନ୍ଦୁଛନ୍ତି। ପାଖକୁ ଗଲେ ଚିହିଙ୍କି ଉଠୁଛନ୍ତି। ପାଟି ଶୁଭୁନାହିଁ। କଅଣ ଆଜି ଏ ଘରେ ହେଉଛି?

ନୂଆଉ!

କଅଣ କି, କନି?

ଭାଇ ଆଜି ଆସିବେ ବୋଲି ରାଜୀବ ଖବର ପଠେଇଛନ୍ତି।

କେବେ ତ ରାଜୀବ ଆଗରୁ ଏମିତି ଖବର ପଠାନ୍ତି ନାହିଁ?

ତାଙ୍କର ଆଜି ଆସିବାର ଥିଲା ଯେ ଭାଇ ଆସିବେ ବୋଲି ସେ ଆସିପାରିବେ ନାହିଁ। ଏଇ ଖବର ସେ ପଠାଇଛନ୍ତି।

ସତେ?

ନନ୍ଦିକା ଗମ୍ଭୀର ଦେଖାଗଲା। ନିଜର ଦେହକୁ ଚାହିଁ ନିଜକୁ ସେ ଧିକ୍କାରିଲା, ଛି, କେଡ଼େ ଅସନା!

ଅଳି କଲା ପରି କହିଲା, ମୋର ମୁଣ୍ଡ ବାନ୍ଧିଦେବ ନାହିଁ, କନି?

କନି ଭୀତ ହେଲା। ପାଖକୁ ଆସି ନନ୍ଦିକାର ହାତ ଧରି ପଚାରିଲା, ତମର ଆଜି କଅଣ ହୋଇଛି ନୂଆଉ, ଏମିତି କାହିଁକି ଦିଶୁଛ? ତେଣେ ଅପା କାଇଁକି କାନ୍ଦୁଛନ୍ତି? କହିବ ନାହିଁ?

ଆଜି ଦିନକ ସେ କାନ୍ଦିବେ ଗୋ କନି, କାଲିଠୁଁ ସେ ହସିବେ। ଦେଖିବ ନାଇଁ ଫେର୍। ତମ ଭାଇ ପରା ଆସିବେ କନି, ଝଅଟ ମୋର ମୁଣ୍ଡ ବାନ୍ଧିଦିଅ। ମତେ ଅସନା ଦେଖିଲେ ସେ ବିରକ୍ତ ହେବେ। ଆସ, କନି!

କନି ବୁଝିଲା, ନନ୍ଦିକା ହସି ହସି କାନ୍ଦୁଛି। କେଉଁ ଦୁଃଖରେ କେଜାଣି, ନିଜ ଉପରୁ ବିଶ୍ୱାସ ହରାଇ ସେ ହୋଇଛି ଅଲାଜୁକୀ।

ଯେଉଁ ଘରେ ପିଲା ନାହିଁ ସେ ଘର ଘରରେ ଲେଖା ନୁହେଁ, ସେ ଘର ଅପନ୍ତରାଠୁଁ ବଳି। ମଣିଷର ରକ୍ତର ପିଲାକୁ ନିଜର ବୋଲି ଗ୍ରହଣ କଲେ ବାହାର ମନ, ଲୋକଦେଖାଣ ଡରିଲା ଥରିଲା ଓପରଧିଆ ମନ ମାନିବ ସିନା, ଆତ୍ମାର ଅକୁହା ନାଦ ନାହିଁ ନାହିଁ କରି ଉଠିବ। ତମେ ସପନ ଦେଖିଛ। ସପନ ତମର ସତ ଫଳିବ। ମୋର ମନକାମନା ପୂର୍ଣ୍ଣ ହେବ। ତମେ କଥା ଦେଇଛ। ସେଇ ଭରସାରେ ମୁଁ ସବୁ ସ୍ଥିର କରିସାରିଛି। ତମ ତୁଣ୍ଡରୁ ନାଇଁ ପଦ ଶୁଣିବାକୁ ମୋର ଆଉ ଧୈର୍ଯ୍ୟ ନାହିଁ।

ସୁନନ୍ଦ ଚାହିଁ ରହିଲା ନନ୍ଦିକାକୁ। ରାତି ଅଧ। ଜାଗର ଉଆଁସ ତିନି ଦିନ ଅଛି। ବାହାରେ ଅନ୍ଧାର। ଘର ଭିତରେ ଆଲୁଅ ଜଳୁଛି। କିନ୍ତୁ ସେ ଆଲୁଅ ନନ୍ଦିକାର ରୂପର ଶିଖା ପାଖରେ ନିଷ୍ପ୍ରଭ। ନନ୍ଦିକା ବସିଛି ଟୁଲ୍ ଉପରେ। ପଲଙ୍କ ତଳକୁ ଗୋଡ଼ ଲମ୍ବାଇ ଗମ୍ଭୀର ହୋଇ ବସିଛି ସୁନନ୍ଦ। ଚାହିଁ ରହିଛି ନିର୍ବୋଧ ପରି।

ସତେ, ବୟସ ଧାଇଁ ପଳାଇଲା? ସନ୍ତାନ ହେବାର ଆଉ ଆଶା ନାହିଁ? ନନ୍ଦିକାକୁ ଚବିଶି ବର୍ଷ, ଆଉ ତାକୁ ପଇଁତିରିଶି। କିନ୍ତୁ ନନ୍ଦିକା ଏବେବି ଷୋଳ ବର୍ଷର ଝିଅଟି ପରି ଦିଶୁଛି। ହଁ, ଶ୍ରୀମତୀ ଭୋଇ ତାକୁ ଚିରଦିନ ପାଇଁ ହତାଶ୍ କରିଛନ୍ତି। ଶ୍ରୀମତୀ ଭୋଇଙ୍କୁ ଦେଖାଇବା ଭୁଲ ହୋଇଛି। ଯେତେ ସପନର ଅବତାରଣା କଲେ ବି ସେ ପରତେ ଯିବନାହିଁ।

ନନ୍ଦିକା ଉଠିଆସିଲା। ପଲଙ୍କ ଉପରେ ବସି ଗେହ୍ଲେଇ କହିଲା, ମୁଁ ଲଳିତାକୁ

ଚାହେଁ। ସେ କାଲିକାର ପିଲା ବକଟେ। ଦିନ କେଇଟା ମୋ ପାଖରେ ଥିଲା। ଦେଖିଛି। ଯେମିତି ସୁନ୍ଦର, ସେମିତି ଗୁଣର ଝିଅଟି। ମୋ ମନ ମାନିଛି। ସେଇ ମତେ ପୁଅ ଆଣିଦେବ। ତମରି ରକ୍ତକୁ ସେ ଗଢ଼ି କଣ୍ଢେଇ କରି ମୋ କୋଳରେ ଦେବ। ମୁଁ ତାକୁ ପାଖକୁ ଆଣିବି।

ଦୁନିଆ ଆଖିରେ ମତେ ଲୋକହସା କରିବ ?

କାହିଁକି ? କିଏ କହିବ ତମର ବୟସ ହୋଇଛି ? ବୟସ ବା ତମର କେତେ ? ଆମେ ମାଇପି ଜାତି ସିନା ଆଖି ପିଛୁଳାକେ ବୁଢ଼ୀ ହେଇଯାଉଁ–

ଥାଉ, ସେତିକି କହି ଥା। ତମର ଯଦି ଇଚ୍ଛା ହେଉଛି, ତମେ ଯାଇ ବାହା ହେଇପଡ଼।

ନନ୍ଦିକା ହସିହସି ଲୋଟିଗଲା। ଦୁଇ ହାତରେ ସୁନନ୍ଦର ଗଳା ବେଷ୍ଟନ କରି ମୁହଁରେ ବୋକ ଦେଲା। କହିଲା, କିଏ ଆଉ ବାହା ହେବ କି ? ଭାବିଛ କି ତୁମେ ? ତା' ହେଲେ ମୁଁ କାହିଁକି ଲଳିତାକୁ ସ୍ଥିର କରିଥାନ୍ତି ? ସତରେ, ମୁଇଁ ତାକୁ ବାହାହେବି। ତମେ ଖାଲି ମୋ ପାଇଁ ବରବେଶ ସାଜି ଯିବ। ଲଳିତାକୁ ଆଣି ମୋ ପାଖରେ ଛାଡ଼ିଦେବ। କେତେଥର ମତେ କହିଛ, ମୋ ପାଖରେ ତମର ଅଦେୟ କିଛି ନାହିଁ। ମୁଁ ତମକୁ ସରଗର ଚାନ୍ଦଟିଏ ମାଗୁନାହିଁ। ମାଗୁଛି ମୋ ପାଇଁ ସାଥୀଟିଏ, ମୋ ପାଇଁ ସାନ ଭଉଣୀଟିଏ। ସେଇ ଲଳିତା। ଦେବ ନାହିଁ ?

ନିବିଡ଼ ଆଲିଙ୍ଗନ। ଚୁମ୍ବନ। ପ୍ରତ୍ୟୁତ୍ତର।

ନୂଆ କଥା କରିବାକୁ ଯାଉଛ, ନିଜେ ବରବେଶ ସାଜି ତମର ଲଳିତାକୁ ଆଣିବାକୁ ଯାଉନା ?

ସେଇଆ ହେବ। ତମେ ମତେ ସଜେଇ ଦେବ। ଆଉ, ତମେ ଶାଢ଼ୀ ପିନ୍ଧି ମୁଦୁସୁଲୀ ହେଇ ମୋ ସାଙ୍ଗରେ ଯିବ। ମୁଁ ତମକୁ ସଜେଇ ଦେବି। ହେଲା ତ ? ରହ, ମୁଁ ଶାଢ଼ୀ ନେଇଆସେ।

ନନ୍ଦିକା ପଲଙ୍କ ଉପରୁ ତଳକୁ ଓହ୍ଲାଇଲା। ଅସଜଡ଼ା ପିନ୍ଧିଲା ଶାଢ଼ୀର ପଣତ ସୁନନ୍ଦ ହାତରେ। ସୁନନ୍ଦ କହିଲା, ଥାଉ, ଏଇଖଣ୍ଡ ଚଳିବ।

ଛି–କହି ନନ୍ଦିକା ହସିହସି ଫେରି ଆସିଲା, ସୁନନ୍ଦ ପାଖକୁ। କହିଲା, ଛାଡ଼। ବସ ମୋ ପାଖରେ।

ନନ୍ଦିକା ବସିଲାରୁ ସୁନନ୍ଦ କହିଲା, କାହିଁକି ମତେ ତମେ ଲୋକହସା କରିବାକୁ ବସିଛ, ଶୁଣେ ?

ତମେ ମୋତେ ଭଲପାଅ ବୋଲି ! ଲୋକେ ଯଦି ହସିବେ ତ ହସନ୍ତୁ।

ସେମାନେ କେବେ ହସିବେ ବୋଲି, ଆମେ ଆଗରୁ କାନ୍ଦୁଥିବା କି? ଆମ ଆଖିକି ଯାହା ଭଲ ଦିଶିବ, ଆମେ କରିବା।

ଘରେ ଅଶାନ୍ତି ସୃଷ୍ଟି କରିବା? ଲୋକଙ୍କୁ ତାଳିମାରି କୁହାଟ ଛାଡ଼ିବାକୁ ସୁଯୋଗ ଦେବା?

ଘରେ ଅଶାନ୍ତି ସୃଷ୍ଟି ହେବ ନାହିଁ। ଲୋକେ ତାଳିମାରି କୁହାଟ ଛାଡ଼ିବେ ନାହିଁ। ହେଲା ଏବେ?

ନନ୍ଦିକାର ମୁଖଭଙ୍ଗୀ ଉଜ୍ଜ୍ୱଳ, ହସିଲା ଆଖିଡୋଳାର ଚାଳନା, ବସନବିହୀନ ଝୀନ ବ୍ଲାଉଜ ପରିହିତ ସୁପୁଷ୍ଟ ଅଙ୍ଗର ଆଲୋଡ଼ନ, ନିଜ ଦେହରେ ତା'ର କୋମଳ ଉଷୁମ ହାତର ପରଶ, ସୁନନ୍ଦର ଟକଳା ଆଗ୍ରହକୁ ଉତ୍ତେଜିତ କଲା। ନନ୍ଦିକାର ହାତଧରି ସେ ଆହୁରି ପାଖକୁ ଟାଣିଲା। କହିଲା, ଲୋକଙ୍କ ପାଟିରେ କିଏ ହାତ ଦେବ?

ମୁଁ। ସମସ୍ତେ ଜାଣିବେ, ମୁଁ ଲଳିତାକୁ ମୋ'ପାଇଁ ଆଣିଛି। ତମର ସେଥିରେ ଚାରା ନାହିଁ। ତମେ କେବଳ–

ମୁଁ ପାରିବି ନାହିଁ।

ତେବେ, ମୁଁ ପାରିବି। ଦେଖ, ବରବେଶରେ ମୁଁ କେମିତି ଦିଶିବି। ଛାଡ଼ ମୋ ହାତ।

ନନ୍ଦିକା ପଲଙ୍କରୁ ଓହ୍ଲାଇ ହଲି ଦୋହଲି ମଝି ଘର ଭିତରକୁ ଗଲା। ଚାହିଁ ରହିଲା ସୁନନ୍ଦ। ଭାବିବାକୁ ଲାଗିଲା, କିଏ କ'ଣ ଭାବିବ, କି କହିବ ବୋଲି ପ୍ରିୟତମା ପତ୍ନୀର ମନର ସରାଗ ସେ ଭାଙ୍ଗିବ କାହିଁକି? ସେ ଚାହେଁ ସାଥୀଟିଏ। ସେ ଚାହେଁ ସନ୍ତାନଟିଏ। ଯିଏ ଆସିବ ସେ ହେବ ନନ୍ଦିକାର ସେବିକା। ସ୍ନେହର, ଆଦରର, ଆଦେଶର ଖେଳଣା ଜୀବଟିଏ। ପୋଷା ବିଲେଇଛୁଆ। କ୍ଷତି କ'ଣ?

ଲଳିତା! ହଁ, ଝାପ୍ସା ଦିଶୁଛି ଗୋଟିଏ ପିଲାର ସ୍ମୃତି। ଦୁର୍ବଳ, ସନ୍ଧୁର, ସୁନାଖଡ଼ିକା ପରି ନଅ ବର୍ଷର ଝିଅଟିଏ! ତା'ର ବି ସେ ଚର୍ଚ୍ଚା କରିଥିଲା। ଅଳପ କଥା କହେ। ଭଉଣୀର ନଣନ୍ଦ ଲେଖାରେ ଥଟ୍ଟା କଲେ ପିଲାଟି ମୁରୁକେଇ ହସି ପାଖରୁ ପଳାଏ। ନନ୍ଦିକା ପାଖରେ ବସିଥାଏ। ସୁନନ୍ଦ ଘର ଭିତରକୁ ପଶିଲେ ସେ ଉଠି ଚାଲିଯିବାକୁ ବସେ। ହସହସ ସୁନନ୍ଦ ବାଟ ଛକି କହେ, କୁଆଡ଼େ ପଳାଉଛ? ରୁହ।

ଆରେ?

ନନ୍ଦିକା ତା'ର ହାତ ଧରି ପାଖକୁ ନିଏ। ତୁନୀ ତୁନୀ କହେ, ବସ ମୋ ପାଖରେ, ଯାଅନା।

ନିଦ ମାଡ଼ିଲାଣି ମ।

ସେ ଉଠି ପଳାଏ।

ମନେପଡୁଛି ସେହି ଟିକି ପିଲାଟି।

ସେହି? ଛି, କିନ୍ତୁ ନନ୍ଦିକା ତାକୁହିଁ ଚାହେଁ। ନନ୍ଦିକା ତାକୁ ଚିହ୍ନେ, ଜାଣେ, ଭଲପାଏ। ଲଳିତା ତା'ର ସେବା କରିବ, ଅବାଧ ହେବ ନାହିଁ।

ନନ୍ଦିକାର ଆଶା ସେ ପୂରଣ କରିବ। ସୁନନ୍ଦର କି ଥାଏ, ତହିଁରେ ସେ ବାଧା ଦେବନାହିଁ। ନନ୍ଦିକାର ମନକାମନା ପୂର୍ଣ୍ଣ କରିବ!

ଆଗରେ ଉଭା ନନ୍ଦିକା, ବରବେଶରେ ନୁହେଁ, ପୁରୁଷ ବେଶରେ!

ତାଆରି ପାଲଟା ଲୁଗା ସେ ପିନ୍ଧିଛି। ଲମ୍ବିଯାଇଛି ଲୁଗା କୁଞ୍ଚ ପାଦତଳକୁ। ଦେହରେ ପୂରାହାତ କାମିଜ। ଲମ୍ବ ବହକି ପଡ଼ିଛି। ଛାତି ପକେଟରୁ ଉଙ୍କିମାରୁଛି ରୁମାଲ, ପୁଣି ଝରା କଲମ। ସୁନା ବୋତାମ ପୁଞ୍ଜିକ ଝଟକି ଉଠୁଛି।

ତନ୍ମୟ ହୋଇ ନୂଆ ବେଶରେ ପୁରୁଣା ମଣିଷଟିକୁ ସୁନନ୍ଦ ଅନେଇଁ ରହିଲା। ନନ୍ଦିକାର ଆଖିରେ କଜଳ। କପାଳ ଉପରେ ଚନ୍ଦନପାଟି, ମଝିରେ ସିନ୍ଦୂରବିନ୍ଦୁ। କଜଳ କଳା ଝଟକିଲା ଚିକ୍‌କଣ କେଶ ମଝିରେ ସିନ୍ଦୂରଗାର। ଖୋସାରେ ବଉଳଫୁଲର ମାଳ ଗୁଡ଼ା ହୋଇଛି। କାନରୁ ଲମ୍ବି ଆସିଥିବା ଧଳା ପଥରବସା ଡ୍ରପ ଦିଓଟି ଦୋହଲି ଉଠୁଛି।

ସେମିତି ଅନେଇଁ ରହିଛ କାହିଁକି?

ଦେଖୁଛି।

କେମିତି ମାନୁଛି, କହିଲ?

ଡହୁଁ, ମନକୁ ଆସୁନାହିଁ। ପାଖକୁ ଆସ, ମୁଁ ଟିକିଏଁ ଶିଖେଇଦିଏଁ, ଆସ।

ନନ୍ଦିକା କଥା ମାନିଲା।

ସୁନନ୍ଦ ତା'ର ହାତ ଧରି ଆହୁରି ପାଖକୁ ଟାଣିଆଣିଲା। ପକେଟରୁ ରୁମାଲ କାଢ଼ି ନନ୍ଦିକାର ମଥାର ସିନ୍ଦୂର ଲିଭାଇବାକୁ ହାତ ବଢ଼ାଇଲା। ତା'ର ଉଦ୍ଦେଶ୍ୟ ବୁଝିପାରି ନନ୍ଦିକା ଖପ୍ କରି ତା'ର ହାତ ଧରି ଥରିଲା ସ୍ୱରରେ କହିଲା, ଏ କ'ଣ କରିବାକୁ ବସିଛ, ଏଡ଼େ ସାହସ?

କେଉଁ ଅଜଣା ଭୟରେ ତା'ର ଅନ୍ତରାତ୍ମା ଥରିଉଠିଲା। ହସିଲା ମୁହଁ ମଳିନ ଦିଶିଲା। ଆଖିରେ ଛନଛନ ହେଲା ଲୋତକ! ବେହେଲ ହେବାର ପରାଭବ ସେ ପାଇଛି। ଯାହା ପାଇଁ ମଥାରେ ସେ ବାଳାରୁଣର ପ୍ରତୀକ ଧରିଛି, ସେଇ ନିଜେ

ଅମାଅନ୍ଧାର ଘୋଟାଇବାକୁ ବଢ଼ାଇଛନ୍ତି ହାତ ? ଅଭିନୟ ସେତିକି ଥାଉ । ସେ ସହିପାରିବ ନାହିଁ । ମଥାରେ ସେ ପ୍ରଜ୍ୱଳିତ ତପନର ଗରିମା ଧରି ଚିରଦିନ ପାଇଁ ଆଖି ବୁଜିବ । ଶାଶୁଙ୍କର ମନକାମନା ପୂରଣ କରିବାକୁ ସେ ଆଉ ଅଭିନୟ କରିବ ନାହିଁ ।

ସୁନନ୍ଦ କହିଲା, ଏତକ ରହିଲେ ଧରା ପଡ଼ିଯିବ ।

ସେତିକି କହିଥା ।

ନନ୍ଦିକା ଦୂରେଇ ଆସିଲା । କଇଁ କଇଁ ହୋଇ କାନ୍ଦିଉଠିଲା । ଛାତିର ବୋତାମ ଖୋଲୁ ଖୋଲୁ କଇଁଥରା ସ୍ୱରରେ କହିଉଠିଲା, ବରବେଶ ହେବା ଲୋଡ଼ା ନାହିଁ । ପିଲାଛୁଆ କୋଳରେ ଧରି ଝୁଲାଇବାକୁ ଆଉ ମୋର ଆଗ୍ରହ ନାହିଁ । ଲଳିତାଠି ପ୍ରୟୋଜନ ନାହିଁ । ସେ ନ ଆସୁ । ମୋ ମଥାର ସିନ୍ଦୁର, ମୋ ମଥାର ସିନ୍ଦୂର–

ସତେକି ସେ ବାଇଆଣୀ ହୋଇଛି । ଦେହରୁ ଖୋଲୁଛି କାମିଜ । ଆଲୁଅକୁ ଯାହାର ଏତେ ସରମ, ସେ ଦେହକୁ କରୁଛି ବସନହୀନ । ନିଜକୁ ସେ ଭୁଲିଛି ସତେ । ତା' ତୁଣ୍ଡରୁ ଛୁଟିଛି, ମୋ ମଥାର ସିନ୍ଦୂର, ଲଳିତାଠି ମୋର କି ପ୍ରୟୋଜନ ?

ସୁନନ୍ଦ ବିଚଳିତ ହୋଇ ଉଠିଆସିଲା । ନନ୍ଦିକାର ହାତ ଧରି କଅଁଳେଇ କହିଲା, ମୋ ରାଣ କାନ୍ଦ ନାହିଁ । ମୋର ଭୁଲ ହୋଇଛି ।

ଏତେବଡ଼ ଭୁଲ ? ଏଡ଼େ ସାହସ ?

ଦୋଷ ହୋଇଛି ନନ୍ଦିକା, ଆଉ ତମର ଅବାଧ୍ୟ ହେବି ନାହିଁ ।

ଏଁ – ?

ନନ୍ଦିକାର ହାତ ଅଟକିଲା । ଅଧା ଖୋଲା କାମିଜ୍ ମଝିରେ ମୁହଁ ଲୁଚିଛି । ବିଶ୍ୱାସ ହେଉ ନାହିଁ କାନରେ ଯାହା ଶୁଣିଲା ।

ସେପୁରର କୁହାଟ ନୁହେଁ ତ ?

ଅବାଧ୍ୟ ହେବି ନାହିଁ ନନ୍ଦିକା, ତୁମ ପାଇଁ ମୁଁ ବରବେଶ ସାଜି ଯିବି ।

ନନ୍ଦିକା ଥକ୍କା ହୋଇ ମୁହୂର୍ତ୍ତେ ଠିଆହେଲା । କାମିଜଟି ତଳକୁ ଖସାଇ ପଦାକୁ ମୁହଁ କାଢ଼ିଲା । ସେ ମୁହଁ ଯେପରି ଆଉ କାହାର । ସବୁ ଲୁହ ଶେଷ ହେବ କି ? ସାରାଦେହ ଥରିଉଠୁଛି କାହିଁକି ? ମୁଣ୍ଡ ବୁଲାଉଛି । ସତେ କି ଟଳିପଡ଼ିବ ? ଆଗରେ ଜୀବନସର୍ବସ୍ୱ ଠିଆ ହୋଇଛନ୍ତି । ଶୁଖିଲା ମୁହଁ । ଅତି ଦୁଃଖରେ ସେ ପୁଣି କହୁଛନ୍ତି ତୁମରି କଥାହିଁ ରହିବ । ଆସ, କାନ୍ଦନା, ତୁମକୁ ମୋ ରାଣ ।

ନିଜକୁ ଆଉ ସେ ସମ୍ଭାଳିପାରିଲା ନାହିଁ । କଟମଟ କରି ଲୁହଭରା ଆଖିରେ ଚାହିଁ ରହିଲା ସୁନନ୍ଦକୁ । ମନେହେଲା, ଯେପରି ସେ ଘୁଞ୍ଚି ଘୁଞ୍ଚି ଦୂରକୁ ଦୂରକୁ ଚାଲିଯାଉଛନ୍ତି । ହାତ ପାଉ ନାହିଁ । ମୁହଁଟି ଦିଶୁଛି ଝାପ୍‌ସା ।

ଦୂରେଇ ଯିବେ ? ସତେ ସେ ଯିବେ ଦୂରେଇ ?

ନା, ମିଛ କଥା। ତା'ର ଜୀବନ, ତା'ର ଆଶାଭରସା ସମ୍ବଳକୁ ସେ ବାନ୍ଧି ରଖିବ ଦୁଇ ବାହୁର ବନ୍ଧନରେ। ନିବିଡ଼ ବନ୍ଧନ। ଛାଡ଼ିବ ନାହିଁ। ଦୂରେଇବ ନାହିଁ। ବାନ୍ଧି ରଖିବ। ଆଲୁଅଟା ନାଚି ନାଚି ଛିଗୁଲାଉଛି। ସେ ବି ଲିଭିବ।

ସେ ପାଗଳିନୀ ହୋଇଛି।

ଆଲୁଅ ଲିଭିଛି। ଟଳିପଡ଼ିଛି ଥରିଲା ନନ୍ଦିକା ସୁନନ୍ଦର ଛାତି ଉପରକୁ। କାନ୍ଧରେ ଥୋଇଛି ମୁହଁ। ତତଲା ଲୁହ ସୁନନ୍ଦର ଖୋଲା ପିଠି ଉପରେ ଦିଓଟି ଉଷୁମ ଗାର ଟାଣିଦେଇଛି।

ପଲଙ୍କ ଉପରେ, ପିଠି ଆଉଁସି ସୁନନ୍ଦ କହିଲା, ଆଉ କାନ୍ଦନା ନନ୍ଦିକା, ତମର ମନରେ ଦୁଃଖ ଦେବାକୁ ଆଉ ମୁଁ ଚାହୁଁନାହିଁ। ତମର ଲଳିତା ତମରି ପାଖକୁ ଆସିବ। ମୁଁ ନିଜେ ତାକୁ ଆଣି ତମ ପାଖରେ ଛାଡ଼ି ଦେବି। ହେଲା ତ ଏବେ ? ମୋ ରାଣ କାନ୍ଦନା।

ନନ୍ଦିକା ମଣିଲା, ତା'ର ସ୍ୱାମୀ ସୁନନ୍ଦ ସତେ ବା ଟିକି ଝିଅଟିକୁ ଆହ୍ଲାଦ କରୁଛନ୍ତି, ମୁଣ୍ଡରେ ହାତ ଚାପଡ଼ି ଧୂଓ ବାଇଆ କରି କହୁଛନ୍ତି, ଶୋଇପଡ଼ ନନ୍ଦିକା, ଖେଳଣା ଆଣି ଦେବି, ମନଇଚ୍ଛା ଖେଳୁଥିବ। କି ସୁନ୍ଦର ସୁନାକାଠ ପରି ନହକା ସାପ ପିଲାଟିଏ। ଦୁଧ ପେଇ ଯତ୍ନ କରି ତାକୁ ବଢ଼ାଇବ। ଗଳାର ମାଳି କରିବ। ସାବଧାନ, ତାକୁ ଚଳାଇବ ନାହିଁ। ଆଘାତ ଦେବ ନାହିଁ। ସେ ନିଜରୂପ ଧରିବଟି, ଦଂଶିବ। ସାବଧାନ !

ସେ ଆଉ କାନ୍ଦିବ ନାହିଁ। ମନର କଥା ନ ହେଲେ ବି ତୁଣ୍ଡର କଥାରେ ପରତେ ଯାଇ ସ୍ୱାମୀ ରାଜି ହୋଇଛନ୍ତି। ସରଳ ମନରେ ଭବିଷ୍ୟତର ଭଲମନ୍ଦ ଚଳନ ପ୍ରବେଶ କରି ନ ଥିବ। ତାଙ୍କର ଚାରା ନାହିଁ। ଦଇବ ଦଉଡ଼ି ଟାଣିନେଉଛି। ଆଉ ଦୁଃଖ କାହିଁକି, କାନ୍ଦ କାହିଁକି ? ଶିଶୁପରି କୋମଳ ଓ ନିଷ୍କପଟ ଯାହାର ମନ, ନନ୍ଦିକାର ପ୍ରତି କଥାରେ ବିଶ୍ୱାସ କାରିବା ଯାହାର ପ୍ରକୃତି, ତାଙ୍କ ମନରେ ସେ ଦୁଃଖ ଦେବ ନାହିଁ।

ସୁନନ୍ଦ, ସତେକି ସେ ନନ୍ଦିକାର ଉତିଆଣି ପିଲାଟି, ତାଆରି କେଶ ଭିତରେ ଆଙ୍ଗୁଠି ଭରି ଗେହ୍ଲେଇ କହିଲା, କାନ୍ଦିବ ନାହିଁ ଗୋଟିଏ ସର୍ତ୍ତରେ।

ସର୍ତ୍ତଟି କଅଣ ସେ କହିପାରିଲା ନାହିଁ।

ମନର କଥା ଜାଣିଲା ପରି ସୁନନ୍ଦ ଗେଲ କଲା, ମୂର୍ଚ୍ଛାଳିଆ ଗେଲ। ନନ୍ଦିକାକୁ କେଳକୁ ଟାଣି ଗୁଡ଼ାଇ ଧରିଲା। ସତେକି ସେ ତାଆର ଗେଲବସର ଅଲିଅଳ କଅଁଳିଆ ଅଝଟିଆ ଟିକି ଝିଅଟି।

ଅଭୟା ଭାବିବାକୁ ଲାଗିଲେ–

ଘରେ ଗହଳ ଚହଳ। କେତେ ଲୋକେ ଯାଆସ କରୁଛନ୍ତି। ଦିଆନିଆ ଚାଲିଛି। ବରାଦ ହେଉଛି। ଜିନିଷପତ୍ର ସଂଗ୍ରହ କରାହେଉଛି।

ପୁଅର ବାହାଘର !

କାହା ପୁଅ ସେ ? ଅଭୟାଙ୍କର ? ନନ୍ଦିକାର କି ? ସତେ ତା'ର ପାଞ୍ଚ ପୁଅ, ଆଉ ଏଇ ନନ୍ଦିଆଟା, ସବା ସାନ, କୋଡ଼ପୋଛା। ନନ୍ଦିକାର ଇଏ ଶେଷ ନିମିତ୍ୟ।

ସବୁ ସେ କରୁଛି, କରାଉଛି, ଘରବାରି ସଫାସୁତୁରାରୁ ଆରମ୍ଭ କରି ଗହଣାଗଢ଼ାଯାଏ। ପୁରୋହିତ, ନାହାକ, ଭଣ୍ଡାରୀଙ୍କର ତତ୍ତ୍ୱ, ସେମାନଙ୍କର ବରାଦ। ଶଙ୍ଖ-ମହୁରୀ, ବାଇଦ-ବାଜଣା, ଫୁଲ-ଆଲୁଅ, ବାଣ ସବୁ ବରାଦ କରୁଛି ନନ୍ଦିକା। ଯାହାର ଛାଇ ପଦାରେ ପଡୁ ନ ଥିଲା, ସେ ହୋଇଛି ବୁଢ଼ୀ ଘରଣୀ। ବାତଚକ୍ର ପରି ବୁଲିଆସୁଛି। ଅଳସ ନାହିଁ। କେଉଁଠି ଠିଆ ହୋଇଯିବା, କି ଯେମିତି ଲୋଡ଼ା ସେତିକିରୁ ଅଧିକ ପଦେ କହିବାର କେହି ଦେଖୁନାହିଁ। ରାତି ଅଧଯାଏ କାମ।

ମନରେ ବିରସ ଭାବ ନାହିଁ। କଟକରୁ ଫେରିଲା ପରେ ତା'ଠାରେ ଯେଉଁ ସରାଗହୀନତା ଅଭୟ ଦେଖିଥିଲେ, ସେତେକ ଦୂର ହୋଇଛି।

ମନେପଡୁଛି ଅଭୟାଙ୍କର, ହସିଲା ମୁହଁରେ ଅତି ଆଗ୍ରହରେ ନନ୍ଦିକା କହିଥିଲା, ସେ ରାଜି ହେଲେ ବୋଉ, ଜବାବ ଦେଇ ଦିନ ସ୍ଥିର କରିବାକୁ ମୁଁ ଅପାଙ୍କୁ ଲେଖିଦେଇଛି। ଲଳିତା ମୋର ସାନ ଭଉଣୀ ହୋଇ ଆସିବ।

ନନ୍ଦିକାର ହସ ସେଦିନ ତାଙ୍କର ଦେହରେ ଅଗ୍ନି ବରଷିଥିଲା। ତା'ର ପ୍ରତି ପଦ କଥା ତାଙ୍କର କଳିଜାରେ କଣ୍ଟା ଫୋଡ଼ିଥିଲା। ଥରିଲା ତୁଣ୍ଡରୁ ଆପଣାଛାଏଁ ବାହାରିପଡ଼ିଲା, ପରତେ ନ ଗଲା କଥା, ନନ୍ଦିଆ ରାଜି ହେଲା ?

ମତେ ଅବିଶ୍ୱାସ କରନା ବୋଉ !

ଅଭୟା ଦୃଷ୍ଟି ନୋଇଁଥିଲେ। ବୁଝିଲେ ଯାହାକୁ ବୋହୂ କରି ଆଠ ବରଷ ତଳେ ଏ ଘରକୁ ଆଣିଥିଲେ, ତା' ପାଖରେ ସେ ଅତି ଛୋଟ, ଅତି ନଗଣ୍ୟ ହୋଇପଡ଼ିଛନ୍ତି। ତା' ମୁହଁକୁ ଚାହିଁ କଥା କହିବାର ସାହସ ତାଙ୍କର ହଜିଛି। ନନ୍ଦିକା ତା'ର ବୋହୂପଣର କର୍ତ୍ତବ୍ୟ କରିଯାଉଛି। ଗୋଡ଼ଧୋଇ ପାଣି ନ ପାଇଲେ ତୁଣ୍ଡରେ କିଛି ଦେବ ନାହିଁ। ଦି' ପହରେ ପୁରାଣ ପଢ଼ି ଶୁଣାଇବ, ରାତିରେ ଗୋଡ଼ ଘଷିବ। ତଥାପି, ଅଭୟା ତା'ର ମୁହଁକୁ ଚାହିଁ କଥା କହିପାରି ନାହାନ୍ତି।

ଗୋଟିଏ ଭାବନା ମନକୁ ରାମ୍ପି ବିଦାରି ଲହୁଲୁହାଣ କରୁଛି, ନନ୍ଦିଆ ମଙ୍ଗିଲା ?

ସେ ବି ହେଲା ଦୁନିଆ ଲୋକଙ୍କ ପରି ଜଣେ। ମୋର କୁଳର ଲକ୍ଷ୍ମୀ, କୋଳର ସୁବର୍ଣ୍ଣ ପ୍ରତିମାକୁ ଦୂରକୁ ଆଡ଼େଇ ଦେବାକୁ ମନ ତା'ର ରାଜି ହେଲା ?

ଦୁନିଆ ତେବେ ଏଇଆ ! କେହି କାହାରି ନୁହେଁ ?

ଏ ବିବାହ ହୋଇପାରିବ ନାହିଁ।

କାହାକୁ ଏହା ସେ କହିବେ ? ଏଇ, ଲୋଟଣୀପାରା ନନ୍ଦିକା, କାମରେ ଲୋଟିଯାଉଛି। ମୁଣ୍ଡବାଳ ଫୁରୁ ଫୁରୁ ଉଡୁଛି। ଦେହ ମୁଣ୍ଡରୁ ବସନ ଖସୁଛି। ମୁହୂର୍ତ୍ତେ ତା'ର ସମୟ ହେଉନାହିଁ। ବେଳ ପାଇଲେ ଧାଇଁଆସୁଛି ପାଖକୁ।

ବୋଉ, ଅପା ଚିଠି ଲେଖିଛନ୍ତି। ଦିନବାର ଠିକ୍ ହେଲା।

ଦେଖିଲ ବୋଉ, ଏ ଶାଢ଼ୀସବୁ, ଏ ଗହଣା, ଅପାଙ୍କୁ ଲେଖି ଲଳିତାର ଆଙ୍ଗୁଠିର ମାପ ମଗେଇଥିଲି। ବରାଦ ଦେଇ କଟକରୁ କିଣେଇ ଆଣିଛି।

ବୋଉ, ଆଭା ଆସିପାରିବେ ନାହିଁ ଲେଖିଛନ୍ତି।

ଅଭୟା ଭାବିଲେ, ସତେ ନନ୍ଦିଆ ମଙ୍ଗିଲା ?

ବିଶ୍ୱାସ ହେଉନାହିଁ। କାହାପାଇଁ ନନ୍ଦିକା ପାଗଳ ହୋଇଛି ? ଏ ନିମିତ୍ୟ ହୋଇପାରିବ ନାହିଁ। କାହା ଆଗରେ ମୁହଁ ଖୋଲି ମନର କଥା କହିବେ ?

ଅଭୟା କେବଳ ଭାବୁଛନ୍ତି।

କାହିଁକି ତମେ ବାଇ ହୋଇଛ, ନିଜ ପାଇଁ ନିଜେ ଗାତ ଖୋଳୁଛ ? ଲୋକେ ଭଲ କହୁନାହାନ୍ତି ଅପା, ଦୁନିଆ ବାହାର କଥା କରୁଛ। ଲୋକେ ପଚାରୁଛନ୍ତି, କାହା ବାହାଘର ?

ସେମାନଙ୍କୁ କହି ଦେ ସୁମିତ୍ରା, ନନ୍ଦୀଅପାର ବାହାଘର।

ଆଖିର ଲୁହରେ ତମର ହସ ଆନନ୍ଦ ବୁଡ଼ିମରିବ।

ଯଦି କେବେ ଆଖିରୁ ଲୁହ ଝରେ ଲୋ ସୁମିତ୍ରା, ନିଜ ହାତ ପିଠିରେ ସିନା ପୋଛିବି, ଆଉ କାହାକୁ ଦେଖିବାକୁ ଡାକିବି ନାହିଁ।

ନୂଆଉ !

କଟମଟ କରି ଅନେଇ ରହିଛି କାହିଁକି କନି ?

ତମକୁ ଦେଖୁଛି। କି ସରି ହେଲଣି। କାହିଁକି– ?

ସତେ ? ତମ ଭାଇ କଟକରୁ ଆଜି ଆସିବେ କି ? ଏତେ ରାତିରେ ? ହଁ କନି, ସେଦିନ ସେ ସେମିତି ଆସିଥିଲେ। କନି, ମୋ ମୁଣ୍ଡ ସାଉଁଳି ଦେବ ନାହିଁ।

ଦେଖିଲ, ଦେହ ଅସନା ଦିଶୁଛି। ମଲ୍ଲୀବୁଦାରେ ଆଉ ଫୁଲ ଫୁଟୁ ନାହିଁକି ? ଆରେ, ଆଖିରେ ଆଜି କଜଳ ପିନ୍ଧିନାଇଁ ! ଗୋଡ଼ରୁ ଅଳତା ଦାଗ ଲିଭିଛି। ଏମିତି ରୂପରେ ଦେଖିଲେ ସେ ମୁହଁ ଶୁଖେଇବେ। କନି ମତେ ସଜେଇ ଦିଅ।

ତମେ ବାଇଆଣୀ ହେବ କି ?

ସେଇଥିପାଇଁ କାନ୍ଦୁଛ ? ରାତି ଅଧରେ ଆଖିରୁ ଲୁହ ଗଡ଼ାଉଛ ? କେତେ ଡେରି କରୁଛ, ଅଳତା ଦି ଧାର ଗୋଡ଼ରେ ନାଇ ଦେବାକୁ ? ହେଇ, କାହାର ସାଇକେଲ ଘଣ୍ଟି ଶୁଭିଲାଣି। ରାତି ମୋଟେ ଦଶଟା। ସେ ଆସୁଚନ୍ତି କନି, ମତେ ଜଲଦି ସଜେଇ ଦିଅ।

ଭାଇଙ୍କୁ ମୁଁ ମନା କରିବି।

ନିଜେ ସେ ସୁନା ଗହଣା କିଣି ପଠେଇ ଦେଇଛନ୍ତି। କେଡ଼େ ସୁନ୍ଦର ଗହଣା, ନୂଆ ଡିଜାଇନ !

ସତେ ନୂଆଉ ?

ମୁଁ ଖାଲି ଲଳିତାର ମାପ ପଠେଇଥିଲି।

ତମେ ମନା କରିଦିଅ।

ହେଲା ଏଥର। ଚନ୍ଦନ ଘୋରିଛ ?

ତମେ ନାହିଁ କରିଦିଅ।

କାନ୍ଦି କାନ୍ଦି ମରିବା ଅପେକ୍ଷା ହସି ହସି ମରିବା ଭଲ ନୁହେଁ କି କନି ? ଯେଉଁକଥା ସେମାନେ କରିଥାନ୍ତେ, ମୁଁ ତ ସେଇଆ କରୁଛି। ସେମାନେ ମତେ ଗୋଡ଼ରେ ଆଡ଼େଇ ଦେଇଥାଆନ୍ତେ, ବଞ୍ଚିଥାଉଣୁ ମୋତେ ମଲା ବୋଲି ମଣି ଆଡ଼ ଆଖିରେ ନ ଚାହିଁ ତାଙ୍କର ମନକଥା କରିଯାଇଥାନ୍ତେ। କିଏ ବାଧା ଦିଅନ୍ତା ? ମତେ ସେ ଆଡ଼େଇ ଦେଇପାରବେ ନାହିଁ।

କନିର ହାତ ଅଟକିଲା। ସତ କଥା ତ !

ଆସିବାକୁ ଖବର ପଠେଇଲି କେତେଥର, ଚିଠି ଲେଖିଲି, ତମେ ଆଜିଯାଏ ଆସିଲ ନାହିଁ। ଭଲ ଚିଜଟିଏ ତମ ପାଇଁ ରଖିଛି। ଅତି ମୂଲ୍ୟବାନ।

ସୁନନ୍ଦ ମୁଗ୍ଧ ଆଖିରେ ଚାହିଁରହିଲା। ଆଗରେ ଠିଆହୋଇ ହସୁଛି ଅପ୍ସରା ! କହିଲା, କି ଚିଜ ଦେଖେଁ ?

ମତେ କ'ଣ ଦେବ ଆଗ କହିଲ ?

ତୁମକୁ ତ ମୋର ସବୁ ଦେଇସାରିଛି । ଆଉ କ'ଣ ଲୋଡ଼ା ଅଛି କହ ।

ଲଳିତାର ଫଟୋ ପାଇଲି ।

ଫଟୋ ?

ଶୋଭା ପଠେଇଛନ୍ତି ।

ସୁନନ୍ଦ ଗମ୍ଭୀର ହେଲା ।

ଆଖି ଆଗରେ ଉଭା ହେଲା ନଅ ବର୍ଷର ଦୁର୍ବଳ, ସୁନ୍ଦର, ହସକୁଳୀ ଟିକି ଝିଅଟିଏ । କାହିଁ, ନନ୍ଦିକା ତାକୁ ଲୋକହସା କରିବାକୁ ବସିଛି ? ଏ ପ୍ରହସନ ଏଇଠି ଅଟକ ରହୁ । କର୍ମକ୍ଷେତ୍ର କଟକରେ ମଧ୍ୟ ବନ୍ଧୁମହଲରେ ଚହଳ ପଡ଼ିଗଲାଣି । କିପରି ସେମାନେ ଖବର ପାଇଲେ କେଜାଣି ! ଅତି ଗୋପନ କଥା ବିଷ ଚହଟିଲା ପରି ଦୁନିଆରେ କେଡ଼େ ବେଗରେ ଚହଟିଯାଏ !

ଅତନୁବାବୁ ପରିହାସ କରି କହୁଥିଲେ, ଜଣେ ଗ୍ରାମରେ ରହିଲେ ଆଉ ଜଣେ କଟକରେ ରହିବେ, ବାରମ୍ବାର ଗ୍ରାମକୁ ଧାଇଁବାକୁ ହେବ ନାହିଁ ।

ତୁହିନା ଛଳେଇ କହିଲେ, ପୁରୁଷଜାତିଟା ଏମିତି ନିଷ୍ଠୁର ଓ ନିର୍ବୋଧ । ନନ୍ଦିକା ଦେବୀଙ୍କ ପରି ପତ୍ନୀ ଯାହାର ଅଛି, ସେ ପୁଣି ଆଉ ଗୋଟିଏ ପତ୍ନୀ ଆଣିବାକୁ ବ୍ୟାକୁଳ । ଦିନେ ଏପରି ହେବ ବୋଲି ମୁଁ ଅନେକ ଦିନ ଆଗରୁ ଜାଣିଥିଲି, ସୁନନ୍ଦବାବୁ !

ଆପଣ ଭୁଲ ବୁଝିଛନ୍ତି ।

ବିରକ୍ତ ହେଲେ କି ? ଅପାଙ୍କର କଥାକୁ ମୁଁ ଭୁଲ ବୁଝିଥିଲି । ନନ୍ଦିକା ଦେବୀଙ୍କୁ ଦେଖି, ତାଙ୍କ ସଙ୍ଗେ ମିଶି କଥାଭାଷା ହେଲା ପରେ ମୁଁ ବୁଝିଲି, ମୋର ଭୁଲ ବୁଝିବାଟା ହିଁ ଭୁଲ । ମୁଁ ଅନୁମାନ କରିଥିଲି, ଆପଣ ହୁଏ ତ ଆଉ ଗୋଟିଏ ବିବାହ କରିବେ, ଅଥବା ଅବାଟକୁ ଗୋଡ଼ ବଢ଼ାଇବେ ।

ଥରିଲା ସ୍ୱରରେ, ସୁନନ୍ଦ କହିଲା, ମୋ ସମ୍ବନ୍ଧରେ ଆପଣଙ୍କର ଧାରଣା ସହାନୁଭୂତିଶୀଳ ନୁହେଁ ।

ମୋର ଧାରଣାହିଁ ଆପଣଙ୍କୁ କହିଲି । ସେଥିରୁ ଯେଉଁ ଅର୍ଥ ଆପଣ ଗ୍ରହଣ କରିବାର କରନ୍ତୁ ।

ନନ୍ଦିକା ମତେ ବାଧ୍ୟ କରୁଛନ୍ତି ।

ବାଧ୍ୟ କରିବାକୁ ଆପଣ ତାଙ୍କୁ ଅବଶ୍ୟ ବାଧ୍ୟ କରିଥିବେ । ବଂର ଆପଣ ଅବାଟରେ ପାଦ ପକାଇ ଚାଲିଥାନ୍ତେ–

ନନ୍ଦିକାଙ୍କ ମନରେ ମୁଁ ଦୁଃଖ ଦେବାକୁ ଚାହେଁ ନାହିଁ।
ମୁଁ ଭୁଲ ବୁଝିଥିଲି। ବିରକ୍ତ ହେବେ ନାହିଁ।

ନନ୍ଦିକାକୁ ନିବୃତ୍ତ କରିବାକୁ ସେ ଧାଇଁଆସିଛି।

ଦେଖ ତ, ଏଇ ଲଳିତାର ଫଟୋ। ମୁଁ ମଗେଇ ପଠେଇଥିଲି। ଲୁଚେଇ ରଖିଚି। କାହାରିକୁ ଦେଖେଇ ନାହିଁ। ଦେଖ। ସୁନ୍ଦରଟିଏ ନୁହେଁ? ଲଳିତା ତ ଆଉ ନଅବର୍ଷର ଟିକି ପିଲା ହୋଇ ନାହିଁ।

ଫଟୋଟି ଟେବୁଲ ଉପରେ ସେମିତି ପଡ଼ିରହିଲା। ସୁନନ୍ଦ ନନ୍ଦିକାର ହାତଧରି ତାଆରି ମୁହଁକୁ ଚାହିଁ ରହିଲା। ସୁନ୍ଦର ମୁହଁଟି ଆଖିକୁ ଦିଶିଲା ଝାପ୍‌ସା।

ତମ ଆଖିରେ ଲୁହ?

ନନ୍ଦିକା ପଣତରେ ସୁନନ୍ଦର ଆଖିରୁ ଲୁହ ପୋଛିଲା। ସ୍ୱାମୀଙ୍କର ଚକ୍ଷୁରେ ସେ ଲୋତକ ଦେଖିବ, ଏହା ସ୍ୱପ୍ନରେ କେବେ ଭାବି ନ ଥିଲା। ଆଉ କେବେ ଦେଖି ନ ଥିଲା। କାହିଁକି ସେ କାନ୍ଦୁଛନ୍ତି? ତାଆରି ପାଇଁ? ତାଆରି ଭବିଷ୍ୟତ କଥା ଭାବି? ଅଥବା–

କହିବ ନାହିଁ, କାହିଁକି ତମ ଆଖିରେ ଲୁହ?

ଦୀର୍ଘଶ୍ୱାସ ଛାଡ଼ି ସୁନନ୍ଦ ନିଜ ହାତରେ ଆଖି ପୋଛିଲା। କହିଲା, ତମର ପାଗଳାମୀ ପାଇଁ ତମେ ତିନୋଟି ଜୀବନକୁ ଛଟପଟ କରିବାକୁ ବସିଛ। କାହା ଉପରେ ତମର ଅଭିମାନ, ଶୁଣେ?

ହସି ହସି ନନ୍ଦିକା କହିଲା, ତମରି ଉପରେ। ତମେ କାହିଁକି ମୋତେ ବିବାହ କରି ତିନୋଟି ଜୀବନକୁ ଛଟପଟ କଲ?

ତମକୁ ବିବାହ କରିବା ମୋର ଅପରାଧ ନୁହେଁ।

କାହାରି ଅପରାଧ ନୁହେଁ। ଯାହା ହେବାର ହୋଇସାରିଛି। ଦାଣ୍ଡ ଲୋକଙ୍କର କଥା ଶୁଣି ଝଗଡ଼ି ବସିବ? ସେ କଥା ହେବ ନାହିଁ। ସବୁ ଠିକ୍ କରିସାରିଛି। ନିଶ୍ଚିନ୍ତ ରହ। କାହାରି ଜୀବନ ଏଥିପାଇଁ ଛଟପଟ ହେବା ନାହିଁ। ସମସ୍ତେ ସୁଖୀ ହେବେ। ତମେ ଲଳିତାକୁ ବିବାହ କରିବ। ଦିନବାର ଠିକ୍ ହୋଇସାରିଛି।

ମୁଁ ଆଉ କାହାରିକୁ ବିବାହ କରିବି ନାହିଁ।

ମୋତେ ଲୋକହସା କରିବ?

ତମକୁ ସେଥିରୁ ଉଦ୍ଧାର କରିବାକୁ ମୁଁ ଲୋକହସା ହେବାକୁ ଚାହେଁ ନାହିଁ।

ନନ୍ଦିକାର ଏଥର କାନ୍ଦିବାର ପାଳି। ଆଖି ଛଳଛଳ କରି ସେ ସୁନନ୍ଦର ଅତି ପାଖକୁ ଘୁଞ୍ଚିଆସି କହିଲା, ଦେଖ, ଦେଖ, ଏଇ ଲଳିତାର ଫଟୋଟିକୁ। ମୋ ପାଖକୁ ଆସିବ ବୋଲି ସେ ଗୋଡ଼ ଟେକି ରହିଛି। ମୁଁ ତାକୁ ମୋର କରିବାକୁ ଚାହେଁ। ଆଣି ଦେବ ନାହିଁ ମତେ ? ମୋ ପାଇଁ ଯଦି ଲୋକହସା ହେବାକୁ ପଡ଼େ, କି ଅପମାନ ସହିବାକୁ ପଡ଼େ, ତମେ ପଛେଇ ଯିବ ?

ଏତିକି ନନ୍ଦିକାର ଭାଗ୍ୟର ଶେଷ ପରୀକ୍ଷା !

ସେ ତୁନୀ ରହିଛନ୍ତି। ଚିନ୍ତା କରୁଛନ୍ତି। ଦୃଷ୍ଟି ଲାଖିରହିଛି ଫଟୋଟି ଉପରେ। ନାକପୁଡ଼ା ଥରି ଉଠିଛି। ରାଗି ଉଠିବେ ? ଫଟୋ ଖଣ୍ଡି ଦୂରକୁ ନିକ୍ଷେପ କରିବେ, ଅବା ଚିରି ଟିକିଟିକି କରିବେ ? ତାଙ୍କର ହାତ ଖଜବଜ ହେଉଛି, ଓଠ ଥରି ଉଠୁଛି।

ଏଥର ସେ ଗର୍ଜିଉଠିବେ। ଅବଶ୍ୟ କହିବେ, ଏ କି ବିଡ଼ମ୍ବନା ? ମତେ ତମର ଖେଳନା ମନେକରିଛ ? ଅକଥାକୁ କଥା କରିବାକୁ ଯାଉଛ ? ତମେ ଲୋକହସା ହୁଅ, ଅପମାନ ପାଅ, ଲାଜରେ ମୁହଁ ଲୁଚାଇ ଘରକୋଣରେ ପଶ, ତଥାପି–

ଏଁ, କିଛି ଉତ୍ତର ଦେଉନାହାନ୍ତି କାହିଁକି ? ହାରିବେ ? ମୁହଁ ଟେକି ମୁହଁକୁ ଚାହିଁ ରହିଲେ କାହିଁକି ? ଦୀର୍ଘଶ୍ୱାସ ପକାଇଲେ। ଓଠ ଚାପିଲେ।

ଏଥର ସେ ମନର କଥା କହିବେ, ପରୀକ୍ଷାର ଅବସାନ ହେଉ। ଯାହା ପାଇଁ ଆଖିରୁ ମୋର ଲୋତକ ଝରିଲା, ସେଇ ନନ୍ଦିକା ଛଡ଼ା ଆଉ କାହାର ସ୍ଥାନ ମୋ ମନରେ ନାହିଁ। ଲଳିତାଠି ମୋର ଲୋଡ଼ା ନାହିଁ। କାହାରିଠି ମୋର ପ୍ରୟୋଜନ ନାହିଁ। କେବଳ ନନ୍ଦିକାକୁ ମନରେ ଭରି, କୋଳରେ ଧରି ଅପୁତ୍ରିକ ହୋଇ ମୁଁ ରହିବାକୁ ଚାହେଁ।

ଦୁଇଗୋଡ଼ ଧରି ଭୂମିରେ ସେ ଲୋଟିଯିବ। କଇଁ କଇଁ ହୋଇ କାନ୍ଦିଉଠିବ। ମନର କବାଟ ଖୋଲି ଦେବ। ସତକଥା କହିଦେବ, ମୁଁ ଲଳିତାକୁ ଚାହେନାହିଁ। ମୋର ଆଉ ପୁତ୍ରକାମନା ନାହିଁ। ମୁଁ ନିମିତ୍ତମାତ୍ର। ମୋର ଏକମାତ୍ର କାମ୍ୟ ତମେ, ତମେ, କେବଳ ତମେ।

କଇଁ କଇଁ ହୋଇ ନନ୍ଦିକା କାନ୍ଦିଉଠିଲା।

ଏଡ଼େ ବ୍ୟାକୁଳ ତମେ ? ହେଉ, ତମରି କଥାହିଁ ରହୁ। ତମ ପାଇଁ ମୁଁ ଲୋକହସା ହେବି, ଅପମାନ, ଟାହିଟାପରା ସହିବି। ତମରି ଲଳିତାକୁ ଆଣି ତମରି ପାଖରେ ଛାଡ଼ିବି। ହେଲା ତ ଏବେ ? ଏଥର ହସ। ହସିବ ନାହିଁ, ନନ୍ଦିକା ? ଲଳିତା ତମ ମନକୁ ତ ପାଇଛି, ମୋର ଫଟୋ ଦେଖିବା ଦରକାର ନାହିଁ। ଏଥର ହସ, ନନ୍ଦିକା !

ଭାଗ୍ୟ ଉପରେ ଅଭିମାନ କରି ନନ୍ଦିକା ହସିଲା । ହସି ହସି ଲୋଟିଗଲା ପଲଙ୍କ ଉପରେ । ସୁନନ୍ଦ ଚାହିଁ ରହିଲା, ମଣିଲା ଲଳିତା ଅବତରିଛି ନନ୍ଦିକା ଦେହରେ ।

ସତେକି ନନ୍ଦିକାର ପୁଅ ବାହ ।ଘର !

ଲୋଟଣୀ ପାରାର କାର୍ଯ୍ୟତତ୍ପରତା, ହସିଲା ମୁହଁ, ସରସ ହରଷ କଥା ଶୁଣି କେହି କିଛି କହିବାକୁ, କି ପଚାରିବାକୁ ସାହସ କରିନାହିଁ । ଦେଖିବା ଶୁଣିବା ତ ଅଲଗା, ସପନରେ ନ ଦେଖିବା କଥା ଆଖି ଆଗରେ ଘଟିଯାଉଛି । ସ୍ୱାମୀକୁ ବାହା କରାଇବାକୁ ସ୍ତ୍ରୀ ହେଇଛି ବାଇଆଣୀ !

ନିଜ ହାତରେ ସୁନନ୍ଦକୁ ସଜାଇ ବରବେଶ କରେଇଛି । ସବୁ ଟାହିଟାପରାକୁ ହସି ହସି ବାହୁଡ଼େଇ ଦେଇଛି । ଅନ୍ୟ ମାଇପିଙ୍କ ସଙ୍ଗେ ମିଶି ଡୋଲିରୁ ଓହ୍ଲାଇ ଆଣିଛି ଲଳିତାକୁ । ଚାଉଳ ଅଞ୍ଜଳି ଦେଇଛି । ଶୋଭାକୁ ପଛକରି ନୂଆ ବୋହୂ ଲଳିତାର ମୁହଁ ଦେଖାଇଛି ରାଜ୍ୟଯାକର ଦେଖଣାହାରୀଙ୍କୁ ।

ଦେଖିଲା ଲୋକେ ଦୁଇଟା ମୁହଁକୁ ତଉଲ କରିଛନ୍ତି । ମନ ଭିତରେ ଗୁଞ୍ଜାରିଉଠିଛି ଧାରଣା, କାହିଁ ରାଣୀ, କାହିଁ ଚନ୍ଦରକାଣୀ ! ନନ୍ଦିକା ସମସରି ହେବାକୁ ଆଇଚି ଏ ନିର୍ଲଜୀ ?

କାହା ଆଖିକୁ ଲଳିତା କେମିତି ଦିଶେ । କିଏ କହେ ସୁନ୍ଦରଟିଏ, ଆଉ କିଏ ପଛରେ ଓଠ ନେଫେଡ଼େ । ନନ୍ଦିକା ଆଗରେ ଭରସି କରି କିଏ ଲଳିତାକୁ ନିନ୍ଦିବ ?

କନିକୁ ଲାଗେ ସପନର ଦୁନିଆରେ ଆତଯାତ ହେଲାପରି । ଦାଣ୍ଡଲୋକ ଯାହା ନ ଜାଣନ୍ତି, ତାହା ସେ ଜାଣେ । ନନ୍ଦିକାର ସେଦିନ ରାତିର କଥା କାନରେ ବାଜିଯାଉଛି, ହସି ହସି ମରିବା ଭଲ ନୁହେଁ କି କନି, ମତେ ସେ ଆଡ଼େଇ ଦେଇପାରିବେ ନାହିଁ ।

ହସି ହସି ସବୁ ସେ କଲେ, ସବୁ କରୁଛନ୍ତି । କିଏ କହିବ ଲଳିତା ତାଙ୍କର ସଉତୁଣୀ ? କେଉଁ ମାଇପ ନିଜ ହାତରେ ସଉତୁଣୀକୁ ସଜବାଜ କରି, ହାତଧରି ଚଉଠୀ ଘରେ ଛାଡ଼ିବ ? ହସି ହସି ଧାଇଁଆସି ପୁଣି କହିବ, ଶୁଣ ମ ଶୋଭା, ପିଲାଟା କେଡ଼େ ଓଲୁ, କଟମଟ କରି ମୋ ହାତ ଧରୁଛି, ଛାଡୁନାହିଁ, ତମ ଭାଇଙ୍କର ତେଣେ ଘୁଙ୍ଗୁଡ଼ି ।

କଥା ପଦେ କହିବି ?

ଚାରି ପଦ କହ ।

ବୋଉ ଅନୁତାପ କରୁଛି ।

ନନ୍ଦିକା ମଣିଲା ସତେକି ତା'ର ପିଣ୍ଡରୁ ପ୍ରାଣ ଛାଡ଼ି ଛାଡ଼ି ଆଉଛି, ସତେକି

ସେ ମୂର୍ଚ୍ଛାଯିବ। କାହିଁକି ? ଏଇ ଛୋଟ ପ୍ରଶ୍ନଟି ପଚାରିବାକୁ ତା'ର ତୁଣ୍ଡ ଖୋଲିଲା ନାହିଁ। ପ୍ରଶ୍ନର ଉତ୍ତର ସେ ଭଲ କରି ଜାଣେ।

ସେ ବୁଝିଲା, ଯେତେ ଯାହା କଲେ ମଧ୍ୟ ସେ ନିଜକୁ ଧରା ପକେଇଛି।

ଭାଉଜ, କାହା ଉପରକୁ ଅଭିମାନ କରି ଏ କାମ କରିଛ, ମୁଁ ଜାଣିପାରିଛି। ପଦଟିଏ ମତେ ଲେଖିଲ ନାହିଁ ? ବୋଉ ବୁଢ଼ୀ ହେଲାଣି। ତା'ର ବୁଦ୍ଧି ବାମ ହେଲାଣି। କଅଣ କେବେ କହିଦେଇଥିଲା ବୋଲି ଅଭିମାନ କରି ଯାହା କଲ, ସେଥିପାଇଁ ବୋଉକୁ କଲବଲ, ଛଟପଟ କରି ମାରିଲ ସିନା, ସେ ଅନୁତାପ କରି ନିଜର ଭୁଲ ବୁଝିଲାବେଳକୁ କାଣ୍ଡ ଛୁଟି ସାରିଥିଲା। ବାହୁଡ଼ାଇ ଆଣିବାର ଉପାୟ ନ ଥିଲା। ତା'ର ମନ ଯେ ଦିନରାତି କାନ୍ଦୁଛି, ଏକଥା ତମ ପରି ବୋହୂ ବୁଝିପାରୁନାହିଁ ?

ନନ୍ଦିକା ସବୁ ଜାଣେ। ସବୁ ବୁଝିଛି। ଶାଶୁ ତା' ମୁହଁକୁ ଚାହିଁ ପାରୁନାହାନ୍ତି। ହଁ, ନା, ମୁଣ୍ଡହଲା ଛଡ଼ା ଅଧିକ କଥା କହୁନାହାନ୍ତି। ହେଲେ ତା'ର କଅଣ ଥାଏ ? ଶାଶୁ ତାକୁ ମନରୁ ତଡ଼ିପାରୁ ନାହାନ୍ତି, କି ମନରେ ବାନ୍ଧି ରଖିପାରୁ ନାହାନ୍ତି। ଛଟପଟ ହେଉଛନ୍ତି।

ହସି ହସି ସେ ଆଦେଶ ପାଳିଛି।

କାହାରି ଉପରେ ମୋର ଅଭିମାନ ନାହିଁ ଗୋ ଶୋଭା, ମୁଁ ମୋ କର୍ତ୍ତବ୍ୟ ପାଳିଛି। ଭଗବାନଙ୍କ ପାଖରେ ଏତିକି ଗୁହାରି, ଯେପରି ମୋ ମନକୁ ସେ ଦୁର୍ବଳ ନ କରନ୍ତି। ଏମିତି ହସି ହସି ବେଳ କଟିଯାଉ, ମୋ ପାଇଁ ଯେପରି ଅନ୍ୟ କେହି ଦୁଃଖ ନ କରୁ।

କାନ୍ଦୁଛ ଯେ ?

ତୁମ ସହାନୁଭୂତିର ମାଡ଼ ମୁଁ ସହିପାରୁନାହିଁ।

ଶୋଭା ଚାହିଁରହିଲା। ଚାଲିଯାଉଥିବା ନନ୍ଦିକାର ଅତି କରୁଣ, ମନଥରା, ବ୍ୟଥାଭରା କଥା ଶୁଣି ସେ ବୁଝିଲା, ଏଇ ସୁଖର ସଂସାରକୁ ଦୁଃଖ ନୈରାଶ୍ୟରେ ବାଦଲ ଘୋଟି ଆସିଲାଣି। ଓଠର ହସ ଏଠି ଚନ୍ଦ୍ରାଲୋକ ପରି ଶୀତଳ ନୁହେଁ, କି ମନୋରମ ନୁହେଁ, ସେ କେବଳ ବିଜୁଳିର ଝଟକ।

କୁଟୁମ୍ବରେ ଅଧିକ ହୋଇଛି ମାତ୍ର ଗୋଟିଏ ଲୋକ, ସେ ଲଳିତା।

ଗାଁ ମାଇପେ କେବେ କେବେ ଆସୁଛନ୍ତି। ନୂଆ ବୋହୂଟି ସଙ୍ଗରେ ଗଳ୍ପ କରି, ନନ୍ଦିକାକୁ ପଦେ ଅଧେ ଏଣୁ ତେଣୁ ପଚାରି ଚାଲିଯାଉଛନ୍ତି।

ଲଳିତା କଥା କହିଲାଣି। ହାନିଲାଭ, ଭଲମନ୍ଦ ପଚାରିଲେ ଦି ପଦରେ ଉତ୍ତର ଦେଉଛି, ଅପା ଜାଣନ୍ତି।

ସତେ, ଅପାଠୁଁ ବଳି ! କେଉଁ ଜା, ନଣନ୍ଦ, କି ମା' ଭଉଣୀ ଏତେ ସ୍ନେହ, ଏତେ ଆଦର କରିବ ନାହିଁ। ଲୋକେ କୁହାକୁହି ହେଉଥିଲେ ଆହା, ବାପା ମା' ନାହିଁ ବୋଲି ଲଳିତା ପରି ଝିଅକୁ ନେଇ ସଉତୁଣୀ ବାଘୁଣୀ ଗୁହାରେ ଛାଡ଼ୁଛି ତା' ଭାଇ। ସଉତୁଣୀ କାଇଁ ? ବାଘୁଣୀ କାଇଁ ? ଆଖିରେ ଦେଖୁଛି ସେ ବଡ଼ ଭଉଣୀ।

ହାତରେ ପାଣି ଲଗେଇ ଦେଉନାହାନ୍ତି।

ଆଲୋ, ତୁ ପରା ପିଲାଟା, ଦେଏଖେ, ଶିଇଖି, କରିବା ବେଳ କଅଣ ପଳଉଛି ?

ସଙ୍ଗରେ ନ ବସେଇଲେ ଖାଇବେ ନାହିଁ। ପାଟିରେ ଆଧାର ଦେଲା ପରି ଭାତ ତିଅଣ ଦେବେ। କଥା କହିଲେ ହସ ହସ। ନିଜେ ବାନ୍ଧିଦେବେ କେଶ, ଜାତି ଜାତିକା ବେଣୀ, ଜାତି ଜାତିକା ଖୋସା। ମାଳ ମାଳ ଫୁଲ ବାନ୍ଧିବେ। ଆଖିରେ ସରୁ କଜଳ ଗାର। ମୁଣ୍ଡରେ ସରୁ ସିନ୍ଦୂର ଠୋପା। ଭଲଦିନେ ଭଲଭାବରେ କପାଳରେ ଚନ୍ଦନପାଟୀ। ଗୋଡ଼ରେ ଅଳତା ମଣ୍ଡିଲେ ଲଳିତା ଗୋଡ଼ ଟାଣିନିଏ, କହେ, ଛିଇ।

ଗାଲରେ ଆଙ୍ଗୁଠି ମାରି ନନ୍ଦିକା କହେ, ଫୁଲେଇଚଟା ଦେଖାଇଁବା। ମୁଁ କଣ ତୋ ବଡ଼ ଭଉଣୀ ନୁହେଁ ?

ବାଛି ବାଛି ଦେହକୁ ସାଜିଲା ଭଳି ଶାଢ଼ୀ ପିନ୍ଧେଇଦିଏ।

ଦେଖିଲୁ କେମିତି ଦିଶିଲା ? ଚାହାଁ ଏ ଦର୍ପଣକୁ।

ଲାଜେଇ ଲାଜେଇ ନ ଚାହିଁଲା ପରି କଣେଇଁ ଚାହେଁ। ନିଜ ଉପରୁ ଦୃଷ୍ଟି ଡିଏଁ ନନ୍ଦିକା ଉପରକୁ। ମନରେ ଜାଗେ ତଉଲିବାର ଆଗ୍ରହ। କାନରେ ବାଜେ ଦୂରରୁ ଶୁଣିଲା କଥା କାହିଁ ରାଣୀ, କାହିଁ ଚନ୍ଦ୍ରକାଣୀ !

ଅସଜଡ଼ା କେଶ, କଜଳହୀନ ଆଖି, ଦରମଇଳା ଧୋବଲା ଶାଢ଼ୀ, ତଥାପି ଦିହେଁ ତ ଗୋରା, କିନ୍ତୁ ନନ୍ଦିକା ପାଖରେ ଲଳିତା ଦିଶେ ମଇଳା। ଦିହେଁ ତ ସୁନ୍ଦର, ହେଲେ ମୁହଁକୁ ମୁହଁ ମିଳାଇଦେଲେ ପ୍ରଭେଦ ଜଣାପଡ଼େ, କପାଳ, ଭ୍ରୁଲତା, ଆଖି, ନାକ, ଓଠ। ପ୍ରଭେଦ କଅଣ କହି ହେବ ନାହିଁ, ଅନୁଭବ କରିହୁଏ।

ଲଳିତାକୁ କେମିତି କ'ଣ ଲାଗେ। ଦୃଷ୍ଟି ଫେରାଏ। ଲାଜରା ହୁଏ। ଛପି ଛପି ଥରି ଥରି ଦୁର୍ବଳ ଭାବନା ଆସେ ମନକୁ, ନନ୍ଦିକା ଜଣାଇଦେବାକୁ ଚାହେଁ କି, ଯେତେ ଯାହା କଲେ ହେବ ନାହିଁ ଲୋ ଲଳିତା, ନିଜ ଆଖିରେ ତୁ ଦେଖୁନୁ ? ତତେ ମୁଇଁ ଆଣିଛି, ତୁ ମୋର କଣ୍ଢେଇ, ତୁ ମୋର ଖେଳଣା, ଦୟାର ପାତ୍ର !

ଛିଃ, ଏ କି ଭାବନା ମନକୁ ଆଉଚି ? ଅସନା ଭାବନା । ଅଜଣା ଗାଆଁ ମାଇପିଙ୍କର ଅତି ଗୋପନରେ କୁହାକୁହି କଥା ।

ପିଲାଦିନେ ଯେଉଁ ମୁହଁ ଦେଖିଲେ କେମିତି ସେ ନିଜକୁ ଭୁଲିଯାଉଥିଲା, ସେଇ ମୁହଁ ତ ଯେ, କେଡ଼େ ଶୋଭାକାର, ଏବେ ଲଳିତା ଅନୁଭବ କରୁଛି । କଅଁଳ କଥା ମନକିଣା ହସ । ନିଜ ଡାକ ନିଜ କାନରେ ବାଜୁଛି, ନୂଆଉ ମ, କଥା କହିବ ନାହିଁ ? ରାଣ ପକେଇବି ?

କହୁଛି ଶୁଣ, ଜଣେ ରାଜା ଥିଲେ ଯେ ତାଙ୍କର ସାତ ରାଣୀ । ରଜା ସବା ସାନରାଣୀକୁ ବେଶି ସ୍ନେହ କରନ୍ତି । ହେଲେ, ସେ ତ ପାଟରାଣୀର ହାତଟେକାରେ ଥାଏ-

ନନ୍ଦିକାର ମୁଣ୍ଡ ଲଳିତା ବାନ୍ଧିଦିଏ । ଗୋଡ଼ରେ ଅଳତା ପିନ୍ଧାଏ । ସବୁ ଦୁର୍ଭାବନାକୁ ପଛକୁ ପକାଇ ପୁଣି ଭାବେ, ମୋ ଅପା ପରି କିଏ ହେବ ? କେଉଁ ଯୁଗରେ, କେଉଁ ଦେଶରେ, କେଉଁଠି ଗୋଟାଏ ରଜା ସିନା ଥିଲା, ପାଳବିଣ୍ଡା ମନ୍ତ୍ରୀ କଥାରେ ଉଠୁଥିଲା ବସୁଥିଲା । ଏବେତ ସେସବୁ ସାତ-ସପନ !

ଛି, ତୁ କଅଣ ମୋ ଗୋଡ଼ ଘଷିବୁ ? ମୋ ଗୋଡ଼ କେହି ଘଷିଦିଏ ନାହିଁ । ମତେ ଅଡୁଆ ଲାଗେ । ଥାଉ, ମୋ ରାଣ ।

ନନ୍ଦିକା ତା' ଗୋଡ଼ରୁ ଲଳିତାର ହାତ ଖସାଇଦିଏ । କହେ ତୁନୀ ତୁନୀ, ରାତି କେତେ ହେଲାଣି ଦେଖିଲୁ ? ଯା, ଶୋଇପଡ଼ । କାଲି ଅଶୋକାଷ୍ଟମୀ, ଜାଣୁ ତ ? କେତେ କାମ !

ଯେତେ ସକାଳୁ ଉଠିଲେ ଲଳିତା ଦେଖେ, ଆର ଘର ଖୋଲା ହୋଇଛି, ନନ୍ଦିକା ଯାଇଁ ରୋଷଘରେ, କି ଗୁହାଳରେ, କେଜାଣି ବା ବଗିଚାରେ ଫୁଲ ତୋଳୁଛନ୍ତି । କନି ବାସନ ମାଜୁଛି ।

ମନକୁ ମନ ଲାଜରା ହୁଏ । ସ୍ୱାମୀ ଅଟକେଇ ରଖିଲେ ବୋଲି ନିଜ ପାଖରେ ସେ କୈଫିୟତ ଦେଇପାରେନାହିଁ । ସେ ଯାଇଁ କଟକରେ । ଦଶଦିନ ହେଲା ଦେଖାଦର୍ଶନ ନାହିଁ । ଚିଠି ଖଣ୍ଡେବି ଲେଖିନାହାନ୍ତି ।

ଡରି ଡରି ଶାଶୁଙ୍କର କୋଠରୀଆଡ଼େ ଅନାଏଁ । ଉଠି ନାହାନ୍ତି, ରକ୍ଷା । ଶାଶୁବୁଢ଼ୀଙ୍କୁ ତା'ର ପ୍ରାଣେ ଡର । କାହିଁକି, ସେ ନିଜେ ବୁଝିପାରେନାହିଁ । ଦିନେ କେବେ ସେ ମୁହଁ ଶୁଖେଇ ପଦେ କହିନାହାନ୍ତି ବରଂ ଆହ୍ଲାଦରେ କଅଁଳେଇ କହନ୍ତି, ଯା ମା' ନନ୍ଦିକା ଚାହିଁ ବସିଥିବ । କେବେ କେବେ କହନ୍ତି, ଲକ୍ଷ୍ମୀ ସରସ୍ୱତୀ ତମେ ଦିହେଁ ମୋର ଦୁଇ ଆଖି । ପରକଥା ଶୁଣିବ ନାହିଁ । ପରକଥା କାନକୁ ଅଇଲେ କେହି କାହାକୁ ଲୁଚେଇ ରଖିବେ ନାହିଁ ।

ଖାଲି ଉପଦେଶ ଦିଅନ୍ତି, ପରଘରେ କଳି ଲାଗିଲେ ଦାଣ୍ଡଲୋକଙ୍କୁ ଖୁସି ଲାଗେ। ଯେଉଁମାନେ କଳି ଛିଣ୍ଡେଇବାକୁ ହାଁ ହାଁ କହି ଧାଇଁଆସନ୍ତି ସେଇମାନେ କଳିର ମଞ୍ଜି ପୋତନ୍ତି। ସୁନାଘର ଚୂନା ହୁଏ।

ଲଳିତା ଶୁଣେ। ଶାଶୁଙ୍କ କଥା ମନରେ ଭେଦେ।

ନନ୍ଦିକାର ହସିଲା ମୁହଁ ଦେଖିଲେ, ସ୍ନେହମିଶା କଅଁଳ କଥା ଶୁଣିଲେ, ଶାଶୁଙ୍କର ସବୁ ଉପଦେଶ ପାସୋରି ଯାଏ।

ଅପା ଆସିଲେଣି, ହସିହସିକା, କେତେ ଖୁସିକଥା କହିବେ।

ମୁହଁ ଶୁଖେଇ ବସିଛୁ କାହିଁକି ଲଳିତା ? ଭାଇ ଭାଉଜ ମନେପଡ଼ୁଛନ୍ତି ? ଚାଲ ସେ ଘରକୁ। ଆମ ମାଇପୀ ଜନ୍ମଟା ସେମିତି ଲୋ। ବେଳ ବିତିଗଲେ, ନୂଆ ସଂସାର ନୂଆ ଜୀବନ ଆରେଇ ଯାଏ।

କଥା କହିବ ଅପା ?

ତୁ ଏକା ହୁଁ କହିବୁ।

ନନ୍ଦିକା କଥା କହେ। ପିଠି ଥାପଡ଼େ, ସତେ କି ଲଳିତା ତା'ର ଟିକି ଝିଅଟି। ହୁଁ ବନ୍ଦ ହୁଏ।

ଲଳିତା ଶୋଇପଡ଼ିଲାଣି।

ଦି'ପହର। ବାହାରେ ବର୍ଷା କୁଟୁଛି। ଆଷାଢ଼ର ମଝିଆମଝି। ବରଷା ଓ ପବନର ଶବଦ। କବାଟ ଖୋଲା, ତଥାପି ଘର ଭିତର ଅଳପ ଅନ୍ଧାରିଆ। ମାଇସଞ୍ଜର ଭ୍ରମ। କନି ହୁଏତ ଆର ଖଞ୍ଜାରେ ଶାଶୁଙ୍କ ପାଖରେ ଅଛି।

ନନ୍ଦିକା ଉଠି ବସିଲା।

ଚାହିଁ ରହିଲା ଲଳିତା ମୁହଁକୁ। ନିଶ୍ଚିନ୍ତ, ନିଷ୍କପଟ, ଶୋଇଲା ମୁହଁଟି ! ଏଇ ତା'ର ସଉତୁଣୀ। ଏଇ, ଏଇ ତା'ର ଛାତିର ମଣି ଗଳାର ମାଳିକୁ ଟାଣିନେଇଛି। ଏହାରି ପାଇଁ ତା'ର ଜୀବନ-ସର୍ବସ୍ୱ ସ୍ୱାମୀ, ଦୂରେଇଯାଇଛନ୍ତି।

ନନ୍ଦିକାର ଆଖିରେ ଅଶ୍ରୁ ଭରେ।

ଲଳିତା ଚିଠି ଲେଖିଛି, ପିଲାଳିଆ ଗେହ୍ଲାଳିଆ ଚିଠି, ତମେ କେମିତି ଅଛ ? ଆମେ ସବୁ ଭଲ ଅଛୁ। ବୋଉଙ୍କର ଦେହ ଅଳ୍ପ ଖରାପ ଥିଲା। ଅପା ବଇଦକୁ ଡକାଇ ଔଷଧ ବ୍ୟବସ୍ଥା କରିଥିଲେ। ସେ ଭଲ ଅଛନ୍ତି।

ଚାରିଦିନ ହେଲା ବର୍ଷା କୁଟୁଛି। ସେଥିରେ ତିନ୍ତିବୁଡ଼ି ଅପା ଏପାଖ ସେପାଖ

ହେଉଛନ୍ତି। ନିଜେ ଯାଇଁ ବାରିରେ ମଞ୍ଜି ପୋତୁଛନ୍ତି। ମୁଁ ଗଲେ କହୁଛନ୍ତି, କିଲୋ, ଡିନ୍ତୁଛୁ କାହିଁକି ? କହିଲ, ଏଥିରେ ତାଙ୍କର ଦେହ ଖରାପ ହେବ ନାହିଁ ? ତାଙ୍କୁ ଲେଖିଦିଅ, ସେ ଆଉ ତିନ୍ତିବେ ନାହିଁ। ମୁଁ କେତେକର, ସେ କେତେକର ? ମୁଁ କେମିତି ତାଙ୍କୁ ଡିଆରିବି ?

ଅପା ଆଉ ଆଇଁଷ ଛୁଉଁନାହାନ୍ତି। ସେ କହିଲେ, ତାଙ୍କର ମାନସିକ ଅଛି। ମୁଁ କହିଲି, ତମେ ମାଛ ନ ଖାଇଲେ ମୁଁ ବି ଖାଇବି ନାହିଁ। ସେ କହିଲେ, ମୋ ସଙ୍ଗେ ବାଦ କରିବୁ ? କାନ୍ଦି ପକେଇଲେ।

ମୋ ଅପା କେଡ଼େ ଭଲ ! ବଡ଼ ଭଉଣୀ ଏତେ ସ୍ନେହ କରିପାରେ ? ଭଉଣୀ ନ ଥିଲା, କିପରି ଜାଣନ୍ତି ?

ସବୁ କାମ ସିଏ କରୁଛନ୍ତି। ମତେ କରେଇ ଦେଉନାହାନ୍ତି। ଉପରେ ପଡ଼ି କଲେ ସେ କହୁଛନ୍ତି, ଦେଏଖେ, ଶିଇଖି। ନ କଲେ କେମିତି ଶିଖିବି ? ତାଙ୍କ ଗୋଡ଼ରେ ଟିକିଏ ହାତ ଦେଲେ କହୁଛନ୍ତି, ଛି, ଏ କଅଣ କରୁଛୁ, ଗୋଡ଼ ଘଷେଇବାକୁ ତତେ ମୁଁ ଆଣିଛି କି ?

ମୋ ଅପା ପରି ଜଣେ କିଏ କେଉଁଠି ଦେଖି ନ ଥିବ। ତମେ ଆସି ତାଙ୍କୁ ମନା କରିଦିଅ, ସେ ବର୍ଷାରେ ତିନ୍ତିବୁଡ଼ି କାମ କରିବେ ନାହିଁ।

ବ୍ୟବସାୟ ମାନ୍ଦା ପଡ଼ିଛି। ଗୋଟିକ ପରେ ଗୋଟିଏ ଜିନିଷରୁ କଣ୍ଟ୍ରୋଲ ଉଠୁଛି। ଖୋଲା ବଜାରର କମ୍ପିଟିସନ ଭିତରେ ଲାଭ କରି ମୁଣ୍ଡ ଟେକିବା ଯେ କେଡ଼େ କଷ୍ଟ ସୁନନ୍ଦ ଏବେ ଅନୁଭବ କଲାଣି। ରାଜୀବ ଅଛି ବୋଲି ହାତେ ମାପି ଚାଖଣ୍ଡକରେ ଚାଲି ବେପାରକୁ କୌଣସିମତେ ଆଗେଇ ନେଉଛି।

ଆୟକର ଓ ବିକ୍ରୟକର ଅପିଲ କେସ୍ ଛିଣ୍ଡି ନାହିଁ। ଯଦି ଅପିଲ ଖାରଜ ହୁଏ ତେବେ ସର୍ବନାଶ !

ବହୁତ ଚିନ୍ତା, ଦୁର୍ଭାବନା ଭବିଷ୍ୟତ ଯୋଜନା, ଦଉଡ଼ ଧାପଡ଼ ଓ ଅଶାନ୍ତି। ରାତି ଅଧ ହେଉଛି। ଘରକଥା ମନେପକାଇବାକୁ ବେଳ ନାହିଁ।

ଲଳିତାର ଚିଠି ଯେପରି ତାକୁ ଘରକୁ ଟାଣୁଛି। ବ୍ୟବସାୟର ଘୂର୍ଣ୍ଣିବାୟୁ ଭିତରୁ ଖସିପଳାଇ ସେମାନଙ୍କୁ ଥରେ ଦେଖି ଆସିବାକୁ ମନ ହେଉଛି। ବୋଉଙ୍କର ଦେହ ଭଲ ନ ଥିଲା। ନନ୍ଦିକା ତିନ୍ତୁଛି କାହିଁକି, ଆମିଷ କାହିଁକି ଛାଡ଼ିଲା, ଚିଠି ନ ଦେଲା କାହିଁକି ?

ଭଲ ଝିଅଟିଏ ସେ ଲଳିତା, ଅତି ନିରୀହ, ସରଳ, ନିଷ୍କପଟ, ଅବିକଳ ପିଲାଦିନେ ଯେମିତି ଥିଲା। ଲାଜକୁଳୀ ଲଟା। ଦେହରେ ହାତ ଛୁଇଁଲେ ଝାଉଁଳି

ପଡ଼େ, ନୟନ ମୁଦେ, ମଥା ଟେକି କଥା କହେ ନାହିଁ। ସଜ ସତେଜ କୁସୁମମାଳଟି ପରି ସୁରଭିତ, ସୁନ୍ଦର। ହସହସ, ଆପତ୍ତିହୀନ। ଯେଉଁଠି ଝୁଲାଅ, ଯେପରି ଝୁଲାଅ, ଅଭିଯୋଗ ନାହିଁ, ଅଭିମାନ ନାହିଁ।

ବାଛି ବାଛି ନନ୍ଦିକା ଆଣିଛି ସାନ ଭଉଣୀଟି। ଲୋକକୁହା ସଉତୁଣୀ ସେ ନୁହେଁ। ଲଳିତା ନିଜକୁ ଭୁଲିଛି। କଥା କହିଲେ କେବଳ ନନ୍ଦିକାର ପ୍ରଶଂସା !

ଆଜି ତୁମ ଜନମ ଦିନ ?

ସେମିତି ଚାହୁଁଛ କାହିଁକି ? ଅପା ତ ନାଇଦେଲେ ଚନ୍ଦନପାଟୀ, ମନା କରିନ୍ତି ? ସବୁ ସମୟରେ, ସବୁ କ୍ଷେତ୍ରରେ, ନନ୍ଦିକାର ଉପସ୍ଥିତି ସେ ଅନୁଭବ କରେ।

ଏଇ ଟିକି ଲଳିତାଟି ଦେହରେ ସତେକି ନନ୍ଦିକା ବୋଲିହୋଇଥାଏ। ତା'ର ମନର ଭାବନା ସାଥିରେ ଗୋଳି ହୋଇ ମିଶି ଏକାକାର ହୋଇଥାଏ। ଲଳିତାକୁ ପାଖରେ ଦେଖିଲେ ନନ୍ଦିକାକୁ ସେ ଅନୁଭବ କରେ।

କିଏ ତୁମକୁ ସରଗର ମେନକା କରି ସଜାଇଛି ?

ସେମିତି ହସୁଛ କାହିଁକି ? ପୁରୁଣା ଗହଣା ଉତାରି ଦେଇଁ ନୂଆ ଗହଣା ସେ ନାଇଦେଲେ।

ସେ ?

ମୋ ଅପା।

କାହାକୁ ସେ ଗେଲା କଲା ? ଲଳିତାର ରକ୍ତମାଂସର ଦେହର ପରଶ ସେ ପାଇଛି ସତ, ତାଆରି ଭିତରେ ନନ୍ଦିକାର ନିର୍ମଳ ସରଗ ସୁଷମା ସେ ଅନୁଭବ କରିଛି।

ସୁନନ୍ଦର କାମନା ଝୁରୁଛି ନନ୍ଦିକାର ସାନ୍ନିଧ। ବାଆଁରେଇ ହୋଇ କେତେ ଆରାଧରି ସେ ପାଖକୁ ଯାଇଛି।

ନନ୍ଦିକାର ମୁହଁକୁ ଚାହିଲେ ଲାଜ ମାଡ଼େ। କଅଣ ସେ କହିବାକୁ ଚାହେଁ ଭୁଲିଯାଏ। ସେ ଉପଲବ୍ଧି କରେ, ନନ୍ଦିକାର ଦରହସିଲା ମୁହଁରେ ପତ୍ନୀତ୍ୱର କାମନା ଉଦ୍ଦୀପକ, ମଥାନତ କରି ଲାଜ ଭୟ ଓ ସଙ୍କୋଚର ଜୋଛନା ଆଭା ନାହିଁ। ସେଇ ଅତିପରିଚିତ, ଅତିଆପଣାର ମୁହଁରେ ସଜ ସକାଳର ସ୍ନିଗ୍ଧ, ମଧୁର, ମନୋହର, ଉଦ୍ଭିଷ୍ଟତ ଜାଗ୍ରତର ପ୍ରେରଣାଦାୟିନୀ କୋମଳ ଆଭା, ଯାହା କେବଳ ଅକାତରରେ ଦାନ କରେ କରୁଣା ଓ ସହାନୁଭୂତି। ନିଜକୁ ସେ ଶିଶୁ ପରି ମଣେ। ଆଗରେ ଉଭା ହୋଇଥିବା ଦେବୀର ସେ କେବଳ ସ୍ନେହର ପାତ୍ର, ଗୋଟିଏ ଖେଳନା !

ବ୍ୟବସାୟ ଏଣିକି ମାନ୍ଦା ପଡ଼ିଲାଣି ନନ୍ଦିକା !

ସବୁଦିନେ ସବୁକଥା ସମାନ ନ ଥାଏ।

କିଛିଦିନ ଏମିତି ଚାଲିଲେ କ୍ଷତି ହେବ।

ବନ୍ଦ କରିଦେଇ ଘରକୁ ଫେରିଆସୁନା ? ତମର କେଉଁ କଥାର ଅଭାବ ? ବିଲମାଟି ହିଡ଼ରେ ଲଦିଲେ ସଂସାର ଅଚଳ ରହିବ ନାହିଁ।

ମୋ କଥା ମୁଁ ଭାବୁ ନାହିଁ। ଯେଉଁମାନେ ଆଶ୍ରା ନେଇ ପଡ଼ିଛନ୍ତ ସେମାନଙ୍କର ଦୂରାବସ୍ଥା କଥା ଭାବୁଛି।

ସତ। ଆହା, ବିଚରା ରାଜୀବ ! ଚାଲୁ ଆଉ କିଛିଦିନ, ବେଳ ବଦଳିପାରେ। ଆଉ ଟଙ୍କା ଲୋଡ଼ା ?

ବର୍ତ୍ତମାନ ନୁହେଁ।

ଲଳିତା ଚାଲିଯାଉଛି ବାରଣ୍ଡାରେ, କଣେଇ କରି ଚାହିଁ ଦେଉଛି। ପଲଙ୍କ ଉପରେ ମୁହାଁ। ଚାହିଁ ବସିଛନ୍ତି ସୁନନ୍ଦ ଓ ନନ୍ଦିକା। ଅବଶ୍ୟ ସେ ଦେଖିଥିବ। ମୁହଁ ରଙ୍ଗ ଦିଶିଲାକି ? ସକାଳର କଅଁଳ ଖରା ବଉଦ ଫାଙ୍କରେ ଝରି ଆସି ଅଗଣାରେ ପଡ଼ିଲାଣି। ହେଇ, ସେ ଚାଲିଯାଇଛି।

କେମିତି ଅଡୁଆ ଲାଗେ ସୁନନ୍ଦକୁ।

ଲଳିତା, ଲଳିତା !-

ମନକଥା ନନ୍ଦିକା ଜାଣିପାରିଲା ? ଲଳିତା ଫେରିଆସିଲାଣି ଦ୍ୱାରବନ୍ଧକୁ। ଓଢ଼ଣା ଟିକିଏ ଟାଣିଆଣିଲା।

କଅଣ, ଅପା ?

ଆଇଲୁ ଏଠିକି।

ପାଖକୁ ଆସେ। ତା' ମୁହଁକୁ ଚାହିଁ ନନ୍ଦିକା ମୁରୁକେଇ ହସେ। କହେ, କେତେ ଆଲୁରିଟା ମ, ହାଣ୍ଡିତ ଧୋଇଲୁ, କଳା ମେଞ୍ଚାଏ ଡାହାଣ ଗାଲରେ ଲଗେଇଛୁ କାହିଁକି ? ଆରସିକୁ ଅନେଇଁଲୁ ?

ଲଳିତା କଣେଇଁ ଚାହେଁ।

ନନ୍ଦିକା କହେ, ଆରେ ଲୁଗାରେ ପୁଣି ମେଞ୍ଚାଏ ? ନେ ଚାବି। ଟ୍ରଙ୍କ ଖୋଲି ଆଉ ଗୋଟାଏ ଲୁଗା ପାଲଟି ପକା। ମୁଁ ଯାଉଛି ରୋଷଘରକୁ।

ନନ୍ଦିକା ଖସିଯାଏ।

ମୁଁ ସେ କଳା ମେଞ୍ଚାକ ପୋଛିଦେବି।

ଆଉ ! ତମେ ଭାରି ଦୁଷ୍ଟ।

ଧରାପଡ଼ିଯିବ ?

ଛାଡ଼ ମୋ ହାତ, କିଏ ଆସିବ।

ଆସୁ। ବେଶି ଜିଦି କରି ହାତ ଟାଣିଲେ ଗାଲରେ ଚୂନ ଲଗାଇବାକୁ ପଡ଼ିବ।

ତମ ଗୋଡ଼ତଳେ ପଡୁଛି, ମୋ ହାତ ଛାଡ଼। ହେଇଟି, ଅପା ଆସୁଛନ୍ତି, ମୁଁ ଲୁଗା କାଢ଼େଁ।

ତମ ଅପା କେବେ ମୁହଁରେ ଚୂନ କାଳି ବୋଳିହୁଅନ୍ତି ନାହିଁ। ଆରେ, ଆଖିରେ ଲୁହ ଛଳଛଳ ? ମୁଁ ଯାଉଛି।

ସୁନନ୍ଦ ଚାଲିଆସେ। ମାଇପି ଜାତିର ଏଇଟା ଗୋଟାଏ ରୋଗ। ଜାଣିକରି ତ ମିଣିପି ଜାତିଟା କାମୁଡ଼ା କୁକୁର !

ଆଗରେ ଟେବୁଲ ଉପରେ ନନ୍ଦିକାର ଫଟୋ। ସେ ହସୁଛି। ଗତଥର ସେ କଟକ ଆସିଲାବେଳେ ଏ ଫଟୋ ଉଠା ହୋଇଥିଲା।

ନନ୍ଦିକା ଦୂରେଇ ଯାଉଛି, ପାଖେଇ ଆସୁଛି ଲଳିତା। ମନହୁଏ, ଦୁହିଁଙ୍କୁ ଦୁଇ ହାତରେ ଧରି ପାଖକୁ ଏକ ସଙ୍ଗେ ଆଉଜାଇ ଆଣିବ। କିପରି ଏହା ସମ୍ଭବ ହେବ ? ଏ ପ୍ରସ୍ତାବ ବାଢ଼ିବାକୁ କିଏ ଆଗ ମୁହଁ ଖୋଲିବ ?

ସୁନନ୍ଦର ସେ ସାହାସ ନାହିଁ। ଯେତେ ରାତିରେ ଫେରିଲେ ସେ ଦେଖେ, ନନ୍ଦିକା ଚେଇଁଛି। ପାଖରେ କନି। ଲଳିତାଟି ଶୋଇପଡ଼ିଲାଣି। ନିଜେ ମୁଠିଏ ଖାଇଦେଲେ ଆଖିକୁ ନିଦ ଝାଙ୍କେ। ନନ୍ଦିକାର ଆହୁରି କେତେ କାମ ବାକି ଅଛି। ଏ ଘରେ କେହି ନାହିଁ।

ସେ ଘରେ ଲଳିତା ଶୋଇଛି।

ସାବଧାନତାକୁ ଅସାବଧାନତା କଲେ ସେ କଡ଼ ମୋଡ଼େ, ନିଶ୍ୱାସ ପକାଏ।

ଅସାବଧାନତା ଭରପୁର ଯୌବନ ପ୍ରକଟିତ କରେ। ଜାଣି ନ ଜାଣିଲା ପରି ଲଳିତା ତାର ଗଳାରେ ବେଢ଼ାଇଦିଏ କଅଁଳ ବାହୁଲତା, ବନ୍ଧନ କରେ।

ନନ୍ଦିକାକୁ ସେ ସପନ ଦେଖେ।

ତୁହିନା ମୁହଁ ଗମ୍ଭୀର କରି ପଚାରନ୍ତି, ନନ୍ଦିକା ଦେବୀ କେମିତି ଅଛନ୍ତି ? ନିଜର ଭୁଲ ସେ ବୁଝିସାରିଲେଣି ?

ଲଳିତାର ପତ୍ରଟି ପଢ଼ିଲେ ଅବଶ୍ୟ ତୁହିନା ବୁଝିପାରିବେ, ନନ୍ଦିକା ଭୁଲ କରିନାହିଁ, ସେ ଘରର କର୍ତ୍ତ୍ରୀ। ସମସ୍ତେ ତାଙ୍କର ଆଦେଶର ଦାସ। ଲଳିତାକୁ ସେ ସ୍ନେହ କରନ୍ତି।

ଲଳିତାର ପତ୍ରଟି ତୁହିନା ମନଦେଇ ପଢ଼ିଲେ। ସୁନନ୍ଦର ଚାହା ପାତ୍ରରେ ମନ ନ ଥାଏ। ଛବିଲା କି ମଳୟର ପ୍ରଶ୍ନଗୁଡ଼ିକର ଉତ୍ତର ଦେଇପାରୁ ନ ଥାଏ। ତୁହିନାଙ୍କର ତନ୍ମୟ ମୁହଁର ପରିବର୍ତ୍ତନ ଉପରେ ତା'ର ଆଗ୍ରହୀ ଦୃଷ୍ଟି ନ୍ୟସ୍ତ।

ତାଙ୍କର ହସିଲା ମୁହଁ ଗମ୍ଭୀର ଦିଶିଲା। ସଞ୍ଜବେଳର ଉଜ୍ଜ୍ୱଳ ବିଜୁଳି ଆଲୁଅ ଜଣାଇଦେଲା, ତୁହିନା ପତ୍ରଟି ପଢ଼ି ଖୁସି ହୋଇପାରି ନାହାନ୍ତି। ସେ ପତ୍ରଖଣ୍ଡି ସୁନନ୍ଦର ହାତକୁ ବଢ଼ାଇଦେଲେ। ଦୀର୍ଘଶ୍ୱାସ ପକାଇ କହିଲେ, ସୁଖରେ ସଂସାର କରନ୍ତୁ ସୁନନ୍ଦବାବୁ, ଏତିକି ଆମର କାମନା।

କ'ଣ ପଚାରିବ ବୋଲି ମନ କରିଥିଲା, ସୁନନ୍ଦର ତୁଣ୍ଡ ଖୋଲିଲା ନାହିଁ। ପତ୍ରଟି ପକେଟରେ ରଖି ଚାହାପାତ୍ର ସେ ପୁଣି ମୁହଁରେ ଲଗାଇଲା। ଛବିଲା ଯାଇଁ କୋଳରେ ବସି ପକେଟରୁ ରୁମାଲ ଟାଣିଲାଣି। ମଳୟ ମାଆଙ୍କର କାନି ଧରି ଟାଣୁଛି।

ଛି, ମଳୟ !

ମାଆଙ୍କର ଆଖିଟେକା ଦେଖି ମଳୟ କାନି ଛାଡ଼ି ଚମକି ପଛରେ ଠିଆ ହେଲା। ପିଲାଟି ବୁଝିଲା ନାହିଁ, କି ଅନ୍ୟାୟ କାମ ସେ କରିପକାଇଛି।

ତୁହିନା କହିଲେ, ମୋର ମନେହେଉଛି, ନନ୍ଦିକା ଦେବୀଙ୍କ ପ୍ରତି ଆପଣ କ'ଣ ଅନ୍ୟାୟ କରିଛନ୍ତି। ଯେଉଁଥିପାଇଁ ନିଜ ପ୍ରତି ସେ ବୀତସ୍ପୃହ ହୋଇପଡ଼ିଛନ୍ତି।

ଅନ୍ୟାୟ ? ନାହିଁ, ତୁହିନା ଦେବୀ, ବରଂ ତାଙ୍କୁ ଦେଖିଲେ ଭକ୍ତିରେ ମନ ନଇଁଆସେ। ମନେହୁଏ, ସେ ଗୋଟିଏ ଦେବୀମୂର୍ତ୍ତି। ଆରାଧନା କରିବାକୁ ମନହୁଏ।

ଭୁଲିଯାଉଛନ୍ତି ଯେ ସେ ଆପଣଙ୍କର ପତ୍ନୀ। ଭକ୍ତି ଓ ଆରାଧନା ପାଇବାକୁ ଆପଣଙ୍କ ଘରକୁ ସେ ଆସି ନ ଥିଲେ।

ସୁନନ୍ଦର ମୁହଁ ମଉଳିଲା।

ଭୁଲ ବୁଝିଲେ କି ମୋ କଥା ? ନିରୋଳା ବେଳରେ ଟିକିଏ ଚିନ୍ତା କରି ଦେଖିବେ। ଆପଣଙ୍କର ବନ୍ଧୁ ଅତନୁବାବୁ ଯଦି ମୋତେ କେବଳ ଭକ୍ତି କରନ୍ତି, ଆଉ ଧୂପ, ଦୀପ, ନୈବେଦ୍ୟ ଦେଇ ଆରାଧନା କରନ୍ତି, ମୁଁ ଭାବୁଛି, ମୁଁ ପାଗଳ ହୋଇଯିବି, ନୋହିଲେ ନୂଆ ଆଇନର ଆଶ୍ରା ନେଇ ତାଙ୍କୁଛାଡ଼ପତ୍ର ଦେବି।

ତୁହିନା ହସିଉଠିଲେ।

ସୁନନ୍ଦ ବିହସିଲା।

ତୁହିନା କହିଲେ, ସଂଘର୍ଷକୁ ଏଡ଼ିବାକୁ ଗୋଟିଏ ପତ୍ନୀକୁ ଦେବୀ ଆଖ୍ୟା ଦେଇ ଆଢ଼େଇ ଦେଉନ୍ତୁ ନାହିଁ। ଆପଣ ଅନ୍ୟାୟ କରିବେ। ସେ ମଧ୍ୟ ଆପଣଙ୍କର ସ୍ନେହ ଓ ଆଦରର ଅଧିକାରିଣୀ।

କିନ୍ତୁ-

ତାଙ୍କଠାରେ କିନ୍ତୁର ଯେଉଁ କାରଣମାନ ଦେଖୁଛନ୍ତି, ସେସବୁ ତାଙ୍କର ଭଲପଣିଆର କୈଫିୟତ୍, ନିଜ କର୍ତ୍ତବ୍ୟବୋଧର ବଡ଼ିମା।

ସୁନନ୍ଦ ଥକ୍‌କା ହୋଇ ବସିରହିଲା। ଦୃଷ୍ଟି ତୁହିନା ଦେବୀଙ୍କ ଉପରେ ନିବଦ୍ଧ। ନିର୍ବୋଧ ସେ। ଏଇ ନିରାଟ ସତ୍ୟ କେବେ ତା'ର ମନକୁ ଆସିନାହିଁ। ଏ ବିଷୟରେ ଦିନେ କେବେ ସେ ଚିନ୍ତା କରିନାହିଁ।

କଅଣ ଦେଖୁଛନ୍ତି ?

ଆପଣଙ୍କୁ।

ସତେ ? ମୁଁ କଣ ଠିକ୍ ହିମାନୀ ଦେବୀଙ୍କ ପରି ନୁହେଁ? ଭଲକରି ଚାହିଁ ଦେଖନ୍ତୁ ତ।

ଆପଣଙ୍କର ବାହାରଟା କେବେ ମୋର ଆଖିରେ ପଡ଼େ ନାହିଁ। ଆପଣଙ୍କ ମନ ଭିତରର ସୌନ୍ଦର୍ଯ୍ୟ ମହଲରେ ମୁଁ ହଜିଯାଏଁ। କ୍ଷମା କରିବେ।

ଆପଣଙ୍କର ମନ ଭିତର ଜଳିପୋଡ଼ି ଛାରଖାର ହୋଇଥିଲା। ସେଥିପାଇଁ କେହି ତାଙ୍କର ଦୋଷ ଦେଇପାରିବେ ନାହିଁ। ତାଙ୍କ ପାଖରେ କ୍ଷମା ଭିକ୍ଷା କରିବା କାହାରି ଲୋଡ଼ା ପଡ଼ିବ ନାହିଁ। ସେ ପୁଣି ତାଙ୍କର ମନ ଭିତରେ ତୋଳି ସାରିଲେଣି। ଶୁଣି ସୁଖୀ ହେବେ, ଅପା ପୁଣି ଶୀଘ୍ର ପୁତ୍ରବତୀ ହେବାକୁ ଯାଉଛନ୍ତି।

ପତ୍ର ଲେଖିଥିଲେ ?

ହଁ। ଶୀଘ୍ର ସେମାନେ ନିଜ ଦେଶକୁ ଫେରିଯାଉଛନ୍ତି। ଆପଣ ଯେ ଆଉ ଗୋଟିଏ ବିବାହ କରିଛନ୍ତି, ଏ ବିଷୟ ତାଙ୍କୁ ଦୁଇଥର ଜଣାଇ ଦେଇଛି। ତଥାପି ସେ ଭଲ ମନ୍ଦ ପଦେ ଲେଖିନାହାନ୍ତି।

କାହିଁକି ଜଣାଇଲେ ?

ସେ ଠିକ୍ ବୁଝିପାରିଥିବେ, ଏଥିପାଇଁ କେବଳ ସେ ଦାୟୀ।

ଅଧିକ ପଚାରିବାକୁ ସୁନନ୍ଦର ସାହାସ ହେଲା ନାହିଁ।

ନନ୍ଦିକାକୁ ଜର।

ଶାଶୁଙ୍କର ଉପଦେଶ, ସାନ ବୋହୂ, ତମ ଅପାକୁ ଆଜି ଦୁଧ ବାର୍ଲି ଖାଇବାକୁ ଦେବ।

ମୋ ରାଣ ଅପା, ଆଉ ଢୋକେ ପିଇଦିଅ।

ଭଲ ଲାଗୁ ନାହିଁ। ହେଲା, ସେତିକି। ତୁ ଶୋଇବୁ ଯା ଲଳିତା, ଦେଖିଲୁ କେମିତି ବର୍ଷା କୁଟୁଛି। ରାତି ଅଧ ହେଲାଣି। କନି ଆଜି ତୋ ଘରେ ଶୋଉନ୍ତୁ।

ମୁଁ ଏଇଠି, ତମରି ପାଖରେ ଶୋଇବି। ଦେଖ ଅପା, କନି କେମିତି ବାରଣ୍ଡାରେ ବସି ଘୁଙ୍ଗୁଡ଼ି ମାରୁଛନ୍ତି।

ଆହା, ବିଚରା ପରିଶ୍ରମ କରି କ୍ଳାନ୍ତ ହୋଇଛନ୍ତି। ପଦେ ଡାକିଦେଲେ ଧଡ଼ପଡ଼ ହୋଇ ଉଠିବେ। ଏ କଣ କରୁଛୁ ଲଳିତା, ଛି, ତୁ କ'ଣ ମୋ ଗୋଡ଼ରେ ହାତ ଦେବୁ?

ହାତ ଟେକି ନନ୍ଦିକା ଲଳିତାର ମୁହଁ ଆଉଁସି ଦେଲା। ମନ କହିଲା, ଏଇଟା କଅଣ ହୋଇଛି ମୋ ସଉତୁଣୀ ବା! ନାଇଁ ତ, ଯେ ମୋର ସାନ ଭଉଣୀ। ଉହୁଁ, ଝିଅ, କି ବୋହୂ। ଯା ଉପରେ କି ଅଭିମାନ?

ଚାହିଁଲା କାନ୍ଥକୁ। ସୁନନ୍ଦର ଫଟୋ ହସୁଛି। ନନ୍ଦିକାର ଫଟୋ ମୁହଁ ଶୁଖେଇଛି। ସେଇ ନନ୍ଦିକାର ମରଣ ହେଇଛି। କେବେଠୁଁ, ଏଁ, କେବଠୁଁ?

ନନ୍ଦିକାର ହାତ ଲଳିତାର ମୁହଁରୁ ଖସିଲା।

ତମ ହାତ ନିଆଁ ପରି ତାତିଛି। ଆଜି ମୁଁ ତମ କଥା କେବେ ମାନିବି ନାହିଁ। ଆଖି ବୁଜି ଟିକିଏ ଶୋଇପଡ଼ିଲ, ଆଲୁଅ କମେଇ ଦିଏଁ।

ନନ୍ଦିକା ଆଖି ବୁଜିଲା। ଆଖିକୋଣରୁ ଝରିପଡ଼ିଲା ଲୁହ ଦି ବୁନ୍ଦା। ଭାବିଲା, ଲଳିତାଗୋଡ଼ ଘଷୁ, ଯାହା ତା'ର ମନ ସେ କରୁ, ବାଧା ଦେବ ନାହିଁ। ଲଳିତାକୁ ଆପଣାର କରିବାକୁ ସେ ସୁନନ୍ଦକୁ ଦୂରେଇ ଦେଇଛି। ନିରୋଳା ବେଳରେ ମନ କାନ୍ଦିଉଠିଛି, ଧୈର୍ଯ୍ୟ ଭାଙ୍ଗିଛି। ସ୍ନାୟୁରେ ଛୁଟିଛି ତଡ଼ିତ୍। ଏଇ ଘରେ, ଏଇ ପଲଙ୍କ ଉପରେ ପଡ଼ି ସେ ଛଟପଟ ହୋଇଛି। ମୁଣ୍ଡକୁ ଉଠିଛି ପାଗଳାମି। ଉନ୍ନିଦ୍ର ହୋଇ ଯାପିଛି ଯାମିନୀ।

ଟିକି ଲଳିତା ଗୋଡ଼ ଘଷୁଛି। କେଡ଼େ ସାବଧାନ, କେଡ଼େ ଭଲ। ମୁଠିମୁଠିକା ଘଷା। କନି ଏମିତି ଘଷିପାରେ ନାହିଁ। କିନ୍ତୁ ଏଇ ଲଳିତାର କଅଁଳ ହାତର ପରଶ, ତାତିଲା ଦେହ, ଝାଳେଇଲା ଦେହରେ ମୂର୍ଚ୍ଛାଳିଆ ଉତ୍ତେଜନା ଖେଳାଉଛି।

ଦେହରୁ ଝାଳ ବୋହିଲାଣି ଅପା, ପୋଛିଦିଏଁ। ଜର ଆଜି ଛାଡ଼ିଯିବ। ତମେ ଆଉ ବର୍ଷାପାଣିରେ ତିନ୍ତିବୁଡ଼ି ବଗିଚାରେ ଗଛ ରୋପିବ ନାହିଁ। ଦେଖିଲ, ବର୍ଷାପାଣି ପରି ଝାଳ ନିଗୁଡୁଛି, ତଉଲିଆ ଜୁଡୁବୁଡୁ ହେଲାଣି।

ଲଳିତା ଝାଳ ପୋଛୁଚି। ମନରେ ସଂକୋଚ ନାହିଁ। ଏ ଦେହଟା ବି ସତେ କି ତାଆରି।

ପିନ୍ଧିଲା ଲୁଗା ଓଦା ହେଲାଣି, ବଦଳି ପକାଅ, ଅପା! ନିଅ ଏଇ ଶାଢ଼ୀଟା। ଉଠିଲ।

ହାତ ଧରି ଉଠାଇ ବସାଇଲା। ବେଢ଼ାଇ ଦେଲା ଶୁଖିଲା ଶାଢ଼ୀ।

ଏଥର ଶୁଅ ଅପା, ମୁଁ ଏଇଠି ତମରି ପାଖରେ ବସିଛି। ଶୁଅ।

ତୁ ଶୋଇବୁ ନାହିଁ ?

ଏଇଠି ଶୋଇବି।

ନନ୍ଦିକାର ପିଠିରେ ଲଳିତାର ହାତ। ଥରିଲା ଦେହକୁ ସେ କୁଣ୍ଢାଇ ଧରିଛି। ନିଦ ହୋଇଗଲାଣି। ଆହା, ନିରୀହ ସରଳ ପିଲାଟି, ମନରେ ହିଂସାବାଦ ପଶିନାହିଁ।

ନନ୍ଦିକା ତା'ର ଶୋଇଲା ମୁହଁକୁ ଚାହିଁରହିଲା। ଆଉଁସିଦେଲା କପାଳ। ଆଙ୍ଗୁଠିରେ ସାଉଁଳିଦେଲା ଭୂଲତା। ଶୋଇଲା ମୁହଁରେ ଗେଲ କରିବାକୁ ମନ ହେଉଛି। ଗେଲ କଲା।

ଲଳିତା ଆଖି ଖୋଲିଲା, ନିଦୁଆ ଆଖି। ଅବଶ ସ୍ୱରରେ ପଚାରିଲା, ନିଦ ହେଉନାହିଁ ?

କ୍ଷୀର ପିଇବ ଅପା ?

ଅତି ସ୍ନେହରେ ନନ୍ଦିକା ପୁଣି ତା'ର କପାଳର ଗେଲ କଲା।

ଲଳିତାକୁ ପୁଣି ନିଦ ହେଲାଣି। ଛୁଆଟି ପରି ଘୁଞ୍ଚି ଘୁଞ୍ଚି ସେ କୋଳରେ ପଶୁଛି। ନନ୍ଦିକା ତା'ର ପିଠିଉପରେ ହାତ ପକାଇଲା। ଧୀରେ ଧୀରେ ଆହୁରି ପାଖକୁ ଘୁଞ୍ଚାଇ ନେଲା।

ନନ୍ଦିକାର ତତଲା ମନରେ କେତେ ଭାବନା ପଶିଲା। ଲଳିତା ତା'ର କୋଳରେ। ହିଂସାବାଦ ତା'ର ମନରେ ନାହିଁ। ସେ ସେବା କରିଛି। କ୍ଳାନ୍ତ ହୋଇ ନିଶ୍ଚିନ୍ତ ହୋଇ ଶୋଇପଡ଼ିଛି। ଏଇ ପିଲାଟା ପାଇଁ ଜାଗିଛି ତା'ର ମନରେ ଈର୍ଷା! ଆଜି ନୁହେଁ, ଯେଉଁ ଦିନରୁ ସେ ଏଘରେ ପାଦ ଦେଲା। ଦୁନିଆ ଜାଣିଲା ନାହିଁ। ସମସ୍ତେ କଲେ ନନ୍ଦିକାର ପ୍ରଶଂସା। କିନ୍ତୁ ସେ ଜାଣେ, ନନ୍ଦିକା କଅଣ।

ଆଖିର ଲୁହ ସେ ଅଟକାଇ ପାରିନାହିଁ। ମନର କୋହ ଚାପି ପାରିନାହିଁ। ମିଳନର ମୋହ ତାକୁ ଉନ୍ମାଦ କରିଛି। ଦେହର ରକ୍ତମାଂସରେ ଲାଗିଛି ଅନଳ, ଖାଲି ଛଟପଟ।

ଚଉଠି ରାତିରେ ନିଜ ହାତରେ ଲଳିତାକୁ ସଜାଇ ସ୍ୱାମୀଙ୍କ ପାଖରେ ଛାଡ଼ିଆସିଛି, ମନ ହାହାକାର କରି ଉଠିଛି। କିଏ ତା'ର ଭିତରୁ ଡାକ ଛାଡ଼ିଛି, ଆରେ, ସେଇଟା କିଏ ମ ?

ପାଦ ଅଟକିଛି। ହାତ ବଢ଼ାଇଛି। ଚାହିଁକି ଚାରିଆଡ଼କୁ। ଦୁନିଆର ସହସ୍ର ହସିଲା ଆଖି କଟମଟ କରି ତାକୁ ଅନେଇ ରହିଛି। ସମସ୍ତଙ୍କ ଆଖିରେ ଗୋଟିଏ ଭାବ, ଦେଖାଯାଉ, କେତେଦିନ ମନ ଟାଣ କରି ରହିବ। ବଳେ ହମହମ ଢଙ୍ଗ ଭାଙ୍ଗିବ ଯେ, ଓଠରୁ ଝଡ଼ି ପଡ଼ିବ ନିଲଠା ହସ।

ଦୁନିଆ ଜାଣେ, ନନ୍ଦିକାର ଓଠରୁ ହସ ଲିଭିନାହିଁ, ମନ ଦବିନାହିଁ, ସଂସାରକୁ ସେ ଜୟ କରିଛି, ସଉତୁଣୀକୁ କୋଳକୁ ନେଇଛି।

ରାତି ନିଶବଦ ହେଲାଣି।

ଆଖିକୁ ନିଦ ଆସୁନାହିଁ। ଲୁହ ଅଟକୁ ନାହିଁ। ମନ ଉଚ୍ଚାଟ ହେଉଛି। ଦେହ ଝିମିଝିମି ମନରେ ଉନ୍ମାଦନ ପଶିଛି। ସତେକି ସେ ବାଇଆଣୀ ହୋଇଯିବ।

ଆର ଘରେ ସୁନନ୍ଦ, ପାଖରେ ଲଳିତା। ନିଜ କଲା କର୍ମ! ଆଉ ଫେରିଆସିବ ନାହିଁ ସୁଖର ଜୀବନ। ଅଭିମାନ କରି ସେ ଜହର ଢୋକିଛି।

ଉଠି ବସେ। ଆଲୁଅ ତେଜେ। ଝରକା କିଳେ। ନିରେଖି ଚାହେଁ ନିଜର ଦେହକୁ। ବସନ କରେ ଦୂର। ଆଗରେ ଆଇନା। ସେ ବଦଳି ନାହିଁ। କି ମିଳିବ ତା'ର ଦାଉ ଦାଉ ଜଳିଲା ରୂପରୁ, ଭରପୁର ଯୌବନର ସମ୍ଭାରରୁ, ବହୁ ମୂଲ୍ୟ ବସନ ଭୂଷଣରୁ? ସବୁ ପୋଡ଼ିଜଳି ଅଙ୍ଗାର ହେଉ। ସନ୍ତାନ ତା'ର ହେବ କଅଣ? ସେ ଉପେକ୍ଷିତା।

ତାକୁ ସେ ଦୂର କରିଛନ୍ତି। କାଲିକାର ଲଳିତା ତାଙ୍କୁ ବାନ୍ଧିରଖିଛି। ମନର କଥା ସେ ବୁଝିଲେ ନାହିଁ। ଦେହର ଡାକ ସେ ଶୁଣିଲେ ନାହିଁ। ତୁଣ୍ଡର କଥାରେ ପରତେ ଗଲେ। କାହିଁ ତାଙ୍କର ସେ ଅବାଧ ପଣ, ଅମାନିଆ ଖୋଇ, ପିଲାଳିଆ ଢଙ୍ଗ?

ଛି, ଛି,-ବୋଉ ଡାକିବେ, ହେଇଟି କନି ଆସୁଛନ୍ତି, କବାଟ ଠିଆ ମେଲା, ଛାଇ ନେଉଟ ବେଳ, ଛାଡ଼ ମୋର ପଣତ।

ଯାଉନା, ଯା।

ତମ ମୁହଁକୁ ଲାଜ ସରମ ନାହିଁ?

ତମ ମୁହଁକୁ ଅଛି ତ କବାଟ କିଳ, ନଇଲେ ହେଇ ଟାଣିଲି ପଣତ।

ଆରେ,-ମୋ ରାଣ, ରହ।

ରାତି ପାହିଲେ ବାହାଘର। କାମ କରି କରି କ୍ଲାନ୍ତ ହୋଇପଡ଼ିଛି। ତକିଆରେ ମଥା ରଖିଲାରୁ ଘୋଟିଆସିଲା ନିଦ। ସୁନନ୍ଦ ଘୁଙ୍ଗୁଡ଼ି ମାରୁଛି। ନିଦ ଭାଙ୍ଗିଲା। ସୁନନ୍ଦ ଗେଲ କରୁଛି। ଆଖି ବୁଜିଲା। ଭାରି ଚଗଲା ଏ ବୁଢ଼ା ପିଲାଟା, ଭାରି ଅମାନିଆ।

ବାରଣ ମାନି ସେ ଫେରିଯାଉଛନ୍ତି, କାରଣ ଏଇ ଲଳିତା ! ଅତି ଭଲ ପିଲା ସେ ହେଇଛନ୍ତି, ନା ? ସେ ଘରୁ ପାଟି ଶୁଭୁଛି । ତୁନୀ ତୁନୀ କଥା !

ଭୟରେ ଗୋଡ଼ରୁ ମୁଣ୍ଡଯାଏ ଥରି ଉଠେ ନନ୍ଦିକା । ଆଲୁଅ ଲିଭାଏ । ଧୀରେ ଧୀରେ ଫେରି ଆସେ ପଲଙ୍କ ଉପରକୁ । ଛାତି ଧଡ଼ପଡ଼ । ନିଜ ପାଖରେ ସେ ନିଜେ ଚୋର ।

ପିଣ୍ଡରେ ପ୍ରାଣ ନ ଥିଲା ପରି ସେ ପଡ଼ି ରହେ । ଜୋରରେ ନିଶ୍ୱାସ ଛାଡ଼ିବାକୁ ବି ସାହାସ ହୁଏ ନାହିଁ । ଲୋତକରେ ବିଛଣା ବୁଡ଼େ ।

ନିଶା ଗର୍ଜୁଛି ।

କେତେ ରାତି କେଜାଣି । ଆଖିରେ ଲୁହ ସବୁ ଧୈର୍ଯ୍ୟ ନିଗାଡ଼ି ଦେଇଛି । ନନ୍ଦିକା ପଦାକୁ ଆସିଛି, ପାଦ ଚିପିଚିପି । ସେ ଘରେ ଆଲୁଅ ଜଳୁଛି । ଝରକା ଫାଙ୍କରେ ଦିଶୁଛି, ସୁନନ୍ଦ କୋଳରେ ଲଳିତା । ଶୋଇଛି ନିଶ୍ଚିନ୍ତରେ ।

ସତେକି ନନ୍ଦିକା ମୂର୍ଚ୍ଛା ହୋଇପଡ଼ିବ । ଦେହର ଭାରା ସହିବାକୁ ଥରିଲା ଗୋଡ଼ ଦୁଇଟାର ଶକ୍ତି ନାହିଁ । ମୁଣ୍ଡ ଝାଙ୍କି ହୋଇପଡ଼ିଲା ରେଲିଙ୍ଗ ଉପରେ । ଥରିଲା ହାତ ଖସିଗଲା । ଝରକାର କବାଟରେ ବାଜିଲା । ଝରକା ଖୋଲିଲା ।

ଶବଦରେ ଲଳିତାର ନିଦ ଭାଙ୍ଗିଲା । ମୁଣ୍ଡ ଟେକି ଚାହିଁଲା ।

ଲଳିତା ଦେଖିଛି । ଉଠି ବସିଲାଣି । ଆବାକାବା ହୋଇ ଚାହୁଁଛି ।

ନନ୍ଦିକାର ଦେହରେ ଜୀବନ ନାହିଁ ।

ହେଇଟି, ଲଳିତା ଉଠିଆସିଲାଣି । ନନ୍ଦିକା ଯାଇପାରୁନାହିଁ । ପଚାରିବ ତ ଆଗ କଥା, ମାସକର ବୋହୂ ସେ ହେଇନାହିଁ, କଅଣ ମନେକରିବ ?

ଲଳିତା !

ଅପା ?

ଅଇଲୁ ।

କବାଟ ଖୋଲି ଧୀରେ ଧୀରେ ଲଳିତା ପଦାକୁ ଆସିଲା । ମୁଣ୍ଡରେ ଓଢ଼ଣା । ହାତଧରି ନନ୍ଦିକା ନେଲା ଦୁଆରକୁ । ଜହ୍ନ ଆଲୁଅ । ଫିକା । ଚଉରା ତଳେ ନିଜେ ବସି ପାଖରେ ଲଳିତାକୁ ବସାଇଲା । ମୁଣ୍ଡ ଆଉଁସି ଗେହ୍ଲେଇ କହିଲା, ପିଲାଟା, ତୋର ବୁଦ୍ଧି ନାହିଁ । ଘରେ ବନ୍ଧୁବାନ୍ଧବ ପୂରି ରହିଛନ୍ତି, କିଏ କେତେବେଳେ ଉଠୁଛି, ଆଲୁଅ ଲିଭେଇ ଦେଲୁ ନାହିଁ ? ନଇଲେ, ଝରକା କିଳି ଦେଲୁ ନାହିଁ ?

ସରମରେ ସତେକି ଲଳିତା ସଢ଼ି ଯିବ ।

ପୁଚୁକା ଗାଲରେ ସରୁ ଚାପୁଡ଼ା ମାରି ନନ୍ଦିକା କହିଲା, ଯା ଏଥର ।

ନନ୍ଦିକା ଭାବିଥିଲା, ସେ ଆତ୍ମରକ୍ଷା କରିପାରିଛି। ନନ୍ଦିକା ହିଁ ତା'ର ସାର ହେଲା।

ଲଳିତା ଆଉ କେବେ ଭୁଲ କରେନାହିଁ, ଘର ଅନ୍ଧାର କରେ।

ଛପି ଛପି, ଗୋଡ଼ ଚିପି, ନନ୍ଦିକା ଚାହେଁ। ଉହଳ ବିକଳ ଡରିଲା ଢଙ୍ଗ। ଅନ୍ଧାର କୋଳରେ ଜଣକ ପାଖରେ ଆଉ ଜଣକୁ ଅନୁମାନ କରେ। ମୁଣ୍ଡ ଭିତରେ ଜଳେ ଚିତା। ଯାହାକୁ ସେ ଆଣି ସ୍ୱାମୀଙ୍କୁ ଉପହାର ଦେଇଛି, ତାକୁ ଟାଣି ଓଟାରି ପଦାକୁ କାଢ଼ିବାକୁ ମନ ହୁଏ। କୁଆଡୁ ଟିକିଏ ଖୁଡ଼୍‌କରି ଶବଦ ହେଲେ ଡରି ହରି ଧାଇଁଆସେ ନିଜର ପଲଙ୍କକୁ।

ସପନ ଦେଖେ, ଲଳିତାର ତଣ୍ଟି ଚିପି ସେ ତାକୁ ମାରିଦେଉଛି!

ଲଳିତା ପାଖରେ ଶୋଇଛି।

ନନ୍ଦିକା ଉଠି ବସିଛି। ଦେହମୁଣ୍ଡ ଗରମ। କେଶ ଫିଟି ଅଲରା ହୋଇଛି। ମୁଣ୍ଡକୁ ଆସିଛି ପାଗଳାମି। ଏଇ ତା'ର ଜୀବନସର୍ବସ୍ୱ ହରଣ କରିଛି। ଆଜି ତା'ର ତଣ୍ଟି ଚିପି ମାରିଦେବ। ଆଉ ସହିପାରିବ ନାହିଁ।

ଦୁଇହାତ ଟେକି ଲଳିତାର ବେକ ପାଖକୁ ନେଲା, ହାତ ଥରୁଛି।

ଅପା!

ଲଳିତାର ନିଦ ଭାଙ୍ଗିଲା। ସେ ଉଠି ବସିଲା।

ଏମିତି ଥରୁଛ କାହିଁକି? ଓହୋ, ଜରର କୋପ ବଢ଼ିଛି? ମୋ ରାଣ, ତୁମେ ଶୋଇପଡ଼। ମୁଁ ତମ ମୁଣ୍ଡରେ ପାଣି ପଟି ଦେଉଛି।

ଜର କମି ଆସିଲା। ଶହେ ଡିଗ୍ରୀ। ଥର୍ମୋମିଟର ଟେବୁଲ ଉପରେ ରଖି ଲଳିତା ପାଖକୁ ଆସିଲା।

ନିଅ, ଏଇ ମିଶ୍ରିପାଣି ପିଇଦିଅ। ଏତେ କାନ୍ଦୁଛ କାହିଁକି?

ଲଳିତା!

ମୋର ତଣ୍ଟିଚିପି ପାରିବୁ?

ଏ କି କଥା କହୁଚ?

ଭାରି କଷ୍ଟ ହେଉଛି।

ମୁଣ୍ଡ ଚିପି ଦିଏଁ!

ସହି ପାରୁନାଇଁ ଲୋ!

ତେବେ ଥାଉ। ଆଲୁଅ କମେଇ ଦିଏଁ। ଟିକିଏ ଶୋଇପଡ଼। ଲିଭେଇ ଦେ।

ଲଳିତା ଟର୍ଚ୍ଚ ଲାଇଟ୍ ତକିଆ କଡ଼ରେ ରଖିଲା। ଆଲୁଅ ଲିଭାଇ ପାଖକୁ ଆସିଲା। ନନ୍ଦିକାର ପାଦ ଦିଓଟି କୋଳରେ ଥୋଇ ଆଉଁସିଲା। ଖୁସି ହୋଇ କହିଲା, ଜର ଓହ୍ଲେଇ ଆସିଲାଣି।

ନନ୍ଦିକା ହାତ ବଢ଼ାଇ ଲଳିତାକୁ ଧରିଲା। କହିଲା, ଥାଉ, ମତେ ନିଦ ମାଡ଼ିଲାଣି। ତୁ ଆଉ ଅନିଦ୍ରା ହ ନା।

ନନ୍ଦିକାର ହାତ ଦିଓଟି ଲଳିତାର ଦେହକୁ ଟାଣିନେଲା କୋଳକୁ। ଛାତିରେ ମୁହଁ ରଖି ଶୀତଳ ହାତଟି ନନ୍ଦିକାର ପିଠି ଉପରେ ଲଳିତା ଲଦିଦେଲା। ନନ୍ଦିକାର ଉଷୁମ ହାତଟି ତା'ର ପିଠି ଆଉଁସୁଛି।

ଶୋଇପଡ଼ ଲଳିତା।

କାନ୍ଦୁଛ କାହିଁକି ?

ଆଉ କାହିଁକି କାନ୍ଦିବି ? ଜର କମିଛି, ପାଗଳାମି ଆଖିଲୁହରେ ଝରିପଡ଼ିଛି, ମୋ ଲଳିତା ଶୋଇଛି ମୋ କୋଳରେ।

ଯାହାର ଛାତିରେ ମୁହଁ ଲୁଚାଇଛି, ଯାହାର ହୃଦୟର ସ୍ପନ୍ଦନ ବାଜିଛି କାନରେ, ସେ ତା'ର କିଏ ? ମାଆ, ଭଉଣୀ, ଜା, ନଣନ୍ଦର ସ୍ନେହ ସେ ଜାଣେ ନାହିଁ। ଭାଉଜଙ୍କର ଅତ୍ୟାଚାରହିଁ ଥିଲା ତା'ର ଜୀବନର ସମ୍ବଳ। ଆଉ ଏ ଜଣକ, ଯିଏ ତା' ଉପରେ ସମସ୍ତଙ୍କର ସ୍ନେହ ଅଜାଡ଼ି ଦେଇଛି ?

ସଉତୁଣୀ !

ଟିକି ପିଲାଟି ପରି ସେଇ ଲଳିତାର ସେଇ ଭୀଷଣ ଶବଦଟାର ଯିଏ ଜିଅନ୍ତା ପ୍ରତିମା, ତାଆରି ଛାତିରେ ମୁହଁ ଗୁଞ୍ଜିଲା।

ମୋର ଏଇ ସଉତୁଣୀ ଲୋଡ଼ା। ହେଇଟି, ତାଙ୍କ ହାତରେ କଅଁଳ ପରଶ ମୋର ସର୍ବାଙ୍ଗରେ ଧୀରେ ଧୀରେ ସବୁ ସ୍ନେହସରାଗର ଅମୃତ ବୋଳୁଛି।

ଲଳିତାର କ୍ଲାନ୍ତ ଆଖିପତାକୁ ନିଦ ଓହ୍ଲାଇଆସିଲା।

ସଉତୁଣୀ !

କାହିଁ ସେ ? ଏଇ ଟିକି ପିଲାଟି ? ସରଳ, ନିଷ୍କପଟ ନିରୀହ ପିଲାଟି ଯାହାକୁ ସେ ସ୍ୱାମୀ ଦେବତାଙ୍କୁ ଉପହାର ଦେଇଛି, ଯାହାକୁ କୋଳରେ ପୂରାଇ ସେ ଅନୁଭବ କରୁଛି, ସବୁ ସେ ଫେରିପାଇଛି, ସବୁ। ସେଇ ଲଳିତା ତା'ର ସଉତୁଣୀ ହୋଇପାରେନା।

ନନ୍ଦିକା ତାକୁ ଆଲିଙ୍ଗି ଧରିଲା। ତା'ର ଆଖିପତା ମୁଦି ହୋଇଆସିଲା।

ନିଦ ଭାଙ୍ଗିଲା। ଆଖିପତା ଖୋଲି ହେଉନାହିଁ। ଦୁର୍ବଳ ଲାଗୁଛି। କାନରେ ପଡୁଛି ଅବିରାମ ବରଷାର ଶବଦ, ଭେକପଲର ମିଶ୍ରିତ ବିକଟାଳ ରଡ଼ି। ମନେହେଉଛି, ପାଖରେ ବସି ମୁଣ୍ଡ ଆଉଁସୁଣୁ ସ୍ୱାମୀ ଘୁମେଇ ପଡ଼ିଛନ୍ତି। ଆଉ ଗୋଡ଼ ପାଖରେ ଲଳିତା।

ମାସଟିଏ ବିଛଣାରେ ପଡ଼ି ବେଳ କଟିଲାଣି। ଟାଇଫଏଡ୍ ଜର। ଏକୋଇଶ ଦିନରେ ତାତି ଓହ୍ଲେଇଥିଲା। ନଅ ଦଶ ଦିନ କଟିଗଲାଣି। ଦୁର୍ବଳତା ଛାଡ଼ିନାହିଁ। ବିରକ୍ତ ଲାଗୁଛି। ଉଠି ପଳାଇବାକୁ ମନ ହେଉଛି। ଉଠି ହେଉନାହିଁ।

ଲଳିତାର ସେବାକଥା ମନେପଡ଼ିଲେ କାବା କାବା ଲାଗେ। ସେଇ ଏକା ତାକୁ ବଞ୍ଚେଇଛି। କନି ସବୁ କରେ ଲଳିତାର ବୋଲରେ। ହେଲେ, ଲଳିତା ପାଖ ଛାଡ଼ି ଯାଏ ନାହିଁ। ଡିଆଁ ରୋଗ ବୋଲି ପାଖରେ ପଶି ରଜଘସ ହେବାକୁ ତାକୁ କେହି କେହି ବାରଣ କରନ୍ତି। ସେ ଶୁଣେ ନାହିଁ। ଦେଖିବାକୁ ଶାଶୁ ଆସି ପାଖରେ ବସିଲେ ସେ ତଡ଼ି ପକାଏ। କହେ, ମୁଁ ତ ଅଛି, ତମେ ଯାଉନ।

କଟକରୁ ଡାକ୍ତର ନେଇ କେତେଥର ସେ ଆସିଲେଣି। ଦିନେ ଦୁଇଦିନ ରହି ପୁଣି କଟକ ଫେରନ୍ତି। ଔଷଧ, ଫଳ ଓ ଡାକ୍ତର ଆଣିବାକୁ ଯାଆନ୍ତି। ଅଜସ୍ର ଅର୍ଥ ବ୍ୟୟ ହେଲାଣି।

ସେ ମରିବ ବୋଲି ମନ କରିଥିଲା। ମନକାମନା ପୂର୍ଣ୍ଣ ହେଲା ନାହିଁ। ସେ ବଞ୍ଚିଗଲା। ମରିଥିଲେ ଭଲ ହୋଇଥାନ୍ତା। ଏକୁଟିଆ ହନ୍ତସନ୍ତିଆ ଜୀବନ ଭଲ ଲାଗୁନାହିଁ। ସେଇକଥା ସେ ସ୍ୱାମୀଙ୍କୁ ଜଣାଇ ଦେଇଥିଲା।

ଉତ୍ତର ଦେଲେ ସେ, ଆଉ ଭୟର କାରଣ ନାହିଁ। ଜର କେବେଠୁଁ ଛାଡ଼ିଲାଣି। ଦୁର୍ବଳତା ଅଛି। ଫଳରସ ରୀତିମତ ଖାଇଲେ ଦିନ କେଇଟାରେ ଦୁର୍ବଳତା ଚାଲିଯିବ।

କି କଥା ତୁଣ୍ଡରେ ଧରିଲ ନନ୍ଦିକା? ଆମର ଏ ସଂସାର କାହା ପାଇଁ? ଦେଖ, ତମ କଥା ଶୁଣି ଲଳିତା ମୁହଁ ଶୁଖେଇଲାଣି। ଏମିତି କଥା ଆଉ କହିବ ନାହିଁ।

ମୁଣ୍ଡର ନୁଖୁରା କେଶ ଆଙ୍ଗୁଠିରେ ସାଉଁଳି ଦେଉଣୁ ସ୍ୱାମୀ ତାଆର ଦୁର୍ବଳ, ରୋଗଣା, ଅସନା ମୁହଁରେ ବୋକ ଦେଲେ।

ଦେହ ଝିମେଇଁ ଉଠିଲା। ମନକଲା, ଶକ୍ତି ନ ଥିଲା ହାତ ଦିଓଟି ତାଙ୍କରି ବେକରେ ଗୁଡ଼ାଇଦେବ, ତାଙ୍କରି ଅମୃତ ଚୁମ୍ବନ, ଓଠର ପରଶ ଲଗାଇରଖିବ ମୁହଁରେ।

ତା'ର ହାତଟିଏ ଲଳିତା ଧରିଛି, ଆଉଁସୁଛି।

ଲଳିତାର ହାତ ଥରୁଛି?

ନା, ତା'ର।

ଲଳିତା ମୁହଁ ଲଦିଛି ?

ସ୍ୱାମୀ ମଥା ଟେକିଲେ। ସତେ କି ନନ୍ଦିକା ଖସି ପଡ଼ିଲା ସରଗ ଭୂଇଁରୁ।

ଲଳିତାର ଆଖି ଛଳଛଳ ହେଲା କି ? ହିଂସା ? ସଉତୁଣୀ ବାଦ ? ଏଡ଼େ ସ୍ୱାର୍ଥପର ! ସହିପାରୁନାହିଁ ! ସେ କିପରି ସହିଛି, ଛାତି କରିଛି ପଥର ?

ସ୍ୱାମୀଙ୍କର କଅଁଳ କଥା କାନରେ ବାଜିଲା, ଆରେ, ଲଳିତାର ଆଖିରେ ଲୁହ ଯେ ! ପାଗଳି, ତମର ଅପା ଭଲ ହୋଇଗଲାଣି।

ଲଳିତାର ଆଖିରୁ ଲୋତକ ଝରିଲା।

ନନ୍ଦିକା ସତେ କି ତା'ର ମନର କଥାବୁଝିଲା। ଥରିଲା କଣ୍ଠରୁ ବିଷାଦସିକ୍ତ ଅଭିମାନିଆ ଡାକ ଛୁଟିଲା, ଲଳିତା !

ଅପା !

ଲଳିତା ନନ୍ଦିକାର କପାଳ ଆଡ଼କୁ ମୁହଁ ନୋଇଲା। ଦୁର୍ବଳ ହାତ ଦିଓଟି ଟେକି ନନ୍ଦିକା ବେଢ଼ାଇ ଧରିଲା ତା'ର ବେକ। କପାଳରେ କପାଳ ଲାଗିଲା। ଦୁଇ ଆଖିର ଲୁହଧାର ମିଶି ହେଲା ଏକାକାର।

ଦିଓଟି ଛାତିର ସ୍ପନ୍ଦନ କହିଲା ଦିଓଟି ଅକୁହା କଥା –

ଏଇଥିପାଇଁ ଏତେ ଶ୍ରମ, ଏତେ ସେବା କରି ତମକୁ ବଞ୍ଚାଇଲି ଅପା ?

ସହିପାରିଲୁ ନାହିଁ ଲଳିତା, ଏଡ଼େ ସ୍ୱାର୍ଥପର ? ଭାବିଥିଲୁ, ମୋର ମରଣ ହେବ ଓ ତୋର ଶ୍ରମ, ସେବା, ଭଲପଣିଆର ଡିଣ୍ଡିମ ବାଜିବ ସଂସାରରେ, ସ୍ୱାମୀଙ୍କ ମନରେ ?

ଦିଓଟି ମୁହଁ ଅଲଗା ହେଲା। ଦୁହେଁ ପୋଛିଲେ ଦୁହିଁଙ୍କ ଆଖିରୁ ଲୁହ।

ନନ୍ଦିକା କହିଲା, ମରିବି ନାହିଁ ଲୋ ଲଳିତା !

ଉତ୍ତର ଶୁଣିଲା, ସେପରି କହନା ଅପା !

ଦିହେଁ କଣେଇଁ ଚାହିଁଲେ ସୁନନ୍ଦକୁ। ସେ ହସହସ, ତନ୍ମୟ।

ଭାବୁଛି, ସେ କେଡ଼େ ଭାଗ୍ୟବାନ ! ଦୁହେଁ ଦୁହିଁଙ୍କୁ ସ୍ନେହପାଶର ନିବିଡ଼ ବନ୍ଧନରେ ବାନ୍ଧିସାରିଛନ୍ତି। ଏକାଥରେ ଦୁହିଁଙ୍କୁ କରିବ ଗେଲ ?

ଦୁଇଟି ମୁହଁ ଅଲଗା ହୋଇଛି। କାହାକୁ ସେ ଆଗ ଗେଲ କରିବ ?

ଲଳିତାର ଢଳଢଳ, ତରଳ ଯୌବନ ଉଦ୍‌ଭାସିତ, ସ୍ୱାସ୍ଥ୍ୟ, ପରିପୂର୍ଣ୍ଣ ମୁହଁଟି ତାକୁ ନିମନ୍ତ୍ରଣ କରିଛି। ଆଖି ନଇଁଆସିଲା। ତାହାର ଅସାବଧାନ ବସନଖସା ଯୌବନ ଡାକ ଛାଡ଼ିଛି, ଆଗ ମତେ ! ମୁଁ ନୂତନ, ମୁଁ ଆଗ୍ରହୀ, ଉଦ୍‌ବିଗ୍ନ, ଉଚ୍ଛନ୍ନ।

ଆଗ ମତେ, ନନ୍ଦିକାର ଶୁଖିଲା ମୁହଁ ଡାକ ପକାଇଛି, ମୁଁ ରୁଗ୍‌ଣ, ଦୁର୍ବଳ, ଉପାସୀ।

ସୁନନ୍ଦର ଆଖି ବିଚରଣ କରୁଛି ନନ୍ଦିକାର ଆବୃତ ତନୁରେ। ସାରାଦେହ ତା'ର ପ୍ରଶ୍ନିଳ ହୋଇଉଠୁଛି, ପଚାରୁଛ, ଦେଖିନାହିଁ? ଚିହ୍ନିନାହିଁ? ସବୁଦିନେ ଏ ଦେହ ରୋଗଣା ନ ଥିଲା, ଦୁର୍ବଳ ନ ଥିଲା। ମନକୁ ପଚାର।

ସୁନନ୍ଦ କାହାରିକୁ ଗେଲ କରିପାରିଲା ନାହିଁ।

ରାତି ପହରକେ ଯାଏ ଦିହେଁ ପାଖରେ ବସିଥିଲେ। କେତେ ଖୁସି ଗପ। ସ୍ୱାମୀ ନିଜ ହାତରେ ଦୁଧ ବାର୍ଲି ପିଆଇଦେଲେ। ଲଳିତା ପେଇଲା ଡାଳିମ୍ବ ରସ।

ଶାଶୁ ଆସି ପଚାରିଲେ, ମା' ମୋର କେମିତି ଅଛି?

ଲଳିତା ହିଁ ଉତ୍ତର ଦେଲା, ଅପା ଆଜି ଭଲ ଅଛନ୍ତି। ଖାଲି ଖାଇବାକୁ ଦେଲେ ମୁହଁ ନେଫେଡ଼ା। ଉଠି ବୁଲିବାକୁ ଛଟପଟ। ଡାକ୍ତର ତ ମନା କରିଛି।

ସୁନନ୍ଦ କହିଲା, ଏଣିକି ଟିକିଏ ବୁଲାଚଲା କରିବା ଭଲ।

ଅଭୟା କହିଲେ, ଆଉ ଟିକିଏ ଦମ୍ଭ ହୋଇଯାଉ।

ପାଖରେ ବସି କପାଳ ଆଉଁସି ବୁଢ଼ୀ ଉଠିଗଲେ।

ସୁନନ୍ଦ କହିଲା ଲଳିତାକୁ, ତମେ ଏଥର ଶୋଇବ ଯା। ବେଶିଦିନ ଅନିଦ୍ରା ହେଲେ ତମେ ଯଦି ପଡ଼ିଯାଅ ତ ପୁଣି ହଇରାଣ।

ଲଳିତା ପ୍ରତିବାଦ କଲା, ମୋର ଅଭ୍ୟାସ ହେଲାଣି। ତମେ ଯାଅ ଶୋଇବ। ଦିନିକିଆ ଅନିଦ୍ରା ତମକୁ ବାଧିବ।

ନନ୍ଦିକା କହିଲା, ଦିହେଁ ତମେ ଯାଅ। ମୋର ଆଉକିଛି ଲୋଡ଼ା ନାହିଁ। ମୁଁ ଏଥର ଶୋଇବି ଯେ, କନି ମୋ ପାଖରେ ରହିବ।

ସେ ଆଖି ବୁଜିଲା। କେହି ତା ପାଖରୁ ଗଲେ ନାହିଁ।

ସେ ଆଖି ଖୋଲିଲା।

ଆଲୁଅ ଜଳୁଛି। ପାଖରେ ସ୍ୱାମୀ ନାହାନ୍ତି କି ଲଳିତା ନାହିଁ। ତଳେ କାନି ପାରି କନି ଶୋଇଛି। ଖୋଲା ଝରକାବାଟେ ଘରେ ପଶୁଛି ଥରିଥରି ଅଭିମାନିଆ କଥା।

ଦେଖିଲ, ରାତି କେତେ ହେଲାଣି? ଗୋଟାଏ ପରା, ଡାକିବି ଅପାଙ୍କୁ?

ଡାକୁନ।

ଭାରି ନିଦ ମାଡୁଛି।

ଶୋଇପଡ଼ ଏଇଠି।

ମୁଁ ଯାଉଛି ଅପାଙ୍କ ପାଖକୁ, ଏତିକିବେଳେ ତାଙ୍କୁ ମୁଁ ଆଉଥରେ ଫଳରସ ଦିଏଁ।

କନି ଦେବ ଯେ।

ସେ କେବେ ଦିଏ ନାହିଁ।

ଆଜି ଦିନକ ଦେଉ।

ତାକୁ ତେବେ ଉଠାଇ ଦିଏଁ!

ସେ ବଳେ ଉଠିବ।

ଦୁହିଁଙ୍କର ହସ, ଦିହେଁ ତୁନୀ ହେଲେ।

ନନ୍ଦିକା ଉଠି ବସିଲା, ବିଚଳିତ ହୋଇ ଚାରିଆଡ଼କୁ ଚାହିଁଲା। ସତେ, ରାତି ଗୋଟାଏ। ବରଷା ଛାଡ଼ି ନାହିଁ, କୁଟୁଛି। ଖୋଲା ଝରକାବାଟେ ଥଣ୍ଡା ପବନ ଘରେ ପଶୁଛି। କନି ଶୋଇପଡ଼ିଛି। ଆର ଘରୁ ଆଉ ଶବଦ ଶୁଭୁ ନାହିଁ। ସେମାନେ ଶୋଇଲେଣି, ତଥାପି, ସତେକି କାନରେ ବାଜିଯାଉଛି, ଦୁହିଁଙ୍କର ତୁନୀ ତୁନୀ କଥା, ହସ।

ଆଖିରୁ ଅଶ୍ରୁ ଝରିଲା। ମନ କହିଲା, ବଞ୍ଚିବା ଆଉ ଲୋଡ଼ା ନାହିଁ। ମରିବା ହିଁ ଭଲ। ସ୍ୱାମୀ ତାକୁ ପରିତ୍ୟାଗ କରିଛନ୍ତି। ଲଳିତା ତାଙ୍କୁ ବାନ୍ଧି ରଖିଛି। ଜୀବନରେ ଆଉ କି ପ୍ରୟୋଜନ? ସେ ରୋଗଣା ହୋଇଛି। ସ୍ୱାସ୍ଥ୍ୟ ଭାଙ୍ଗିଛି। ଦେହ ଓ ମୁହଁର ଜ୍ୟୋତି ଲିଭିଛି। ଆଖିରେ କଜଳ ନାହିଁ, ପାଦରେ ନାହିଁ ଅଳତା। ଅସଜଡ଼ା କେଶ। ଦରମଇଳା ଅତି ସାଧାରଣ ବାସ। ଆଠ ବରଷ ପଛକୁ ସେ ଫେରିଯାଇ ପାରିବ ନାହିଁ। ଲଳିତା ସଙ୍ଗରେ ସମସରି ହୋଇପାରିବ ନାହିଁ। ବଞ୍ଚିଥିବା ଯାଏ ସେ ଅବହେଳିତ ହେବ।

ନନ୍ଦିକା ଖଟ ଉପରୁ ଓହ୍ଲାଇ ତଳେ ଠିଆ ହେଲା। ମୁଣ୍ଡ ଝାଙ୍କି ଦେଉଛି। ଆଖି ଆଗରେ ସବୁ ଭ୍ରମୁଛି। ମନ ପୁଣି କହୁଛି, ନିଜ ସୁନା ତୋର ଭେଣ୍ଡି ହେଇଛି ତୁ ଆଜି ବାହା ସରିଲା ବେଦୀ, ରସ ନ ଥିଲା ମଦଘଡ଼ା, ତୁ ଆଜି ଅପୁଚ୍ଛା, ଅଖୋଜା, ଅଲୋଡ଼ା। ସ୍ୱାମୀଙ୍କର ସ୍ନେହ କେବଳ କର୍ତ୍ତବ୍ୟ ଧାରଣାର ରୂପାନ୍ତର। ଆଉ ଲଳିତା, କୃତଜ୍ଞତାର ପରିଚାରିକା।

ମୁଣ୍ଡର ଅଳରା କେଶ ଟାଣି ସେ ବାଇଆଣୀ ପରି କବାଟ ପାଖକୁ ଗଲା। କିଳିଣୀ ଖୋଲିଲା। ମୁଣ୍ଡ ଝାଙ୍କିଲା। ଯାଉଁଳି କବାଟ ଉପରେ ମୁହଁ ରଖିଲା। ଭାବିଲା, ସେ ବରଷାପାଣିରେ ତିନ୍ତିବ, ଜରକୁ ଫେରାଇଆଣିବ। ଓଷଦ ପାଣି କିଛି ଛୁଇଁବ ନାହିଁ। ସେ ମରିବ। ଦୁନିଆରେ ତା'ର ହୋଇ ଆଉ କେହି ନାହାନ୍ତି।

କବାଟ ଖୋଲିଲା। ଶବଦ ହେଲା। ଆଉ ଘରୁ କଥା ଶୁଭିଲା।

ଶୋଇଲ କି? ହେ, ହେ–

ଉଁ।

ଅପା କଅଣ ଉଠିଲେ କି?

ଉଠନ୍ତୁ, କନି ପରା ଅଛି? ଶୋଇପଡ଼।

ଉହୁଁ, କନି ହୋଇଥିଲେ ପାଟି ଶୁଭନ୍ତା। ମୁଁ ଯାଇଁ ଦେଖେଁ।

ନୂଆଉ!

କନି ଉଠିଲାଣି, ତମେ ଶୋଇପଡ଼।

ଓଃ, ଛାଡ଼ ମୋତେ।

ନୂଆଉ, ଆରେ, ଟଳିଟଳି ଦୂଆରକୁ କାହିଁକି ଯାଉଛ? ଏଁ, ତିନ୍ତିଲ? ଆସ ଘରକୁ, ଆସ।

ଛାଡ଼ ମତେ କନି, ଛାଡ଼, ଛାଡ଼ କହୁଛି।

ପାଗଳ ହେଲ କି?

କବାଟ ଖୋଲି ଛୁଟି ଆସିଲା ଲଳିତା।

କନି ନନ୍ଦିକାକୁ ଘରଭିତରକୁ ନେଲାଣି। ବର୍ଷାପାଣିରେ ସେ ଜୁଡୁବୁଡୁ।

ପାଟିକରି ଉଠିଲା ଲଳିତା, ଏ କଅଣ କଲ ଅପା? କନି ତମେ ଶୋଇପଡ଼ିଲ କାହିଁକି?

ହେଇ, ଆଗରେ ଲଳିତା! ଆଜି ତା'ର ତଣ୍ଟି ଚିପି ମାରିଦେବ? ହଁ ସେଇଆ ସେ କରିବ।

ମୋର ଦୋଷ ହୋଇଛି ଅପା, କନିର ଏତେ ଟାଣ ନିଦ ବୋଲି ମୁଁ ଜାଣି ନ ଥିଲି। ମୋ ରାଣ, ନିଅ, ଲୁଗା ପାଲଟ।

ଲଳିତାର ତଣ୍ଟି ସେ ଚିପିପାରିଲା ନାହିଁ ତ! ନିଜ ହାତରେ ଲଳିତା ନନ୍ଦିକାକୁ ପୋଛିପାଛି ଦେଲା, ଶୁଖିଲା ଶାଢ଼ୀ ପିନ୍ଧାଇଦେଲା, ବିଛଣାରେ ଶୁଆଇ ଘୋଡ଼ାଇଦେଲା ଚାଦର। ମୁଣ୍ଡ କୁଣ୍ଡାଇଲା। ଫଳରସ ପିଆଇ ଦେଲା। ପାଖରେ ବସି, ଦେହକୁ କୁଣ୍ଢାଇ ଧରି ପୁଣି ପଚାରିଲା, କାହିଁକି ପଦାକୁ ତମେ ଗଲ ଅପା, କନିକୁ ଡାକିଲ ନାହିଁ? ମତେ ଡାକିଲ ନାହିଁ?

ନନ୍ଦିକା ଲଳିତା ପାଖରେ ନିଜକୁ ଅତି ଛୋଟ ଶିଶୁଟି ପରି ମଣିଲା। କହିଲା, ଜାଣେନାହିଁତ।

ମୋର ଭୁଲ ହେଇଛି। ନିଜେ ତମ ପାଖରେ ରହିବେ କହି ମତେ ସେ

ଶୋଇବାକୁ ତଡ଼ି ପଠାଇଲେ। ତାଙ୍କୁ ନିଦ ମାଡ଼ିଲା ବୋଲି ଟିକକ ପରେ କନିକୁ ଏଠି ଛାଡ଼ି ସେ ନିଜେ ଶୋଇବାକୁ ଗଲେ।

ଲଳିତାର ଆଖିରେ ଲୁହ ଛଳଛଳ ହେଲା।

ନନ୍ଦିକା ଉତ୍ତର ଦେଲା ନାହିଁ। ଲଳିତାର ଦୁଇ ହାତ ନିଜର ଦୁଇ ହାତରେ ଚିପି ବଲବଲ କରି ଚାହିଁ ରହିଲା ତା'ର ଅନୁତପ୍ତ ମୁହଁକୁ। ସତେ, କାହା ଉପରେ ତାର ରାଗ, ରୋଷ, ଅଭିମାନ? ଲଳିତାର ଦୋଷ ନାହିଁ। ମନଟି ତାର ସରଳ। ସେବା କରିବାକୁ ସେ ଆକୁଳ ବିକଳ। ଏକା ତାଆରି ନୁହେଁ, ଶାଶୁଙ୍କର ବି ସେବା କରୁଛି। ଅସୁବିଧା କରେଇ ଦେଉନାହିଁ। ଘରର ସବୁ କାମ ନିଜେ ଆଦରିନେଇ ତୁଲାଉଛି। କେଉଁକଥାରେ କାହାରି କିଛି ବାଛିବାର ନାହିଁ। ଗାଆଁ ମାଇପୀଙ୍କ ମୁହଁରେ ତା'ର ଧନ୍ୟ ଧନ୍ୟ ପ୍ରଶଂସା। ସେ ଘରଣୀ ହେଇଛି।

ଲଳିତା କହିଲା, କନି, ତମେ ଶୋଇବ ଯାଅ, ମୁଁ ଅଛି। ଆରଘରର କବାଟ ଆଉଜାଇ ଦେବ। ତମ ଭାଇ ଶୋଇଛନ୍ତି, ଘରେ ଥଣ୍ଡା ପଶୁଛି।

ସୁନନ୍ଦ ଆଖି ମଳି ମଳି ଆସିଲା। କହିଲା, ତମ କଥାଭାଷା ଶୁଣି ନିଦ ଭାଙ୍ଗିଲା। କଅଣ ହେଇଚି?

ଲଳିତା କହିଲା, କିଛି ନାହିଁ। ତମେ ଯାଅ ଶୋଇବ।

ତୁ ବି ଯା, ଲଳିତା।

ସୁନନ୍ଦ ପାଖକୁ ଆସି ନନ୍ଦିକାର ମୁଣ୍ଡରେ ହାତ ରଖିଲା। ନନ୍ଦିକା କଡ଼ ଲେଉଟାଇଲା, କଥା କହିଲା ନାହିଁ।

ପୁଣି କଅଣ ହେଲା। ନନ୍ଦିକା?

ଲଳିତା ଉତ୍ତର ଦେଲା, କିଛି ନାହିଁ। ତମେ ଯାଅ। ତମେ ବି ଯାଅ, କନି! ଅପା ଟିକିଏ ଶୋଉନ୍ତୁ। ମତେ ବି ଭାରି ନିଦ ମାଡୁଛି।

ଲଳିତାର ଅନୁରୋଧରେ ଆଦେଶ, ଭାଙ୍ଗିବାର ସାହସ କାହାରି ନାହିଁ। ସେ ଖଟ ଉପରୁ ଓହ୍ଲାଇ କବାଟ କିଳିଲା। ଆଲୁଅ କମେଇ ନନ୍ଦିକା ପାଖକୁ ଆସିଲା। ପାଖରେ ଶୋଇଲା।

ଲଳିତା!

ଶୋଇପଡ଼ ଅପା। ପାଣିରେ ତିନ୍ତିଲ। ଅନିଦ୍ରା ହେଲେ ପୁଣି ଯଦି ଜର ଲେଉଟିବ ତ ଭଲ ହେବ ନାହିଁ।

ଲଳିତାର ଟିକି ଅନୁରୋଧ ଭାଙ୍ଗିବାକୁ ତା'ର ସାହାସ ନାହିଁ। ତା'ର କଅଁଳ ହାତ ନନ୍ଦିକାର ଦେହକୁ ବେଷ୍ଟନ କଲାଣି। ମନରେ ଯେତେ ଯାହା ଭାବ ଉଠିଲେ ବି

ଲଳିତାର ବ୍ୟବହାର ଦେଖି ସବୁ ମଥା ନୋଉଁଛନ୍ତି। ସେ ହେଇଛି ଏ ଘରର କର୍ତ୍ତ୍ରୀ, ନନ୍ଦିକା ନୁହେଁ।

ନନ୍ଦିକା ଆଗ ଆସି ପଛେଇ ଯାଇଛି।

କଟକକୁ ଫେରି ଆସିବାର ମାସଟିଏ ବିତିଗଲାଣି।

ବ୍ୟବସାୟର ଜଞ୍ଜାଳ ଭିତରେ ସମୟ ବୋହିଯାଇଛି। ଗାଆଁକୁ ଯିବାକୁ କେବେ କେମିତି ମନ ହୁଏ। ଆଖି ବୁଜି ଘରକୁ ଚାହିଁଲେ ଭାବନା ଆଗରେ ପାଖପାଖି ଦିଓଟି ନାରୀ ଠିଆ ହୁଅନ୍ତି। ଜଣକର ହସ ହସ ପ୍ରଫୁଲ୍ଲ ମୁହଁ, ଭରା ସ୍ୱାସ୍ଥ୍ୟ, ଢେଉଖେଳା ଚଞ୍ଚଳ ପରିପୂର୍ଣ୍ଣ ଯୌବନ। ସେ ଲଳିତା। ଦୂରରୁ ସେ ଡାକ ଛାଡ଼େ, ଆସ ମ, ମୁଁ ଅନେଇ ବସିଛି, ଅଭିମାନ କଲ କି ?

ଆର ଜଣକ ନନ୍ଦିକା। ମୋଟା ଦେହ ଦୁର୍ବଳ ହେଇଛି। ଆଖିର ଜ୍ୟୋତି ମଳିନ ଦିଶୁଛି। ମଥାର ଲମ୍ବ କେଶ ଛିଣ୍ଡିଛିଣ୍ଡି ଚାଖଣ୍ଡେ ରହିଛି। କି ଶୋଭା ରୂପ କଅଣ ହେଲାଣି। ଓଠରେ ହସ ନାହିଁ, ଦୃଷ୍ଟିରେ ନାହିଁ ଆଗ୍ରହ ଓ ଉଦ୍‌ବିଗ୍ନତା। ତା'ର ଠାଣି କହିଉଠୁଛି ନ ଆସ ବା ଆସ, ଭଲରେ ଥାଅ।

ନନ୍ଦିକା ପାଖରେ ସେ କରଛଡ଼ା ଢଙ୍ଗ ଦେଖିଆସିଥିଲା। ପାଖକୁ ଗଲେ ତା'ର ହସିଲା ମୁହଁ ଗମ୍ଭୀର ହୁଏ। ତିନିଥର ଗୋଟିଏ ପ୍ରଶ୍ନ ପଚାରିଲେ ପଦକରେ ସେ ଉତ୍ତର ଦିଏ। ମୁହଁକୁ ନ ଚାହିଁ କଡ଼କୁ ଚାହେଁ। ତା'ର ଭଙ୍ଗୀ କହିଉଠେ, କାହିଁକି ମତେ ବିରକ୍ତ କରୁଛ, ମୁଁ ରୋଗଣା ମଣିଷ ! ଲଳିତା ଆସୁଛି, ତାକୁ କହ। ପରାମର୍ଶ ଲୋଡ଼ୁଛ ? ଲଳିତାର ବୁଦ୍ଧି ଅଛି, ସେ କହିବ। ଟଙ୍କା ଲୋଡ଼ା କି ? ଲଳିତାକୁ ଚାବିମୁଠାକ ଦେଇଛି।

ପାଖରେ ବସିଲେ ସେ ଘୁଞ୍ଚିଯାଏ। ବାଆଁରେଇ ହୋଇ ନିକଟକୁ ଗଲେ ସେ ଉଠି ଠିଆହୁଏ। ମୁଣ୍ଡ ଉପରକୁ ଲୁଗା ନିଏ। ଦେହରେ କାନି ବେଢ଼ାଏ। ଫକ୍‌କା ଆଖି, ଅଲରା ମୁଣ୍ଡ, ଶେଥା ପାଦ। ପାଖରୁ ଦୂରେଇ ଯିବାକୁ ବ୍ୟଗ୍ରଭାବ, ସତେ କି ସେ ଅପରିଚିତା। ଠାକୁରପୂଜା ଆରା ତା'ର ଅତି ବଡ଼ ହୋଇଛି।

କାହିଁକି ଏ ଅଭିମାନ ?

ନିଜର ମନ ଅଣ୍ଡାଳିଲେ ସେ ତା'ର ପ୍ରଶ୍ନର ଉତ୍ତର ପାଏ। ନିଜର ଉତ୍ତର ନିଜେ ଶୁଣିବାକୁ ତାକୁ ଲାଜ ମାଡ଼େ।

କିଏ ଭିଆଇଛି ଏ ଜଟିଳତା ?

ନନ୍ଦିକା, ହଁ ନନ୍ଦିକା। ସୁନନ୍ଦର ଦୋଷ ନାହିଁ। ଲଳିତା ଆସିଛି। ସେ ବି

ଯୁବତୀ। ଅନ୍ୟ କେଉଁ ଯୁବକର ହାତଧରି ଯାଇଥିଲେ ସେ ଯାହା ପାଇବାକୁ ଆଶା କରିଥାନ୍ତା, ସୁନନ୍ଦ ତାକୁ ସେତିକି ଦେବାକୁ ଚେଷ୍ଟା କରିଛି।

ନନ୍ଦିକାର ଦୁଃଖ କରିବା ଅନ୍ୟାୟ, ଅଭିମାନ କରିବା ଅସଙ୍ଗତ। ରାଗ ରୋଷ ତା'ଠାରେ ଶୋଭା ପାଏ ନାହିଁ।

ସୁନନ୍ଦ ଚମକିଉଠେ। ନନ୍ଦିକାର ମନରେ ସପତ୍ନୀର ବିଷ ପଶିଛି ? ଆହା ବିଚରା ଲଳିତାଟି, ଶିଶୁପରି ସେ ସରଳ, ଛନ୍ଦକପଟ ଜାଣେ ନାହିଁ। ଜୀବନ ପଣ କରି ନନ୍ଦିକାର ସେବା କଲା। ତାକୁ ମରଣ ମୁହଁରୁ ବଞ୍ଚାଇଲା। ତଥାପି ନନ୍ଦିକାର ମନରେ ଈର୍ଷାଭାବ ? କାହିଁକି ଏପରି ହେଲା ?

ଲଳିତାର ଚିଠି–

ଅପା ଭଲ ଅଛନ୍ତି। ସ୍ୱାସ୍ଥ୍ୟ ଧୀରେ ଧୀରେ ଫେରିଆସୁଛି। କେଜାଣି କାହିଁକି ତାଙ୍କ ମନରେ ଉଦାସ ଭାବ ଦେଖୁଛି। ବେଶି କଥା କହିବାକୁ ସେ ଭଲ ପାଉନାହାନ୍ତି। ପାଖକୁ ଗଲେ ବାଆଁରେଇ ହୋଇ ଦୂରେଇ ଯାଉଛନ୍ତି। ତମ ପାଖକୁ ଚିଠି ଲେଖିବାକୁ କହିଲି ଯେ, ସେ ଉତ୍ତର ଦେଲେ, ତୁ ତ ଲେଖୁଛୁ, ମୁଁ ଆଉ କଅଣ ଅଧିକ ଲେଖିବି ? ତମ ଉପରେ ସେ ରାଗିଛନ୍ତି କି ? ମୋ ଅପାଙ୍କ ପରିକା ଭଲ ମଣିଷ କେଉଁଠି ନାହିଁ ନ ଥିବ। ମୋ ଅଜାଣତରେ ତାଙ୍କୁ ତମେ କେଉଁ କଥାରେ ବିରକ୍ତ କଲ କି ? ମୋ ରାଣ, ନିଶ୍ଚୟ ଲେଖିବ।

ତୁହିନାଙ୍କର ସତର୍କ ବାଣୀ ମନେପଡ଼େ। ବେଳେ ବେଳ ଆଗ୍ରହ ହୁଏ, ଥରେ ଯାଇ ପଚାରି ଆସିବ। କ'ଣ ପଚାରିବେ, ନିଜେ ସ୍ଥିର କରିପାରେନାହିଁ। ଲଳିତାର ଚିଠି ଦେଖାଇ କହିବ କି, ନନ୍ଦିକା ରୋଗରୁ ଉଠି ଏପରି ବଦଳିଛନ୍ତି, ବୀତସ୍ପୃହ ହୋଇଛନ୍ତି ? କହିପାରିବକି, ଯେତେବେଳେ ସେ ରୋଗଶଯ୍ୟାରେ ଆରଘରେ ଛଟପଟ ହେଉଥିଲେ, ଠିକ୍ ସେତେବେଳେ ଲଳିତାର ହାତଧରି ସେ ଅଟକାଇ ରଖିଥିଲା।

ନନ୍ଦିକା ଶୁଣିପାରିଛି।

ତୁହିନା ଲଳିତାର ସରଳ ପତ୍ରଟି ଭିତରୁ କି ଅର୍ଥ କାଢ଼ିବେ ? ହୁଏତ ଚେତାଇ କହିବେ, ଏଥର ଆରମ୍ଭ ହେବ ଝଡ଼ବରଷା, ନନ୍ଦିକା ହିଁ ଆରମ୍ଭ କରିବ।

ନାହିଁ, ନାହିଁ ନିରିମାଖୀ ଲତାଟି ପରି ସେ ମଥା ନୁଆଁଇବ। କହିବ, ତମର ଦୁନିଆ ମୋରି ଛାତି ଉପରେ ଚାଲିଯିବ। ମୋର ପତ୍ର ଶୁଖିଛି ଅଥବା ଝାଉଁଳିଛି। ମୋର ପଲ୍ଲବର ସବୁ କୁସୁମ ଝଡ଼ିଛି ଅଥବା ମଉଳିଛି। ମୁଁ ଫଳାଇ ନାହିଁ ଫଳ। ମୋ ଜୀବନ ବ୍ୟର୍ଥ ହୋଇଛି। ତମେ ରସିକ ପୁରୁଷ, ଆଶାୟୀ ପୁରୁଷ। ପୁଷ୍ପବତୀ ତରୁଣୀ ଲତାଟି ଚାହିଁରହିଛି। ତାକୁହିଁ ଗୁଡ଼ାଇ ଧର, ଆହରଣ କର ମଧୁ, ଗୁଞ୍ଜରି ଉଠୁ। ପୁଲକିତ

ହେବ ମଞ୍ଜରୀ, ହେବ ଫଳବତୀ।

କିଏ କହୁଛି ?

ନନ୍ଦିକାର ବଡ଼କରା ଫଟୋ!

ଅନୁଗତ ରାଜୀବ ହାତରେ ବ୍ୟବସାୟର ଦାୟିତ୍ୱ ଲଦି ସେ ଗାଆଁକୁ ଆସିଲା, ମାଆଙ୍କ ପାଖକୁ। ଦୁଇଗୋଡ଼ ଧରି ପ୍ରଣାମ କଲା। ଏତେଦିନକେ ମାଆଙ୍କର ମୁହଁକୁ ସେ ଭଲକରି ଚାହିଁଲା।

ଦି'ପହର। ସ୍ନାନ ପୂର୍ଣ୍ଣିମା ଚାରିଦିନ ହେଲା ଗଲାଣି। ଗୁଳୁଗୁଳି। ଦେହର ଜାମା ଝାଳରେ ଓଦା ହେଇଛି।

ଅଭୟା ନିଜ ଅଞ୍ଚଳରେ ସୁନନ୍ଦର ମୁହଁ ପୋଛିଦେଲେ। ଥରିଲା ସ୍ୱରରେ ଡାକ ଛାଡ଼ିଲେ, ଆଲୋ କନି, ପାଣି ନୋଟାଏ ଆଣିଲୁ। ଆଲୋ ବିଚଣା କିଏ ନେଇ ପଳେଇଲା ? ମଲା ମ ର, ବୋହୂମାନେ ଗଲେ କୁଆଡ଼େ ? ପୁଅ ମୋର ଖାଇବ କଅଣ ମ ? ଆଲୋ, କନି –

ବ୍ୟସ୍ତ ହ'ନା ବୋଉ।

ସୁନନ୍ଦ ଅନାଇଁ ରହିଲା ମାଆଙ୍କୁ। ଦିନୁଦିନ ସେ ଦୁର୍ବଳ ହେଉଛନ୍ତି। କେଶ ଧୋବଲା ହେଲାଣି, ସେତକ ବି ମୁଠିଏ।

ସୁନନ୍ଦର ମନ କାନ୍ଦିଉଠିଲା, ବିକଳ ହୋଇ ଡାକ ଛାଡ଼ିଲା, ବୋଉ ମୋର ଭଲରେ ନାହିଁ, ଭଲରେ ନାହିଁ, କେହି ତା'ର ଯତ୍ନ ନେଉନାହାନ୍ତି। ଘରେ ଦୁଇଟା ବୋହୂ, ତଥାପି କାହାରି ଆଗରେ ମନଖୋଲି ସେ କିଛି କହୁ ନାହିଁ।

କନି ପଙ୍ଖା ନେଇ ଧାଇଁ ଆସିଲା। ସୁନନ୍ଦ ମାଆଙ୍କ ପାଖରେ ଖଟ ଉପରେ ବସି ସାରିଲାଣି। କଥା କହୁଛି, କେତେ ପ୍ରକାର, କଟକର ଏକୁଟିଆ ଜୀବନ, ଅସୁବିଧା, ମାନ୍ଦା ବ୍ୟବସାୟ, ଗୁଳୁଗୁଳି। ଅଭୟା ମନଦେଇ ଶୁଣୁଛନ୍ତି।

କନିକୁ କହିଲେ, ଆଲୋ ଯା, ବୋହୂମାନେ କୁଆଡ଼େ ଗଲେ ଡାକି ଦେ। ପୁଅ ମୋର ଖାଇବ କଅଣ ?

ସୁନନ୍ଦ ଗପି ଚାଲିଛି, ସତେକି ବୋହୂମାନଙ୍କଠାରେ ତା'ର ପ୍ରୟୋଜନ ନାହିଁ। ଭୋକ ନାହିଁ, ଖାଇବାକୁ ଆଗ୍ରହ ନାହିଁ। ଜାମା ଖୋଲି ଖଟବାଡ଼ାରେ ଝୁଲାଇ ଦେଲାଣି ? ଖୋଲା ଦେହ। ବୁଢ଼ୀମା' ଅନେଇ ରହିଛନ୍ତି। ସୁନନ୍ଦ ଗପି ଚାଲିଛି, ନନ୍ଦିକା ଚିଠି ଲେଖୁନାହିଁ, ଲଳିତା ଘରର ଭଲମନ୍ଦ ହାନିଲାଭ କଥା ବେଳେ ବେଳେ ଲେଖେ,

ନିଜ କଥା ଲେଖିବାକୁ ଭୁଲିଯାଏ।

କନି କହିଲା, ବଡ଼ ଭାଉଜ ବାରିରେ ଅଛନ୍ତି। ମକା, ଭେଣ୍ଡି, ଲଙ୍କା ମରିଚ ଗଛ ନିଜ ହାତରେ ସେ ଲଗାଇଛନ୍ତି ଯେ ଘାସ ବାଛିବାକୁ ଯାଇଛନ୍ତି। ପୋଖରୀରୁ ମାଠିଆରେ ପାଣି ଆଣି ଗଛ ମୂଳରେ ଡାଳୁଥିବେ। ମନା କଲେ ସେ ଶୁଣିବେ ନାହିଁ। ଯାଏଁ ଡାକିଦିଏ।

ଲଳିତା ?

ସାନ ଭାଉଜ ଶୋଇପଡ଼ିଛନ୍ତି। ଦି ପହରେ କେବେ ତ ସେ ଶୁଅନ୍ତି ନାହିଁ, ଆଜି କାହିଁକି ନିଦ ହୋଇଯାଇଛି। ଯାଏଁ, ଉଠେଇ ଦିଏଁ।

ସୁନନ୍ଦ ବାରିଆଡ଼କୁ ଗଲା। ନନ୍ଦିକାର ଦେଖା ନାହିଁ। ଏତେବଡ଼ ଅନ୍ଧାରିଆ ବାରି। ପତ୍ରଗହଳି ସେପାଖେ ବସି କେଉଁଠି ଘାସ ବାଛୁଥିବ, କି ହୁଡ଼ା ଟେକୁଥିବ। ସୁନନ୍ଦ ପୋଖରୀ ହୁଡ଼ା ସେପାଖକୁ ଗଲା। କଲମି ସପେଟା ଗଛଗୁଡ଼ିକ ଝଙ୍କାଳିଆ ହୋଇ ସୁନ୍ଦର ଦିଶୁଛି। ନକ୍ଷତ୍ର ପରି ଅସୁମାର ଫଳ ଲଦିହୋଇଛି। କଲମି ଆମ୍ବ ନହରକୋଳି, କରମଙ୍ଗା ଗଛଗୁଡ଼ିକ ବାଦବୁଦିଆ ହୋଇ ବଢୁଛନ୍ତି।

ପତ୍ରଗହଳି ଫାଙ୍କରେ ଦିଶୁଛି ଧୋବ ଫରଫର ଶାଢ଼ୀ। ନନ୍ଦିକା ଠିଆ ହୋଇଛି। ସେ ଅନାଇଁ ରହିଛି ପାଖର କଦଳୀବଣକୁ।

ସୁନନ୍ଦ ପାଖକୁ ଗଲା। କିଏ ଆସୁଛି ଜାଣିପାରି ନନ୍ଦିକା ଫେରି ଚାହିଁଲା। ଅପରିଚିତ ପରପୁରୁଷ ଦେଖିଲା ପରି ସେ ଚମକି ଉଠିଲା। ମୁଣ୍ଡ ଉପରକୁ ବସନ ଟାଣିଲା। ଓଠ ଉପରକୁ ଟାଣିଆଣିଲା ବ୍ୟଥଭରା ହସଟିଏ।

ସୁନନ୍ଦ ଦେଖିଲା, ନନ୍ଦିକା ପୂର୍ବ ସ୍ୱାସ୍ଥ୍ୟ ଫେରି ପାଇନାହିଁ। ଏବେବି ଦୁର୍ବଳତା ରହିଛି। ମୁହଁ ମଳିନ ଦିଶୁଛି। ଆଖିତଳେ କଳାଦାଗ। ଦେହ ହାତରେ ଅଳପ ଗହଣା। ନିଜ ପ୍ରତି ସେ ଅଯତ୍ନଶୀଳା ହୋଇଛି।

ମନ ଡାକୁଛି, ନନ୍ଦିକାକୁ ଗେଲ କରିବ। ଆଧୀନ୍ୟ ହୋଇ ସେ କହିବ, ସବୁ ଦୋଷ ମୋର ନନ୍ଦିକା, ମୁଁ କ୍ଷମା ମାଗୁଛି। ତମେ ମୋର ଆଗ ନନ୍ଦିକା, ତମରି ଏ ସଂସାର ସମସ୍ତେ ତମର ଆଦେଶର ଦାସ।

ସୁନନ୍ଦ ପଛକୁ ଫେରି ଚାହିଁଲା, ବାରି କବାଟ ଖୋଲି ଆସିଛି। ଲଳିତା ଆସୁଥିବ ପରା !

ମନର କଥାକୁ ସତେକି ନନ୍ଦିକା ବୁଝିଲା। କହିଲା, ଆଗୋ, କେତେବେଳେ ଆସିଲ ? ମୁହଁ ଶୁଖିଯାଇଛି। ଗୋଡ଼ହାତ ଧୋଇନ ପରା ! ଖାଇବ କଅଣ ? ଆସ।

ନନ୍ଦିକା ଆଗରେ ଚାଲିଲା।

ନନ୍ଦିକା କହୁଛି ? ତା' କଥା ପରି ଶୁଭୁ ନାହିଁ। ଯେପରି ଆଉ ଜଣେ କିଏ ନନ୍ଦିକା ଭିତରେ ପଶି କହିବାକୁ ହେବ ବୋଲି କହୁଛି ପରା !

ସୁନନ୍ଦ ଡାକିଲା, ନନ୍ଦିକା ?

ସେ ଫେରି ଚାହିଁଲା।

ରହିବ ନାହିଁ ?

କଅଣ, କହ।

ସୁନନ୍ଦ ପାଖକୁ ଗଲା। ଥରିଲା ସ୍ୱର ତୁଣ୍ଡକୁ ଆଣିଲା ଭାଷା, ରାଗିଛ ? ଅଭିମାନ କରିଛ ?

ନନ୍ଦିକାର ହାତ ଧରିଲା। ତା'ର ହାତ ଥରୁଛି, ଓଠ ବି ଥରୁଛି। ସେ ଆଖି ନୋଇଁଛି।

ରାଗିଛ ?

କଅଣ କହୁନା ? ଛାଡ଼ ମୋ ହାତ ମ, ଲଳିତା ଆସିବ।

ଆସୁ। ଚାହିଁବ ନାହିଁ ମୋ ମୁହଁକୁ ? ଅଭିମାନ କରିଛ ?

ନନ୍ଦିକାର ଆଖିରେ ଲୁହ ଢଳଢଳ ହେଲା। ସେ ସୁନନ୍ଦର ମୁହଁକୁ ଚାହିଁଲା, ଚାହିଁପାରିଲା ନାହିଁ। ହାତ ଖସାଇ କହିଲା, ରାଗିବି କାହିଁକି ? ଅଭିମାନ ବା କରିବି କାହିଁକି ? ଏପରି କଥା ତମ ମୁହଁରୁ ବାହାରୁଛି ? କି ଦୋଷ ମୁଁ କାହାର କରିଛି ? ହେଇଟି, ଲଳିତା ଆସୁଛି, ତମେ ଆସ।

ହଁ, ଲଳିତା। ସୁନନ୍ଦ ଚାହିଁଲା, ସେ ଅସ୍ତବ୍ୟସ୍ତ ହେଇ ଆସୁଛି, ହସିହସିକା। ମୁଣ୍ଡରୁ ଖସିପଡୁଛି ଲୁଗା। ସ୍ୱାସ୍ଥ୍ୟ ବଦଳିଛି। ଦେହରେ ମାଂସ ଲାଗିଛି। ମୁହଁଟି ଦିଶୁଛି ସୁନ୍ଦର।

ଅପା, ତମେ ପୁଣି ବାରିକି ଚାଲିଆସିଲ ? ମୁଁ ଭାବିଲି ତମେ ଶୋଇପଡ଼ିଛ। ସେ ଘରକୁ ଯାଇ ବହି ଖଣ୍ଡେ ପଢୁପଢୁ ମତେ ନିଦ ହୋଇଗଲା। ମୁଁ କାନ ମୋଡ଼ି ହେଉଛି, ଆଉ ବହି ପଢ଼ିବି ନାହିଁ। ଦେଖିବି ରହ, ତମେ କେମିତି ଆଉ ବଗିଚାକୁ ଆସିବ। ତମର ନୂଆ ଦେହ।

ନନ୍ଦିକା ହସିଲା। କହିଲା, ଆଉ ଆସିବି ନାହିଁ।

କେମିତିକା ମଣିଷ ମ, ଆଗରୁ ଚିଠି ଖଣ୍ଡେ ଦେଲ ନାହିଁ ? ଅପା ମୁଁ ଯାଏଁ, ଭାତ ଗଣ୍ଡାଏ ବସେଇ ଦିଏଁ।

ଥାଉ। ଭାତ ଖାଇବାକୁ ମୋର ଏବେ ଆଗ୍ରହ ନାହିଁ। ଜଳଖିଆ ହେଲେ ଚଳିବ। ଭାରି ଭୋକ ହେଉଛି। ହଉ, ହେଲା। ମୁଁ ଯାଉଛି ନଡ଼ିଆ କୋରିବି। ତମେ

ଆସୁ ଥା ଅପା, ବୋଉ ତେଣେ ଉଚ୍ଛନ୍ନ ହେଉଛନ୍ତି।

ବୁଲିପଡ଼ି ଲଳିତା ଧାଇଁଲା ପରି ଚାଲିଗଲା, ସତେକି ପାଦ ଦୁଇଟା ତଳେ ଲାଗୁ ନାହିଁ।

ମୁଗ୍ଧ ଆଖିରେ ସୁନନ୍ଦ ତାକୁ ଚାହିଁ ରହିଲା।

ନନ୍ଦିକା ବି ଚାହିଁ ରହିଲା, ମନ କହିଲା, ନନ୍ଦିକାର ମରଣ ହେଉ, ଲଳିତା ହେଉ ସୁଖୀ, ନିଶ୍ଚିତ।

ସମସ୍ତେ ସତେକି ତା' ଆଡ଼କୁ ଆଜି ପଚାରିଲା ଆଖିରେ ଅନାଉଁଛନ୍ତି। ଏଥିପାଇଁ ଦାୟୀ ସେଇ କନି। ବାଧା ଦେବାକୁ, ବାରଣ କରିବାକୁ ତାକୁ ଲାଜ ମାଡ଼ିଲା। ଉହୁଁ, ଡର ମାଡ଼ିଲା, କାଳେ ମନର ଭାବ ଜଣାପଡ଼ିଯିବ। ସେଥିପାଇଁ ଏ ବିଡ଼ମ୍ବନା!

କନି ତାକୁ ସଜାଇ ଦେଇଛି। ଯତ୍ନ କରି ବାନ୍ଧିଦେଇଛି କେଶ। ପାଦରେ ଅଳତା ରଞ୍ଜିଛି। ମୁଣ୍ଡରେ ବାନ୍ଧିଛି ଚମ୍ପାକଢ଼ିର ମାଳ। ନିଜେ ସେ ନିଜ ମନକୁ ପିନ୍ଧିଛି ଭଲ ଶାଢ଼ୀ। ଦେହରେ ଗହଣା ମଣ୍ଡିଛି। ଆଖିରେ କଜଳ, ମୁଣ୍ଡରେ କୁଙ୍କୁମ ଠୋପା।

ସେଇ କନି ପୁଣି ସଜେଇ ଦେଇଛି ଲଳିତାକୁ! ସେ ପାତର ଅନ୍ତର କରିନାହିଁ। ଲଳିତାର କେଶରେ ବାନ୍ଧିଛି ମଲ୍ଲୀମାଳ। ନିଜେ ନନ୍ଦିକା ତା' କପାଳରେ ଦେଇଛି କୁଙ୍କୁମ ଟୋପି, ଆଖିରେ ସରୁ କଜଳ। ବାଛି ବାଛି ଦାମିକା ଶାଢ଼ୀ, ଝଟକିଲା ଗହଣା, ଲଳିତାର ଅଙ୍ଗରେ ନିହିଛି, ହସହସିକା। ମନ କହିଛି, ମତେ ଚାହିଁ ହସିବୁ ନାହିଁଲୋ ଲଳିତା, ମୋର ଏ ବେଶ ତୋ'ରି ପାଇଁ। ଦୁନିଆ ଭାବୁ କି ନ ଭାବୁ, ସେ ଭାବନ୍ତେ, ନନ୍ଦିକା ଅଭିମାନ କରିଛି, ମନରେ ସଉତୁଣୀ ଧାରଣାର ବିଷ ଭରିଛି, ସେଇଥିପାଇଁ ତା'ର ବିତସ୍ପୃହ ଭାବ!

ଲଳିତାର ଦରହସିଲା କ୍ଷଣିକ ଚାହାଁଣୀ ପଚାରିଉଠୁଛି ? ଆଜି କାହିଁକି ? କେଡ଼େ ସୁନ୍ଦର ମାନୁଛି, ଅପା! ସତେ, ଏ ବରଷା ଦିନର ମେଘୁଆ ଆକାଶ ଆଜି କେଡ଼େ ଶୋଭାକର ଦିଶୁଛି! ତ୍ରୟୋଦଶୀର ଚନ୍ଦ୍ରମା ଉଇଁଛି। ଲଳିତା ଚାହିଁପାରୁ ନାହିଁ, ଭିତରେ ଜଳୁଛି ପ୍ରତିହିଂସା ?

ଚାକର ବାକର ଡବ ଡବ କରି ଚାହୁଁଛନ୍ତି। ତାଙ୍କ ଆଗରେ ଚାଲିଯିବାକୁ ନନ୍ଦିକାର ସାହସ ହେଉନାହିଁ। କଅଣ ସେମାନେ ଭାବୁଥିବେ? ପଞ୍ଚା ପଞ୍ଚା ହୋଇ ସବୁ ବୟସର ଗାଁ ମାଇପେ ସଞ୍ଜରେ ଆଜି ବୁଲି ଆସି ବାହୁଡ଼ିଲେ। ସେମାନଙ୍କର ଖିଲି ଖିଲି ହସ, ଅଟଳି କଥା, ପଚାରିଲା ଆଖି। କିଏ ସେମାନଙ୍କୁ ଖବର ଦେଲା ?

ସମିତ୍ରା ତୁନୀ ତୁନୀ କାନରେ କହିଲା, ଶୁଣିଲଣି ଗୋ ବଡ଼ ଅପା, ସୁନା

ଅପାଙ୍କର କଅଣ ହେବ ମ। ତେର ବରଷ ବାହା, କେତେ ଓଷଧ ମଉଷଧ ପେଟରେ କୁଆଡ଼େ ଗଲା, ଜ୍ୟୋତିଷ ମନା କରିଥିଲେ, ଡାକ୍ତର, କବିରାଜ ଓଠ ନେଫେଡ଼ିଥିଲେ। ମିଛୁଆଗୁଡ଼ାକ ସେମାନେ। ଚାରିମାସ ପରେ ଆମ ସୁନା ଅପାଙ୍କର କୋଡ଼ରେ ପିଲା ଖେଳିବ; ଦେଖିବ ରହ।

କଅଣ ତୁ କହୁଛୁ?

ଆଖି ଫୁଟିଯିବ, ସତ କହୁଛି!

ମୋ ଲଳିତା ବି ମା ହେବ ଯେ।

ସତେ? କେବେ, ଅପା?

ଏବେ ନୁହେଁ ଯେ, ଠାକୁର କଲେ ଜଲଦି ହେବ।

ହଁ, ଠାକୁର କଲେ ସବୁ ହୁଏ। ଉଷୁନା ଚାଉଳ ଗଜା ହୁଏ, ନଈ ପାଣି ଉଜାଣି ବହେ, ବୋବା ହରିଆ କଥା କହେ, ଅନ୍ଧ ମହନା ଡବ ଡବ ଚାହେଁ। ଆଉ କହିବି?

କହନା, ସେତିକି ଥାଉ। ଆଉ ତୋର ବୋଲି ଲୋଡ଼ା ନାହିଁ।

ଆଖି ହସିଥିଲା। ମନ କାନ୍ଦିଥିଲା। ଛାତି କମ୍ପୁଥିଲା ଥରଥର। ହାତ ବଢ଼େଇ ସୁମିତ୍ରାର କୋଡ଼ ପିଲାକୁ କୋଳକୁ ନେଇ ତା'ର କଅଁଳ ଗାଲରେ ବୋକ ଦେଇଥିଲା। ନନ୍ଦିକା।

ପୁଣି କହିଲା, ଏଇଟି ଆଉ କିଏ କି? ଏକା ରକତ ମ।

ଅବିକଳ ତା' ବାପା ମୁହଁପରି ନୁହେଁ କି ଅପା?

ହଁ, ହୋଇଥିବ।

ନନ୍ଦିକା କୋଡ଼ପିଲାକୁ ସୁମିତ୍ରା କୋଳକୁ ଦେଲା। ଉଠି କହିଲା, ଯାଏଁ, ଲଳିତା ରୋଷଘରେ ଘାଣ୍ଟି ହେଉଛି। ସୁବବେଳେ ସବୁ କରିବାକୁ ତା' ମନ ହାଇଁ ପାଇଁ।

ଗାଳି ପଦେ ନ ଦେଲେ ସେ କଅଣ ଶୁଣିବ ନା ଆସିବ? ଯାଏଁ।

ସାଆନ୍ତେ?

ନନ୍ଦିକା ଉତ୍ତର ଦେଲା ନାହିଁ। କେତେବେଳେ ସୁମିତ୍ରା ଫେରିଲା ସେ ଜାଣିଲା ନାହିଁ।

ରୋଷଘରେ ଲଳିତା। ତା' ପାଖରେ କନି। ଲଳିତାର ମୁହଁ ରଙ୍ଗା ପଡ଼ିଛି। ଦେହ ଝାଳେଇଛି। କେଶ ଉଲୁରି ଆସିଛି। ଲୁଗାରେ ଭାଙ୍ଗ ପଡ଼ିଛି, ଅସଜଡ଼ା। ସେ ରାନ୍ଧୁଛି ଜାଳ ଜଳୁଛି ଭୁଷୁଭୁଷୁ।

ଆଲୋ ଲଳିତା!

ଲଳିତା ପଛକୁ ଫେରି ଚାହିଁଲା। ଦୃଷ୍ଟିରେ, କାହିଁକି ଆଇଚ ପଚାରିଲା ପ୍ରଶ୍ନ। କଡ଼େଇରୁ ଉଠୁଛି ମାଛ ଭଜାର ଚେଁ ଚେଁ ଚଡ଼ ଚଡ଼ ଶବଦ। ଲଳିତା ମାଛ ଭାଜୁଛି। ଆର ଚୁଲି ଉପରେ ତରକାରୀ ଡେକ୍‌ଚି। ଗବଗବ ଫୁଟୁଛି।

କଅଣ ଅପା ?

ନିଆଁ ଧାସରେ କିପରି ତୁ ହେଲୁଣି ? ଉଠ୍।

ସଇଲାଣି ତ, ତରକାରୀ ଓହ୍ଲେଇ ଦେବି। ମାଛରେ ବେସର ପାଣି ଯୋଗାଡ଼ି ଦେଲେ ସଇଲା। ତମେ ଯିବଟି ଏଠୁଁ ନିଆଁ ଧାସ ବାଜିଲେ ସେଦିନ ପରି ପୁଣି ଦେହ ଝୋଲା ମାରିଯିବ। ଯାଅ ବୋଉଙ୍କ ପାଖକୁ, ବସି ବସି ଗପିବ। ସେ ଶୋଇପଡ଼ିଲେ, ତାଙ୍କୁ ଉଠାଇଲେ ବିରକ୍ତ ହେବେ।

ହଉ ତେବେ। ଏତେ ରାତି ଯାଏ ଇଏ ଗଲେ କୁଆଡ଼େ ?

ଗାଁ ବୁଲିବାକୁ ଗଲେ। ଘରେ ତାଙ୍କର ମନଲାଗେ ନାହିଁ। କାହିଁକି କେଜାଣି ?

ସବୁଦିନେ ସେ ସେମିତି। ଗାଆଁର ହାଲଚାଲ, ପରଘରର ହାନିଲାଭ ଆଗ ବୁଝିଲେ ପଛେ ଯାଇଁ ଘରକଥା। ଆସୁଥିବେ ଯେ।

ନନ୍ଦିକା ଅଭୟାଙ୍କ ପାଖକୁ ଆସିଲା। ଭାବିଲା, ସବୁ କାମ ଲଳିତା ଆଦରି ନେଇଛି। ଦେହରେ ଅଳସ ନାହିଁ, ମନରେ ନାହିଁ କାହିଁକି କରିବିର ଅଡ଼ି ବସିବା ଢଙ୍ଗ। ଲଳିତା ପକ୍‌କା ଘରଣୀ ହୋଇଛି।

ଶାଶୁ ପୁଲକିତ ତନ୍ମୟ ଆଖିରେ ଚାହିଁଲେ। ଦରବୁଢ଼ୀ ବୋହୂଟିର ପିଠିରେ ହାତ ଆଉଁସି ଗେହ୍ଲାରେ କହିଲେ, କାଲିପରି ମତେ ଲାଗୁଛି ମ, ଏମିତି ଧଡ଼ିଆଟିଏ ହୋଇ ଏ ଘରେ ତୁ ଗୋଡ଼ ଦେଇଥିଲୁ। ନନ୍ଦିଆ ମୋର ଗଲା କୁଆଡ଼େ ? ପିଲା ବୁଦ୍ଧି ତା'ର ଆଉ କେବେ ଛାଡ଼ିବ ?

ଶାଶୁଙ୍କ ଆଖିରେ ଛଳଛଳ ଲୁହ। ତାଙ୍କ ଦୃଷ୍ଟି ସହାନୁଭୂତିରେ ଶାସନ କରୁଛି, ଏ ବୁଦ୍ଧି ତତେ କିଏ ଦେଲା ଲୋ ? କାହା ଉପରେ ଅଭିମାନ କରୁଛୁ, ଚୋରକୁ ମାନ କରି ଖରାପରେ ଖାଇଲା ପରି ? ମୋ ଉପରେ ମାନ କରିଛୁକି ? ତୋ ମୁହଁରୁ ଭାଷା ଶୁଣିଲି ସିନା ମନର ଭାଷା ତ ଶୁଣିପାରି ନ ଥିଲି। ଦେଖ୍ ମତେ, ତୋ'ରି ବିଷୟ ଭାବି ମୁଁ କ୍ଷୀଣ ହେଉଛି ଦିନୁଦିନ। ତୋ'ର ଶୁଖିଲା ମୁହଁ ଦେଖି ଦେଖି ମୋ ପ୍ରାଣ ଛାଡ଼ିଯିବ। ଏ ପୁରେ ମୁଁ କଲବଲ ହେଉଛି, ସେ ପୁରରେ ବି କଲବଲ ହେବି। ନାତି ମୋର ଲୋଡ଼ାନାହିଁ। ତୋ'ରି ପରି ବୋହୂ ମୋର ଲୋଡ଼ା।

ଭାଗବତ, ପଢ଼ିବି ବୋଉ ?

ଆଜି ଥାଉ। ନନ୍ଦିଆର ପାଟି ଶୁଭୁଛି। ସେ ଫେରିଲାଣି। କ'ଣ ଖୋଜୁଥିବ। ତମେ ତା' ପାଖକୁ ଯାଉନ ବୋହୂ ?

ଲଳିତାର କାମ ସରିଲାଣି, ସେ ଯିବ ଯେ।

ଅଭୟା ନନ୍ଦିକାର ପିଠିରୁ ହାତ ଖସାଇନେଲେ। ଡବଡବ କରି ତା' ମୁହଁକୁ ଚାହିଁଲେ। କୋରଡ଼ ଆଖି, ଶୁଖିଲା କାଠରୁ ନୀର ଝରିଲା। କଲବଲ ଆତ୍ମା କରୁଣ ସ୍ୱରରେ ବାହୁନି ଉଠିଲା, ଅତି ବିନୟରେ ମଥା ନୁଆଁଇ ନୀରବ ଭାଷାରେ ନିବେଦନ କଲା, କେତେଦିନ ଯାଏ ମୋର ଏଇ ଶୁଖିଲା ଦେହ, ଧୋକଡ଼ା ଚମରେ ନିଆଁଖୁଣ୍ଟା-ଗେଞ୍ଜୁ ଥିବୁ ମା' ? ଲଳିତା ତୋ'ର ନିଆଁ ଖୁଣ୍ଟ।

ନନ୍ଦିକା ବୁଝିଲା, ଶାଶୁ ଆଉ ନିଜ କର୍ମର ଧାସ ସହିପାରୁ ନାହାନ୍ତି। ତା'ର ମନ ମୁହୂର୍ତ୍ତେ ଉଷତ ହେଲା। ମଣିଷର ଅତି ପୁରୁଣା, ଦରମଲା ପଶୁପଣିଆର ପ୍ରତିହିଂସା ଦାନ୍ତ ନିକୁଟି ଭାଉଁ ଭାଉଁ ରଡ଼ିଛାଡ଼ିଲା।

ନନ୍ଦିକା ପୁଣି ଚାହିଁଲା ଅଭୟାଙ୍କ ଆଖିକୁ। ଲୁହ ଗଡ଼ିପଡୁଛି। ସେଇ ଲୁହ ଦି'ଧାର ଅତି ବିନିୟରେ କଥା କହୁଛି, ମାର ନା ମୁଁ ମଲିଣି।

ନନ୍ଦିକାର ପଶୁପଣିଆ ମୁଣ୍ଡ ନୋଇଁଲା। ମଣିଷପଣ ମସୁଧା ମାଗିଲା ଝରିଲା ଆଖିରେ, କଅଣ ମୁଁ କରିବି ?

ନନ୍ଦିଆ ଡାକୁଛି, ତମେ ଯାଅ ବୋହୂ।

ନନ୍ଦିକା କଥା ମାନି ଉଠିଲା। ପଦାକୁ ଆସି ଆଖିରୁ ଲୁହ ପୋଛିଲା। ବାହାରେ ଜହ୍ନିଫୁଲିଆ ଜହ୍ନର ଆଲୁଅ ଢେଉ ଖେଳୁଛି। ହସିଲା ଜହ୍ନ କଣେଇଁ ଚାହିଁଛି ନେଳିଆ ଆକାଶ କୋଣରୁ। ଶୀତୁଳିଆ ଢେଉଆ ପବନ। କ୍ଷଣେ କ୍ଷଣେ ମାଡ଼ି ଆସି କ୍ଷଣେ କ୍ଷଣେ ଥିର ହେଉଛି। ସତେକି ସେ ଲୁଚକାଳି ଖେଳୁଛି। ଖଜା ପାରୁ, ମୁଆଁ ପାରୁ, କାଳିଆବଳଦ ଗଲା, ହାଣ୍ଡି ଖୁଡୁ ଖୁଡୁକଲା। ହଟିଆ ପବନ କୁତୁକୁତୁ କରୁଛି। ଦେହ ମନ ଉଲୁସାଉଛି। ଟାଣିପକାଉଛି ବାସ। ନଙ୍ଗଳା କରିବ ? ଏଡ଼ିକି ବେହିଆ ?

କାନରେ କହଛି, ନନ୍ଦିଆ ଡାକୁଛି, ତମେ ଯାଅ ବୋହୂ।

ତାଆରି ଶୋଇଲା ଘରେ।

ଲଳିତାର ହାତଧରି ସେ ଠିଆ ହୋଇଛନ୍ତି।

ଛାଡ଼, ଅପା ଆସିଯିବେ।

ଏକାଥରେ ଝାଳନାଳ ହୋଇଛ ଯେ ?

ରୋଷେଇ ସରିଲା, ଖାଇବ ନାହିଁ କି ? ତମେ ଲୁଗା ପଟା ବଦଳ। ମୁଁ ଯାଏ ଜାଗା କରେ।

ତମ ଅପା ?

ମୁଁ ଥାଉଣୁ ସେ କାହିଁକି ନିଆଁଧାସରେ ପଶିବେ ? ସେ ବୋଉଙ୍କ ପାଖରେ ଅଛନ୍ତି। ତାଙ୍କୁ ଡାକିଦିଏ।

ନନ୍ଦିକା ରୋଷଘରେ ପଶୁନାହାନ୍ତି ?

ତାଙ୍କର ନୂଆ ଦେହ, ନିଆଁ ପାଖରେ ବସିଲେ ମୁଣ୍ଡ ଝାଇଁ ଝାଇଁ ହେବ। ତାଙ୍କର ବୟସ ହେଲାଣି, ରୋଷଘରେ ଚୁଲିପାଖରେ ତାଙ୍କୁ ମୁଁ ବସେଇଦେବି କାହିଁକି ? ସେ ମୋ ଅପାଟି, ଯାହା ବରାଦ କରିବେ, ମୁଁ କରିଦେବି।

ନନ୍ଦିକା ଚମକି ଠିଆ ହେଲା। ଦେହ ଥରିଉଠିଲା। କାନରେ ବାଜିଯାଉଛି, ବୟସ ହେଲାଣି, ସେ ମୋ ଅପାଟି !

କାହିଁକି ତେବେ ତା'ର ବେଶଭୂଷା ? ଫେରିଯିବ ? କୁଆଡ଼େ ? ସ୍ୱାମୀ ଦୂରେଇ ଗଲେଣି ତଥାପି ହାତ ପାହାଣିରେ ଅଛନ୍ତି। ଶାଶୁଙ୍କର ଆଖିର ଲୁହ, ମନର କୋହ, କନିର ପ୍ରାଣଭରା ଆଗ୍ରହ, ଜହ୍ନର ହସ, ପବନର କୁତୁକୁତିଆ ଉଲ୍ଲାସ, ସବୁ ହେବ ବ୍ୟର୍ଥ ?

ବୟସ ହେଲାଣି ? ସତେ ?

ହସହସ ହୋଇ ସେ ଧୀରେ ଧୀରେ ଘରେ ପଶିଲା। ଲଳିତାର ଝାଳୁଆ ମୁହଁରୁ ସୁନନ୍ଦର ଆଗ୍ରହୀ ମୁହଁ ଘୁଞ୍ଚିଯାଉଛି। ନନ୍ଦିକାର ହସିଲା ମୁହଁ ଆଖିରେ ପଡ଼ିଲା। ଲଳିତାର ହାତ ଛାଡ଼ି ସୁନନ୍ଦ ଘୁଞ୍ଚିଗଲା। ମୁହଁ ପଡ଼ିଲା ରଙ୍ଗା, ସତେକି ସେ କେଉଁ ଅପରାଧ କରିଛି।

ଲଳିତା ଫେରି ଚାହିଁଲା, ନନ୍ଦିକାର ହସ ହସ ମୁହଁ ଆଖିରେ ପଡ଼ିଲା। ସେ ତେବେ ସବୁ ଦେଖିଛନ୍ତି ସବୁ ଶୁଣିଛନ୍ତି ? ଲାଜରେ ତା' ମୁହଁରେ ଗୋଲାପର ଆଭା ଉକୁଟିଲା। କେଉଁବାଟେ ଯାଇ ମୁହଁ ଲୁଚାଇବ ? ନନ୍ଦିକା ଠିଆହୋଇ ଅନାଇଛନ୍ତି !

ନନ୍ଦିକା ତା'ର ମନକଥା ବୁଝିଲା। ଆଗେଇ ଆସି ତା'ର ହାତ ଧରିଲା। ଗେହ୍ଲେଇ, କଅଁଳେଇ କହିଲା, ତୁ ଝାଳରେ ବୁଡ଼ିଯାଇଚୁ ନିଆଁଧାସରେ, ପୋଛି ହୋଇପଡ଼। ମୁଁ ଯାଉଛି ଭାତ ବାଢ଼ିବି।

ଲଳିତା କହିଲା, ତମେ କାହିଁକି ରୋଷଘରର ତାଉ ଭିତରେ ପଶିବ ଅପା ? ମୁଁ ଯାଉଛି, ଆଗ ବୋଉଙ୍କୁ ଖାଇବାକୁ ଦିଏ।

ଲଳିତା ଚିଲ ପରି ଛୁଟି ପଳାଇଲା। ନନ୍ଦିକା ଦେଖିଲା, ସ୍ୱାମୀ ପଲଙ୍କ ଉପରେ

ବସି ତଳକୁ ଦୁଇଗୋଡ଼ ଝୁଲାଇ ଦେଇଛନ୍ତି, ଚାହିଁଛନ୍ତି ଆଗ୍ରହରେ। ହସି ହସି ପାଖକୁ ଗଲା। ଭୂଲତା ଟେକି ଗେହ୍ଲେଇ କହିଲା, ଏତେ ଡେରିଯାଏ କୁଆଡ଼େ ବୁଲୁଥିଲ? ମୁହଁ କଳା ପଡ଼ିଛି। କାମିଜ ଓହ୍ଲାଇ ପକାଅ। ଭୋକ କରୁନାହିଁ?

ଉତ୍ତରକୁ ଅପେକ୍ଷା ନ କରି ନନ୍ଦିକା କାମିଜର ବୋତାମ ଖୋଲିଲା। ସୁନନ୍ଦ ତନ୍ମୟ ହୋଇ ଚାହିଁଥାଏ। ଭାବୁଥାଏ, ନନ୍ଦିକାର ଏ କି ପରିବର୍ତ୍ତନ! ଆଉ ଜଣେ କିଏ ତେବେ ଆସି ଦୁହଁଙ୍କ ମଝିରେ ଠିଆ ହୋଇଛି। ଏହା ଆଜି ତା'ର ବିଶ୍ୱାସ ହେଉନାହିଁ। ଏଇ ତ ତା'ର ପ୍ରାଣର ପ୍ରତିମା ନନ୍ଦିକା, ଯାହା ସେ ଥିଲା ସେଇଆ ଅଛି। ଦିନଟିଏ ବି ବୟସ ବଢ଼ି ନାହିଁ। ସେମିତି ସୁନ୍ଦର ଗୋରାମୁହଁ ଢଳଢଳ ସବୁ ସମର୍ପିଲା ଆଖି, ଚମ୍ପାଫୁଲର ମହମହ ବାସ।

ନନ୍ଦିକା କାମିଜ ଓ ଗେଞ୍ଜି ନେଇ ରାକରେ ରଖୁଛି। ଅସାବଧାନ ଦେହର ବସନ ପିଠି ଉପର ଅଧଯାଏ ଉଠିଛି। ଟୋପିଟୋପିକା ନେଳିଆ ବ୍ଲାଉଜ। ଆର ଅଧକ ଫିଙ୍ଗୁଳା। ବଡ଼ ଆଇନାରେ ଦିଶୁଛି ହସିଲା ମୁହଁଟି। ଚକ୍ଷୁ ଓହ୍ଲାଇଆସିଲା ତଳକୁ। ଅତି ପରିଚିତ ଦେହ, ଯାହାର ଶୋଭାସମ୍ଭାର କେବଳ ସୁନ୍ଦର ସମ୍ପଦ, ସେତେକି ଆଜି ସେ ନୂଆ ଦେଖୁଛି।

ନନ୍ଦିକା ନିମନ୍ତ୍ରଣ କରୁଛି।

ତୁହିନା ମନେପଡୁଛନ୍ତି। ତାଙ୍କର କଥା ମନରେ ବାଜିଯାଉଛି, ନନ୍ଦିକା ତୁମର ଆଗ, ସୁନନ୍ଦବାବୁ, ସବୁ ସ୍ନେହ ସରାଗର ପ୍ରଥମ ଅଧିକାରିଣୀ ସେ!

ବସ ମୋ ପାଖରେ।

କଅଣ କହୁନ?

ନନ୍ଦିକାର ହାତଧରି ପାଖରେ ବସାଇଲା।

ମୋ ଉପରେ ରାଗିଛ?

ଏ କି କଥା କହୁଛ? ତମ ଉପରେ ରାଗିବି ତ ମୁଁ ବଞ୍ଚିରହିବି କାହିଁକି? କହ, ଏମିତି କଥା ଆଉ ପଚାରିବ ନାହିଁ। କହ, କହ–।

ନନ୍ଦିକା ସୁନନ୍ଦର ହାତ ମୁଠାଇ ଧରିଲା। ଆଖିରେ ଅଶ୍ରୁ ଭରିଲା। ଚାହିଁରହିଲା ସୁନନ୍ଦର ଆଶାକୁଳ ଆଗ୍ରହୀ ଦରହସିଲା ମୁହଁକୁ।

ସୁନନ୍ଦ ମୁଗ୍ଧ ଆଖିରେ ଚାହିଁରହିଲା ମୁହୂର୍ତ୍ତେ ନନ୍ଦିକାର ଲୁହଝରା ଆଖି ଦିଓଟିକୁ, ସତେକି ନିମନ୍ତ୍ରଣ କରୁଛି। ଦୁଇ ହାତରେ ନନ୍ଦିକାର ମୁହଁଟି ଟେକି ଧରିଲା। ଏଇ ତା'ର ନନ୍ଦିକା, ବୟସ ବଳେଇ ନାହିଁ, ଆଜି ବି ନନ୍ଦିକା ତା' ଆଖିରେ ପିଲା, ନଅ ବର୍ଷ ତଳର ନୂଆ ବୋହୂ। ହଁ, ଅବିକଳ ସେ ସେମିତି ଦିଶୁଛି।

ସୁନନ୍ଦ ନନ୍ଦିକାକୁ ଗେଲକଲା । ଶିହରି ଉଠିଲା ଦିଓଟି ଦେହ । କାମନାର ପୁଲକ ଖେଳିଲା ଦିଓଟି ମନରେ ।

ଲଳିତା ଥକ୍‌କା ହୋଇ ମୁହୂର୍ତ୍ତେ ଚାହିଁରହିଲା । ନିର୍ବାକ୍ ହୋଇ ଦ୍ୱାରବନ୍ଧ ପାଖରୁ ଥରିଲା ପାଦରେ ପଛେଇଗଲା ।

ଆଜି ସୁନନ୍ଦର ଆନନ୍ଦର ସୀମା ନାହିଁ । ଦେହର ଆଭରଣ ଫିଙ୍ଗି ତା'ର ପୁଲକିତ ଆତ୍ମା ପଦାକୁ ବାହାରି ଆସିଛି, ମଥା ଉପର ଉଜ୍ଜ୍ୱଳ ହସିଲା ଜହ୍ନ ସାଥିରେ ମିଶି, ନୀଳ ଆକାଶରେ ଭାସିଲା ରୁପେଲୀ ବଉଦମାଳାର ସନ୍ଧିରେ ମୁହଁ ଦେଖାଇ ଛପେଇ ଖେଳୁଛି । ଅଥବା ଧୀର ପବନ ଦେହରେ ଲୀନ ହୋଇ ପତ୍ର ସନ୍ଧିରେ ଲୁଚକାଳି ଖେଳୁଛି । ଆଗରେ ତା'ର ଘର । ଘରକୁ ଲାଗି ଦୁଇ କଡ଼ରେ ଲମ୍ବିଯାଇଥିବା ସବୁଜ ବାଡ଼ରେ ଜହ୍ନିଲଟା ମାଡ଼ିଛି, ନକ୍ଷତ୍ର ପରି ଫୁଲ ଫୁଟିଛି । ମଧୁର ବାସ ।

ଭାବୁଛି, ସେ ସୁଖୀ । ନନ୍ଦିକା ଓ ଲଳିତା ପରି ଯାହାର ଦୁଇ ପତ୍ନୀ, ତା'ର ଆଉ ଭାବନା କ'ଣ ? ଧନ୍ୟ ତୁମେ ତୁହିନା ଦେବୀ, ଠିକ୍ ସମୟରେ ସତର୍କ କରିଦେଇଥିଲ । ଏଥର କଟକ ଫେରିଲେ ସବୁକଥା ତମ ଆଗରେ ଖୋଲି କହିବି ।

ସୁନନ୍ଦ ପଦାକୁ ଆସିଲାବେଳେ ରୋଷଘରକୁ କଣେଇଁ ଚାହିଁଥିଲା, ଦେଖିଲା, ନନ୍ଦିକା ଓ ଲଳିତା ଗୋଟିଏ ଥାଳିରେ ଖାଇବସିଛନ୍ତି କନି ପରିଷି ଦେଉଛନ୍ତି । ଦିହେଁ ହସି ହସି ଲୋଟି ଯାଉଛନ୍ତି । ହସ କଥାଟି ଶୁଣିବାକୁ ସୁନନ୍ଦର ଆଗ୍ରହ ହେଲା । ଚାରିପାଦ ଆଗେଇ ଗଲା । ହସ ଥମିଛି । ନନ୍ଦିକା ଦେଉଛି ଲଳିତାର ପାଟିରେ ଆହାର । ନା, ସେମାନଙ୍କର ଖୁସି ଆନନ୍ଦରେ ସେ ବାଧା ଦେବ ନାହିଁ । ପଦାକୁ ଆସିଲା ।

ଦୁଇ ଘଣ୍ଟା କଟିଗଲାଣି । ଚାକର ଟୋକା ବସି ବସି ଘୁମେଇ ପଡ଼ିଲାଣି । ଘୁଙ୍ଗୁଡ଼ି ମାରୁଛି । କୁକୁରଟି ତାଆରି ପାଖରେ ଶୋଇଛି । ଡେରି ହେଲାଣି । ଏଥର ସେ ଭିତରକୁ ଯିବ । ଆଖି ମାଡ଼ିପଡୁଛି ।

ଗନ୍ଧିଆ, ଆରେ ଗନ୍ଧିଆ !

ଆଜ୍ଞା !

ଗନ୍ଧିଆ ଧଡ଼ପଡ଼ ହୋଇ ଉଠିଲା । କୁକୁର ମୁଣ୍ଡ ଟେକିଲା । ସୁନନ୍ଦ ପଶିଲା ଘରେ । ଆଗ ଖଞ୍ଜାରେ ସବୁ ଶୂନ୍ ଶାନ୍ । ମାଆଙ୍କ ଘରର କବାଟ କିଳା ହୋଇଛି । ସେ ଶୋଇପଡ଼ିଲାଣୀ । ପାଖ ଘରେ କନି ରହେ । ସେ ବି ଶୋଇଲାଣି । ରୋଷଘର ବନ୍ଦ । ବାଟଘର କବାଟ ମୁକୁଳା । କୋଠାଘର ଖଞ୍ଜାକୁ ଆଲୁଅ ଦିଶୁଛି, ଦିହେଁ ଚେଇଁଛନ୍ତି ।

ମନଖୁସିରେ ଆଗେଇ ଆସିଲା ଭିତରୁ ଅଗଣାକୁ । ଅଣ୍ଟାଏ ଉଞ୍ଚର ପକ୍‌କା

ଚଉରା ଉପରେ ଝଙ୍କାଳିଆ ତୁଳସୀଗଛ। ଏପାଖେ ଠିଆହେଲେ ସେପାଖରୁ ମୁଣ୍ଡଯାଏ ଦେଖାଯାଏ ନାହିଁ।

ସୁନନ୍ଦ ଚଉରା ପାଖରେ ଠିଆହୋଇ ଚାହିଁଲା।

ଦିଓଟି କୋଠରୀର ଦ୍ୱାର ଉନ୍ମୁକ୍ତ। ଏ ଘରେ ନନ୍ଦିକା, ସେ ଘରେ ଲଳିତା। ଦିହେଁ ତାକୁହିଁ ଅପେକ୍ଷା କରି ବସିଛନ୍ତି। ଦୁହିଁଙ୍କର ଟେବୁଲ ଉପରେ ଆଲୁଅ ଜଳୁଛି ଉଜ୍ଜ୍ୱଳ ହୋଇ। ଦିହେଁ ମନଦେଇ କ'ଣ ପଢୁଛନ୍ତି।

ସୁନନ୍ଦର ଦୃଷ୍ଟି ଏ ମୁହଁରୁ ସେ ମୁହଁକୁ ଡେଇଁଲା। ଛାତି କମ୍ପି ଉଠିଲା। ପାଦ ଅଟକିଲା। ଚଉରାରେ ହାତଭରା ଦେଇ ସେ ନିର୍ବୋଧ ପରି ଚାହିଁ ରହିଲା।

ଏ ଘରେ ନନ୍ଦିକା, ଆଲୋକର ଝଟକି ଉଠୁଛି ସୁନ୍ଦର ମୁହଁଟି। ମଥାରେ ବସନ ନାହିଁ। ତନ୍ମୟ ହୋଇ କଅଣ ପଢୁଛି। ମୁଣ୍ଡ ବୁଲାଇ ସେ ପଦାକୁ ଚାହିଁଲା। ତାଆର ଦୃଷ୍ଟି ଯେପରି କାହାର ଅନ୍ୱେଷଣ କରୁଛି। ସୁନନ୍ଦ ଜାଣେ, କାହାର। ନନ୍ଦିକାର ଉପାସୀ ଆଗ୍ରହ ତାକୁହିଁ ଲୋଡୁଛି। ଅତୀତ ବାହୁନି ଉଠୁଛି। ଆକୁଳ ଅଧୀର ଛଟପଟ ଆତ୍ମା ତା'ର ଉଚ୍ଛନ୍ନ ହୋଇ ଛୁଟି ଆସୁଛି ଝଲସା ଦୃଷ୍ଟି ଯାନରେ।

ସୁନନ୍ଦର ଏ କଡ଼କୁ ଘୁଞ୍ଚି ଆସିଲା। ଲଳିତା ପଡ଼ିଲା ନୟନରେ। ଯୌବନ ଢଳଢଳ, ତନ୍ଦ୍ରା ବିହ୍ୱଳ ମୁହଁଟି, ସତେ କି ଶୂନ୍ୟେ ଶୂନ୍ୟେ ଡେଇଁଆସୁଛି ସୁନନ୍ଦର ଛାତି ଉପରକୁ। ସେଇଠି ତ ତା'ର ସ୍ଥାନ। ଡେରି କାହିଁକି? ଆହା, ସରଳ ନିରୀହ ଲଳିତାଟି, ପଢୁନାହିଁତ, ଘୁମଉଛି। ହାତ ଦିଓଟି ଉପରକୁ ଟେକି ଅଳସ ଭାଙ୍ଗୁଛି। କଡ଼େଇ ଚାହୁଁଛି ପଦାକୁ। ପ୍ରଶ୍ନେଇ ଉଠୁଛି ଅଳସ ଦୃଷ୍ଟି, ଗଲେ କୁଆଡ଼େ?

ସୁନନ୍ଦର ବୁଦ୍ଧି ହଜିଲା। ଆକାଶ ଚାହିଁ ନିର୍ଦ୍ଦେଶ ଖୋଜିଲା। ଚନ୍ଦ୍ରମା ଉପହାସ କରୁଛି। ଲୁଚକାଳି ଖେଳୁଛି ଖଣ୍ଡ ଖଣ୍ଡ ଭସା ମେଘର ଅଞ୍ଚଳ ତଳେ। ଧାଇଁଛି। କେହି ତାକୁ ଅଟକାଇ ପାରୁନାହିଁ। ଆକାଶର ମେଘ, ତାରା ସୁନନ୍ଦକୁ ବୁଦ୍ଧି ଦେଇପାରିଲେ ନାହିଁ। ସାଇଁ ସାଇଁ ପବନ ପଛରୁ ଠେଲୁଛି, କାନରେ କହୁଛି, ମଣିଷଟି ତୁମେ, ପଥର ନୁହଁ ତ ଠିଆ ହୋଇ ରହିଲ କାହିଁକି? ଆଗକୁ ଚାଲ। ବୁଦ୍ଧିମାନ ପୁରୁଷ ସିଂହ ଆଗକୁ ଚାଲ।

ସୁନନ୍ଦର ଦେହ ଝାଳେଇ ଉଠିଲା। ଆହା, ନିଜକୁ ଯଦି ସେ ଦୁଇଭାଗ କରିପାରନ୍ତା, ଅଥବା ନନ୍ଦିକା ଓ ଲଳିତାକୁ ଏକାଠି ମିଶାଇ ଗଢ଼ିପାରନ୍ତା ଗୋଟିଏ ମୂର୍ତ୍ତି! କେଉଁଟା ତ ସମ୍ଭବ ନୁହେଁ, ତେବେ ସେ କରିବ କ'ଣ? କିପରି ମହା ପରୀକ୍ଷାରୁ ଉଦ୍ଧାର ପାଇବ? କାହାକୁ କରିବ ହତାଶ୍?

ତା'ର କ୍ଳାନ୍ତ, ଦୁର୍ବଳ, ଅସ୍ଥିର ମନ ଘୁରିଲା, ପବନରେ ଶୁଖିଲା ପତ୍ର ପରି ଭ୍ରମିବାକୁ ଲାଗିଲା।

କାନରେ ପଡ଼ିଲା ଚଉକି ଘୁଞ୍ଚାର ଶବ୍ଦ। ସତେ କି ବିରକ୍ତ ହୋଇ ଲଳିତା ଉଠି ଠିଆ ହେଲା। ଦେହର ବସନ ଖସିପଡୁଛି। ଦୁଇହାତ ଟେକି ଅଳସ ଭାଙ୍ଗୁଛି। ନିରାଶ ନୟନ ଶେଷ ଥର ପାଇଁ ରୁପେଲୀ ଅଗଣାରେ କାହାକୁ ଥରେ ଖୋଜିଲା। ହାତ ନୁଆଇଁ ସେ ଆଲୁଅ କମାଇଲା। ଟଳିଲ ପରି କଡ଼େଇଗଲା ପଲଙ୍କ ପାଖକୁ। ପଲଙ୍କର ଦୋହଲା ଶବଦ ସୁନନ୍ଦର କାନରେ ବାଜିଲା।

ଲଳିତା ଶୋଇବାକୁ ଗଲା।

ନନ୍ଦିକା ! ସେ ମଧ୍ୟ ଉଠିଲାଣି, ଅତି ସନ୍ତର୍ପଣରେ। ସେ ଚଉକି ଠେଲିନାହିଁ। ବାରମ୍ବାର ପଦାକୁ ଚାହୁଁଛି। ମୁହଁରେ ଲାଖିରହିଛି ହସ। ହାତ ବଢ଼ାଇ ସେ ଆଲୁଅ ଲିଭାଇଲା। ଘର ଭିତର ଅନ୍ଧାର କଲା। ବାହାରି ଆସିଲା ପଦାକୁ। ଚାଲିଆସିଲା ଅଗଣାକୁ, ଏକାଥରେ ଚଉରା ପାଖକୁ।

ହତଭମ୍ବ ସୁନନ୍ଦ ଚାହିଁ ରହିଲା ଆକାଶର ଚନ୍ଦ୍ରମାକୁ। ସତେ କି ଦୁନିଆରେ କଅଣ ଘଟୁଛି ସେ କିଛି ଜାଣେ ନାହିଁ।

ନନ୍ଦିକା ତା'ର ହାତ ଧରିଲା।

ଚମକି ଉଠିଲା ପରି ସୁନନ୍ଦ ଦୃଷ୍ଟି ନୁଆଁଇଲା। ଚିତ୍କାର କରିବାକୁ ତା'ର ମନହେଲା, ତୁଣ୍ଡ ଖୋଲିଲା ନାହିଁ। ନିଜକୁ ସେ ଅପରାଧୀ ମଣିଲା।

ନନ୍ଦିକା ତା'ର ଥରିଲା ହାତଟି ଧରି ଟାଣିନେଉଛି। ଏହି ସଙ୍କେତ ସେ ଖୋଜୁଥିଲା, ଏତିକି ଆଉ। ସେ ନିଜେ କୁଆଡ଼େ ଯାଇନାହିଁ। ନନ୍ଦିକା ତାକୁ ଧରି ନେଇଛି, ନିମନ୍ତ୍ରଣ କରି ନେଉଛି। ନିଜର ଅଧିକାର ସେ ନିଜେ ବୁଝିଛି।

ନନ୍ଦିକାର କୋଠରୀ ଆଗରେ ସେ ସୁନନ୍ଦର ହାତ ଛାଡ଼ିଲା। ଠିଆ ହେଲା ମୁହୂର୍ତ୍ତେ। ଝାପ୍‌ସା ଆଲୁଅରେ ଆଗରେ ଉଭା ହୋଇଥିବା ସ୍ୱାମୀଙ୍କ ମୁହଁକୁ ଚାହିଁଲା। କାନରେ ନିଜ ମନର ଅଭିଳଷିତ ଡାକ ବାଜିଯାଉଛି, ସେମିତି କାହା ପରି ଠିଆହୋଇ କଅଣ ଦେଖୁଛ ତୁମେ ନନ୍ଦିକା, ଭିତରକୁ ଚାଲ।

ନନ୍ଦିକାର ଦେହରେ ଅତୀତ ଅନୁଭୂତି ଜୀବନ୍ତ ହେଉଛି। ସତେକି ହାତରେ ଲଗୁଛି ସୁନନ୍ଦର ହାତ, ମୁହଁରେ ସୁନନ୍ଦ ଓଠର ପରଶ। ଦିଓଟି ଚଞ୍ଚଳ ବାହୁର ନିଜହରା ନିବିଡ଼ ବନ୍ଧନ। ଆଶାୟୀ ଆତ୍ମାର ଆଗ୍ରହଭରା ଆହ୍ୱାନ, ଆସ ନନ୍ଦିକା !

ସୁନନ୍ଦ ପଥରମୂର୍ତ୍ତି ପରି ଠିଆ ହୋଇଛି। ସେବ ବିଚଳିତ ହୋଇଛି। ଲଳିତାର

କୋଠରୀ ଭିତରୁ ଅଗଣାକୁ ଆସୁଛି ଅଳପ ଆଲୁଅ। ଦୃଷ୍ଟି ସେଇ ଆଲୁଅ ଉପରେ ସ୍ଥିର। ନିଜେ ସେ କର୍ତ୍ତବ୍ୟ ସ୍ଥିର କରିପାରୁନାହିଁ। ଭାବୁଚି, କାହିଁକି ନନ୍ଦିକା ହାତ ଛାଡ଼ିଲା? ହାତଧରି ଟାଣିନେଲା ନାହିଁ ପ୍ରକୋଷ୍ଠ ଭିତରକୁ? ପଲଙ୍କ ଉପରେ ଦୁଧଫେଣ ପରି ବିଛଣା। ଚମ୍ପାଫୁଲର ମହକ ଛୁଟିଛି କୋଠରୀ ଭିତରୁ। ନନ୍ଦିକା ବି କ'ଣ ଭାବୁଛି, ଲଳିତା ଶୋଇନାହିଁ, ଚେଇଁଛି, ଅପେକ୍ଷା କରିଛି?

ନନ୍ଦିକା ନିଜ କଲାକର୍ମର ଫଳ ଦେଖୁଛି। ସ୍ୱାମୀଙ୍କ ମନର ଭାବନା ସେ ଉପଲବ୍ଧି କରୁଛି। ମୁହୂର୍ତ୍ତେ ବିଳମ୍ବ କାନରେ କହୁଛି, ସେ ଚେଇଁଛି, କଅଣ ସେ ଭାବିବ?

ନନ୍ଦିକାର ଦେହରେ, ମନରେ ଅନଳ ଲଗିଲା। ସେ ପୋଡ଼ିହେଲା, ସେ ଜଳିଲା, ସେ ପୋଡ଼ାକାଠ ପରି ମଳିନ ହେଲା। ଆଖି ବୁଜି ସେ ଆଖି ଖୋଲିଲା। କ୍ଷଣକ ଭିତରେ ସେ ହେଲା ନୂଆ ମଣିଷ।

ଶାଶୁ ଭାବି ଭାବି ମରନ୍ତୁ ତା'ର କି ଥାଏ? ସେ ନିଜେ ଜହର ଢୋକିଛି ଅନ୍ୟର କି ଦୋଷ? ସ୍ୱାମୀଙ୍କୁ ଛଟପଟ, କଲବଲ କରି କି ଲାଭ ମିଳିବ? ନିଜର କର୍ତ୍ତବ୍ୟ ସେ ନିଜେ ସ୍ଥିର କରିପାରୁ ନାହାନ୍ତି। ତାଙ୍କ ପାଇଁ ନନ୍ଦିକା କର୍ତ୍ତବ୍ୟର ବାଟ ଦେଖାଇବ।

ବ୍ୟଗ୍ର ହୋଇ ସେ ସୁନନ୍ଦର ହାତ ଧରିଲା। କାହାର ହାତ ଥରୁଛି କେହି ଜାଣିପାରିଲେ ନାହିଁ। ନନ୍ଦିକା ଥରିଲା କଣ୍ଠରେ କହିଲା, ଏତେବେଳଯାଏ ପଦାରେ, ଥଣ୍ଡାରେ ବୁଲୁଛ, ଦେହ ଖରାପ ହେବ ନାହିଁ?

ସୁନନ୍ଦର ତୁଣ୍ଡରୁ ଖସିଲା, ସୁନ୍ଦର ଜହ୍ନରାତି!

ନନ୍ଦିକା ସୁନନ୍ଦର ହାତ ଟାଣିଲା ଲଳିତାର କୋଠରୀ ପାଖକୁ। ଅଭିମାନିଆ ଥରିଲା ସ୍ୱର କହିଲା, କେତେ ରାତି ହେଲାଣି, ପିଲାଟା ଚେଇଁ ବସିଛି, ଦିନସାରା ଖଟଣି ଦେହ ଖରାପ ହେବ ନାହିଁ?

ଲଳିତାର କୋଠରୀ ଆଗରେ ନନ୍ଦିକା। ଡାକିଲା, ଲଳିତା, ଲଳିତା, ଶୋଇଲୁ କି?

ଲଳିତା ଧଡ଼ପଡ଼ ହୋଇ ଉଠିଲା। ମୁଣ୍ଡ ଉପରକୁ ଓଢ଼ଣା ଆଣି କହିଲା, କଅଣ ଅପା? ଆରେ, ତମେ ଚେଇଁ ବସିଛ? ତମର ନୂଆ ଦେହ, ପୁଣି ମତେ ହରବର କରିବ?

ଦେଖୁନୁ ୟାଙ୍କୁ, ଥଣ୍ଡାରେ ବସି ରାତି ଅଧଯାଏ ଜହ୍ନରାତି ଦେଖୁଛନ୍ତି। ତୁ ଏଠିଁ ଏକା ମଝିଖଞ୍ଜାର କବାଟ ମୁଁ ବନ୍ଦ କରିବି।

ସୁନନ୍ଦ କହିଲା, ବେପାର ବିଷୟ ଭାବୁଥିଲି। ଟିକିଏ ଅଡୁଆ ହୋଇଛି। ହସିବାକୁ ଚେଷ୍ଟା କଲା।

କଟକଠାରେ ଭାବିବ। ତୁ ଶୋଇପଡ଼ ଲୋ ଲଳିତା!

ଗଡ଼ ଜିଣିଲା ପରି, ହସିଲା ମୁହଁ ଟେକି ନନ୍ଦିକା ଦୁହିଁଙ୍କୁ ଚାହିଁଲା। ବୁଲିପଡ଼ି ପବନରେ ଉଡ଼ିଲା ପରି ସେ ତଳ ଖଞ୍ଜାର ବାଟଘର ପାଖକୁ। ସଶବ୍ଦରେ କବାଟ କିଳିଲା। ଭରା ଦେଇ କାହିଁକି କେଜାଣି ମୁହୂର୍ତ୍ତେ ରହିଲା।

ମଥା ନଇଁପଡ଼ିଲା ନିଷ୍ଠୁର, କଠିଣ, ଶୁଖିଲା ପଟାର ଛାତି ଉପରେ। ମୁଣ୍ଡ ଭ୍ରମିବାକୁ ଲାଗିଲା। ମନେହେଲା, ସେ ସେଇଠି ଟଳିପଡ଼ିବ।

ଶବ୍ଦ ହେଲା। ନନ୍ଦିକା ମୁଣ୍ଡ ଟେକି ଚାହିଁଲା। ଲଳିତା କବାଟ ବନ୍ଦ କରିଛି। ଆଲୋକ ଦେଖା ଯାଉନାହିଁ। ଜହ୍ନ ଆଲୁଅ ତାକୁ ଉପହାସ କରୁଛି। ରହି ରହିକା ପବନ କରୁଛି ବଦ୍ରୂପ। ଦେହର ବସନ ଇତସ୍ତତଃ କରୁଛି। ନିର୍ଜନତା ମନରେ ଆଣୁଛି ଅଜଣା ଭୟ।

ନନ୍ଦିକା ଟଳି ଟଳି ନିଜ କୋଠରୀ ଭିତରକୁ ଆସିଲା। କବାଟ କିଳିଲା। କିଏ ସତେକି ତାକୁ ଶୂନ୍ୟେ ଶୂନ୍ୟେ ଟେକି ପଲଙ୍କ ଉପରେ କଚାଡ଼ି ଦେଲା। ମୁହଁମାଡ଼ି ପଡ଼ି, ଅଝଟ ପିଲାଟି ପରି ସେ କଇଁ କଇଁ ହୋଇ କାନ୍ଦି ଉଠିଲା। ତା'ର ମନେହେଲା, ଦୁନିଆରେ ଆଜିଠାରୁ ସେ ଏକୁଟିଆ, ସାହା ସମ୍ବଳ କେହି ନାହିଁ, ଲୁହର ପାରାବାରରେ ସାରାଜୀବନ ସେ ଭାସିବ, ଉବୁଟୁବୁ ହେବ, ଅଶାନ୍ତି ଓ ଅସନ୍ତୋଷର ବୋଝରେ ସେ ବୁଡ଼ିବ।

ସେ ବୁଡ଼ିବ, ଲୋତକ ପାରାବାରର ଅତଳ ତଳେ ପଡ଼ି ସଢ଼ିବ ତା'ର ହୁଡ଼ିଲା ବଡ଼ିମା!

ଆଉଜା ଝରକାର କବାଟ ଦିଫାଳ ଅଳପ ଠେଲି ଲଳିତା ଭିତରକୁ ଚାହିଁଲା। ଚମକି ଉଠିଲା। ତା'ର ନନ୍ଦିକା ଅପା ମୁହଁମାଡ଼ି ତଳେ ଶୋଇଛନ୍ତି। ମୁଣ୍ଡ ତଳେ ବାହୁ। ବେଳ ଆସି ହେଲାଣି। କେତେବେଳୁ ସୂର୍ଯ୍ୟ ଉଠିଲେଣି। ମେଘୁଆ ପାଗ ବୋଲି ଜଣାପଡୁନାହିଁ। ଯିଏ ସବୁଦିନେ ସମସ୍ତଙ୍କତ ଆଗରୁ ଉଠି ଜଣ ଜଣ କରି ଉଠାନ୍ତି, ଆଜି ପହରେ ଦିନଯାଏ ତାଙ୍କର ନିଦ ଭାଙ୍ଗି ନାହିଁ। ପୁଣି, ତଳେ ଶୋଇଛନ୍ତି, ଶୀତୁଳିଆ ଖୋଲା ଚଟାଣ ଉପରେ।

ଡାକି ଉଠେଇବାକୁ ମନ କଲା। ପୁଣି ଭାବିଲା, ନା, ଉଠାଇବ ନାହିଁ, ମନକୁ

ସେ ଉଠନ୍ତୁ। ଆକାଶର ଜହ୍ନ ଓ ବୁଦାବାଡ଼ର ଜହ୍ନି ଫୁଲକୁ ଚାହିଁ ସ୍ୱାମୀ ଗତ ରାତିରେ ଏତେ ଡେରି କଲେ ଯେ ଶୋଉ ଶୋଉ ରାତି ଦୁଇଟା ହେଲା। କାଳେ ଲଳିତା ଡରିବ ବୋଲି ଅପା ବି ଅନିଦ୍ରା ହୋଇ ଜଗି ବସିଥିଲେ। ଶୋଉନ୍ତୁ।

ତା'ର ଆଖିପତା ମଧ୍ୟ ମାଡ଼ି ମାଡ଼ି ପଡୁଛି। ରାଜ୍ୟଯାକର ଗପ। ମୂଳ ନାହିଁ, ଶେଷ ନାହିଁ। ହୁଁ ନ କହିଲେ ଚିମୁଟି ଦେଉଛନ୍ତି। ଶୋଇଦେଉ ନାହାନ୍ତି। କେତେବେଳେ ନିଦ ହେଲା, ଲଳିତା ଜାଣେ ନାହିଁ। ସେ ବି ଉଠିଲା ଡେରିରେ। ସ୍ୱାମୀ ବଡ଼ି ସକାଳୁ ଉଠି କୁଆଡ଼େ ଚାଲିଗଲେଣି। ଲଳିତା ଜାଣେନାହିଁ କବାଟ ଆଉଜା।

ରାତିରେ ତାଙ୍କୁ ନିଦ ହୋଇନି ? ଗଲେ କୁଆଡ଼େ ?

ଲଳିତା ଡାକିଲା, ଅପା !

ପଦଟିଏ ଡାକରେ ନନ୍ଦିକାର ନିଦ ଭାଙ୍ଗିଲା। ତା'ର ପତଳା ନିଦ। ଚାହିଁଲା ଲଳିତାର ହସ ହସ ମୁହଁ ଝରକା ସେପାଖେ ଦିଶୁଚି। ମନେପଡ଼ିଲା ସବୁକଥା, ରାତିର ଉତ୍ତେଜନା, ରାତିର କୋହ, ଛଟପଟ ଝଗଡ଼ି ଉଠିଥିବା ମନର ଉଦ୍‌ବେଗ, ତରଳ ଭାବନାର ନିଷ୍ପତ୍ତି।

ଲଳିତା ଛିଗୁଲାଇବାକୁ ଆସିଛି ? ମୁହଁଖୋଲି ଆଜି ସେ ଉପହାସ କରି କହିଦେବ ପରା, କିଏ ଜିତିଲା ଅପା, କାହା ପାଇଁ ସେ, ବୁଝିଲ ତ ?

ନନ୍ଦିକା ପୁଣି ଆଖି ବୁଜିଲା।

ଅପା !

ନନ୍ଦିକା ଉଠି ବସିଲା। କବାଟ ଖୋଲିବାକୁ ତା'ର ଶକ୍ତି ନାହିଁ। ମୁଣ୍ଡ ଓଜନ ଲାଗୁଛି। ଦେହ ଥରୁଛି। କେତେ ମନକୁ ବ୍ୟତିବ୍ୟସ୍ତ କରିଥିଲା, ସତେ ବା ସେ ପାଗଳ ହୋଇଥିଲା। ସବୁ ତା'ର ନିଜ ଦୁର୍ବଳତାର ଦୋଷ। ଲୋକଦେଖାଣ ଭଲପଣିଆର ଦଣ୍ଡ। କାହାର ସେ ଦୋଷ ଦେବ ?

କୁଆଁତାରା ଆକାଶରେ ଦିଶିଲା, ରାତି ପାହି ଆସିଲା, କ୍ଳାନ୍ତ ହୋଇ ସେ ତଳେ ଶୋଇପଡ଼ିଥିଲା। ନିଦ ହୋଇଛି କି ନାହିଁ, ସେ ଜାଣେ ନାହିଁ। ଯାହା ପାଇଁ ତା'ର ଦୁଃଖ, ସେଇ ପୁଣି ଆସି ନିଦ ଭାଙ୍ଗୁଛି।

ଅପା, କବାଟ ଖୋଲ ମ।

ବାଘମାମୁଁ ଡାକୁଛି, ଟୁଆଁରେ, ଟୁଇଁରେ କବାଟ ଖୋଲ। ନ ଖୋଲିଲେ ବାଘମାମୁଁ ଚାଳ କଣା କରି ପଶିବ। ନନ୍ଦିକା ଠିଆ ହେଲା। ହେଲା ଅସଂଯତ ଅସ୍ତବ୍ୟସ୍ତ ଢଙ୍ଗ। କବାଟର କିଳିଣୀ ଖୋଲିଲା। ଟଳି ଟଳି ଖଟ ଉପରେ ବସିପଡ଼ିଲା।

ଲଳିତା ଘରେ ପଶିଲା। ନନ୍ଦିକାକୁ ଚାହିଁ ସେ ଚମକି ଉଠିଲା। ଏପରି ଦିଶୁଛନ୍ତି

କାହିଁକି ? ଗୋଟିଏ ରାତିରେ ତାଙ୍କର ବୟସ ଗୋଟିଏ ଯୁଗ ବଢ଼ିଯାଇଛି। ମଳିନ ମୁହଁ, ପଶିଲା ଆଖି, ନିସ୍ତେଜ ଡୋଳା ! ତଳ ପତାକୁ କଜଳ ବୋହିଆସିଛି। କପାଳରେ କୁଙ୍କୁମ ନେସି ହୋଇଛି। କେଶ ଖୋଲା। କୋସାର ଚମ୍ପାକଢ଼ିମାଳ ତଳେ ପଡ଼ିଛି। ବେକର ହାର ଖସିପଡ଼ିଛି ପଲଙ୍କ ଉପରେ।

କାହିଁକି, କାହିଁକିର ଉଦ୍‌ବେଗ ମନକୁ ଆସିଲା। ସେ ମୁହଁ ଖୋଲିଲା ନାହିଁ ଛାତିର କୋହ ଚାପି, ଥଙ୍ଗେଇ ଥଙ୍ଗେଇ ପଚାରିଲା, ଏମିତି କାହିଁକି ଦିଶୁଚ ଅପା ?

ନନ୍ଦିକାର ମଳିନ ଓଠରେ ହସ।

ତଳେ ଶୋଇଲ, ନୂଆ ଦେହ !

ପୁରୁଣା ଦେହ ଲୋ ଲଳିତା, ବୁଢ଼ୀ ଚମକୁ କିଛି ବାଧେ ନାହିଁ। କାଲି ରାତିରେ ଭାରି ଗରମ ହେଲା।

ଡେରି ହେଲାଣି, ଗୋଧୋଇବ ଯାଅ।

ଉତ୍ତର ନ ଦେଇ ନନ୍ଦିକା ଟଳି ଟଳି ପଦାକୁ ଗଲା।

ଘର ଭିତରୁ ଫେରିଚାହିଁଲା ଲଳିତା। ଉପର ଖଞ୍ଜାରୁ କନି ଆସୁଛି। ନନ୍ଦିକାକୁ ଦେଖି ସେ ମୁହୂର୍ତ୍ତେ ଆଶ୍ଚର୍ଯ୍ୟ ହେଲାପରି ଠିଆ ହେଲା। କେଜାଣି କାହିଁକି ତା' ମୁହଁରେ ହସ ଚହଟିଲା। କହିଲା, ନୂଆଉ, ପୋଖରୀର ଗୋଧେଇବ କି କୂଅମୂଳେ ?

ନନ୍ଦିକା ତଳ ଖଞ୍ଜାର ବାହାର କବାଟ ଖୋଲି କୂଅମୂଳକୁ ଗଲା। ସେଇଟି ଆବର ସ୍ଥାନ।

ଛୋଟ ବାରି। ଚାନ୍ଦିନୀ ପାଖରେ ଚମ୍ପା, ବଉଳ ଓ ଅଶୋକ ଗଛ। ଦୁଇଧାଡ଼ି ମଲ୍ଲୀବୁଦା। ତିନି ଚାରି ବୁଦା ଗୋଲାପ, ରଙ୍ଗରଙ୍ଗର। ରଜନୀଗନ୍ଧା, ହୀରାଗୋଲ, ସୂର୍ଯ୍ୟମୁଖୀ, ଜିନିଆ ବାଡ଼ କଡ଼ରେ ଲାଗିଛି। କାନ୍ଥ କଡ଼ରେ ଟଗର, ବିଲାତୀ କନିଅର ଓ ଗଙ୍ଗଶିଉଳୀ। ବଉଳ ଗଛଟି ସୁନ୍ଦର ଦିଶୁଛି। କୂଅମୂଳର ଛୋଟ ବାରିରୁ ବଡ଼ ବାରିକୁ ଯିବାକୁ ବାଟ ଅଛି।

ଲଳିତା ପୂର୍ବପଟର ଝରକା ବାଟେ ଚାହିଁଲା। କୂଅପାଖ ବାରି ଝରକା ବାଟେ ସୁନ୍ଦର ଦିଶୁଛି। ଏ ବାରିଟି କନିର ଜୀବନ। ନନ୍ଦିକା ଓ ଲଳିତା ମଧ୍ୟ ଗଛଗୁଡ଼ିକରେ ଯତ୍ନ ନିଅନ୍ତି।

ଲଳିତା ଅନେଇ ରହିଲା, ନନ୍ଦିକା ଅପା ଦିଶୁ ନାହାନ୍ତି। କୂଅ ଓ ଚାନ୍ଦିନୀ ଏ ଘରକୁ ଦିଶେ ନାହିଁ।

ଲଳିତାର ମନର ସରାଗ ଆଜି ବାହୁନି ଉଠୁଛି। ଭାଉଜଙ୍କଠାରୁ ସାତଦିନ ତଳେ ଯେଉଁ ଚିଠିଖଣ୍ଡ ପାଇ ତରତର କରି ଆଖି ପକାଇ ଶେଯ ତଳେ ଲୁଚାଇ ଦେଇଥିଲା, ସେ ଖଣ୍ଡି ଖୋଲି ଆଜି ସକାଳେ ସେ ଭଲକରି ପଢ଼ିଲା। ଛାତି ଥରି ଉଠିଲା, ସେମାନେ ଦୁଃଖରେ ଅଛନ୍ତି।

ଚିଠିଖଣ୍ଡ ଅଣ୍ଟାରେ ଖୋସି ନନ୍ଦିକାକୁ ଦେଖାଇବ ବୋଲି ସେ ଆଣିଥିଲା। ସ୍ୱାମୀଙ୍କୁ ଦେଖେଇବାକୁ ଲାଜ ମାଡ଼ିଲା। ନନ୍ଦିକାଙ୍କ ପାଖରେ ତା'ର ଲାଜସରମ ନାହିଁ। ସମସ୍ତଙ୍କର ସୁଖଦୁଃଖ ସେ ବୁଝନ୍ତି। ତାଙ୍କର ମନ ସହାନୁଭୂତିଶୀଳ।

ଆଜି ତାଙ୍କର ମୁହଁକୁ ଚାହିଁବା କ୍ଷଣି ଛାତିରେ ଛନକା ପଶିଲା। କାନରେ ବାଜିଯାଉଛି ଛିଗୁଲା କଥା, ବୁଢ଼ୀଚମକୁ କିଛି ବାଧେ ନାହିଁ। ବୁଢ଼ୀ ଚମ ? ସେଇ ମୁହଁରେ ପୁଣି ସ୍ୱାମୀଙ୍କର ଗେଲ ? କୁଆଡ଼େ ଗଲେ ସେ କେତେବେଳୁ ?

ଲଳିତାର ଆଖିରେ ଅଜଣା ସନ୍ଦେହ। ଆଖି ପକାଇଲା ଅସଜଡ଼ା ଘରେ। ଚୋରି କରିବା ମାନସରେ ପରଘରେ ପଶିଥିବା ମଣିଷର ଅସ୍ଥିରତା ଅନୁଭବ କଲା। ତରଙ୍ଗ ତରଙ୍ଗ ହୋଇ ପଦାକୁ ଚାହିଁଲା, ନିଜେ ନିଜ ପାଖରେ ଲାଜରା ହେଲା।

କାନରେ ଡକା ଛାଡ଼ିଲା ନିଜ ବିବେକର ଭଲପଣିଆ, ସେ ତୋ ଅପାଟି, ଦେହ ଭଲ ନାହିଁ, ଅଭିମାନ କରିବା ଉଚିତ ନୁହେଁ। ସବୁ ସନ୍ଦେହ କ୍ଷଣକରେ ମନରୁ ଝଡ଼ିଲା। ବିଛଣା ଟେକିଲା। ସଜାଡ଼ି ରଖିଲା। ଖୋଲା ହାରଟି ଥୋଇଲା ଟେବୁଲ ଉପରେ। ମୂଲ୍ୟବାନ ପଥର ଝଟକୁଛି। ଏ ହାରଟି ଦିନେ ନନ୍ଦିକା ତା' ବେକରେ ନାଇଦେଇଥିଲା। ବାରମ୍ବାର ବେକରୁ ହୁଗୁଳି ପଡ଼ିବାରୁ ନିଜେ ସେ ନନ୍ଦିକାକୁ ଫେରାଇ ଦେଲା। ତାଙ୍କର ଅତି ଗୋରା ଦେହକୁ ଖାସା ମାନେ।

ଘର ଓଳେଇ ପରିଷ୍କାର କଲା। ଆରେ, ଟିପୟ ତଳେ ଚାବି ପେନ୍ଥାକ ପଡ଼ିଛି। ଅପା ଅତି ଅସାବଧାନ। ଏମିତି ସେ ଚାବିଗୁଡ଼ା ଯେଉଁଠି ପାରି ସେଠି ପକାଇ ଦିଅନ୍ତି। ଅଣ୍ଟାରେ ଝୁଲାଇଲା। ଚାଞ୍ଛୁଣି ଧରି ପଶିଲା ମଝି ଘରେ। ଅନ୍ଧାରିଆ ଘର।

ଏଇ ଘରଟି ସବୁଠୁଁ ବଡ଼। ଖଞ୍ଜା ପାଖକୁ ଦିଓଟି ବାରି ଆଡ଼କୁ ଦିଓଟି ଝରକା। ଦୁଇ ପାଖରେ ଦୁଇ କୋଠରୀକୁ ଦରଜା। ନନ୍ଦିକା ରହିବା ଘର ଆଡ଼ର କବାଟ ଖୋଲା। ଲଳିତା ରହିବା ଘରଆଡ଼କୁ ଯେଉଁ ଯାଉଁଳି କବାଟ, ସେଥିରେ ଝୁଲୁଛି ବଡ଼ କୋଲପ। ସେ କୋଲପର ଚାବି କେବେ ଖାଲା ହେବାର ସେ ଦେଖିନାହିଁ। ସେଥିରେ ଲଳିତାର ନଜର କେବେ ପଡ଼ିନାହିଁ।

ଏଇ ବଖରାଟି ଭଣ୍ଡାର ଘର। ଦୁଇପାଖର କାନ୍ଥ କଡ଼କୁ ଲାଗି ଚଉଡ଼ା ବେଞ୍ଚ ଉପରେ ବଡ଼ଛୋଟ କେତେ ଟ୍ରଙ୍କ, ସୁଟକେସ୍ ରଖା ହୋଇଛି। ସେଥିରେ ଅଛି

ଜାତିଜାତିକା ନୂଆ ପୁରୁଣା ଶାଢ଼ୀ, ସେମିଜ୍, ବ୍ଲାଉଜ, ଜାମା, କୁରୁତା। କାହିଁରେ ଅଛି ସୁନା ଗହଣା, ବାସନ କୁସନ। ସବୁ ଟ୍ରଙ୍କ ସେ ଅଦ୍ୟାପି ଦେଖିବାର ସୁଯୋଗ ପାଇନାହିଁ।

କାନ୍ଥ କଣରେ ରଖା ହୋଇଛି ବଡ଼ ଲୁହା ବାକ୍ସ। କେତେଥର ସେ ନିଜେ ଫିଟାଇଛି। ଥାକଥାକ ହୋଇ କେତେ ଟଙ୍କାର ନୋଟ୍ ରଖା ହୋଇଛି, ସେ ଜାଣେ ନାହିଁ। ତା' ଭିତରେ ରଖା ହୋଇଛି ଛୋଟ ଛୋଟ ଟିଣ ବାକ୍ସ। କାହିଁରେ ସୁନା, ମୋହର ଭରା, ଆଉ କାହିଁରେ ଦାମିକା ସୁନା ଗହଣା। କେତେ ଟଙ୍କାର ହେବ, କଳନା କରିବାର ଶକ୍ତି ତା'ର ନାହିଁ।

ଦୀର୍ଘଶ୍ୱାସ ଛାଡ଼ିଲା। ଅଣ୍ଟାରେ ଖୋସାହୋଇଥିବା ଭାଉଜଙ୍କର ଅତି କରୁଣ ଚିଠିଟି ତାକୁ କେଞ୍ଚିବାକୁ ଲାଗିଲା, ଚାହିଁ ରହିଛ କଅଣ ଏଡ଼େ ବେଗି ସବୁକଥା ଭୁଲିଗଲ ? ତୁମରି ବାହାଘରକୁ ଜମି ଦି'ମାଣ, ମୋଟେ ଟଙ୍କା ତିନିଶକୁ ବନ୍ଧା ପଡ଼ିଥିଲା। ମୋର ସବୁ ଗହଣା ବନ୍ଧା ପଡ଼ିଥିଲା ଦୁଇଶ ଟଙ୍କାକୁ। ସବୁ ତ ଜାଣ ଲଳିତା, ପେଟରେ ଓଦାକନା ଦେଇ କେତେଦିନ ଆଉ ଆମେ ଚଳିପାରିବୁଁ ?

ଅଣ୍ଟାରୁ ଚାବି କାଢ଼ିଲା। ଟଙ୍କା କେଇଟା ଯେ, ଧାନଶୁଖା ହେଁସରେ କାଉଖୁମ୍ପା ପରି ଖୁମ୍ପାଏ ଯିବ। ପାଞ୍ଚଶ ଟଙ୍କାରେ ଯେଉଁ ଗହଣା ଓ ଶାଢ଼ୀ ଭାଇ ଭାଉଜ ଦେଇଥିଲେ, ସେତେକ କେଉଁ ଟ୍ରଙ୍କରେ ପଡ଼ିଛି ସେ ଜାଣେ ନାହିଁ। ଏ ଘରେ ଗୋଡ଼ ଦେଲାଦିନ ନନ୍ଦିକା ସେ ସବୁ ଉତାରି ନୂଆ ଗହଣା ନାଇଦେଇଥିଲା।

ଲଳିତାର ହାତର ଚାବିମୁଠା ଥରିଉଠିଲା।

ସେ ଚୋରି କରିବ ? ଛି। ଏ ଘରେ ତା'ର କି ଅଧିକାର ଅଛି ? ଏ ଘରର ଘରଣୀ ହୋଇ ସେ ଆସିନାହିଁ, ସେ ଆସିଛି ନନ୍ଦିକାର ପରିଚାରିକା ହୋଇ, କେଜାଣିବା ଖେଳଣା ହୋଇ। କଣ୍ଢେଇକୁ ସଜାଇଲା ପରି ନନ୍ଦିକା ତାକୁ ସଜାଇ ଦେବ। ନିଜେ ନେଇ ଛାଡ଼ିବ ତା'ର ସ୍ୱାମୀ ପାଖରେ। ପୁଣି, ସ୍ୱାମୀ ଅବାଧ୍ୟ ହେଲେ ତାଙ୍କର ହାତ ଧରି ଲଳିତାର ଘରେ ଛାଡ଼ିବ। ସମସ୍ତେ ତା'ର ହାତର ଖେଳଣା।

ସେ ସମସ୍ତଙ୍କର ହାତଟେକାରେ। ସବୁ ତୋ'ର, କାହିଁରେ ଚାକରବାକର, ଏପରି ଅତି ବିଶ୍ୱାସୀ କନି ବି କେବେ ପଶନ୍ତି ନାହିଁ। ଏ ଘର ଓଳାଓଳି ସଜଡ଼ାସଜଡ଼ି କରେ ନିଜେ ନନ୍ଦିକା। କେବେକେମିତି ସେ କହିଲେ, ଲଳିତା ସେତକ କରେ। ଆଜି ନିଜ ମନକୁ ସେ କରୁଛି।

କାଚକବାଟଲଗା ଆଲମାରୀ ଚାରିଟି ଚାରି ଭାଇ ପରି ଏକା ଧାଡ଼ିରେ ପୂର୍ବପଟ

କାନ୍ଥ ଆଡ଼କୁ ପଛକରି ଠିଆ ହୋଇଛନ୍ତି। ତଳ ଥାକମାନଙ୍କରେ ଲୁଗପଟା, ଆଳକୁଚି। ଉପର ଥାକଗୁଡ଼ିକ ଉପରେ ରଖାଯାଇଛି ଜାତିଜାତିକା ଖେଳଣା- ମଣିଷ, ଯୁଗଳମୂର୍ତ୍ତି, ବାଘ, ଭାଲୁ, କୁମ୍ଭୀର, କଳ ଖେଳଣା ମଟରଗାଡ଼ି, ଉଡ଼ାଜାହାଜ। କଡ଼ ଆଲମାରୀର ଉପର ଥାକରେ ଲୁଗାଜମା ପିନ୍ଧି ବସିଛନ୍ତି ଦିଓଟି ଶିଶୁ, ଚାରିପାଞ୍ଚ ମାସର ପିଲା ଦିଓଟି ପରି। ଗାଟ ପାରଚା। ପୁଅଟିଏ, ଝିଅଟିଏ।

ଲଳିତା ଚାହିଁ ରହିଲା।

ତାଲାପକା ଯାଉଁଳି କବାଟ ! ଆଉ ଘରେ ଲଳିତା ରହେ। କାହା ପାଇଁ ପଡ଼ିଛି ଏ ତାଲା ? ଲଳିତା ଅନୁଭବ କଲା, କେବଳ ତାଆରି ପାଇଁ। ଏଡ଼େ ଅବିଶ୍ୱାସ ? ତେବେ, ଏ ଘରର ସେ କିଏ ? ଖାଇବା, ପିନ୍ଧିବା, ପଦେ ମିଠା କଥା ଶୁଣିବା ଛଡ଼ା ଏ ଘରେ ତା'ର ଆଉ କାହିଁରେ ଅଧିକାର ନାହିଁ। ସେ ଏହା ସହିପାରିବ ନାହିଁ। ଅବଶ୍ୟ ସେ ତାଲା ଖୋଲିଦେବ।

ଚାବି ପେନ୍ଥାକ ଧରି ଗୋଟି ଗୋଟି କରି ଚାବି ତାଲାରେ ଲଗାଇଲା। ହେଲା ନାହିଁ। ଖୋଲିଲା ନାହିଁ। ତାଲାର ଚାବି ନନ୍ଦିକା ନିଜେ କେଉଁଠି ଲୁଚାଇ ରଖିଛନ୍ତି ପରା ! ଏତେ ଅବିଶ୍ୱାସ। ତାଙ୍କର ସବୁ ସ୍ନେହ, ସବୁ ସରାଗ କେବଳ ଲୋକଦେଖାଣ !

ଲଳିତାର ଆଖିରୁ ଲୁହ ଗଡ଼ିଲା।

ଓଦା ଲୁଗା ପିନ୍ଧି ନନ୍ଦିକା ଘରେ ପଶିଲା।

ଲଳିତା ତରତର ହୋଇ ଘୁଞ୍ଚିଆସିଲା। ଆଖିରୁ ଲୁହ ପୋଛିବାକୁ ତାକୁ ତର ମିଳିଲା ନାହିଁ।

ନନ୍ଦିକା ମୁହୂର୍ତ୍ତେ ତା' ଆଖିକୁ ଚାହିଁଲା। ଲଳିତାର ମନର କଥା ସେ ବୁଝିଲା। ତା'ର ହାତଟି ଧରି କହିଲା, ତୋ ଆଖିରେ ଲୁହ ଯେ ?

ତମେ ଚାବିଟା ପକାଇ ଦେଇ ଯାଇଥିଲ ଅପା, ନିଅ।

ଘୃଣାରେ ନନ୍ଦିକାର ନାକ ଫୁଲିଫୁଲି ଉଠିଲା। ଲଳିତାର ହାତ ଛାଡ଼ି ସେ କହିଲା, ମୋର କି ଚାବି ଲୋ ? ଏତେବଡ଼ ବୋଝ ବୋହିବାକୁ ଆଉ ମୋର ବଳବୟସ କି ଶକ୍ତିସାମର୍ଥ୍ୟ ନାହିଁ। ସେ ଚାବି ତୋ'ର, ତୁ ଏଥର ସେଇଟା ରଖ।

ଲଳିତାର ଆଖିରେ ଭୟ। ଡରିଲା ଥରିଲା ସ୍ୱରରେ ପଚାରିଲା, ଏ କି କଥା କହୁଚ ଅପା ?

ଠିକ୍ କହୁଚି। ମୋ ମନରେ ଦୁଃଖ ନାହିଁ। କାହା ପାଇଁ ମୋର ଏ ବୋଝ ?

ବୁଝିପାରୁନୁ ? ତୋ'ରି ପାଇଁ। ତୋ ପେଟରୁ ମୋର ଯେଉଁ ପିଲାଟି ଦିନେ ଆସିବ, ତାଆରି ପାଇଁ। ତୁଓ ତ ସବୁକଥା ଏବେ ଶିଖିଲୁଣି, ସବୁ ଘରକରଣା ଜାଣିଲୁଣି, ମୁଁ କାହିଁକି ଏ ବୋଝ ବୋହିବି ? ଏଣିକି ଏ ଚାବି ତୁ ରଖ। ତୁ ସବୁ କାରବାର କର। ମୁଁ ନିଶ୍ଚିତ ହେବି ଲଳିତା, ଜଞ୍ଜାଳରୁ ମୁକ୍ତ ହେବି। ତୁ ମୋର ସୁନା ଭଉଣୀଟି, ସାନ ଭଉଣୀଟି, ମରଣ ମୁହଁରୁ ମତେ ବଞ୍ଚାଇଲୁ, ମୋତେ ଏ ଜଞ୍ଜାଳରୁ ବି ବଞ୍ଚାଇବୁ।

ନନ୍ଦିକା କବାଟକୁ ଅନେଇଲା। କଡ଼ା ଦେହରେ ତାଲାଟି ଓଲଟିଛି। ଘଟଣାଟି ସେ ବୁଝିଲା କହିଲା, ତୋ ଉପରେ ଅବିଶ୍ୱାସ କରି ସେ ତାଲା ମୁଁ ପକାଇନାହିଁ ଲୋ ଓଲମୀ, ମୋ ନିଜ ଉପରେ ଅବିଶ୍ୱାସ କରି ମୁଁ ସେ ତାଲା ପକାଇଛି। ତାଲାର ଚାବି ଅଛି ସାତତାଳ ପଙ୍କତଳେ, ଫଡୁଆ ଭିତରେ ଦେଖିବୁ ?

ଉତ୍ତେଜିତ ହୋଇ ନନ୍ଦିକା ଲଳିତାର ହାତରୁ ଚାବିମୁଠାକ ଟାଣିନେଲା। ଆଲମାରୀ ଖୋଲି ଟିଣବାକ୍ସରୁ ଛୋଟ ଚାବିଟିଏ କାଢ଼ିଲା। ସେଥିରେ ଟ୍ରଙ୍କ ଖୋଲି ତା' ଭିତରେ ଥିବା ଟିକି ଚମଡ଼ା ସୁଟ୍‌କେସ୍ ଖୋଲିଲା ସେଇ ଛୋଟ ଚାବିରେ। ସୁଟ୍‌କେସ୍ ଭିତରେ ବଡ଼ତାଲାର ଚାବି ଅଛି !

ଏବେ ସେ ତାଲା ଖୋଲିବ ଲୋ ଲଳିତା, ଏଇ ଦେଖ୍ –

ତାଲା ଖୋଲି କବାଟ ଠିଆମେଲା କଲା। ସେପାଖେ ଲଳିତାର କୋଠରୀ, ଏପାଖେ ନନ୍ଦିକାର।

ଝରଝର ଆଖିରେ ଲଳିତାର ହାତ ଧରି ନନ୍ଦିକା କହିଲା, ତୋ ଉପରେ ମୋର ଅବିଶ୍ୱାସ ନାହିଁ ଲୋ ପାଗଳୀ, ମୋ ନିଜର ଦୁର୍ବଳତା ଉପରେ ମୋର ଅବିଶ୍ୱାସ। ପିଲାଲୋକ ତୁ, ମନର କଥା ବୁଝିପାରିବୁ ନାହିଁ। ତତେ ବୁଝାଇ କହିବାକୁ ମୋର ସାହସ, କି ଧୈର୍ଯ୍ୟ ନାହିଁ। ନେ ଏ ତାଲାର ଚାବି। ଭିତର ପାଖରୁ ଏଇ କବାଟରେ ସେ ତାଲାକୁ ପକାଇ ଦେ। ତୁ ନିଶ୍ଚିତ ହେବୁ, ମୁଁ ବି ଆଉ ମୋ ଭିତରେ ନିଜ ସଙ୍ଗେ ଲଢ଼ିବି ନାହିଁ। ଏବେ ହେଲା ତ ?

ନନ୍ଦିକା ନିଜ କୋଠରୀକୁ ଆସିଲା। ର୍‍ୟାକ୍‌ରୁ ଟାଣିଆଣିଲା ଶୁଖିଲା ଶାଢ଼ୀ। ସେ ରହୁଥିବା କୋଠରୀଆଡ଼କୁ ଲାଗିଥିବା ଯାଉଁଳି କବାଟ ଟାଣି ଜଞ୍ଜିର ଲଗାଇଲା।

ଲଳିତା କାବା ହୋଇ ଠିଆ ହୋଇ ରହିଲା। ସେ ଅନୁଭବ କଲା ଯେ ସେ ଗୋଟାଏ ଅକ୍ଷମଣୀୟ ଅପରାଧ କରିପକାଇଛି। ଆତୁର ହୋଇ ସେ କବାଟରେ ହାତମାରି କାନ୍ଦୁରା ସ୍ୱରରେ ଡକା ଛାଡ଼ିଲା, ଅପା, ଅପା, ଅପା – !

ଉତ୍ତର ନ ପାଇ ବାଇଆଣୀ ପରି ବାରଣ୍ଡାବାଟେ ଆର କୋଠରୀକୁ ସେ ଛୁଟି ଆସିଲା। ଦେଖିଲା, ନନ୍ଦିକା ଲୁଗା ପାଲଟି ଚିରୁଣୀ ଧରି ମୁଣ୍ଡ କୁଣ୍ଡାଉଛି। ତା'ର ଦୁଇ ଆଖିରୁ ଦି'ଧାର ଲୁହ ଗଡ଼ିପଡୁଛି।

ଲଳିତା ନଇଁପଡ଼ି, ନନ୍ଦିକାର ଦୁଇ ପାଦଧରି ତଳେ ମଥା ଲଗାଇଲା। କଇଁ କଇଁ ହୋଇ କାନ୍ଦି ଉଠିଲା। ତା'ର ଅମାନିଆ ଲୁହ ନନ୍ଦିକାର ପାଦ ପଖାଳିଲା।

ନନ୍ଦିକା ଚିରୁଣୀ ରଖି ତା'ର ହାତ ଧରି ତଳୁ ଉଠାଇଲା। ପଲଙ୍କ ଉପରେ ପାଖରେ ବସାଇଲା। ଲଳିତାର ଆଖିରୁ ଲୁହ ପୋଛିଲା। କଅଁଳେଇ କହିଲା, ତୋ ଆଖିରେ ଲୁହ ଦେଖିବି ନାଇଁ ବୋଲି ସବୁ ପ୍ରତିଜ୍ଞା ସବୁ ତପସ୍ୟା ଆଜି ପଣ୍ଡ ହୋଇଛି ଲଳିତା, ତୋ ମନର ଛପିଲା ସନ୍ଦେହ ଆଜି ତତେ କନ୍ଦାଇଛି। ମୋ ଉପରୁ ତୋ'ର ବିଶ୍ୱାସ ତୁଟିଛି, ଏଇ କଥା ଭାବିଲାବେଳକୁ ଛାତି ମୋର କରତି ହେଉଛି। ଏଇଥିପାଇଁ ମତେ ତୁ ଅପା ବୋଲି ସମ୍ମାନ ଦେଉ? ଏଇଥିପାଇଁ ତୋ ଅପାକୁ ତୁ ଯମ ହାତରୁ ଟାଣିଆଣିଥିଲୁ? ଛାଡ଼ିଦେଇଥିଲେ ତତେ ଆର୍ଶୀବାଦ କରି ହସି ହସି ମୁଁ ଚାଲିଯାଇଥାନ୍ତି।

ଦୋଷ କ୍ଷମାକର, ଅପା, ମୋ ମନର କଥା ମୁଁ ତୁମକୁ କହି ପାରିନାହିଁ। କହିବାକୁ ମତେ ବେଳ ଦେଲ ନାହିଁ। ମଝି କବାଟରେ ଏଡ଼େ ମୁଠାଏ ତାଲା ଯଦି ପଡ଼ି ନ ଥାନ୍ତା, ମୋ ଅପା ହେମାଳିଆ ତଳଟାରେ ରାତିରେ ଶୋଇ କାନ୍ଦି କାନ୍ଦି ଆଖି ଫୁଲାଇ ନ ଥାନ୍ତା। ମୁଁ ଏହା କେବେ କରାଇ ଦେଇ ନ ଥାନ୍ତି।

ଲଳିତା ଥରିଲା ପାଦରେ ଉଠିଗଲା। ମଝି କବାଟର ଶିକୁଳୀ ଖୋଲିଲା। ପାଖକୁ ଆସି ପୁଣି ବସିଲା ନନ୍ଦିକା ନିକଟରେ। କହିଲା, ଏ କବାଟ ଏମିତି ଖୋଲା ରହିବ ଅପା, ମୋ ମନରେ ଯେଉଁ ସନ୍ଦେହ ତମେ ରୋପିଛ, ସେ ସନ୍ଦେହ ସତ ହେବ। ତମେ ମତେ ତମର ସର୍ବସ୍ୱ ଦେଇଛ। ମୁଁ ତମର ଗେଲବସର ଟିକି ଭଉଣୀଟି, ନିଜକୁ ତମର ଗୋଡ଼ତଳେ ଅରପି ଦେଉଛି। ତମର ଗୋଡ଼ ଧରୁଛି, ନେହୁରା ହୋଇ ମିନତି କରୁଛି, ଅପା, ତମେ ଆଉ ମତେ ହତାଶ୍ କରନାହିଁ। ତମେ ମୋତେ ଗ୍ରହଣ କର, ମୋ ସାଥିରେ ତମ ଅରପିଲା ସର୍ବସ୍ୱକୁ ତମେ ତୁମର କର। ବାହାରେ ହସି, ଭିତରେ କାନ୍ଦି ଦୂରେଇ ଦିଅ ନାହିଁ। ଅପା, ଅପା –

ଲଳିତା ଢଳିପଡୁଣୁ ନନ୍ଦିକା ତାକୁ ଛାତି ଉପରକୁ ଓଟାରିନେଲା। ପିଠି ଆଉଁସି କହିଲା, ଛି, ଏ କି କଥା କହୁଛୁ ଲୋ, ତୁ ମୋର ସାନ ଭଉଣୀଟା, ତୁ ହେବୁ ମୋର ସଉତୁଣୀ?

ଅପା, ମତେ ହସାଇବାକୁ ଚେଷ୍ଟାକରି ତମେ କେବଳ କାନ୍ଦୁଥିବ, ମୁଁ ସହିପାରୁନାହିଁ। ତମର ଆଖିର ଲୁହର ଭାଗ ମୁଁ ନେବି। ତମର ମୁଁ ସଉତୁଣୀ ହେବି

ପଛେ, ଅବାଧ ହେବି ନାହିଁ। ତମେ ଆଗ। ତମର ପଦସେବା କରିବା ମୋର ଧର୍ମ, ମୋର କର୍ତ୍ତବ୍ୟ। ମୋର କର୍ତ୍ତବ୍ୟ ମତେ କରିବାକୁ ଦିଅ।

ଲଳିତା, ଚାହିଁଲୁ ମୋ ମୁହଁକୁ।

ଲଳିତା ମୁହଁ ଟେକିଲା। ଆଖିରେ ଲୁହ।

ନନ୍ଦିକା ଭାବିଲା, ଏଇ ପିଲାଟା ଅଳି କରୁଛି, ମୋର ସଉତୁଣୀ ହେବ? ଅସମ୍ଭବ; ଦୁନିଆରେ ଚହଳ ପଡ଼ିବ। ନା, ନା।

ନନ୍ଦିକା ଦୁଇ ହାତରେ ଲଳିତାର ମୁହଁ ଧରିଲା। ଗେଲ କଲା। ଆଖିରେ ଲୋତକ ଭରି କହିଲା, ତୋ'ରି କଥା ହେଉ ଲୋ ଲଳିତା, ଏ କବାଟ ସେମିତି ଖୋଲା ରହୁ। ତାଲାଟା ଯେ ଥିଲା ମୋ ଦୁର୍ବଳତାର ଜଗୁଆଳ। ତାଲାଟା ଯାଉ। ତୋ ଅପା ବଞ୍ଚିଥିବାଯାଏ ସେ ତୋ'ର ଅପା ହିଁ ରହିବ, ସଉତୁଣୀ କେବେ ହେବ ନାହିଁ। ତୋ ଅପାର ଆଖିରେ ଆଉ କେବେ ତୁ ଲୁହ ଦେଖିବୁ ନାହିଁ।

ଲଳିତା ହସିଲା। ଚାବିମୁଠିକ ବଢ଼ାଇ ଦେଇ କହିଲା, ନିଅ ଅପା, ତମେ ଥାଉଣୁ ମୁଁ କାହିଁକି ଇଆର ବୋଝ ବୋହିବି?

ନନ୍ଦିକା ଚାବି ନେଲା। କହିଲା, ଖେଳିବାର ବୟସ ତୋ'ର ଯାଇନାହିଁ, ମୁଁ ଥାଉଣୁ କାହିଁକି ସତେ ଏ ଜଞ୍ଜାଳର ବୋଝ ତୁ ବୋହିବୁ? ସବୁ ମୁଁ ତୋ'ରି ପାଇଁ ସାଇତି ରଖିଛି। ଅନା ସେ ଆଲମାରୀକୁ। କେମିତି ସୁନ୍ଦର ପୁଅ ଓ ଝିଅ ସଜେଇ ରଖିଛି। କଣ୍ଢେଇ ଖେଳାଇ ବେଳ କାଟିବାକୁ ମୋର ମନ ଆଉ ହେଉ ନାହିଁ। ରକ୍ତମାଂସର କଣ୍ଢେଇ ଗଢ଼ି ତୁ ମୋ କୋଳରେ ଦେବୁ ଲଳିତା, ତାଙ୍କରି ଭବିଷ୍ୟତ ପାଇଁ ଏ ବୋଝ ମୁଁ ବୋହୁଛି।

ଲଳିତା ମୁହଁ ତଳକୁ କଲା।

ସେ କୁଆଡ଼େ ଗଲେ?

ଜାଣେ ନାହିଁ।

ତାଙ୍କ ପାଇଁ ଜଳଖିଆ କରିଛୁ?

ଯାଉଛି।

ଦିହେଁଯିବା ଚାଲ। ଆଜି ତାଙ୍କୁ କଥା କହିବା ନାହିଁ। ପାହାନ୍ତାରୁ ଉଠି ପଳାଇବାର ମଜା ଦେଖିବା, ରହ। ହେଲା ତ?

ହସି-ହସି ଲଳିତା ମୁଣ୍ଡ ହଲାଇ ହଁ ଭରିଲା। ତା'ର ପ୍ରଫୁଲ୍ଲ ମୁହଁକୁ ଚାହୁଁଣୁ ନନ୍ଦିକା ତନ୍ମୟ ହେଲା। ନନ୍ଦିକା ନିଜକୁ ଭୁଲିଲା। ନଅ ବର୍ଷର ଝିଅଟିଏ ସେ ଲଳିତା, ଶୋଭା ଅପାଙ୍କ ସଙ୍ଗେ ନନ୍ଦିକାର ବୋହୂପଣିଆ ଦେଖିବାକୁ ଆସିଛି କି? ସେମିତି ସେ

ଦିଶୁଛି। ଲଳିତାକୁ ଆଲିଙ୍ଗନ କରି ତା'ର ମୁଣ୍ଡଟିକୁ କାନ୍ଧ ଉପରକୁ ନୁଆଇନେଲା, ସତେକି ଦିଅଟି ଦେହକୁ ମିଶାଇ ସେ ଏକାକର କରିବ।

ସୁନନ୍ଦ କିଛି ବୁଝିପାରିଲା ନାହିଁ। ଦିହେଁ କେବଳ ହସୁଛନ୍ତି। ପରସ୍ପରର ମୁହଁକୁ ଅନାଇଁ ଆଖିରେ କଥା ଭାଷା ହେଉଛନ୍ତି। ସେ ନିଜେ କିନ୍ତୁ ପଚାରିଲେ ଲଳିତା ଚାହୁଁଛି ନନ୍ଦିକାର ମୁହଁକୁ, କହୁନ? ହସି ହସି ନନ୍ଦିକା ଉତ୍ତର ଦେଉଛି, ତୁ କହ।

ଦିହେଁ ଚୁପ୍।

କିଛି ନ ବୁଝି ସୁନନ୍ଦ ବି ହସୁଛି। ଦିହେଁ ଆଜି ଶପଥ କରିଛନ୍ତି ପରା, କଥା କହିବେ ନାହିଁ।

ସୁନନ୍ଦର ସକାଳ ଧୂପ ସରିଲା। ଟେବୁଲ ଉପରେ କାଚ ଗ୍ଲାସଟି ରଖି ସେ ପଦାକୁ ଯାଇ ହାତ ଧୋଇଲା। ତଉଲିଆରେ ହାତ ପୋଛି ଘର ଭିତରକୁ ଆସିଲା, ଲଳିତା ଟେବୁଲ ଉପର ସଫା କରୁଛି। ନନ୍ଦିକା ର୍ୟାକ୍‌ରେ ଲୁଗା, ଜାମା, ଶାଢ଼ୀ, ସଜାଇ ରଖୁଛି।

ସୁନନ୍ଦ ଚଉକି ଟାଣି ବସିଲା। କାନ୍ଥ ଘଣ୍ଟାକୁ ଚାହିଁ ଦେଖିଲା, ଦଶଟା ବାଜିବା ମେଘୁଆ ପାଗ। ଏବେ ରାତି ପାହିଲା ପରି ଲାଗୁଛି। ନନ୍ଦିକା ଓ ଲଳିତା ମଝିଘର ବାଟେ ଆର ଘରକୁ ଗଲେ। ସୁନନ୍ଦ ଦେଖିଲା, ମଝିଘରର ଦୁଇପାଖ କବାଟ ଖୋଲା। କିଏ ଖୋଲିଲା, କାହିଁକି ଖୋଲିଲା ସେ ଅନୁମାନ କରିପାରିଲା ନାହିଁ।

ଡାକିଲା, ନନ୍ଦିକା!

ତୁ ଯା ଲଳିତା, ମୁଁ ଯାଏ ରୋଷଇଘରକୁ।

ଲଳିତା!

ତମେ ଯାଅ ଅପା, ମୁଁ ଆଜି ରାନ୍ଧିବି।

ଶୁଣ ମ।

ନନ୍ଦିକା କହିଲା, ଦିହେଁ ଯିବା ଚାଲ।

ଲଳିତାର ହାତଧରି ନନ୍ଦିକା ଆସିଲା ଲଳିତାର କୋଠରୀକୁ। ଦିହେଁ ସୁନନ୍ଦର ଆଗରେ ଠିଆହେଲେ। ସୁନନ୍ଦର ଦୃଷ୍ଟି ଡେଇଁଲା ଜଣକ ମୁହଁରୁ ଆର ଜଣକର ମୁହଁକୁ। ଦିହେଁ ଗମ୍ଭୀର। ଦୃଷ୍ଟି ତଉଲୁଛି ପରା, କିଏ ଅଧିକ ସୁନ୍ଦର?

ଲଳିତା ହସିଲା ଲାଜରା ହୋଇ ନନ୍ଦିକାର କାନ୍ଧରେ ମୁଣ୍ଡ ନୋଇଁଲା। କହିଲା, କଅଣ ଦେଖୁଛନ୍ତି ବା?

ନନ୍ଦିକା କହିଲା, ପଚାରୁନୁ ତୁ?

ଲଳିତା କହିଲା, ତମେ ପଚାର।

ସୁନନ୍ଦ ପଚାରିଲା, ମଝିଘର କବାଟର ତାଲା କିଏ ଖୋଲିଲା?

କହୁନ ଅପା, ମୁଁ ଖୋଲିଲି।

ତୁ କହୁନୁ, ମୁଁ ଖୋଲିଲି।

ହୁଁ, ବୁଝିଲି।

ଦିହେଁ ହସିଉଠିଲେ। ଦୁହିଁଙ୍କର ହସ ସୁନନ୍ଦର ମନକୁ କୁତୁକୁତୁ କଲା। ହସ ଚାପି ସୁନନ୍ଦ କହିଲା ଗମ୍ଭୀର ହୋଇ, ମୁଁ ଆଜି କଟକ ଯିବି। ଉପରଓଳି ବର୍ଷା ହେବା ପରି ଲାଗୁଛି। ଏଇବେଳା ଚାଲିଗଲେ ଭଲ ହେବ।

ଅପା, କାଲି ଏତେବେଳକୁ ତ ସେ ଆସି ନ ଥିଲେ?

ଦିନ ଗଣିଲେ ଦି ଦିନ ଚାଲିଛି, ରାତି ଗଣିଲେ ଗୋଟାଏ।

ଶୁଣ, ଅତି ଜରୁରୀ କାମ ଛାଡ଼ି ଆସିଛି। ଏଇକ୍ଷଣି ମନେପଡ଼ିଲା। ଯିବାକୁ ହିଁ ହେବ।

ଆଲୋ ଲଳିତା, ଗୁଡ଼ଘରେ ପିମ୍ପୁଡ଼ି ଲାଗିଥିବ। ରାଜୀବ ଝାଡ଼ିବାକୁ ଡରୁଥିବ। ହେଲେ ଗାଆଁକୁ ଆସିବା ଆଗରୁ ସେ ଜରୁରୀ କାମଟା ମନେପଡ଼ିଥିଲେ ଦିନକ ପାଇଁ ଝାଳନାଳ ହୋଇ ଏତେକଷ୍ଟ ସହି ଉଦୁଉଦିଆ ଦି'ପହରରେ ଧାଇଁ ଆସିବା ଦରକାର ପଡ଼ି ନ ଥାନ୍ତା।

କାହାକୁ କଷ୍ଟ ଦେଇଆସିଥିଲେ ମ, ଅପା!

ହଁ ଲୋ ବେପାରୀ ମଣିଷ, କଷ୍ଟଦିଅନ୍ତି, କଷ୍ଟ ବି ଦିଅନ୍ତି। ସେଥିପାଇଁ ଘରେ ମନ ଲାଗେ ନାହିଁ। ଚାନ୍ଦକୁ ଚାହିଁ ରାତି ଅଧ ହୁଏ।

ସୁନନ୍ଦ ହସିଲା। ନନ୍ଦିକା ଓ ଲଳିତା ପରସ୍ପରର ମୁହଁକୁ ଚାହିଁ ହସୁଛନ୍ତି। କଣେଇଁ ଚାହୁଁଛନ୍ତି ତାକୁ। ମନେହେଲା, ଦୁନିଆଟା ଆଜି ହଠାତ୍ କିପରି ବଦଳି ଯାଇଛି। ଦିହେଁ ଏକାଠି ହୋଇ ଆଗରୁ ଭାବି ବିଚାରି ତାକୁ ପରିହାସ କରିବାକୁ ପଣ କରିଛନ୍ତି। ଦୁହିଁଙ୍କଠାରେ ଏପରି ଢଙ୍ଗ ଆଜି ସେ ନୂଆ ଦେଖୁଛି।

ଭାବିଚିନ୍ତି ସୁନନ୍ଦ ମୁହଁ ଗମ୍ଭୀର କଲା। ଉଠି ଠିଆ ହେଲା। ଖଟବାଡ଼ା ଉପରୁ ଗେଞ୍ଜିଟି ନେଇ ଦେହରେ ଗଳାଇଲା। କମିଜିଟି ହାତରେ ଧରି ବଡ଼ ଆଇନା ଆଗରେ ଠିଆହେଲା। ନିଜର ପ୍ରତିବିମ୍ବକୁ ଅନାଇ କହିଲା, ଶୁଣ, ସେମାନେ ହେଲେ ଦୁଇଜଣ ମୁଁ ଥିଲି ଏକା। ଏବେ ଆମେ ହେଲୁ ଦୁଇଜଣ। ଯୋଡ଼ାକୁ ଘୋଡ଼ା ସରି ନୁହେଁ। ଶୁଣ ମୋର କା, ସୁନନ୍ଦକୁ କେହି କଥା କହୁନାହାନ୍ତି। ସେ ଏବେ କଟକ ଯାଉଛି। ତମେ ତାଙ୍କୁ କହିଦେବ, ମୋ'ର କା'!

ଅପା ମ, ଆମେ ସେମିତି ଚାରିଟା ହେବା ଆସ।

ଲଳିତା ନନ୍ଦିକାର ହାତ ଧରି ସୁନନ୍ଦ ପଛରେ ଠିଆହେଲା। ଏପାଖେ ନନ୍ଦିକା ସେପାଖେ ଲଳିତା। ଦୁହିଁଙ୍କ ମଝିରେ ଆଗରେ ଠିଆ ହୋଇଛି ସୁନନ୍ଦ। ତିନୋଟି ରୂପର ହସିଲା ପ୍ରତିଛବି। ତିନୋଟି ଦେହ ଆଇନା ଭିତରେ ଲଗାଲଗି ହୋଇ ଗୋଟିଏ ହୋଇଛି, ଆଉ ସେଇ ଗୋଟିଏ ଦେହର ତିନୋଟି ମୁଣ୍ଡ!

ଘଇତା ପଛେ ମରୁ, ସଉତୁଣୀ ରାଣ୍ଡ ହେଉ, କେଉଁ ଯୁଗ କେଉଁ କାଳରୁ ଗଡ଼ିଆସୁଛି ଏହି ବଚନ ତୁଣ୍ଡରୁ ତୁଣ୍ଡ।

ଜଣକର ଦିଓଟି ପତ୍ନୀ, ଏ ଖବର ପାଇଲେ, ଅନ୍ୟର ମନରେ ଡହଳ ବିକଳ ହୁଏ କୁତୂହଳ ପ୍ରଶ୍ନିଳ ହୁଏ ମନ। ଅନୁସନ୍ଧାନ କରି ଜାଣିବାକୁ ଆଗ୍ରହ ହୁଏ।

ରାଗ ରୋଷ, କଚଡ଼ା, ଫୋପଡ଼ା, ବାକ୍ ବିତଣ୍ଡା, ଚୁଟି ଧରାଧରି। ବେତା ମୁହାଁ। ଅନ୍ୟର ମଜ୍ଜା ଦେଖିବାକୁ ଆଗ୍ରହ, କିନ୍ତୁ ଦେଖାଇ ହେବା ଦୁଃଖ ଓ ସହାନୁଭୂତିର ଯା-ଲାଗି-ଯା ଛିଡ଼ିଯା କଥା। ପଛରେ ବିଦ୍ରୁପ, ଥଟ୍ଟା ତାମସା। ଆଜି ପୁଣି ଏ ପାଖେ, ଯା ମୁହଁରେ ଲକ୍ଷ୍ମୀର ପ୍ରଶଂସା ତ କାଲିପୁଣି ସେ ପାଖେ, ତା' ମୁହଁରେ ଲକ୍ଷ୍ମୀଟା ଡହରୀ, ଏ ଘର ସେ ଘର ହୁଏ ସରସ୍ୱତୀଟି ଭଲ। ମୁହଁ ବୁଲାଇଲେ ସରସ୍ୱତୀ ହୁଏ ଚାବୁରୀ, ଅଳସୋଇ, ଗରବୀ। ପୁଣି କେବେ, କି ଶୋଭା ଦିଶୁଛନ୍ତି ଗୋ, ଲକ୍ଷ୍ମୀ ସରସ୍ୱତୀ ପରି।

ନନ୍ଦିକା ଏହା ଜାଣେ। ଲଳିତା ବି ଜାଣେ। ମା ଖୁଡ଼େଇ, ଗାଆଁର ଆଉ ଆଉ ମାଇପୀଙ୍କର କଥା, ଟାହି ଟାପରା, ହସ ତାମସା କାନରେ ବାଜିଛି। ଦୁଇଜଣଙ୍କର କଜିଆ ଦେଖିଲେ ତୁଣ୍ଡରୁ ବାହାରେ, ଦେଖ ମ, ଦୁଇ ସଉତୁଣୀଙ୍କ ପରି ଲାଗିଛି ଝଟାପଟା କଜିଆ, ଧରାପରା। ଲୋକ ନଖ ଘଷୁଛନ୍ତି।

କାନରେ ବାଜିଛି, ଆହା, ବିଚରା ନରସିଂହଟି, ନିଜ ଘରକଥା ଭାବି କାଠପାଷାଣ ପାଲଟିଗଲାଣି। କଅଣ ସେ କରିବ? ଏକା ପରିକା ଦିଓଟି ଶାଢ଼ୀ, ଦିଓଟି ଗହଣା ସିନା ଆଣିଛି, ଏକା ସଙ୍ଗରେ ସିନା ଦେବ, କାହାକୁ ଦେବ କେଉଁ ହାତରେ, କାହା ମୁହଁକୁ ଆଗ ଚାହିଁବ? କାହାକୁ ଆଗ କଥା କହିବ? ମଝିଘରେ ଖଟ ପକାଉ, କି ଦୁହିଁଙ୍କ ମଝିରେ ବିଛଣା ପାରୁ, ଡାହାଣକୁ କିଏ, ବାଆଁକୁ କିଏ?

ମନ୍ଥରାମାନେ ତଦନ୍ତ କରନ୍ତି। ହତାଶ୍ ହୋଇ ଫେରନ୍ତି ସୁନନ୍ଦ ଘରୁ। ସେ ଘରେ ସଉତୁଣୀ ନାହିଁ। ନନ୍ଦିକା ମାଆ, ବଡ଼ ଜା, କି ବଡ଼ ଭଉଣୀ। ସେମାନେ ବି

ଏମିତି ଛୋପରା ହେବେ ନାହିଁ ଗୋ, ସାତ ବରଷର ଝିଅ ପରି କିଏ ସାନ ସଉତୁଣୀକୁ କୋଳକୁ ଆଉଜାଇ ନିଜ ହାତରେ ଖୋଇଦେବ?

ପୁଣି ଶୁଣିବେ? ସାନ ନଣନ୍ଦ ପରି ଲଳିତା ମୁଣ୍ଡ କୁଣ୍ଡେଇ, ମଥାରେ ସିନ୍ଦୂର, ଆଖିରେ କଜଳ, ପାଦରେ ଅଳତା ଦେଇ, ନିଜ ହାତରେ ଶାଢ଼ୀ ପିନ୍ଧାଇବ? ନିଜ ଦେହରୁ ଗହଣା ଉତାରି ଲଳିତାର ଦେହରେ ଖଞ୍ଜିବ? ଗେଲ କରିବ? ରାତି ଅଧରେ ହାତଧରି ନେଇ ଛାଡ଼ିଦେବ ଗେରସ୍ତ ଘରେ? ଦେଖିବ ରହ, ସବୁ ସୁଆଗ ଦିନେ ଭାଙ୍ଗିବ, ପୁଣି ଦିନେ ନାଟ ଲାଗିବ। ଭଗାରି ହସିବେ ଯେ!

ନନ୍ଦିକା ସବୁ ତ କରିଥିଲା, ମନ୍ଥରାର ମନର ଉଦ୍‌ବେଗକୁ ଦଳିଥିଲା ମୁହଁର ହସରେ, ତଥାପି ସେ କାନ୍ଦିଲା କାହିଁକି? ପାଗଳ ହୋଇ ଅନ୍ଧାରରେ ନିଜକୁ ନିଜେ ଦଣ୍ଡିଥିଲା, ମରଣକୁ ନିମନ୍ତ୍ରଣ କରିଥିଲା କାହିଁକି? ଅନ୍ଧାର ଘରେ ମଝି କବାଟର ତାଲାକୁ ଧରି କେତେଥର ସେ ଠିଆ ହୋଇଛି, ଆଖିରୁ ଗଡ଼ାଇଛି ଲୁହ। ଅନିଦ୍ରା ହୋଇ ତଳେ ପଡ଼ିଛି ବୀତସ୍ପୃହ ହୋଇ।

ଲୋକଙ୍କ କଥା ମିଛ ନୁହେଁ।

ନିଜେ ସେ ଜଟିଳତା ଭିଆଇଥିଲେ ମଧ୍ୟ ନିଜର କଳ୍ପନା ସ୍ଫୁଲିଙ୍ଗ ପରି ତା'ର ଛଟପଟ ପତ୍ନୀତ୍ୱକୁ ଜଳାଇଥିଲା। ରାତିରେ ସେ ହୋଇଥିଲା ସପତ୍ନୀ। ଦିନରେ ହୋଇଥିଲା ମା', ଜା, ଭାଉଜ, ବଡ଼ଭଉଣୀ। ଯାହାର ଟକଟକ ଫୁଟିଲା ଭାବ ସପନପ୍ରତିମା ମନ୍ଥରାକୁ ରାତିରେ ନିମନ୍ତ୍ରଣ କରି ଆଣିଥିଲା, ଭେଦ ବାଦ ଛେଦର ନାଦ ଗଦଗଦ ହୋଇ ଶୁଣାଇବାକୁ, ସେଇ ଜୀବନ୍ତ ଚଳନ୍ତି ମନ୍ଥରାକୁ ଦିନର ଆଲୁଅରେ ସେ ଇଙ୍ଗିତ ଦେଇଥିଲା, ପଳାଅ, ପଳାଅ, ଆଶା ତୁମର ବ୍ୟର୍ଥ ହେବ, ଏ ଘରେ ବ୍ରଣ ନାହିଁ। ଦେଖିବାକୁ ଆଇଚ? ହେଇଟି ଦେଖ, ଏଇଟି ମୋର ଟିକି ଝିଅ, ସାନ ଜାଆଟି ମ, ମୋର ସ୍ନେହର ପିତୁଳା ନଣନ୍ଦ, ମୋର ଅତି ଗେହ୍ଲାର ପିଲା ଭଉଣୀଟି, ଯାହାକୁ କାଖରେ କୋଡ଼ରେ କରି ବଢ଼ାଇଛି, ଆଖି ପୂରାଇ ଦେଖୁଥା ଗୋ!

ଦର୍ପଣରେ ତିନୋଟି ହସିଲା ମୂର୍ତ୍ତିର ପ୍ରତିବିମ୍ବ ପଛରେ ମଝି ଘରର ଠିଆମେଲା କବାଟର ଆଁ-ଛାଇ ପଡ଼ିଛି, ନନ୍ଦିକାର ଛଟପଟ, ଆକୁଳ ବିକଳ; ଭୋକିଲା କାମନା ରାକ୍ଷସର ଭୟଙ୍କର ପାଟିର ଆଁ ପରି। ଏ ଘରର ସମସ୍ତଙ୍କର ସୁଖ, ଆନନ୍ଦ, ଶାନ୍ତି ସତେକି ସେହି ଠିଆମେଲା ମଝିଘର ଗ୍ରାସ କରିବ, ମେଦିନୀ-ଥରା ଚିତ୍କାର ଛାଡ଼ିବ, ଗ୍ରାସିଲି, ଆସ ମନ୍ଥରା, ଏଇବାଟେ ଆସ।

ନନ୍ଦିକାର ଛାତି କମ୍ପି ଉଠିଲା। କି କର୍ମ କଲା ଏ ଲଳିତା, କାହିଁ ବୁଝିବ? ଆହା, ନିରିମାଖୀ ଜାଣେ ନାହିଁ।

ନନ୍ଦିକାର ପ୍ରତିବିମ୍ବର ମଳିନ ମୁହଁ ତିନିଜଣଙ୍କର ଦୃଷ୍ଟିରେ ପଡ଼ିଲା। ମୁହୂର୍ତ୍ତକରେ ଲଳିତା ମୁହଁକୁ ଢାଙ୍କିଲା ବଉଦ।

ଗୋଟିଏ ବର୍ଷ କଟିବାକୁ ବସିଲାଣି। ଏ ଘରେ ପାଦ ଦେଲା ଦିନୁ ସଉତୁଣୀ ସେ ଦେଖି ନାହିଁ। ନନ୍ଦିକାକୁ ଦେଖିଲେ ତା'ର ଆଦର, ସ୍ନେହ, ଯତ୍ନ ଦେଖିଲେ, ଆକଟ କଥା ଶୁଣିଲେ ସେ ଅନୁଭବ କରେ ଯେ ସେ ନନ୍ଦିକାର କନ୍ୟା, ନଣନ୍ଦ ଅବା ସାନ ଭଉଣୀ। ଅଳି କରି କୋଳରେ ମୁହଁଯାକି ଶୋଇଛି, ଅଭିମାନ କରି କାନ୍ଧରେ ମୁହଁ ଲଦି ରୁଷିଛି, ପିଠିରୁ ଘିମିରି ମାରିଛି, ଗୋଡ଼ ଘଷିଛି, ସେବା କରିଛି, ତାକୁ ସଜାଇଛି।

ତଥାପି ମନରେ ଈର୍ଷା ଜାଗିଲା, ନନ୍ଦିକା ଏ ଘରର ସର୍ବେସର୍ବା, ଆଉ ସେ, ଗୋଟିଏ ପରିଚାରିକା। ଭିତରେ ଭିତରେ ସେ ସନ୍ଦେହ ନିଆଁରେ ସନ୍ତୁଳି ହୋଇଥିଲା, କାହିଁକି ସ୍ୱାମୀ ସେ ଘରେ ପଶି ଗପ କରୁଛନ୍ତି, ଏତେ ଗପ ?

ନନ୍ଦିକା ଡାକିଛନ୍ତି, ଆଲୋ ଲଳିତା। ସନ୍ଦେହ ଦୂରେଇ ଯାଇଛି, ପୁଣି ଧାଇଁ ଧାଇଁ ଫେରି ଆସିବାକୁ। ରୋଗଣା ମୁହଁରେ ଗେଲ। ସନ୍ଦେହର ଅବକାଶ କାହିଁ ?

ବାପଘରେ ଝିଅ, ସପନରେ କୁହୁଡ଼ି ପହଁରେ। ଶାଶୁଘରେ ବୋହୂ, କୁହୁଡ଼ି ପରିବର୍ତ୍ତରେ ଦେଖେ ସରୋବର। ନିର୍ମଳ ନୀଳ, ତରଙ୍ଗ ଚଞ୍ଚଳ, ଶୀତଳ ଜଳ। କେବଳ ସେ ଅବଗାହେ ନାହିଁ, କଇଁ ଓ କମଳର ଉଜ୍ଜ୍ୱଳ ଉଚ୍ଛଳ ଦୋହଲା ହସ ଦେଖି ନୟନରେ ପୁଲକ ଜଗାଏ, ଆକଣ୍ଠ ପାନ କରି ତୃପ୍ତ ଭଲେ। ମନ ପୁଣି ଝୁରେ।

ଜାଣି ମଧ୍ୟ ଜାଣି ନାହିଁ ସତେ, ଶୋଷେଇଲା ନନ୍ଦିକାର ହସିଲା ଆଗ୍ରହ ପଛରେ ଛପିଲା ତତଲା ମରୁଭୂମି ହାହାକାର। ସେ ଅପା। କିନ୍ତୁ ଅପା ବି ତ ନାରୀ, ଯୁବତୀ! ଯେଉଁ ପ୍ରେମର ସରୋବର କୂଳରେ ଠିଆ ହୋଇ ଲଳିତାକୁ ସେ ପଠାଇଦେଇଛି, ଡହଳ, ବିକଳ, ଛଳଛଳ, କଜଳ ବୁହା ଆଖି ଦିଓଟି ତା'ର ସେଇ ସରୋବର ସଲିଳ ଆଡ଼କୁ ଚାହିଁ ରହିଛି।

ଆଜି ସେ ଅନୁଭବ କରିଛି, ସନ୍ଦେହର ଅରମା ତଳେ ଫଣା ଟେକିଲା ଈର୍ଷା। ସନ୍ଦେହ ଦୂରେଇଗଲା। ସହାନୁଭୂତି ଓ ସମବେଦନାର ନାଗେଶ୍ୱରୀ ଗୁମୁରିଉଠିଛି ମରମରେ। ଈର୍ଷା ମଥା ନୋଇଁଛି। ନିଜ କଲାକର୍ମ ପାଇଁ ନନ୍ଦିକାକୁ ସେ ଅନୁତାପ କରିବାକୁ ସେ କେବେ ଛାଡ଼ିଦେବ ନାହିଁ। ଅପାର ଆଭରଣ ତଳେ ସପତ୍ନୀର ଆତ୍ମତ୍ୟାଗ ଓ ବଡ଼ିମା ତା'ର ମନରେ ସପତ୍ନୀର ଭାବ ଆଣିବ। ଏହା ସେ ସହିପାରିବ ନାହିଁ।

ନନ୍ଦିକା ତା'ର ଅପା ନୁହେଁ; ନନ୍ଦିକା ତାର ଲୋକଧାରଣାର ସଉତୁଣୀ ନୁହେଁ, ସେ ତା'ର ସଙ୍ଗିନୀ। ହାତ ଧରାଧରି ହୋଇ ଦିହେଁ ଚାଲିବେ ଏକ ସଙ୍ଗରେ। ନନ୍ଦିକାର ରକ୍ତମାଂସର ଦେହ ତଳେ ନିଜେ ସେ ନିଜକୁ ଅନୁଭବ କରିବ। ମଝିଘରର କବାଟ ଖୋଲିଛି, ଛାତିତଳର ଛପିଲା ସନ୍ଦେହ ଓ ଈର୍ଷାର ଯାଉଁଳି କବାଟ ଖୋଲିଛି। କେଉଁ ଘରଟି ନନ୍ଦିକାର ଆଉ କେଉଁଟି ଲଳିତାର? କେଉଁ ସ୍ୱାମୀଟି ତା'ର, ଆଉ କେଉଁଟି ନନ୍ଦିକାର?

ଲଳିତାର ପ୍ରତିବିମ୍ବ ହସି ଉଠିଲା। ନନ୍ଦିକାର ଓଠକୁ ଡେଇଁଲା ସେ ହସ। ସୁନନ୍ଦର 'କା' ମୁଗ୍ଧ ହୋଇ ଚାହିଁ ରହିଲା।

ନନ୍ଦିକା କହିଲା, ଆଲୋ ଲଳିତା, ତାଙ୍କୁ ସିନା କହିବା ନାହିଁ, ତାଙ୍କ 'କା'କୁ କହିଲେ ଦୋଷ ହେବ ନାହିଁ।

ଲଳିତା କହିଲା, ଭଲ ତ। ଆଗୋ କା, ସେ ପଛେ କଟକ ଯାଆନ୍ତୁ, ତୁମେ ଥା।

ସୁନନ୍ଦ ବୁଲିପଡ଼ି ଦୁଇଜଣଙ୍କର ହାତ ଧରିଲା। ହସି ହସି କହିଲା, ମୋର କଟକ ଯିବା ନ ହେଲା। କା ରହିଲେ ମୁଁ ରହିଲି; କିନ୍ତୁ ଶୁଣେ, ତମ ଦୁହିଁଙ୍କର ଆଜି କଅଣ ହେଇଛି? ଦିହେଁ ଦିଶୁଛ ଶୁଖିଲା। ଶୁଖିଲା ମୁହଁରେ ପୁଣି ହସ ଫାଟିପଡୁଛି। ଅଭିମାନ କାହିଁକି?

ଲଳିତା କହୁ।

ନନ୍ଦିକା କହୁ।

ଏ କ'ଣ ସେ ପରା ତୁମର ଅପା?

ଆଉ ସେ କଥା ଚଳିବ ନାଇଁ। ଆଜିଠୁଁ ସେ ଡକା ଗଲା। ଅପା ହେଇ ମତେ ସେ ଦହଗଞ୍ଜ କରାଉଛି। ସେଥିପାଇଁ ମଝିକବାଟ ଖୋଲିଲା। ସେ ମୋର ସାହା, ସେ ମୋର ସାଥୀ।

ଏ କଅଣ କହୁଛୁ ଲଳିତା? ମୁଁ ତୋଠୁ ଆଠ ବରଷ ବଡ଼, ଜାଣୁ ତ? ମୁଁ ତୋ'ର ଅପାଟି!

ନା, ନା, ନା ଦୁହିଁଙ୍କର ବୟସ ଆଜିଠାରୁ ସମାନ ହେଲା। ତୁ ମୋର 'ସା' ତାଙ୍କ ନାମରୁ ତୁ ନେଇଛୁ ପଛ ଦି ଅକ୍ଷର। ସେଇଥିପାଇଁ ସେମାନେ ଡାକନ୍ତି ନନ୍ଦୀ ବୋଲି। ତୋ ନାମରୁ ଗୋଟିଏ ଅକ୍ଷର ମୁଁ ନେବି। ମୁଁ ହେବି ତୋର 'କା'। ସେଇ ନାମରେ ତୁ ଏଣିକି ମତେ ଡାକିବୁ ଲୋ ମୋର 'ସା'।

ବାଇଆଣୀ ହେଲୁ ?

ନାଇଁ ତ !

ମୋର ସଉତୁଣୀ ହେବୁ ?

ଊହୁଁ, 'କା'।

ଛି, ଲୋକେ ହସିବେ।

ତା' ବୋଲି ମୁଁ କାନ୍ଦିବି ?

ତୋ ଆଖିର ଲୁହ ମୁଁ ସହିପାରିବି ନାହିଁ।

ତୋ ଆଖିର ଲୁହ ମୁଁ ସହିବି କେମିତି ?

ସୁନନ୍ଦ ତନ୍ମୟ ହୋଇ ଚାହିଁଥିଲା। କହିଲା ମୁଁ ତାର ସମାଧାନ କରିଦେଉଛି। ନନ୍ଦିକାର କାନ ପାଖରେ ବୋକ ଦେଇ କହିଲା, ତମେ ଆଜିଠୁ 'ସା' ହେଲ ! ମୁହଁ ବୁଲାଇ ଲଳିତାକୁ ଗେଲ କଲା। କହିଲା, ଆଉ ତମେ ହେଲ ତାଙ୍କ 'କା'। ମୁଁ ବୋଉକୁ ଜଣାଇଦିଏ।

ଲାଜ ନାହିଁ କି ? ନନ୍ଦିକା ପଚାରିଲା।

ସରମ ନାହିଁ ? ଲଳିତା ଜିଜ୍ଞାସିଲା।

ସୁନନ୍ଦର ମୁଣ୍ଡହଲାଦେଲା ଦୁଇଟି ପ୍ରଶ୍ନର ଉତ୍ତର। ସେ ଚାଲିଲା ବୋଉଙ୍କ ପାଖକୁ।

ତା'ଆଗରେ ତୁହିନାଙ୍କର ଛାୟାଛବି। କାନରେ ବାଜିଯାଉଛି ତାଙ୍କର କଥା। ଯାହା ସେ ନିଜେ କରିବାକୁ ସାହାସ କରିନଥିଲା, ସେ କଥା ହୋଇଛି। 'ସା' କରିଛି କି 'କା' କରିଛି ସେ ଜାଣେ ନାହିଁ। ଅନୁଭବ କରୁଛି, ତା'ର ମର୍ତ୍ତ୍ୟର କୁଟୀରକୁ ଓହ୍ଲାଇ ଆସିଛି ସ୍ୱର୍ଗର ସୁଷମା। ତା'ର ଦିଓଟି ସାଥୀ, ଜୀବନସଙ୍ଗିନୀ। ଦୁହିଁଙ୍କର ହାତଧରି ସେ ଚାଲିବ ଜୀବନପଥରେ। ଦିହେଁ ତା'ର ସା ଓ କା, ସାକା। ଦିହେଁ ତାର ଦୁଇ ସଖୀ ଦୁଇ ଆଖି !

ଘରେ ଘରେ ସଭା ବସିଛି।

ମାଇପୀ ମହଲରେ ଚର୍ଚ୍ଚା,- ସେମାନେ ବେହେଲ, ଛୋପରୀ, ଫୁଲେଇ। ଦେଖେଇ ହେଉଛନ୍ତି ଗୋ, ଭଲେଇ ହେଉଛନ୍ତି। ଓହୋ, ସା ପୁଣି କା ! ନୁଣ ଖାଏ ହାଣ୍ଡି। ମନ ଭିତରେ ତାଙ୍କୁ ସେମିତି ଈର୍ଷା ଖାଉଛି। ଦେଖିବ ରହ। ଦିନେ ପୁଣି ଧରାପରା ହୋଇ ଦାଣ୍ଡକୁ ଆସିବେ। ଲକ୍ଷ୍ମୀ ସରସ୍ୱତୀ ସହିପାରି ନାହାନ୍ତି, ରହିପାରି ନାହାନ୍ତି, ଏମାନେ କେତେର କେତେ ?

ଲଳିତା ପଚାରିଲା, ଶୁଣିଛୁ କନିଙ୍କ କଥା !

ନନ୍ଦିକା କହିଲା, ଲୋକଙ୍କର ଦୋଷ ନୁହେଁ, ଲୋ ଯାହା ସଂସାରରେ ଘଟେ ସେଇଆ ସେମାନେ କହୁଛନ୍ତି। କେତେ ଦୃଶ୍ୟ ସେମାନଙ୍କ ଆଖି ଆଗରେ ଠିଆ ହେଉଥିବ। ଆମର ସମ୍ବନ୍ଧ, ଆମର ଚଳନ ତାଙ୍କୁ ନୂଆ ଲାଗିବ। ସେମାନେ ଯାହା କହୁଛନ୍ତି ହସି ଉଡ଼ାଇ ଦେବାର ନୁହେଁ। ବରଂ ସବୁ ଶୁଣି ଧୈର୍ଯ୍ୟ ଧରି, ବିଚାର କରିବାର କଥା। ଯେମିତି ସେମାନେ ତାଳି ମାରିବାର ସୁଯୋଗ ନ ପାଆନ୍ତି ସେଥିକି ସାବଧାନ ହେବା।

ନନ୍ଦିକା ଲଳିତାର ମୁଣ୍ଡ ବାନ୍ଧୁଛି। ବେଳ ରତରତ ହେଲାଣି। ଆଜି ପୁନେଇଁ ଆକାଶରେ ମେଘ ଫଉଜ ମାଡ଼ି ଚାଲିଛି। ଦିନସାରା ସ୍ୱାମୀଙ୍କ ସଙ୍ଗେ କାହାରି ବେଶୀ ସମୟ ଦେଖା ହୋଇନାହିଁ। ସକାଳୁ ଉଠି ବିଲବାରୀ ଦେଖିବାକୁ ଯାଇଥିଲେ, ଫେରିଲେ ଗାଧୁଆବେଳେ। ଗଣ୍ଡାଏ କ'ଣ ଖାଇଦେଇ ସେ ସଙ୍ଗେ ସଙ୍ଗେ ପୁଣି ବାହାରିଗଲେ ପଦାକୁ। ଗାଆଁରେ ସଭା ହେଉଛି। କୋଠଚାଷ କରାହେବ। ଭୂଦାନ ଯଜ୍ଞ ସମ୍ବନ୍ଧରେ ବିଚାର ପଡ଼ିଛି। ସେ ସେଇଠି ଅଛନ୍ତି। କେତେବେଳେ ଫେରିବେ କେଜାଣି।

ନନ୍ଦିକାର କଥା ଲଳିତାର ମନରେ ଭେଦିଲା। ସେ ଉତ୍ତର ଦେଲା ନାହିଁ। ଦୀର୍ଘଶ୍ୱାସ ଛାଡ଼ିଲା।

ଗତ ରାତି ନିଜ ଅନୁଭୂତିର କଥା ଭାବି ଲଳିତା ବିଚଳିତ ହେଲା।

କାହାନ୍ତି ସେ ?

ଅଣ୍ଡାଳିଲେ ଅନ୍ଧାରରେ ହାତ ହତାଶ୍ ହେଉଛି। ଘର ଅନ୍ଧାର କଲା କିଏ ? ଆଖି ଖୋଲିଲେ ଦିଶୁଛି, ଝରକା ସେ ପାଖର ଫିକା ଆଲୁଅ। ଛାତିରେ ନିଶ୍ୱାସ ଅଟକିଯାଇଛି। କୋହ ଉଠୁଛି। ଯାହା ନିରାଟ ସତ୍ୟ, ବିଶ୍ୱାସ କରିବାକୁ ମନ ରାଜି ହେଉନାହିଁ। ଭଲପଣିଆ ହେଉ, କି କ୍ଷଣିକ ଉତ୍ତେଜନା ହେଉ, ଯାହା ସେ ନିଜେ ଭେଇଛି ମ ସହିପାରୁନାହିଁ।

କାନ ପାରୁଛି। ନୀରବ ନୁହେଁ ତ ରଜନୀ ଝିଙ୍କାରିର ଅଛିଣ୍ଡା ଶବଦ କାନରେ ବାଜୁଛି। ମୁଣ୍ଡ ହେଉଛି ଝାଇଁ ଝାଇଁ। ଲଳିତା ଉଠି ବସିଲା। ଦୋହଲି ଉଠିଲା ପଲଙ୍କ। ଶବଦ ହେଲା। ଭୟରେ ସେ ହେଲା ନିଶ୍ଚଳ। ସତେକି ଉଠି ପଦାକୁ ଯିବାର ଅଧିକାର ବି ତା'ର ନାହିଁ। ସେ ଚୋରଣୀ। ସେମାନଙ୍କର ନିଶ୍ଚିନ୍ତ ନିଦ ଭାଙ୍ଗିଯିବ। ପଚାରିଦେବ ନନ୍ଦିକା, କିଏ ସେ ? କି ଉତ୍ତର ଦେବ ?

ଲଳିତା ବସିଲାଠାଣୀରେ ମୁଣ୍ଡ ନୋଇଁଲା। ମନେପଡ଼ିଲା, ସେ ନିଜେ କହିଥିଲା, ଶୁଣିଲଣି,ମୋ ସା ପରା ତଳେ ଶୋଇ କାନ୍ଦି କାନ୍ଦି ଆଖି ଫୁଲେଇଥିଲା, ସେ ଏକା ରହିଲେ ତାକୁ ରୋଗଣା ଦୁର୍ବଳ ମନରେ ଦୁଃଖ ଆସୁଛି। ତମେ ଯାଅ, ନଇଲେ ମୁଁ ଯାଉଛି ତା' ପାଖରେ ଶୋଇବି। କେତେ ଗପ ସେ ଜାଣେ ଗୋ !

ମତେ ଭାରି ନିଦ ମାଡୁଛି। କାମ କରି ଦିନଯାକ ମୁଁ କ୍ଳାନ୍ତ। ଗଳ୍ପ ଶୁଣିବାକୁ ମୋର ଆଗ୍ରହ ନାହିଁ। ମୁଁ ଏଇଠି ଶୋଉଛି ଲଳିତା, ତମେ ଯାଅ, ତମ ସା ପାଖରେ ଶୋଇ ଗପ ଶୁଣିବ।

ସା ଅଛି ରୋଷଘରେ। ସଜଡ଼ା ସଜଡ଼ି କରି, ତାଲା ପକାଇ ଆସୁଆସୁ ତା'ର ଘଣ୍ଟାଏ ଯିବ। ତମେ ନିଶ୍ଚିନ୍ତରେ ଶୋଇପଡ଼ିବ, ଆସ। ଆସ -।

ଅବାଧ୍ୟ ଅଝଟ ପିଲାର ହାତ ଧରି ମା ଚାଟଶାଳୀକୁ ନେଲା ପରି ସୁନନ୍ଦର ହାତଧରି ସେ ଆର ଘରକୁ ନେଇଥିଲା। ଅସ୍ୱାଭାବିକ ବୀରତ୍ୱ ଦେଖାଇ ଫେରି ଆସିଥିଲା ନିଜ ଘରକୁ। କବାଟ କିଳି ଆଲୁଅ ଲିଭାଇଲା। ଖଟ ଉପରେ ପଡ଼ି କେବଳ ଥରିବାକୁ ଲାଗିଲା। କଅଣ ସେ କରିଛି ? ଭଲ କି ମନ୍ଦ ? ମନକୁ ବୋଧଦେଲା, ସେ ତ ପର ନୁହେଁ, ସେ ମୋର କାହିଁକି। ମୁଁ ସ୍ୱାର୍ଥପର ହେବି ?

କ୍ଳାନ୍ତ ଆଖିପତାକୁ ଅଜାଣତରେ କେତେବେଳେ ମାଡ଼ିବସିଲା ନିଦ। ସପନ ଦେଖିଲା, କେଡ଼େ ଭୟଙ୍କର ! ନିଦ ଭଙ୍ଗିଲା। ହାତ ବୁଲିଲା ପଲଙ୍କ ଉପରେ। ଯାହାକୁ ଖୋଜିଲା ସେ ନାହାନ୍ତି।

ଧୀରେ ଧୀରେ ପଲଙ୍କ ଉପରୁ ଓହ୍ଲାଇଲା ତଳକୁ। ଗୋଡ଼ ଚିପି ଚିପି ଝରକା ପାଖକୁ ଗଲା। ଚାହିଁଲା ବାହାରକୁ। ଜହ୍ନ ମଥା ଉପରୁ ତଳକୁ ଗଡ଼ିଲାଣି। ମେଘ ସଙ୍ଗେ ତା'ର ଲୁଚକାଳି ଖେଳ। ଈର୍ଷା, ସ୍ୱାର୍ଥପରତା, ଭୟ, ନିରାଶା ଓ ଅଭିମାନର ଉହାଡ଼ରେ ଚଞ୍ଚଳ, ଅଧୀର, ଅନିଶ୍ଚିତ, ଦୋହଲା, ଦୁଗୁଣିଆ ମନର ଲୁଚକାଳି ଖେଳ ପରି। ଆଲୁଅ ଛାଇ। ଆଶାୟୀ ସବୁଜ ପ୍ରକୃତି ଅନାଇଁ ରହିଛି। ଅଳସ ଅଙ୍ଗ ଆହ୍ଲୁଳାଇ ଆମନ୍ତ୍ରଣ କରୁଛି ଆଲୋକକୁ ଅଥବା ଅସରାକୁ।

ଲଳିତା ଅନାଇଁ ରହିଲା। ଅଜାଣତରେ ଆଖିରୁ ଲୁହ ଗଡ଼ିଲା। ମୁହଁ ଫେରାଇଲା। ମଝିଘରର କବାଟ ଠିଆ ମେଲା। ଯନ୍ତ୍ରଚାଳିତ ପରି ଟଳି ଟଳି ଆସିଲା। ଛାତି ଦାଉଁ ଦାଉଁ। କି ଅନ୍ୟାୟ ସେ କରିବାକୁ ଆଗଭର ? ହାତ ହେଉଛି ମୁଠା ମୁଠା। ନନ୍ଦିକାର ତଣ୍ଟି ଖୋଜୁଛି। ଯେଉଁ ନନ୍ଦିକାର ପ୍ରାଣ ବଞ୍ଚାଇବାକୁ ସେ ଜୀବନ ପଣ କରି ସେବା କରିଥିଲା ସେହି ନନ୍ଦିକାର ଜୀବନ ସେ ନେବ ? ସେ ତା'ର ସା ନୁହେଁ, ସେ ତା'ର ସଉତୁଣୀ, ଶତ୍ରୁ, ଦୁଃଖ !

ହାତ ବାଜିଲା ଆଲମାରୀରେ। ଶବଦ ହେଲା। ଭୟରେ ସେହି ଆଲମାରୀକୁ ଆଉଜି ଠିଆ ହେଲା। ଗୋଡ଼ ଥରୁଛି, ଛାତି ପଡୁଛି ଉଠୁଛି। ମୁଣ୍ଡ ଭ୍ରମୁଛି। ପିଣ୍ଡରୁ ପ୍ରାଣ ଛାଡ଼ିଲା ପରି ଲାଗୁଛି। ନିଶ୍ୱାସର ଶବଦ କାଳେ ସେମାନଙ୍କ କାନରେ ବାଜିବ? ରୋକି ରୋକି ନିଶ୍ୱାସ ଛାଡୁଛି ଲଳିତା। ଆଗକୁ ପାଦ ପକାଇ ପାରୁନାହିଁ। ଫେରିଯିବାକୁ ମନ ହେଉଛି, ଇଙ୍ଗିତ ଭିତରୁ କିଏ ଡାକ ଦେଉଛି, ଛି, ଛି, କା!

ସେ ଘରର କବାଟ ବନ୍ଦ?

ହାତ ବଢ଼ାଉଛି। ଅନୁଭବ କରୁଛି, ବନ୍ଦ ନୁହେଁ, ଆଉଜା। ହାତ ବାଜି କବାଟ ଖୋଲିଲା, ଅଳପ। ସତେ କି ସେ ମୂର୍ଚ୍ଛିତ ହେବ। ପଲଙ୍କ ଉପରେ ଧୋବ ଫରଫର ମଶାରି। ଅନ୍ଧାର ଘର। ଦୁଇଟି ପ୍ରାଣୀଙ୍କର ନିଶ୍ଚିନ୍ତ ନିଦର ସୂଚନା ଦେଉଛି ସମତାଳ ନିଶ୍ୱାସ।

ଚମ୍ପା ଫୁଲର ମନହଜା ମହକ।

ସେ ବି ଯିବ।

ଏରୁଣ୍ଡ ଡେଇଁବାକୁ ଗୋଡ଼ରେ ବଳ ନାହିଁ। ପଛ ଆଲମାରୀ ଭିତରୁ ସ୍ଥିର ଦୃଷ୍ଟିରେ ଚାହିଁ ରହିଛନ୍ତି ପିତୁଳା ଦିଓଟି। ସତେ କି ସେମାନେ ଲଳିତାର ମନକଥା ବୁଝିପାରିଲେଣି। ଝିଟିପିଟିର ଟିକ୍‌ଟିକ୍। ପଚାରି ଉଠୁଛି, ତେଣେ କୁଆଡ଼େ? ପିତୁଳାଗୁଡ଼ିକ ବି ଡାକ ଛାଡ଼ିବେ, ତେଣେ କୁଆଡ଼େ?

କଡ଼ ମୋଡ଼ିବାର ସଙ୍କେତ, ଦୀର୍ଘଶ୍ୱାସ!

ଏଥର ସେ ଉଠିବ। ପଚାରିବ, କିଏ? ଓ, 'କା', କଅଣ କି? ଆରେ, ଥରୁଛୁ କାହିଁକି? ଏଁ, କାନ୍ଦୁଛୁ ଯେ? ସହିପାରୁନୁ? ଜାଣେ, ମୁହଁଟାଣ ତୋ'ର ଭାଙ୍ଗିବ, ଅଭିମାନ ଓ ଈର୍ଷା ଭଲପଣିଆର ପରଦା ଉହାଡ଼ରୁ ହାତ ଧରାଧରି ହୋଇ ବାହାରି-ପଡ଼ିବେ। ଜାଣେ, ସହିପାରିବୁ ନାହିଁ। ମୁଁ ବି ସହିପାରି ନ ଥିଲି। ନିଜର ଦୃଢ଼ତା ଉପରେ ମୋର ଆସ୍ଥା ନ ଥିଲା। ନିଜ ଉପରେ ବିଶ୍ୱାସ କରି ମଝି କବାଟ କିଳିଥିଲି। ପ୍ରହରୀ ମୋର ସେଇ କୋଳପ। ସାତ ତାଳ ପଙ୍କ ତଳେ ଲୁଚାଇଥିଲି ଚାବି।

ଲଳିତା ନିଶ୍ଚଳ। କିଏ କହୁଛି?

ନନ୍ଦିକା ନିଶ୍ୱାସ!

ମୁଁ ପାରିବି ଲୋ ଲଳିତା, ମୁଁ ତୋର 'ସା' ନୁହେଁ, ତୁ ମୋର 'କା' ନୋହୁ। ମୁଁ ତୋର ସଉତୁଣୀ ନୁହେଁ, ମୁଁ ତୋର ଅପା, ଅପା! ଚାଲିଆ ଏଠିକି? ମୁଁ ଯାଉଛି ସେ ଘରକୁ। କବାଟ କିଳା ହେବ, ପୁଣି ପଡ଼ିବ ତାଲା। ପୁଣି ମୁଁ ତଳେ ଲୋଟିବି। କାନ୍ଦିବି। ତୋ'ର କି ଥାଏ? ଚାଲିଆ-

ଚାଲିଆ- !

ବାଇଆଣୀ ପରି ଲଳିତା ଚାଲିଆସିଲା। ନିଜର ତକିଆରେ ମୁହଁ ମାଡ଼ି କୋହ ଚାପି କହିଲା ନାଇଁ, ନାଇଁ, ମୁଁ ତୋ ପରି ଦୁର୍ବଳ ନୁହେଁ, 'ସା', କବାଟରେ ତାଲା ପଡ଼ିବ ନାହିଁ, ତାଲା ପଡ଼ିବ ମୋ ମୁହଁରେ।

ଦୁହିଁଙ୍କର ମୁହଁରେ ତାଲା ପଡ଼ିଛି।

ମୁହଁ ଖୋଲିଲେ ଦୁହିଁଙ୍କରୁ ତୁଣ୍ଡରୁ ବାହାରେ ଯେଉଁ ଭାଷା, ସେଥିରୁ କେବଳ ଝରିପଡ଼େ ପରସ୍ପର ପ୍ରତି ସ୍ନେହ, ସହାନୁଭୂତି ଓ ବ୍ୟାକୁଳତା। ଲୋକେ ଶୁଣି ବିସ୍ମିତ ହୋଇ ପରସ୍ପରକୁ ଅନାଇ ରହନ୍ତି। ଜଣକୁ ନ ଦେଖିଲେ ଆର ଜଣକ ଛୁଆଖାଇ ବିଲେଇ ପରି ହୁଏ। ଜଣକ ତୁଣ୍ଡରେ ଆର ଜଣକ ଆଧାର ନ ଦେଲେ ନିଜେ ଖାଏ ନାହିଁ। କ୍ଷୀରନୀର ପୀରତି। ଧନ୍ୟ ଧନ୍ୟ। କଳିଯୁଗରେ ତ ସାତ ସପନ, ସତ୍ୟଯୁଗରେ ବି ସମ୍ଭବି ନ ଥିବ।

ସୁନନ୍ଦ କେବେଠାରୁ କଟକ ଚାଲିଗଲାଣି। କାମକାର୍ଯ୍ୟର ଭିଡ଼ ପାଇଁ ସହଜରେ ସେ ଘରକୁ ଫେରି ପାରେନାହିଁ। ଦଶରା ପାଖେଇ ଆସିଲା। ଏ ଭିତରେ ଯେଉଁ ଥରେ ଅଧେ ଆସିଥିଲା, ଘରେ ଦୁଇ ଦିନରୁ ତିନି ଦିନ ସେ ରହି ନାହିଁ। କାହାକୁ ସେ ପାତର ଅନ୍ତର କରି ନାହିଁ। ଦିହେଁ ତା'ର ପତ୍ନୀ, ଦିହେଁ ସମାନ। କାହାରି ଶୁଖିଲା ମୁହଁ ସେ ଦେଖିନାହିଁ। ଜଣଙ୍କ ମୁହଁରୁ ଶୁଣେ ଆରଜଣର ପ୍ରଶଂସା। ମାଆଙ୍କ ମୁହଁରୁ ଶୁଣେ ଦୁହିଁଙ୍କର ପ୍ରଶଂସା, ତମରି ସୁଖ ଆନନ୍ଦ ହସମୁହଁ ଦେଖି ତମରି ପ୍ରଶଂସା କାନରେ ଶୁଣି,ମୋର ପ୍ରାଣ ଯାଉରେ ବାପ, ଏତିକି ମୋର ଲୋଡ଼ା।

ବୁଢ଼ୀ ଦିନୁଦିନ ଅଚଳ ହେବାକୁ ଲାଗିଲାଣି। ବୟସ ସେପରି ଅଧିକ ହୋଇନାହିଁ, ତଥାପି ମୁଣ୍ଡର କେଶ କେରିକ ଧୋବଲା ହେଲାଣି, ଦାନ୍ତ ଗଳିପଡ଼ିଲାଣି, ଆଖିରେ ମାଡ଼ିଲାଣି ପରଳ। ଗୋଡ଼ହାତ ଥରୁଛି। ଚାଲିଲେ ଲାଗୁଛି ସତେ କି ଟଳିପଡ଼ିବେ। ବୋହୂ ଦିହେଁ ଓ କନି ହାତ ଧରି ଚଳପ୍ରଚଳ କରାଉଛନ୍ତି। ଲଳିତାର ସେବା ଯତ୍ନ ଦେଖି ସେ ପ୍ରୀତ ହୋଇଛନ୍ତି। କଥା, ବରଷକର ବୋହୂ, ନନ୍ଦିକାକୁ ସେ କେତେ ଗୁଣରେ ଟପିଯିବଟି ! ମା' ନ ଥିଲା ଝିଅ, କାହାଠୁ ଶିଖିଲା ଏତେକଥା ? ଭଲ ଘରର ଝିଅ, ଭଲ ଗାଆଁର ଝିଅ !

ନନ୍ଦକା ତହୁଁ ବଳି, ନିର୍ମାୟା ନିରିମାଖି। ଲଳିତାକୁ କୋଳରେ ପୂରେଇ ଶୁଏ ଗୋ, ଗୋଡ଼ ବି ଆଉଁସେ ଶୋଇଲା ଝିଅଟାର। ବଡ଼ ସାନ ଜ୍ଞାନ ନାହିଁ। ପର ଆପଣା

ଭେଦ ନାହିଁ। ଲୋକ ପଠେଇ ଚିଠି ଲେଖି ଲଳିତାର ଭାଇକୁ ସେ ଡକାଇ ଆଣିଥିଲା। ସଙ୍ଗରେ ଆସିଥିଲେ ଦୁଇଟି ପୁତୁରା। ସାତଦିନ ସେ ରହିଲେ। ଗଲାବେଳକୁ କହିଗଲେ, କିଏ ଲଳିତା, କିଏ ନନ୍ଦିକା, ମୁଁ ଜାଣିପାରିଲି ନାହିଁ ମାଉସୀ। ଦିହେଁ ମୋର ଭଉଣୀ, ନନ୍ଦିକା ଆଗ, ଲଳିତା ପଛ। ଏକାସଙ୍ଗେ ଦୁହିଁଙ୍କୁ ମୁଁ ନେଇଯିବି ତାଙ୍କ ଭାଉଜଙ୍କ ପାଖକୁ, ଏଇ ଦଶହରାକୁ।

ତମ ଭଉଣୀ ସେ ଦିହେଁ, ନେବାକୁ କଣ୍ଟ ପଠେଇଲେ କିଏ ମନାକରିବ ପୁଅ ?

ଭାଉଜ ଓଜନିଆ ବଡ଼ ଲଫାପାଟି ଖୋଲିଦେଇ କାବା ହେଇ ଅନେଇ ରହିଥିବେ। ଚିଠି ଖଣ୍ଡିକ ଅତି ଛୋଟ, ନନ୍ଦିକା ଲେଖିଥିଲା, ଲଳିତା ମୋର ପ୍ରାଣରୁ ଅଧିକ। ଘରକଥା ଭାବି ସେ ଯଦି ଆଖିରୁ ଲୁହ ଗଡ଼େଇବ, କେମିତି ମୋ ଆଖି ଶୁଖିଲା ଠାଉ ଠାଉ ରହିବ, ଭାଉଜ? ଆମକୁ ତମେ କ'ଣ କନ୍ଦେଇବ କି? ଏତିକି ଟଙ୍କାରେ ଯଦି ବନ୍ଧାଜମି ଓ ବନ୍ଧାଗହଣା ନ ମୁକୁଳେ, ତମକୁ ମୋ ରାଣ, ଆଉ କେତେ ଲୋଡ଼ା ନିଶ୍ଚୟ ଲେଖିବ। ନଇଲେ, କଣ୍ଟ ପଠାଇ ଚାହିଁ ବସିଥିବ କହୁଛି, ଯେତେ ଅଧାର ଯାଚିଲେ, ଯେତେ କଅଁଳେଇ ଡାକିଲେ, ପିଡ଼ାରେ କାଉ ନ ବସେ।

ଭାଉଜ ଲେଖିଲେ, ହଜାର ଟଙ୍କା, ଯାହାକୁ ଯେତେ। ସେତିକି ହେବ। ତମେ ମୋର ଆଗ, ଲଳିତା ଯେ ପଛ। ଆଗରୁ କହୁଛି ବୋଲି ହସିବ ନାହିଁ, ହେଲେ ନଣନ୍ଦର ଧାରୁଆ ହୋଇ ରହିବି ନାହିଁ। ଯେବେ ହେଲେ ଶୁଝିବି।

ଆଲୋ, ସା!

କଅଣ କି ଲଳିତା, ତୁ କାନ୍ଦୁଛୁ? ମୋ ଭାଉଜ ମୋ ପାଖକୁ ଚିଠିଟି ଦେଇଛି। ତୋ ହାବୁଡ଼େ କେମିତି ପଡ଼ିଲା ଲୋ 'କା'?

ଲଳିତା ଆଖି ପୋଛି କହିଲା, ମୋ ଭାଉଜ ମୋ ପାଖକୁ ଯେଉଁ ଚିଠି ଦେଇଥିଲେ ତୁ ତାକୁ ନିଶ୍ଚେ ପାଇ ପଢ଼ିଛୁ।

ହଁ ଲୋ, କେବେଠୁଁ। ମତେ ତୁ ଲଚେଇଥିଲୁ କାହିଁକି?

ଲଳିତା ତୁନୀ ରହିଲା।

ନନ୍ଦିକା କହିଲା, ଏଡ଼େ କପଟୀ ତୁ? ଚାବି ନେଇ ନିଜେ ବାକ୍ସ ଖୋଲି ଟଙ୍କା କାଢ଼ି ପଠେଇ ଦେଲୁନାହିଁ। ସେମାନେ ଦୁଃଖ ପାଇବେ, ଆଉ ଆମ ବାକ୍ସରେ ଟଙ୍କା ସଜଡ଼ା ହେଇ ରହିଥିବ?

ତୁ ତାଙ୍କୁ ପଚାରିଛୁ 'ସା' ?

କାହିଁକି ପଚାରିବି ? ଜାଣୁ, ପଚାରିଥିଲେ ସେ ମନରେ ଦୁଃଖ କରିଥାନ୍ତେ। ଏ ଧନ ମତେ ଦେଇଥିଲେ, ମୁଁ ସାଇତି ରଖିଛି ତୋ'ରି ପାଇଁ।

ଲଳିତା ଦୀର୍ଘଶ୍ୱାସ ଛାଡ଼ିଲା।

ବୁଝିପାରିବୁ ନାହିଁ 'କା' ତୋ'ରି ପେଟରେ ପିଲାଟିଏ ଦେଖିଲେ ମୋ ଆଖି ପବିତ୍ର ହେବ। ଯାହା ମୁଁ ସାଇତି ରଖିଛି, ସବୁ ହେବ ତାଆରି। ତୁଇ ରଖିବୁ ତାଆରି ପାଇଁ। ଆଉ ବେଶିଦିନ ମୁଁ ବଞ୍ଚିବି ନାଇଁ ମ !

ଲଳିତା ବିଚଳିତ ହେଲା। ଆଖିରୁ ଲୁହ ପୋଛି କହିଲା, ଛି, ଏମିତି କଥା କାହିଁକି ତୁଣ୍ଡରେ ଧରୁଛୁ ?

ମତେ ସେମିତି ଲାଗୁଛି। ଦେହ ଭଲ ଲାଗୁନାହିଁ। ଛାତି ଥର ଥର ହୋଇ କମ୍ପୁଛି। ବେଳେବେଳେ ମୁଣ୍ଡ ଝାଇଁ ଝାଇଁ ହେଉଛି। କାନ ଭାଁ ଭାଁ। କେତେବେଳେ ଆଖି ଆଗରେ ସବୁ ଦିଶୁଛି, ଅନ୍ଧାର। ରାତିରେ ସପନ ଦେଖୁଛି, କେମିତି ମୋର ବାହାଘର ହେଉଛି କାନ୍ଦବୋବାଳି ପଡ଼ିଛି ବିଦାବିଦିବେଳେ, ସବାରୀରେ ମୁଁ ବସୁଛି, ସେମାନେ ମତେ କୁଆଡ଼େ ନେଇ ପଳାଉଛନ୍ତି। ହେଇଟି ମୁଣ୍ଡ ଝାଙ୍କି ଦେଲା।

ଲଳିତା କାନ୍ଧ ଉପରେ ନନ୍ଦିକା ମୁଣ୍ଡ ରଖିଲା। ଆଖି ବୁଜିଲା। ଲଳିତା ତାକୁ କୁଣ୍ଢାଇ ଧରିଲା। ଦେହ ଥରୁଛି। ଛାଇନେଉଟାବେଳ। ବାହାରେ ଖରା। ଖଞ୍ଜାରେ ଆଉ କେହି ନାହିଁ। କନି କୁଆଡ଼େ ଛୁ। କାହାକୁ ଡାକିବ ?

ନନ୍ଦିକା ଆଖି ଖୋଲିଲା। ମୁଣ୍ଡ ଟେକିଲା। କାହିଲା, ଡରିଲୁ କି ? କେବେ କେବେ ଏମିତି ହେଉଛି, ଆପେ ପୁଣି ଭଲ ହେଉଛି।

ତୁ ଟିକିଏ ଶୋଇପଡ଼।

ନନ୍ଦିକା ଲଳିତାର କଥା ମାନିଲା।

ଲଳିତା ପଚାରିଲା, ଦେହ ଏମିତି ଖରାପ ହୋଇଛି ବୋଲି କେବେ କହୁନୁ 'ସା' ! କବିରାଜଙ୍କୁ ଡକାଇବି ?

ନାଇଁ।

ତାଙ୍କୁ ଚିଠି ଲେଖୁଛି, ସେ କଟକରୁ ଡାକ୍ତର ନେଇଆସନ୍ତୁ। ରୋଗ ବଳେଇ ପଡ଼ିଲେ ଆଉ ହାତଗୋଡ଼ ପାଇବ ନାହିଁ। ଯେତେ ମନା କଲେ ତୁ ଚୁଲି ପାଖକୁ ଯାଉଛୁ।

ତୋତେ ମୋ ରାଣ, ତାଙ୍କୁ କିଛି ଲେଖିବୁ ନାଇଁ। ଡାକ୍ତର କବିରାଜ ମୋର ଲୋଡ଼ା ନାହିଁ। ଭଲ ହେବାର ଥିଲେ ଆପେ ଭଲ ହେବ, ନୋହିଲେ ଯାହା ହେବାର

ହେବ। ତିନି ବରଷ ହେଲାଣି ମୋର ଏ ରୋଗ। କାହାକୁ କହେ ନାହିଁ। ବେଳେବେଳେ ଏମିତି ହୁଏ, ଆପେ ଆପେ ଭଲ ହୁଏ।

ଲଳିତା ନନ୍ଦିକାର ମୁଣ୍ଡ ଆଉଁସୁଛି। ନନ୍ଦିକା ହସିଲା ମୁହଁରେ ଅନାଇ ରହିଛି ତାଆରି ଆଡ଼କୁ। ଭାବୁଛି ମିଛ, ମିଛ, ଏମିତି କେତେଥର ହୁଏ। କନି ଲୁଚେଇ ଠାକୁର ପାଖରେ ମାନସିକ କରେ ଭୋଗରାଗ କରାଏ କେତେ ଆରାରେ। ମାନେନାହିଁ କାହା କୁହା। ଠାକୁରାଣୀ ସିନ୍ଦୂର ଲଗାଏ ନନ୍ଦିକାର କଣ୍ଠରେ। ତୁଣ୍ଡରେ ଦିଏ ତୁଳସୀ। ବୃନ୍ଦାବତୀ ଚଉରା ତଳେ ଅଧିଆ ପଡ଼େ ରାତିସାରା। ଦିନେ ପୁଣି ସେ ହତାଶ୍ ହୁଏ।

କନି ଉପାସ ରହେ। ଝର ଝର ଲୁହଝରାଏ ଆଖିରୁ। ସେ ମଣେ, ଅପରାଧ ତାଆରି ନନ୍ଦିକାକୁ ସେ ଆଣିଛି ଏ ଘରକୁ। ଫଳ ନ ଫଳିଲେ ସେ ଏକା ଦାୟୀ। ଦି ପହରେ କେଜାଣି ସେ କେଉଁ ଠାକୁର ପାଖକୁ ଧାଇଁଥିବ। ବେତାଏ ଫୁଲ ତୋଳିନେଇଛି। କେବେ କେବେ ନନ୍ଦିକା ତାକୁ ଯେଉଁ ଟଙ୍କାଏ ମସାଏ ଦିଏ, ସେତକ ସେ ସାଇତି ରଖେ ନନ୍ଦିକା ପାଇଁ। ହତାଶ୍ ହେବାକୁ ଭୋଗରାଗ କରେ, ବାଳଲୀଳା କରେ। ଗାଆଁ ମାଇପେ କହନ୍ତି, କନି ମାନସିକ କରିଛି ଗୋ, ଚଉଠି ରାତିରେ ଯିଏ ଚାହିଁ ଦେଇ ପଛେଇ ଯାଇଥିଲା, ସେ ପୁଣି ବୁଢ଼ାଦିନେ ଆଗେଇ ଆସିବ, ହାତଧରି ଘରକୁ ନେବ।

ସୁମିତ୍ରାର ଓଠ କି ଖାଲି ହସେ ନାହିଁ, ତୁଣ୍ଡ କି ମୁଣ୍ଡ ଖାଲି କଥା କହେ ନାହିଁ। ତା'ର ସାରା ଶରୀର ହସେ, କଥା କହେ। ସେ କହିଲା, କଳା ଗୋରା, ମୋଟ ସରୁ, ସୁନ୍ଦର ଅସୁନ୍ଦର କରି ବାହାରଟାକୁ ସିନା ଗଢ଼ିଛି ଅପା, ମଣିଷର ମନକୁ ସେ ସମାନ କରିଛି। କନିଙ୍କର ମନ ହେଲା, ଚଉଠିରାତି କଥା ମନେପକାଇ ବାଳଲୀଳା କରେଇବ, ସେଥିକି ହିଂସୁକା ଲୋକେ ତାଳି ମାରିବେ କାହିଁକି ?

ନନ୍ଦିକା କହିଲା, ଲୋକଙ୍କୁ ପରକଥା ଚର୍ଚ୍ଚା କରିବାକୁ ଆନନ୍ଦ ଲାଗେ ଲୋ ସୁମିତ୍ରା, କହନ୍ତୁ ସେମାନେ ଯାହା ଇଚ୍ଛା।

କନି ଯାଇଥିବ କେଉଁ ଠାକୁରଙ୍କ ପାଖକୁ, ନନ୍ଦିକା ଅନେଇ ରହିଛି ଲଳିତାକୁ। ଭାବୁଛି, କାଳେ ସତ ହୋଇଥିବ, ଦିନେ ଲଳିତା ଜାଣିବ, କଅଣ ହେବ ତା'ର ମନ ? ସେ କଅଣ ସୁଖୀ ହେବ ?

ଯଦି ସତ ହୋଇଥାଏ, କେଡ଼େ ବିଡ଼ମ୍ବନା କଥା ! ଡାକ୍ତର ମନା କରିଥିଲା, କହିଲା ଫଳ ଫଳିବ ନାହିଁ। ତୁନୀ ତୁନୀ କହିଥିଲା ସୁନନ୍ଦକୁ, କସି ଧରିଲେ ସେ କସି ଶୁଖିବ। ଯଦି ରହେ, ପେଟ ନ କାଟିଲେ ନ ବାହାରେ। ନନ୍ଦିକା ଶୁଣିପାରିଛି। ପେଟ

କଟା ହେବ ! କଲବଲ ମରଣ । ସବୁଥର ପରି ଏଥର ବି କନିର ସପନ ମିଛ ହେବ। ରୋଗ ଧରିଛି, ନେବ ଯାଇ ଛାଡ଼ିବ ।

ଲଳିତାର ମନ କଲବଲ ହେଉଛି ଭାବନା, ସୁମିତ୍ରା କହିଲା, ବଡ଼ ଅପାଙ୍କର ପିଲାଝିଲା ହେବ ପରା ! କେଜାଣି, ରୋଗ ହୋଇଥିବ । ସେମିତି ରୋଗ ତାଙ୍କର ହୁଏ, ଆପେ ଆପେ ଭଲ ହୁଏ ।

କାଳେ ରୋଗ ହୋଇ ନ ଥିବ ? ସେ ସୁଖି ହେବ କି ଦୁଃଖ କରିବ ? ନନ୍ଦିକା ଯଦି ଅପା, ଭାଉଜ, ଜା, ନଣନ୍ଦ କି ସାଙ୍ଗସାଥୀ ହୋଇଥାନ୍ତା, ଆନନ୍ଦରେ ଲଳିତାର ଗୋଡ଼ ତଳେ ପଡୁ ନ ଥାନ୍ତା । ଭାଉଜ ତା'ର କେତେଥର ମା' ହୋଇଛନ୍ତି । ରଡ଼ି ଛାଡ଼ନ୍ତି ମଲି ମଲି । ଭୂଇଁରେ ପଡ଼ି ପୁଅ କୁଆଁ କୁଆଁ ଡାକ ଛାଡ଼େ । କୋଳରେ ଧରି ବସିବାକୁ ଲଳିତା ଛଟପଟ ହୁଏ । ସାତ ରାତି କେମିତି କଟିବ, ଉଠିଆରି ହେବ, ଲଳିତା ଚାହିଁ ରହିଥାଏ ।

ସେଇଠୁ କ୍ଷୀର ଖାଇବାତକ ପିଲାସଙ୍ଗେ ମାଆର ସମ୍ପର୍କ । ଲଳିତା ସବୁ କରେ । ଘୁଅ ମୂତ ଅସନା ବାରେ ନାହିଁ । ଘା ଘାଉଡ଼ ନିଜ ହାତରେ ଧୋଇ ସଫା କରେ । ଛାତିରେ ପକାଇ ଶୁଏ । ଜଙ୍ଘ ଉପରେ ଗୋଟାଏ, ଦି କଡ଼ରେ ଆଉ ଦିଜଣ । ଭାଉଜ ନିଶ୍ଚିନ୍ତ । ପିଲାଙ୍କ, ଅର୍ଦ୍ଦଳି ତାକୁ ଭଲ ଲାଗେ । ମାଇପେ କହନ୍ତି ଛୁଆରଙ୍କୁଣୀର ସାତ ପୁଅ, ସାତ ଝିଅ ହେବେ ।

ତା' 'ସା'ର ଯଦି ପୁଅ ହେବ, ଗୋଟିଏ ପିଲାକୁ ଦିଇଟି ମା' ପାଳି ପାରିବେ ନାହିଁ ? ମାଇପେ କହନ୍ତି, ଯମକୁ ପଛେ ସାତପୁଅ ଦେବ, ସଉତୁଣୀକୁ ଗୋଟାଏ ଦେବ ନାହିଁ । କାହିଁକି କହନ୍ତି ? ନନ୍ଦିକା ତାକୁ ଦେବ ନାହିଁ ?

କାହିଁକି ସେ ଆସିଛି ଏ ଘରକୁ ? କିଏ ତାକୁ ଆଣିଛି ?

ମନ ବାହୁନି ଉଠିଲା । ତୁଣ୍ଡ ଖୋଲିଲା ନାହିଁ । ମୁହଁରେ ହସ ଲାଖି ରହିଛି । ହାତ ଚାଲିଛି ନନ୍ଦିକାର କପାଳରେ । ମନର ଭାବନା ବାହାରି ଆସିବ କି ପଦାକୁ, ତା'ର ଚାହାଣୀ ବାଟେ ? ଆଖିର କଥା ତ ଆଖି ବୁଝେ ।

'ସା' ଏମିତି ଚାହିଁଛି କାହିଁକି ? ଦୃଷ୍ଟି ତା'ର ହୃଦୟ ଭେଦିବକି ? ଉଠି ପଳାଇବାକୁ ମନ ହେଉଛି । ଗୋଡ଼ ଚଳୁନାହିଁ । ଆଉ ସେ ଚାହିଁପାରିବ ନାହିଁ ।

ଲଳିତା ବୁଲିପଡ଼ି ନନ୍ଦିକାର ଗୋଡ଼ରେ ହାତ ଦେଲା । ଆଖି ତା'ର ଓଦେଇ ଆସିଲା । ଏଥର ଲୁହ ଝରିବ । ଏ ଘରେ ତା'ର ଗେହ୍ଲାପଣିଆ ସରିଆସିଲା । ସେ ହେବ ଅଲୋଡ଼ା ଅଖୋଜା । ସେ ହେବ ସତେ ଗୋଟିଏ 'କା' ଯାହାର ନିଜତ୍ୱ ନାହିଁ, ଛାଇଠାରୁ ବି ସେ ହୀନ । ଛାଇର ଆକୃତି ଅଛି, ଅବସ୍ଥିତି ଅଛି, ଚଳନ ଅଛି, ଯଦିଚ

ନାହିଁ ଜୀବନ, ମନ ଓ ଅନୁଭବ ଶକ୍ତି। ଆଉ 'କା', ସେ ତ ଗୋଟାଏ ଅଦେଖା ପରତ୍ୱ। ପରଠାରେ ସେ ଅବତରେ। ପରର ଜୀବନ, ମନ, ଭାବନା ଚଳନ ଓ ଅନୁଭୂତି ସବୁ ଆରୋପ କରାହୁଏ ତା'ଠାରେ। କାଉର କା ପରି ସେ ବାସ୍ତବ ଶବ୍ଦ ହୋଇ ଲକ୍ଷ ଲୋକଙ୍କର କାନରେ ବାଜେ ନାହିଁ। ତୁଣ୍ଡରୁ ବାହାରେ ସଭିଙ୍କର ଗୋଟାଏ ଅବାସ୍ତବ ଆବଶ୍ୟକତାର ରାବ; ଆରେ, ସେ ସିନା ମଲା, ତା'ର ଅଛି 'କା'। ପୁଣି ସେ ଉଠୁ।

ସେ ଉଠେ। ତା'ର 'କା' ବୋବାଳି ଛାଡ଼େ, ହା ତୁତ୍ତୁ, ତୁତ୍ତୁ-।

ତୁ କାନ୍ଦୁଛୁ, କା ?

ନନ୍ଦିକା ଉଠି ବସିଲା। ପାଦରେ ସେ ଅନୁଭବ କରିଛି ଲଳିତାର ତତଲା ଲୁହର ପରଶ। ମୁହଁଟିକୁ ଟେକିଧରି ପୁଣି ପଚାରିଲା, କାନ୍ଦୁଛୁ କାହିଁକି ?

ତୁ ସେମିତିକା ଡର କଥା କହିଲୁ କାହିଁକି ?

ନ କହିଲେ ବି ସେଇଆ ହେବ ଲୋ, ମୋର ହେବ ମରଣ। ମୁଁ ବି ସେଇଆ ଚାହେଁ। ଆଉ ଦହଗଞ୍ଜ ହେବାକୁ ମୋର ମନ ନାହିଁ।

ନନ୍ଦିକାକୁ କୁଣ୍ଢାଇ ଧରି ଲଳିତା ପାଟିକରି ଉଠିଲା, ସେ କଥା ତୁ ତୁଣ୍ଡରେ ଧରନା 'ସା', ତା' ହେଲେ ମୁଁ କାନ୍ଦିବି, ରୁଷିବି। ତତେ ଆଉ କଥା କହିବି ନାଇଁ!

ନନ୍ଦିକାର ଅଇ ଉଠିଲା। ଲଳିତାର ଖୋଲା ପିଠି ଉପରେ ବୋହିଗଲା ଦଗ୍‌ଧ ଅଇର ଧାର।

ଦଶରା ପାଖେଇ ଆସିଲା।

ସୁନନ୍ଦର ବ୍ୟବସାୟ ଭଲ ଚାଲିଛି। ମାନ୍ଦାବେଳ କଟିଗଲାଣି। କଣ୍ଟ୍ରୋଲ ଉଠିଲା ପରେ ଶହ ଶହ ଦୋକାନ ଉଠି ଗଲାଣି। ସହଜଲବ୍‌ଧ ଲାଭର ପ୍ରଶ୍ନ ଉଠୁନାହିଁ। ବାଦବୁଦିଆ ବଜାର। ବ୍ୟବସାୟର ପ୍ରକୃତ ପରୀକ୍ଷା ଆରମ୍ଭ ହୋଇଛି। ବୁଡ଼ିଲେ ବୁଡ଼ିଲା। ଦୂରକୁ ଅନାଇ ପାଦ ଚିପି ଚିପି ଧୀରେ ଧୀରେ, ଅତି ସତର୍କତାରେ ଆଗେଇବାକୁ ପଡୁଛି। ଧୈର୍ଯ୍ୟ, ହସିଲା କଥା, ଭଦ୍ର ବ୍ୟବହାର, ସଚ୍ଚୋଟପଣିଆ ଓ ଜବାବ ଠିକ୍ ରଖିବା ସୁନନ୍ଦର ହେଉଛି ଉପାୟ।

ରାଜୀବଲୋଚନ ଏହିସବୁ ନୀତି ଅନୁସାରେ କାମ ଆଗେଇ ନେଉଛି। ଦୁହିଁଙ୍କୁ ଅଗାଧ ପରିଶ୍ରମ କରିବାକୁ ପଡୁଛି। ଜଣେ ବାହାର କଥା ଦେଖିଲେ ଆର ଜଣକ ଭିତର କଥା ବୁଝୁଛି। ବିକାଳିଙ୍କ ଉପରେ ସବୁବେଳେ କଡ଼ା ନଜର ରଖିବାକୁ ହେବ।

ଯେତେ ବିଶ୍ୱାସୀ ହେଲେ ବି ସେମାନେ ମୂଷା ପରି, କେଉଁ ଛଟକରେ କ'ଣ କରିବେ କହି ହେବ ନାହିଁ। ଟିକିଏ ଅସାବଧାନ ହେଲେ କ୍ଷତି, ଅଥବା ଦୁର୍ନାମ! ଦୁଇଟିଯାକ ବ୍ୟବସାୟର ପରମ ଶତ୍ରୁ।

ଘରକଥା ବୁଝିବାକୁ ତର ନାହିଁ। ଚିଠି ଖଣ୍ଡିଏ ଲେଖିବାକୁ ବେଳ ନାହିଁ। ସବୁ ବିଷୟର ତତ୍ତ୍ୱ ନେଇ, ଏକାଉଣ୍ଟାଣ୍ଟଙ୍କ ହିସାବ ଟଙ୍କା ଓ ରାଜୀବର ତହବିଲ ଟଙ୍କା ମିଳାଇ ରଖି, ଯେଣୁ ତେଣୁ କରି ମୁଠିଏ ଖାଇ ବିଛଣା ଧରିଲାବେଳକୁ ରାତି ଅଧ। ତଥାପି, ନିଦ ହେଉ ନାହିଁ। କେତେ ଚିନ୍ତା, -ରାମଲାଲଙ୍କୁ ଜବାବ ଦିଆହୋଇଛି ସୋରିଷ ତେଲ ଖରିଦ ବାବତ କାଲି ତାଙ୍କୁ ତିନି ହଜାର ଟଙ୍କା ଦେବାକୁ ହେବ। ଇନ୍‌କମ୍ ଟିକସ୍ ଅପିଲ ଆଜିଯାଏ ଛିଡ଼ିଲା ନାହିଁ। ପାଞ୍ଚଜଣ ମଫସଲି ଖୁଚୁରା ବେପାରୀଙ୍କ ଉପରେ ଦେଢ଼ହଜାର ବାକି, ପରିଶୋଧ କରିବାକୁ ଟାଳଟୁଳ କରୁଛନ୍ତି। ଓକିଲ ନୋଟିସ ନ ଦେଲେ ଟଙ୍କା ଆଦାୟ ହୋଇପାରିବ ନାହିଁ।

ଖବରକାଗଜରେ ପ୍ରାୟ ବାହାରୁଛି, -ଦିନ ଦୁଇପ୍ରହରେ ଭୀଷଣ ଡକାୟତି। ରାତିରେ ତ ଜାଣିକରି। ଛାଇନିଦ ଭାଙ୍ଗୁଛି। ଘର ଅନ୍ଧାର। ସ୍ୱିଚ୍‌ଟା ହାତ ପାଖରେ। ପୁଣି ଆଲୁଅ ଜଳିଲା। ରାତି ଗୋଟାଏ ବାଜିବ। ଠିକ୍ ଅଛି। ଦୁଇ ପାଖରେ କବାଟ ବନ୍ଦ। ଲୁହା ରେଲିଙ୍ଗ ଓ ଭିତରେ ଲୁହା ଜାଲିଦିଆ ଝରକାଗୁଡ଼ିକ ଖୋଲା ଅଛି; ଭୟ ନାହିଁ।

ଦୋତାଲାର ଝରକା ପାଖକୁ କେହି ଆସିପାରିବେ ନାହିଁ। ଲୁହା ବାକ୍‌ସରେ ଦୁଇଟି ବଡ଼ ତାଲା ପଡ଼ିଛି। ଚାବି ତକିଆ ତଳେ। ହଁ, ଅଛି। କାନ୍ଥ କଡ଼ରେ, ଛୋଟ ଟେବୁଲ ଉପରେ ଟେଲିଫୋନ। ହାତ ପାଉଛି। ଭୟ ନାହିଁ। ଏଥର ସେ ନିଶ୍ଚିନ୍ତରେ ଶୋଇବ। ସ୍ୱିଚ୍ ଟିପିଲା। ଆଲୁଅ ଲଭିଲା। ନା, ଆଜି ଆଉ ଲଳିତାକୁ ପତ୍ର ଲେଖିପାରିବ ନାହିଁ।

ଲଳିତାର ପତ୍ର,- ସବୁ ଭଲ ଯେ, 'ସା'ର ଦେହ ଭଲ ନାହିଁ। ମୁଣ୍ଡବୁଲା, ବାନ୍ତିଉଛାଳ, ଦୁର୍ବଳତା, ନ ଧରିଲେ ଖଟରୁ ଉଠି ଦାନ୍ତ ଘଷିବାକୁ ଯାଇପାରୁନାହିଁ। ସମସ୍ତେ କହୁଛନ୍ତି, ତା'ର କଅଣ ପିଲା ହେବ। ସେ କହୁଛି, ନାଇଁ ଲୋ ମୋର ଏଇଟା ରୋଗ, ବେଳେ ବେଳେ ଏମିତି ହୁଏ, ଏଥର ବଢ଼ିଛି, ମରିବି। କେମିତି ଡରିଲା କଥା ସେ କହୁଛି! କେଜାଣି ବା ମତେ ଲୁଚାଉଛି। ସତକଥା ତମେ ଲେଖିବ, ଡାକ୍ତରଠୁଁ ବୁଝିବ।

ଏ ପତ୍ରର ଉତ୍ତର ଲେଖିବାକୁ ସେ ବେଳ ପାଇ ନାହିଁ। ପୁଣି ସେ ପତ୍ର ଲେଖିଲାଣି,-'ସା' ଟିକିଏ ଭଲ ଅଛି। ଗୋଟିଏ କଥା ନ ଲେଖି ମୁଁ ରହିପାରୁନାହିଁ। ମୋ'ର କି ଦୋଷ ତମେ ବୁଝିବ। ବୋଉ କାହିଁକି ସବୁବେଳେ ମୋ ଉପରେ

ଚିଡ଼ିବେ ? 'ସା' ପାଖରେ ରାତି ଅଧଯାଏ ଥିଲି, ସେ କହିଲାରୁ ଆର ଘରେ ଆସି ଶୋଇଲି। ସକାଳୁ ଉଠୁ ଉଠୁ ଟିକିଏ ଡେରି ହେଲା। କନି ଉଠେଇଦେଲେ ନାହିଁ। ସକାଳୁ ଉଠି 'ସା' ଗଲା ରୋଷ ଘରକୁ। ତାକୁ ଯିବାକୁ ମୁଁ ମନା କରିଥିଲି। ସେଇଠି ସେ ଅ ଅ ହୋଇ ବାନ୍ତି କଲା। ଆଖି କାନ ଖୋସି ପିଣ୍ଡା ଉପରୁ ତଳକୁ ଗଡ଼ିପଡ଼ିଲା। ପାଣି ମନ୍ଦାଏ ଦେବାକୁ ପାଖରେ କେହି ନାହିଁ। ବୋଉ ନିଜେ ଧାଇଁଆସିଲେ। ତାଙ୍କ ପାଟି ଶୁଣି ମୁଁ ଧାଇଁ ଆସିଲି, କନି ବି ଆସିଲେ।

ଦୋଷ ହେଲା ମୋରି ଯେ ମୁଁ କାହିଁକି ଆଗରୁ ନ ଉଠିଲି, 'ସା' କାହିଁକି ରୋଷଘରକୁ ଗଲା ? ଯେତେକଥା କହି ବୋଉ ଶୋଧିଲେ, ମୁଁ ଲେଖିପାରୁନାହିଁ। ହେଲା ମୁଁ ଛୋଟ ଘରର ଝିଅ, ମୋ ଭାଇଭାଉଜ ଭିଖାରୀ। ମୁଁ କଣ ବଳେ ବଳେ ଆସି ତମ ଘରେ ପଶିଥିଲି କି ? କାମ କଲେ ମୁଠିଏ ଖାଇବାକୁ, ଖଣ୍ଡେ ପିନ୍ଧିବାକୁ ଦେଉଛ, ସେତକ ଦେବାକୁ ଯଦି କଷ୍ଟ ହେଉଛି, ମତେ ମୋ ଭାଇ ଘରେ; ଛାଡ଼ିଦେଇ ଆସ। ଲୋକଙ୍କୁ ଶୁଣେଇ ମତେ କାହିଁକି ସେ କହିବେ ମୁଁ ହିଂସେଇ ମୁଁ ବାଦେଇ ? କେଉଁ କଥାରେ ମୁଁ କାହା ସଙ୍ଗେ ହିଂସା ବାଦ କଲି କି ?

ସୁନନ୍ଦର ନିଦ ହେଉ ନାହିଁ। ଲଳିତାର ଚିଠି ବାରମ୍ବାର ପଢ଼ି ସେ ମୁଖସ୍ଥ କରିଦେଲେଣି। ଅତି ଜଟିଳ ପରିସ୍ଥିତି। ଏଣୁ ମାରିଲେ ବ୍ରହ୍ମହତ୍ୟା, ତେଣୁ ମାରିଲେ ଗୋହତ୍ୟା। ମାଆଙ୍କୁ କହିହେବ ନାହିଁ, ଲଳିତାକୁ ସାନ୍ତ୍ୱନା ଦେଇହେବ ନାହିଁ। ସେଇଥିପାଇଁ ସେ ଚିଠିର ଉତ୍ତର ଦେଇପାରିନାହିଁ, ଘରକୁ ବି ଯାଇପାରୁନାହିଁ। ଘରେ ଅଶାନ୍ତି ଆରମ୍ଭ ହେଲାଣି। କିପରି ସେ ସମାଧାନ କରିବ ? ସତ ଘଟଣାଟି ନନ୍ଦିକା ସେଇଠି ନ କହିଲେ କାହିଁକି ? କଥାକୁ ଏତେଦୂର ଆଗେଇ ଜଟିଳତା ଓ ଅଶାନ୍ତି ବଢ଼ାଇବାକୁ କାହିଁକି କି ସେ ମନ କଲେ ?

ସେ କଅଣ ଲଳିତା ଉପରେ କୌଣସି କାରଣରୁ ବିମୁଖ ହୋଇଛନ୍ତି ? ଦୁହିଁଙ୍କର କ୍ଷୀରନୀର ସମ୍ବନ୍ଧ। ଜଣକ ଭିତରେ ଆର ଜଣକ ନିଜର ଉପସ୍ଥିତି ଅନୁଭବ କରେ। ନିଜର କଥାକୁ ପଛରେ ପକାଇ ସେ ଭାବେ ଆରକର କଥା। ତେବେ, ଏପରି ହେଲା କାହିଁକି ?

ସୁନନ୍ଦର ମନେପଡ଼େ –

'କା' ମୋ କଥା ଶୁଣିବ ବୋଲି ଚେଇଁଛି। ତମେ ଏଇଠି ଶୋଇପଡ଼। ମୁଁ ଯାଏ ତା' ପାଖକୁ। ଛାଡ଼ ମୋ ହାତ, ମୋର ରାଣ।

ମୁଁ ବି କଥା ଶୁଣିବି।

ଚାଲ ତା' ପାଖକୁ, ଦିହେଁ ଶୁଣିବ, ପୁରୁଣା ଗପ।

ନନ୍ଦିକା ଆଲୁଅ ତେଜେ। ମଶାରି ପଡ଼ିନାହିଁ। ଲଳିତା ଶୋଇପଡ଼ିଲାଣି। ମୁହଁରେ ମଶା ବେଢ଼ିଛନ୍ତି।

ଆହା, ଦିନସାରା ପରିଶ୍ରମ କରି ପିଲାଟି କ୍ଲାନ୍ତ ହୋଇ ଶୋଇପଡ଼ିଲାଣି। ଉଠେଇବି ନାହିଁ। କାଲି ସେ ଗପ ଶୁଣିବ। ଏତେ ରାତି ଯାଏ କେଉଁଠି ବସି ଗପ କରୁଥିଆଟି ରାତି ବଳେଇଲାଣି।

ଲଳିତାର ମୁହଁରୁ ନନ୍ଦିକା ମଶା ହୁରୁଡ଼େଇଦିଏ। ମଶାରି ପକାଏ। କହେ, ଆରେ, ଆଲୁଅଟା ଲିଭାଇଲ କାହିଁକି ? ହଉ, ଶୋଇପଡ଼।

ଅନ୍ଧାରରେ ନନ୍ଦିକାର ପଛେପଛେ ଟିପେଇ ଟିପେଇ ନିଶ୍ୱାସ ବନ୍ଦ କରି ସେ ଆସେ। ନନ୍ଦିକା ମଶାରି ପକାଇ ଶୋଇଲାଣି। ଧୀରେ ଧୀରେ ମଶାରି ଟେକି ସୁନନ୍ଦ କହେ ମତେ ତ ନିଦ ମାଡୁନାହିଁ, ମୁଁ କାହାଣୀ ଶୁଣିବି। କହ। ତମ 'କା' ନିଶ୍ଚିନ୍ତରେ ଶୋଇଛି। କାମ କରି ସେ କ୍ଲାନ୍ତ, ନିଦ ଭାଙ୍ଗିବ ନାହିଁ।

ଛୋଟ ଗପଟିଏ କହିବି।

ହଁ, ଅତି ଛୋଟ।

ଅଗନାଗ୍ନି ବନସ୍ତ ଭିତରେ-

ସେ ଗପ ମୁଁ ଶୁଣିବି ନାହିଁ।

ଆଉ କେଉଁ ଗପ ?

ତୁମେ ଜାଣ ନାହିଁ, ମୁଁ କହିବି।

କହ।

ଉଚ୍ଚ ଉଚ୍ଚ ଦୁଇ ପାହାଡ଼ ମଝିରେ-

ଉଁ-ଉଁ- !

ଉପତ୍ୟକାଟିଏ-

ଆରେ- !

ଯେବେ, ମୁଁ କହିପାରିବି ନାହିଁ !

ମତେ ବି ନିଦ ମାଡ଼ିଲାଣି

ଅନ୍ଧାର ହିଁ କଥା କହେ।

ସେଇ ନିଘଞ୍ଚ ଅନ୍ଧାରରେ ଦୁର୍ଭେଦ୍ୟ ପରଦା ଉହାଡ଼ରେ ଲଳିତାର ଆଖିରୁ ଲୋତକ ଗଡ଼େ। ପିଣ୍ଡରୁ ପ୍ରାଣ ଛାଡ଼ିଲା ପରି ଲାଗେ। ଛାତିରୁ ଉଠେ ଅଦମନୀୟ କୋହ। ପାଟିରେ ଅଞ୍ଚଳ ଭରି ସେ ପଡ଼ିରହେ।

ସେ ଛଳନା କରି ଶୋଇଥିଲା। ନନ୍ଦିକା ଜାଣେ ନାହିଁ, ସୁନନ୍ଦ ଜାଣେ ନାହିଁ। ନ ଜାଣନ୍ତୁ, ଦିହେଁ ତା'ର ଶତ୍ରୁ। କାହାରିକୁ ସେ କଥା କହିବ ନାହିଁ।

ରହିବ କିପରି ଏ ଘରେ? ଆତ୍ମହତ୍ୟା କରିବ?

ଦିନର ଆଲୁଅ ଦୁନିଆରେ ହସ ବିକଶାଏ। ବିଷେଇଲା ମନର କଲୁଷ ନାଶେ ମଣିଷର ବିସ୍ମିତ କୁହାଟ,- ସେମାନେ ସଉତୁଣୀ ନୁହନ୍ତି ଗୋ, ସେମାନେ ଦିଓଟି ସାଥୀ, ଦିଓଟି ବନ୍ଧୁ, 'ସା' ଓ 'କା'।

ସକାଳର ଆଲୁଅରେ ସୁନନ୍ଦ ଦେଖେ ଲଳିତାର ହସିଲା ମୁହଁ।

ସେ ପଚାରେ, କୁଆଡ଼େ ଯାଉଛ? ଜଲ୍‌ଦି ଫେରିବ, କହୁଛି। କେଉଁଠି ଗପ କରୁ କରୁ ଦିନ ଦଶଟା କରିବ ନାହିଁ, ଜଳଖିଆ ଖାଇ ପୁଣି ପଛେ ଯିବ।

ଆଲୋ, 'ସା'!

ଏମିତି କାହିଁକି ଅନେଇଛୁ ବା?

ବିଲେଇ ଖୋଜୁଛି।

ଦୁଷ୍ଟ!

ସୁନନ୍ଦ ପଛକୁ ଫେରି ଚାହେଁ। ଲଳିତା ନନ୍ଦିକାର ହାତ ଧରିଛି।

ଗାମୁଛା ଖଣ୍ଡି ଏ କାନ୍ଧରୁ ନେଇ ସେ କାନ୍ଧରେ ଥୋଇ ସୁନନ୍ଦ ପଦାକୁ ଚାଲିଯାଏ। ତା'ର ମନ କହେ, ଲଳିତା କେଡ଼େ ଭଲ! ନନ୍ଦିକା ବି।

ଆଖିକୁ ନିଦ ଆସୁନାହିଁ। ବ୍ୟବସାୟର ଚିନ୍ତା ଦୂରେଇ ଯାଇଛି। ଅନ୍ଧାର ଘୋଟିଛି ବାହାରେ ଓ ଭିତରେ। ଘଣ୍ଟାର ଟିକ୍ ଟିକ୍ ଓ ନିଜର ନିଶ୍ୱାସ ଶବଦ କାନରେ ବାଜୁଛି। ରାତି ବାରଟା।

ଆଜି ସେ ଜଲ୍‌ଦି ଖାଇଛି। ନନ୍ଦିକା ଓ ଲଳିତାଙ୍କର କାମ ସରି ନାହିଁ। ସେମାନେ ରୋଷଘରେ। ଦୁଇ ଘରେ ପଲଙ୍କ ଉପରେ ଦୁଧଫେଣପରି ବିଛଣା। କନି ମାଳ ମାଳ ଫୁଲ ଟାଙ୍ଗିଛି। ବିଛଣାରେ ପକାଇଛି। ନନ୍ଦିକାର ଚମ୍ପାଫୁଲରେ ଶରଧା, ଆଉ ଲଳିତାର ମଲ୍ଲୀଫୁଲରେ। କନି ଦୁହିଁଙ୍କର ଶରଧାକୁ ମିଶାଇ ଦେଇଛି, ପୁଣି ନିଜର ସ୍ନେହରେ ବାନ୍ଧିଛି ଦୁହିଁଙ୍କୁ। ସେଇଥିପାଇଁ ସବୁ ଫୁଲ ମିଶାଇ ସେ ମାଳ କରିଛି।

ସୁନନ୍ଦ ଠିଆ ହୋଇ ଚାହିଁଲା। ଲଳିତାର ଘର ଏ, ଦିହେଁ ତା'ର ମନ ଭିତରେ ଗୋଟିଏ ଆସନରେ ବସିଛନ୍ତି, କାହିଁକି ଏ ଭେଦ? ନିଜକୁ ଦୁଇ ଭାଗ କରି ଦିଓଟି

ମୂର୍ତ୍ତି କରିପାରିବ ନାହିଁ, ଦିଓଟି ମୂର୍ତ୍ତି ମଶାଇ ଗୋଟିଏ ମୂର୍ତ୍ତି କରିବାର ଶକ୍ତି ଦୁନିଆରେ କାହାରି ନାହିଁ। ବରଂ ସେ ଏଇ ମଝିଘରେ ଆହୁରି ଗୋଟିଏ ପଲଙ୍କ ପାତିବ। ଏ ଘରେ ନନ୍ଦିକା, ସେ ଘରେ ଲଳିତା, ଦୁଇ ନାକ ପୁଡ଼ାରେ ଆତଯାତ ହେଉଥିବା ନିଶ୍ୱାସ ପରି।

ଲଳିତା ଆସୁଛି, କେଡ଼େ ପ୍ରଫୁଲ୍ଲ ଦିଶୁଛି। ଦୁଇ ବନ୍ଧୁଙ୍କ ଭିତରେ କ'ଣ ହସକଥା ପଡ଼ିଥିଲା ପରା। କଥା ସରିଛି, ତା'ର ପ୍ରଭାବ ହସଟା ଏବେବି ଲାଖିରହିଛି ମୁହଁରେ।

ଲଳିତା ମୁହଁ ଖୋଲିଲା, ଏ ଘରୁ ସେ ଘର ଟହଲ ମାରୁଛ କାହିଁକି, ଶୋଇପଡ଼ୁନ?

କେଉଁଠି?

ଓ, ସେଇକଥା ଭାବି ସ୍ଥିର କରି ପାରୁନା?

ବତେଇ ଦିଅ।

ଅତି ସହଜ, ଯେଉଁଠି ତମର ମନ।

ସୁନନ୍ଦ ଲଳିତା ହାତ ଧରିଲା। ଗେଲ କଲା। କହିଲା, ମନଟା ଏଘରୁ ସେ ଘର, ସେ ଘରୁ ଏ ଘର ହେଉଛି।

ନିଦ ମାଡୁନାହିଁ ତେବେ। ଯାଉନ ପଦାରୁ ଟିକିଏ ବୁଲିଆସିବ। ଟର୍ଚ୍ଚ ଆଲୁଅଟା ନେଇ ଯା। ଆଜି ଆକାଶରେ ଚାନ୍ଦ ନାହିଁ। ହେଲେ, ନକ୍ଷତ୍ରଗୁଡ଼ା ହାଉଯାଉ ହେଉଛନ୍ତି। ଗୋଟି ଗୋଟି କରି ସଭିଙ୍କି ଥରେ ଥରେ ଚାହିଁବ। ସେଇଠୁ ତମ ଆଖିକୁ ନିଦ ଆସିବ। ଢୁଳେଇ ଢୁଳେଇ ଫେରିଆସିବ। ଯେଉଁଠି ହେଲେ ଶୋଇପଡ଼ିବ। କଟକରୁ ଧାଇଁ ଆସିଛ ସାଇକେଲ ଚଢ଼ି, ମଟରଗାଡ଼ି କିଣୁନ?

ଗହୀର ବିଲରେ ମଟର ଚାଲେ ନାହିଁ।

ଉଡ଼ାଜାହାଜ?

ଆମ ଅଗଣାରେ ଓହ୍ଲାଇପାରିବ ନାହିଁ।

ବଳଦଗାଡ଼ି?

ସେଇଥିରୁ ଗୋଟାଏ କିଣିବି। କଟକରୁ ଏଠିକି ଆସିବାକୁ ଦିନଟିଏ ଲାଗିବ। ହଲିଦୋହଲି ଆସି ପହଞ୍ଚିଲାବେଳକୁ ଦେହହାତ ଦରଜ ହେଇଥିବ।

ତମର ସାଇକେଲ ଭଲ।

କ୍ଳାନ୍ତ ଲାଗେ। ନିଦ ଘୋଟି ଆଉଛି।

ଆସ।

ହାତଧରି ଲଳିତା ସୁନନ୍ଦକୁ ଓଟାରି ନେଲା। ନନ୍ଦିକାର ପଲଙ୍କ ଉପରେ ଦିହେଁ

ବସିଲେ। ଲଳିତା କହିଲା,ମୁଁ ମଶାରି ପକାଇ ଦେଉଛି, ସୁନା ପିଲାଟି ପରି ଶୋଇପଡ଼ତ। 'ସା' ଗଲାଣି ବୋଉଙ୍କ ଗୋଡ଼ ଘଷିବାକୁ। ଚାକରବାକରଙ୍କୁ ଖାଇବାକୁ ଦେଇ ରୋଷଘର ବନ୍ଦ କରିବା ଆଜି ମୋ କାମ। 'ସା' ଭଲ କଥାଟିଏ କହୁଥିଲା, ଅଧା କରିଛି। ସେ ଶୋଇବ ମୋ ପାଖରେ। ଗପ କହିବ।

ମୁଁ ବି ଶୁଣିବି।

କାଲି ଶୁଣିବ। ତମେ କ୍ଲାନ୍ତ ହୋଇଛ, ଶୋଇପଡ଼। ଗପ ଶୁଣି ଅନିଦ୍ରା ହେଲେ ଦେହ ବିଗିଡ଼ିବ।

ଲଳିତା ମଶାରି ଟାଣିଲା। ବାରଣ୍ଡାର କବାଟ ବନ୍ଦ କଲା। ଆଲୁଅ ଲିଭାଇ ମଝିଘରବାଟେ ନିଜ ଘରକୁ ଚାଲିଗଲା। ସୁନନ୍ଦ ଶୋଇପଡ଼ିଲା ନିଶ୍ଚିନ୍ତ ହୋଇ।

ନିଶା ଗର୍ଜୁଛି। ଘର ଅନ୍ଧାର।

କିଏ ଘଷୁଛି ତା' ଗୋଡ଼ ? ନନ୍ଦିକା ! ମୁଠି ମୁଠି ଘଷା। କ୍ଲାନ୍ତ ଦେହକୁ ନନ୍ଦିକାର ଘଷା ଭଲ ଲାଗେ। ଲଳିତା ବି ଏମିତି ଘଷେ।

କେତେବେଳୁ ନନ୍ଦିକା ଗପ ଶେଷ କରି ଆସିସାରିଲାଣି। ସେ ଘରଟା ବି ଅନ୍ଧାର ଦିଶୁଛି। ଲଳିତା ଶୋଇପଡ଼ିଲାଣି।

ନିଶା ଗର୍ଜୁଛି। ସୁନନ୍ଦର କ୍ଲାନ୍ତ ଆଖିପତା ପୁଣି ମୁଦି ହୋଇଆସିଲା।

ସୁନନ୍ଦର ଦେହରେ ଲାଗିଲା କୋମଳ ପରଶ। ତା'ର ନିଦ ଭାଙ୍ଗିଲା। ସେ ଭାବିଲା, ନନ୍ଦିକା ଶୋଇପଡ଼ିଲାଣି। ତା'ର ଆଗ୍ରହୀ ହାତ ଗୁଡ଼ାଇ ଧରିଲା ଶୋଇଲା ସାଥୀକୁ।

ସଜ ସକାଳର ସତେଜ ଶୀତୁଆ ଆଲୁଅ ସୁନନ୍ଦର ଆଖିରେ ବୋଳିଲା କର୍ପୂର ଗୁଣ୍ଡା। ମିଞ୍ଜି ମିଞ୍ଜି କରି ସେ ଆଖିପତା ଖୋଲିଲା। ପାଖରେ ନନ୍ଦିକା ନାହିଁ। କଡ଼ ଲେଉଟାଇ ଦେଖିଲା, ଲଳିତା କବାଟ ଖୋଲି ପଦାକୁ ବାହାରି ଯାଉଛି।

ସେ ଉଠିବସିଲା। ମଶାରି ଟେକିଲା। ହଁ, ଏ ନନ୍ଦିକାର ଘର, କିନ୍ତୁ ସେ କାହିଁ ?

ସୁନନ୍ଦ ଆର ଘରକୁ ଗଲା। ଧୀରେ ଧୀରେ ମଶାରି ଅଳପ ଟେକିଲା। ନନ୍ଦିକା ଶୋଇଛି, ଲଳିତା ନୁହେଁ।

ହୁଁ, ନନ୍ଦିକାର କାଣ୍ଡ। ମଜା କରୁଛି, ନା ?

ଧୀରେ ଧୀରେ ସୁନନ୍ଦ ତା'ର ପାଖରେ ଶୋଇଲା। ଘୁଙ୍ଗୁଡ଼ି ମାରିଲା। ଘୁଞ୍ଚି ଘୁଞ୍ଚି ଲାଗିଆସିଲା ପାଖକୁ।

ନିଶ୍ଚଳ ହୋଇ ଶୋଇରହିଲା ସୁନନ୍ଦ। ଆଖିପତା ଅଳପ ମୁକୁଳା କରି ଚାହିଁଲା।

ନନ୍ଦିକାର ନିଦ ଭାଙ୍ଗିଲାଣି। ସେ ଉଠି ବସିଲାଣି। କାବା କାବା ହୋଇ ଚାହୁଁଛି। ସେ ତଳକୁ ଓହ୍ଲାଇଲା। ମଶାରି ଟେକିଲା। ବୁଝିଲା କି କ'ଣ, ହସିଲା କାହିଁକି? ମୁହଁ ନୁଆଁଇଲା।

ସୁନନ୍ଦ ଆଖିପତା ଚାପି ରଖିଲା।

ଦେହରେ ବିଜୁଳି ଚମକ ଖେଳାଇ ଯିଏ ତା'ର ମୁହଁରେ ବୋକ ଦେଲା, ତାକୁ ଦୁଇ ବାହୁରେ ଗୁଡ଼ାଇ ଧରିବାକୁ ଉଚ୍ଛନ୍ନ ହାତ ବଢ଼ାଉଣୁ ବିଜୁଳି ବେଗରେ ସେ ଖସି ପଳାଇଲା।

ମୁଗ୍ଧ ଦୃଷ୍ଟି ଗୋଡ଼ାଇଗଲା ପଛରେ। ମଧୁର ସ୍ମୃତି।

ସୁଖ ଆନନ୍ଦର ସଂସାରରେ କାହିଁକି ବହିବ ଅଶାନ୍ତିର ଝଡ଼?

ନନ୍ଦିକାର ସନ୍ତାନ ହେବ। ଡାକ୍ତର ଭୋଇ କହିଥିଲେ, ବିପଦ, ପିଲା ଯଦି କେବେ ପେଟରେ ରହେ, ପେଟ ନ ଚିରିଲେ ସେ ପଦାକୁ ଆସିବ ନାହିଁ। ପେଟ ଚିରିବା ନିରାପଦ ନୁହେଁ। ବଡ଼ ବଡ଼ ଡାକ୍ତର କହିଲେଣି ବିପଦର ଆଶଙ୍କା ମୋଟେ ନାହିଁ ପେଟ କାଟି ଶହ ଶହ ପିଲା କଢ଼ାଯାଉଛନ୍ତି।

ନନ୍ଦିକା ପେଟରୁ ଜନମ ଲଭିବ ପୁଅଟିଏ, ସେ ହେବ ବଂଶର ଆଲୋକ। ଅବିକଳ ନନ୍ଦିକା ପରି ସୁନ୍ଦର ହେବ ସେ, ଦିଓଟି ମାତାର ସନ୍ତାନ। ଏ କୋଳରୁ ସେ କୋଳକୁ ଡେଇଁ ଖେଳିବ। ମାଆଙ୍କର ମନକାମନା ପୂର୍ଣ୍ଣ ହେବ। ସେଥିଲାଗି ସେ ଉଦ୍‌ବିଗ୍ନ, ନନ୍ଦିକାର ଭଲମନ୍ଦ ପାଇଁ ବ୍ୟାକୁଳ।

ବୁଝାଇଦେଲେ ବଳେ ଲଳିତା ବୁଝିବ ଯେ ମା' ବୁଢ଼ୀ ହେଲାଣି, ବୁଢ଼ୀ ମଣିଷର କଥାରେ ଛଳ କରିବା ଉଚିତ ନୁହେଁ।

ସୁନନ୍ଦ ରାଜୀବକୁ ଡାକିଲା। କହିଲା, କିଛିଦିନ ପାଇଁ ମୁଁ ଗାଆଁରେ ରହିବି, ବେପାରର ଭଲମନ୍ଦ କଥା ତୁ ବୁଝିବୁ।

ସବୁ ଚଳାଇନେବି ଯେ, ତେବେ-

ମୋଦିଙ୍କର ଟଙ୍କା ବିଷୟ ଭାବୁଛୁ?

ପୁଣି, ମକଦ୍ଦମା ତାରିଖ କଥା। ଆପଣ ନ ଥିଲେ ଓକିଲ ଭଲ କାମ କରିବେ ନାହିଁ। ଅପିଲ ଯଦି ମଞ୍ଜୁର ନ ହୁଏ, ଜାଣ ଏଇ ସେଲଟିକ୍ସ ପାଇଁ ବେପାର ବୁଡ଼ିବ। ମକଦ୍ଦମା ତାରିଖ ତ ଦିନ ପାଞ୍ଚଟା ରହିଲା, ତା' ପରେ ଘରକୁ ଗଲେ ନିଶ୍ଚିତ ହୋଇପାରିବେ।

ଘରେ ଟିକିଏ ଅଶାନ୍ତି ସୃଷ୍ଟି ହୋଇଛି ।

ରାଜୀବଲୋଚନ ସେ କଥା ଜାଣେ, ସୁମିତ୍ରା ଲେଖି ଜଣାଇଛି ।

ରାଜୀବ କହିଲା, ସଂସାର କଲେ କେତେ ଅଶାନ୍ତି ଆସେ, ସେଥିପାଇଁ ଧୈର୍ଯ୍ୟ ଲୋଡ଼ା । ତୁନି ରହି ସବୁ କଥାକୁ ହସି ଉଡ଼ାଇଦେବା ଭଲ । କାହାର ପକ୍ଷ ନେଇ ପଦଟିଏ ଯଦି ପାଟିରୁ ଖସେ, ଘରେ ଓ ବାହାରେ ତୁମୁଳ କାଣ୍ଡ ଘଟିବ । ଦୁଇ ଚାରିଦିନ ପରେ ଆପଣ ଘରକୁ ଗଲେ ଭଲ ହେବ ।

ସାନଭାଇ ହେଲେ ମଧ୍ୟ ସୁନନ୍ଦ ରାଜୀବର ଉପଦେଶ ଅନ୍ୟଥା କରେ ନାହିଁ । ଚାରିଆଡ଼କୁ ଭାବଚିନ୍ତି ସେ ମୁହଁ ଖୋଲେ ।

କଥା ବୁଲାଇ ସୁନନ୍ଦ କହିଲା, ଟଙ୍କା କଥା ତୁ ଭାବ ନାହିଁ, ଦିନ ସାତଟା ପାଇଁ କାହାଠାରୁ ଟଙ୍କା ପାଞ୍ଚହଜାର ଧାର ଆଣିବା, ନୋହିଲେ ଘରୁ ଆଣିବା ! ଅତନୁବାବୁଙ୍କର ଆଜିକାଲି ଭଲ ରୋଜଗାର ହେଉଛି ପରା !

ତୁଳସୀପୁରର ନୂଆ କୋଠାରୁ ଜଣାପଡୁଛି ଭାଇ, ଛବି ଦେଖିବାଟା ଆଜିକାଲି ଲୋକଙ୍କର ଗୋଟାଏ ରୋଗ ହୋଇପଡ଼ିଛି ।

ମୁଁ କହୁଛି, ରୋଗ ନୁହେଁ ଯେ, ନିଶା ।

ହଁ, ନିଶା, କି ଝୁଙ୍କ । ସ୍କୁଲ କଲେଜ ପିଲା ବାପାଙ୍କର ପଇସା ସେଇଠି ଉଡ଼ାଉଛନ୍ତି । ପଇସା କେମିତି କେଉଁଠୁ ଆସେ ତାଙ୍କୁ ଜଣାନାହିଁ ସିନା, ଦୋକାନୀଠୁ ଆରମ୍ଭ କରି ରିକ୍ସାଟଣାଳୀ-ମୂଲିଆ ମୂର୍ଖ ବି ସେଇଥିରେ ବାଇ ହୋଇଛନ୍ତି । ସିନେମା ବେପାରଟା ମନ୍ଦ ନୁହେଁ ।

ଆମେ ଗୋଟାଏ କରିବା କି ?

ରାଜୀବ ଅଡୁଆରେ ପଡ଼ିଲା । ଟିକିଏ ଚିନ୍ତାକରି କହିଲା, ନୂଆ ବେପାର କରିବାକୁ ହେଲେ ସବୁ ବିଷୟ ଭଲ କରି ପରୀକ୍ଷା କରି ଦେଖିବା ଦରକାର । ଯାହା ଆମର ଚାଲିଛି ସେତିକି ଆଗ ଭଲରେ ସୁରୁଖୁରୁରେ ଚାଲୁ ।

ଆଛା, ଅତନୁବାବୁଙ୍କୁ ଧାର ମାଗେଁ ତ ।

ଚେଷ୍ଟାକରି ଦେଖନ୍ତୁ, ଭାଇ !

ଅତନୁବାବୁଙ୍କ ସଙ୍ଗରେ ଦି'ପହରେ ସୁନନ୍ଦର ଦେଖା ହେଲା । ସେତିକିବେଳେ ସେ ଘରେ ରହନ୍ତି । ଅନ୍ୟ ସମୟରେ ବାହାରେ ବୁଲୁଥାନ୍ତି । ତୁଳସୀପୁରରେ ସେ ନିଜର ନୂଆ ଘର ତୋଳିଛନ୍ତି । ନଅ ଦଶ ଗୁଣ୍ଠ ଜମିର ଗୋଟିଏ ପାଖରେ ବଙ୍ଗଳା ଟାଇପ୍‌ର

ଘର। ବାକି ସ୍ଥାନରେ ଆରମ୍ଭ ହୋଇଛି ବଗିଚା। କଲମିଗଛ ଧାଡ଼ି ଧାଡ଼ି। ନିଜେ ତୁହିନା ସେ ସବୁର ତତ୍ତ୍ୱ ନେଉଛନ୍ତି। ମଳୟ ଓ ଛବିଳା ପଛରେ ଗୋଡ଼ାଉଛନ୍ତି। ଦୁଇଟା ମୂଲିଆ କାମ କରୁଛନ୍ତି।

ପୁରୁଣା ମଟରଗାଡ଼ି କେବେଠାରୁ ବିକା ସରିଲାଣି। କିଣା ହୋଇଛି ନୂଆ ଗାଡ଼ି। ଅତନୁବାବୁ ଭଲ ଅଛନ୍ତି। ଠୁନ୍ ଠୁନ୍ ୱାଲା ସଙ୍ଗେ ମିଶି ବେପାର କରି ସେ ବେଶ୍ ଆଗେଇ ଚାଲିଛନ୍ତି, ତଥାପି ସୁନନ୍ଦକୁ ଟଙ୍କା ଧାର ଦେବାକୁ ଅକ୍ଷମ ବୋଲି ଦୁଃଖ ପ୍ରକାଶ କଲେ। କହିଲେ, ସବୁ ଚାଲିଛି, ଧାରରେ ସୁନନ୍ଦବାବୁ, କେବଳ ଭେକ ରଖିବାକୁ, ଟେକ ରଖିବାକୁ ଏ ସବୁ ଦାଣ୍ଡ ଦେଖାଣ। ଡଙ୍ଗା ଯଦି କେବେ ବୁଡ଼େ ତ ଏକାଥରେ ଅତଳ ତଳେ ଲାଗିବ।

ଲାଭ ହେଉ ନାହିଁ?

ଯଥେଷ୍ଟ ହେଉଚି। ଲୋକେ ଜାଣିବାକୁ ସିନେମା ଘର ମୋର, କିନ୍ତୁ ଠୁନ୍ ଠୁନ୍ ୱାଲାଙ୍କ ସଙ୍ଗେ ଯେଉଁ ଏଗ୍ରିମେଣ୍ଟ ହୋଇଛି, ତା'ର ସର୍ତ୍ତ ପୂରଣ କରିବାକୁ ସବୁ ଆୟ ନିଅଣ୍ଟ। ତେଣୁ, ମୁଁ ହୋଇଛି ଜଣେ ଦରମାଖିଆ କର୍ମଚାରୀ। ଆପଣ ମୋର ବନ୍ଧୁ ବୋଲି ସତ କଥାଟି ଆପଣଙ୍କୁ ଜାଣିବାକୁ ଦେଲି।

ଏଗ୍ରିମେଣ୍ଟ କାଟି ଦେଉନାହାନ୍ତି?

ପନ୍ଦର ହଜାର ଟଙ୍କା କ୍ଷତିପୂରଣ ଦେବାକୁ ପଡ଼ିବ।

ବରଂ, ଦେବା ଭଲ।

ତୁହିନା ସେହି କଥା କହୁଛନ୍ତି। ତାଙ୍କର ଆଉକିଛି ଗହଣା ବିକି କ୍ଷତିପୂରଣ ଦେଇ, ମୁଁ ମୁକ୍ତି ଲାଭ କରିପାରନ୍ତି; କିନ୍ତୁ ତା'ପରେ ମୁଁ କରିବି କଅଣ, ସେତିକି ମୋର ଭାବନା।

ଅନ୍ୟ ବ୍ୟବସାୟ?

ଖାଲି ଏକ୍ସପେରିମେଣ୍ଟ କରି ଥରକୁ ଥର ଲସ୍ ହେଉଥିବି? ଅନ୍ତତଃ ପାଞ୍ଚଶତ ମୁଦ୍ରା ତ ମାସକୁ ମାସ ମିଳୁଛି, ବ୍ୟବସାୟ ଭଲ ଚାଲିଲେ ଆହୁରି ଅଧିକ ମିଳିପାରେ।

ତୁହିନା ଆସିଲେ। ଡ୍ରଇଂ ରୁମ୍‌ରେ ସୁନନ୍ଦକୁ ଦେଖି ନମସ୍କାର ଜଣାଇ କହିଲେ, ଏତେଦିନକେ ଆମେ ମନେପଡ଼ିଲୁ?

ସୁନନ୍ଦ ପ୍ରତିନମସ୍କାର କଲା। ହସହସ ହୋଇ ମଳୟ ଓ ଛବିଳାଙ୍କୁ ପାଖକୁ ଟାଣିଲା। ଦୁହିଁଙ୍କ ହାତରେ ଦୁଇ ପ୍ୟାକେଟ୍ ଲେମନ୍ ଚୁସ ଧରାଇଦେଇ ତୁହିନାଙ୍କୁ କହିଲା, କ୍ଷମା କରିବେ, ଆସିବାକୁ ବେଳ ପାଇନାହିଁ।

ଆୟା ଆସି ଛବିଳା ଓ ତୁହିନାଙ୍କୁ ଡାକି ନେଇଗଲା। ଅଧା ବୟସିଆ

ସ୍ତ୍ରୀଲୋକଟିଏ, ଅଳପ ଗୋରା, ବେଶ୍ ମୋଟାମୋଟି, ଗୋଲ ମୁହଁରେ ଲମ୍ବ ନାକ ଓଠରେ ହସ ବସା ବାନ୍ଧିଛି।

ଅତନୁ ଉଠିଲେ। କହିଲେ, ମୋର ଯିବାର ସମୟ ହେଲା ସୁନନ୍ଦବାବୁ, ଆପଣ ତୁହିନାଙ୍କ ସଙ୍ଗେ ଗପ କରନ୍ତୁ।

ମୁଁ ବି ଚାଲିଲି, ବିଶେଷ ଜରୁରୀ କାମ ଅଛି।

ସୁନନ୍ଦ ଉଠିଲା। କାହିଁ, ତୁହିନା ଅଟକାଇଲେ ନାହିଁ ତ, ପଚାରିଲେ ନାହିଁ ଘରକଥା। ଖଳ ଲଗାଇବାକୁ ଥଟ୍ଟା କରି ଛିଗୁଲେଇ କହିଲେ ନାହିଁ, ହିମାନୀ ଆପଣଙ୍କ କଥା ଲେଖୁଛନ୍ତି ?

ଆଉସବୁ ଭଲ ତ? ପୁଣି କେବେ ଆସିବେ? ନନ୍ଦିକାଙ୍କୁ ଲେଖିଦେବେ, ମତେ ଭୁଲିବେ ନାହିଁ। ଲଳିତାଙ୍କୁ ଥରେ କଟକ ଆଣିବେ।

ତୁହିନାଙ୍କର ଉପରଠାଉରିଆ ଆଗ୍ରହର ଉତ୍ତର ସୁନନ୍ଦ ଦେଲା ଗୋଟିଏ ପଦରେ, ହଉ-।

ଗେଟ୍ ବନ୍ଦ କରିବା ବାହାନାରେ ଘରଆଡ଼କୁ ଅନାଇଁ ସୁନନ୍ଦର ପ୍ରଶ୍ନିଳ ମନ ଓ ଆଗ୍ରହୀ ଆଖି ଯାହାଙ୍କୁ ପୁଣି ଖୋଜିଲା, ସେ ବାରଣ୍ଡାରେ ଠିଆ ହୋଇ ଗେଟ୍ ଆଡ଼କୁ ଚାହିଁ ନ ଥିଲେ। ଘରଭିତରକୁ ଚାଲିଯାଇଥିଲେ। ଚାକର ଟୋକାଟି ହାତରେ ଝାଡ଼ୁଧରି ଅନାଇଛି।

ସୁନନ୍ଦ ରାସ୍ତାଆଡ଼କୁ ମୁହଁ ବୁଲାଇଲା। ଅତନୁଙ୍କର ନୂଆ ମଟରଗାଡ଼ି ରାସ୍ତା ମୋଡ଼ରେ ମୁହୂର୍ତ୍ତେ ଅଟକିଲା। ସୁନନ୍ଦ ସାଇକେଲ ଚଢ଼ି ସେଇ ଆଡ଼କୁ ଚାଲିଲା। ଅତନୁଙ୍କର ଗାଡ଼ି ରାସ୍ତାର ମୋଡ଼ ବୁଲିଲା।

ସୁନନ୍ଦର ମନରେ ଅସୁମାର ପ୍ରଶ୍ନ। ସବୁ ପ୍ରଶ୍ନର ମନମତାଣିଆ ଉତ୍ତର ତା'ର ମନହିଁ ତାକୁ ଦେଲା, ତମେ ଆଉ ଆସିବ ନାହିଁ, ତମେ ଏ ଘରେ ଅଲୋଡ଼ା, ତମେ ପଳାଅ, ପଳାଅ—

କୁକୁରମାଛି ଲାଗିଲା ପରି ସୁନନ୍ଦ ପଳାଇଆସିଲା। ମନର ଅଶାନ୍ତ କୋହ ଓ ଅଭିମାନ ମନ ଭିତରେ ଚିତ୍କାର କଲା, ସେ ଗୋଟାଏ ସିନେମାଘର କରିବ, ନୂଆ ଜାଗା କିଣି ଘରଟିଏ ତୋଳିବ, ମଟରଗାଡ଼ି କିଣିବ। ତୁହିନା ତାକୁ ଯେଉଁ ଅପମାନ ଦେଇଛନ୍ତି, ଅତନୁ ଯେଉଁ ଅନାସ୍ଥାଭାବ ଦେଖାଇଛନ୍ତି, ସେ ତା'ର ପ୍ରତିଶୋଧ ଅବଶ୍ୟ ନେବ।

ରାଜୀବ ଧୀର ସ୍ଥିର ହୋଇ ସବୁ ଶୁଣିଲା। କହିଲା, କରିବା ଯେ ଭାଇ, ତରତର ହେବା ଭଲ ନୁହେଁ। ବୁଝି ବିଚାରି ଭାବିଚିନ୍ତି ସ୍ଥିର କରିବା। ପରଙ୍କ ଉପରେ

ଅଭିମାନ କରି ଅନ୍ଧାରରେ ବାଡ଼ି ବୁଲାଇଲେ ପାହାର ଆମରି ମୁଣ୍ଡରେ ବାଜିପାରେ। ବର୍ତ୍ତମାନ ଟଙ୍କା ଯୋଗାଡ଼ ନ କଲେ ଅସୁବିଧା ହେବ। ଆଗ ସେ ବିଷୟ ବିଚାର କରିବାକୁ ହେବ।

ସୁନନ୍ଦ କହିଲ, ତୁ ବି ମୋ ସଙ୍ଗରେ ଗାଆଁକୁ ଚାଲ, ଟଙ୍କା ନେଇଆସିବୁ।

ଦରକାର ନାହିଁ। ସାତହଜାର ଟଙ୍କା ଅସୁଲ ହୋଇଯିବ। ମୁଁ ନୋଟିସ ଦେଇଥିଲି। ଭାବୁଛି, ଅଭାବ ହେବ ନାହିଁ। ଆପଣ ଏକା ଗାଆଁକୁ ଯାଉନ୍ତୁ।

ସବୁ ଆଗ୍ରହରେ ଏଇ ରାଜୀବଟା ବାଧା ଦିଏ।

ଦିନଟିଏ କଟିଲେ ସିଦ୍ଧାନ୍ତ ଦୋହଲିଉଠେ। ସାତଦିନ ପରେ ଆଉ ପରେ ଦେଖାଯିବାର ସତର୍କତା ମନରେ ପଶେ। ମାସେ ବିତିଲେ, ନ କରି ଭଲ କରିଛି କରିଥିଲେ ମରିଥାନ୍ତିର ସାନ୍ତ୍ୱନା ଆସେ। ସୁନନ୍ଦ ନିଜକୁ ମଣେ ଅତି ବୁଦ୍ଧିମାନ।

ସବୁ ବୁଦ୍ଧି ତା'ରି ହଜିଛି। ଜଟିଳ ପରିସ୍ଥିତି। ପରାମର୍ଶ ସେ ନେବ କାହାଠାରୁ ? ସମସ୍ତେ ତା'ରି ଘରଆଡ଼କୁ ଚାହିଁ ରହିଛନ୍ତି। ମଜା ଦେଖିବେ, ମନଖୁସିରେ ଦୁଃଖ କରି କହିବେ, ସଂସାରରେ ଯାହା ସ୍ୱାଭାବିକ ତାହାହିଁ ଘଟିଲା, ନୂଆ କିଛି ହୋଇନାହିଁ, କାହାରି ଦୋଷ ଦେଇ ହେବ ନାହିଁ।

ହସଖୁସିର ସଂସାରରେ ଦୁଃଖ ଓ କାନ୍ଦର ବନ୍ୟା। ମାଆଙ୍କ ପାଖରେ ବସିଲେ ସେ କହୁଛନ୍ତି, ସାନବୋହୂ ଜବାବ ଦେଲା, ମୋର ରାଗ ବଢ଼ିଲା, ଚାରିକଥା କହିଲି। ସେ ଛାଡ଼ିଲା ନାହିଁରେ ପୁଅ, ପଦେ କହିଲେ ଓଲିଟି ଦିପଦ ଜବାବ। ଛୋଟଘରର ଝିଅ, ରାହାବାଲୀଟା। ଏବେ ତା'ର ଗୁଣ ଜଣାପଡ଼ିଲା। ବଡ଼ବୋହୂର ପିଲା ହେବ ଜାଣି ଈର୍ଷାରେ ସେ ଜଳିପୋଡ଼ି ହେଉଛି।

ତୁନୀ ହ ବୋଉ !

ତୁନୀ ହେବି ତ ପଚାରିଲୁ କାହିଁକି ?

କଅଣ ତୁ ଚାହୁଁଛୁ ତେବେ ?

ମରଣ ?

ଲଳିତା ତା' ବାପଘରକୁ ଚାଲିଯାଉ।

ସେଇଆ ସେ ତତେ ଶିଖେଇଛି, ନା ? ଏ ଘରର ବୋହୂ ଯାଇ ସେ ଘରେ ପତର ଗୋଟେଇବ, ବାସନ ମାଜିବ, ଭଗାରିହସା ହେବ ? ସେକଥା ହୋଇପାରିବ ନାହିଁ। ଆଗ ମୋର ମରଣ ହେଉ, ସେଇଠୁ ତମେ ଯାହା କରିବ।

ରୋଗଣୀ ବୁଢ଼ୀ ମାଆଙ୍କ ସଙ୍ଗରେ ତର୍କ କରି ତାଙ୍କର ଭୁଲ ବତାଇଦେବା ଅତି ବିଡ଼ମ୍ବନା। ଅନୁତାପ ସେ କରିପାରେ; କିନ୍ତୁ ମରଣ ଯାହାକୁ ହାତ ଠାରିଲାଣି ତା'ର ମନରେ ଅନୁତାପ ଆଣିବା ଅନ୍ୟାୟ। ସବୁ ଭୁଲ ଲଳିତାର। ବୁଢ଼ୀ ମଣିଷର କଥାରେ ଓଲଟି ଉତ୍ତର ଦେବା ତା'ର ଉଚିତ ନ ଥିଲା।

ସୁନନ୍ଦ ତା'ର ବୋଉର ଦୁଇ ଗୋଡ଼ରେ ମୁଣ୍ଡ ଲଗାଇଲା। କହିଲା, ମୋର ସବୁ ଦୋଷ ହୋଇଚି। ଆଉ ଗୋଟାଏ ବୋହୂ ଆଣିବାକୁ ନନ୍ଦିକା ଯେତେଥର ମତେ କହିଥିଲା, ମୁଁ ମନା କରିଥିଲି, ବିରକ୍ତ ହୋଇଥିଲି। ପିଲାଟିଏ କୋଳରେ ଧରିବାକୁ ଯେଉଁ ବ୍ୟାକୁଳତା, ଯେଉଁ ଅଭିମାନ ଓ କାନ୍ଦ ତା'ର ମୁଁ ଦେଖିଲି, ଇଛା ନ ଥିଲେ ବି ମୁଁ ବାଧ୍ୟ ହୋଇ ହଁ ଭରିଲି। ଛୋଟଘରର ଝିଅଟାକୁ ତମେ ଏ ଘରେ ଆଣି ରଖିଲ। ସେଥିପାଇଁ ମୁଁ ନନ୍ଦିକାର ବି ଦୋଷ ଦେଉଛି।

ଅଭୟା ଥରି ଥରି ଉଠି ବସିଲେ। କୋରଡ଼ିଆ ଆଖିରୁ ଲୋତକ ଝରିପଡ଼ୁଥାଏ। ଦି'ପହରର ଜଳିଲା ଖରା ଅଗଣାରେ ଦିଶୁଛି କୋହଲା। ତାଙ୍କର ଥରିଲା ସ୍ୱର କହିଉଠିଲା, ମୋ ନନ୍ଦିକାର ଦୋଷ କେହି କେବେ ଦେବ ନାହିଁରେ, ସେ ଶୁଦ୍ଧ ସୁବର୍ଣ୍ଣ। ମୁଇଁ ନିଆଁ ଲାଗୀ ସୁଉତୁଣୀ ଅଣାଇବାକୁ ତାକୁ ବାଧ୍ୟ କଲି। ନାତିଟିଏ କୋଳରେ ନ ଧରି ଆଖି ବୁଜିଥିଲେ ପ୍ରାଣ ମୋର ଛଟପଟ ହୋଇଯାଆନ୍ତା, ସେଇଥିପାଇଁ।

ଆଉ, ଲଳିତା ? ତା' କଥା ପଦେ ତୁ କହୁନାହିଁ, ବୋଉ ? ଏ ଘରକୁ ଆସିବାକୁ ସେ ତପସ୍ୟା କରୁ ନ ଥିଲା, ହମ ହମ ହେଉ ନ ଥିଲା। ଦୁଃଖୀ ହେଉ, ଦରିଦ୍ର ହେଉ, ସେ ବି ସପନ-ଦେଖିଲା ଝିଅଟିଏ। ସପନ କେବେ ତା'ର ଚାହିଁ ନ ଥିବ ଯେ ଗୋଟାଏ ଦରବୁଢ଼ା ବର, ଗୋଟାଏ ଅନୁର୍ବାର ସଉତୁଣୀ, ପୁଣି ଜଣେ ଅବୁଝା ନିର୍ଦ୍ଦୟା ଶାଶୁ ମେଳରେ ସେ ଘରସଂସାର କରିବ।

ସୁନନ୍ଦର ମନ ଏ କଥା ତା' ମନକୁ ସିନା କହିଲା, ତା'ର ତୁଣ୍ଡ ଖୋଲିଲା ନାହିଁ। ବୋଉ ଆଉ କଅଣ କହିଲେ, ସେ ଶୁଣିନାହିଁ। ଲଳିତାର ଦୁଃଖରେ ମା'ର ମନ ହା-ହାକାର କରିଉଠିଲା। ଧୀରେ ଧୀରେ ଉଠି ସେ ଅଭୟାଙ୍କ ପାଖକୁ ଚାଲିଆସିଲା।

ଖରା ତେଜ ମଉଳି ଆସିଲାଣି। ନନ୍ଦିକା ପାଖରେ ଲଳିତା ବସିଛି। ଖୋଲା କେଶ ସପ ଉପରେ ଲୋଟୁଛି। ଶୁଖିଲା ଦିଶୁଛି ତା'ର ମୁହଁ, କାନ୍ଦ କାନ୍ଦ ଢଙ୍ଗ। ମୁହଁକୁ ଅନାଉ ନାହିଁ। ଦେହରେ ମୁଣ୍ଡରେ ଗହଣା ନାହିଁ। ନନ୍ଦିକାଟି ବି ସେମିତି ଶୁଖିଲା ଦିଶୁଛି।

ନନ୍ଦିକା ଠିଆହେଲା। ଲଳିତା ବି।

ସୁନନ୍ଦ ଆଗ କହିଲା, ବୋଉ ଅସନ୍ତୁଷ୍ଟ ହୋଇଛି। ଛୋଟ କଥାକୁ ମନ ଭିତରେ ବଡ଼ କରି ରଖିଛି। ମୁଁ ବୁଝେଇବାକୁ ଚେଷ୍ଟା କଲି। ମୋ ଉପରେ ସେ ଫାଉଁକରି ଉଠିଲା। ଏଥିପାଇଁ ମନରେ ଦୁଃଖ, ରାଗ କି ଅଭିମାନ କରିବା ଠିକ୍ ନୁହେଁ। ମଣିଷର ବୟସ ହେଲେ ପ୍ରକୃତି ଖିଟଖିଟ ହୁଏ। ସେ ଏକାବାଗିଆ ହୁଏ।

ନନ୍ଦିକା କହିଲା, 'କା' କୁ ମୁଁ ସେଇଆ କହିଲି। ସବୁ ଦୋଷ ମୋର ବୋଲି ମୁଁ ମାନିଲି। 'କା' ମତେ ପଲଙ୍କରୁ ତଳକୁ ଓହ୍ଲେଇ ଦିଏ ନାହିଁ। ମୋ ଦେହ ଭଲ ନାହିଁ ବୋଲି ନିଜେ ସେ ରାତି ଅଧଯାଏ ପାଖରେ ଜଗିବସେ। ଦିନରାତି କାମ କରି କରି ପିଲାଟା ଶୁଖିଗଲା। ମୋ ଧିଅ ସହିଲା ନାହିଁ। ରୋଷ ଘରକୁ ନ ଯିବାକୁ କହି ସେ କେତେ ରାଣ ନିୟମ ପକେଇଥିଲା। ରାତି ଅନିଦ୍ରା ହୋଇ ଟିକିଏ ଡେରି ହେଲା ତା'ର ଉଠିବାରେ। ଭାବିଲି, ଶୋଇଛି ତ ଶୋଇଥାଉ। ନିଜେ ଗଲି ରୋଷେଇ ଘରକୁ। ମୁଣ୍ଡ ବୁଲେଇଲା –

ଲଳିତାର ଆଖିରେ ଲୁହ ଛଳଛଳ ହେଲା। ସେ ଆର ଘରକୁ ଚାଲିଯାଉଥିଲା, ସୁନନ୍ଦ ତା'ର ହାତ ଧରି ଅଟାକାଇଲା। କହିଲା, ଶୁଣ।

ନନ୍ଦିକା କହିଲା, ସବୁ ମୋର ଦୋଷ। 'କା'ର କଥା ମୁଁ ମାନିଲି ନାହିଁ। ଏହା ମୁଁ ବୋଉଙ୍କୁ କହିଲି। ସେ କହିଲେ କଥା ଚଳେଇ ନେବାକୁ ମୁଁ କୁଆଡ଼େ ଏମତି କହୁଛି। ବୁଢ଼ୀ ମଣିଷ, ଯାହା ବୁଝିଥିବେ, ସେଇଆ। କଥାକୁ ଛଳ କରିବା ଭଲ ନୁହେଁ।

ଲଳିତାର ହାତଧରି ନନ୍ଦିକା କହିଲା, ଆ ମୋର ସୁନାଭଉଣୀଟି, ମୋ ଦୋଷ ମୁଁ ମାଗି ନଉଚି।

ଲଳିତାର ଆଖିରୁ ଏଥର ଲୁହ ଝରିଲା। ସେ କହିଲା, କାହାରି ଦୋଷ ମୁଁ ଦେଉନାହିଁ। ସବୁ ମୋ ଭାଗ୍ୟର ଦୋଷ। ମୁଁ ଗରିବ ଘରର ଝିଅ, ବାପା ମା' ଖାଇଛି। ଭାଉଜର ଗାଳିମାଡ଼ ସହି ଚାକରାଣୀ କାମ କରିଛି, ପେଟକୁ ମୁଠିଏ ଖାଇ ବାପଘରେ ଦରବୁଢ଼ୀ ହେଲି, ତାଙ୍କର ଟୋକାପୁଅର ହାତ ଧରି ନ ଥିଲେ ବାଡୁଅ ରହିଥାନ୍ତ, ତାଙ୍କରି ବୋହୂ ନନ୍ଦିକା ଗରିବ ଘରର ନିଆଶ୍ରୀ ଝିଅ ଦେଖି ଦୟାକରି ଆଣି ଏ ଘରେ ମତେ ଠାବ ଦେଇଛନ୍ତି, ତଥାପି ମୁଁ ଈର୍ଷା କରି ତାଙ୍କ ବୋହୂକୁ ରୋଷେଇଘରକୁ ପଠେଇ ଦେଇଥିଲି–

ନନ୍ଦିକା ଲଳିତାର ପାଟିରେ ହାତ ଦେଲା। ବିଚଳିତ ହୋଇ ମୁହଁ ଫଣଫଣ କରି କହିଲା, ଏ କି କଥା କହୁଛୁଲୋ, ବାଇଆଣୀ ହେଲୁକି ? ମଣିଷ କ'ଣ ସପନ

ଦେଖେ ନାହିଁ ? ସପନ କଥାକୁ ମନରେ କିଏ ଧରି ବସିଥାଏ ମ ! ବୁଢ଼ୀ ଲୋକ ସେ, ତୁ ପଦେ କହିଲାରୁ ସେ ରାଗିଯାଇ ତୁଣ୍ଡକୁ ଯାହା ଆସିଲା, ବକିଲେ। ସେଗୁଡ଼ା ତାଙ୍କ ମନର ଭାଷା ନୁହେଁ ଲୋ 'କା', ରାଗ ଫଣଫଣ ଓଠର ଭାଷା ! ସେଗୁଡ଼ା ତୁ ମନରେ ଧର ନା।

ନନ୍ଦିକାର ହାତକୁ ପାଟିରୁ ଖସାଇ ଲଳିତା କହିଲା, କେତେ ଆଉ ସହନ୍ତି ? ମନକୁ କାଟିଲା ବୋଲି ପାଟିରୁ ମୋର ଖସିଗଲା; ମୁଁ କ'ଣ ବଳେ ବେଳେ ଆଇଚି କି ? ଏତିକିରେ ଏଡ଼େ ବଡ଼ ଦୋଷ କରି ପକେଇଲା ?

ଦୋଷ ହେଲା ବୋଲି କେହି କହୁନାହିଁ। ସବୁ ଦୋଷ ମୋ'ର ହୋଇଛି, ମୁଁ ମାଗିନେଇଛି।

ମୋ ପାଟିରେ ହାତ ଦେଇ ମୋ ତୁଣ୍ଡର କଥା ସିନା ବନ୍ଦ କରୁଛୁ, ତାଙ୍କ ପାଟିରେ ହାତ ଦେଲୁ ନାହିଁ ତ ?

ଏଡ଼େ ସାହସ କେମିତି କରନ୍ତି ଲୋ, ସେ ଗୁରୁଜନ, ତାଙ୍କ ମୁହଁରେ ହାତ ଦେବା ଆମର ଧର୍ମ ନୁହେଁ, ତାଙ୍କ ଗୋଡ଼ରେ ହାତ ଦେବା ଆମର ଧର୍ମ। ସେ ସବୁ ପୁଣି କାହିଁକି ପଡୁଛି ? ଚର୍ଚ୍ଚା କରିବାକୁ ମୁଁ ତତେ ମନା କରିଥିଲି। କହିବା ଲୋକ ବଡ଼ ନୁହେଁଲୋ 'କା', ସହିବା ଲୋକ ଯେ ବଡ଼।

କେତେ ତୁ ସହିଥିବୁ ମନ କଲେ ? ତୁ ଯଦି ସେଇଠି ମୁହଁ ଖୋଲି ସତକଥା କହିଥା'ନ୍ତୁ ସେ ମତେ ଏମିତି ତୁକାର କରି ଶୋଧୁଥାନ୍ତେ କାହିଁକି ? ତାଙ୍କାର ଛି ଛାକରା ଗାଳି ଶୁଣିବାକୁ ତତେ ଖୁସି ଲାଗିଥିବ ମନ କଲେ।

'କା' !

ନନ୍ଦିକା କଟମଟ କରି ଲଳିତାର ହାତ ଧରିଲା। ଆଖିରେ ତା'ର ଅନଳ ଜଳୁଛି। ଲଳିତା ପରି ଝିଅର ତୁଣ୍ଡରେ ଏ କଥା। ମନରେ ଏତେ ମଇଳା ? ଆଗରେ ସ୍ୱାମୀ ନିର୍ବାକ୍ ହୋଇ ଠିଆ ହୋଇଛନ୍ତି। ସତେକି ଗୋଟିଏ ନିର୍ଜୀବ ଖୁଣ୍ଟ, କି ପଥର। ଏତେଦିନ ପରେ ସେ ବୁଝିବାକୁ ଚେଷ୍ଟା କରୁଛନ୍ତି, ଯେତେ ଯାହାକଲେ ସଉତୁଣୀ କେବେ ଜା, ନଣନ୍ଦ, ଭାଉଜ, ଭଉଣୀ କି କନ୍ୟା ହେଇପାରେ ନାହିଁ। ବନ୍ଧୁପଣକୁ ବି ସତେ ସେ ସରି ନୁହେଁ। ସେ କେବଳ ସଉତୁଣୀ ହିଂସାବାଦ, ଈର୍ଷାଦ୍ୱେଷ ଓ ରାଗରୋଷରେ ଭରପୂର ମୂର୍ତ୍ତି।

ନନ୍ଦିକା ଲଳିତାର ହାତ ଛାଡ଼ିଲା।

ଉତ୍ତର ନ ଦେଇ ଲଳିତା ଦମଦମ ହୋଇ ଚାଲିଗଲା ଆର ଘରକୁ।

ସୁନନ୍ଦ କାବା ହୋଇ ଠିଆ ହୋଇଛି। ଏକ ଦୃଷ୍ଟିରେ ଅନାଇଁ ରହିଛି ସପ ଉପରକୁ, ଦୋଷ ଦେଉଛି କି ନନ୍ଦିକାର? ତା'ର ଅନୁତପ୍ତ ମନ କହିଉଠୁଛି କି ନିଜ କର୍ମର ପରିଣତି ଦେଖିଲ ତ ନନ୍ଦିକା?

ଚମକି ଉଠିଲାପରି ସୁନନ୍ଦ କହିଲା, ଲଳିତା ନିଶ୍ଚୟ କାହାର କୁଶିକ୍ଷାରେ ପଡ଼ିଛି। ତା'ର ମୁହଁ ବଢ଼ିଛି। ଶାସନ ଲୋଡ଼ା!

ଛି, ଛି, ଏ କି କଥା କହୁଛ? ଲଳିତା ମୋର ସାନ ଭଉଣୀ। ପିଲା ଲୋକ ସେ, ଟାଣ କଥା ପଦେ କେବେ ଶୁଣି ନ ଥିଲା। ଟାଣ କଥା ସହିପାରିଲା ନାହିଁ। ଅବୁଝା ହେଇଛି। ତମେ ତାକୁ କିଛି କହିପାରିବ ନାହିଁ। ଯଦି ଶାସନ ଲୋଡ଼ା ତ ମୁଁ ଶାସନ କରିବି।

ତମେ? ପାରିବ?

ଅସମ୍ଭବ ମଣ ନାହିଁ। ତମର ସେ ସ୍ନେହ ଲୋଡ଼େ, ସହାନୁଭୂତି ଲୋଡ଼େ, ଶାସନ ଲୋଡ଼େ ନାହିଁ। ତମକୁ ମୁଁ ଅନୁରୋଧ କରୁଛି, ତାକୁ ତମେ ପଦଟିଏ ବି ଟାଣ କଥା କହିବ ନାହିଁ।

ଉତ୍ତର ନ ଦେଇ ସୁନନ୍ଦ ପଦାକୁ ବାହାରିଗଲା।

ଏବେବି ସଞ୍ଜ ଉଛୁର ଅଛି। କଟକରୁ ଧାଇଁ ଆସିଛନ୍ତି। ଜଳଖିଆ ଟିକିଏ ଖାଇନାହାନ୍ତି। କେବଳ ଅରୁଚାପରୁଚା, ବଚନିକାରେ ବେଳ ବିତିଲା। କେହି ଜିତିଲା ନାହିଁ, ସମସ୍ତେ ହାରିଲେ।

ନନ୍ଦିକା ପଦାକୁ ଆସିଲା। ଲଳିତା ଆର ଘରବାଟେ ବୁଲି ରୋଷଘରକୁ ଚାଲିଯାଇଛି। କନି ରୋଷଘରୁ ବାହାରି ହାତରେ ବଢ଼ିଣା ଧରି ଠିଆ ହୋଇଛି।

ନନ୍ଦିକା ପଚାରିଲା, ସେ କୁଆଡ଼େ ଗଲେ କି କନି?

ପଦାକୁ ଗଲେତ।

କିଛି ଖାଇନାହାନ୍ତି ମ, କେଉଁଠି ବସି ଗପ କରିବେ ତ ରାତି ଅଧ ହେବ। ଡାକ ମ ତାଙ୍କୁ।

କନି ବଢ଼ିଣା ତଳେ ପକାଇ ପଦାକୁ ଗଲା।

ଅଭୟା ଥରି ଥରି ପଦାକୁ ବାହାରିଲେ। ପାଟିକରି ଉଠିଲେ, ପୁଅ ମୋର କିଛି ନ ଖାଇ ପଦାକୁ ଗଲା? ଜଳଖିଆ କରି ରଖିନ?

କରିବାକୁ ଯାଉଛି।

ଅଭୟା କାନ୍ଥକୁ ଆଉଜି ବାରଣ୍ଡାରେ ବସିଲେ। ଭାବିଲେ, ପୁଅ ଅଖିଆ ଯାଇଛି। ମନରେ ତା'ର ଦୁଃଖ ହେଇଛି। କାହିଁକି ସେ ଏଣୁତେଣୁ ତା' ଆଗରେ କହିଲେ?

ସାନବୋହୂ କି ଅପରାଧ ବା କରିପକାଇଲା ? ମନକୁ କାଟିଲା ବୋଲି ସହି ନ ପାରି ସେ କଥା ଉପରେ ଜବାବ୍ ଦେଲା।

ମନ ହେଲା, ଲଳିତାକୁ ପାଖକୁ ଡାକିବେ, ନିଜର ଭୁଲ ସେ ମାନିବେ।

ଧଇଁସଇଁ ହେଇ କନିଖଞ୍ଜା ଭିତରକୁ ଆସିଲା। କହିଲା, ନୂଆବୋହୂ, ଗନ୍ଧିଆ କହୁଛି, ଭାଇ କଟକ ଫେରିଗଲେ।

ପରଦିନ ସଞ୍ଜବେଳକୁ ନିଜେ ଗନ୍ଧିଆ ସଅର ଆସି କଟକରେ ପହଞ୍ଚିଲା। ସେ ଚିଟାଉ ଆଣିଛି।

ନନ୍ଦିକାର ଚିଟାଉ, -ସମସ୍ତେ ନିଜ ନିଜର ଭୁଲ ବୁଝିପାରିଛନ୍ତି। ଶାସନ କଅଣ ଏମିତି କରାଯାଏ ? ନ କହି ନ ବୋଲି, ପାଟିରେ ପାଣି ନ ମାରି ତମେ ରାଗିକରି ଚାଲିଗଲ। ସେତିକିବେଳୁ ବୋଉ ବିଛଣା ଧରିଛନ୍ତି। କାହାକୁ କିଛି ସେ କହୁନାହାନ୍ତି। କେବଳ କାନ୍ଦୁଛନ୍ତି। ଖିଆପିଆ ଛାଡ଼ିଲେଣି। କେତେକଷ୍ଟ ତାଙ୍କୁ ହେଉଥିବ ବୁଝିପାରୁଛତ ? ଏ ଚିଠି ପାଇବା ସଙ୍ଗେ ସଙ୍ଗେ ବସିଲାଠଉଁ ଉଠି ଆସ। ତମକୁ ନ ଦେଖିବା ଯାଏ ସେ କେବେ ପାଟିରେ ପାଣି ଦେବେ ନାହିଁ।

ସୁନନ୍ଦ ନିଜର ଧୈର୍ଯ୍ୟହୀନତାର କୁଫଳ ଏବେ ବୁଝିବାକୁ ଚେଷ୍ଟା କଲା। ସେ ଲଳିତାକୁ ଶାସନ କରିନାହିଁ, ନିଜର ଅବିବେକପଣ ପାଇଁ ମାଆଙ୍କ ମନରେ ସେ ଦୁଃଖ ଆଣିଛି। ତାଙ୍କର ପ୍ରାଣ ସେ କଲବଲ କରିଛି। ନିଜେ ସେ କାହାରି ଆଗରେ ମନର ଛଟପଟ ଦୁଃଖ ବଖାଣିପାରିବ ନାହିଁ। ଘରକୁ ଫେରିଯିବାକୁ ମନ ଡାକିଲେ ବି କିପରି ଲାଜ ମାଡୁଛି। ଗନ୍ଧିଆକୁ ପଚାରିବାକୁ ମନ ହେଉଛି, -ନନ୍ଦିକା କେମିତି ଅଛି, ଲଳିତା ଅଛି କିପରି, କଥାଟା କଅଣ ଗ୍ରାମରେ ରାଷ୍ଟ୍ର ହେଲାଣି ?

ପଚାରି ପାରିଲା ନାହିଁ। ଚିଠିର ଉତ୍ତର ଲେଖିଲା।

ନ ଜାଣିଲା ପରି ଗାଁ ମାଇପେ ଭଲେଇ ହୋଇ ଆସୁଛନ୍ତି। ଏଠି ମାଉସୀ ସେଠି ପିଉସୀ। ଅଭୟାଙ୍କୁ ବୁଝାଇ କହୁଛି କିଏ, ଉଠ ମ ଅପା, କାହା ଉପରେ ରାଗ ଅଭିମାନ କରୁଛ ? ନିଜର ଦେହକୁ ମନକୁ କଷ୍ଟ ଦେଇପଡ଼ିଛ ? ଏବକାଳକୁ ବୋହୂଗୁଡ଼ାକ ସବୁ ସେମିତି। ସହିବେ ନାହିଁ, ମୁହଁରେ ଜବାବ ଦେବେ। ଭଲ ପିଲା ଯେ ନନ୍ଦିଆ। କାହାକୁ ପଦେ କହିଲା ନାହିଁ, ଘରେ ଗୋଡ଼ ନ ଦେଉଣୁ ମନଦୁଃଖରେ ଫେରିଗଲା।

ଅଭୟା ଉତ୍ତର ଦେଉଛନ୍ତି, ନନ୍ଦିଆ ଫେରିଗଲା ! ଏ ଜଞ୍ଜାଳରେ ମୁଇଁ ତାକୁ ପକାଇଛି । ନନ୍ଦିକା ଫଳନ୍ତି ଗଛ, କିଏ ଯଦି ଏହା ମତେ କହିଦେଇଥାନ୍ତ ଆଗରୁ । ଆଜି ଆଇଚ ଭଲେଇ ହେବାକୁ ? ବାଞ୍ଝ ବାଞ୍ଝ ବୋଲି ବୋହୂଟାକୁ ହୁରି ପକେଇଲ, କାହିଁକି ଆଇଚ ? କିଏ ତମକୁ ଡାକିଲା ?

ଲଳିତା ମୋର ଏମିତି ନ ଥିଲା । ତୁମରିମାନଙ୍କ କୁଶିକ୍ଷାରେ ପଡ଼ି ମନରେ ଈର୍ଷା ପୋଷିଛି, ମୁହଁ ଉପରେ କଥା କହୁଛି ।

ତମେ ସବୁ ଯିବଟି ଏଠୁ, ମୋ ଘର କଥା ମୁଁ ବୁଝିବି ।

ବଡ଼ ଜା ଏଣେ ଆସି ଭଲେଇ ହୋଇ କହୁଛନ୍ତି, ଈର୍ଷା, ଈର୍ଷା ମ ନନ୍ଦୀ ଦେଖୁନୁ, ଝିମିଟି ଖେଳରୁ ମହାଭାରତ ଯୁଦ୍ଧ ଭେଇବାକୁ ବସିଛି ସେ ଟୋକାଟା ! ନ ଥିଲା ଘରର ଅନାଥ ଝିଅ ବଡ଼ଘରକୁ ଆଇଲେ ଏମିତି ହୁଅନ୍ତି । କିଏ ତାକୁ କ'ଣ ଶିଖାଉଛି ମ, ନଇଲେ କିଛି କଥା ନାହିଁ, ଖୁଣ୍ଟ, ଖୁମାଣ ରୁଷା । କନିଆ ମାଇପ, ଗେରସ୍ତକୁ ହାତରେ ଧରି କଣ୍ଢେଇ ନାଚ କରିବାକୁ ମନ କରିଛି ।

ନନ୍ଦିକା ଉତ୍ତର ଦିଏ ଲଳିତା ମୋ'ର ସୁନାମୁଣ୍ଡା ମ ଅପା, ପିଲା ମଣିଷ, ଟିକିଏ ଟାଣ କଥା ସହିପାରେ ନାହିଁ । ସେ ମନ ଦୁଃଖ କରିଛି । ବଳେ ମନ ବୁଝିଯିବ ଯେ । କାହାରି କୁଶିକ୍ଷାରେ ପଡ଼ିବା ଝିଅ ସେ ନୁହେଁ । ଯାଏଁ, ବୋଉ ଡାକିଲେଣି ।

ନନ୍ଦିକା ଉଠିଯାଏ । ଆର ଘରକୁ ଚାହେଁ, ଲଳିତା ପାଖରେ କିଏ ସବୁ ବସିଛନ୍ତି । ହସଖୁସିରେ ଗପ କରୁଛନ୍ତି । ମନ କହେ, 'କା' ମୋର ଅଭିମାନିଆଟା ସିନା, ନିର୍ବୋଧ ନିର୍ବୁଦ୍ଧିଆ ନୁହଁ ।

ନିରୋଳା ବେଳ ଦେଖି ଆର ସାହୀର ଜାଆ ଲେଖା ହେବ ଆଲୁରୀ, ତିନି ପିଲାର ମା', ଭଲେଇ ହୋଇ ଲଳିତାକୁ କହିଲେ, ପିଲାଲୋକ ତମେ, କେଉଁ କଥାକୁ ଛଳ କରି ବସିଛ ? ମୂଳିଆ ମାନ କଲା ନା, ନିଜ ସେରକ ହାନି କଲା । ମାଇପୀ ଜୀବନ, ଫେରିଯିବା କଥା ତ ନୁହେଁ, କାନ୍ଦିଲେ ବୋବେଇଲେ, କି ଉପାସ ଭୋକ ରହି ଦେହ କ୍ଷୀଣ କଲେ ନିଜର କ୍ଷତି । କାହିଁକି ବା ? ହାତଧରି ବାହା ହୋଇ ଆସିଛ, ଠାକୁରେ କଲେ ସାତ ପିଲାର ମାଆ ହେବ । କେଇଦିନ ଆଉ ବୁଢ଼ୀ ବଞ୍ଚିରହିବେ ? କେତେଦିନ ଯାଏ ପରହାତକୁ ଅନେଇ ବସିଥିବ ?

ଲଳିତା ବଲବଲ କରି ତାଙ୍କ ମୁହଁକୁ ଚାହିଁ ରହିଲା ।

ଆଲୁରୀଙ୍କ ମୁହଁରେ ହସ । କହିଲେ, ହଁ ନନ୍ଦିକା ଭଲ ମଣିଷ, ଛନ୍ଦ କପଟ ଜାଣେ ନାହିଁ ? ବୁଢ଼ୀଙ୍କୁ କଅଣ କହିଥିବ ବୋଲି ସେ ବିନା କାରଣରେ ତମ ପରିକା ନିରୀହ ମଣିଷ ଉପରେ ତୁଚ୍ଛାକୁ ରାଗିଲେ ନୋହିଲେ, ତାଙ୍କୁ କଅଣ ଏମିତି ଭୂତ

ଲାଗିଥିଲା ? ପିଲାଟିଏ ହେବ ଜାଣିଲେ ସ୍ୱାର୍ଥ ଘୋଟି ଆସେ, ଲୋଭ ହୁଏ। ପିଲା ମଣିଷ ତମେ; କେଉଁ ପାଣି କେଉଁ ସୁଅରେ ଯାଉଛି କିପରି ବୁଝିବ ?

ନନ୍ଦିକା ପାଖକୁ ଆସିଲା। ଆଲୁରୀର ଘରଭଙ୍ଗା ଖୋଇ ସେ ଜାଣେ। ଆଲୁରୀ ଚୁପ୍ ସଇତାନ ବାହାରକୁ ଗୋଟାଛାଏଁ ତମର; କିନ୍ତୁ ସେ କାହାରି ନୁହେଁ। ନନ୍ଦିକା ଜାଣେ, ଆଲୁରୀ ତାକୁ ଡରେ; ତା' ପାଖରେ ପଶେ ନାହିଁ। ପଚାରିଲା, କଅଣ କି ଅପା ?

ଆଲୁରୀ କହିଲେ, ଲଳିତାକୁ ବୁଝାଉଥିଲି।

ମୁଁ ସେତକ ପାରିବି ଯେ, ଉଠି ଆ ଲୋ 'କା'। ଆମେ ଆମର କଜିଆ କଲୁ, କି ଉପାସ ଭୋକରେ ରହିଲୁ, କି ଯାହା କଲୁ ସେଥିକି ପର ଲୋକଙ୍କର ମୁଣ୍ଡ କାହିଁକି ବଥଉଚି ? ଆମେ ଆମ କଥା ବୁଝିବୁ। ତୁ ଉଠିଆ –

ମୁଁ କଅଣ ପିଲାଛୁଆ ହୋଇଛି ? ମଣିଷ ଜନ୍ମପାଇ ପଦେ କାହା ସଙ୍ଗେ କଥାଭାଷା ହେବାକୁ ମୋର ଅଧିକାର ନାହିଁ କି 'ସା' ? ପରର ଶିକ୍ଷାରେ ମୁଁ ପଡ଼ିଯିବି ବୋଲି ତୋର ଡର କି ?

ମୋ ପାଇଁ ଡର ନାହିଁ।

ମୋ ପାଇଁ? ଏତେ ଅବିଶ୍ୱାସ ?

ତମେ ଏଠୁ ଯିବଟି ଅପା !

ଯାଉଛି ଗୋ ପରଘର ଭାଙ୍ଗିବା ଆମ ବେଉସା ନୁହେଁ। କାହା ଘରକୁ ଗଲେ କେହି ଏମିତି ତଡ଼ି ପକାଏ ନାହିଁ।

ହଉ, ତମେ ଯାଅ।

ଆଲୁରୀ ଉଠିଲେ। ନିଃସହାୟ ଆଖିରେ ଲଳିତାର ମୁହଁକୁ ଚାହିଁଲେ। ଲଳିତା ସେହି ଚାହାଣୀରୁ ଜାଣିଲା ଛିଗୁଲା ଛିଛାକର, - ଆଲୋ ତୋ ଜୀବନଟା ଏଇଟା, କାହା ସଙ୍ଗେ ଏ ଘରକୁ ଦୟାକିର ଆଣିଛି ବୋଲି ମଣିଛି, ସବୁ କଥାରେ ତାହାରି ହାତ ତଳେ ତୁ ରହିବୁ।

ଲଳିତା ଉଠି ଠିଆହେଲା। କଟମଟ କରି ଚାହିଁଲା ମୁହୂର୍ତ୍ତେ ନନ୍ଦିକାର ମୁହଁକୁ। ମୁହଁ ବୁଲାଇ ଆଲୁରୀର ହାତ ଧରିଲା। କହିଲା ଯିବ କାହିଁକି ? ବସୁନା।

ନାଇଁ ଗୋ, ଆମେ ଖରାପ ମଣିଷ।

କାହା ପାଖରେ ସିନା, ମୋ ପାଖରେ ନୁହଁ।

ଲଳିତା ଆଲୁରୀଙ୍କର ହାତ ଟାଣି ନେଲା ପଲଙ୍କ ପାଖକୁ। ପଲଙ୍କ ଉପରେ ବସାଇ ନିଜେ ତାଙ୍କ ପାଖରେ ବସିଲା। ଦେହ ଥରଥର ହୋଇ କମ୍ପୁଛି। ମନ କହିଲା,

ଏଥର 'ସା' ବୁଝିବ ଯେ, ଲଳିତାର ଭଲମନ୍ଦ ବାରିବାର ଶକ୍ତି ଅଛି, ତା'ର ଗୋଟିଏ ଇଚ୍ଛା ଅଛି, ଅଧିକାର ଅଛି, ଆଉ ସେ ତା'ର ଇଚ୍ଛା ଓ ଅଧିକାରକୁ ବଜାୟ ରଖିବାକୁ ପରର ଅନୁମତି ଲୋଡ଼େ ନାହିଁ, କେବେ ଲୋଡ଼ିବ ନାହିଁ।

ଦୁହିଁଙ୍କୁ ଅବାକ୍ କରି ନନ୍ଦିକା ପାଟିକରି ହସିଉଠିଲା। ସେହି ହସ ମାଇସଞ୍ଜର ପାତଳା ଛାଇକୁ ସତେକି ଥରାଇଦେଲା। ତା'ର ହସ ଥମିଲା। ସେ କଅଁଳେଇ କହିଲା, ମନଇଚ୍ଛା ଗପ କର ଗୋ ଅପା, ଯେତେ ଯାହା ଗପିଲେ ବି ମୋ 'କା'କୁ ମୋ ଛାତି ପାଖରୁ ଅଲଗା କରିପାରିବ ନାହିଁ, ପାରିବ ନାହିଁ କହୁଛି।

ସଞ୍ଜୀବତୀ ଦେବାବେଳ ପାଖେଇ ଆସିଲା। ନନ୍ଦିକା ସଞ୍ଜ ଦେବ। ଗନ୍ଧିଆ କାଲି କଟକ ଯାଇଛି। ମନ କହୁଛି, ସ୍ୱାମୀ ନିଶ୍ଚୟ ଆସି ପହଞ୍ଚିବେ। ସେ ଆଜି ନିଜେ ରୋଷଇ କରିବ। ଦେଖିବ, କିଏ ଆଜି କେମିତି ଏ ଘରେ ଉପାସ ରହିବ, ଅଭିମାନ କରିବ।

ଆର ଖଞ୍ଜାରେ କନି କହିଲା, ଭାଉଜ, ଗନ୍ଧିଆ ଫେରିଲାଣି, ସେ ଆଉଚି।

ତମ ଭାଇ ?

କାମ ଛିଣ୍ଡାଇ ପଛରେ ଆସିବେ, ଚିଠି ନିଅ।

ଆଲୁରୀ ସେଇବାଟେ ପଦାକୁ ଗଲେ। ଅଭୟା ବି ଚାହିଁ ରହିଥିଲେ। ପାଟି ଫିଟାଇଲେ ନାହିଁ।

ଚିଠିଖଣ୍ଡି ଲଳିତାକୁ ଦେଇ ନନ୍ଦିକା କହିଲା, ପଢ଼ ସେ କ'ଣ ଲେଖିଛନ୍ତି। ଆସି ପହଞ୍ଚିବେ ତ ଚିଠିଟାଏ ପୁଣି ଦେଲେ କାହିଁକି ?

କନି ଆଲୁଅ ଟେକି ଧରିଲା। ଲଳିତା ମନେ ମନେ ପଢ଼ିଲା- ଘରେ ଅଶାନ୍ତିର ନିଆଁ ଜଳୁଥିବାଯାଏ ଦାଣ୍ଡଲୋକେ ଆସି ନିଆଁକୁ ଫୁଙ୍କି ଫୁଙ୍କି ଜଳାଇ ଆହୁରି ଅଶାନ୍ତି ମୋହି ଦେଉଥିବେ। ଘର ପଛେ ପୋଡ଼ି ଜଳି ଛାରଖାର ହେବ, ମୋ ଗୋଡ଼ ଆଉ ସେଠି ପଡ଼ିବ ନାହିଁ।

ଥମ୍ବିଲା ହାତରେ ଲଳିତା ପତ୍ରଟି ନନ୍ଦିକାର ହାତକୁ ବଢ଼ାଇ ଦେଇ ଚାଲି ଯାଉଥିଲା, ନନ୍ଦିକା ସେଥିରେ ଆଖି ବୁଲାଇ କହିଲା, ସେ ତ ଏଇଖିଣି ଆସି ପହଞ୍ଚିବେ, ବୋଉ କିଛି ଖାଇ ନାହାନ୍ତି ଶୁଣିଲେ କେଡ଼େ କଲବଲ ହେବ ତାଙ୍କ ମନ! ଯା ତୁ 'କା', ଆଗ ବୋଉଙ୍କୁ କଅଣ ଖାଇବାକୁ ଦେ, ମୁଁ ଚୁଲି ଲଗଉଛି।

ଚିଠିଟିକୁ ଅଣ୍ଟାରେ ଖୋସି ନନ୍ଦିକା ପୁଣି କହିଲା, ଠିଆ ହୋଇ ରହିଲୁ କାହିଁକି ? ସରୁ ଚକୁଳି, କ୍ଷୀରୀ, ପାଚିଲା କଦଳୀ,-

ଅଳପ ଆଣ ଗୋ ସାନବୋହୂ, ନନ୍ଦିଆ ମୋର ଧାଇଁ ଧାଇଁ ଆଉଥିବ ! ବୋହୂ ଦି'ଟା ଖାଇଛନ୍ତି କି ନାହିଁ ? ତତେ ମରଣ ହେଉ ଲୋ କନି, କାହାରି କଥା ତୁ ବୁଝିଲୁ ନାଇଁ। ସାନ ବୋହୂଟା କେମିତି ଅଭେକା ହେଇଚି ଦେଖିଲୁ, ବଡ଼ ବୋହୂଟା ଖାଲି ଟଳୁଚି। ତୁ ଗଣ୍ଡାଏ ଭାତ ବସେଇ ଦେଉନୁ ? ଭଜା ତରକାରୀ ପଛେ ଲଳିତା କରିବ। ନନ୍ଦିକା କରିବ ରାଇ, ଆମ୍ବିଳ,-

'ସା' -!

ଯାହା କହିଲି, ସେଇଆ ତୁ କର, କଟକରୁ ସେ ଧାଇଁ ଧାଇଁ ଆସୁଥିବେ।

ନନ୍ଦିକା ରୋଷ ଘରେ ପଶିଲା।

ସୁନନ୍ଦ ଜାଣେ, ତା'ର ଛୋଟ ଚିଠିଖଣ୍ଡି ଘରର ସମସ୍ତଙ୍କୁ ବାଟକୁ ଆଣିବ। କାହାରିକୁ ସେ ଚିଠି ଲେଖିନାହିଁ। ମନର କଥା, ନିଜର କଥା, ନିଜର ବିରକ୍ତିଭାବ, ଅଶାନ୍ତି ଛଟପଟ କଲବଲ ଆତ୍ମାର କୁହାଟ ସେ ସମସ୍ତଙ୍କୁ ଜଣାଇ ଦେଇଛି। ସମସ୍ତେ ଅବଶ୍ୟ ପଢ଼ିବେ। ସମସ୍ତେ ବୁଝିବେ, ଯାହାର ଏ ସଂସାର, ଯାହାପାଇଁ ଏ ସଂସାର, ତା' ମନରେ ଦାରୁଣ ଦୁଃଖ ହୋଇଛି, ସେ ଆସିବ ନାହିଁ।

ଜନନୀଙ୍କର ସ୍ନେହଶୀଳ ମନ ନଇଁବ। ଲଳିତା ବୁଝିବ, ସୁନନ୍ଦ କେବଳ ରୂପ ଓ ଯୌବନର ଖେଳ ଚାହେଁ ନାହିଁ, ସେ ଘରେ ଶାନ୍ତି ଚାହେଁ, ପରସ୍ପର ପ୍ରତି ସହାନୁଭୂତିଶୀଳ ବ୍ୟବହାର ଆଶା କରେ। ସେ ଚାହେଁ, ସମସ୍ତେ ସମସ୍ତଙ୍କର କଥା ସହିବେ, ଲୋକହସା ହେବାର ଢଙ୍ଗ ଦେଖାଇବେ ନାହିଁ। ତା' ସଂସାରରେ ଦାଣ୍ଡର ଲୋକେ ମୁଣ୍ଡ ଗଳାଇବେ ନାହିଁ, ଆହା ଉହୁ କହି ଏପାଖେ ମାଉସୀ ସେପାଖେ ପିଉସୀ ହୋଇ ଘଣ୍ଟି ବଜାଇବେ ନାହିଁ।

ସେ ଘରକୁ ଯିବ ନାହିଁ।

ନନ୍ଦିକା ?

ସେ ନିର୍ଦ୍ଦୋଷ। ସମସ୍ତଙ୍କୁ ସୁଖଶାନ୍ତିରେ ରଖିବାକୁ ତା'ର ସର୍ବଦା ଉଦ୍ୟମ। ସୁନାର ମନ ନେଇ ତା'ର ଜନମ। ସହିପାରିବ ତ ସେ ଏଡ଼େ କଠୋର ପତ୍ରର ପ୍ରଭାବ ?

ଚିଠି ନେଇ ଗନ୍ଧିଆ ଚାଲିଗଲାଣି।

ସୁନନ୍ଦର ମନ କଲବଲ ହେଲା। ଫଳ ଯଦି ବିପରୀତ ହୁଏ ? ପରସ୍ପରର ଦୋଷ ଦେଇ ଯଦି ଘରେ ସେମାନେ ଆହୁରି ଅଶାନ୍ତି, ଆହୁରି ବିପ୍ଳବ ସୃଷ୍ଟି କରନ୍ତି ?

ମା' ଯଦି ଏଥିପାଇଁ ଲଳିତା ଉପରେ ଦୋଷର ବୋଝ ଲଦିଦିଅନ୍ତି ? ନନ୍ଦିକା ତାଙ୍କୁ କିଛି ନ କହି ଯଦି ଓଲଟି ଲଳିତାକୁ ଶାସନ କରେ ?

ଫଳ ହେବ ଓଲଟା । ଆହା, ଲଳିତାଟି ! ପିଲାଲୋକ । ଅତି ଭଲ । ସେବା କରି ସମସ୍ତଙ୍କର ମନ ନେବାକୁ ସନ୍ତୁଷ୍ଟ କରିବାକୁ ତା'ର ଜୀବନମୂର୍ଚ୍ଛା ଉଦ୍ୟମ । ବିନା ଦୋଷରେ ସେ ହେବ ଦୋଷୀ । ଅତ୍ୟାଚାର ସହିବ, ଆଖିରୁ ଲୋତକ ଝରାଇବ । ସେ ଲୋତକର ମୂଲ୍ୟ କାହାରି ପାଖରେ ନାହିଁ ।

ସୁନନ୍ଦ କେଶ ଟାଣିଲା । ବେଳ ତିନିଟା ହେଲାଣି ।

ରାଜୀବ ଖବର ଦେଇଗଲା, ଆୟକର ଅପିଲରେ ସେମାନେ ଜିତିଛନ୍ତି । ଅନ୍ୟାୟ କରଭାରରୁ ସେ ମୁକ୍ତ ହୋଇଛି । ନ୍ୟାୟତଃ ସେ ଯେତିକି ଦେବାର କଥା, ସେତିକି ଦେବ । ଆନନ୍ଦର ସୀମା ନାହିଁ, କିନ୍ତୁ ଖୁସି ହେବାକୁ ମନ ପଛେଇ ଆସୁଛି ।

ସୁସମ୍ବାଦଟି ଜଣାଇବାକୁ ଗନ୍ଧିଆର ପଛେ ପଛେ ଯାଇଁ ଘରେ ପହଞ୍ଚିଲେ କୈଫତ୍ ଦେବାକୁ ସୁବିଧା ହେବ । କୈଫତର ବାହାନା ହେବ– ହଁ, ଠିକ୍ ମନେପଡ଼ିଲା ।

ରାଜୀବ, ରାଜୀବ !

ଚାକର ରାଜୀବକୁ ପାଖକୁ ଡାକିଲା ।

କେତେ ଟଙ୍କା କଟିଲା ଅପିଲରେ ?

ନଅ ହଜାର ସାତଶ ତେପନ ଟଙ୍କା ଏକ ଅଣା ।

ରକ୍ଷା ହେଲା, ନୋହିଲେ –

ବେପାରର ଅଣ୍ଟା ଭାଙ୍ଗିଥାନ୍ତା ।

ବେଶ୍ । ମହାପାତ୍ରବାବୁଙ୍କୁ ହିସାବ ବୁଝାଇଦେଇ ତୁ ଚାଲିଆ । ତୁ ବି ମୋ ସଙ୍ଗେ ଘରକୁ ଯିବୁ ।

ଆଜି ?

ଆଜି କଅଣରେ, ସଞ୍ଜ ଆଗରୁ ଯାଇଁ ଘରେ ପହଞ୍ଚିବା ଦରକାର । ଖବରଟା ଆଜି ନନ୍ଦିକାକୁ ଜଣାଇବାକୁ ହେବ । ତିନି ହଜାର ଟଙ୍କା ତାଙ୍କଠାରୁ ତୁ ଆଣିଥିଲୁ ନା ?

ଦୁଇଥରରେ ଚାରିହଜାର ପାଞ୍ଚଶ ।

ତାଙ୍କୁ କହିଦେବାକୁ ହେବ ଯେ ତାଙ୍କ ଟଙ୍କା ସେ ଶୀଘ୍ର ଫେରିପାଇବେ । ବଜାରରୁ କେତେ ଜିନିଷ କିଣିବାକୁ ପଡ଼ିବ । ଚାଲ ମୋ ସାଙ୍ଗରେ । କେତେ ଟଙ୍କା ପାଖରେ ଅଛି ?

ହଜାରେ ତିନିଶ ବୟାଳିଶ ଟଙ୍କା ନଅ ଅଣା ।

ଅଣା, ପାହୁଲା, କଡ଼ା କ୍ରାନ୍ତି କହିବା ଲୋଡ଼ା ନାହିଁ । ସେତିକି ହେଲେ ଚଳିବ । ବାହାରିପଡ଼ ।

ସଉଦା କିଣା ଶେଷ ହେଲାବେଳକୁ ସଞ୍ଜ ପାଖେଇ ଆସିଥିଲା । ନନ୍ଦିକା ଓ ଲଳିତାଙ୍କ ପାଇଁ ଦାମିକା ଶାଢ଼ୀ ଓ ବ୍ଲାଉଜ । ଏକା ପରିକା ନୂଆ ଡିଜାଇନର ପଥରବସା କାନଫୁଲ, ମାଆଙ୍କ ପାଇଁ ଶାଢ଼ୀ ଓ ନୂଆ ଆଲୁଆନ, କନି ପାଇଁ ଲୁଗା, ସୁମିତ୍ରା ପାଇଁ ସୁନ୍ଦର ଶାଢ଼ୀ, ପିଲାଙ୍କ ପାଇଁ ଲୁଗା, ଜାମା, ବହି, ଫଳ, ମିଠେଇ -।

ତୋ ପାଇଁ କ'ଣ ରାଜୀବ ?

ଖଣ୍ଡେ ସମ୍ବଲପୁରୀ ରଙ୍ଗ-ଗାମୁଛା ।

ବେଶ୍ । ମୋ ପାଇଁ ?

ଛୋଟ ଖଣ୍ଡେ ମଟର ଗାଡ଼ି ।

ନନ୍ଦିକାର ପୁଅ ପାଇଁ ? ମୋ ପାଇଁ ହଲେ ନୂଆ ଜୋତା, ବାଟା କମ୍ପାନୀର ହେଲେ ଚଳିବ । ବସ୍‌ରୁ ଓହ୍ଲାଇ ବାଟ ଚାରି ପାଞ୍ଚମାଇଲ ଚାଲିଗଲେ ମନ୍ଦ ହେବ ନାହିଁ ।

ଅନ୍ଧାର ରାତି ଯେ !

ଦୁଇଟା ବଡ଼ ଟର୍ଚ୍ଚ କିଣାଯାଉ ।

ଦୁଇ ହାତରେ ଆପଣ ଧରିବେ । ବୋଝ ତ ଆଉ ଶୂନ୍ୟେ ଶୂନ୍ୟେ ଉଡ଼ିଯିବ ନାହିଁ ।

ତେବେ କାଲି ଯିବାକୁ କହୁଛୁ ? ସକାଳେ ?

ନାଇଁ, ଆଜି । ଦେହଟା କସ୍‌ମସ୍ ହେଉଛି ।

ମୋର ବି ।

ରାଜୀବର ମନରେ ଆଜି ଫୁର୍ତ୍ତି । ସେ କେସ୍ ଜିଣିନାହିଁ, ଲଙ୍କାଗଡ଼ ଜିଣିଛି । ମନ ଖୋଲି କଥା କହିବାକୁ ସେ ପଛାଉ ନାହିଁ । ମୁକ୍ତ ହସ୍ତରେ ଖରଚ କରିବାକୁ ବଙ୍କେଇ ବଙ୍କେଇ ବାଧା ଦେଉନାହିଁ- ମାଲଗୋଦାମରେ ଜିନିଷ ପଡ଼ିଛି; ହାଜି ନସିମ୍‌ର ତିନି ହଜାର ପାଞ୍ଚଶ ଅଣାଅଶୀ ଟଙ୍କା ଏଗାର ଅଣା ପାଞ୍ଚପାହି ବାକି । ସେଲ୍‌ଟିକ୍‌ସ ଅପିଲର ଫଳାଫଳ ଜଣାଯାଇନାହିଁ- ।

ତୁ ଧର ଏ ଟର୍ଚ୍ଚ ଆଲୁଅ, ବୋଝଟା ମୋ ଆଡ଼କୁ ଦେ ।

ବେଶି ଓଜନ ହୋଇନାହିଁ ।

ଗାଆଁ ପାଖେଇ ଆସିଲାଣି ।

ରାଜୀବ କହିଲା, ନୂଆ ଜୋତା ପିନ୍ଧିଛନ୍ତି, ଟିକିଏ ସାବଧାନ ହୋଇ ନ ଚାଲିଲେ ଗୋଡ଼ ମକଚି ଦେବ। ବେଳ କେତେ ?

ଆଠଟା ପଇଁଚାଳିଶି।

ଉପାସ ରହିବାକୁ ପଡ଼ିବ ନାହିଁ।

ସୁନନ୍ଦ ଉତ୍ତର ଦେଲାନାହିଁ। ଗନ୍ଧିଆ ହାତରେ ଯେଉଁ ଚିଠି ସେ ପଠାଇଥିଲା ସେଇ କଥା ଭାବିଲାବେଳକୁ ଛାତି ଚମକି ଉଠିଲା। ବୋଉ କିଛି ଖାଉନାହାନ୍ତି। ଚିଠି ଖଣ୍ଡି ପଢ଼ି ସେ କଅଣ କରୁଥିବେ ? ନନ୍ଦିକା ଦୋଷ ଦେଇଥିବ ଲଳିତାର। ମୁହଁ ଲଦି ନିଜ କୋଠରୀରେ ଉପାସରେ ପଡ଼ି କାନ୍ଦୁଥିବ ପରା ! ଆଉ ଲଳିତା ? କେତେ ଅତ୍ୟାଚାର ସହିବ ଲୋ ?

ଆତ୍ମହତ୍ୟା କରିବ ? ବିଷ ଖାଇବ ?

ଅତନୁଙ୍କର ସିନେମାର ଛବି ସପତ୍ନୀ ପରି ! ଚିତ୍ରା ଓ ବିଚିତ୍ରା ସତ୍ୟବାନର ଦୁଇ ପତ୍ନୀ। ଦିଓଟି ପିଲାର ଜନନୀ ଚିତ୍ରା। ଦିଓଟି ପିଲାର ଜନକ ସତ୍ୟବାନ। କେଉଁ ଦୁର୍ବଳ ମୁହୂର୍ତ୍ତରେ ବିଚିତ୍ରାର ପ୍ରେମରେ ସେ ପଡ଼ିଥିଲା। ତୀବ୍ର ପ୍ରତିବାଦ ସତ୍ତ୍ୱେ ବିଚିତ୍ରା ଆସିଲା ସତ୍ୟବାନର ଘରକୁ। ସବୁ ଅତ୍ୟାଚାର ସେ ସହିଲା। ପଦଟିଏ ଭଲ କଥା କାହାଠାରୁ ସେ ଶୁଣିଲା ନାହିଁ।

ସତ୍ୟବାନର ସବୁ ସ୍ନେହ ବ୍ୟର୍ଥ ହେଲା। ବିଚିତ୍ରାକୁ ନେଇ ନୂଆ ସଂସାର ସେ କରିପାରିଲା ନାହିଁ। ତ୍ୟାଜ୍ୟପୁତ୍ର କରିବାର ଧମକ ଦେଇଥିଲେ ତା'ର ପିତା। ସେଥିକି ସେ ପ୍ରସ୍ତୁତ ଥିଲା; କିନ୍ତୁ ବିଚିତ୍ରା ପ୍ରସ୍ତୁତ ହୋଇପାରିଲା ନାହିଁ।

ସୁଖର ସଂସାରରୁ ଅଶାନ୍ତି ଦୂର କରିବାକୁ, ଦୁନିଆର ସମାଲୋଚନାର ଝଡ଼ ଥମାଇବାକୁ ସେ ବିଷପାତ୍ର ହାତରେ ଧରିଲା। ମୁହଁରେ ଲଗାଇଲା। ସତ୍ୟବାନ ସହସା ଉପସ୍ଥିତ ହେଲା; କିନ୍ତୁ ଦେଖିଲା, ହସିହସିକା ବିଚିତ୍ରା ଟଳିପଡୁଛି।

ତଫାତ୍ ଅନେକ, ତଥାପି ତୁହିନା ତା' ଆଡ଼କୁ କଣେଇଁ ଚାହିଁ, ଦୂରରୁ ହସିଥିଲେ। ସୁନନ୍ଦ ନିମନ୍ତ୍ରଣ ହୋଇ ଛବି ଦେଖିବାକୁ ଯାଇ ନ ଥିଲା। ଦାଣ୍ଡର ଦର୍ଶକମାନଙ୍କ ପରି ପଇସା ଖର୍ଚ୍ଚ କରି ଯାଇଥିଲା।

ଗତ ରାତିର କଥା ତ !

ସିନେମା ଘରୁ ପଦାକୁ ଗୋଡ଼ କାଢ଼ିଲେ ଛବିଖେଳର ଭାବନା ମନରୁ ଉଭେଇ

ଯାଏ। ବାସ୍ତବ ଜୀବନର ଛବି ମନରେ ପଶେ, ଆଖି ଆଗରେ ଉଭାହୁଏ। ସିନେମା ଚିତ୍ର ସପନରେ ବି ମନକୁ ପ୍ରଭାବିତ ଅସ୍ଥିର କରେ ନାହିଁ। ତା' ହେଉଥିଲେ ଗନ୍ଧିଆ ହାତରେ ସେ ସେହି ଉତ୍ତେଜନା ଭରା ନିର୍ମମ ପତ୍ରଟି ପଠାଇ ପାରି ନ ଥାନ୍ତା।

ଘର ପାଖେଇ ଆସିଲା।

ସୁନନ୍ଦର ଅଧୀର ଭାବନା ତା'ର ମନ ଭିତରେ ଠିଆ କରାଇଲା ଗୋଟିଏ ଭୟଙ୍କର ଦୃଶ୍ୟ- ଲଳିତା ଅନ୍ଧାରରେ ଠିଆ ହୋଇଛି, ହାତରେ ବିଷପାତ୍ର, ମୁହଁ ପାଖକୁ ନେଉଛି। ଢୋକିଦେବ ପରା!

ସୁନନ୍ଦ ଅଧୀର ହେଲା। ବେଗେ ବେଗେ ପାହୁଣ୍ଡ ଚାଲିଲା। ଭାବିଲା, ସେମାନଙ୍କର ନିଷ୍ଠୁର ବ୍ୟବହାର ଓ ବିଚାରହୀନ ଅତ୍ୟାଚାର ସହି ନ ପାରି ଲଳିତା ବିଷପାନ କରିବ, ଅବିକଳ ସିନେମା ଛବିର ନାୟିକା ବିଚିତ୍ରା ପରି ଜୀବନଦୀପଟି ଲିଭାଇଦେବ?

ହାତରେ ତା'ର ବିଷପାତ୍ର!

ନିଜେ ପିଉ ନାହିଁ, ବଢ଼ାଇ ଦେଉଛି ନନ୍ଦିକାକୁ।

ନନ୍ଦିକା ପଲଙ୍କ ଉପରେ ବସିଛି। ତଳକୁ ଗୋଡ଼ ଲମ୍ବାକରି। ମୁହଁଟି ତା'ର ଉଜ୍ଜ୍ୱଳ ଆଲୁଅରେ ଦିଶୁଛି, ପାତଳ ଧବଳ ଭାସିଲା ବାଦଲର ଅନ୍ତରାଳରେ ଛପିଲା ଜହ୍ନର ମଉଳା ହସିଲା ଲପନ ପରି। ଆଗରେ ଉଭା ଲଳିତା। ମୁହଁରୁ ଫାଳେ ଦିଶୁଛି। ମଥାରେ ବସନ ନାହିଁ। କାନର ଡ୍ରପ୍ ଦୋହଲୁଛି। ଲମ୍ବିଲା ହାତର ଡାଇମଣ୍ଡକଟା ସୁନାକାଚ ଝଟକି ଉଠୁଛି।

ପିଇ ଦେ 'ସା', ମିଛ କହି ତୁ ସଭିଙ୍କୁ ଖୋଇପେଇ ଛାଡ଼ିଲୁ, ନିଜେ କାହିଁକି ଉପାସ ରହିବୁ? ବୋଉ ଆଜି ଶାନ୍ତମୂର୍ତ୍ତି। ଗୋଡ଼ ଘଷିଦେଲି। ସେ କେଡ଼େ ଖୁସି ହେଲେ। ପିଠି ଆଉଁସି କେତେ ଭଲ କଥା କହିଲେ ମ!

ଏବେ ତାଙ୍କୁ ଚିହ୍ନିଲୁ 'କା'? ତାଙ୍କର ମନଟି ଅତି କୋମଳ ଲୋ, ସେ ସ୍ନେହ ସୋହାଗର ଖଣି!

ତାଙ୍କ ଗୋଡ଼ରେ ମୁଣ୍ଡ ରଖି ମୋ ଦୋଷ ମାଗିନେଲି। ପୁଅକୁ ତାଙ୍କର ଅପେକ୍ଷା କରି ସେ ଶୋଇଲେ। ତୁ ଜାଣୁ, ସେ ଆସିବେ ନାହିଁ। ଆମେ ଦିହେଁ କାଲି ଚିଠି ଲେଖି ତାଙ୍କୁ ପଠାଇବା ଯେ ଅଶାନ୍ତିର ନିଆଁ ଲିଭିଲାଣି, ତମେ ସଙ୍ଗେ ସଙ୍ଗେ ଆସ।

ସେତିକି ଲେଖିଲେ ସେ ଆସିବେ ନାହିଁ।

ତେବେ?

ଲେଖିବାକୁ ହେବ, ଯେତେ ଯାହା ହେଲେ ବି ଦାଣ୍ଡର ଲୋକେ ଆମ ଘରେ

ମୁହଁ ଗଳେଇବେ ନାହିଁ କି ଉପରେ ପଡ଼ି ଭଲେଇ ହୋଇ ତାଙ୍କର ଅଲୋଡ଼ା ଭଲମନ୍ଦ ଉପଦେଶ ଦେବେ ନାହିଁ।

ହଁ, ଆମେ ସେଇଆ ଲେଖିବା। ହେଲା ତ? ଏଥର ଏ କ୍ଷୀର ଗିଲାସକ ପିଇଦେ ମୋର ସୁନା ଭଉଣୀ, ତତେ ମୋ ରାଣ। ବୋଉ ମତେ ସଙ୍ଗରେ ବସାଇ ନ ଥିଲେ ମୁଁ ଖାଇ ନ ଥାନ୍ତି। କଟକରୁ ସେ ଆସିବେ କହି ତୁ ସମସ୍ତଙ୍କୁ ଠକିଦେଲୁ ସିନା -।

ସେ ଆସୁଥିବେ ଲୋ, ବେଳେବେଳେ ସେ ଅଧରାତିରେ ଆସି ପହଞ୍ଚନ୍ତି। ଏମିତିକା ନିର୍ଦ୍ଦୟ କଠୋର ଚିଠି ତାଙ୍କ କଲମରୁ ବାହାରି ପଡ଼ିଲା ସିନା, ନିଜ ଚିଠିର ପ୍ରଭାବ ସେ କେବେ ସହିପାରିବେ ନାହିଁ। ସେ ନିଶ୍ଚୟ ଆସିବେ, ମୋ ମନ ମୋତେ କହିଦେଉଛି।

ଆସିବେ ତ ଭଲ ହେବ। ରନ୍ଧାବଢ଼ା ହୋଇ ସବୁ ରହିଛି। ତୁ କାହିଁକି ଅନେଇ ବସିଥିବୁ। କ୍ଷୀର ଗିଲାସଟି ପିଇଦେ। କହିଥିଲୁ ପରା, ମୋ ପିଲାକୁ ତୁ ପେଟରେ ଧରିଛୁ, ତାକୁ କାହିଁକି ଛଟପଟ କରୁଛୁ?

ନନ୍ଦିକା ହସିଲା। କହିଲା, ଏଥର ମୁଁ ହାରିଲି। ଆଉ ନାହିଁ କରିବି ନାହିଁ। ଦେ-।

ଲଳିତା ହାତରୁ କ୍ଷୀର ଗିଲାସଟି ନେଲା।

ସୁନନ୍ଦ ଘର ଭିତରକୁ ପଶିଆସିଲା। ଦେହରୁ ଗମ୍‌ଗମ୍ ଝାଳ, ନିଗିଡ଼ି ପଡୁଛି ମୁହଁ ଦିଶୁଛି କ୍ଲାନ୍ତ।

ନନ୍ଦିକା ଉଲ୍ଲସିତ ହୋଇ ଠିଆହେଲା।

ସେ କଅଣ ଧରିଛ ନନ୍ଦିକା?

କ୍ଷୀର।

ମୋତେ ଦିଅ, ଭାରି ଶୋଷ ହେଉଛି।

ରନ୍ଧାବଢ଼ା ହୋଇ ରଖାହୋଇଛି ଯେ।

ଲଳିତା କହିଲା, ଦେ 'ସା' ଆଗ ସେ ପିଅନ୍ତୁ। ମୁଁ ତୋ ପାଇଁ ଆଉ ଗିଲାସେ ଆଣିଦେବି। ଯାଏଁ, ଆଗ ବୋଉଙ୍କୁ ଉଠାଏ। ସେ ଅପେକ୍ଷା କରି ମନ ମାରି ଶୋଇପଡ଼ିଛନ୍ତି।

ରହ ଲଳିତା, ମୁଁ ଆସିବି ବୋଲି କେମିତି ଜାଣିଲ ତୁମେମାନେ?

ମୋ 'ସା' କହିଲା, ତୁମେ ତ ଚିଠି ଲେଖି ସେଇଆ ଜଣାଇଥିଲ।

କ୍ଷୀର ଗିଲସଟି ନନ୍ଦିକାର ହାତରୁ ନେଇ ସୁନନ୍ଦ ଢକଢକ କରି ପିଇଲା। ସେ

ବୁଝିଲା, ଏ ସଂସାର ଚିତ୍ରା ଓ ବିଚିତ୍ରାଙ୍କର ସଂସାର ନୁହେଁ। 'ସା' ଓ 'କା'ଙ୍କର। ସାମୟିକ ଅଶାନ୍ତିର ଭସାମେଘ ଭାସିଯାଇଛି, ଆକାଶ ପୁଣି ହେଉଛି ମେଘମୁକ୍ତ, ସୁନ୍ଦର। କୁଆଁରପୁନେଇଁ ସଞ୍ଜ ଆଗରେ ବୁଡ଼ିଲା ତପନ ଓ ଉଠିଲା ଜହ୍ନର ଅମଳିନ ଦିଓଟି ଆନନ ଦୁଇପାଖେ ହସିଉଠୁଛି। ମୁଗ୍ଧ ତନ୍ମୟ କଳ୍ପନାବିଳାସୀ କବିଟିଏ ପରି ସେ ଚାହୁଁଛି ଏ ମୁହଁରୁ ସେ ମୁହଁକୁ।

ସେ ଗରଳ ପାନ କରି ନାହିଁ, କ୍ଷୀର ପାନ କରି ନାହିଁ, ପ୍ରାଣଭରି ଆକଣ୍ଠ ପାନ କରିଛି ଅମୃତ, 'ସା' ଓ 'କା'ଙ୍କର ନିର୍ମଳ ମନରୁ ଝରିଛି ଯେଉଁ ମଧୁରରସ।

କେମିତି ତୁମେ ଜାଣିଲ ନନ୍ଦିକା ?

ଚିଠି ଲେଖିଥିଲ ପରା !

ଭାବିଥିଲି, ଆସିବି ନାହିଁ। ଗୋଟାଏ ଭଲ ଖବର ନେଇ ଆସିଛି। ଆୟକର ଆପିଲରେ ମୁଁ ଜିତିଛି। ନଅ ହଜାର–

ଟଙ୍କା କଉଡ଼ି କଥା ସେତିକି କହିଥା। କେଡ଼େ ଭଲ ଖବର ମୁଁ ତମକୁ ଦେବି ଜାଣ ? ହସି ହସି ନନ୍ଦିକା କହିଲା।

ଶୁଣେ ?

'କା' ମୋ'ର ଆହୁରି ବଡ଼ କେସ୍ ଜିଣିଛି। ସେ ବୋଉଙ୍କୁ ଆପଣାର କରିପାରିଛି। ତାଙ୍କର ତାତିଲା ମନକୁ ସେ ଶୀତଳ କରିଛି, ତାଙ୍କ ଆଖିରୁ ସେ ଝରାଇ ପାରିଛି କରୁଣାର ଧାର।

ସତେ, ଲଳିତା ?

ହଁ, ସେତକ ମୋ କରାମତି ନୁହେଁ, ମୋ 'ସା'ର ଉପଦେଶ ମୁଁ ପାଳିଥିଲି। 'ସା' ମିଛ କହିଲେ ସତ ଫଳିଯାଏ।

ସେ ତୁମ ଓକିଲ ?

ନା, ସେ ମୋର ସାହା। ତା' କଥା ନ ମାନିଲେ ଏ ଘରେ ଅଶାନ୍ତି ସୃଷ୍ଟି ହେବ, ଦାଣ୍ଡର ଘରଭଙ୍ଗା ନାନ୍ଦୁରା ଲୋକେ ଘରେ ପଶି ଚେହିବେ। 'ସା' ମୋର ଗୁରୁଦେବ, ତମର ବି।

ନନ୍ଦିକା ହସହସ ହୋଇ ଲଳିତାର କଅଁଳ ଗାଲରେ ସରୁ ଚାପଡ଼ା ମାରିଲା। କହିଲା, ଚଗଲୀ, ଖାଲି ଏଣୁତେଣୁ କଥା କହି ପେଟ ପୂରାଇବୁ କି, ତାଙ୍କୁ ଖାଇବାକୁ ଦେବୁ ନାହିଁ ? ଧାଇଁ ଧାଇଁ ସେ ଆସିଛନ୍ତି।

ସୁନନ୍ଦ କହିଲା, ମୋର ଭୋକ ମଲାଣି, ଖାଇବି ନାହିଁ।

'ସା'ର ଅବାଧ ହେବ?

କେବେ ହେଇ ନାହିଁ, ଲଳିତା!

ସେକଥା ନନ୍ଦିକା ଜାଣନ୍ତି।

ହସି ହସି ନନ୍ଦିକା କହିଲା, ତେବେ ତମେ ମୋର କଥାଟି ମାନ, ଆଗ ମୋର 'କା'କୁ ଗେଲ କରିବଟି।

ଆରେ, ଏଁ –

ହେଲା, ଯା ଏଥର, ଭାତ ବାଢ଼ିବୁ।

ଦୁଇଜଣଙ୍କ ପାଇଁ ବାଢ଼। ରାଜୀବ ତା'ର ଦୁଇ ଭାଉଜକୁ ଭେଟି ଦେବାକୁ ପର୍ବତ ପରି ବୋଝ ବୋହି ମୋ ପଛେ ପଛେ ଧାଇଁ ଆସିଛି। ଦାଣ୍ଡରେ ବସି ଦମ୍ ନେଉଛି। ମକଦ୍ଦମା ସେ ଜିତିଛି। ମନରେ ତା'ର ଅପାର ଆନନ୍ଦ।

ଆଲୋ କନି, ମୋ ନନ୍ଦିଆର ପାଟି ଶୁଭୁଛି।

ବୋଉ ଉଠିଲେଣି ଲୋ 'କା'।

ସୁନନ୍ଦ ପାଟିକରି ଉଠିଲା, ବୋଉ, ବୋଉ –

ମାଆଙ୍କର ଗୋଡ଼ଧୂଳି ମୁଣ୍ଡରେ ମାରିବାକୁ ସୁନନ୍ଦ ଘରଭିତରୁ ବାହାରିଆସିଲା। ଆଜି ସେ ରୋଗଣା ମାଆର ଗୋଡ଼ ଧରି ତଳେ ମୁଣ୍ଡ ଲଗାଇବ। ଏ ସଂସାର ସେ ଗଢ଼ିଛି। ସେ ସ୍ୱର୍ଗରୁ ବଳି ବଡ଼। ଦୟାମୟୀ। କ୍ଷମାର ଅବତାର। ଆଜି ମାଆ ପାଖରେ ସେ ଅଳି କରିବ ଗୋଟିଏ ଚୁମ୍ବନ ପାଇଁ। ଅମୂଲ ମୂଲ ଚୁମ୍ବନର ମନହଜା ଦୁନିଆଭୁଲା ଶିହରଣ ତା'ର କର୍ମବହୁଳ ଜଟିଳ ଜୀବନରେ ଆଣିଦେବ ନୂତନ ସ୍ପନ୍ଦନ, ନବ ଜାଗରଣ ଓ ନୂଆ ପ୍ରେରଣା।

ଆକାଶ ଛାତିରେ ମାଡ଼ିଆସୁଥିବା କଳାଘୁମର ମେଘମାଳ ଦେଖି ଯେଉଁମାନେ ଚାତକ ପରି ଚାହିଁ ରହିଥିଲେ, ଆଶା କରିଥିଲେ, ଝଡ଼ତୋଫାନ ଆସିବ, ବିଜୁଳି ଚମକିବ, ଘଡ଼ଘଡ଼ିର କାନ ଅତଡ଼ା ପକା ନାଦରେ ମେଦିନୀ ଥରିବ, ସେମାନେ ହତାଶ୍ ହେଲେ। କିଛି ହେଲା ନାହିଁ। ଭେକପଲର ମକ ମକ ରାବ ଆପେ ଆପେ ଥମିଲା। କିଟି କିଟି ଅନ୍ଧାର ସନ୍ଧିରେ ଲୁଚିବା ସାର ହେଲା। ମିଟିମିଟି କରି ଅନାଇଁବାକୁ ବି ସାହସ ହେଲା ନାହିଁ।

ନନ୍ଦିକା କିମିଆ ଜାଣେ ଗୋ, ବାଘଛୁଆକୁ ଗଦ ଶୁଙ୍ଘାଇ ଗାରଡ଼ କରେ। ଶାଶୁ କି ସ୍ୱାମୀ ତ ନିଆରା, କନିଆ ମାଇପ ଲଳିତା ନନ୍ଦିକା କଥାରୁ ବାହାର ହେବନା ? ଉଠ୍ କହିଲେ ଉଠୁଛି, ବସ୍ କହିଲେ ବସୁଛି। ଯାହା କହନ୍ତି, ନ ପଚାରିଲେ ସେ ପାଣି ଢୋକିବ ନାହିଁ।

କି କଥା କହୁଛ ମ, ଏବକାଳର ଝିଅଟି ସେ ଲଳିତା, କିଛି ମୂର୍ଖ ନୁହେଁ କି ଓଲମୀ ନୁହେଁ, ମନର କଥା ସେ କାହିଁକି କାହା ଆଗରେ କହିବ କି ବଉଳ ? କେଡ଼େ ହୁସିଆର ସେ ! କ'ଣ ତା'ର ଅଭାବ ଅଛି, କହିଲ ? ଚାବି ମୁଠାକ ଅଣ୍ଟାରେ ଖୋସି ସେ ବୁଲୁଛି। ଗେରସ୍ତ ତ ହାତମୁଠାରେ। ଶାଶୁ ଚିଡ଼ିଚିଡ଼ି ହେଉଥିଲା, ସେ ଏବେ ହେଲାଣି ସୁଧାର ଗାଈ। ସବୁ ଆଗ ହାତକୁ ନେଇ, ଯେତେବେଳେ ସେ ନିଜ ମୂର୍ତ୍ତି ଧରି ଠିଆ ହେବ, ବଳେ ଦେଖିବ, କି ପାଳା ଲାଗିବ, ରହ।

ରବିବୋଉ ଯାହା କହିଲେ, ମୋ ମନକୁ ଘେନିଲା ଗୋ ଦେଠେଇ, ଦିନ କେବେ ରାତି ହେବ ନାହିଁ, ରାତି କେବେ ଦିନ ହେବ ନାହିଁ। ଲଳିତା ଅନେଇଁ ବସିଛି, ଶାଶୁ ବୁଢ଼ୀ କେବେ ଆଖି ବୁଜିବ, ସେଇଠୁ ସେ ଫଣା ଟେକିବ। ବୁଢ଼ୀ ଯେମିତି ଦିନୁଦିନ କ୍ଷୀଣ ହେଉଛି, କେତେବେଳେ ସେ ଟଳିପଡ଼ିବ କିଏ ଜାଣେ ?

ଏତେ ଡେରିଯାଏ କଥା ଯିବ ନାହିଁମ ଅଶୋକା, ନନ୍ଦିକାର ପିଲାପିଲି ହେଉ, ସେଇଠୁ ଦେଖିବ। ସଉତୁଣୀ କଥା ରହିଛି କାଳକାଳରୁ, ଯମକୁ ସାତପୁଅ ଦେବ, ସଉତୁଣୀକୁ ପୁଏ ଦେବ ନାହିଁ। ପୁଣି, କହନ୍ତି ନା ନାହିଁକି, ଘଇତା ପଛେ ମରୁ, ସଉତୁଣୀ ରାଣ୍ଡ ହେଉ ?

ସବୁ ଶୁଣି ଶୁଣି ଓଲମୀ ଉପାଧି ଲଭିଥିବା ଦରବୁଢ଼ୀ ଭାନୁମତୀ କହିଲା, ଏ ସବୁ କି କଥା କହୁଛ ମ ଆମ୍ଭକସି, ଆମର କାହିଁକି ପରଘର ଭାଳେଣି ? ପାହି କଟା ସରିଲା, ସାର ଆସି ରଖା ହେଲା, କଉଡ଼ି ମୁଠାଏ ଧରି ମୁଁ ଆଉ କେତେବେଳେଯାଏ ଝମଝମ କରିବି ? ଆଠ-ପଚିଶ ଖେଳ, ବେଗେ ଆରମ୍ଭ ନ କଲେ ଖେଳ ସରୁ ସରୁ ସଞ୍ଜ ବୁଡ଼ିବ।

ଆଉ ଜଣେ କିଏ ଆସିଲେ ସିନା ହେବ କିପରି ?

ମୁଁ 'କା' ନେବି।

ସମସ୍ତେ ଠୋ ଠୋ ହୋଇ ହସିଉଠିଲେ। ଅଶୋକା କହିଲେ, ନିଜକୁ 'କା' କରିଛି ମ ସେ ଫୁଲେଇ ଅଲାଜୁକୀ ଲଳିତା।

ତୁନୀ ହ, ଥିରି ଥିରି ଆମ୍ଭକସି କହିଲା ଆଖିଠାରି, ସୁମିତ୍ରା ଆଉଛି; କାଖରେ ପିଲା, ହାତରେ ପିଲା, ପଛରେ ପିଲା, ଧନ୍ୟ ଲୋ ସେ !

ରବିବୋଉ ମୁରୁକି ହସି କହିଲେ, ପେଟ କ'ଣ ଖାଲି କି ?

ଭାନୁମତୀ କହିଲା, ସତେ, କେଡ଼େ ଭାଗ୍ୟ ଲୋ !

ବଉଳ ଭଣିଲା, ଦେଢ଼ଶୁର ଶ' ହ' କରି ଧନ ଦେଲେ, ମଣିଷ ଭୋଗଭାଗ୍ୟରେ ରହିଲେ, ଏମିତି ଭାଗ୍ୟ ସଭିଙ୍କର ହୁଏ। ଅଭାବ ତ ନାହିଁ। ଚଗଲା ରାଜୀବ ଏମିତି ମାମଲତକାର ହେବ, ଘର କରିବ, କା କିଏ ଜାଣିଥିଲା ? ତା' ପୁଅଗୁଡ଼ା କୁଆଡ଼େ ପାଠ ପିଇଯାଉଛନ୍ତି।

ସୁମିତ୍ରା ଆସିଲା।

ତମକୁ ଖୋଜା ପଡ଼ିଥିଲା।

କାହିଁକି ମ, ଏଡ଼େ ଶରଧା।

ଜଣେ ଅଭାବ ପଡ଼ୁଛି।

ତମର ସିଏ ନାହାନ୍ତି କି ଅଶୋକା ?

ତାଙ୍କୁ କାହିଁକି ଖୋଜା ?

ଅଭାବ ମେଣ୍ଟାଇ ଦେବେ।

ବସୁନ।

ଯାଉଛି ଗୋ ଦେଢ଼ଶୁର ଘରକୁ; ସାନ ଅପା କଟକ ଯିବେ ଯେ –

ଅଶୋକା ପଚାରିଲା, କାହିଁକି; କଅଣ ଫେର ଲାଗିଲା କି ? ମୁଁ ଜାଣେ ପରା !

କିଛି ନାହିଁ। ଦଶରା ହେବ ଯେ, ଦେବୀ ଦେଖିବାକୁ ବଡ଼ ଅପା ତାଙ୍କୁ ତଡ଼ି କରି ପଠାଉଛନ୍ତି। ଦଶରା ବାସି ଫେରିବେ।

ସେ ବି ଯିବେ ?

ନାଇଁ। ବୁଢ଼ୀ ଯିବାକୁ ଅମଙ୍ଗ। ଦେହ ଭଲ ନାହିଁ। ବଡ଼ ଅପା ତାଙ୍କୁ ଏକା ଛାଡ଼ିଯିବେ ନାହିଁ। ଯାଉଛି ଗୋ, ପଛରେ ଗାଳି ଦେବ ନାହିଁ।

ସୁମିତ୍ରା ଚାଲିଗଲା।

ବଉଳ କହିଲା, ଶୁଣିଲ ? ଟୋକୀ ଭାରି ଜଣେ। ବୁଡ଼ି ବୁଡ଼ି ପାଣି ପିଏ। ଗେରସ୍ତକୁ ମତେଇ ଦେଇଛି। ଏଣେ ଉପର ମୁହଁରେ ନାହିଁ କରୁଥିବ ମନେ କଲେ। କଟକରୁ ଘେରାଏ ସେ ବୁଲିଆସୁ, ଦେଖିବ ଯେ ନନ୍ଦିକାର ଭଲପଣ ସର୍ବସହଣୀ ଗୁଣ କେମିତି ରହିବ ? ଚୁଟି ଧରାଧରି ନ ହେଇଛନ୍ତି ଯଦି ମୋ ନାଁ ଧରିବ ନାହିଁ।

ଦଶରା ସରିଲା, କୁଆଁର ପୁନେଇଁ ଆସିଲା, ଲଳିତା ଫେରିଲା ନାହିଁ।

ଦେବୀ ଗଜବାହନରେ ବିଜେ କରିଥିଲେ। ଅଷ୍ଟମୀ ରାତିରୁ ଆରମ୍ଭ ହେଲା ବରଷା। ବରଷା ପବନ ଲାଗିରହିଲା ଦେବୀ ବିସର୍ଜନ ଯାଏ। ଆକାଶ ପରିଷ୍କାର ହେଲାଣି। ମେଘ ଫଉଜ କେଣେ ଲୁଚି ଗଲେଣି। କାଁ ଭାଁ ହୋଇ କେବେ ଖଣ୍ଡେ ଅଧେ ବାଦଲ ମୁହଁ କାଢ଼ିଲେ, ପୁଣି ପଳାଇଯାଇ ଲୁଚିବାକୁ ବାଟ ସହୁନାହିଁ। ଲଳିତା, ଜଲଦି ଫେରିବ।

କେଡ଼େ ଖରାପ ଲାଗୁଛି ଏ ଘରଟା! ସବୁ ସେମିତି ଅଛି, ଏକା ଲଳିତା ନାହିଁ। ଦିପହରଟା ଖେଙ୍କ ଉଠୁଛି। ଝରକା ସେ ପାଖରେ ଗଛଲତା ଜାତିଜାତିକା ଫୁଲ, ସମସ୍ତେ ବିରସ ହୋଇ ଚାହିଁ ରହିଛନ୍ତି। ପଚାରି ଉଠୁଛନ୍ତି, ତୁମର 'କା' କାହିଁ? କାନରେ ବାଜିଯାଉଛି ଲଳିତାର ଗେହ୍ଲାଳିଆ ଡାକ, ଆଲୋ, 'ସା'।

କଟକ ଯିବାକୁ ସେ ମଙ୍ଗୁ ନ ଥିଲା। ସ୍ୱାମୀଙ୍କର ଆଗ୍ରହ ଯେ ସମସ୍ତେ ଯିବେ, ଦେବୀ ପାଣିରେ ପଡ଼ିଲେ ସଙ୍ଗେ ସଙ୍ଗେ ଫେରିଆସିବେ।

ବୋଉ ମଙ୍ଗିଲେ ନାହିଁ। କହିଲେ, ଆରେ ପୁଅ, ନନ୍ଦିକା ହିଡ଼ ନାଳ ଡେଇଁ ଯିବ ନାହିଁ। ବଳଦଗାଡ଼ି କି ସବାରୀ ଚଢ଼ିବ ନାହିଁ। ନନ୍ଦିକା ଜାଣେ, ସ୍ୱାମୀ ପ୍ରତିବାଦ ନ କଲେ ମଧ୍ୟ ତାଙ୍କ ମନର ସରାଗ ଭାଙ୍ଗିଲା।

'କା' ଯିବ, ଦଶରା, ଦେଖି ଫେରିଆସିବ।

ତୁ ନ ଗଲେ ମୁଁ ଏକା ଯିବି ନାଇଁ 'ସା'!

କେହି ତେବେ ନ ଯାଅ, ଅଭିମାନ କରି ସୁନନ୍ଦ କହିଲା।

'କା' ଯିବ, ନନ୍ଦିକା ଦୃଢ଼ ସ୍ୱରରେ ତା'ର ନିଷ୍ପତ୍ତି ଜଣାଇଲା।

ବାଧ୍ୟ ହୋଇ ସୁନନ୍ଦ ସଙ୍ଗରେ ସେ ଏକା କଟକ ଯାଇଥିଲା।

ଲଳିତା ଚିଠି ଲେଖିଥିଲା, ତୁ ଆସିଥିଲେ କେଡ଼େ ମଜା ହୋଇଥାନ୍ତା 'ସା'! ଏ ବର୍ଷ କୁଆଡ଼େ କଟକର ଦେବୀମେଢ଼ସବୁ ଭାରି ଭଲ ହୋଇଛି। କେଉଁ ବଜାର ମୋର ନାମ ମନେପଡୁନି, ସେଠି ଯେଉଁ କୁମ୍ଭକର୍ଣ୍ଣ ମୂର୍ତ୍ତି ହେଇଚି, ଆଖି ମିଟିମିଟି କରୁଛି, ଦେଖିଲେ ହସି ହସି ଗଡ଼ିଯିବୁ। ଚଉଧୁରୀ ବଜାରର ଦେବୀମୂର୍ତ୍ତି ଦେଖିଲେ ଆଖି ଲାଖିରହିବ। ସେ ମୂର୍ତ୍ତି ଦର୍ଶନ କଲାବେଳେ ତୋ ମୁହଁଟି ମୋ ମନେପଡ଼ିଲା ମ! ବୋଉଙ୍କୁ ମୋର ପ୍ରଣାମ କହିବୁ। ତୁ ମୋର ସ୍ନେହ ନେବୁ। ଚିଠି ଦେବୁ ନାହିଁ କି?

ନନ୍ଦିକା ସଙ୍ଗେ ସଙ୍ଗେ ଉତ୍ତର ଦେଇଥିଲା।

ଲଳିତାର ଚିଠିକୁ ସେ ଅମୂଲ୍ୟ ଧନ ପରି ପାଖରେ ରଖିଛି। କେତେଥର ନିଜେ ପଢ଼ିଲାଣି, ପଢ଼ି ଶୁଣେଇଲାଣି କନିକୁ, ବୋଉଙ୍କୁ, ପୁଣି ସୁମିତ୍ରାକୁ। ମୋ 'କା'

ଚିଠି ଲେଖିଛି। ପିଲା ମନ ଦେଖୁ, ଖୁସି ହେଉ, ଟିକିଏ ଆନନ୍ଦ କରୁ। ଆସିବ ତ, ତା' ପାଇଁ କେଉଁ କାମ ବନ୍ଦ ହୋଇଯାଉଛି କି?

କୁଆଁର ପୁନେଇଁ।

ଲଳିତା ନିଜେ ନ ଆସି ଚିଠି ଲେଖିଛି, ମୋ ଭାଇଭାଉଜ ଖବର ପାଇ ପିଲାପିଲି ନେଇ ଆସିଛନ୍ତି। ଦଶରାଦିନ ପହଞ୍ଚିଲେ। ପୁନେଇଁ ବାସି ସେମାନେ ଚାଲିଯିବେ। ମୁଁ ଜିଦି ଲଗେଇଛି ଯେ ମୋ 'ସା' ଗାଁରେ ଏକା ଅଛି, ମୁଁ ଆଉ ବେଶିଦିନ ଏଠାରେ ରହିବି ନାହିଁ, ପୁନେଇଁ ଗଲେ ମୁଁ ଫେରିବି। ତାଙ୍କର କୁଆଡ଼େ ବହେ କାମ। ନୂଆ ଜମି କିଣି, ନୂଆ ଘର କରୁଛନ୍ତି, ଯେ କହୁଛନ୍ତି, ତାଙ୍କର ଏବେ ବେଳ ନାହିଁ। ଜିଦି ଲଗେଇଲାରୁ ସେ ମଙ୍ଗିଛନ୍ତି। କହିଲେ, ତମେ ଯାଅ, ପୁଣି ମୋର ଆଗକାର ଅବସ୍ଥା ହେବ। ପୂଝାରୀର ହାତଟେକାରେ ରହିବି। ଅଧେ ଦିନ ଖିଆ ତ ଅଧେ ଦିନ ଉପାସ। କହିଲି, ଆଜିଯାଏ ଯେମିତି ଚଳୁଥିଲ ସେମିତି ଚଳିବ, 'ସା' ଏକା ଅଛି, ତା'ର ଅସୁବିଧା ହେଉଥିବ। ସେ କହିଲେ, ହଉ।

'ସା' ମ, କାଳିଗଳିରେ ଯେଉଁ ଲକ୍ଷ୍ମୀମୂର୍ତ୍ତି, ଆଖି ଲାଖି ରହିଲା। ଭାଉଜ ଯେତେ ଟାଣୁଥାନ୍ତି ମୋ ହାତ ଧରି, ଆସିବାକୁ ମନ ହଉ ନ ଥାଏ। ଅନେଇ ରହିଥାଏଁ। ଏଡ଼େ ସୁନ୍ଦର! ମୋ' 'ସା'ର ସେମିତିକା ସୁନ୍ଦର ଝିଅଟିଏ ହେବ। ଆଗ ମୁଁ ତାକୁ କୋଳକୁ ନେବି। ମୋର କାଠଫଳ ପୁଅ ଲୋଡ଼ା ନାହିଁ, କହୁଛି।

ଚିଠିଖଣ୍ଡ ନିଜେ ପଢ଼ି ନନ୍ଦିକା ଖୁସି ହେଲା ସିନା, ଶାଶୁଙ୍କ ଆଗରେ ସବୁ ସେ ପଢ଼ିପାରିଲା ନାହିଁ। ଭଲ ଚିଠିରେ ଖରାପ ଅର୍ଥ ସେ କାଢ଼ିବେ। କହିବେ, ଭଲ ଶୁଭ ଲଳିତା ମନାସିଛି, ପୁଅ ନ ହୋଇ ଝିଅ ହେବ? ଯା ନାଁ ଯେ ସଉତୁଣୀ ବାଦ।

କାହିଁ, ଲଳିତା ଆସିଲା ନାହିଁ ତ!

ପୂନେଇଁ ଯିବାର ସାତଦିନ କଟିଲା। ଏଥର ଦିଆଲୀ ଉଆଁସ ଆସିବ। ଚିଠିଖଣ୍ଡେ ବି ଦେଉନାହିଁ। ଦେହ ଭଲ ଅଛିତ? ଜାଣିବାକୁ ମନ ଛଟପଟ ହେଉଛି। ତା' ଭାଉଜ ଘରକୁ ତାଙ୍କର ଫେରିଲେ କି ନାହିଁ? 'କା' ଫେରିଆସିଲେ ସ୍ୱାମୀ ପୁଣି ଅଧେଦିନ ଉପାସ, ଅଧେଦିନ ଅଧପେଟରେ ରହିବେ? 'କା' ସେଠାରେ ଦିନାକେତେ ରହୁ। ଫେରିଆସିବାକୁ ସେ ଉଛନ୍ନ ହେଉଛି କାହିଁକି?

ପୁଣି ଲଳିତା ଚିଠି ଲେଖିଛି, ଯେତେ ଜିଗ୍ର କଲେ ବି ଯେ ମୋ କଥା ଶୁଣୁନାହାନ୍ତି। କହୁଛନ୍ତି, ମୋତେ ନେଇ ଘରେ ଛାଡ଼ି ଆସିବାକୁ ତାଙ୍କର ବେଳ ନାହିଁ।

ତୁଳସୀପୁରରେ ନୂଆ ଜମି କିଣିଛନ୍ତି ଯେ କୋଠା ତୋଳିବେ ବୋଲି ହମହମ। ଟଙ୍କା ଖୋଜି ବୁଲୁଛନ୍ତି। ତୁ, କି ବୋଉ ତାଙ୍କୁ ଚିଠି ଲେଖିଲେ ସେ ମତେ ଛାଡ଼ିଦେଇ ଆସିବେ, ନୋହିଲେ ମୋ କଥା ସେ ମାନିବେ ନାହିଁ। କହୁଛନ୍ତି, ଉପାସ ରହିବି କି ?

ଏଠି ମୋତେ କେତେ ସାଙ୍ଗ ମିଳିଗଲେଣି। ସେମାନେ ମଣିଛନ୍ତି ଯେ ମୁଁ ନନ୍ଦିକା। ମୁଁ କାହିଁକି ନାହିଁ କରିବି ? ତୁ ଯେଉଁ ଅତନୁବାବୁଙ୍କ କଥା କହିଥିଲୁ, ତାଙ୍କର ସ୍ତ୍ରୀ ତୁହିନା ବଳେ ଆସି ମୋର ସାଙ୍ଗ ହେଲେଣି। କେତେଥର ମତେ ନେଇ ତାଙ୍କର ସିନେମା ଛବି ଦେଖେଇଲେଣି। ତାଙ୍କ ପୁଅ ମଳୟ ଓ ଝିଅ ଛବିଲା କି ସୁନ୍ଦର ହୋଇଛନ୍ତି ମ ! ମୋ 'କା'ର ସେମିତିକା ପୁଅଟିଏ, ଆଉ ଝିଅଟିଏ ହେଲେ ମୁଁ କେଡ଼େ ଖୁସି ହୁଅନ୍ତି !

ଭାଇ ଫେରିଗଲେଣି। ଭାଉଜ ଓ ତାଙ୍କର ପିଲାମାନେ ଅଛନ୍ତି। କଟକରେ ଦିଆଲୀ ଦେଖି ସେମାନେ ଫେରିଯିବେ। ଭାଉଜ ତତେ ବହୁତ କହିଛନ୍ତି ବୋଉଙ୍କୁ ସେ ପ୍ରମାଣ ଜଣାଇଛନ୍ତି।

ବୁଢ଼ୀ ଚିଠିଖଣ୍ଡି ଶୁଣିଲେ। ଭାବିଚିନ୍ତି କହିଲେ, ଆସିବାକୁ ତୁ ଲେଖିଲେ ବି ସେ ଆସିବ ନାହିଁ ଲୋ ମା', ପୁଅ ଉପରକୁ ଦୋଷ ଟାଳିଦେଇ ସେ ଭଲେଇ ହଉଚି ହଉ, ଆସୁନା।

ନାଇଁ ବୋଉ !

ରାତିର ଅନ୍ଧାରକୁ ଦୋହଲାଇ ବୁଢ଼ୀ ହସିଉଠିଲେ।

ମାଗୁଣା କାନ୍ଦି ଉଠିଲେ। ଆଖିରୁ ଲୋତକ ପୋଛି କହିଲେ, କାହାର ଦୋଷ ମୁଁ ଦେବି ? ତମ ଭାଇ କଥା ମାନିଲେ ନାହିଁ। ତମେ କେମିତି ଜାଣିବ ? ଦିନରାତି ଯେଉଁ ଭଗବାନ କରୁଛନ୍ତି, ସେଇ ଏକା ଜାଣନ୍ତି। ମୁଁ କାନ୍ଦିଲି, ରୁଷିଲି, ତମ ଭାଇଙ୍କର ଗୋଡ଼ ଧରି କହିଲି, ମୋ ଲଳିତା କାହାର ସଉତୁଣୀ ହେବ ନାହିଁ। ମୂଲିଆ ମୂରୁଖପିଲାଟିଏ ହେଉ ପଛେ, ଭଲ ପିଲା, ନିଜଞ୍ଜାଳୀ ପିଲାଟାକୁ ବାହା କରେଇବା। ଶୋଭାଙ୍କ କଥା ଶୁଣି ତମ ଭାଇ ଭୁଲିଗଲେ।

ଲଳିତା ଭାବିବାକୁ ଲାଗିଲା। ଭାଉଜ ଯାହା କହିଲେ ଅକ୍ଷରେ ଅକ୍ଷରେ ସତ। କି ଭୋଗଭାଗ୍ୟରେ ସେ ଥିଲା ସେ ଘରେ ? ଯାହାର ସ୍ୱାଧୀନତା ନାହିଁ, ସେ କି ମଣିଷ ? ତା'ର ନିଉଁଛଣା ଜୀବନରେ କି ସୁଆଦ ?

ଶାଶୁଙ୍କ ଡର, ସଉତୁଣୀକୁ ଭୟ, ଗାଁ ମାଇପେ ଗଲାଆଇଲାଙ୍କୁ ଦକା। ଚାକର

ଚାକରାଣୀଙ୍କ ପାଖରେ ବି କ୍ଷମା ମାଗିଲାପରି ଚଳନ। ଏଇ ତ ତା'ର ଜୀବନ। ହାତ ଧରି ଯିଏ ଘରକୁ ଆଣିଛନ୍ତି, ତାଙ୍କ ପାଖରେ ତ ଜାଣି ସେ ନିଉନ। ମନଖୋଲା ସ୍ୱାଧୀନ ବଚନ ପ୍ରକାଶ କରିବାକୁ ସାହସ ନାହିଁ।

ଦୂରରେ ଥାଇ ଶାଶୁଙ୍କର ଉଲୁଗୁଣା ମନେ ପକାଇଲେ ଛାତିରେ କୋହ ଉଠେ। ସେ ମଣିଛନ୍ତି ଯେ ଦୟାକରି ସେ ଲଳିତାକୁ ତାଙ୍କ ଘରେ ସ୍ଥାନ ଦେଇଛନ୍ତି। ଗରିବ ଘରର ଅନାଥ ଝିଅ ବୋଲି ବିକଳ ପାଇ ସେ କଅଁଳେଇ କହୁଛନ୍ତି। ପୋଷା ବିଲେଇ, ପୋଷାକୁକୁରକୁ ସ୍ନେହ କଲାପରି ଶାଶୁ ତାକୁ ସ୍ନେହ କରୁଛନ୍ତି।

ସ୍ୱାମୀ, ତାଙ୍କର ସବୁ ସ୍ନେହ ଓ ଆଦର ପଛଆଡ଼େ ଆଉ ଜଣକର କଡ଼ା ଶାସନର ଇଙ୍ଗିତ। ଗେଲ କରୁକରୁ ସେ ପୁଣି ଗେହ୍ଲେଇ କହନ୍ତି କାନରେ, ନନ୍ଦିକା କେଡ଼େ ଭଲ ପାଆନ୍ତି ତମକୁ କେବେ ତାଙ୍କର ଅବାଧ ହେବ ନାହିଁ। ଦେଖିଲ ତ, ନିଜେ ସେ ତମକୁ ସଜେଇ ସାଜେଇ ସରଗର ପରୀ କରି, ହାତଧରି ଆଣି ଛାଡ଼ି ଦେଇଗଲେ ! ସୁନାର ମନ ଭଗବାନ ତାଙ୍କୁ ଦେଇଛନ୍ତି, ଲଳିତା।

ନନ୍ଦିକା ତାକୁ କଣ୍ଢେଇ ସଜେଇଲା ପରି ସଜାଏ। ସେ ନନ୍ଦିକାର ଖେଳଣା ! ଘର ନନ୍ଦିକାର, ଧନଦରବ ସର୍ବସ୍ୱର ସେ ଅଧିକାରିଣୀ। ସେ ଯେ ନିର୍ଜୀବ ଖେଳଣା, ଉଠାଇଲେ ଉଠିବ, ବସାଇଲେ ବସିବ।

ନନ୍ଦିକା ଜନନୀ ହେବ। ତା' ଆଗରୁ ଶାଶୁଙ୍କର ଗଞ୍ଜଣା ସେ ସହିପାରିନାହିଁ। ପିଲାଟିଏ ହେଲେ ଅତ୍ୟାଚାରର ମାତ୍ରା ବଢ଼ିବ।

ମାଗୁଣା ଅନେଇଁ ରହିଛନ୍ତି !

ସଞ୍ଜ କେତେବେଳୁ ହେଲାଣି। ସୁନନ୍ଦ ଫେରି ନାହିଁ। କେତେବେଳୁ କୁଆଡ଼େ ଯାଇଛନ୍ତି। ସିନେମା ଛବି ଦେଖେଇ ନେବାକୁ କହିଥିଲେ। ଆଇଲେ ନାହିଁ।

କେତେ କାମ ତାଙ୍କର ସତେ ! ଏତେ ପରିଶ୍ରମ ପରେ, ପୂଝାରୀ ହାତଟେକାରେ ଭୋଜନ ? ଲଳିତା କଟକରେ ରହିଲେ ଭଲ ହେବ। ସୁନନ୍ଦ ମୁଠିଏ ଭଲକରି ଖାଇପିଇ ସୁସ୍ଥରେ ରହିବେ। ନନ୍ଦିକା କ'ଣ ରଖେଇ ଦେବ ? ସନ୍ଦେହରେ ସେ କୁହୁଳୁଥିବ ମନେ ମନେ।

ମାଗୁଣା ଏସବୁ ବିଷୟ ଆଖି ଛଳଛଳ କରି ଲଳିତାକୁ ବୁଝାଇଲେ, ପୁଣି କହିଲେ, କେଡ଼େ ବାଗରେ ନନ୍ଦିକା ଚିଠିଗୁଡ଼ାଏ ଲେଖେ ମ, ତତେ ନ ଦେଖି ମୁଁ ଛୁଆଖାଇ ବିଲେଇପରି ହେଉଛି ଲୋ 'କା' ଯୁଆଡ଼େ ଚାହିଁଲେ ତୋ କୁଲୁକୁଲିଆ ମୁହଁ ମତେ ଦିଶୁଛି, କାନରେ ବାଜିଯାଉଛି ତୋର ଗୁଲୁଗୁଲିଆ କଥା ! କୋଉଠି ମୋର ମନ ଲାଗୁନାହିଁ। ତେତେ ଆଣି ସଙ୍ଗେ ସଙ୍ଗେ ମୋ ପାଖରେ ଛାଡ଼ିଦେଇ

ଯିବାକୁ ମୁଁ ଲେଖନ୍ତି ଯେ, ପୁଣି ମନ ହେଉଛି, କାହିଁକି ଏଡ଼େ ସ୍ୱାର୍ଥପର ମୁଁ ହେବି ? କଟକ ଯାଇଛୁ, ଟିକିଏ ଆନନ୍ଦ କର, ଫୂର୍ତ୍ତି କର। ମୋ ପାଖକୁ ଆଇଲେ କ'ଣ ସବୁ ନୂଆକଥା ତୁ ଗପିବୁ, ମନେରଖିଥା। ମଧୁର ସପନଟିଏ ମୁଁ ତିନିଥର ଦେଖିଲିଣି, ତୁ ହସିହସିକା ମୋ ସପନ ଭିତରେ ମୁଣ୍ଡ ହଲେଇ ଦେଉ। ନିଦ ଚାଉଁକରି ଭାଙ୍ଗିଯାଏ ମୋ ମନ ଖରାପ ହୁଏ ଲୋ 'ସା' !

ନନ୍ଦିକା ପୁଣି ଲେଖିଛି, ଦିଆଲୀ ଆଉଚି, ବୋଉ କହିଲେ, ଲଳିତାକୁ ଲେଖିଦିଅ ଉଆଁସ ଆଗରୁ ସେ ଚାଲିଆସୁ। ମୁଁ କହିଲି, ରହୁ ସେ କଟକରେ ଦିନାକେତେ, ତମ ପୁଅ ମୁଠିଏ ଭଲରେ ଖାଇବେ ତ ! ସେ ତୁନୀ ହେଲେ, ପୁଣି କହିଲେ, ରହୁ, ହେଲେ ମୋର ଗୋଟାଏ ଆଖି ଫୁଟିଗଲା ପରି ଲାଗୁଛି। ସତେ ଲୋ 'କା' କେଡ଼େ ଭଲ ତତେ ସେ ପାଆନ୍ତି।

ମାଗୁଣା କହିବାକୁ ଲାଗିଲେ, ଦେଖିଲ ଲଳିତା, ସେ ଆ ବୋଲି କହିପାରୁନାହିଁ କାହିଁକି ନା, ଘରେ ସେ ସର୍ବେସବା। ସେ ଥାଆ ବୋଲି ବି କହିପାରୁ ନାହିଁ କାହିଁକି ନା, ସପନ ଦେଖୁଛି ପରା, କାଲେ ସପନ ସତ ହୋଇଯିବ। ଷଠୀ ତମ କୋଳରେ ପୁଅ ବକଟେ ଦେବେ ! ସେ ଆଉ ଏକାଙ୍ଗଚକ୍ରବର୍ତ୍ତୀ ହୋଇପାରିବ ନାହିଁ। ମୁହଁ ଟାଣ କରି ଛାତି ଫୁଲେଇ କହିପାରିବ ନାହିଁ ଅପାଳକ ରାଇଜରେ ମୁଇଁ ଏକା ବିଜୁଳି ଝଟକ, ମୋର ପୁଅ ହୋଇଛି ! ଶାଶୁ ଯେମିତି ତୁମକୁ ଦେଖିପାରନ୍ତି ତ, ତାହା ସଭିଙ୍କୁ ଜଣା।

ଲଳିତାର ମୁହଁ ଶୁଖିଗଲା। ଭାବିଲା, ଭାଉଜ ଯାହା କହୁଛନ୍ତି, ସତ। କଅଣ ସେ କରିବ ? ଏଣୁ ମାରିଲେ ବ୍ରହ୍ମହତ୍ୟା, ତେଣୁ ମାରିଲେ ଗୋହତ୍ୟା।

ସ୍ୱାମୀଙ୍କୁ ସେ ଅଦ୍ୟାବଧି ଚିହ୍ନିପାରିନାହିଁ। ଘରର ହାନିଲାଭ ଦୁଃଖସୁଖ ସେ ତାକୁ କହନ୍ତି ନାହିଁ। ଯେବେ ସେ ପାଖକୁ ଆସନ୍ତି, ତାଙ୍କର ଖାଲି ଦେହ ଓ ସାଜ ଉପରେ ଦୃଷ୍ଟି। ତାଙ୍କର ଆଖି, ଓଠ, ହାତ ଖାଲି କଥା କହେ। ତା' ଦେହଟାକୁ ସେ ସ୍ନେହ କରନ୍ତି। କେମିତି ସେ ହେବ ବିଭିନ୍ନ ଢଙ୍ଗରେ ସଜାହେବ, ସବଳ ସୁସ୍ଥ ରହିବ ସେଇଥିରେ ତାଙ୍କର ପୂରା ନଜର। ଦେହଟା ପାଖରେ ସେ ହୁଅନ୍ତି ଗୁଣୁଗୁଣିଆ ଭଅଁର।

ମନକଥା ସେ ବୁଝନ୍ତି ନାହିଁ।

ମୁହଁ ଶୁଖେଇ ବସିଛ କାହିଁକି ? ସୁନନ୍ଦ ତମକୁ ଅତି ସ୍ନେହ କରେ। କୋଉ ଗେରସ୍ତ କୋଉ ଭାରିଜାକୁ ଏମିତି ଭଲପାଇବା ମୁଁ ଦେଖିନାହିଁ। ହାତରେ ଘଷିମାଜି ସଜେଇ ସାଜେଇ, ବଳେଇ ବଳେଇ ଓଷଦ ପାଣି ଖୋଇବା କିଏ କରେ ?

ଲଳିତାର ମୁହଁ ନାଲି ହେଲା।

ବେଳ ଉଣ୍ଡି ବାଗ ଦେଖି ଧୀରେ ଧୀରେ ତମେ ସୁନନ୍ଦକୁ ଯାହା କହିବ ସେଇଆ ହେବ। ବୁଢ଼ା ହେଲେ ବି ତୁମ ଭାଇ କ'ଣ ମୋ କଥାରୁ ବାହାର ହୁଅନ୍ତି? ବେଳ ଜାଣି କହିପାରିଲେ ହେଲା। ଟିକିଏ ଅଭିମାନ ଧରା ଦେଇ ଧରା ନ ଦେବାର ଢଙ୍ଗ ଲୋଡ଼ା, ବୁଝିଲ? ନାତିନାତୁଣୀ ଖେଳଉଛନ୍ତି ଯେଉଁ ବୁଢ଼ୀ ଘରଣୀମାନେ, ପଚାରୁନା ଯାଇ ତାଙ୍କୁ? ଏଗୁଡ଼ା କ'ଣ ଝିଅଦିନେ ତମକୁ ମୁଁ ଶିଖାଇଥାନ୍ତି?

ଲଳିତା ହସିଉଠିଲା।

ହସୁଛ କଅଣ? କିଏ କହୁଛି କି ତମେ କାହାରି ତଣ୍ଟି କାଟିବାକୁ ସୁନନ୍ଦକୁ ଉପଦେଶ ଦିଅ, କି ପ୍ରବର୍ତ୍ତାଅ? ଭବିଷ୍ୟତକୁ ଦୃଷ୍ଟି ଦେଇ ନିଜର ସ୍ୱାର୍ଥକୁ ନିଜେ ତ ଜଗି ରହିବ! ସଉତୁଣୀ ଧରି ସଂସାର କରିବ ଏତକ ଭୁଲିଯାଅନା। ଆଜି ଭଲ ତ କାଲି ମନ୍ଦ। କେହି ତମକୁ କହୁନାହିଁ, ସଉତୁଣୀ ବୋଲି କିଛି ନ ବୁଝି ନ ବିଚାରି, ଚୁଟି ଧରାଧରି ହୋଇ ଦାଣ୍ଡକୁ ଆସ, ଲୋକହସା ହୁଅ। ମୁଁ ତମର ମଙ୍ଗଳ ପାଇଁ କହୁଛି; ସୁନନ୍ଦକୁ ଆପଣାର କରିପାରିଲେ ତମର ସବୁ ଭଲ। ତାକୁ ତମେ ହାତମୁଠାରେ ରଖ।

ମୋ 'ସା' ଭଲ ମଣିଷ ତ!

ମୁଁ ମନା କରୁନାହିଁ। ତମ ଭାଇ ତାଙ୍କୁ ଯେତେ ପ୍ରଶଂସା କରି କହୁଥିଲେ ମୁଁ ଶୁଣି କାବା ହେଲି। ଦେଖ ତ, ନିଜେ କେମିତି ଲଫାପା ଭିତରେ ପୂରେଇ ହଜାରେ ଟଙ୍କା ପଠେଇ ଦେଇଥିଲେ। ସେତକ ମିଳିବାରୁ ଆଜି ଆମର ଢୋକ ଚଳୁଛି କହ, ନୋହିଲେ ଆଜି ପିଲାଗୁଡ଼ାକ ଛତରରେ ପଶିଥାଆନ୍ତେ। ସେମାନଙ୍କର ଜୀବନ –

ଭାଉଜ!

ମାଗୁଣାଙ୍କର କଥା ଅଧା ରହିଲା।

ଲଳିତାର ଆଖିରୁ ଲୁହ ଗଡ଼ିଲା। ସେ କହିଲା, ମୋତେ ଆଉ ଲାଜ ଦିଅ ନା ଭାଉଜ! ତମର ଚିଠି ପାଇ ମୁଁ ଦିନରାତି କାନ୍ଦିଛି। ଅଣ୍ଟାରେ ଖୋସି ଛୁଆଖାଇ ବିଲେଇ ପରି ଏପାଖ ସେପାଖ ହୋଇଛି। କିଛି ମୁଁ କରିପାରିନାହିଁ। 'ସା' ଡରରେ, ପୁଣି ମନ ସଙ୍କୋଚରେ, ଯାଙ୍କ ଆଗରେ କିଛି କହିପାରିନାହିଁ। 'ସା' ପାଖରେ ତୁଣ୍ଡ ଖୋଲିବାଠାରୁ ବରଂ ମରଣ ଭଲ! ଲୁହା ବାକ୍ସର ଚାବିର ବୋଝ ମୁଁ ବୋହିଛି, ଲୁହା ବାକ୍ସରେ ଥିବା ଥାକ ଥାକ ନୋଟକୁ ମୁଁ ଚାହିଁଛି, ଚୋରି କରିବାକୁ ମୋର ମନ ଡାକିନାହିଁ। ଚିଠିଖଣ୍ଡି ମୋ ଅଣ୍ଟାରୁ ଖସିପଡ଼ିଥିଲା। 'ସା' ତାକୁ ପାଇ, ପଢ଼ି, ମତେ ନ କହି ଟଙ୍କା ପଠେଇଥିଲା।

ମାଗୁଣା କହିଲେ, ମୁଁ ଟଙ୍କା ପଠେଇବାକୁ ଲେଖି ନ ଥିଲି। ତୁମ ପୁତୁରାମାନଙ୍କର

ଭଲମନ୍ଦ ଖବର ଜାଣିବାକୁ ତମେ ଚାହିଁଲାରୁ ମୁଁ ସତ କଥା ଲେଖିଥିଲି । ଟଙ୍କା ଫେରେଇ ଦେଇଥିଲେ ନନ୍ଦିକାର ମନରେ ଦୁଃଖ ହୋଇଥାନ୍ତା । ଆମର ତ ନିଅଣ୍ଟିଆ ସଂସାର ! ଏତିକି ମୁଁ ଜାଣିପାରିଲି ଯେ ତମର କାହିଁରେ ଅଧିକାର ନାହିଁ । ସଉତୁଣୀ ଯେଡ଼େ ଭଲ, ଯେଡ଼େ ସ୍ନେହୀ ହେଲେ ବି ତମେ ତାର ହାତଟେକାରେ ଅଛ । ସେତିକି ବୁଝି ମୋ ମନରେ ଦୁଃଖ ହେଲା । ତେବେ ସବୁଦିନେ ସବୁ କଥା ନ ଥାଏ ।

ସତେ ଲୋ ଭାଉଜ !

ସେଇଥିପାଇଁ କହୁଛି, ଲଳିତା, ସୁନନ୍ଦକୁ ନିଜର କର, ହାତରେ ନିଜର କରି ପାଞ୍ଚ ପଚିଶ ରଖ, ତମେ ସୁଖରେ ସଂସାର କରିବ । ଠାକୁରେ ତମ କୋଳରେ ପିଲାଟିଏ ଦେଲେ ସବୁ ଦୁଃଖ ଯିବ । କେଉଁ କଥା ଅଚଳ ହେଉଛି ବୋଲି ଗାଆଁର ସୁନାପିଞ୍ଜରୀ ଭିତରେ ଯାଇଁ ପଶିବ ଗୋ ? ତମର ହର୍ତ୍ତାକର୍ତ୍ତା ବିଧାତା ଯେ ଏଇଠି ! ତମେ ଯିବ, ସୁନନ୍ଦ ବୁଲାଫକୀର ପରି ବୁଲି ବୁଲି ରାତି ଅଧରେ ଆସି କଞ୍ଚା, ଦରସିଝା ତୁଣ୍ଡରେ ଦେଇ ଶୋଇବ ? କାହିଁକି ସେ ଏତେ ପରିଶ୍ରମ କରୁଛି, ଟଙ୍କା ଅର୍ଜୁଛି ?

ଲଳିତାର ମନରେ ଭାଉଜଙ୍କର ସଦୁପଦେଶ ଭେଦିଲା ।

ଦିଆଲୀ ବାସି ମାଗୁଣା ଆଖିରୁ ଲୁହ ଗଡ଼ାଇ, ବିଦାବିଦି ହେଇ, ବିମ୍ବାଧରଙ୍କ ସଙ୍ଗରେ ଗାଆଁକୁ ଗଲେ । ଲଳିତା ପାଖରେ ଛାଡ଼ି ଦେଇଗଲେ ତାଙ୍କର ଏଗାର ବର୍ଷର ପୁଅ ରବିକୁ । ନଣନ୍ଦ କଟକ ସହରରେ ଏକା ରହିବ, ଏହା ତାଙ୍କର ଦେହ ସଇଲା ନାହିଁ ।

ପିଲାଟି ଦିନୁ ଲଳିତା ରବିକୁ ସ୍ନେହ କରେ ।

ମାଗୁଣା ଯେଉଁ ସଦୁପଦେଶ ଦେଇଗଲେ ତା'ର ମୂଲ୍ୟ କିଏ ନିରୂପଣ କରିବ ? ଲଳିତା ଭାଉଜଙ୍କର ବାକ୍ସ ଭିତରେ ଯେଉଁ କାଗଜ ପୁଡ଼ାଟି ରଖିଦେଇଥିଲା, ସେତକ ଖୋଲି ମାଗୁଣା ବୁଝିପାରିଲେ ଯେ ତାଙ୍କର ପ୍ରତି ପଦ କଥାରେ ଯଥେଷ୍ଟ ମୂଲ୍ୟ ଅଛି । ନନ୍ଦିକା ସଉତୁଣୀ, ପରକୁ ପର, ସେ ଯଦି ହଜାରେ ଦେଲା, ଆପାଣାର ହୋଇ ଲଳିତା ନିଜକୁ ଛୋଟ କରନ୍ତା ନାହିଁ; କିନ୍ତୁ ଅଧିକା ଦେବାକୁ ବି ତା'ର ଅଧିକାର ଏବଯାଏ ହୋଇନାହିଁ ।

ହଉ, ସୁଖରେ ଥାଉ ଲଳିତାଟି, ମାଗୁଣା ମନେ ମନେ ଆଶୀର୍ବାଦ କଲେ ।

ଯେତେ କହିଲେ ଯେ କାନକୁ ନେଉନାହାନ୍ତି ଲୋ 'ସା', କହୁଛନ୍ତି, ଗାଆଁରେ ନେଇ ଛାଡ଼ିଦେଇ ଆସିବାକୁ ବେଳ ନାହିଁ । ନୂଆ ଘରର ନିହଁପଡୁଛି ଯେ, ସବୁବେଳେ

ଯାଇ ସେଇଠି। ଟଙ୍କାଗୁଡ଼ିଏ କୁଆଡ଼େ କରଜ କଲେଣି। ତୁ ଜିଗର କରି ଲେଖିଲେ ସେ ମୋତେ ନେଇ ତୋ ପାଖରେ ଛାଡ଼ିଦେଇ ଆସିବେ।

କଟକରେ ଦିଆଲୀ ଯାତ କେଡ଼େ ଆଡ଼ମ୍ବରରେ ହୁଏ ଲୋ, କି ସୁନ୍ଦର ଆଲୁଅରେ ସଜାସଜି! କେତେ ଜାତିର ବାଣ। ଉଆଁସ ରାତିର କଳାଘୁମର ଅନ୍ଧାର କୁଆଡ଼େ ଲୁଚି ପଳେଇଲା ପରି ଲାଗେ। ଆକାଶ ହୁଏ ହାଲୋଳମୟ। କେତେ ଜାଗାରେ କାଳୀଠାକୁରାଣୀଙ୍କର ପ୍ରତିମା। ନୂଆକରି ଚାହିଁଦେଲେ ସେସବୁ ଭୟଙ୍କର ଦୃଶ୍ୟ ଦେଖି ଛାତି ଚମକିଉଠେ। ଆଖିସହା ହେଲେ ଦେଖିବାକୁ କୌତୁକ ଲାଗେ।

ତୁ ଆସିଥିଲେ ଭଲ ହୋଇଥାନ୍ତା ମ। ମତେ ଯେ ହଇରାଣ କରୁଛନ୍ତି। ଜାତିଜାତିକା ଝିଅବୋହୂ, ଜାତିଜାତିକା ଫେସନ ହୋଇ ଏଠି ସେମାନେ ଆତଜାତ ହୁଅନ୍ତି, ଏଇ ସବୁ ଯାତରେ। ମତେ ସେମିତି ସେ ଫେସନ ହେବାକୁ ବାଧ କରୁଛନ୍ତି। ନାହିଁ କଲେ ଅଭିମାନ କରୁଛନ୍ତି। ଫେସନ ହେଲେ କ'ଣ ରକ୍ଷା ? ଫଟୋ ଉଠାଇବାକୁ ତାଙ୍କର କେଉଁ ସାଙ୍ଗକୁ ଡାକି ଆଣୁଛନ୍ତି। ମନା କରିପାରୁନାହିଁ। ସେ ଏଡ଼ିକି ବେହିଆ ଲୋ! ଏମିତି ବେହିଆ ହେବାକୁ ତୁ ତାଙ୍କୁ ମନାକରି ଲେଖିବୁ। ମତେ କହିବାକୁ କି ବାଧା ଦେବାକୁ ଡର ମାଡୁଛି। ସେ ମନକଷ୍ଟ କରିବେ।

କହୁଛନ୍ତି, ବଡ଼ଓଷା ଆଉଚି। ଧବଳେଶ୍ୱରରେ ଯାତ ଦେଖିବ, ସେଇଠୁ ଦେଖିବ ମହାନଦୀକୂଳର ବାଲିଯାତ୍ରା। ଏମିତି କଅଣ ଲାଗିଥିବ ? ତତେ ଓ ବୋଉଙ୍କୁ ଦେଖିବାକୁ ମୋ ମନ ବିକଳ ହେଉଚି। ନଇଲେ, ତୁ ଗାଡ଼ି ସଜିଲ କରି ପଠା। ତାଙ୍କ କଥା ମାନିବି ନାଇଁ। ମୁଁ ଚାଲିଯିବି। ମତେ ଏଠି ଏକା ରହିବାକୁ ଭଲ ଲାଗୁନାହିଁ।

ଯେତେଥର ନନ୍ଦିକା ସେ ଚିଠିଖଣ୍ଡି ପଢୁଛି, ସେତେଥର ତା' ଆଖିକୁ ଲୋତକ ଆସୁଛି, ତା'ର ଛାତି ଧଡ଼ପଡ଼ ହେଉଛି। ତା'ର 'କା' ଅତି ସରଳ, ନିରୀହ, ନିଷ୍କପଟ। ତାକୁ କଟକରୁ ଆଣି ପାଖରେ ଛାଡ଼ିଦେଇ ଯିବାକୁ କେମିତି ସୁନନ୍ଦକୁ ସେ ଲେଖିବ ? କାହିଁକି ତାଙ୍କର ଆନନ୍ଦରେ ସେ ବାଧାଦେବ ? ସେ ମଣିବେ, ନନ୍ଦିକା ସ୍ୱାର୍ଥପର। କାଳେ ପୁଣି ଭାବିବେ, ଲଳିତାର ସୁଖ-ଆନନ୍ଦ ସ୍ୱାଧୀନତା ନନ୍ଦିକା ସହିପାରୁନାହିଁ। ଲଳିତା ପାଇଁ ଘରେ କଅଣ ଏମିତି ଅଚଳ ହେଇପଡ଼ିଛି କି ?

ନନ୍ଦିକା ପାଖରୁ ତାଙ୍କର ମନ ଦୂରେଇଯାଇଛି, ପାଖେଇଯାଇଛି ଲଳିତା ପାଖକୁ। ସେଇ ହେଉଛି ତାଙ୍କ ସ୍ନେହର ପିତୁଳା, ସବୁ ସୁଆଗ ସରାଗର ଖେଳନା। ମନେପଡୁନାହିଁ ନନ୍ଦିକା, ଯିଏ ପେଟରେ ତାଙ୍କରି ସନ୍ତାନ ଧରିଛି, ଯିଏ କେବଳ ଗୋଟିଏ ସନ୍ତାନ ପାଇଁ ଲଳିତାକୁ ଆଣି ପାଖରେ ଛାଡ଼ିଛି। ଦେଖିବାକୁ ଧାଇଁଆସିବା ଦୂରର କଥା, ଦୁଇଖଣ୍ଡ ପତ୍ର ଦେଲେ ବି ଉତ୍ତର ନାହିଁ।

ରାତି ଅଧିକ ହେଲାଣି। ଆଖି ବୁଜି ଶୋଇଲେ ମନରେ ପଶୁଛି ବାରଚାଉଳିଆ ଭାବନା। ଆଖି ଖୋଲିଲେ ଝରକାବାଟେ ଦିଶୁଛି ନେଳିଆ ଆକାଶରୁ ଚେନାଏଁ। ଗଣି ହେଉନାହିଁ ମିଟି ମିଟି ତାରକା, ବିଞ୍ଚି ହୋଇ ପଡ଼ିଥିବା ରଡ଼ନିଆଁ କଣିକା ପରିକା।

ଶୋଇବ ନାହିଁକି, କନି?

ତମେ ଶୋଇନା!

ନିଦ ମାଡୁନାହିଁ। ସେ ମନେପଡୁଛନ୍ତି। ଲଳିତା କଟକରୁ ଆସିବାକୁ ବିକଳ ହୋଇ, ରାଣ ନିୟମ ପକାଇ ଚିଠି ଲେଖିଛି। ତାକୁ ଆଣି ଛାଡ଼ିଦେଇ ଯିବାକୁ ତମ ଭାଇଙ୍କର ବେଳ ନାହିଁ। ଚିଠି ଖଣ୍ଡେ ଲେଖିବାକୁ ବି ତାଙ୍କୁ ତର ହେଉ ନାହିଁଲୋ!

ସୁମିତ୍ରା କଣ କହୁଥିଲେ, ଶୁଣିଛ?

ମୁଁ ଶୁଣେ ନାହିଁ।

କହୁଥିଲେ, ଭାଇ କୁଆଡ଼େ ଆଉ ବେପାର ବଣିଜରେ ମନ ଦେଉନାହାନ୍ତି। ସବୁବେଳେ ଘରେ ପଶିଛନ୍ତି। ପଦାକୁ ବାହାରିଲେ ଖାଲି ଟଙ୍କା ବରାଦ। ଜାତିଜାତିକା ଦାମିକା ଶାଢ଼ୀ ଓ ଗହଣା କିଣା ଚାଲିଛି। ସଞ୍ଜ ହେଲେ ଥିଏଟର ସିନେମା ଦେଖିବାକୁ ଯାଉଛନ୍ତି। ଫେରୁ ଫେରୁ ରାତି ଅଧ ହେଉଛି। ଯୁଆଡ଼େ ଗଲେ ସାନ ଭାଉଜଙ୍କୁ ସଙ୍ଗରେ ନେଇଯାଉଛନ୍ତି।

ରାଜୀବ କହୁଥିଲେ?

ହଁ ବେପାର ଟଙ୍କାରୁ ରାଜୀବଙ୍କ ପାଖରୁ ଭାଇ ହଜାର ହଜାର ମାଗି ନେଉଛନ୍ତି। କାରବାର ବନ୍ଦ ହେବାକୁ ବସିଛି। କଅଣ ଏତେ ଟଙ୍କା ହେଉଛି କେଜାଣି।

ଘରତୋଳା ହେଉଛି।

ନିହଁ ଖୋଳା ହେଇଛି।

ରାଜୀବଙ୍କ ହାତରେ ଚିଠି ଦେଇ ଦୁଇହଜାର ଟଙ୍କା ତମ ଭାଇ ମୋ ପାଖରୁ ଘରତୋଳା ପାଇଁ ମଗେଇ ନେଲେ ପରା!

ସାନ ଭାଉଜଙ୍କ ଫେସନ ପାଇଁ କି, ହାତପାଣ୍ଠି ପାଇଁ ନେଇଥିବେ।

କି କଥା କହୁଛ, କନି?

ଉତ୍ତେଜିତ ହୋଇ ଉଠି ବସିଲା ନନ୍ଦିକା! ପର ଝିଅ ନାମରେ ନିନ୍ଦା ରଟାଇବାକୁ ଲୋକଙ୍କୁ କେଡ଼େ ଭଲଲାଗେ ସତେ! ଲଳିତା ନିଜର ହାତପାଣ୍ଠି କରିବାକୁ ବ୍ୟାକୁଳ?

ସବୁ ତ ତା' ହାତରେ ସେ ସମର୍ପି ଦେଇଥିଲା। ନନ୍ଦିକା ଉପରେ ତା'ର ଅବିଶ୍ୱାସ ହେବ କାହିଁକି ?

କାଲି ସୁମିତ୍ରାକୁ ଡାକିବ କନି !

ତମକୁ କହିବାକୁ ସେ ମନା କରିଥିଲେ।

କାହିଁକି ?

ଆଉ କାହାକୁ କହିବାକୁ ରାଜୀବ ତାଙ୍କୁ ବାରଣ କରିଥିଲେ। ଶୁଣିଲଣି, ସାନ ଭାଉଜ କୁଆଡ଼େ ଆଉ କାହାରିକୁ ଆଡ଼ ଉତ୍ତୁଆଳ ହେଉନାହାନ୍ତି।

ତୁନୀ ହ, ଶୋଇବ ଯା।

ନନ୍ଦିକା ନିଜେ ଶୋଇ କଡ଼ ବୁଲାଇଲା। ମନ କହିଲା, ତା'ର ସ୍ୱାମୀ ଦୂରେଇ ଯାଉଛନ୍ତି !

ଦୁନିଆର ମରଦଗୁଡ଼ା ଏଇଆ କି, କେବଳ ଯୌବନ ଓ ରୂପକୁ ଗୋଳିଗାଳି ପିଇଦେବାକୁ ଉଛନ୍ନ ହୋଇପଡ଼ନ୍ତି, ସଦାବେଳେ, ଆଖିକାନରେ, ମନ, ଜୀବନ ଓ ସପନରେ? ସୁମିତ୍ରା ବେହିଆପଣ କରି ଏଇଆ ଗପେ। ଛଅ ପିଲାର ସେ ମା' ହୋଇସାରିଲାଣି। ସେ କଙ୍କଡ଼ା ଖୋଳ ହେଲାଣି, ତେବେ ବି କୁଆଡ଼େ ରାଜୀବଙ୍କର ଟୋକାଳିଆ ଖୋଇ ଯାଇ ନାହିଁ। ବାପ ହେବାକୁ ତାଙ୍କ ମନ ଆହୁରି କନକନ।

ନନ୍ଦିକା ବଡ଼ ପାଟି କରି ହସି ଉଠିଲା।

ତଳେ ସପ ପାରି କନି ଶୋଇଥିଲା। ପଚାରିଲା, କ'ଣ ଭାଉଜ?

ତମ କଥା ଶୁଣି ହସ ମାଡ଼ିଲା। ମୋ 'କା' କୁଆଡ଼େ ବେହିଆ ହୋଇଛି, ନିର୍ଲଜୀ ହୋଇଛି। ଯଦି ହେଇଥିବ, କାହା ପାଇଁ ତମ ଭାଇ ତାକୁ ଯେମିତି ନଚାଉଥିବେ ସେ ସେମିତି ନାଚୁଥିବ। ସେ ମନା କରିପାରିବ ନାହିଁ। ତା'ର କି ଚାରା ? ତମ ଭାଇଙ୍କ ଖୋଇ ମତେ ଜଣା। ଲଳିତାର ଗୋଇ ଖୋଳି ଦାଣ୍ଡରେ ହାଟରେ ଦୁର୍ନାମ ରଟାଇବାକୁ ସୁମିତ୍ରାକୁ କିଏ କହୁଥାଏ ? ମୋ ପାଖକୁ କାଲି ତାକୁ ଡାକିଦେବ, ମୁଁ ତାକୁ ପଚାରିବି, ସେ କେମିତିକା ମାଇପି, ଆଉ ତା' ବର ରାଜୀବ କେମିତିକା ମିଣିପ !

କନି ତୁନି ହୋଇ ଶୋଇଲା। ଭାଉଜ କେବେ ରାଗନ୍ତି ନାହିଁ। ଆଜି କେମିତି ରାଗିଲେ ? ନୂଆ ଭାଉଜଙ୍କର ଢଙ୍ଗ ସହିପାରୁନାହାନ୍ତି ? ଘରନିଆଁ କାନି ଘୋଡ଼ାଇ ଲୁଚେଇ ରଖିବାକୁ ଚାହାନ୍ତି ?

ମନ ବିଡ଼ିବାକୁ ଲଳିତା କହିଲା, କଅଣ ସେମାନେ ପଛରେ କହୁଥିବେ କହିଲ ? ଦଶରା ଦେଖାଇବାକୁ ମତେ ତମେ କଟକ ଆଇଁଲ, ଦେଖୁ ଦେଖୁ ମାସ ପୂରିଲା। ସବୁ ଦୋଷ ମୋର ହେବ। ତମର ବୋଉ ରକ୍ତଚାଉଳ ଚୋବଉଥିବେ। 'ସା' ମୁହଁରେ କିଛି ନ କହିଲେ ବି ମନରେ ରାଗୁଥିବ। ତମ ଗାଆଁରେ ସଭା ବସିବଣି।

ଲଳିତା ମୁହଁ ଶୁଖାଇ ଠିଆ ହେଲା।

ସୁନନ୍ଦ ହସହସ ହୋଇ ଅନାଇଁ ରହିଲା ତାଆରି ଆଡ଼କୁ। ରାତି ଦଶଟା ହେଲାଣି। ଘର ଭିତରେ ନେଳିଆ ବିଜୁଳି ଆଲୁଅ। ଛାତ ଉପରୁ ଓହଳି ଆସିଥିବା ବିଜୁଳି ପଙ୍ଖା ଧୀରେ ଧୀରେ ଯୋଡ଼ିପଲଙ୍କର ମଥା ଉପରେ ବୁଲୁଛି। ରେଡ଼ିଓରୁ ଉଠୁଛି କେବଳ ହସର ରୋଳ, ମହାପାତ୍ର ଗୋଦାବରୀଶଙ୍କର ହସେଇଲା ଡ୍ରାମା 'ଡାମରା କାଉ।'

ବାହାରେ ଝରକା ସେପାଖେ, ଶିତୁଳିଆ ଜହ୍ନ। ଆଲୁଅରେ ଜୁଆର। ବାସନା ଫୁଲର ଗଛ ନାହିଁ। ଘର ଭିତରେ ମଶାରି ବାଡ଼ାରୁ ଝୁଲି ନାହିଁ କେଣ୍ଡିକେଣ୍ଡିକା ଫୁଲର ମାଳ, ତଥାପି ଘର ମହକି ଉଠୁଛି। କ'ଣ ସେ ମହକ କହି ହେବ ନାହିଁ। ମିଠା, ମନପୁଲକା, ରକତରେ ଝଟିକାଛୁଟା ଫରାସୀ ମହକ। ଲଳିତାର ଝିଲିମିଲି ବାଦଲିଆ ବସନରୁ ତ ଛୁଟି ଆସୁଛି !

ଏଇ ତା'ର ସ୍ନେହର ପିତୁଳା ଲଳିତା, ଆଗରେ ଠିଆ। ଆଜି ତା'ର ଲଙ୍ଗୁଳିଆ ବେଶ। କାମନାକୁ କାଙ୍ଗାଳିଆ କରୁଛି, ମନ ଓଟାରୁଛି। ରୂପ ତା'ର ଥାଉ କି ନ ଥାଉ, ଏଇ ବେଶ ସୁନନ୍ଦର ମନକୁ ବନସୀରେ ଟାଣେ, ଖାଳେଇରେ ରଖେ।

ବାଘ ପିଲା ଗଦ ଶୁଙ୍ଘି ଗଧ ପାଲଟେ।

ଲଳିତାକୁ ସେ ସବୁ ପ୍ରକାରେ ବେଶ କରାଇଛି। ସେ କେବେ ବାଧା ଦେଇ ନାହିଁ, କଥା ମାନିଛି। ଫଟୋନେଲା ବନ୍ଧୁଙ୍କ ଆଗରେ ନିଃସଙ୍କୋଚରେ ଠିଆ ହୋଇଛି।

ଆନନ୍ଦରେ, ଫୁର୍ତ୍ତିରେ ଲଳିତା କଟକରେ ଅଛି। ମାସଟିଏ ପୂରିଗଲାଣି, ଦିନଟିଏ ପରି ଲାଗୁନାହିଁ। ସୁନନ୍ଦର ଏକୁଟିଆ କର୍ମବହୁଳ ଜୀବନର ସେ ଆନନ୍ଦ ଓ ପ୍ରେରଣା।

ସେ ଫେରିଯିବ ଗାଆଁକୁ ?

ପୁଣି, ତା'ର ଜୀବନରେ ଘୋଟିଆସିବ ଅନ୍ଧାର ! ଏଠାକାର ସୁଖ ଆନନ୍ଦ ଓ ଗହଳଚହଳ ସଂସାର ଶୂନ୍ୟ ହେବ ? ମରୁଭୂମିର ଝଞ୍ଜା ଛୁଟିବ ? କାହିଁକି ଜାଣିଜାଣି ସେ ଏହା କରିବ ? ନନ୍ଦିକା ପତ୍ର ଲେଖିଛି, ବୋଉ ଖୋଜୁଛନ୍ତି, ଘର ଅନ୍ଧାର କରି କଟକରେ କେତେଦିନ ଆଉ ରହିବୁ ?

ସବୁଦିନେ ଲଳିତା ସେ ଘରେ ନ ଥିଲା। ଆଜି ଏତେ ଖୋଜା ପଡ଼ିଛି କାହିଁକି ?

ତୁନୀ ହେଇ କଅଣ ଏମିତି ଦେଖୁଛ ମ ?

ଗାଆଁକୁ ଫେରିଯିବାକୁ ତମର ମନ ହେଲାଣି ?

ମୋର ଗୋଟାଏ ମନ କଅଣ ? ତମେ ଯାହା ସ୍ଥିର କରିବ, ସେଇଆ ହେବ।

ମୁଁ ସ୍ଥିର କରିଛି, ତମେ କଟକରେ ରହିବ।

ସେମାନେ ମୋର ଦୋଷ ଦେବେ।

କିଏ ଦୋଷ ହେବ, କି ଗୁଣ ବାହୁନିବ, ଏଥିପାଇଁ ଆମର ସୁବିଧା ଅସୁବିଧା ଆମେ ବୁଝିବା ନାହିଁ ? ବୋଉ କଟକ ଆସିବାକୁ ରାଜି ନୁହନ୍ତି। ତାଙ୍କୁ ଗାଆଁରେ ଏକା ଛାଡ଼ି ନନ୍ଦିକା କଟକରେ ରହିପାରିବ ନାହିଁ। ତମେ ଏଠି ଦିନାକେତେ ରହିଲେ ସେମାନେ ଯଦି ଆପତ୍ତି କରିବେ, ମୁଁ ଏକା କଟକରେ ରହି ସବୁ ଅସୁବିଧା ମୁଣ୍ଡେଇବି କାହିଁକି ? ଯଦି ଆସିବେ ସମସ୍ତେ କଟକ ଚାଲିଆସନ୍ତୁ; ନୋହିଲେ ତମେ ଏଠି ରହିବ। ନନ୍ଦିକା ଆସିଲେ ତମେ ବୋଉ ପାଖକୁ ଚାଲିଯିବ। ନନ୍ଦିକାକୁ ତମେ ଏଇଆ ଲେଖିଦିଅ।

ମୁଁ ଲେଖିପାରିବି ନାହିଁ।

ମୁଁ ଲେଖିଦେବି।

ତମେ ନିଜେ ଯାଇ ତମ ବୋଉଙ୍କୁ ବୁଝାଇ କହ। ବିନା ଦୋଷରେ ନୋହିଲେ ସେ ମୋ'ରି ଦୋଷ ଦେବେ, ସପ୍ତପୁରୁଷ ଉଝାଳିବେ। ଦାଣ୍ଡଲୋକେ ଟାହିଟାପରା କରିବେ। ମୁଁ ଆଉ ସହିପାରିବି ନାହିଁ, କହୁଛି।

ଲଳିତା ଆଖିରୁ ଲୁହଧାର ଝରିଆସିଲା।

ସୁନନ୍ଦ ପଲଙ୍କ ଉପରୁ ଉଠି ହସିଲା ଆଖିରେ ଲଳିତାର ହାତ ଧରିଲା। କହିଲା, କେହି ତମର ଦୋଷ ଦେବେ ନାହିଁ। ସ୍ୱାମୀ ପାଖରେ ସ୍ତ୍ରୀ ରହିବ, ସେଥିରେ ଦୋଷଗୁଣ, କି ଅଭାବ ଅଭିଯୋଗର ପ୍ରଶ୍ନ ଉଠିବ ନାହିଁ। ବୋଉ ମୋର ଅବୁଝା ନୁହେଁ।

ଲଳିତା ହସିଉଠିଲା। ମନ କହିଲା, ନାତିଟିଏ କୋଳରେ ଝୁଲାଇବାର ସ୍ୱପ୍ନ ସେ ନିତି ଦେଖୁଛନ୍ତି। ସେଇଥିପାଇଁ ନନ୍ଦିକା ହୋଇଛନ୍ତି ତାଙ୍କର ଛାତିର ଦୁକୁଦୁକି। ଲଳିତା ତାଙ୍କ ଦେହର ଗୋଟାଏ ଅନାବଶ୍ୟକ ଆବୁ ପରି; ଟାଣିଓଟାରି ଛିଣ୍ଡାଇ ଫୋପାଡ଼ି ଦେବାର ଉପାୟ ନାହିଁ। ସହି ହେଉନାହିଁ, ଅଡୁଆ ଲାଗିଲେ ବି ଦେହରେ ରହିବ।

ନନ୍ଦିକାର ଛାତି କମ୍ପିଉଠିଲା।

ସ୍ୱାମୀ କ'ଣ ପାଗଳ ହେଲେ ? କିଏ ଏ ବୁଦ୍ଧି ତାଙ୍କୁ ଦେଲା ? ବୁଢ଼ୀ ମାଆର ମନରେ ଦୁଃଖ ଦେଇ କଥା କହିବାକୁ କିପରି ତାଙ୍କର ସାହସ ହେଲା ?

ଶାଶୁଙ୍କର ମଳିନ ମୁହଁରେ ମଉଳା ହସ ଝଟକିଲା ।

କେରି କେରି ହୋଇ ମଥାର ପାଚିଲା କେଶ କପାଳ ଉପରେ ଓ କାନ ପାଖରେ ଓହଳିପଡ଼ିଛି । ହାଡୁଆ ମୁହଁ ଥରିଉଠୁଛି । କୋରଡ଼ିଆ ପେଜୁଆ ଆଖିର ଦୃଷ୍ଟି ଅନେଇ ରହିଛି ଦୁନିଆର ଆର ପାରିକି । ଭୁଲିଗଲା ସବୁ ଘଟିଲା ଘଟଣାର ଘଟକୁ କଟମଟ କରି ଚାହିଁ ରହିଛି ସେ ସ୍ଥିର ଦୃଷ୍ଟି । ଶୁଖିଲା ଓଠରେ ହସି ।

ହସ ବିଦ୍ରୁପ କରୁଛି ଦୁନିଆର ସଭିଙ୍କୁ, ହୁଏତ ନିଜର ଓ କର୍ମକୁ । କହିଉଠୁଛି ସତେ କି, ଏଇ ଲମ୍ୱିଲା ଅତୀତରେ ଜୀବନରେ ଯେବେ ଯାହା ସେ କରିଛନ୍ତି, ସେ ସବୁ ଭୁଲ ହୋଇଯାଇଛି । ଆଗକୁ ଅଛି ଅଳପ ବାଟ । ଭାବିଥିଲେ, ଦିନର ଆଲୁଅରେ ତାଙ୍କର ଗତି । ସଞ୍ଜ ପାଖେଇ ଆସୁଛି । ଆକାଶରେ ତପନ ନାହିଁ । ଫିକା ଆଲୁଅ । ଗୋଧୂଳି । ସଞ୍ଜ ହେବ । ରାତିର ଅନ୍ଧାର ମାଡ଼ିଆସିବ । ନିଦୁଆ ରାତି । ବିସ୍ମୃତିର ଆବେଷ୍ଟନରେ ଅବଶ ଅଙ୍ଗ ଘୁମାଇପଡ଼ିବ ଚିରଦିନ ପାଇଁ ।

କିନ୍ତୁ ଦିନର ଧାରଣା ଗୋଟାଏ ଭ୍ରମ ! ରାତିରେ ସେ ବାଟ ଚାଲିଛନ୍ତି, ଅନ୍ଧାରରେ ଅଣ୍ଡାଳି ହୋଇ । ଝୁଣ୍ଟି, ପଡ଼ିଉଠି ଆଗେଇଛନ୍ତି । ଯାହା ଘଟିଛି, ତାର ଅର୍ଥ ସେ ଓଲଟା ବୁଝିଛନ୍ତି । ଯାହା ପାଇଛନ୍ତି, ଯାହାକୁ ସେ ସାଇତି ରଖିଛନ୍ତି ରାତିର ଅନ୍ଧାରରେ, ସବୁ ସେ ମଣିଛନ୍ତି ହୀରା ନୀଳା ମୋତି ମାଣିକ୍ୟ !

ରାତି ସରିଆସିଲାଣି । ଗୋଧୂଳିର ଆଲୁଅ ଭ୍ରମ ଭାଙ୍ଗିଛି । ଆସୁଛି ପାହାନ୍ତି ଆଲୁଅ । ସାଇତା ଚିଜର ରୂପ ବଦଳିଛି । ଧନ ରତ୍ନ ନୁହେଁ, ମାଟିଗୋଡ଼ି ସେ ସାଇତି ରଖିଥିଲେ । ରାତି ପାହିବ । ଦେହର ବନ୍ଧନ ଫୋପାଡ଼ି ସକାଳର ସଜ ସତେଜ ଆଲୁଅରେ ତାଙ୍କର ମୁକ୍ତି ଆତ୍ମା ପଥ ଧରିବ ।

ଆଉ କାହିଁକି ?

ଅଭୟା ହସିଲା ମୁହଁରେ କହିଲେ, ସତ କହିଲୁରେ ବାପ, ଲଳିତାକୁ ଶାସନ କରିବା ମୋର ଭୁଲ ହୋଇଛି । ତୋ'ର ଦୋଷ ନାହିଁ, ନନ୍ଦିକାର ବି ଦୋଷ ନାହିଁ । ନନ୍ଦିକାର ପେଟରେ ମୋର ଯେଉଁ ନାତିଟି ବଢୁଛି, ତାକୁ କୋଳରେ ଧରିବାର ଆଶା ମୋତେ ପାଗଳ କରିଥିଲା । ଦୋଷ ମୋ'ର ଆଉ କାହାର ନୁହେଁ । ଲଳିତା ଅଭିମାନ କରିଛି, ମୋ ପାଖକୁ ସେ ଆସିବ ନାହିଁ । ନ ଆସୁ, ମୋର ଦୁର୍ଭାଗ୍ୟ ।

ବିଚଳିତ ହୋଇ ସୁନନ୍ଦ କହିଲା, ନାଇଁ ବୋଉ, ସେ ଆସିବ ନାହିଁ ବୋଲି ତ କେବେ କହି ନାହିଁ, ବରଂ ସେ ଆସିବାକୁ ଉଚ୍ଛନ୍ନ । ନୂଆ କୋଠାର କାମ ଆଗେଇ ଚାଲିଛି । ମୋତେ ବେଳ ମିଳୁନାହିଁ । ଲଳିତା ଆସିଲେ ମୋର ଖିଆପିଆରେ ଅସୁବିଧା ହେବ ! ନନ୍ଦିକା ଯଦି କଟକ ଯାଆନ୍ତେ, ଲଳିତା ତୋ ପାଖରେ ରହନ୍ତା ।

ମୋ ପାଖରେ କାହାରି ରହିବା ଦରକାର ନାହିଁରେ ବାପ, କନି ଗଣ୍ଡାଏ ଫୁଟାଇଦେଲେ ଚଳିବ। ସବୁଦିନ ତ ଏକା ଥିଲି। ନନ୍ଦିକା ଏବେ ଆସିଲା, ଆଖି ପିଞ୍ଚଡ଼ା ପରି ଲାଗୁଛି, ଆଠ ନଅଟା ବର୍ଷ। ତୁ ତାକୁ ସଙ୍ଗରେ ନେଇ ଯା। ଦିହେଁ ସେଠି ତୋ ପାଖରେ ଦିନାକେତେ ରହନ୍ତୁ। ତା'ର ଯତ୍ନ ନେବାକୁ ଏଠି କେହିନାହିଁ।

ଦିହେ ତମେ କଟକ ଚାଲ, ବୋଉ !

ମୁଁ ଯିବି ନାହିଁରେ ବାପ, ବେଳ ସରିଆସିଲା। ଆଖି ବୁଜିବା ଯାଏ ତୋ'ର ଏ ଘର ସମ୍ପତ୍ତି ଜଗି ରହିବି। ଅନେଇଁ ରହିଥିବି ସେଇ ବରଗଛ ତଳ ମଶାଣି ଆଡ଼କୁ, ଯେଉଁଠି ତୋ'ର ବାପର ଦେହକୁ ସେମାନେ ପୋଡ଼ି ପାଉଁଶ କରିଥିଲେ। ନନ୍ଦିକାକୁ ତୁ କଟକ ନେଇ ଯା। ଲଳିତାକୁ ସେ ଝୁରୁଛି, ସପନ ଦେଖୁଛି।

ନନ୍ଦିକା –

ଶାଶୁଙ୍କର ଡାକ କାନରେ ବାଜିଲା। ସବୁ ସେ ଶୁଣିଛି। ଦୁଇ ପ୍ରହର। ଦିନର ଉଜ୍ଜ୍ୱଳ ଆଲୁଅ ପରି ସବୁ ତା'ର ଭାବନା ଆଗରେ ଜଳଜଳ ହୋଇ ଦିଶିଯାଉଛି। ଲଳିତା ହୋଇଛି ତାଙ୍କର ଆପଣାର, ଅନ୍ୟ ସମସ୍ତେ ପର।

ବୁଦ୍ଧି ବିବେକ ଲୋପହୋଇଛି ତାଙ୍କର ? ଘରେ ଗୋଡ଼ ଦେବା ସଙ୍ଗେ ସଙ୍ଗେ ଲଳିତାର କଥା ନେଇ ମାଆଙ୍କୁ ଶାସନ କରିବାକୁ ସେ ସାହସ କଲେ ? ମାଆଙ୍କ ମନର ଦାରୁଣ ଦୁଃଖ ତାଙ୍କର ଅଭିମାନିଆ କଥାରୁହିଁ ପ୍ରକାଶ ପାଉଛି।

ନନ୍ଦିକା –

ଘର ଭିତରକୁ ପଶିବାକୁ ତାର ସାହସ ହେଲା ନାହିଁ। ମାଆ ପୁଅଙ୍କର ମାନ ଅଭିମାନ ମଝିରେ ସେ ଠିଆ ହେବାକୁ ଚାହେଁ ନାହିଁ। ଶାଶୁଙ୍କର ଅବାଧ ସେ କେବେ ହୋଇନଥିଲା, ଆଜି ସେ ଅବାଧ ହେବ। ତା'ର ଅବାଧତା ହିଁ ସେମାନଙ୍କ ପ୍ରଶ୍ନର ଉତ୍ତର ଦେବ, - ବୁଢ଼ୀ, ଅପାରଗ, ରୋଗଣା, ହତାଶ ଓ ଅଭିମାନିନୀ ଶାଶୁଙ୍କୁ ଛାଡ଼ି ସେ ଘରୁ ଗୋଡ଼କାଢ଼ି ଅନ୍ୟ କୁଆଡ଼େ ଯିବ ନାହିଁ।

୯

ଝରିଲା ଆଖିରେ ନନ୍ଦିକା ନିଜ କୋଠରୀକୁ ଚାଲିଆସିଲା। କଇଁ କଇଁ ହୋଇ କାନ୍ଦିଉଠିଲା। ଆହା, ନିଜ କର୍ମର ପରାଭବ ଶାଶୁ ପାଇଛନ୍ତି। ଅନୁତାପ ତୀବ୍ର ହୋଇଛି। ତାଙ୍କ ଆଖିକି ସଂସାର ଶୂନ୍ୟ ଦିଶୁଛି। ପେଟରୁ ଜନମିଛି ଯେଉଁ ପୁଅ, ସେ ବି ତାଙ୍କର ନୁହନ୍ତି। ଦୂରେଇ ଯାଇଛନ୍ତି।

ସମସ୍ତେ ଦୂରେଇଗଲେ ବି ନନ୍ଦିକା ତାଙ୍କୁ ଛାଡ଼ି ଯିବନାହିଁ।

ଦିନେ ସେ ଭାବିଥିଲା, ଲଳିତାକୁ ଆଣି ସ୍ୱାମୀଙ୍କ ପାଖରେ ସମର୍ପି ଦେଇଛି। ନିର୍ବୋଧ ନନ୍ଦିକା ଆଜି ଅନୁଭବ କଲା ତା'ର ଧାରଣା ଭୁଲ। ପ୍ରକୃତରେ ତା'ର ସ୍ୱାମୀଙ୍କୁ ସେ ଲଳିତା ପାଖରେହିଁ ସମର୍ପି ଦେଇଛି !

ପେଟ ଭିତରେ ପିଲା ଲେଉଟିଲା।

ନନ୍ଦିକା ଆଖିରୁ ଲୁହ ପୋଛିଲା।

ହେଇଟି, ସେ ଆସୁଛନ୍ତି। ମୁହଁରେ ବିଷାଦର ଛାୟା। ନା, ସେ ଆଉ ଦୁଃଖ କରିବ ନାହିଁ, କାନ୍ଦିବ ନାହିଁ, ହସିବ, କେବଳ ହସିବ, ସମସ୍ତଙ୍କୁ ହସାଇବ। ଅନୁତାପ, ଅବିଶ୍ୱାସ, ସନ୍ଦେହ ଓ ଅଶାନ୍ତିର ମେଘ ଫଉଜକୁ ହସ ଓ ଆନନ୍ଦର ତୋଫାନରେ ସେ ଉଡ଼ାଇଦେବ।

ନନ୍ଦିକା ସୁନନ୍ଦର ଶୁଖିଲା ମୁହଁକୁ ଚାହିଁଲା। ପଚାରିଲା ଆଗ୍ରହରେ, 'କା' ମୋର ଚିଠି ଦେଇନାହିଁ ? ଭଲ ଅଛି ତ ?

ସୁନନ୍ଦ କହିଲା, ସେ ଭଲ ଅଛି। ତମେ ଚିଠି ଲେଖିନ ବୋଲି ଅଭିମାନ କରିଛି, ସେଇଥିପାଇଁ ସେ ଚିଠି ଦେଇନାହିଁ।

ସୁନନ୍ଦର କାମିଜ ବୋତାମ ଖୋଲୁ ଖୋଲୁ ନନ୍ଦିକା କହିଲା, ଅଭିମାନ କରିଛି ? କଟକ ଯାଇ ସେ ବାଦ ଶିଖିଲାଣି। ତାକୁ ଆଣି ମୋ ପାଖରେ ଛାଡ଼ି ଦେଇଯାଅ।

ସୁନନ୍ଦ ତୁନୀ ରହିଲା।

ସୁନନ୍ଦର ଦିଓଟି ଦିନ ଘରେ କଟିଗଲାଣି।

ସ୍ୱାମୀଙ୍କର ପ୍ରକୃତିରେ ପରିବର୍ତ୍ତନ ସେ ଉପଲବ୍ଧି କରିପାରୁଛି। ସଦାବେଳେ ହସହସ ପ୍ରଫୁଲ୍ଲ ଯେଉଁ ଲୋକଟି, କଥା କଥାକରେ ଯାହାର ଓଠରେ ହସ ଓ ଭାଷାରେ ସରସ ରସିକତାର ଆଭାସ ସେ ପାଏ, ସେ ଅନ୍ୟମନସ୍କ ଓ ଗମ୍ଭୀର ହୋଇଛନ୍ତି। ଘରେ ମୁହୂର୍ତ୍ତେ ବସି ରହିବାକୁ ଯେ ଭଲ ପାଆନ୍ତି ନାହିଁ, ଦିନକୁ ଚାରିଥର ଯେ ଗାଆଁକୁ ବୁଲି ବାହାରନ୍ତି, ସେ କେବଳ ବସି ରହୁଛନ୍ତି। କଦବା କିପରି ବଗିଚାକୁ ଯାଇ ଏ ଗଛ ମୂଳ, ସେ ଗଛ ମୂଳ ହୋଇ ସତେ ବା ପତ୍ର ଗଣୁଛନ୍ତି। ବେଶି କଥାଭାଷା କରିବାକୁ ଆଗ୍ରହ ଦେଖାଉ ନାହାନ୍ତି।

ଦୂରେଇ ଗଲେ ଯିଏ ପାଖେଇ ଆସନ୍ତି, ସରାଗଭରା ଆଖିରେ ହାତ ଦିଓଟି ଲମ୍ବାଇ ଗେଲ କରିବାକୁ ଥରକୁ ଥର ହୁଏ ଉଛନ ଯାହାଙ୍କର ଓଠ ଦି'ଫାଳି ପାଖକୁ ଯାଇ ଗେହ୍ଲେଇ ହେଲେ ବି ନନ୍ଦିକା ତାଙ୍କ ମନରେ ସରାଗ ଜଗାଇ ପାରୁନାହିଁ। ହସିବାକୁ

ହେବ ବୋଲି ସେ ହସୁଛନ୍ତି। ଗେଲ ନ କଲେ କାଳେ ନନ୍ଦିକା କ'ଣ ମନେକରିବ, ସେଥିପାଇଁ ଗୋଟିଏ ବୋକ। ସେଥିରେ ଉଷ୍ଣତା ନାହିଁ, ସେଥିରେ ଜୀବନ ନାହିଁ।

କିଏ ବଦଳିଛି ?

ଦର୍ପଣରେ ନିଜକୁ ସେ ନିରେଖିଲା। କନି ତା'ର କାର୍ଯ୍ୟ ନିଠେଇ ନିଠେଇ କରିଛି। କେଉଁଠି ତ୍ରୁଟି ରଖିନାହିଁ। କେଶବିନ୍ୟାସ, ମଥାର ସିନ୍ଦୂର, ଆଖିର କଜଳ, ପାଦର ଅଳତା, କେଶର କୁସୁମ ସବୁଥିରେ ସେ ପୂର୍ଣ୍ଣକରି ରଖିଛି ତା'ର ମନ, ମମତା ଓ କାମନା। ମହମହ ମହକି ଉଠୁଛି ସୁବାସ। ବାଛି ବାଛି ନିଜେ ସେ ଦେହର ଅଳଙ୍କାର ମଣ୍ଡିଛି, - ସୁନନ୍ଦ ନିଜେ ଯାହା ଭଲପାଏ। ମୂଲ୍ୟବାନ୍ ବ୍ଲାଉଜ ଓ ଶାଢ଼ୀ ଭଳି ଭଳିକା; ତଥାପି –

ଲଳିତା ସଙ୍ଗେ ସେ ସମସରି ହୋଇପାରିବ ନାହିଁ ?

ଅନାସ୍ଥା ଭାବ ନାହିଁ କହି ଉଠିଲା। ନନ୍ଦିକାଠାରୁ ସେ ସାତ ଆଠ ବର୍ଷ ସାନ। ଛନଛନ ମନଟଣା ତା'ର ନବ ଯଉବନ। ମିଣିପେ କଅଣ ଏଇଥିରେ ବନ୍ଧା ପଡ଼ନ୍ତି। ପେଟର ପିଲା ଘାଣ୍ଟେ ନାହିଁ ?

ସେ କେବେ ଲଳିତାଠାରୁ ଛୋଟ ହୋଇପାରିବ ନାହିଁ। ଲଳିତା ପରି ବେହିଆ ବି ହୋଇପାରିବ ନାହିଁ। ଇସ୍, ସେ ଯେଉଁ ଫଟୋଗୁଡ଼ାକ ! କିପରି ସେ ଫଟୋଗ୍ରାଫର ଆଗରେ ଲାଜ ସରମ ଛାଡ଼ି ଠିଆ ହେଲା ? ଅଧଲଙ୍ଗୁଳୀ ବେଶ। କେମିତି ଯେ ମଙ୍ଗିଲେ ? ଆଗ୍ରହରେ ପୁଣି, ସେଗୁଡ଼ିକ ନନ୍ଦିକାକୁ ଦେବାକୁ ଆଣିଛନ୍ତି, ନିର୍ଲଜ !

ନନ୍ଦିକା ଦେଖିଲା, ହସିଲା। ଲୁଚାଇ ରଖିଲା ତା'ର 'କା'ର ଫଟୋ। ଆଉଥରେ ଖୋଲି ଦେବାକୁ ନିଜକୁ ଲାଜ ମାଡ଼ିଲା। ପତ୍ନୀର ରୂପ ଓ ଯୌବନର ଶୋଭା ସମ୍ଭାର ତା'ର ପତି ପାଇଁ ସିନା, ଦୁନିଆର ଆଖି ଟାଣିବାପାଇଁ ନୁହେଁ, ଦୁନିଆ ଲୋକଙ୍କର ମନରେ କାମନା ଜଗାଇବାପାଇଁ ନୁହେଁତ !

କହିପକାଇଲା ନନ୍ଦିକା, କେମିତି ଏପରି ବେଶରେ ପର ପୁରଷଟା ଆଗରେ ସେ ଠିଆ ହେଲା ?

ଆରେ, ସେ ପୁରୁଷ ନୁହେଁ, ସତର ଅଠର ବର୍ଷର ପିଲାଟିଏ, ଫଟୋ ଉଠାଏ।

ପିଲାଟିଏ ? ଆମର ସାନ ଭାଇ ପରି ତେବେ ?

ସୁନନ୍ଦ ହସି ହସି ମୁଣ୍ଡ ହଲାଇ ସ୍ୱୀକୃତି ଜଣାଇଲା।

ଏତିକି କଥାରେ ମନ ତାଙ୍କର ଦୁଃଖ ହୋଇଛି ? ଭଲ କଥା ପଦେ ସେ କହିଲା, ସେଥିପାଇଁ ଅଭିମାନ କି ରାଗ କରିଛନ୍ତି ?

ନନ୍ଦିକାର ଆଖରୁ ଲୋତକ ଗଡ଼ିଲା।

କନି ଘରେ ପଶିଲା । ନନ୍ଦିକାକୁ ଦେଖି ଚମକି ଉଠିଲା

ପଚାରିଲା, କାନ୍ଦୁଛ ?

ଆଖିରୁ ଲୁହ ପୋଛି ନନ୍ଦିକା କହିଲା, ଖାଲି ହସିବି ବୋଲି ପଣ କରିଥିଲି କନି, ଟାଣପଣ ମୋର ଭାଙ୍ଗିଲା । ଛାଏଁ ଛାଏଁ ଆଖିରୁ ଅବାଧ ଲୁହ ଗଡ଼ିପଡ଼ିଲା । ଯାଉ, ସରିଯାଉ । ତମ ଭାଇ ଗଲେ କୁଆଡ଼େ ? ଦିନ ଗୋଟାଏ ହେଲା, କେତେବେଳେ ଆଉ ଖାଇବେ ?

ପବନା ପଲେଇ ମହାଜନ ସଙ୍ଗେ ଦାଣ୍ଡଘରେ କଥାଭାଷା ହେଉଛନ୍ତି । କଟକର ନୂଆ କୋଠା ତୋଳିବାପାଇଁ ଟଙ୍କା ଦରକାର । ଶୁଣ ନୂଆବୋଉ, ଗହୀର ମଝି ସୁନାଥାଳି ଜମିରୁ ପାଞ୍ଚମାଣ ବିକ୍ରି କରି ପବନା ପଲେଇଠୁଁ ଦଶ ହଜାର ଟଙ୍କା ସେ ନେବେ ।

ଏଁ – ?

ହଁ, ଗୋ ।

ତୁନୀ ହ । ବୋଉଙ୍କ କାନରେ ପଡ଼ିଲେ ତାଙ୍କ ପ୍ରାଣ ଛାଡ଼ିଯିବ । ସୁନାଥାଳି ଜମି ସେ ବିକିବେ ?

ଭାଇଙ୍କ ଦୋଷ ମୁଁ ଦେଉନାହିଁ । ଏ ସବୁ ସାନ ଭାଉଜଙ୍କ ବୁଦ୍ଧି । ତାଙ୍କ ନିଜର ବୁଦ୍ଧି କୁଆଡ଼େ ଗଲାଣି । ତମେ କଟକ ଯାଅ ଭାଉଜ, ମୁଁ ସବାରୀ ଗଉଡ଼ ସଜିଲ କରିଦେଉଛି । ତମ ଶାଶୁଙ୍କ ପାଇଁ ଚିନ୍ତା କର ନାହିଁ । ମୁଁ ତାଙ୍କର ଯତ୍ନ ନେବି, ସେବା କରିବି । ମୋ ସାନକୁହା ମାନ, ନୋହିଲେ ନେଡ଼ିଗୁଡ଼ କହୁଣୀକି ବୋହିଯିବ ।

ନନ୍ଦିକା ଖଟ ଉପରେ ବସିଲା । କନିର କଥା ଶୁଣି ଅଧା ବାତୁଳ ପରି ହସି ହସି ଲୋଟିପଡ଼ିଲା ପଲଙ୍କ ଉପରେ ।

କନି କାବା ହୋଇ ଚାହିଁରହିଲା । କାହିଁକି ଏ ହସ ? କି ଦୁଃଖ, କି ହତାଶ ତୋଫାନ ଉଠାଇଛି ତାଙ୍କ ମନରେ ?

ହସ ଥମିଲା । ନନ୍ଦିକା ଗମ୍ଭୀର ହୋଇ ଉଠିଲା । କହିଲା, କନି, ନେଡ଼ିଗୁଡ଼ କହୁଣୀକୁ ବୋହିସାରିଛି । ମୋର ବୟସରୁ ଦଶବର୍ଷ କମାଇ ପାରିବ ? ଦଶବର୍ଷ ତଳର ଛଳଛଳ ରୂପଯୌବନ ଗୋଳି ମୋ ଦେହରେ ବୋଳିପାରିବ ?

ଏକି କଥା କହୁଛ ?

କଟକ ଗଲେ ବି ତମ ଭାଇଙ୍କର ପ୍ରେମର କଣିକାଟିଏ ଆଉ ମୁଁ ପାଇବି ନାହିଁ । ସେଥିପାଇଁ ତାଙ୍କର ଦୋଷ ମୁଁ ଦେଉ ନାହିଁ । ଲଳିତାର ଦୋଷ ବି ନାହିଁ ।

ଦୋଷ ସେଇ ବୁଢ଼ୀଟାର । ତାଙ୍କୁ ମରଣ ହେଉ ନାହିଁ – ।

କି କଥା ତୁଣ୍ଡରେ ଧରୁଛ କନି ?

ନନ୍ଦିକାର ଆଖିରୁ ପୁଣି ଲୁହ ଝରିଲା। କହିଲା, ବଞ୍ଚିଥାଉ ସେ, ଯେଉଁଥିପାଇଁ ଆମର ଏ ସରଳ ସୁଖର ସଂସାର, ଜଟିଳ ଓ ମୁଖର ହେଇଛି, ତାଙ୍କରି କଲ୍ୟାଣରୁ ସେତକ ସଫଳ ହେଉ, କନି, ତାଙ୍କର ମନକାମନା ପୂରଣ ହେଉ। ତମ ଭାଇଙ୍କର ସୁଆଗ ଆଉ ମୋର ଲୋଡ଼ା ନାହିଁ। ତାଙ୍କର ସବୁ ପ୍ରେମ ସେ ସଞ୍ଚି ରଖିଛନ୍ତି ମୋ'ରି ଭିତରେ। ବୁଢ଼ୀଙ୍କର କଲ୍ୟାଣରୁ ତାଙ୍କ ପୁଅର ସବୁ ପ୍ରେମ, ଆଦର, ଅଭିଳାଷ ରୂପ ପାଇ ଦୁନିଆକୁ ଆସୁ। ଆଶାୟୀ ଶାଶୁ ମୋର ଆଖି ପୂରାଇ ଥରେ ଦେଖନ୍ତୁ, ସେଇଠୁ ପଛେ ଆଖି ବୁଜନ୍ତୁ। କନି, ଶାଶୁବୁଢ଼ୀ ମୋ'ର ବଞ୍ଚି ରହନ୍ତୁ ଲୋ, ଯେତେ ଦେବ-ଦେବୀ ଯେଉଁଠି ଅଛନ୍ତି, ସଭିଙ୍କ ପାଖରେ ସେଇ ଗୁହାରି ତମେ କର। ତମରି ବିକଳ ଗୁହାରି ସେମାନେ ଶୁଣିଛନ୍ତି, ତମ ଭାଇଙ୍କୁ ସଞ୍ଚିଛନ୍ତି ମୋ'ରି ଭିତରେ। ପୁଣି ସେମାନେ ତମ ଗୁହାରି ଶୁଣିବେ। ତମ ତପସ୍ୟାର ଫଳ ଜୀବନ ଧରି ପଦାକୁ ଆସିବ। ଟିକି ସୁନନ୍ଦକୁ କୋଳରେ ଧରି ବଡ଼ ସୁନନ୍ଦର କଟୁକଥା ସେ ପାସୋରିବେ। ସେଇଠୁ ପଛେ, ହସି ହସି ଆଖି ବୁଜିବେ।

ତମ କଥା ମାନିବି ଭାଉଜ। ତାଙ୍କ ପାଇଁ ଗୁହାରି କରିବି, ମନପ୍ରାଣ ଦେଇ ଗୁହାରି କରିବି। ତାଙ୍କର ସେବା କରିବି, ଯତ୍ନ ନେବି, କିନ୍ତୁ ତମେ ମୋ'ର କଥା ମାନ, କଟକ ଯାଅ।

ସବୁ ଗୁହାରି, ସବୁ ସେବା ତମର ବ୍ୟର୍ଥ ହେବ କନି, ଶାଶୁ ତ କଟକ ଯିବେ ନାହିଁ, ମୋର ଅନୁପସ୍ଥିତି ସେ ସହିପାରିବେ ନାହିଁ। ମୋରି ଭିତରେ ସେ ତାଙ୍କର ସାରାଜୀବନ କାମନର ସପନ ଦେଖୁଛନ୍ତି। ମୁଁ ଚାଲିଗଲେ ତାଙ୍କର ସପନ ଭାଙ୍ଗିବ, ମନ ବି ଭାଙ୍ଗିବ। ସେ ବଞ୍ଚିପାରିବେ ନାହିଁ। ମୋ କଥା ଟିକିଏ ବୁଝ। ତାଙ୍କରି ଆନନ୍ଦ ପାଇଁ ହସିହସିକା, ମନରେ କଳ୍ପନା ନ ରଖି, ମୁଁ ମୋର ସର୍ବସ୍ୱ ଲଳିତା ହାତରେ ସମର୍ପି ଦେଇଛି। ଆଉ କାହିଁକି କଟକ ଯିବି ?

ନନ୍ଦିକାର ଆଖିରୁ ଦୁଇଧାର ଅଶ୍ରୁ ଗଡ଼ିଆସିଲା। କନି ଆସି ପାଖରେ ଠିଆହେଲା। ତା'ର ଦୁଇ ଆଖି ଛଳଛଳ ହେଲା। କହିଲା, ତମର ଏଇ କନି ବଞ୍ଚିଥାଉଣୁ ଆଖିରୁ ଲୁହ ଝରାଅ ନା ଭାଉଜ, ମୋ'ର ଏତିକି ମାଗୁଣି ରଖ।

ନନ୍ଦିକା ବେକରୁ ହାର ଖୋଲିଲା।

ଏ କଅଣ କରୁଛ ?

ଏ ସବୁ ଲୋଡ଼ା ନାହିଁ କନି, କାହିଁକି ପିନ୍ଧିବାକୁ କହିଲ ? କାହିଁକି ଗଭାରେ ଖୋସିଲ ଫୁଲ, ପାଦରେ ରଞ୍ଜିଲ ଅଳତା ? ବୟସ ଗଡ଼ିଗଲାଣି। ସାତ ବର୍ଷ, କି ଦଶ ବର୍ଷ ତମେ କମାଇପାରିବ ନାହିଁ।

ଅଭିମାନ କରିଛ ଭାଇଙ୍କ ଉପରେ? ଲଳିତାକୁ ଝୁରି ସେ ତୁମକୁ ଗେଲ କଲେ ନାହିଁ, ଆଦର କଲେ ନାହିଁ? ଏଇଥିପାଇଁ? ଭାଉଜ ଗୋ, ତୁମକୁ ମୁଁ ଏଇ ରୂପରେ ଦେଖିଲେ ମୋ ଆଖି ପିବିତ୍ର ହୁଏ। ଦୁନିଆରେ ଯିଏ ଦେଖେ ସେ ପ୍ରଶଂସା କରେ। ମୋ କାନରେ ପଡ଼ିଲେ କାନ ପବିତ୍ର ହୁଏ। ମୋ ଜୀବନର ସବୁ ଦୁଃଖ ପାଣି ଫାଟିଯାଏ ଗୋ ଭାଉଜ! ବାପଘର ଖେଳୁଥିଲା ନିର୍ଜଞ୍ଜାଳୀ ସାନଝିଅ ପରି ମୁଁ ନିଜକୁ ମଣେ।

କନିର ଆଖିରୁ ଲୁହ ଝରିଲା। କଇଁ କଇଁ ହୋଇ ମାଗୁଣି କଲା, ସେ ହାର ଉତାରନା, ମୋ ଆଖି ଫୁଟାଇ ଦିଅନା ଭାଉଜ!

କନିକୁ ନନ୍ଦିକା ଚାହିଁରହିଲା। ସେ ଜୀବନରେ କେବେ କିଛି ମାଗିନାହିଁ। ଏଇ ଅନୁରୋଧଟି ତା'ର ସେ ଅବଶ୍ୟ ରଖିବ। ସେ ଖୁସି ହେଉ।

ନନ୍ଦିକା ପୁଣି ବେକରେ ହାର ଝୁଲାଇଲା।

କନି କାନି ପଣତରେ ନନ୍ଦିକାର ମୁହଁର ଲୁହ ପୋଛିଲା। କହିଲା, ତମର ଆଖିର ଲୁହ ମୋ ମନରେ ତତଲା ପେଜ ଢାଳେ ଗୋ ଭାଉଜ! କାହିଁକି ଏ କାନ୍ଦ? ଭାଇ ମୋର ଆଦର କଲେ ନାହିଁ, ଗେଲ କଲେ ନାହିଁ? ରହ। ସବୁ ଦେବାଦେବୀଙ୍କର ଆଗରେ ମୁଁ ଗୁହାରି କରିବି। ଏଥର ଆଉ ମାନସିକ କରିବି ନାହିଁ, ଏଥର ମୁଁ ରାଗିବି। ତମେ ଟିକିଏ ହସିବଟି।

ନନ୍ଦିକା ହସିଲା। କହିଲା, ମାଗିବି ଗୋଟିଏ ଚିଜ, ଦେବ?

ଛାର ଜୀବନଟା ତ?

ନାଇଁ ମ, ଗେଲଟିଏ।

ସତେ ଭାଉଜ? ନିରିମାଖୀ କନିଠୁ ମାଗୁଛ ଏଡ଼େ ବଡ଼ ଦରବ? ଭାଉଜ ମ, ମୋର ମନେଅଛି, ହେତୁ ପାଇଲା ଦିନୁ ଭୁଲରେ ହେଲେ କାଳୀ କୋତରୀ ଅବରଜିଆ ଅସନୀ କନିକୁ କେହି ଗେଲ କରିନାହିଁ। କନି ବି କାହାରିକୁ କେବେ ଗେଲ କରିବାକୁ ସାହସ କରିନାହିଁ। ଗେଲ କରିବା ଆଗ୍ରହର ରିହଗୁଡ଼ାକୁ ଲୁଚେଇ ଛପେଇ ରଖିଛି ମୋର ପାକୁଆ ପାଟିର ଓଠ ଭିତରେ। ଜୀବନରୁ ବଳି ଅମୂଲ୍ୟ ଦରବ ମୋର ସେତିକି। ଯାହା ପାଇଁ ସଞ୍ଚି ରଖିଛି, ଯାହାକୁ ଆଗ ଦେବି ବୋଲି ମାନସିକ କରିଛି, ତାକୁ ଆଗ ନ ଦେଲେ ମୋର ସେ ଭଣ୍ଡାର ଖଣ୍ଡିଆ ହେବ ଗୋ ଭାଉଜ, ଏଇ ଚିଜଟି ଛଡ଼ା ଆଉ ଯାହା ମୋର ଅଛି, ମାଗିଲେ ମୁଁ ମନା କରିବି ନାହିଁ।

କାହା ପାଇଁ ସାଇତି ରଖିଛ?

ନନ୍ଦିକାର ଚିବୁକ ଧରି, ମୁହଁ ଟେକି, ମୁଣ୍ଡକୁ ଅଳ୍ପ ଦୋହଲାଇ, ହସି ହସିକା

କନି କହିଲା, ପଚାରୁଛ ସତେ ନ ବୁଝିଲା ପରି ? ତାଆରି ପାଇଁ ଗୋ, ଯାହାକୁ ତମେ ପେଟରେ ଧରିଛ ?

ନନ୍ଦିକା ଟହଟହ ହସିଉଠିଲା

ସୁନନ୍ଦ ଆଖି ପୂରାଇ, ମନ ପୂରାଇ ଦେଖିଲା ନନ୍ଦିକାର ଆଗ୍ରହ-ଉଜ୍ଜ୍ୱଳ ହସିଲା ରୂପ, ନିଖୁଣ ରୂପ, ପବିତ୍ର ନିର୍ମଳ ବେଶ। ସତେ କି ତା'ର ବୟସ ପଛେଇ ଯାଇଛି। କଥା କଥାରେ ସ୍ମିତ, ପିଲାଳିଆ ଗେହ୍ଲାଳିଆ ଭଙ୍ଗୀ।

ସୁନନ୍ଦ ମୁଗଧି ହେଲା।

ଉଜ୍ଜ୍ୱଳ ଆଲୁଅ ଘର ଭିତରେ ହସର ଲହରୀ ଛୁଟାଇଛି। ପ୍ରଥମ ପ୍ରହର ରାତ୍ରିର ଶୀତଳ ଆହ୍ୱାନ ମନର କାମନାକୁ ଲଟାଇ ଦେଇଛି ନନ୍ଦିକାର ଅପଘନରେ। ମେଘ ନ ଥିଲା ନେଳିର ତାରକିତ ଆକାଶର ପୁଲକିତ ଶୋଭା ମନଲୋଭା ଝରି ଆସୁଛି ଝିରି ଝିରି ହୋଇ, ଠୁଳ ହେଉଛି ପ୍ରେମର ପ୍ରତିମା ନନ୍ଦିକାର ନିନ୍ଦିତ ବଦନରେ।

ତା'ର ନନ୍ଦିକା, ସର୍ବସ୍ୱ ସେ ଦାନ କରିଛି ସ୍ୱାମୀର ପାଦରେ, -ଦେହ, ମନ, ଜୀବନ ଓ ଏଇ ତିନୋଟିର ସର୍ବସ୍ୱ। ଟେବୁଲ ଉପରେ ବିଡ଼ା ବିଡ଼ା ରଖାହୋଇଛି ନୋଟ୍ । ଦଶହଜାର ଟଙ୍କା। କାନରେ ବାଜିଯାଉଛି ନନ୍ଦିକାର ଆକଟିଲା ଅନୁରୋଧ, -ଛି, ଜମି ବିକନା, ନିନ୍ଦା ହେବ। ବୋଉଙ୍କ ମନରେ କଷ୍ଟ ହେବ, ସେ ବଞ୍ଚିପାରିବେ ନାହିଁ। ସୁନାଥାଳି ଜମିକୁ ଝୁରି ଝୁରି ଟଳିପଡ଼ିବେ। ଆଉ କେତେଦିନ ସଂସାରରେ ବା ସେ ରହିବେ ? ହସଖୁସିରେ ଆଖି ବୁଜନ୍ତୁ। ସୁନାଟି ପରା, ଜମି ବିକିବାର ନାମ ଧର ନାହିଁ।

କୋଠା ତୋଳା ଅଧା ରହିବ ? ବ୍ୟବସାୟରୁ ଅଧିକ ଟଙ୍କା ଉଠାଇ କୋଠାରେ ଲଗାଇଲେ ବ୍ୟବସାୟ ଅଚଳ ହେବ।

ମୁଁ ଦଶ ହଜାର ଟଙ୍କା ଦେବି। ତମର ଟଙ୍କା ତମେ ନେବ। ବାକ୍ସ ଭିତରେ ସାଇତା ଧନ କେଉଁ କାମକୁ ଆସେ ନାହିଁ। ଆଉ ଜମିବିକା ନାମ ଧର ନାହିଁ। ଭଗବାନ କଲେ ପୁଣି ଟଙ୍କା ମିଳିବ ନାହିଁ।

ତମରି କଥା ମାନିବି।

ନନ୍ଦିକା ଟେବୁଲ ଉପରେ ସେଇ ଟଙ୍କା ଗଣି ରଖିଛି। ରାତି ପାହିଲେ ସକାଳୁ ସେ କଟକ ଚାଲିଯିବେ। ସେଇଥିପାଇଁ ନନ୍ଦିକା ଛୋଟ ଚମଡ଼ା ସୁଟ୍‌କେସରେ କେତେ ପଦାର୍ଥ ସଜାଇଛି। ଲଳିତା ପାଇଁ ଭଲ ମନ୍ଦ ଦାମିକା ଶାଢ଼ୀ, ବ୍ଲାଉଜ, ଗହଣା।

ସୁନନ୍ଦର ଦୃଷ୍ଟି ଟଙ୍କା ଉପରୁ ଫେରିଆସିଲା ନନ୍ଦିକାର ଡରାଟଫୁଲପରି ନିର୍ମଳ ଧବଳ କୋମଳ ଉଜ୍ଜ୍ୱଳ ଆନନ ଉପରକୁ।

ପଲଙ୍କ ଉପରେ ସୁନନ୍ଦ ବସିଛି। କହିଲା, ଶୁଣ ନନ୍ଦିକା।

ନନ୍ଦିକା ହସିହସିକା ପାଖକୁ ଗଲା। ସୁନନ୍ଦ ତା'ର ହାତ ଧରି ପାଖରେ ବସାଇଲା।

ଚାହିଁ ରହିଲା। ମୁଖରୁ ଭାଷା ହଜିଯାଇଛି। ଅନ୍ତରମ୍ଭା କଥା କହୁଛି, ତମେହିଁ ତ ବଡ଼, ଏ ସଂସାରରେ ସବୁ ତମରି ଖେଳ। ତମର ଉଦାରତା ପାଖରେ ସମସ୍ତେ ମନ ନୋଇଁଛନ୍ତି। ତମେ ଯେତେବ ବଡ଼ ହୁଅ ପଛେ, ମୋର ପତ୍ନୀ, ସବୁ ଦିନେ ମୋ ପାଖରେ ସାନ। ତମର ସ୍ଥାନ ତ ସେଠି ନୁହେଁ?

ମୁଗଧ୍ ସୁନନ୍ଦର ବାହୁପାଶରେ ନନ୍ଦିକା।

ସରଗର ଆନନ୍ଦ ନନ୍ଦିକା ଅନୁଭବ କରୁଛି। ତା'ର ମନ ଚିତ୍କାର କରି ଡାକ ଛାଡ଼ିଛି କନିକୁ, -ରଖିଥା ତମର ଅମୂଲ୍ୟ ଦରବ ପାକୁଆ ପାଟିର ଓଠରେ ଲୁଚାଇ, କେଉଁ ଅନାଗତ ଭବିଷ୍ୟତର ଶିଶୁଟି ପାଇଁ। ଦେଖ ଲୋ କନି, କବାଟ ତ ମୁକୁଳା ଅଛି, ଆଖିପୂରାଇ, ଦେଖ, ମନ ପୂର୍ଣ୍ଣକରି ଦେଖ, ମୋ ଜୀବନଦେବତା ବଦଳି ନାହାନ୍ତି, ବଦଳି ପାରିବେ ନାହିଁ, ଚିରଦିନ ସେ ମୋର, ସେ ମୋର –।

ନନ୍ଦିକା, ତମେ କଟକ ଯିବ ନାହିଁ?

ପ୍ରତି ମୁହୂର୍ତ୍ତରେ ମୋ ପ୍ରାଣ ଡାକୁଛି, ମୋ ଆତ୍ମା ତ ଛଟପଟ ହେଉଛି ଗୋ!

କାଲି ମୋ ସଙ୍ଗେ ଯିବ ତେବେ? ତମର 'କା' ତମକୁ ଦେଖି କେଡ଼େ ଖୁସି ହେବ! ସେ ତମୁକୁ ଝୁରୁଛି। ଏକୁଟିଆ ରହିବାକୁ ଭଲ ପାଉ ନାହିଁ।

ସୁନନ୍ଦର ହାତଟିକୁ ଦୁଇ ହାତରେ ମୁଠାଇ ଧରି ନନ୍ଦିକା କହିଲା, ବୋଉଙ୍କର ମନ ଟିକିଏ ବଦଳିଯାଉ, ବୁଢ଼ୀଲୋକ, ପାଚିଲ ପତର! ତାଙ୍କର ଧାରଣା ନଈନାଳ ଡେଇଁ ଏ ସମୟରେ ଘର ଛାଡ଼ି କୁଆଡ଼େ ଗଲେ ଭଲ ହେବ ନାହିଁ। ତାଙ୍କର ଦୁଡୁଗୁଡ଼ିଆ ମନରେ କାହିଁକି ଆମେ ଡର କି ସନ୍ଦେହ ଆଣିବା?

ସୁନନ୍ଦ ତୁନୀ ରହିଲା। ବାହୁପାଶ ଶିଥିଳ ହେଲା।

ମନଦୁଃଖ କଲ କି?

ନାଇଁ, ବୋଉର ଅଇଁଗୁଣିଆ କଥା ଭାବୁଛି।

ସୁନନ୍ଦର ବାହୁ ଦିଓଟି ଫେରିଲା ନିଜ ପାଖକୁ।

ମୋ ପେଟ ଭିତରେ ପିଲା ଲେଉଟୁଛି।

ସତେ?

ହଁ, ସେ କଅଣ କହୁଛି।

ଦୁଷ୍ଟ ! କଅଣ କହୁଛି ସେ ?

ତମେ ସିନା ତା' କଥା ଶୁଣିପାରୁନ, -

ତମେ ଶୁଣିପାରୁଛ ?

ହଁ। କହୁଛି ସେ, ସବୁ ବାପ ଦିନେ ମୋ'ରି ପରି ମା' ପେଟରେ ଖେଳୁଥିଲେ, ସବୁ ପୁଅ ପୁଣି ଦିନେ ବାପ ହେବେ।

ସୁଖ ଆନନ୍ଦରେ ଲଳିତାର ସମୟ କଟିଛି। ସ୍ୱାମୀ ଯେ କେବଳ ତାକୁ ଭଲ ପାଆନ୍ତି ସେତିକି ନୁହେଁ, ସ୍ୱାମୀ ତାକୁ ସମ୍ମାନ ଦେଖାନ୍ତି। କଥା ହେଉ କି ଅକଥା ହେଉ ତା' ତୁଣ୍ଡରୁ ଯାହା ବାହାରେ ସଙ୍ଗେ ସଙ୍ଗେ ହୋଇଯାଏ। ତା'ର କଥା ତଳେ ପଡ଼େ ନାହିଁ। ତାକୁ ସେ ସବୁ ସ୍ୱାଧିନତା ଦେଇଛନ୍ତି। ସ୍ୱାମୀଙ୍କର ଧନ ଆଜି ତା'ରି ପାଖରେ। ସେ ଆଉ ପରର ହାତ ଟେକାରେ ନାହିଁ।

ମାସ ପରେ ମାସ କଟିଯାଇଛି। ଶୀତକାଳ କଟି ଚୋରାମଳୟ ବହିଲାଣି। ଗାଆଁକୁ ଫେରିବାର ନାମ ଲଳିତା ଧରିନାହିଁ। ସ୍ୱାମୀ କେବେ ଗାଆଁକୁ ଫେରିଯିବା କଥା ତୁଣ୍ଡରେ ଧରନ୍ତି ନାହିଁ। ବେଳେବେଳେ ଭଲମନ୍ଦ ଲେଖି ନନ୍ଦିକା ଚିଠି ଦିଏ। ସବୁ ଚିଠିରେ ବେଶିଥାଏ ବୋଉଙ୍କ କଥା।

-ଦିନୁଦିନ ସେ ଦୁର୍ବଳ ହେଉଛନ୍ତି। ବାରଦିନେ ତେର ରୋଗ।

ମନ ହେଲେ ଲଳିତା ଏଣୁ ତେଣୁ ଚାରି ପଦ ଲେଖି ଉତ୍ତର ଦେଇଦିଏ।

ଦିହେଁ ବୁଝନ୍ତି ପତ୍ର ଆଦାନ ପ୍ରଦାନ କେବଳ ଲୋକଦେଖଣା, ଭଦ୍ରତା ରକ୍ଷା। ସେସବୁ ପତ୍ରରେ ଆନ୍ତରିକତା ନ ଥାଏ।

ଘର ଖବର ବୁଝିବାକୁ ସୁନନ୍ଦର ବେଳ ନାହିଁ। କୋଠାତୋଳା କାମ ସରିଆସିଲାଣି। ଦୋଳପୂର୍ଣ୍ଣିମା ଆଗରୁ ଶେଷ ହେଲେ ପୂର୍ଣ୍ଣିମାଦିନ ସେମାନେ ନୂଆ ଘରକୁ ଯିବେ। ଏ ଘରକୁ ବଢ଼ାଇବାକୁ ହେବ। ସବୁ ବ୍ୟବସାୟ ଏଇଠି ହେବ। ଗାଆଁରୁ ସେ ସମସ୍ତଙ୍କୁ ନେଇଆସିବେ କଟକ। ସମସ୍ତେ ନୂଆ ଘରେ ସୁଖରେ ରହିବେ।

ଲଳିତାକୁ ସେ ଏଇଆ ବୁଝାଇଛି। ଲଳିତାର ପ୍ରତିବାଦ କରିବାର କିଛି ନାହିଁ। ଆସନ୍ତୁ ଗାଆଁ ଯାକର ଲୋକେ, ଯାହାଇଚ୍ଛା ତାହା କରନ୍ତୁ ତା'ର ସ୍ୱାମୀ ତା'ର ହାତରେ ଓ ସ୍ୱାମୀଙ୍କର ପାଣ୍ଠି ତା' ପାଖରେ। ସେ ଥାକଥାକ କରି ନୋଟ୍ ସଜାଇ ରଖିଛି। ତା'

ନାମରେ ପୋଷ୍ଟ ଅଫିସରେ ହିସାବ ଖୋଲା ହେଇଚି। ତା'ର ଅଛି ଜାତିଜାତିକା ଗହଣା, ଭଲିଭଲିକା ଶାଢ଼ୀ। କି ଚିନ୍ତା ଆଉ ?

ନନ୍ଦିକା ସୁନନ୍ଦର ମୁହଁକୁ ଚାହିଁ ହସିବାକୁ ଲାଗିଲା।

କଥାର ମର୍ମ ସୁନନ୍ଦ ବୁଝିଲା। ନନ୍ଦିକା କେଡ଼େ ବାଗରେ କଥା କହି ତାକୁ ସାବଧାନ କରିଦେଇଛି, -ତମେ ବି ଦିନେ ତମର ଏଇ ବୁଢ଼ୀ ମାଆଙ୍କ ପେଟରେ ଏମିତି ଖେଲୁଥିଲ। ସେଇ ତମକୁ ପାଳିଛନ୍ତି, ବଢ଼ାଇଛନ୍ତି, ମଣିଷ କରିଛନ୍ତି। କିପରି ତାଙ୍କର ମନରେ ଦୁଃଖ ଦେଇପାରିଲ, ପୁଣି ଏ ବୟସରେ ?

ମୁହଁ ଶୁଖାଇ ସୁନନ୍ଦ କହିଲା, ମୁଁ ଅନ୍ୟାୟ କରିଛି ନନ୍ଦିକା, ଲଳିତାକୁ ଆଣି ଏଠାରେ ଛାଡ଼ିଦେଇଯିବି ?

ତମେ ମୋ କଥା ଭୁଲ ବୁଝିଲ କି ? 'କା'କୁ ଆଣି ଏଠି ଛାଡ଼ି ଦେଇଯିବାକୁ ମୁଁ କହୁ ନାହିଁ। ଦିନାକେତେ ସେ କଟକରେ ରହୁ। ଆମ ଦୁହିଁଙ୍କ ଭିତରୁ ଜଣେ କେହି ସବୁବେଳେ ବୋଉଙ୍କ ପାଖରେ ରହିବା ଆବଶ୍ୟକ। ଗାଆଁ ଛାଡ଼ି ଆଉ କୁଆଡ଼େ ସେ ଯିବେ ନାହିଁ ବୋଲି ଝୁଙ୍କ ଧରିଛନ୍ତି। ତାଙ୍କର ମନ ନେଇ ସିନା ମନ ବଦଳାଇବା, ପ୍ରତିବାଦ କଲେ ଝୁଙ୍କ ବଢ଼ିବ, ତାଙ୍କ ମନରେ ଦୁଃଖ ହେବ।

ସୁନନ୍ଦ ନନ୍ଦିକାର କଥା ଭାବିଭାକୁ ଲାଗିଲା। ଲଳିତାକୁ ଆଣି ଗାଆଁରେ ଛାଡ଼ି ନନ୍ଦିକାକୁ କଟକ ନେଇଗଲେ ଭଲ ହୁଅନ୍ତା। ସୁରୁଖୁରୁରେ ସେ କେମିତି ଉଦ୍ଧାର ପାଇବ, ତାହାହିଁ ତ ଚିନ୍ତା। ବୋଉ କଣ ମଙ୍ଗିବ ? ଯାଉ ଦିନାକେତେ, ବୋଉର ମନ ବଦଳୁ।

କ'ଣ ପୁଣି ଏତେ ଭାବୁଛ ?

ତମରି କଥା।

ସେତିକି ଥାଉ। ଭାତ ଶୁଖି ଚଣାଚାଉଳ ହେବଣି। ଆସ ଖାଇବ।

ନନ୍ଦିକା ସୁନନ୍ଦର ହାତଧରି ଟାଣିଲା।

ବେଳେବେଳେ ଭାଉଜ ଆସି କଟକରେ ଦୁଇ ଚାରି ଦିନ ରହିଯାଆନ୍ତି। ପ୍ରଶଂସା କରନ୍ତି, ବୁଦ୍ଧି ଶିଖାନ୍ତି। ଗଲାବେଳକୁ ସେ ନେଇଯାଆନ୍ତି ପାଥେୟ। ତାଙ୍କର ଋଣ ଲଳିତା ଶୁଝାଇ ସାରିଲାଣି ତିନିଗୁଣ। ଭାଇ ଗାଆଁରେ ଛୋଟ ଦୋକାନଟିଏ ଖୋଲିଲେଣି। ସଉଦା ନେବାକୁ ସେ ବରାବର କଟକ ଆସନ୍ତି। ଭଉଣୀର ଖବର ବୁଝିଯାଆନ୍ତି। ସୁନନ୍ଦର ଗୋଦାମରୁ ମାଲମତା ଧାର କରି ନେଇଯାଆନ୍ତି। ଭଉଣୀ ଓ ଭିଣେଇଙ୍କ ପାଖରେ ସେ କୃତଜ୍ଞ। ପୁଅଟିଏ ତ ଲଳିତା ପାଖରେ ଅଛି।

ଦଶ ଏଗାର ବର୍ଷର ପୁଅଟି ରବି, ସେଇ ହେଇଚି ଲଳିତାର ସ୍ୱାଧିନତାର ସହାୟକ। ଅଳ୍ପ ସମୟରେ ଅଧିକ ପାଠ ପଢ଼ିବ ବୋଲି ସେ ସ୍କୁଲରେ ନାମ ନ ଲେଖାଇ ଘରେ ପଢୁଛି। ସକାଳେ ମାଷ୍ଟର ଆସି ପଢ଼ାଇ ଯାଆନ୍ତି। ଦୁଇପ୍ରହରଟା କିପରି ତା' ମନକୁ କଟିଯାଏ। ଅପାଙ୍କର ସେ ହାତବାରିସି, କୁହାର ବୋଲର ପିଲା। ଅପା କଅଁଳେଇ କହିଲେ ସେ କଥା ମାନେ, ଆଦେଶ ପାଳିବାକୁ ତତ୍ପର ହୁଏ।

ଆରେ !

କଅଣ, ଅପା ?

ତୋ ପିଇସା ଚଉଦ୍ୱାର ଗଲେଣି, ଫେରୁ ଫେରୁ ରାତି ଦି' ଘଡ଼ି ହେବ, ଘରେ ମନ ଲଗୁନାହିଁ ଏ ଦି' ପହରେ। ଯିବା କିରେ ତାଙ୍କ ଘରଆଡ଼େ ବୁଲି ?

କାହା ଘରକୁ ଅପା ?

ଲଳିତା ଭାବିବାକୁ ଲାଗିଲା, କାହା ଘରକୁ? ଅଳପ ଦିନରେ ବହୁତ ବନ୍ଧୁ ଆସି ଜୁଟିଲେଣି। ସେମାନେ ସ୍ତାବକ। କୌଣସି ସୁବିଧା ଲାଭ କାମନାରେ ସେମାନେ ଆସନ୍ତି। ଗୋଡ଼ରୁ ମୁଣ୍ଡଯାଏ ପ୍ରଶଂସନ୍ତି। ହାସରୁ କାଶଯାଏ ପସନ୍ଦ କରନ୍ତି। ସେମାନଙ୍କ ଆଖିରେ ଲଳିତାର ଚାଲିଚଳନ, ରୂପଭେକ, ସ୍ନେହ, ବୁଦ୍ଧି, କର୍ମକୁଶଳତା, ସହାନୁଭୂତି କେବଳ ଆଶ୍ଚର୍ଯ୍ୟ ହୋଇ ଚାହିଁ ରହିବାର କଥା ! ସେହି ବିସ୍ମୟର ଚାହାଣୀରେ ଥାଏ ଅନୁମୋଦନ, ବାହା ବାହା ! କେମିତି ଜାଣିଲ ଶିଖିବାକୁ ମୋ'ରି ଆଗ୍ରହ ହେଉଛି। କିଏ କରିଛି ଝିଅ, କିଏ କରିଛି ଝିଆରୀ, କିଏ କରିଛି ସାନ ଭଉଣୀ।

ତା'ର ସବୁ ଭଲପଣ, ଅନ୍ତର୍ନିହିତ ଗୁଣର ପୂର୍ଣ୍ଣପ୍ରକାଶ ହୋଇଆସୁଛି କଟକରେ, ଅତି ଅନୁରକ୍ତ ରୂପଗୁଣମୁଗଧ୍ ସ୍ୱାମୀଙ୍କ ପାଖରେ, ସ୍ୱାଧୀନ ଜୀବନର ଲଗାମହୁଗୁଳା ଚଳନରେ। ଖତକୁଢ଼ରେ ମୋତି ମାଣିକ୍ୟରେ ହଜିଲା ଜ୍ୟୋତିପରି କେଉଁ ଦୂରଗାଆଁର ମୋଫସଲିଆ ଝିଅବୋହୂଙ୍କ ମେଳରେ ତା'ର ଜ୍ୟୋତି ବୁଡ଼ି ରହିଥିଲା। ସହରର ଆଧୁନିକତାର ଆଲୁଅରେ ସବୁ ଚହଟି ଉଠିଛି। ଅନ୍ୟର ଆଖି ଝଲସାଇ ପାରିଛି। ସ୍ୱାମୀ ଏକାଥରେ ମୁଗ୍ଧ, ପଣତ ଭିତରେ ଲୁଚି ରହିବାକୁ ଆକୁଳ। ଅନ୍ୟମାନେ ବିସ୍ମୟଭରା ଆଖିରେ ଅନାଇ ରହନ୍ତି।

ଲଳିତା ନିଜକୁ ଓ ଆଖିଆଗକୁ ଯେଉଁମାନେ ଆସନ୍ତି ସସମସ୍ତଙ୍କୁ ଦେଖି ନିଜର ମୂଲ୍ୟ ନିରୂପଣ କରେ। ସେଇ ମୁହଁ, ସେଇ ଆଖି, କାନ, ଓଠ, ବେକ, ଦେହ, ହାତଗୋଡ଼ କିଛି ବଦଳିନାହିଁ। ଏସବୁର କିଛି ମୂଲ୍ୟ ନ ଥାଏ। ଏସବୁକୁ ସଜାଇବାରେ ହିଁ ମୂଲ୍ୟ ରହିଛି। ସଜାଇବା ପାଇଁ ସରଞ୍ଜାମ ପ୍ରସ୍ତୁତ କରିବା ଆଧୁନିକ ସଭ୍ୟତାର ବଡ଼ ଅଙ୍ଗ।

କଥା ସମସ୍ତେ କହନ୍ତି, ହସନ୍ତି, ଅଭିମାନ କରନ୍ତି, ଗେହ୍ଲେଇ ହୁଅନ୍ତି, ଅଙ୍ଗ ଚଳାନା କରନ୍ତି, ବସନ୍ତି, କିନ୍ତୁ ପ୍ରତ୍ୟେକଟିରେ ଅନ୍ୟକୁ ମୁଗ୍ଧ ତନ୍ମୟ କରିବାର ମୋହିନୀ ମନ୍ତ୍ର ନ ଥାଏ। ସହରର ଆଧୁନିକତା ସବୁଥରେ ନୂଆ ଜୀବନ, ନୂଆ ପ୍ରେରଣା ଆଣି ଦେଇଛି। ସିନେମା, ଥିଏଟର, ବନ୍ଧୁ! ସେ ଅନୁକରଣ କରେ। ପସନ୍ଦ କଲା ପରି ସମସ୍ତେ ଚାହାନ୍ତି, କେବଳ ଦୁଇଟି ମଣିଷଙ୍କୁ ଛାଡ଼ି।

ରାଜୀବ! ପାଖକୁ ଗଲେ କି ପାଖକୁ ଆସିଲେ, ସେ ଗମ୍ଭୀର ହୁଅନ୍ତି। ତଳକୁ ଅନାଇଁ ସେ କଥା ଶୁଣନ୍ତି। ମୁଣ୍ଡ ହଲାଇ ଉତ୍ତର ଦିଅନ୍ତି, ହଁ, ହଁ, ହଁ। ବେଶି କହିବା ଆବଶ୍ୟକ ହେଲେ ସେ କହନ୍ତି, ଭାଇଙ୍କୁ କହିବି। ଦିଅର ପଛେ ହେଉନ୍ତୁ, ସୁନନ୍ଦର ସେ ଅନୁଗତ କର୍ମଚାରୀ। ତାଙ୍କର ଗାମ୍ଭୀର୍ଯ୍ୟ ଲଳିତାକୁ ନୂଆ ଚଳନରୁ ନିବର୍ତ୍ତାଇ ପାରେନାହିଁ। ଲଳିତାର ମନରେ ଅବଜ୍ଞାର ହଃଭାବ ଆସେ।

ତୁହିନା! ସ୍ୱାମୀଙ୍କ ସଙ୍ଗେ ସେ କେବେ କେବେ ତାଙ୍କ ଘରକୁ ଯାଏ। ନିଜେ ତୁହିନା ପିଲା ଦିଓଟିଙ୍କୁ ନେଇ ଅକସ୍ମାତ୍ ପହଞ୍ଚିଯାଆନ୍ତି। ହସଖୁସିରେ ବେଳ କଟେ; କିନ୍ତୁ ତୁହିନାଙ୍କ ପ୍ରଶଂସାରେ କ୍ଷୁରଧାରୁଆ ଲୁଚି ରହିଥାଏ। କଥାକଥାକେ ସେ ନନ୍ଦିକାର ସମ୍ବାଦ ପକାନ୍ତି। ହ ମ ଲଳିତା, ନନ୍ଦିକା ପୁରଣାକାଳିଆ। ମୁଣ୍ଡ ଟେକି ଅନାନ୍ତି ନାହିଁ, ଚାହିଁ ଜାଣନ୍ତି ନାହିଁ, ହସି ଜାଣନ୍ତି ନାହିଁ। ଓଠରେ ଗୋଲାପ ରଙ୍ଗ ଓ ମୁହଁରେ ଟାଲକମ୍ ପାଉଡ଼ର ବୋଲିଲେ ଯେ ରୂପର ମୂଲ୍ୟ ବଢ଼େ ତାଙ୍କୁ ତାହା ଜଣାନାହିଁ। ବ୍ଲାଉଜ ପିନ୍ଧିଲେ ବେକ ହାରର ଅସ୍ତିତ୍ୱ ଲୋପ ହୁଏ। ଲୁଗା ପିନ୍ଧିଲେ ମୂଲ୍ୟବାନ ସାୟାର ଆଭାସ ମିଳେ ନାହିଁ। ନିପଟ ମଫସଲୀ। ଆଣୁନା ତାଙ୍କୁ କଟକ, ଦିନାକେତେ ସଭ୍ୟ ସମାଜରେ ମିଶିଲେ ସେ ସଭ୍ୟ ହେବେ, ନିଜର ମୂଲ୍ୟ ବୁଝିବେ।

ସେ ଆସିପାରିବେ ନାହିଁ।

ହଁ, ମା' ହେବେ ପରା! ବଡ଼ ଜଞ୍ଜାଳ। ଦେଖୁନା ଲଳିତା, ଏ ପିଲା ଦିଓଟି ମତେ କେତେ ହଇରାଣ କରୁଛନ୍ତି। ମା' ନ ହେବା ପାଇଁ କେତେ ଚେଷ୍ଟା ଏବେ କରୁଚନ୍ତି ମ ସମସ୍ତେ, ନନ୍ଦିକାଙ୍କର ବୁଦ୍ଧି ନାହିଁ।

ଅତନୁବାବୁ ସିନେମା ଦେଖିବାକୁ ନିମନ୍ତ୍ରଣ କରନ୍ତି। ଫ୍ରି ପାସ୍ ପଠାଇ ଦିଅନ୍ତି। ଖବର ଦେଲେ, ଫୋନରେ ଥରେ ଡାକିଲେ, ମଟରଗାଡ଼ି ପଠାଇବେ ବୋଲି ଜଣାଇଁ ଦିଅନ୍ତି। ସୁନନ୍ଦ ପରର ଧାରୁଆ ହେବାକୁ ଚାହେ ନାହିଁ। ଛବି ଦେଖିବାର କଥା ତ ପଇସା ଖର୍ଚ୍ଚ କରି ଦେଖିବା ଭଲ। ନିଜର ମଟର କିଣା ନ ହେବା ଯାଏ ସାଇକଲ ରିକ୍ସାରେ ଗଲେ ସମ୍ମାନ ପଛେ ବଢ଼ିବ, କମିବ ନାହିଁ।

ଗାଆଁକୁ ଫେରିବା କଥା ମନେପଡ଼ିଲେ ହାଲୁକ ଶୁଖେ।

କୋଠାତାଲା କାମ ସରିଆସିଲାଣି। ନୂଆ ଡିଜାଇନ। ଖାଲି ବାକି ରହିଛି ପଲସ୍ତରା ଓ ସଫେଇ। ତଳ ମହଲାରେ ଚାରି ବଖରା, ଉପରେ ତିନି ବଖରା। ମଝି ଦୁଇ ବଖରା ମିଶି ଲମ୍ବ ହଲ। ପ୍ରଶସ୍ତ ବାରଣ୍ଡା। ପୋର୍ଟିକୋ। ସ୍ୱତନ୍ତ୍ର ରୋଷଘର ଓ ଭଣ୍ଡାରଘର। ମଟର ଗ୍ୟାରେଜ୍। ଅଧମାଣ ଜମି, ଘର ଆଗରେ ସୌଖୀନ ଗଛଲତା ଓ ଫୁଲବଗିଚା ପାଇଁ ସ୍ଥାନ। ଘର ପଛରେ ବାରି। ଢେଉଢେଉକା ଉଚ୍ଚ କମ୍ପାଉଣ୍ଡ ୱାଲ୍।

ଦେଖିଲେ ଆଖି ପୁରିଉଠେ, ମନ ଭରିଉଠେ। ସୁନନ୍ଦ ତୃପ୍ତିରେ ନିଶ୍ୱାସ ମାରେ। ଏତେବଡ଼ କାମ ସେ କରିପାରିଛି। ଆହୁରି ଦଶ ହଜାର ଟଙ୍କା ଲୋଡ଼ା। ସେତିକିରେ ବାକି କାମ ସରିଯିବ। ମୋଟେ ପାଞ୍ଚ ସାତ ହଜାର ଟଙ୍କା ହାତ ଉଧାର। ଆଉ ଦଶ ମାଣ ଜମି ବିକିଦେଲେ ସବୁ ଠିକ୍ ହୋଇଯିବ। ଧୀରେ ଧୀରେ ବିଭିନ୍ନ ଗରାକଙ୍କୁ ସେ ପ୍ରାୟ ସବୁ ଜମି ବିକିସାରିଛି। ଘରପାଖିଆ ଜମି ଆଉ ମୋଟେ ପନ୍ଦର ସତର ମାଣ ଅଛି। ସେଥିରୁ ଯଦି ସାତ ଆଠ ମାଣ ବିକ୍ରି କରାଯାଏ, କ୍ଷତି ନାହିଁ।

ନୂଆ କୋଠାର ଛାତ ଉପରେ ସୁନନ୍ଦ ଟହଲୁଛି। ସେ ଜାଣେ, ବୋଉଙ୍କୁ ନ ପଚାରି ଓ ନନ୍ଦିକାର ଅନୁରୋଧ ରକ୍ଷା ନ କରି କଟକରେ ଥାଇ ସେ ଜମି ବିକିଛି। ବାକିତକ ମଧ୍ୟ ବିକିବ। ଜମି ରଖି ଲାଭ ନାହିଁ। ଜମି ପରିବର୍ତ୍ତେ ବେପାରରେ ଧନ ଖଟାଇ ଚାରି ପଇସା ଉପାର୍ଜନ କରିବା ଭଲ।

କଅଣ ଭାବୁଛ ମ ଏତେ ? ଦେଖିଲ, କି ସୁନ୍ଦର ଜହ୍ନ ପଡ଼ିଛି। ଆମର ଏ ଘରଟା ବଡ଼ ନିଛାଟିଆ !

ନାଇଁ ଲଳିତା, ସମସ୍ତେ ଆସି ଏଠି ରହିଲେ ଗହଳ ଚହଳ ହେବ। ଚାରିପାଖେ ବିଜୁଳି ଆଲୁଅ ଖଞ୍ଜିଦେବା। ସୁନ୍ଦର ଦିଶିବ। ଦେଖ, ଏଇଠି ଠିଆହେଲେ ମହାନଦୀ ଦେଖାଯିବ। ଦେଖିଲ ?

ହଁ, ଦିଶୁଛି।

ଏ ପାଖକୁ ଆସ, ହେଇ ଦେଖ, କାଠଯୋଡ଼ୀ !

ହଁ, ଦିଶୁଛି।

ଦି ଆଡ଼େ ଦୁଇ ନଦୀ, ନନ୍ଦିକା ଓ ଲଳିତା –

ସୁନନ୍ଦର ଗେଲରେ ସେଇ ନିରୋଳା, ଉଜ୍ଜ୍ୱଳ, ମନପୁଲକା, ଦେହଉଲୁସା, ଫଗୁଣ ସଞ୍ଜରେ ଲଳିତାର ଶିରାପ୍ରଶିରାରେ ବିଜୁଳିର ଚମକ ଛୁଟିଲା ନାହିଁ। ବିଜୁଳିକୁ ଅଟକାଇ ଦେଲା। ଗୋଟିଏ ଶବଦ, ନନ୍ଦିକା ! ସେଇ ମହାନଦୀ, ଯାହାର ଇଚ୍ଛାରୁ ଉଦ୍ଭବ କାଠଯୋଡ଼ୀଟି ! ଜହ୍ନର ଆଲୁଅରେ ତାର ଧୂସର ବାଲିଆ ଛାତି ଚିକ୍‌ଚିକ୍ ଦିଶୁଛି ଦୂରରୁ। ସେ ଲଳିତା !

କହିଲା, ଏଥର ଫେରିବା।

ଚାଲ, ମିସ୍ତ୍ରୀ ଓ ମୂଲିଆ ବାହାରେ ଅପେକ୍ଷା କରି ବସି ଗପୁଛନ୍ତି। ଯିବା କି ଆଜି ଅତନୁବାବୁଙ୍କ ଘରକୁ?

ନା।

ସୁନନ୍ଦ ପୁରୀ ଯାଇଛି ରାତି ଗାଡ଼ିରେ ଫେରିବ। କଅଣ ତା'ର ଜରୁରୀ କାମ।

ଲଳିତା ବ୍ୟସ୍ତରେ ପଡ଼ିଛି। 'ସା' ଚିଠି ଲେଖିଛି - ବୋଉ ଆଉ ବିଛଣାରୁ ଉଠିପାରୁନାହାନ୍ତି। ଖିଆପିଆ ଛାଡ଼ିଲେଣି। ପାଣି ମନ୍ଦାଏ ବି ପେଟରେ ରହୁନାହିଁ, ବାନ୍ତି ହୋଇ ପଡୁଛି। ଅତି ଦୁର୍ବଳ ହୋଇପଡ଼ିଲେଣି। ଦେହ ଥରୁଛି। ତମ ଦୁହିଁଙ୍କୁ ଦେଖିବାକୁ ଆକୁଳ ହେଉଛନ୍ତି। ମୋ ଦେହ ଭଲ ଅଛି -।

ଆର ଚିଠିରେ,- ଦଶଦିନ ତଳେ ବୁଲି ଆସିଲାପରି ଆସି ମୋଟେ ଦୁଇଦିନ ତିନି ଘଣ୍ଟା ରହି ଚାଲିଗଲ। ଯେଉଁ ଓଷଧ ଆଣିଥିଲ, ସେ ସେମିତି ରଖା ହୋଇଛି। ବୋଉ ତୁଣ୍ଡରେ ଦେଲେ ନାହିଁ। କବିରାଜଙ୍କୁ ଓଷଦ ବରାଦ କଲି, ଅତି କଷ୍ଟରେ ସେ ଖାଉଛନ୍ତି। ତମେ ଦେଖିଗଲାବେଳେ ସେ ଟିକିଏ ଭଲ ଥିଲେ, ଚଲାବୁଲା କରୁଥିଲେ; ଏବେ ବିଛଣା ଧରିଲେଣି। ତମ ଦୁହିଁଙ୍କୁ ଦେଖିବାକୁ ସେ ଚାହାନ୍ତି।

-କାଠି ଛୁଇଁ କାଳୀଗାଈର ବାଛୁରୀ ମରିଗଲା। ତିନିଦିନ ହେଲାଣି ଗାଈ ଖାଲି ବୋବାଳି ଛାଡ଼ିଛି। ଆଜି ସକାଳେ ଦେଖିଲାବେଳକୁ ବୁଢ଼ା କୁକୁର ମରି ଶୋଇଛି କଅଣ ଗୋଟାଏ ବିପଦ ଆସିଛି ଏ ଘରକୁ।

-ଭୟ ନାହିଁ। ଯେତେ ଯେଉଁଠି ଦେବଦେବୀ ଅଛନ୍ତି ସମସ୍ତଙ୍କର ପୂଜା ମୁଁ କରାଉଛି। ରିଷ୍ଟ ଅବଶ୍ୟ କଟିବ। ସାନ କୁହା ମୋର ମାନିବ? ସୁନାଟି ପରା, ଯେତିକି ହେଲା ସେତିକି, ଆଉ ଜମି ବିକନା। ରାତିଦିନ ବୋଉ ଖାଲି ସେଇକଥା ଭାବୁଛନ୍ତି, ଚେଇଁଲାବେଳେ କହୁଛନ୍ତି, ଶୋଇଲାବେଳେ ସେଇସବୁ ଜମିକୁ ସପନ ଦେଖି ବିଳିବିଳାଉଛନ୍ତି।

-କୋଠାତୋଳା କାମ ସରିନାହିଁ? ଆଉ କେତେଟଙ୍କା ଲାଗିବ? ଆଉଥରେ ଆସିଲାବେଳେ ତ ମୋ ପାଖରେ ବାକି ଯେତେକ ଟଙ୍କା ଥିଲା, ଦେଇଦେଲି, ଆଉ ଟଙ୍କା ନାହିଁ। ସାଇତାହେଲା ଗହଣା ସବୁ ବିକି କୋଠାକାମରେ ଲଗାଇବାକୁ ତମ ହାତରେ ଦେଇଥିଲି। ବାକି ଅଛି ମୋ ଦେହରେ ପିନ୍ଧା ଗହଣା। ଦି ଦି ପଟି କାଚ ଓ

ବେକରେ ସୂତା ସରୁ ହାରଟିଏ ହେଲେ ଚଳିବ। ଆଉ ଓଜନ ଗହଣା ବୋହିବାକୁ ମୋର ବଳ ପାଉନାହିଁ। ସବୁ ଗହଣା ମୁଁ ଖୋଲି ରଖିଛି। ତମେ ଆସିଲେ ନେଇଯିବ। ସେତିକିରେ; ଯେପରି କୋଠାକାମ ଶେଷ ହୁଏ ସେଇ ବରାଦ କର।

ଆଉ ଜମି ବିକିବାକୁ ମନ କରିବ ନାହିଁ, ତମକୁ ମୋ ରାଣ। ଚିଠି ପାଇ ସଙ୍ଗେ ସଙ୍ଗେ ଆସିବ। ଲଳିତାକୁ ସଙ୍ଗରେ ଆଣିବ। ଦିନଟିଏ ରହି ସେ ତମ ସଙ୍ଗେ ଫେରିଯିବ। ବୋଉ ତମ ଦୁହିଁଙ୍କୁ ଦେଖିବାକୁ ଭାରି ବିକଳ ହେଉଛନ୍ତି। ବିଛଣାରେ ହାତ ଅଣ୍ଡାଳି ଖୋଜୁଛନ୍ତି। ପଚାରୁଛନ୍ତି, ଆଇଲେ, ସମାନେ, ତାଙ୍କ ମୁହଁ ନ ଦେଖି କେମିତି ଆଖି ବୁଜିବି ?

'ସା'ର ଚିଠି ଦିଓଟିର ଉଦ୍ଦେଶ୍ୟ କଅଣ, ଭଲକରି ପଢ଼ି ବୁଝିବାକୁ ଲଳିତାର ଧୈର୍ଯ୍ୟ ନାହିଁ। ସେ ଜାଣେ, ପ୍ରାୟ ଗହଣା ତା' ପାଖରୁ ଆସିଛି, ସେ ନିଜପାଇଁ ପାଖରେ ସାଇତି ରଖିଛି। ଖଣ୍ଡିଏ ହେଲେ ବିକ୍ରି କରିବାକୁ ଦେଇନାହିଁ। ଟଙ୍କା ପାଇଁ ଜମି ବିକିବାକୁ ସେ ଉପଦେଶ ଦେଇଛି। ଭାଉଜ ସେଇଆ କାନ କାନ କରି ଶିଖାଇଥିଲେ, ବୁଝାଇ କହିଥିଲେ, ସଉତୁଣୀଆ ଘରେ ପାଖରେ ଧନ ରଖିବା ଭଲ। ଜମି ସିନା ଭାଗ ହେବ, ଦେହର ଗହଣା ଓ ପାଖରେ ଥିବା ଧନ ଭାଗ ହେବ ନାହିଁ ଗୋ ଲଳିତା !

ଶାଶୁ ଖୋଜୁଛନ୍ତି। ତାଙ୍କର ସେପୁରକୁ ଗଲାଆଇଲା ବେଳ। ଥରେ ଯାଇ ଦେଖି ନ ଆସିଲେ ଲୋକେ କହିବେ କ'ଣ ? ଓହୋ, ଯେଉଁ ଭଲ ପାଆନ୍ତି ତ ! ଡକାଇଛନ୍ତି ଖାଲି ଶୋଧିବାକୁ, ଗୋଇ ଖୋଳିବାକୁ। ଯାହା ସେ କହନ୍ତୁ, ନ ଗଲେ ଭଲ ହେବ ନାହିଁ। ଲୋକେ ନିନ୍ଦା କରିବେ। ଯେତେ ବିଷ ସେ ପେଟରେ ଭରି ରଖିଛନ୍ତି, ସବୁ ଉଦ୍‌ଗାରି ଦେଉନ୍ତୁ ସେଇଠୁ ଆଖି ବୁଜନ୍ତୁ।

ସେ ତୁନି ରହିବ। ଯେତେ ଯାହା କହି ଗାଳିଦେଲେ ସେ ଜବାବ ଦେବ ନାହିଁ। ସାମାନ୍ୟ ଗହଣା କେଇ ଖଣ୍ଡି ଦେହରେ ନାଇ ଯିବ। ବାକି ସବୁ, ଏଇଠି ରଖିଯିବ। ଖବର ପଠାଇବ କି ଭାଉଜଙ୍କୁ ? ଖବର ପାଇ ଆସୁ ଆସୁ ତିନି ଦିନ ଲାଗିବ। ଏ ଭିତରେ ଯଦି ଶାଶୁଙ୍କର କ'ଣ ହୋଇଯାଏ, କଥା କାଳକାଳକୁ ରହିବ। ଲୋକେ ଲଳିତାକୁ ନନ୍ଦିବେ, ପ୍ରଶଂସିବେ ନନ୍ଦିକାକୁ। 'ସା'ର ଭଲପଣିଆ, ବଡ଼ପଣିଆର ଟେକ ରହିବ। ସେ ସତକୁ ସତ ଅତି ଛୋଟ ହୋଇଯିବ !

ସ୍ୱାମୀ ପୁରୀରୁ ଫେରିଲେ ତାଙ୍କ ସଙ୍ଗରେ ଗ୍ରାମକୁ ଯିବ, ଶାଶୁଙ୍କୁ ଥରେ ଚାହିଁଦେଇ ତାଙ୍କର ଗୋଡ଼ରେ ହାତ ବୁଲାଇ ପୁଣି କଟକ ଫେରିଆସିବ। ଲୋକେ ଯେ କାମୁଡ଼ା କୁକୁର ପରି। ପଛରେ ଭୁକିବେ ତ ଭୁକୁଥାଆନ୍ତୁ ତା'ର କି ଥାଏ ?

ସିନେମାରେ ଭଲ ଛବି ଚାଲିଛି। କାଲିଠାରୁ ଅତନୁବାବୁ ଫ୍ରି-ପାସ୍ ପଠେଇ ଦେଇଛନ୍ତି। ମଟର ନେଇ ଆସିବାକୁ ସେ ଫୋନ୍ କରିଥିଲେ। ଲଳିତା ନିଜେ ମନା କରିଦେଲା, କହିଲା, ଦେହ ଭଲ ନାହିଁ। ସେ ସ୍ୱାମୀଙ୍କୁ ଫ୍ରି-ପାସ୍‌ଟି ଦେଇ କହିଲା ଯେ ସେ ଛବି ଦେଖିଯିବାକୁ ବାରଣ କରିଦେଇଛି।

ସୁନନ୍ଦ ଖୁସି ହେଲା, ଠିକ୍ କରିଛ। ପରର ଧାରୁଆ ହେବ ନାହିଁ। ପୁରୀରୁ ଫେରିଲେ ମୁଁ ନିଜେ ତମକୁ ସଙ୍ଗରେ ନେଇ ଖେଳ ଦେଖାଇ ଆଣିବି। ଭଲ ଖେଳ ସତେ!

ଅତନୁବାବୁଙ୍କର ନିମନ୍ତ୍ରଣକୁ ସୁନନ୍ଦ ପସନ୍ଦ କରେ ନାହିଁ।

କାହିଁକି ?

ରାଜପୁତ୍ର ସେ, ଭଲ ଲୋକ, ଅତି ଭଦ୍ର। ସ୍ନେହ କରନ୍ତ. ସମ୍ମାନ ଦେଖାନ୍ତି ବିଶେଷତଃ ଲଳିତାକୁ ସେ ଅନୁମୋଦନ କଲା ଆଖିରେ ଦେଖନ୍ତି। ଦେହରେ ଯେଉଁଠି ଲଳିତା କେଉଁ ନୂତନତ୍ୱ ଆଣିଥାଏ, ଅତନୁଙ୍କର ଦୃଷ୍ଟି ଥରକୁ ଥର ସେଇଠି ପଡ଼େ। ସତେକି ସ୍ନେହି ମୁଗ୍‌ଧ ଦୃଷ୍ଟି କହିଉଠେ, ଠିକ୍ ହୋଇଛି, ସୁନ୍ଦର ହୋଇଛି, ମନ ମୋହୁଛି, ଧ୍ୟାନ ଟାଣୁଛି, ଧୈର୍ଯ୍ୟ ଦୋହଲାଉଛି। ମୁଁ ଏହା ପସନ୍ଦ କରୁଛି। ଅବିକଳ ଚିତ୍ରତାରକା ଶ୍ରୀମତୀ ଅସୀମାଙ୍କ ପରି ତମେ ଦିଶୁଛ।

କିଏ ସଜାଇଛି ?

ଏଇ ଦେହରେ ଆଖି ଝଲସା ମନସରସା, ଦେହ ଉଲୁସା ପ୍ରାଣ ପୁଲକ ଅସୀମ ସୁଷମା ଅଛି, ପୁଣି ଅଛି ନରକର ଆଖି ଫୁଟା, ନାକ-ଫଟା, ମନ-ଖଟା, ଇସିଇସି କୁତ୍ସିତତା। ବିକାଶରେ କେବଳ ଏ ଦେହରେ ସୁଷମା ବା ହୀନତାର ପରିଚୟ ମିଳେ।

କିଏ ସଜାଇଛି, ବାଃ, ଅତନୁଙ୍କର ବିହ୍ୱଳ ଦୃଷ୍ଟି ପଚାରେ।

ଲଳିତାର ଉଡ଼ନ୍ତା ମନରେ ଗରବ ଆସେ। ତା'ର ଲୋହିତ ସ୍ମିତହିଁ ଉତ୍ତର ଦିଏ ମୁଁ, ମୁଁ, ନିଜେ, କେହି ମତେ ଶିଖାଇନାହିଁ। ଦେଖ, ସୁଖୀ ହୁଅ!

ଉତ୍ତର ଦିଏ ଅତନୁଙ୍କର ଭ୍ରମିଲା ଆଖି, ହସିଲା ଓଠ, ତନ୍ମୟ ହେଲି। ନିଅ ଫ୍ରି-ପାସ୍ । ମଟର ପଠାଇବି ?

ସୁନନ୍ଦର କାବା କାବା କୁହୁଡ଼ିଆ ସନ୍ଦେହରେ ଅଳପ ଥରିଲା ମନ, ନିଜକୁ ନିଜେ ନୀରବରେ କହେ, ଅତନୁର ଦୃଷ୍ଟି ପବିତ୍ର ନୁହେଁ, ପରର ଧାରୁଆ ହେବା ନାହିଁ ଲଳିତା!

ଲଳିତାର ହସହସ ମନ ଉପହାସ କରି ଉତ୍ତର ଦିଏ ନିଜ ଭିତରେ, ଡରିଲ କି, ସନ୍ଦେହ କରୁଛ ? ତାଙ୍କୁ ମନା କରିଦିଅ। କହ, ମୋ ଦେହ ଭଲ ନାହିଁ।

ସୁନନ୍ଦ ତା'ର ମନକଥା ବୁଝିଲା ପରି ଏଣୁ ତେଣୁ ଆରା କହି ଅତନୁଙ୍କୁ ହତାଶ୍ କରି ବାହୁଡ଼ାଏ।

ସକାଳ ଗାଡ଼ିରେ ସୁନନ୍ଦ ପୁରୀ ଚାଲିଗଲେ।

ଦିନ ଦଶଟାବେଳେ ସେଇ ଅବାଗିଆ, ଅଧବାଇଆ ଟୋକା ଆସି ପହଞ୍ଚିଲା। ତା' ନାମ ମନୋରଞ୍ଜନ। ସେ ଫଟୋ ଉଠାଏ। ସେଇ କାମରେ ତା'ର ଝୁଙ୍କ। ସୁନନ୍ଦ ତାକୁ ସ୍ନେହ କରେ।

ମନୋରଞ୍ଜନ ପାଠୁଆ ପିଲା। ସେ ସରଳ, ସୁବୋଧ ଓ ସାଧୁ ପ୍ରକୃତିର। ତା'ର ଶିଶୁସୁଲଭ ସରଳତା, ବିକାରହୀନ, ନିର୍ଭୀକ ସଙ୍କୋଚ। ରୂପ ତାର ପରି ଉଜ୍ଜ୍ୱଳ ପାତଳ ଦେହ। ଡେଙ୍ଗାଳିଆ। ଧାର ମୁହଁ। ବିଜୁଳି ପରି ତା'ର ଚଞ୍ଚଳ ଗତି। ଅସଜଡ଼ା କେଶ। ମୁହଁରେ କେବେ କ୍ଷୁର ବାଜିନାହିଁ। କହରିଆ ଛୋଟ ଛୋଟ ନିଶଦାଢ଼ି। ଉଜ୍ଜ୍ୱଳ ଆଖି। ପରିଷ୍କାର ପରିଛନ୍ନ। ଖଞ୍ଜିଲା ପରି ମୁକ୍ତା ପରି ଦାନ୍ତ ଦି' ଧାଡ଼ି।

ସେ ଅଳପ ହସେ। ହସିଲେ ତୋରା ମୁହଁଟି କେଡ଼େ ଭଲ ଦିଶେ। ଅଳପ କହେ, –ମୁହଁ ସାମାନ୍ୟ ଟେକନ୍ତୁ। ବାସ୍, ସେତିକି। ଶାଢ଼ୀଟା ସାମାନ୍ୟ ଉଠାନ୍ତୁ, ମୁଣ୍ଡ ଉପରକୁ ବେଶି ଉଠିଗଲା। ହାର ଏକାଥରେ ଲୁଚିଗଲା ଯେ! ରହନ୍ତୁ।

ବିଜୁଳି ବେଗରେ ମନୋରଞ୍ଜନ ପାଖକୁ ଆସେ। ଫେରିଯାଏ, କହେ, ହଁ, ଏଥର ହେଲା। ହସନ୍ତୁ। ଏକ୍, ଦୁଇ, ତିନି।

ନମସ୍କାର।

ଭଲ ଛବି ବୋଲି ମନୋରଞ୍ଜନ କହୁଥିଲେ। ସେ ଆଜି ଯିବେ। ସେ କହନ୍ତି, ମୁଁ ଛବି ଦେଖିବାକୁ ଯାଏ ନାହିଁ, ଏ ଯୁଗର ଫେସନ ଦେଖିବାକୁ ଯାଏ। ସିନେମା ତାରକାମାନଙ୍କର ଫେସନ ଓ ଚାଲିଚଳନକୁ ଲୋକେ ଅନୁସରଣ କରିବାକୁ ବ୍ୟାକୁଳ ମୁଁ ସେଇଆ ଦେଖେ।

ନିଅନ୍ତୁ ଆପଣଙ୍କର ବଡ଼କରା ଫଟୋ, ଆଉ ଏଇଟା ଶ୍ରୀମତୀ ଅସୀମା ଦେବୀ ଚିତ୍ରତାରକାଙ୍କର! ଅପସରା ଛବିରେ ସେ ଉର୍ବଶୀ ହୋଇଛନ୍ତି। ମିଳାଇ ଦେଖନ୍ତୁ। ତଫାତ୍ ଟିକିଏ ଅବଶ୍ୟ ଦେଖିବେ। ଅସୀମାଙ୍କର ମୁହଁର ଗଠଣ ଏଡ଼େ ସୁନ୍ଦର ନୁହେଁ। ଦେହରେ ସେ ପାଉଡ଼ର ବୋଳିଛନ୍ତି। ସେ ଟିକିଏ ଅଧିକ ନଗ୍ନତାର ପକ୍ଷପାତୀ।

ଲଳିତା ପ୍ରଫୁଲ୍ଲ ବଦନରେ ମିଳାଇ ଦେଖିଲା। ସେ ହୁଏତ ଅଧିକା ସୁନ୍ଦର ହୋଇଥିବ; କିନ୍ତୁ ଅସୀମାଙ୍କ ମୁହଁରେ ହସ, ଆଖିର ଚାହାଣୀ ଦେହର ଅର୍ଦ୍ଧପରିସ୍ଫୁଟ ଭଙ୍ଗୀ, ତା' ଫଟୋରେ ନାହିଁ।

ତା'ର ମୁହଁ ମଉଳିଲା। ସେ ବୁଝିପାରିଲା ଯେ ସେ ଉର୍ବଶୀ ହୋଇପାରିନାହିଁ, ଅସୀମା ମଧ୍ୟ ହୋଇପାରିନାହିଁ।

ମନୋରଞ୍ଜନ କହିଲା, ଯେଉଁ ତଫାତ୍ ଦେଖୁଛନ୍ତି, ସେଥିପାଇଁ ଫଟୋଯନ୍ତ୍ର

ଦାୟୀ ନୁହେଁ କି ଫଟୋଗ୍ରାଫର ଦାୟୀ ନୁହେଁ। କୂଳବଧୂ ଓ ଚିତ୍ରତାରକା ଭିତରେ ଏ ପ୍ରଭେଦ ରହିବ ଓ ରହିବା ଅତି ବାଞ୍ଛନୀୟ। ଦିଅନ୍ତୁ ଅସୀମାଙ୍କର ଛବି। ଏଥର ଦେଖନ୍ତୁ ନିଜର ଛବିକୁ। ଅବଶ୍ୟ ପସନ୍ଦ କରିବେ।

ଲଳିତା ହସ ସମ୍ଭାଳି ପାରିଲା ନାହିଁ। ଚାହିଁଲା ସେ ମନୋରଞ୍ଜନକୁ। ସେମିତି ସେ ଗମ୍ଭୀର। ବିଦାୟ ନେବାକୁ ବାହାରିଲାଣି।

ଲଳିତା କହିଲା, ସିନେମା ଗଲାବେଳେ ଏଇବାଟେ ଆସବେ ? ମୁଁ ବି ସଙ୍ଗରେ ଯିବି।

ସୁନନ୍ଦବାବୁ ?

ସେ ପୁରୀ ଯାଇଛନ୍ତି। ରାତି ଏକ୍‌ସପ୍ରେସ୍‌ରେ ଫେରିବେ।

ମୁଁ ଡେରି କରି ଯାଇଥାନ୍ତି ଓ ଫେରିଥାନ୍ତି ସହଳ। ବେଶି କାମ ମୋର ଅଛି।

ନାଇଁ, ଆଜି ଟିକିଏ ସହଳ ଯାଉନ୍ତୁ; ଡେରିକରି ଫେରିବେ। ଆପଣଙ୍କର ବିଲ୍ ?

ସୁନନ୍ଦବାବୁଙ୍କୁ ପଠାଇଦେବି। ନମସ୍କାର।

ଆସିବେ ନିଶ୍ଚୟ।

ନମସ୍କାର।

କେତେଥର ଲଳିତା ଅନୁରୋଧ କରିଛି; ମନୋରଞ୍ଜନ ଆସିନାହିଁ। ଦେଖାହେଲେ ଏଣୁ ତେଣୁ କୈଫିୟତ୍ ଦେଇଛି। ଆଜି ଯେ ସେ ଆସିବ ତା'ର କେଉଁ ସ୍ଥିରତା ? ସେ ଆସୁ ବା ନ ଆସୁ, ଲଳିତା ନିଶ୍ଚୟ ଯିବ; ସିନେମା ଦେଖିବ। ରବିକୁ ସଙ୍ଗରେ ନେଇଯିବ। କାର ପଠାଇବାକୁ ଫୋନ୍ କରିବ କି ?

ଶାଶୁଙ୍କର ଦେହ ବେମାର। ସଙ୍ଗେ ସଙ୍ଗେ ଗ୍ରାମକୁ ଯିବା ଉଚିତ। ଭଲମନ୍ଦ ହୋଇଗଲେ କାଳକାଳକୁ କଥା ରହିବ। ଗାଆଁ ଲୋକେ ନିନ୍ଦା କରିବେ। ସୋମନଙ୍କ ନିନ୍ଦାପ୍ରଶଂସାକୁ ଏଡ଼ିଦେଇ ହେବ; କିନ୍ତୁ ସେଇ 'ସା' ଦିନେ କହିବ ଆଲୋ 'କା' ଚାତର କାଢୁଛ ତ, ଶାଶୁ ମଲାବେଳକୁ ତୁଣ୍ଡରେ ବୁନ୍ଦିଏ ନିର୍ମାଲ୍ୟ ଦେଇପାରିଲୁ କି ?

ଜନମକଲା ମା' ! ଦିନେ ପୁଣି ସେଇ ସ୍ୱାମୀ ଓଲଟି କହିବେ ଆଉ ଗୋଟାଏ ଶାଶୁ କାହାର ଜନମ ହୁଏ ନାହିଁ। କାହାର ସେବା କରିବ ?

ଲଳିତା ଉଠି ବସିଲା। କେଶବାସ ଫିଟିପଡୁଛି। ମୁଣ୍ଡ ଘୁରିଯାଉଛି ମଥା ଉପରକୁ ବିଜୁଳି ପଙ୍ଖା ପରି। ଦି'ପହର ଖରା ଘର ବାହାରେ ଉପହାସ କରୁଛି। କାଉ ଦି'ଟା ରଡ଼ି ଛାଡ଼ିଲେଣି। କ'ଣ ତେଣେ ହୋଇଗଲା କି ?

ଲଳିତା ଠିଆହେଲା। ଝରକା ପାଖକୁ ଯାଇ ପଦାକୁ ଚାହିଁଲା। ନିରୂପାୟ। ଭାବିଲା, ସେ ରାତିରେ ଫେରିବେ। ରାତି ପାହିଲେ ସମସ୍ତେ ଗ୍ରାମକୁ ଯିବେ। ଶାଶୁ ଏତେଦିନ ବଞ୍ଚିଲେଣି, ଆଉ ଦିନଟିଏ ଅବଶ୍ୟ ବଞ୍ଚିବେ। ଠାକୁରେ ଏତକ କରନ୍ତୁ।

ମନ ଖରାପ ହେଉଛି। ଘରେ ଏକା ରହି ଛଟପଟ ହେବା ଉଚିତ ନୁହେଁ। ଭଲ ଛବି ଆସିଛି, ଅପ୍‌ସରା! ଦେଖିଆସିଲେ ମନର ଅବସ୍ଥା ବଦଳିବ। ମନୋରଞ୍ଜନ ଫଟୋଗ୍ରାଫର ନ ଆସିଲେ ନାହିଁ। ଫୋନ୍ କଲେ ଅତନୁବାବୁ ଆସି ନେଇଯିବେ।

ପାଖରେ କନି ଜଗି ବସିଛି। ରାତି ଅଧରେ ବି କାଳୀ ଗାଈଟା ରହି ରହି ବୋବାଳି ଛାଡ଼ିଛି ତା'ର ପିଲାକୁ। କନିକୁ ବିରକ୍ତ ଲାଗିଲା। କୁଆଡ଼େ ଗଲା ଗନ୍ଧିଆ ସଅର, ଗାଈ ଆଗରେ କେରାଏ କୁଟା ପକାଇଦେଲେ ସେ ତୁନୀ ହୁଅନ୍ତା! ତା' ରଡ଼ିରେ ଭାଉଜଙ୍କର ନିଦ ଭାଙ୍ଗିଯିବ।

କନି ଧୀରେ ଧୀରେ ପଲଙ୍କ ଉପରୁ ଉଠିଲା। ମଶାରି ଟେକି ପଦାକୁ ଆସିଲା। ଝରକା ବାଟେ ବାହାରଟା ଦିଶୁଛି। ଉଜ୍ଜ୍ୱଳ ଜହ୍ନ ଆଲୁଅ। କାହାରି ସ୍ୱର ଶବଦ ନାହିଁ। ରହି ରହି କାଠହଣା ଚଢ଼େଇର ଠକ୍ ଠକ୍ ଶବଦ ଶୁଭୁଛି। କେଜାଣି କାହିଁକି ଆଜି ଡର ଲାଗୁଛି।

ବାହାର ପାଖର ଝରକା ଦି' ଫାଳି ଆଉଜେଇ ଆଣିଲା। ଆଲୁଅ ତେଜିଲା। ମଶାରି ଅଳପ ଟେକି ପୁଣି ଚାହିଁଲା ନନ୍ଦିକାର ମୁହଁକୁ। ନିଦରେ ସେ ଶୋଇଛି। ଘନ ଘନ ନିଶ୍ୱାସ ଚାଲିଛି। ଯେତେ ଦେବାଦେବୀ ଏ ସଂସାରରେ ଅଛନ୍ତି, ସମସ୍ତଙ୍କୁ ସୁମରଣା କଲା। ତା'ର ପ୍ରାଣ ଲୋଟିପଡ଼ିଲା ସଭିଙ୍କର ଆସ୍ଥାନ ତଳେ। ମନ ଗୁହାରି କଲା, ମୋ ଭାଉଜକୁ ଭଲ କରିଦିଅ। କାହିଁକି ଅନହୂତ ଏ କଷ୍ଟ ଦେଲ? ମାଛିକୁ ଯେ ମନ କହେ, ତା' ଉପରେ କି ଦାଉ ସାଧୁଛ?

ଆଠ ମାସ ପୂରି ନଅ ମାସ ସରିବାକୁ ବସିଲା। ଅସଜ ମାଇପୀ, ତଥାପି ମନାକଲେ ମାନିବେ ନାହିଁ, ନସର ପସର ହେଇ ସବୁ ପାଇଟି ନିଜେ କରିବେ। ସକାଳୁ ରାତି ଅଧଯାଏ ଶାଶୁଙ୍କ ସେବା। ଜନମ କଲା ପିଲାଙ୍କର ସେବା କେହି ଏତେ କରିପାରିବ ନାହିଁ। ହାତରେ ଖୋଇଦେବେ, ଘଷା ଆଉଁସା, ସଫାସୁତୁରା ସବୁ କରିବେ। ନିଜର ଖିଆପିଆର ଠିକଣା ନାହିଁ। ରାତି ଅନିଦ୍ରା ହୋଇ ଜଗି ବସିବେ। ଦେହ ଆଉ କେତେ ସହନ୍ତା? ନିଜେ ପଡ଼ିଲେ।

ଗାଆଁ ମାଇପେ ଦେଖିବାକୁ ଆସିଲେ। କିଏ କହିଲା ଲଳିତା କଟକରୁ ବାଣ

ପେଶେଇଛି, କାଇଁଶିକା ଶର, ନୋହିଲେ ଭଲ ମାଇପିଟା ଆତଯାତ ହେଉଥିଲା, ହଠାତ୍ ସକାଳଟାରୁ ଲୁହଲୁହାଣ ହୋଇ ବସନ୍ତା କାହିଁକି ? ଶୂଳ ନାହିଁ, ପିଲା ଜନ୍ମ ହେବାର ସମ୍ଭାବନା ନାହିଁ, ବେଳ ବି ହୋଇନାହିଁ, ବାଣ ଛଡ଼ା ଆଉ କିଛି ନୁହେଁ !

ଗୁଣିଆ ଝାଡ଼ିଯାଇଛି । କବିରାଜ ଓଷଧ ଦେଇଛନ୍ତି । ମହାଦେବଙ୍କ ପଣ୍ଡା ଆସି ବେଲପତ୍ର ପାଣି ଛିଞ୍ଚି ଦେଇଯାଇଛନ୍ତି । ଭୟ ନାହିଁ । ତଥାପି, କନିର ମନ ଦକ ଦକ । ଦେବାଦେବୀଙ୍କ ପାଖରେ କେତେ ମାନସିକ କଲାଣି, ସବୁ ଭଲ ହୋଇଯିବ ଯେ ।

ପୁଣି ସେଇ କାଳି ଗାଈ ରଡ଼ି ଛାଡ଼ିଲେଣି । ନିଦ ଭାଙ୍ଗବି । କୁଆଡ଼େ ଗଲା ଗନ୍ଧିଆ ? କନି ଆଉଜା କବାଟ ମୁକୁଳା କର । ଶବଦ ହେଲା । ମଶାରି ଭିତରୁ କ୍ଷୀଣ ଦୁର୍ବଳ ସ୍ୱରରେ ଡାକ ଛାଡ଼ିଲା ନନ୍ଦିକା, କନି !

କ'ଣ ଭାଉଜ ? କନି ପଲଙ୍କର ପାଖକୁ ଆସିଲା, ମଶାରି ଅଳପ ଟେକିଲା । ନନ୍ଦିକା ଉଠିଲାଣି । ବଲବଲ କରି ଚାହୁଁଛି । କାହାକୁ ଯେପରି ଖୋଜୁଛି ।

ନା, ସେ ଆସି ନାହାନ୍ତି । କାଲେ ଡେରି ହେବ ଲୋକ ହାତରେ ରାତି ପାହାନ୍ତାରୁ ଚିଠି ପଠାଇଥିଲା । ରାତି ପାହିଲେ ଦୁଇଦିନ ହେବ । କାହିଁକି ସେ ଆସିଲେ ନାହିଁ ? ଦେହ ଭଲ ଅଛି ତ ? ଲୋକ ଏବଯାଏ ଫେରିନାହିଁ କାହିଁକି ? 'କା'ର ଦେହ ଭଲ ନାହିଁ କି ?

ମନ ହେଉଛି ପାଖକୁ ଧାଇଁଯିବ । ଏତିକିବେଳକୁ ତା'ର ଦେହ ଖରାପ ହେଲା । ମଣ୍ଡ ବୁଲାଉଛି । ଛାତି ଥରୁଛି । ପେଟ ଭିତରେ ପିଲାଟା କଲବଲ ହେଉଛି । ଆରେ, ବୋଉଙ୍କ ପାଖରେ କିଏ ଅଛି ? କନି ତ ଏଇଠି । ପିଲାଛୁଆବାଲୀ ସୁମିତ୍ରା, ଗୁଡୁରି ଗାଡ଼ରି ପିଲାଗୁଡ଼ାଙ୍କୁ ଘରେ ଛାଡ଼ି ବୁଢ଼ୀଙ୍କର ସେବା କରିବାକୁ ଧାଇଁଆସିଛି । ଆଲୁରୀ ବାଲୁରୀ । ଭଲଦିନେ ବୋଉ ତା' ଉପରେ ଚିଡ଼ିଚିଡ଼ି ହୁଅନ୍ତି । ଜାଣିକରି ତ ସେ ବେମାର !

ଆଉ କେହି ପାଖକୁ ଆସୁନାହିଁ । ସମସ୍ତେ ଶାଶୁଙ୍କର ଶତ୍ରୁ । ଖୋଜୁଛନ୍ତି, ଅଶୁଭ ଖବର ପାଇବେ । ଜା'ମାନେ ଆସି ଆହା ଉହୁ ହୋଇ ଗଲେଣି । ଶୁଭ ମନାସିଲେ, ଏଇଥର ବୁଢ଼ୀ ମୁକ୍ତି ପାଇଯିବେ, ଆହା କେତେ କଷ୍ଟ ପାଇଲେଣି, ପାଚିଲା ପତର ।

ମୁକ୍ତି ପାଇଯିବେ ? ମନକାମନା ପୂରଣ ହେବ ନାହିଁ ? ସବୁ ତପସ୍ୟା ତାଙ୍କର ବ୍ୟର୍ଥ ହେବ ?

କଟକରୁ ସେମାନେ ଆସିଲେ ନାହିଁ । ବୁଢ଼ୀ ପୁଅ ମୁହଁ ଦେଖିବେ ନାହିଁ ? ସତେ ସେ ଚାଲିଯିବେ ? ମନକାମନା ପୂର୍ଣ୍ଣ ହେବ ନାହିଁ ?

ପିଠି ଆଉଁସୁଛି କନି ।

କନି ଲୋ –

କଅଣ, ଭାଉଜ ?

ବୋଉଙ୍କ ପାଖରେ କିଏ ଅଛି ?

ସୁମିତ୍ରା ଭାଉଜ, ପାଲୁଣୀ। ସେଭଲ ଅଛନ୍ତି। ଠୋ ଠୋ କଥା କହୁଛନ୍ତି, ଓଷଦ ଖାଉଛନ୍ତି। ପିଇବାକୁ ସାଗୁପାଣି ଦେଲେ ଢକଢକ କରି ଢୋକିଦେଉଛନ୍ତି। ସେ ଭଲ ହୋଇଆସୁଛନ୍ତି, ଚିନ୍ତା କରନାହିଁ। ମାଗିକରି ଫଳରସ ଖାଉଛନ୍ତି।

ମିଛ କହୁଛ !

ଆଖି ଛୁଉଁଛି !

ନନ୍ଦିକା ତୁନୀ ହେଲା। ମନରେ ଆସିଲା ଅଶୁଭ ଭାବନା, ଦୀପର ତେଲ ସରିଆସିଲା କି, ସଳିତା ଜଳୁଛି, ଲିଭିଯିବ ? ଏଁ, ସତେ ଲିଭିଯିବ ? ପୁଅ ମୁହଁ ଦେଖିବେ ନାହିଁ, ସପନ ସତ ହେବ ନାହିଁ ?

ନନ୍ଦିକା ବିଚଳିତ ହେଲା। ଖଟ ଉପରୁ ଓହ୍ଲାଇବାକୁ ଗୋଡ଼ ବଢ଼ାଇଲା।

ଏ କଅଣ କରୁଛ ?

ବୋଉଙ୍କୁ ମୁଁ ଦେଖିବାକୁ ଯିବି। ମୋ ଦେହ ଭଲ ଲାଗୁଛି। ଦୁଇଦିନ ହେଲା ବିଛଣାରେ ପଡ଼ି ଭଲ ଲାଗୁନାହିଁ। ଦି'ଦିନ ହେଲା ତାଙ୍କୁ ମୁଁ ଦେଖିନାହିଁ କନି, ମତେ ସେ ଖୋଜୁଥିବେ। ତମେ ଖାଲି ଟିକିଏ ମୋର ହାତ ଧର, ମୁଁ ଚାଲିଯିବି।

ଛି, ଅଝଟ ହୁଅନା, ମୋ କଥା ମିଛ ମଣନା, ସେ ଭଲ ଅଛନ୍ତି। ସଞ୍ଜବେଳେ ପାଲୁଣୀର ହାତଧରି ସେ ତମକୁ ଦେଖିବାକୁ ଆସିଥିଲେ। ତମେ ଶୋଇଥିଲ। ତମ ମୁଣ୍ଡ ଆଉଁସିଲେ, ଗେଲ କଲେ, ଫେରିଗଲେ।

ସତେ କନି ?

ନନ୍ଦିକାର ମୁହଁ ଉଜ୍ଜ୍ୱଳ ଦିଶିଲା, ଓଠରେ ହସ ଚହଟିଲା। ଗେଲ କଲେ ? ସେ ଜାଣିପାରିନାହିଁ। ଶୋଇଲାବେଳେ ଏମିତି ସେ କେତେ ଗେଲ କେବେ କରିଥିବେ, ନଅ ବରଷ ହେଲା, ଲୁଚି ଲୁଚି। କେହି ଦେଖି ନାହିଁ କାହାକୁ ସେ ଜଣେଇ ଦେଇନାହାନ୍ତି। ନିଜେ ନନ୍ଦିକା ଜାଣିପାରିନାହିଁ। ଆଖି ମେଲି ଚାହିଁଛି, କେତେଥର ଦେଖିଛି, ଶାଶୁ ପାଖରେ ଠିଆ ହୋଇଛନ୍ତି। ହସହସ ମୁହଁରୁ ଅମୃତ ବଚନ ବାହାରୁଛି, ଉଠିବୁ ନାହିଁ କି ମା', ମୁଣ୍ଡ ବାନ୍ଧିବୁ ନାହିଁ ? ଖାଇବୁ ନାଇଁ ?

ମିଛ ମଣୁଛ ? ତମ ବାଁ ଗାଲରେ ହାତ ମାରୁନା, ମନକଲେ ନାଳ ଲାଗିଥିବ।

କନି ହସିଲା।

ସେତିକି ମୋ'ର ଗଉରବ ଲୋ କନି, ହାତ ମାରିଲେ ଊଣା ହୋଇଯିବ।

ଆଉ ଗାଲଟି ଖୋଲା ପଡ଼ିଛି ଭାଉଜ !

ତମ ଭାଇ କଅଣ ଆସିବେ ନାହିଁକି ? ରାତି ଅଧରେ ଦିନେ ଦିନେ ସେ ଆସି ପହଞ୍ଚନ୍ତି । ଲଳିତା ବି ଆସୁଥିବ ।

ଗେଲ କରିବି କି ?

ଥାଉ, ଉଣା ହେବ ତୁମ ସଞ୍ଚିଲା ସମ୍ପଦ ।

କନିର ଆଖିରେ ଲୁହ । କହିଲା, କବେ କ'ଣ କହିଥିଲି, ମନେରଖିଛ, ଅଭିମାନ କରିଛ ? ମୁଁ ଗେଲ କରିବି ।

କନି ନନ୍ଦିକାର ମୁହଁକୁ ନୁଆଇଁ ଆଣିଲା । ତା'ର ଆଖିର ଲୁହବୁନ୍ଦା ନନ୍ଦିକାର ହାତରେ ପଡ଼ିଲା ।

ନନ୍ଦିକା ମୁହଁ ବୁଲାଇ ଖଟରୁ ଓହ୍ଲାଇ ତଳେ ଉଭାହେଲା । କହିଲା, ମୋ ହାତଧରି ଚାଲ, ମୋତେ ବୋଉଙ୍କ ପାଖକୁ ନିଅ । ମୋ ଦେହ ଭଲ ହୋଇଗଲାଣି ।

ତମେ ଖଟ ପରେ ବସିଥା, ମୁଁ ଆଗ ଦେଖି ଆସେ ଶୋଇଛନ୍ତି କି ଚେଇଁଛନ୍ତି । ଶୋଇଲା ରୋଗୀକୁ ଉଠାଇବା ଭଲ ନୁହେଁ ।

ନନ୍ଦିକାର ହାତଧରି ପଲଙ୍କ ଉପରେ ବସାଇଦେଲା । କବାଟ ଆଉଜାଇ ଆର ଖଞ୍ଜାକୁ ଚାଲିଲା ।

ସେ ସୁମିତ୍ରା ଆଗରେ ଗପୁଛନ୍ତି । କାନ୍ଥକୁ ଆଉଜି ବସିଛନ୍ତି । ହାଡ଼ମାଳ ଦେହ, କୋରଡ଼ିଆ ଆଖି । ଗପୁଛନ୍ତି ଭଲ ମଣିଷ ପରି, ତୋ ହାତରେ ଅମୃତ ଅଛି ଲୋ ବୋହୂ, ହେଇ ଦେଖ୍, ମୁଁ ଉଠି ବସିଲିଣି । ଚାଲିକରି ପଦାକୁ ଗଲିଣି ଦି ଥର । ମୋ ଦେହ ଭଲ ହୋଇଗଲା, ମରଣ ହେବ ନାହିଁ ଲୋ – ।

ଏତେ ଗପ ନା, ବୋଉ, ଶୋଇପଡ଼ ।

ନିଦ ହେଉ ନାହିଁ । ନନ୍ଦିଆ ମୋ'ର ଆଇଲା ନାହିଁ । ସେଇ ରାକ୍ଷାସୁଣୀ ତାକୁ ମନା କରିଥିବ । ନିଜେ ମୁଁ ଜହର ଖାଇଛି, ଜଳିପୋଡ଼ି ମଲେ କାହା ଦୋଷ ଦେବି ?

ବାର୍ଲି ଟିକେ ଦେବି ?

ଆଣ୍ । ଦିନ ଦୁଇଟାରେ ଦି ହାଣ୍ଡି ସାଗୁବାର୍ଲି ମତେ ପେଇଲୁଣି । ତୋ ହାତରେ ଅମୃତ ଅଛି, ବୋହୂ !

ଆଉ ?

ନା । ସେଇ ମ, ଛୋଟଘର ଝିଅ, ପୁଅକୁ ମୋର ଶିଖେଇ ମଣେଇ ଜମି

ବିକେଇଲା । ମୋ ବୋହୂଠାରୁ ସବୁ ଧନଦରବ, ଗହଣା ଗଣ୍ଠି ଓଟାରି ନେଲା । ନନ୍ଦିକା ମତେ ଲୁଚେଇଛି । ମୁଁ ସବୁ ଜାଣେ ଯେ !

ଶୋଇପଡ଼ ଟିକେ ।

ନିଦ ଆସୁନାହିଁ ।

ଔଷଧ ଦେବି ?

ଦେ । କେତେ ଖୋଇବୁ ? ଆଉ ଲୋଡ଼ା ନାହିଁ, ଯମ ମୋତେ ଛାଡ଼ି ପଳେଇଲାଣି । ବୋହୂ ମ, ଆଉ ଗାଆଁ ମଶାଣିକି ଚାହିଁ ରହିବି ନାହିଁ । ଜମି ଗଲା, ଧନ ଦଉଲତ ଗଲା, ଶିରୀ ତୁଟିଲା ଏ ଘରର, ସେଇ ବୋହୂଟା ପାଇଁ । ସେ ଆଉ ଫେରିବ ନାହିଁ, ନନ୍ଦିଆକୁ ଛାଡ଼ିବ ନାହିଁ, ଛୋଟ ଘରର ଝିଅଟା !

ଠିଆ ହେଲ ବୋଉ, ଲୁଗା ପାଲଟେଇ ଦିଏଁ । ମତେ ଧରି ଠିଆ ହ ।

ପାଲୁଣୀ ମଲା କି ?

ବୁଢ଼ୀ ଲୋକ, ଘୁମେଇ ପଡ଼ିଥିବ । ହଁ, ହେଲା । ଏଥର ଶୁଅ । ମୁଁ ଗୋଡ଼ ଆଉଁସି ଦିଏ ।

ଅଭୟା ଖଟ ଉପରେ ଶୋଇଲେ । ସୁମିତ୍ରା କୋଳରେ ଗୋଡ଼ ପକାଇ ଆଉଁସିବାକୁ ଲାଗିଲା । କହିଲା ବୋଉ ମ, ଶୁଣିଲି, ସାଆନ୍ତେ କୁଆଡ଼େ ପୁଣି ସେହି ପବନା ପଳେଇକୁ ଆଉ ଜମି ବିକିବେ । କୋଠା କାମ ସରିନାହିଁ ।

ବିକୁ ! ଥିଲେ ସେଇ ଭୋଗ କରନ୍ତା, ନ ଥିଲେ ସେ ଦୁଃଖ ପାଇବ । ହେଲେ, ମୁଁ କାହିଁକି ଏଠି ରହିବି ? ଯଦି ମରଣ ହୁଏ, ଆଉ କିଏ କାହିଁକି ମୋ ମୁହଁରେ ନିଆଁ ଦେବ ? ନନ୍ଦିଆ ନ ଆସୁ, ମାଇପ ବୋଲାଟା, ମୁଁ ଯିବି କଟକ ।

ଏ ଦେହରେ ?

ଭଲ ହୋଇଗଲିଣି । ବୋହୂ ମ, ଦୁନିଆରେ ସବୁ ମଶାଣି ସମାନ । ଗୋଟାଏ ଦେହ ଜାଳିଦେବାକୁ କେତେ ଜମି ଲୋଡ଼ା, କେତେ ବେଳ ଲୋଡ଼ା ? ସେ ଜମି ପୁଣି ସେମିତି ପଡ଼ିରହେ । କେହି ସଙ୍ଗରେ ନେଇ ଯାଏ ନାହିଁ । ଗାଁ ମଶାଣିରୁ ଆଙ୍ଗୁଳେ କ'ଣ ମତେ କିଏ ଦେବ, ନା ମୁଁ ସାଙ୍ଗରେ ନେବି ? ମୁଁ କଟକ ଯିବି ।

ଅପା ?

ତା'ରି କଥା ଭାବୁଛି । ଯେତେବେଳେ ସେ ଯାଇପାରିଥାନ୍ତା, ଗଲା ନାଇଁ ମୋ'ରି ପାଇଁ । କେମିତି ସେ ଯିବ ? ବୋହୂ ମ, ମୋ ନନ୍ଦିକାର କିଛି ଖରାପ ହେବ ନାହିଁ ?

ଭୟ ନାହିଁ । କାହାର କେମିତି ଏପରି ହୁଏ । ନଅ ମାସ ହେଲା । ପ୍ରଥମ

ପୋଖତି ହେବ, ଖିଆପିଆର ଠିକଣା ନାହିଁ। ସବୁବେଳେ ପରିଶ୍ରମ କଲେ, ଅନିଦ୍ରା ହେଇ ଜଗି ବସିଲେ, ସେବା କଲେ। ମନରେ ରହିଲା ଦକ। ଯାହାକୁ ମୁହୂର୍ତ୍ତେ ନ ଦେଖିଲେ ସାଆନ୍ତେ ଛୁଆଖାଇ ବିଲେଇ ପରି ହୁଅନ୍ତି, ସେଇ ପୁଣି କରଛଡ଼ା ଦେଇ ରହିଲେ। ମୁହଁଟାଣି କରି କଥା କହିଲେ ମନ ତ ଟାଣ ହୁଏ ନାହିଁ। ଅପା ଝୁରୁଛନ୍ତି। ଆଖି ନ କାନ୍ଦିଲେ ବି ତାଙ୍କ ମନ କାନ୍ଦୁଛି।

ମୋର ମରଣ ହେଉ ଲୋ ସୁମିତ୍ରା, କୋଉ ନାତି, କି ନାତୁଣୀ କାହାକୁ କେବେ ସ୍ୱର୍ଗକୁ ନେବା କଥା ମୁଁ ଜାଣିନାହିଁ। କି ପରା ବୋହୂକୁ ମୁଁ କି ଦୁଃଖ ଦେଲି ! ମୋର ମରଣ ହେଉ ମରଣ ହେଉ। ତମେ ସବୁ ମତେ ଛଟପଟ, କଲବଲ କରି ଦାଉ ସାଧିବାକୁ ଓଷଧ ପାଣି ଦେଇ ବଞ୍ଚେଇଛ, ନା ? ଆଉ ମୁଁ ନ ଖାଏଁ, ମୋର ମରଣ ଲୋଡ଼ା।

କୋରଡ଼ା ଆଖିରେ ତତଲା ଲୁହା। ଆତ୍ମା ଛଟପଟ ହେଉଛି, ବାହୁନି ଉଠୁଛି।

ସେ କଥା କହନା ବୋଉ, ତମେ ଆଖି ବୁଜିଲେ ଅପାଙ୍କ ଗେହ୍ଲାପଣିଆ ସରିଯିବ, ତାଙ୍କ ଟାଣ ଭାଙ୍ଗିବ। ହାତ ବଢ଼ାଇଲେ ଆଉ ସେ ସାଆନ୍ତଙ୍କ ପାଦ ଧରିପାରିବେ ନାହିଁ। ତମେ ଥାଉଁଣୁ ତ –

ତୁ ସତ କହିଲୁ ଲୋ ସୁମିତ୍ରା, ମୁଁ ମରିବି ନାହିଁ, ମୁଁ ମରିବାକୁ ଚାହେ ନାହିଁ। ମୁଁ ଆଖି ବୁଜିଲେ ମୋ ସୁନାକଣ୍ଢେଇକି ରଙ୍ଗଛଡ଼ା ଗୋବର ପିତୁଳା ପରି ଗୋଡ଼ରେ ସେମାନେ ଆଡ଼େଇ ଦେବେ। ମୁଁ ବଞ୍ଚିବି। ଦେ, ଦେ ମତେ ଆଉ ପାନେ ଔଷଧ।

ଲୁହ ଛଳଛଳ ଦରଲିଭା ଆଖିର ଆଲୁଅ ତେଜିଲା ଦୀପବଳିତା ପରି ଜଳିଉଠିଲା।

ଔଷଧ ପରା ଖାଇଲ, ପୁଣି ଯାଇଁ ସକାଳେ ଖାଇବ।

ବାର୍ଲି ଦେବୁ ?

ଯାଉ ଆଉ ଘଣ୍ଟାଏ। ମୁଁ କହୁଛି ଅପାଙ୍କ ଦେହ ଟିକିଏ ବାଗେଇଗଲେ ତାଙ୍କୁ କଟକ ନେଇଯାଅ। ବାଟ ଅଳପ। ସବାରୀ ଗଉଡ଼ ବରାଦ କଲେ ସେମାନେ ହାଉଲେ ହାଉଲେ ନେଇଯିବେ। କିଛି ଜଣାପଡ଼ିବ ନାହିଁ। ଦେହରେ ଆଞ୍ଚ ଲାଗିବ ନାହିଁ। ବଡ଼ ବଡ଼ ଡାକ୍ତର ଅଛନ୍ତି ଶୁଣିଛି, ଲୋଡ଼ା ପଡ଼ିଲେ ନିହିମାକେ ଆସି ପହଞ୍ଚିବେ। ଖଲାସ କରି ଯିବେ।

ସତ କହୁଛୁ ତ, ମୁଁ ବି ସଙ୍ଗରେ ଯିବି। ହସିଲା ମୁହଁରେ ଅଭୟା ପୁଣି କହିଲେ ସେଇଆ କରିବି। ଠାକୁରେ ତାଙ୍କୁ ଭଲ କରନ୍ତୁ। ମୋ ଜୀବନକୁ ପାଣି ଛଡ଼େଇ ମୋ ନନ୍ଦିକାର ଜୀବନକୁ ମୁଁ ଭିକ ମାଗିଛି। ମୋ ଗୁହାରି ଠାକୁର ନିଶ୍ଚେ ଶୁଣିବେ।

କନି ଧୀରେ ଧୀରେ ଘରେ ପଶିଲା। ଅଭୟାଙ୍କର କଥା ଶୁଣି ତା'ର ମନ କୁରୁଳି ଉଠିଲା। କଟକ ଯିବାକୁ ଅପା ରାଜି ହୋଇଛନ୍ତି। ସୁମିତ୍ରା ଭାଉଜ ବେଳ ଉଣ୍ଡି କାମ କରେ। ତା'ର ଗୋଡ଼ ଧରିବାକୁ କନିର ମନ ହେଲା। ରାତି ପାହିଲେ ସେ ଦି'ଖୁଣ୍ଟ ମଣିଷ ଠିକଣା କରିବ। ଘରେ ଦୁଇଟା ସବାରୀ ଅଛି। ଧୀରେ ଧୀରେ ଗଲେ ଗାଧୁଆବେଳକୁ କଟକରେ ପହଞ୍ଚିଯିବେ। ସଙ୍ଗରେ ଯିବ ଗନ୍ଧିଆ ସଅର। କନି ନିଜେ ଯିବ। ଟିକିଏ କଷ୍ଟହେବ ହଁ; କିନ୍ତୁ କଟକରେ ପହଞ୍ଚିଲେ ସବୁ ଭଲ ହୋଇଯିବ। ଏ ଗାଆଁରେ ସାହା ଭରସା ନାହିଁ। ସମସ୍ତେ ବଇରି।

କି ଲୋ, ବୋହୂକୁ ମୋ'ର ଏକା ଛାଡ଼ିଆସିଲୁ କହି ବୁଢ଼ୀ ଉଠି ବସିଲେ। ରାଗିଲା ଆଖିରେ କନିକୁ ଚାହିଁଲେ।

କନି କହିଲା, ତାଙ୍କର ନିଦ ଭାଙ୍ଗିଲାଣି; ସେ ଖଟ ଉପରେ ବସିଛନ୍ତି।

ତା' ବୋଲି ତାକୁ ଏକା ଛାଡ଼ିଆସିବୁ?

ତମ ପାଖକୁ ଆସିବାକୁ ସେ ଏକା ଜିଦ୍ ଧରି ବସିଛନ୍ତି। କହିଲେ, ଦି'ଦିନ ହେଲା ବୋଉଙ୍କୁ ଦେଖିନାହିଁ; ମୁଁ ଯିବି। ତାଙ୍କ ଦେହ ଭଲ ଅଛି। ମୁଁ ମନା କଲି। ସେ ମାନୁନାହାନ୍ତି। ମୁଁ କହିଲି, ଦେଖିଆସେ, ଅପା ଶୋଇଛନ୍ତି କି ଚେଇଁଛନ୍ତି।

ଅଭୟାଙ୍କ ଦେହରେ ନୂଆ ଜୀବନ, ନୂଆ ବଳ ସଞ୍ଚରିଲା। ସେ ତଳକୁ ଓହ୍ଲାଇଲେ। କହିଲେ, ମୁଁ ଭଲ ହୋଇଗଲିଣି। ମୋ ହାତ ଧର ଲୋ କନି, ମୁଁ ନିଜେ ଯିବି ମୋ ମାଆ ପାଖକୁ। ସେ କାହିଁକି ଆସିବ?

ଅପେକ୍ଷା ନ କରି ଅଭୟା ଟଳିଟଳି ପଦାକୁ ଆସିଲେ। କନି ଓ ସୁମିତ୍ରା ଦିହେଁ ତାଙ୍କର ଦୁଇହାତ ଧରିଲେ। ବିଳିବିଳେଇ ଉଠିଲା ପରି ପାଲୁଣୀ ଉଠି ଠିଆ ହେଲା। ଗନ୍ଧିଆ ସଅର ଠେଙ୍ଗା ଧରି ପିଣ୍ଡାରୁ ଆସିଲା ଅଗଣାକୁ।

କାଳିଗାଈ ଗୁହାଳ ଭିତରେ ହମ୍ବାଳି ଛାଡୁଛି। ଶୀତଳ ଜୋଛନା ନେଳୀ ଆକାଶରୁ ଝରିପଡୁଛି। ମଥାନ ସେପାଖେ ଜହ୍ନ ମୁହଁ ଛପେଇଲାଣି।

ବାଲକୋନି ଉପରେ ପ୍ରଥମ ଧାଡ଼ିର ସିଟରେ ବସିଛି ଲଳିତା, କଡ଼ ସିଟ୍‌ରେ ରବି। ଛବି ଖେଳ ଆରମ୍ଭ ହୋଇନାହିଁ। ଆଖି ଆଗରେ ଧଳା ପରଦା। ଗାରଟିଏ ବି ସେଥିରେ ପଡ଼ିନାହିଁ। ବାଜିକରର କୁହୁକ କାଠି ଛୁଇଁଲା ପରି ସେଇ ଛୋଟ ଚାରିକୋଣିଆ ସଫେଦ ପରଦା ଉପରେ କେତେ କଅଣ ଘଟିଯିବ ଅନ୍ଧାରରେ। ଆଲୁଅ ଜଳିବ, ପୁଣି ଆଖି ଆଗରେ ଦିଶିବ ସେଇ ଧଳା ପରଦା।

ତାଆରି ଉପରେ ଠିଆହେବ ଆକାଶର ମଥାନଲଗା ସବୁଜ ପର୍ବତ, ସୀମାହଜା ନୀଳ ସମୁଦ୍ର, ବିସ୍ତୀର୍ଣ୍ଣ ପ୍ରାନ୍ତର, ଧୂସର ମରୁଭୂମି, କୁଳୁକୁଳୁଗାମିନୀ ତଟିନୀ, ଜନବହୁଳ ମୁଖର ନଗରୀ, ଛବିଳ ପଲ୍ଲୀ, ଘୋର ଅରଣ୍ୟ, ପଶୁପକ୍ଷୀ, ମନୁଷ୍ୟ। ଭୁଲା ଅତୀତ, ଚଳନ୍ତି ବର୍ତ୍ତମାନ ଓ ଧାରଣାର ଭବିଷ୍ୟତ। ଜନମ, କର୍ମ, ରାଗରୋଷ, କୌତୁକ, ଆଶା ଦୁରାଶା, ପ୍ରେମ ଓ ବିଫଳତା, କ୍ରନ୍ଦନ, ମରଣ ଅଥବା ମିଳନ ଓ ହାସ୍ୟ।

ଆଲୁଅ ଜଳିବ, ପୁଣି ସବୁ ହେବ ଶୂନ୍ୟ, ଧଳା ପରଦା।

ଲଳିତା ଚାହିଁ ରହିଛି। ଏବେବି ଦେହ ଥରିଉଠୁଛି। ସେ ସୁସ୍ଥ ବୋଧ କରୁନାହିଁ। ମନେହେଉଛି, ଯେପରି ସମସ୍ତଙ୍କର କଡୁଆ ଚାହାଣୀ ତା'ରି ଉପରେ ନିବଦ୍ଧ, ଯେପରି ତା'ର ଅଙ୍ଗର ବାସରେ ସମସ୍ତେ ମୁଗ୍‌ଧ। ଏଇଆ ସେ ଚାହିଥିଲା, ସେଇଥିପାଇଁ ନିଜକୁ ସେ ଅଧଲଙ୍ଗୁଳୀ ଅପ୍‌ସରା କରି ସଜାଇଥିଲା। ଦେହରେ ଆବୃତ କରିଥିଲା ସୁଝୀନ ବସନ। ମୂଲ୍ୟବାନ ଗହଣା ମଣ୍ଡିଥିଲା ଅଙ୍ଗରେ। ଏସେନ୍‌ସ ଛିଞ୍ଚିଥିଲା ପିନ୍ଧିଲା ଶାଢ଼ୀରେ। ଦର୍ପଣରେ ନିଜକୁ ଦେଖି ସେ ନିଜେ ସନ୍ତୁଷ୍ଟ ହୋଇଥିଲା, ମଗ୍‌ଧ ହୋଇଥିଲା ଫୋନ କରିଥିଲା ଅତନୁବାବୁଙ୍କ। ଫଟୋଗ୍ରାଫର ମନୋରଞ୍ଜନ ଉପରେ ଅଭିମାନ କରିଥିଲା। ଅପେକ୍ଷା କରି ସେ ଆସିଲା ନାହିଁ, ଛାର ଫଟୋଗ୍ରାଫରଟା !

ଭଲ ଲାଗୁନାହିଁ। ଦେହ ଥରୁଛି। ଅତନୁବାବୁ କେଡ଼େ ଆଗ୍ରହରେ ସାମନା ସିଟ୍‌ର କବାଟ ଖୋଲିଦେଲେ। ହସି ହସି ଲଳିତା ପଶିଲା ନୂଆ କାରରେ। ରବି ପାଇଁ ପଛ ସିଟ୍।

ଅତି ଭଲ ମଣିଷ ଅତନୁବାବୁ, ସ୍ୱାମୀଙ୍କର ଅନ୍ତରଙ୍ଗ ବନ୍ଧୁ। କଥାକଥାକେ ହସ, ପରିହାସ। ନିଜ ସେ ମଟରଗାଡ଼ି ଚଳାଉଛନ୍ତି। ଦେହକୁ ଦେହ ଲାଗୁଛି। ସଙ୍କୋଚ ନାହିଁ। ଦୂରେଇ ବସିବାର ଚେଷ୍ଟା ମଧ୍ୟ ଲଳିତାର ନାହିଁ। ଦୁଇଟି ମୁହଁ କେତେଥର ପାଖେଇ ଆସିଛି। ଝିମେଇ ଉଠିଛି ଦେହ। କାର ଥମିଛି। ଶିରା ପ୍ରଶିରାରେ ବିଜୁଳିର ଚମକ ଛୁଟାଇ ଲଳିତାର ହାତ ଧରି ସେ କାରରୁ ଓହ୍ଲାଇ ଆଣିଛନ୍ତି। ବାଟ କଢ଼ାଇ ଆଗରେ ଚାଲିଛନ୍ତି। କୃତକୃତ୍ୟ ହୋଇ ବସାଇଛନ୍ତି ବକ୍‌ସ ସିଟ୍‌ରେ।

ଅତନୁବାବୁ ସିନେମା ଘରର ମାଲିକ । ସେ ଚାଲିଯାଇଛନ୍ତି। ହିସାବପତ୍ର ତନ୍‌ଖି କରି ପୁଣି ଫାରିଆସିବେ ବୋଲି କହିଛନ୍ତି ।

ଧଳା ପରଦା ଉପରେ ଲଳିତାର ଆଖି। ମନ ଭ୍ରମୁଛି ନିଜର ଅନ୍ତର ଭିତରେ। ନୂଆ ଅଭିଜ୍ଞତା। ସେ ବିବାହିତା। ସେ କୁଳବଧୂ। ପର ପୁରୁଷ ସାନ୍ନିଧ ନିରୋଳାରେ ପାଇଛି, ଜୀବନରେ ପ୍ରଥମ ଥର। ସେ ବୟସ୍କ, ବିବାହିତ, ଦୁଇଟି ସନ୍ତାନର ପିତା। ତିନିଟି ସନ୍ତାନର ପିତା ହେବାକୁ ବସିଛନ୍ତି। ପାର୍ବତୀ ପରି ସୁନ୍ଦରୀ ପତ୍ନୀ ସେ ବି ତରଳିଛନ୍ତି। ମୁହଁର ଭାଷା ଓ ଦେହର ପରଶ ମନର ମୋହକୁ ପଦାରେ ପକାଇଛି।

ଆଉ ନିଜେ ଲଳିତା ?

ସ୍ୱାମୀ ପୁରୀରୁ ଫେରୁଥିବେ। କେଜାଣି ବା ଫେରିସାରିବେଣି। ଘରକୁ ଫେରିଯିବାକୁ ମନ ହେଉଛି। ସିନେମାରେ ଛବି ଦେଖିବାକୁ ଆଗ୍ରହ ନାହିଁ। ଦେହ ଥରୁଛି। ଅତନୁବାବୁ ପୁଣି ଆସିବେ କହିଛନ୍ତି। ସୁପୁରୁଷ ! ରାଜପୁତ୍ର ! ସମସ୍ତେ ତା'ରି ଆଡ଼କୁ ଏମିତି ଅନେଇ ରହିଛନ୍ତି କାହିଁକି ? କେତେବେଳେ ଆଲୁଅ ଲିଭିବ ? କେତେବେଳେ ଅଗଣନ ଦୃଷ୍ଟିର ଅକୁହା ପ୍ରଶ୍ନର ତୀବ୍ରତାରୁ ସେ ଆତ୍ମରକ୍ଷା କରିବ ?

ଆଲୁଅ ଲିଭିଲା। ଧଳା ପରଦା ଉପରେ ଚଳନ୍ତା ଛବି।

କିଛି ସେ ଦେଖି ନାହିଁ, ଶୁଣିନାହିଁ, ବୁଝି ନାହିଁ। ମନ ଯାଇ ନନ୍ଦିକା ପାଖରେ। କେତେ କଥା କହିଛି, ଶିଖାଇଛି ତା'ର 'ସା' – ଆଲୋ 'କା' ସବୁ ଝିଅଙ୍କର ଏକା ଦେହ ଲୋ, ସମସ୍ତେ ଏକଥା ଜାଣନ୍ତି। ଯେଉଁମାନେ ସ୍ୱଭାବରୁ ଲଙ୍ଗୁଳୀ କି ଅଧଲଙ୍ଗୁଳୀ, ସେମାନେ ଓଲମୀ, ସରଳିଆ, ତାଙ୍କୁ କହିବ ଅସାବଧାନ। ସେମାନଙ୍କୁ କ୍ଷମା କରିଦେବ। ଯେଉଁମାନେ ଜାଣି ଜାଣି ଅଧଲଙ୍ଗୁଳୀ ହୁଅନ୍ତି, ସେମାନେ ଅଲାଜୁକୀ, ଦେହ ଦେଖାନ୍ତି ନାହିଁ, ମନର ଆବିଳତା ଦେଖାନ୍ତି। ଛି ସେଗୁଡ଼ାଙ୍କୁ। ସେମାନେ ଅସନା, ସେମାନେ ଅଭଦ୍ର। ସେମାନଙ୍କୁ କ୍ଷମା-କରିବାର ପ୍ରଶ୍ନ ଉଠେ ନାହିଁ।

'ସା' ମନେପକାଉଛି। ଗାଆଁରେ ବସି ମୁହଁ ଶୁଖାଇ କହୁଛି, ପାଇଲୁ 'କା' ଦେଖିଲୁ ତ ? ଅତନୁବାବୁ ତୋ ହାତ ମୁଠାଇ ଧରିଲେ, ମନର ଅପବିତ୍ର ଭାଷା ନୀରବରେ ତୋତେ କହିଲେ। ବାରଣ କରିପାରିଲୁ ? ବାଧା ଦେଇପାରିଲୁ ? ଏତେ ଲୋକେ ତୋ ମନର ଲଙ୍ଗଳା ସରାଗକୁ ଅନେଇ ରହିଛନ୍ତି। ହାତ ଧରିବାକୁ ମନ କରୁଛନ୍ତି। ସୁଯୋଗ ଲୋଡୁଛନ୍ତି। କାହାକୁ ତୁ ବାଧା ଦେବୁ କହିଲୁ ?

ସେତିକି ଥାଉ। ପଛେଇ ଆ।

କୁଳବଧୂ ତୁ, ସିନେମା ଛବିର ତାରକା ନୁହଁ। ଦେହ ମୁହଁ ଖୋଲି ନାଟ କରି, ପରପୁରୁଷ ମନରେ ସରାଗ ଜଗାଇ, ରକତ ତତାଇ, ପଇସା ଭେଇ ପେଟ ପୋଷିବୁ ?

ପରଦା ଉପରେ ଅଭିସାରିକା, – କୁଳୁକୁଳୁ ତଟିନୀ ତଟ, ନିରୋଳା ନିଶିର ଜୋଛନା ଜୁଆର, ପ୍ରେମିକାର ଅଭିସାର। ଡରି ଡରି ଥରିଲା ଚାଲି। ଆଡ଼ପକା ଖୋଜିଲା ଆଖି। ବୁଦା ଉହାଡ଼ରେ ଲୁଚିଛି ପ୍ରେମିକା, ହସୁଛି।

ଭଲ ଛବି ନୁହେଁ?

ଥିରିଥିରି କଥା କାନରେ ବାଜିଲା, ନିଶ୍ୱାସର ଧକ୍‌କା ଗାଲରେ।

ଚମକି ଉଠିଲା ଲଳିତା। ମୁହଁ ବୁଲାଇ ଦେଖିଲା। ଅନ୍ଧାର ହେଲେ ବି ଚିହ୍ନିପାରିଲା, ଅତନୁବାବୁ! ମୋ ପାଖରେ ବସିଛନ୍ତି। ସେ ଘୁଞ୍ଚିଆସିଲେ ଦେହକୁ ଦେହ ଲାଗିଛି। ଅନଳ ଶିଖା।

ଭଲ ଲାଗୁଛି ?

ପାଟିରୁ ବାହାରିଲା, ହଁ।

ଛପିଛପିକା ଟିପେଇ ଟିପେଇ ଚାଲି। ପଛଆଡ଼େ ଥାଇ ପ୍ରେମିକ ଆଖି ବୁଜି ଧରିଲା ଅଭିସାରିକାର। ପ୍ରେମିକର ଉଚ୍ଛଳ ହସ।

ଲଳିତାର କଅଁଳ ହାତ ଅତନୁଙ୍କର ଦୁଇଟି ହାତ ମଝିରେ ବନ୍ଦୀ। ସେ ଟାଣି ନେଇପାରୁ ନାହିଁ। ଜାଣେ ନାହଁ କାହିଁକି।

ଧଳା ପରଦା ଉପରେ ଦିଓଟି ଜୀବଙ୍କର ଲୁଚକାଳି ଖେଳ, ଗୋଡ଼ିଆଗୋଡ଼ି ଲଳିତାରେ ଆଖି ଆଗରେ କେବଳ ଭାସିଯାଉଛି। ମନରେ ଧରି ହେଉ ନାହିଁ। ଅତନୁଙ୍କର ଗୋଟିଏ ହାତ ଉପରେ ତା'ର ହାତ ତାଙ୍କର ଆର ହାତଟି କଅଁଳ ହାତକୁ ସାଉଁଳୁଛି। ଲଳିତାର ମନ ସେଇଠି।

ସେ ବିଚଳିତ, ସେ ହତଭମ୍ବ।

ଅଭିସାରିକା ଧରାପଡ଼ିଛି। ପ୍ରେମିକର ହାତରେ ତା'ର ପଣତ। ଝୀନ ବାସ ହୁଗୁଳି ଆସୁଛି। ଆଉ ସେ ପଳାଇପାରିବ ନାହିଁ।

ଭ୍ରମର ପାଖେଇ ଆସିଛି। ଲଜ୍ଜାବତୀ କୁସୁମର ମୁହଁରେ ମୁହଁ ଲଗାଇଛି। ଗୁଞ୍ଜରି ଉଠିଛି। ଚମତ୍କାର !

ଅତନୁବାବୁହିଁ କହୁଛନ୍ତି।

ଲଳିତାର ମୁହଁ ପାଖକୁ ଘୁଞ୍ଚିଯାଉଛି ତାଙ୍କର ସଫଳ ଆନନ। ହାତରୁ ହାତ ଖସିଆସିଛି। ସେ ଉଠିଲେଣି।

କହିଲେ, ଚମତ୍କାର ଛବି, ଦେଖନ୍ତୁ। ଇଣ୍ଟାରଭାଲ ଡେରି ଅଛି। ମୁଁ ଆସୁଛି। ଚାଲିଗଲେ।

ପୁଣି ସେ ଆସିବେ ?

ଦେହ ଥରୁଛି। ମୁଣ୍ଡ ଘୁରାଉଛି। ଧଳା ପରଦା ଉପରେ ଖେଳ ଦେଖିବାକୁ ଆଉ ତା'ର ସାହସ ନାହିଁ। ଅନ୍ଧାରିଆ ଘରର ଅଭିନୟ ପାଇଁ ସେ ଆଉ ପ୍ରସ୍ତୁତ ନୁହେଁ। ଧୈର୍ଯ୍ୟ ଭାଙ୍ଗିଛି। ଏ ପୁରର ନକଲି ଲଙ୍ଗୁଳୀ ମେନକା ସ୍ୱାଧୀନ ହୋଇ ଉଡ଼ିବାର ପରାଭବ ପାଇସାରିଲାଣି।

ଦୂର ମୋଫସଲରୁ ଡକା ଛାଡ଼ିଛି ତା'ର 'ସା',- ସେତିକି ଥାଉ 'କା', ଫେରିଆ ମୋ କୋଳକୁ, ଆଉଁସି ଦେବି, ଦେହରୁ ପୋଛିଦେବି ଉତ୍ତେଜନାର ଝାଳ, ଗାଲରୁ ଲିଭାଇ ଦେବି କଳଙ୍କର ଦାଗ। ଫେରିଆ; ଫେରିଆ ମୋର 'କା', ମନରୁ ତୋ'ର ଧୋଇଦେବି ଆଧୁନିକତାର ଆବିଳତା। ଓଠ ମୋର ଉପାସ ଅଛି ଲୋ, ଗେଲଟିଏ ତତେ କରିବି।

ଲଳିତାର ଦୁଇ ଆଖିରୁ ଦି ଧାର ଲୁହ ଝରିଆସିଲା।

ଇଣ୍ଟାରଭାଲ୍ ଡେରି ଅଛି।

ସିନେମାଘରର ବାହାରେ ଲୋକ ଭିଡ଼। ଆର ସୋ ପାଇଁ ଟିକଟ୍ କିଣିବାକୁ ସମସ୍ତେ ବ୍ୟାକୁଳ। ଲୋକ ଆସୁଛନ୍ତି, କେହି ଫେରୁନାହାନ୍ତି। ରିକ୍ସା, ମଟର କି ଘୋଡ଼ାଗାଡ଼ିଟିଏ ଆଖିରେ ପଡୁନାହିଁ। ଲଳିତାର ମନେ ହେଉଛି, ଉଜ୍ଜ୍ୱଳ ଆଲୁଅରେ ସମସ୍ତେ ତା'ରି ଆଡ଼କୁ ଆଗ୍ରହଭରା ଆଖିରେ ଅନାଉଁଛନ୍ତି। ଅତନୁବାବୁ ଯେଉଁ ଅଭିନୟ କଲେ, ସମସ୍ତେ ସେଇଆ କରିବାକୁ ଆଗ୍ରହୀ।

ଦୋଷ ସେମାନଙ୍କର ନୁହେଁ, ଦୋଷ ତାଆରି।

ରବି କହିଲା, ହେଇଟି, ମନୋରଞ୍ଜନବାବୁ।

ଲଳିତା ଚାହିଁଲେ। ସେ ଗୋଟାଏ ରିକ୍ସା ଉପରକୁ ଉଠିଲେଣି। ଡେରି କରି ସେ ଆସନ୍ତି, ଆଗରୁ ଚାଲିଯାଆନ୍ତି। ସେ ତା'ର ଅନୁରୋଧ ରଖିନାହାନ୍ତି।

ଡାକିବି ଅପା !

ଯାଉନ୍ତୁ ସେ, ତୁ ଖଣ୍ଡେ ରିକ୍ସା ଡାକି ଆଣ।

ଲଳିତା ଫେରୁଛି। ପାଖରେ ରବି ବସିଛି। କାଲିପରି ଲାଗୁଛି ତା'ର ଜନମ, କୁଆଁ କୁଆଁ ରଡ଼ି। ଗୋଡ଼ରେ ପକାଇ ସେ ରବିକୁ ତେଲ ହଳଦୀ ଲଗାଇଦିଏ। କୁଲୁକୁଲିଆ ଟିକି ପିଲାଟିକୁ କୋଳରେ ପୂରାଇ ଶୁଏ। ସେଇ ଏବେ ବଡ଼ ବଡ଼ ହୋଇ ଆସୁଛି। ପାଖରେ ସେ ବସିଛି। ସିନେମା ଦେଖା ଆଗ୍ରହ ତା'ର ଭାଙ୍ଗିଛି। ପଚାରିବାକୁ ତା'ର ସାହସ ହେଉନାହିଁ। କୈଫିୟତ୍ ଦେବାକୁ ଲଳିତାର ମନ ହେଉଛି।

ଭଲ ଖେଳ ନୁହେଁରେ ରବି, ଦେଖୁ ଦେଖୁ ମୋ ମୁଣ୍ଡ ବୁଲେଇଲା।

ବୁଦାତଳେ ଯେଉଁ ଅଜଗରସାପ ଲୁଚିଥିଲା, ସେ କ'ଣ ତାକୁଧରି ଗିଳିବ, ଅପା ?

କାହାକୁ ?

ସେଇ ଫୁଲେଇ ଝିଅଟାକୁ ମ, ଅପା !

ଧରିପାରିବ ନାହିଁ ।

ଆଉ ସେ ବାଘ, କୋରଡ଼ ଭିତରୁ ମୁହଁ କାଢ଼ି ଯେ ଅନେଇଁ ଅନେଇଁ ଜିଭ ଚାଟୁଥିଲା ? ସେ କଣ ସେ ଫାଜିଲ୍ ଟୋକାଟକୁ ଧରି ଖାଇବ ନାହିଁ ?

ଫାଜିଲ୍ କାହିଁକି କହୁଛୁ ?

ଆଉ କଅଣ କହିବି ଅଭଦ୍ର ?

କାହିଁକି ?

ଝିଅଟିର ଲୁଗା ଧରି ସେ ଟାଣିଲା, ଏତେ ଲୋକ ଅଛନ୍ତି !

ଲଳିତା ମୁଣ୍ଡ ଉପରକୁ ପଣତ ଟାଣିଲା । ଆରେ, ଛୁଆ ଚାଖଣ୍ଡକ ରବି, ତା'ର ବି ଭଲମନ୍ଦ ବୁଝିବାରେ ଶକ୍ତି ହେଲାଣି ? ମଣିଷର ଚଳନର ବିଭିନ୍ନ ଭଙ୍ଗୀକୁ ତନଖି, ସମାଜର ଗ୍ରହଣୀୟ ନୈତିକତାର କଷଟି ପଥରରେ ପରୀକ୍ଷା କରି ଭଲ ଓ ଭେଲ ବାଛିବାର ଧାରଣା ତା'ର ଟିକିମନରେ ଅଙ୍କୁରି ଆସିଲାଣି ?

ଲଳିତା ହସି ହସି କହିଲା, କୋରଡ଼ ଭିତରୁ ବାଘ ବାହାରିବ, ଛପି ଛପି ଯିବ, ପଛରୁ ସେ ଆଖି ବୁଜି ଧରିବ ନାହିଁରେ ରବି, ଝାମ୍ପ ମାରି ଝିଅଟିକୁ ଆଗ ଗୋଡ଼ରେ ଜାକି ଛୁଟି ପଳାଇବ ଅରଣ୍ୟ ଭିତରକୁ ।

ଏଁ ?

ରବି ଭୟରେ ଥରିଉଠିଲା ।

ଶୁଣ୍ । ସେଇ ଅରଣ୍ୟ ଭିତରେ –

ଟୋକାଟା ସେ ବାଘକୁ ମାରିବ !

ଭଦ୍ରଲୋକ ପରି ସେ ଖସି ପଳାଇବ । ବଞ୍ଚିଗଲା ବୋଲି କେଡ଼େ ଆନନ୍ଦ ତା'ର ହେବ ! ଅରଣ୍ୟ ଭିତରେ ବାଘଟା ଝିଅର ମୁହଁରେ ଗେଲ କରିବ ନାହିଁ । ତା'ର ତଣ୍ଟିକଣା କରି ଆଗ ରକ୍ତ ଶୋଷିବ, ସେଇଠୁ ହାଡ଼ ମାଂସ ଚୋବାଇ ଖାଇବ ।

ନାଇଁ ଅପା !

ହଁରେ ରବି, ତୁ ସିନା ନାହିଁ କରିବୁ, ବାଘ ତୋ କଥା ମାନିବ ନାହିଁ । ଥାଉରେ ସେ ବାଘ ଏଇ କଟକ ସହରରେ ସିନେମା ଘରେ । କାଲି ସକାଳୁ ମୁଁ ଗାଆଁକୁ ଚାଲିଯିବି । ଆମର ସେଠି ବାଘ ଭାଲୁ ନାହାନ୍ତି । ଯିବୁ ମୋ ସାଙ୍ଗରେ ? ଗାଁର ସ୍କୁଲରେ ପାଠ ପଢ଼ିବୁ ?

ବଡ଼ ଅପା ଚିଡ଼ିବେ ନାହିଁ ? ବୋଉ କହିଥିଲା –

ରବିର ପାଟିରେ ଲଳିତା ହାତ ଦେଲା । ଭାଉଜର କଥା ପିଲାଟା ମୁହଁରେ

କୁହାଇ ଦେଲା ନାହିଁ। ନିଜେ କହିଲା, ତୋ ବୋଉର ସେଇ ଧାରଣା। ବଡ଼ ଅପାକୁ ସେ ଦେଖିନାହିଁରେ ଚିହ୍ନିନାହିଁ। ତୁ ତ ଦେଖିଛୁ, ଜାଣିନୁ କି ସେ କେଡ଼େ ଭଲ ?

ଜାଣେଲୋ ଅପା, ମୋ ବୋଉଠୁ ବି ସେ ଭଲ।

ଲଳିତା ଉତ୍ତେଜିତ ହୋଇ ରବିକୁ ଗେଲ କଲା। ତା'ର ସ୍ନେହମୟୀ 'ସା'ର ହସ ହସ ମୁହଁ ଆଖିକୁ ଦିଶିଯାଉଛି, କାନରେ ବାଜିଯାଉଛି ତା'ର ମନକିଣା କଥା। ଲଳିତା କହିଲା, ସତ କହିଲୁରେ ରବି, ମୋ ବୋଉଠାରୁ ବି ସେ ଭଲ। ସେ ମୋର ସାହା। ତାଆରି ପାଖକୁ ମୁଁ ଯିବି, କାଲି ସକାଳେ, ତୋ ପିଉସା ଆଜି ଫେରନ୍ତୁ କି ନ ଫେରନ୍ତୁ।

ଆଖିରୁ ଗଡ଼ିଆସୁଥିବା ଲୁହଧାରକୁ ସେ ପୋଛିଲା ନାହିଁ।

ସବୁ ସନ୍ଦେହ ମନରୁ ନିଗିଡ଼ିପଡୁ। ତା'ର 'ସା'ର ସୁନା ଛାତିରେ ମୁହଁ ଗୁଞ୍ଜି ସେ ମାଗିବ ଗେଲଟିଏ, ସେଇଠି, ଯେଉଁଠି ଅତନୁବାବୁ ଡହଡହ ନିଆଁ ଜଳାଇଛନ୍ତି। ସହରର ବାଘ ସେ, ପୋଡ଼ି ଉଠୁଛି ମନର କ୍ଷତ। ସବୁ କଥା ସେ କହିବ ତା'ର 'ସା'କୁ, କ୍ଷମା ମାଗିବ, ମାଗିବ ପୁଣି ଗେଲଟିଏ। ଦେବାକୁ ସେ ନାହିଁ କରିବ ନାହିଁ। କେବେ କିଛି ସେ କାହାକୁ ଦେବାକୁ ମନା କରିନାହିଁ।

ହସି ହସି ସବୁ ଟଙ୍କା, ସବୁ ଗହଣା ସେ ସମର୍ପି ଦେଇଛି ସ୍ୱାମୀଙ୍କ ହାତରେ। ସବୁ ରଖିଛି ଲଳିତା। କାହିଁକି ସେ ତା'ର ବଡ଼ପଣ ସହିବ ? ସବୁ ନେଇ ତା' ଆଗରେ ଥୋଇଦେବ, ଗୋଡ଼ ଧରି ନେହୁରା ହୋଇ କହିବ, ନେ, କିଛି ଗମି ନାହିଁ, କିଛି କମି ନାହିଁ ବରଂ ବଢ଼ିଛି।

ନେବୁ ନାହିଁ ? ରାଗିଛୁ ?

ମତେ ବି ତୁ ନେ ଲୋ 'ସା,' ମୁଁ ତୋ'ର ଖେଳଣା ହେବାକୁ ମଙ୍ଗିଛି। ଆଉ ଅଡ଼ିବି ନାହିଁ, ଆଉ ଅଝଟ ହେବି ନାହିଁ, ତୋ ଗୋଡ଼ ଧରୁଛି। ମିଣିପଗୁଡ଼ା ଖାଲି ଦେହକୁ ଅନାନ୍ତି, ଦେହକୁ ଭଲ ପାଆନ୍ତି, ଲଙ୍ଗଳା ଦେହକୁ। ଦେହ ପାଇଁ ସେମାନେ ମନ କିଣନ୍ତି। ଆଉ ତୁ, ମନ କିଣିବାକୁ ଦେହକୁ ଆଦର କରୁ। ସବୁ ତୁ ଦେଇଛୁ, କେମିତି ତୋ'ର ଏତେ ଦାନର ବୋଝ ମୁଁ ସହିବି ?

'ସା' ଡାକ ଛାଡ଼ିଛି ଦୂର ଗାଆଁରୁ, ଚାଲିଆ ମୋ ପାଖକୁ ମୋର 'କା'।

ମନ ଉତ୍ତର ଦେଉଛି, ଯାଉଛି, ଗୋଡ଼ତଳେ ସବୁ ମୁଁ ଉତ୍ସର୍ଗ କରିଦେବି। ମାଗିବି ଗୋଟିଏ ଚିଜ, ଦେବୁଟି ? ହସୁଛୁ କାହିଁକି ? କହିଥିଲୁ ତ ଦେବୁ ବୋଲି, ଯାହାକୁ ଲୁଚେଇ ରଖିଛୁ ଭିତରେ, ଅମୂଲ୍ୟ ଦରବ !

ଅପା !

ଲଳିତାର ସପନ ଭାଙ୍ଗିଲା। ଘର ଆଗରେ ସେମାନେ ପହଞ୍ଚିଗଲେଣି। ଦୁଇଟା ସବାରୀ ରାସ୍ତା ଉପରେ ରଖା ହାଇଛି। କେତେ ଲୋକ ଜମା ହୋଇଛନ୍ତି, ପାଟି ଶୁଭୁଛି।

ବିଚଳିତ ହୋଇ ଲଳିତା ରିକ୍ସାରୁ ଓହ୍ଲେଇଲା।

ତରତର ହେଇ ରାଜୀବ ଖଞ୍ଜାଭିତରେ ବାହାରି ଆସୁଛନ୍ତି।

କଅଣ ରାଜୀବ ?

ବଡ଼ମା ମୂର୍ଚ୍ଛା ହୋଇଯାଇଛନ୍ତି।

'ସା' ?

ବଡ଼ମା'ଙ୍କ ପାଖରେ ଅଛନ୍ତି। ମୁଁ ଡାକତର ଡାକିବାକୁ ଯାଉଛି।

ଫୋନ୍ କଲ ନାହିଁ ?

ଫୋନ୍ ଘର ବନ୍ଦ ଅଛି।

ରାଜୀବ ଅପେକ୍ଷା ନ କରି ତରତର ହୋଇ ଚାଲିଗଲା। ବ୍ୟସ୍ତ ହୋଇ ଲଳିତା ସିଡ଼ିରେ ଉଠିଲା। ଭାବିଲା, ଶ୍ରୀମତୀ ଭୋଇଙ୍କୁ ଫୋନରେ ଡାକିଲେ ସେ ସଙ୍ଗେ ସଙ୍ଗେ ଆସି ପହଞ୍ଚିବେ।

ଦୁଇ ଦିନ ଦୁଇ ରାତି ସମସ୍ତେ ଅସ୍ତବ୍ୟସ୍ତ ହୋଇପଡ଼ିଲେ। କେତେବଳଳେ ବୁଢ଼ୀ ଆଖି ବୁଜିବେ ତାହାହିଁ ସମସ୍ତଙ୍କର ଭୟ ଓ ଉଦ୍‌ବେଗର କାରଣ। ଶୁଖିଲା ପତର, ଝଡ଼ିପଡ଼ିବା ମୁହୂର୍ତ୍ତକର କଥା। ଘନ ଘନ ମୂର୍ଚ୍ଛା ହେଉଛନ୍ତି। ବାଣୀ ଶୁଣାଉଛନ୍ତି, ଅବସ୍ଥା ବାଗେଇ ଆସୁଛି, ଭୟ ନାହିଁ। ଏଡ଼େ ଦୁର୍ବଳ ଅବସ୍ଥାରେ ସବାରୀ ଚଢ଼ି ଗଆଁରୁ ଆସିବା ଉଚିତ ନ ଥିଲା।

ଆଖି ଖୋଲିଲେ ଅଭୟା ଦେଖନ୍ତି, ପୁଅ, ଦୁଇ ବୋହୂ ଓ କନି ପାଖରେ ଜଗି ବସିଛନ୍ତି। ରାଜୀବ ଆତଯାତ ହେଉଛି। ଜାତି ଜାତିକା ଔଷଧର ବୋତଲ ଓ କେତେ ପ୍ରକାର ଫଳ ରଖାହେଇଛି ଟେବୁଲ୍ ଉପରେ। ଛାତରୁ ଓହଳିଛି ପଙ୍ଖା। ଧୀରେ ଧୀରେ ବୁଲୁଛି। ମୁଣ୍ଡ ବୁଲଉଛି।

ସୁନନ୍ଦ ବସିଛି ମୁଣ୍ଡ ପାଖରେ, ମୁଣ୍ଡ ଆଉଁସୁଛି।

ଟିକିଏ ଭଲ ଲାଗୁଛି ବୋଉ ?

ହଁ, ମତେ ମରଣ ହେବ ନାହିଁରେ ବାପ !

ଦୃଷ୍ଟି ଖୋଜୁଛି ଯାହାକୁ, ସେ ବସିଛି ଗୋଡ଼ ପାଖରେ। ତା'ର ଆଖିରେ

ଢଳଢଳ ଲୁହ। ମୁହଁ ତା'ର ମଳିନ ଦିଶୁଛି। ମନ ପଚାରୁଛି ମନକୁ, ନନ୍ଦିକା ମୋର ଭଲ ଅଛି ତ? ଆଉ ସେ ଲଳିତା? ହଁ ସେ ବି ବସିଛି ଗୋଡ଼ ତଳେ। ଗୋଡ଼ ଆଉଁସୁଛି। ଦିଶୁ ନାହିଁ ତ ରାକ୍ଷାସୁଣୀ ପରି, କେଡ଼େ ଭଲଟିଏ! ଆଖିରେ ଲୁହ। ସବୁ ସେବା ସେଇ କରିଛି। ଦୁନିଆରେ ସମସ୍ତେ ଭଲ।

ନନ୍ଦ!

କଅଣ ବୋଉ?

ଗୋଡ଼ ପାଖରୁ ଧୀରେ ଧୀରେ ଉଠି ନନ୍ଦିକା ମୁଣ୍ଡ ପାଖକୁ ଆସିଲା। ପେଟର ବେଦନା ଲୁଚାଇବାକୁ ମନଟାଣକରି ସେ କହିଲା, ଡାକ୍ତର କହିଗଲେ, ତମର ଦେହ ଭଲ ହୋଇଗଲାଣି। ଟିକିଏ ସିନା ଦୁର୍ବଳ ଅଛ, ସେତକ –

କଥା ଅଧା ରହିଗଲା। ପେଟ ଭିତରେ ତୀବ୍ର ବେଦନା, ସତେକି ପ୍ରାଣ ଛାଡ଼ିଯିବ। ଅତି କଷ୍ଟରେ ଦୁଇଦିନ ସେ ଲୁଚାଇ ପାରିଛି। କାହାକୁ ସେ କହିବ? ସମସ୍ତେ ଶାଶୁଙ୍କ ପାଖରେ ବ୍ୟସ୍ତ। ଏକା କନି ଅନୁମାନ କରିଛି। ସେ ପଚାରିଲେ ଉତ୍ତର ଶୁଣେ, ଭଲ ଅଛି ମ, ଯାଅ ତମେ ବୋଉଙ୍କ ପାଖକୁ। ମୁଁ ଯିବି ଟାଲ।

'କା' ସଙ୍ଗେ ନିରୋଳାରେ ଭଲକରି କଥାଭାଷା ହେବାକୁ ବେଳ ପାଇ ନାହିଁ। ବାତଚକ୍ର ପରି ସେ ଭ୍ରମୁଛି। ବେଳେବେଳେ ଘର ଭିତରକୁ ପଶିଆସିକହୁଛି, ମୁହଁ ଶୁଖେଇ ମନମାରି ବସିଛୁ କାହିଁକି 'ସା'?

ନାଇଁତ।

ବୁଝିଲି ଯେ, ରାଗିଛୁ ମୋ' ଉପରେ? କାନ୍ଥରେ ଝୁଲା ହୋଇଥିବା ଛବିଗୁଡ଼ାକୁ ଦେଖି ବିରକ୍ତ ହେଉଛୁ? ଭାବୁଛୁ, ମୁଁ ନିର୍ଲ୍ଲଜୀ, ମୁଁ ବେହିଆ? 'ସା' ମ, ସେ ଗୁଡ଼ାକ ମୋର ଫଟୋ ନୁହେଁ ଲୋ, ତାଙ୍କରି ମନର ଉତ୍ତେଜନାର ଫଟୋ। ରଖି ଥାଆନ୍ତୁ ସେଗୁଡ଼ାକ, ସେ। ମୁଁ ଏଠି ଆଉ ରହିବି ନାହିଁ। ତୋ ସଙ୍ଗେ ଗାଁକୁ ଫେରିଯିବି। ଆଉ ମତେ କଟକ ଆସିବାକୁ ତୁ କେବେ କହିବୁ ନାହିଁ, ତତେ ମୋ ରାଣ।

ନନ୍ଦିକା ହସିଲା।

ହସ ନା କହୁଛି, ତୋ'ହସ ମତେ କାଟୁଛି। ମତେ ତୁ ଗେଲ କରିବୁ ନାହିଁ?

ଆ ମୋ ପାଖକୁ। ହେଲା?

ନାଇଁ, ଏ ଗାଲରେ।

ହେଲା ତ ?

ହେଲା। ତୁ ଥା ଏଇଠି। ତଳକୁ ଓହ୍ଲାଇବୁ ନାଇଁ। ମୁଁ ବୋଉଙ୍କୁ ଦେଖି ଆସେ।

ରହ, ମୁଁ ବି ଯିବି, ମୋ ହାତଧରି ନେବୁ।

ମୁହଁ ଶୁଖେଇ ବସିଛୁ ଯେ ? ଦେହ ଭଲ ଲାଗୁନାହିଁ 'ସା' ?

ବୋଉ ?

ତାଙ୍କର ଚେତା ହେଲାଣି। ସମସ୍ତେ ଜଗି ବସିଛନ୍ତି। ତାଙ୍କ କଥା ଭାବି ମନଦୁଃଖ କରନା। ଶୋଇପଡ଼ ଟିକିଏ, ମୋ ରାଣ। ଗୋଡ଼ ଚିପିଦେବି ?

ଥାଉ।

କଥା ନ ମାନି ଲଳିତା ଗୋଡ଼ ଘଷିଲା। କହିଲା, ଭାରି ଓଲୁଟା ତୁ! କୋଠା ତୋଳିବେ ସେ; ତୋ'ର ଟଙ୍କା, ତୋ'ର ଗହଣା ଭୁଲେଇ କରି ନେଇଆସି ଖରଚ କରିବେ ? ଏଡ଼େ ସାହସ ? ମୁଁ ଏଠାରେ ଥାଉଣୁ ଏହା କରାଇ ଦିଅନ୍ତି ? ସବୁ ମୁଁ ଛଡ଼େଇ ରଖିଛି। ଏଇ ନେ ଏ ଚାବି। ସବୁ ସେଇ ଲୁହା ବାକ୍‌ସରେ ରଖିଛି। ମୁଁ ଏ ଚାବି ଆଉ ବୋହିବି ନାହିଁ।

ସବୁ ତ ତାଙ୍କର।

ଆରେ ବାଃ, ତାଙ୍କର କାହିଁକି ଦେଲା ଚିଜରେ ଆଖି ପଡ଼ିବ ? ସେ କଥା ହେବ ନାହିଁ।

ସେ ମାଗି ନାହାନ୍ତି, ମୁଁ ନିଜେ ଦେଇଛି।

ଆଇଁଲେ କାହିଁକି ?

ଜମି ବିକିଲେ ତ !

ବିକନ୍ତୁ।

ସେଇଥି ପାଇଁ ବୋଉଙ୍କର ଏ ଅବସ୍ଥା। ଜମି ବିକ୍ରି ହେଲା, ଏହା ସେ ସହିପାରିଲେ ନାହିଁ। ଖାଲି ଝୁରି ହେଲେ। କେମିତି ସେ ଅଛନ୍ତି କହିଲୁ ?

ଭଲ ଅଛନ୍ତି।

ମୋ ହାତ ଧରିଲୁ, ଟିକିଏ ଦେଖି ଆସେ।

ବେଶି ତଳ ଉପର ହେବାକୁ ଡାକ୍ତର ମନା କରିଛି।

ଧୀରେ ଧୀରେ ଯିବି।

ନାଇଁ।

ଏଇ ଥରକ ତତେ ମୋ ରାଣ।

ଲଳିତା ନନ୍ଦିକାକୁ ତଳକୁ ଆଣିଲା ନାହିଁ।

କେତେ ନେହୁରାରେ କନି ସଙ୍ଗରେ ସେ ଆସିଲା ପେଟର ବେଦନା ସହି ହେଉ ନାହିଁ।

ଆଃ -! ନନ୍ଦିକା ଆଖି ବୁଜି ପୁଣି ଆଖି ଖୋଲିଲା।

ଅଭୟା ବୁଝିଲେ। ବିକଳ ହୋଇ ଉଠି ବସିବାକୁ ଚେଷ୍ଟା କଲେ।

ନନ୍ଦିକା ତାଙ୍କ ଛାତିକି ଆଉଜି ବସିଲା। ଦୁଇ କାନ୍ଧରେ ହାତ ଦେଇ ଅଟକାଇ ରଖିଲା ଶୁଖିଲା ମୁହଁକୁ ହସ ଟାଣି ଆଣି କହିଲା, କିଛି ନୁହେଁ ବୋଉ, ଟିକିଏ ରାତି ଅନିଦ୍ରା ହେଲାକୁ-, ଆଃ-

ନନ୍ଦିକା ପୁଣି ଆଖି ବୁଝିଲା।

ଆଖି ଖୋଲିଲା। ଚାରିଆଡ଼ ଅନ୍ଧାର ଦିଶୁଚି। ପିଣ୍ଡରୁ ପ୍ରାଣ ଛାଡ଼ିଲା ପରି ଲାଗୁଛି। କଅଣ ସେ ? କରିବ କୁଆଡ଼େ ଯିବ ? ସଂସାର ତ ଶୂନ୍ୟ ଦିଶୁଛି।

ବୁଢ଼ୀ ବ୍ୟାକୁଳ ହୋଇ କହିଲେ, କଅଣ ଦେଖୁଛୁରେ ନନ୍ଦିଆ ? ବୋହୂର ଦେହ କଅଣ ହେଉଛି। ଆରେ ତାଆରି ପାଇଁ ମୁଁ କଟକ ଆସିଛିରେ, ମତେ ମରଣ ହେଉ। ଆରେ ନନ୍ଦିଆ, ଡାକ୍ତରଙ୍କୁ ଡକା। ଆଲୋ ଲଳିତା, ମୋତେ ପଛେ ମରଣ ହେଉ, ମୋ ନନ୍ଦିକାକୁ ଧର। ଆଲୋ କନି, କାହାକୁ ଯାଇଁ ଡାକଲୋ। ରାଜୀବଟା ଗଲା କୁଆଡ଼େ ?

ତୁନୀ ହ ବୋଉ, ମୋର କିଛି ହୋଇ ନାହିଁ।

ମତେ ଲୁଚଉଛୁ ଲୋ ଚଣ୍ଡାଲୁଣୀ ? ଆଲୋ କନି,-

ପୁଣି ଅଭୟାଙ୍କର ଚେତା ବୁଡ଼ିଲା।

ଚେତା ହେଲାଣି। ବିଜୁଳି ଆଲୁଅ ଜଳୁଛି। ପାଖରେ କନି ଜଗି ବସିଛି। ଆଉ କେହି ନାହିଁ।

କନି ଉଠିଲା। ମନ ଛକପକ ହେଉଛି। କେହି ଜଣେ ପାଖକୁ ଆସିଲେ ସେ ଉଠି ପଳାନ୍ତା, ଚାହିଁଦେଇ ଆସନ୍ତା ନନ୍ଦିକାକୁ। ବେଳୁବେଳ ନନ୍ଦିକାର ଦେହ ବଳାଉଛି. ରହି ରହି ସେ ପାଟିକରି ଉଠୁଛି।

ତଳ ମହଲାର ଆରକଡ଼ କୋଠରୀରେ ନନ୍ଦିକା ଅଛି। ପାଖରେ ଡାକ୍ତରାଣୀ ଓ ନର୍ସ। ବାହାରେ ଛୁଆଖାଇ ବିଲେଇ ପରି ଲଳିତା ଏ ପାଖ ସେ ପାଖ ହେଉଛି। ଛଟପଟ ହେଉଛି। ଆଖିରୁ ଗଡ଼ିପଡୁଛି ଲୁହଧାରା। ଚାକର ଦୁଇଟା ଧାଁ ଧପଡ଼ କରୁଛନ୍ତି।

ନର୍ସର ଆଦେଶ ପାଳୁଛନ୍ତି। ଗରମ ପାଣି, ସାବୁନ, ବଡ଼ ତସଲା- ବୁଢ଼ୀଙ୍କୁ

ଛାଡ଼ି କେତଥର ଧାଇଁ ଯାଇ କନି ବାହାରୁ ବୁଝି ଆସିଲାଣି । ଲଳିତା କହୁଛି, ବୋଉଙ୍କୁ ଛାଡ଼ି ଆସିଲ ? ଯାଅ ତମେ କନି,ଯାଅ ।

ଭାଇ ?

ବଡ଼ ଡାକ୍ତରଙ୍କୁ ଆଣିବାକୁ ଗଲେ ।

କାହିଁକି ?

ଯେତେ ପଚାରିଲେ କେହି ମତେ କହୁ ନାହାନ୍ତି । କଅଣ ମୁଁ କରିବି କନି ! ମୋ 'ସା' –

ଆଖିରେ ଲୁହ ।

ନନ୍ଦିକା ପାଟିକରି ଉଠିଲା ।

ମୋ 'ସା' –

କଅଣ ହେଇଛି ଦେଖିଲ ନାଇଁ ?

କବାଟ ବନ୍ଦ କରିଛି ସେ ନର୍ସଟା । ଯିବାକୁ ମନା କରୁଛି । ବୋଉ କେମିତି ଅଛନ୍ତି ?

ଶୋଇଛନ୍ତି ।

ତମେ ତାଙ୍କ ପାଖକୁ ଯାଅ । ଆସ ।

ଲଳିତା ବି ଆସିଥିଲେ ସଙ୍ଗରେ । ବୋଉ ଶୋଇଛନ୍ତି, କନି ତମେ ପାଖରେ ଜଗି ବସିଥା । ଖୋଜିଲେ ମତେ ଡାକି ଦେବ । ଏକୁଟିଆ ଛାଡ଼ି ଯିବ ନାହିଁ ।

ଲଳିତା କେତେବେଳୁ ଗଲାଣି । ଏ ଘରକୁ କେହି ଆସୁ ନାହିଁ । ସମସ୍ତେ ଯାଇଁ ସେ ପାଖେ । ପଦାକୁ ଚାହିଁବା ସାର ହେଉଛି । ମନ ଯାଇଁ ନନ୍ଦିକା ପାଖରେ । ବେଳେ ବେଳେ ତା'ର ବିକଳିଆ ପାଟି ଶୁଭୁଛି । ଛାତିରୁ ଖଣ୍ଡେ ଛିଡ଼ି ପଡ଼ିଲା ପରି ଲଗୁଛି । ଧାଇଁ ଯାଇ ଗେଲ କରିବାକୁ ମନ ହେଉଛି । କାହା ପାଇଁ ତା'ର ଗେଲର ପୂର୍ଣ୍ଣ ଭଣ୍ଡାର ସେ ସଞ୍ଚି ରଖିଛି, ଉଣା କରିନାହିଁ ? ସେ ନ ଆସୁ, ଯାହା ପଛେ ହେଉ ସେ ଅବେଇଜର ।

ମୋ ନନ୍ଦିକା ଭଲରେ ଖଲାସ ହେଉ, ସବୁ ଦେବଦେବୀ ମୋର ଶେଷ ଗୁହାରି ଶୁଣ । ମୋର ଯାହା କିଛି ଥିଲା ସବୁ ମୁଁ ଦେଇ ସାରିଛି । ମୋର ଏହି ଅଖୋଜା ଅଲୋଡ଼ା ଜୀବନକୁ ସମସ୍ତେ ତମେ ବାଣ୍ଟିକୁଣ୍ଟିକରିନିଅ, ମୋ ନନ୍ଦିକାକୁ ସୁରୁଖୁରୁରେ ଉଦ୍ଧାର କର, ମୋର ଶେଷ ଗୁହାରି ଥରେ ଶୁଣ ଠାକୁରମାନେ !

କନିର ଆଖିରେ ଲୁହ ।

ଅଭୟା ଆଖି ଖୋଲିଲେ। ମୁହଁରେ ହସ।

ନନ୍ଦିଆ କାହିଁ ?

ଦେହ ଟିକେ ଭଲ ଲାଗୁଛି ଅପା ?

ହଁ ଭଲ ଲାଗୁଛି। ସପନ ଦେଖିଲି କି ?

କଅଣ ?

ନନ୍ଦିକାର ପୁଅ ହେଇଚି।

ଦେଖି ଆସିବି ?

ଲଳିତା ?

ଡାକିଦେବି କି ?

ରବି ଘର ଭିତରକୁ ଚାହିଁଲା। ସେପାଖକୁ ଗଲେ ଲଳିତା ଅପା ତା' ଉପରେ ବିରକ୍ତ ହେଉଛନ୍ତି। ଏପାଖକୁ ଆସିବାକୁ ତାକୁ ଡର ମାଡୁଛି। ବୁଢ଼ୀଟା ବେମାର, ସମସ୍ତେ କହୁଛନ୍ତି, ବୁଢ଼ୀ ଖସିଯିବେ। ରବିର ମନ କେଉଁଠି ଲାଗୁନାହିଁ।

କନି ଡାକିଲା, ରବି ବାବୁ, ଶୁଣିଲ।

କିଏ ଟାଣିଲା ପରି ଡରି ଡରି ସେ ଘର ଭିତରକୁ ଆସିଲା।

କନି କହିଲା ସୁନା ପିଲାଟି ତମେ, ମାଆଙ୍କ ପାଖରେ ଏଇଠି ବସି ଥା, ମୁଁ ତମ ଅପାଙ୍କୁ ଡାକି ଆଣେ। ବସିଥା, ଏଁ? କୁଆଡ଼େ ଯିବ ନାହିଁ।

ଅଭୟାଙ୍କ ପାଖରେ ରବିକୁ ବସାଇ କନି ଚିଲ ପରି ଛୁଟିଗଲା।

କଅଣ କହିଲେ ଡାକ୍ତର? ତମେ ଏମିତି ମୁହଁ ଶୁଖାଇଛ କାହିଁକି? କେମିତି ଅଛି ମୋର 'ସା'? ଏମିତି ବିକଳ ହୋଇ ପାଟି କରୁଛି କାହିଁକି? ମଝି କବାଟ ଖୋଲ, ମୁଁ ତାକୁ ଦେଖିବାକୁ ଯିବି।

ଲଳିତାର ଆଖିର ଝର ଅଟକି ରହୁ ନାହିଁ।

ତମେ ବ୍ୟସ୍ତ ହୁଅନା ଲଳିତା, ତମର 'ସା' ଭଲ ଅଛି। ଡାକ୍ତର କହିଲେ, ପ୍ରଥମ ପୋଖତିରେ ଏମିତି କଷ୍ଟ ହୁଏ। ଆଉ ଘଣ୍ଟାଏ, କି ଦି' ଘଣ୍ଟା ଭିତରେ ସନ୍ତାନ ହେବ। ତମେ ଯିବଟି ଏଠୁ, ବୋଉ ପାଖକୁ ଯାଅ। ହେଇ, କନି ଆଇଲାଣି। ଆଲୋ କନି –

ଆଜ୍ଞା।

ନନ୍ଦିକା ଭଲ ଅଛି। ନେଇ ଯା ତୋ ନୂଆ ଭାଉଜକୁ ବୋଉଙ୍କ ପାଖକୁ। ଏଠି

ଠିଆ ହୋଇ କାନ୍ଦିଲେ କଣ ନନ୍ଦିକାର କଷ୍ଟ ଊଣା ହେବ? ଯାଅ ତେଣେ। ଦୁଇ ଦୁଇଟା ଡାକ୍ତର ଲାଗିଛନ୍ତି, ଲୋକ ଭିଡ଼ ହେଲେ କାମ କରିବାକୁ ଅସୁବିଧା ହେବ। ପୁଣି ଠିଆ ହେଲ କାହିଁକି? ମୋ କଥା ମାନି ଚାଲିଯାଅ ଏଠୁ।

କନି ଓ ଲଳିତା ଧୀରେ ଧୀରେ ଚାଲିଗଲେ। ସେମାନେ ଅଦୃଶ୍ୟ ହେଲାରୁ, ସୁନନ୍ଦର ଦବିଲା କୋହ ମୁଣ୍ଡ ଟେକିଲା। ଦୁଇ ହାତରେ ମୁହଁ ଲୁଚାଇ ସେ କାନ୍ଦି ଉଠିଲା। ଆଉ ତ ଧୈର୍ଯ୍ୟ ଧରି ହେଉନାହିଁ। ବଡ଼ ଡାକ୍ତର କହିଲେ, ପିଲାଟା ସ୍ଥାନଚ୍ୟୁତ ହୋଇଛି। ନନ୍ଦିକା ଅତି ଦୁର୍ବଳ। ଚେଷ୍ଟାକରି ଫଳ ନ ହେଲେ, ପେଟ ଅପରେସନ କରିବାକୁ ପଡ଼ିବ। ପିଲାଟାର କଥା ପଚାରେ କିଏ, ମାଆକୁ ଯେକୌଣସି ଉପାୟରେ ବଞ୍ଚାଇବାକୁ ହେବ ତ!

ସତେ କ'ଣ ନନ୍ଦିକା ମୋର ଉଦ୍ଧାର ପାଇବ?

ଅବାଧ ଲୁହ ଅଟକି ରହୁ ନାହିଁ।

ନନ୍ଦିକାର ବିକଳ ଚିତ୍କାର।

ସୁନନ୍ଦ ଚମକି ଉଠିଲା। ପିଣ୍ଡରୁ ପ୍ରାଣ ଛାଡ଼ିଲା ପରି ଲାଗିଲା। ଆଖିକୁ ଲୁହ ପୋଛି ସେ ଧାଇଁଗଲା ମଝି କବାଟ ପାଖକୁ। କୀଳିଣୀ ଖୋଲିଲା। କବାଟ ଫିଟୁ ନାହିଁ। ସେପାଖରୁ ବନ୍ଦ କରାହୋଇଛି। ଓଠ ଚାପି, କୋହ ଅଟାକଇ ସୁନନ୍ଦ ଅସ୍ଥିର ହୋଇ ଘରର ଏପାଖ ସେପାଖ ହେଲା। ଦୃଷ୍ଟି ପଡ଼ିଲା ଲଳିତା ଉପରେ। ବାଇଆଣୀ ପରି ସେ ଦିଶୁଛି। ତା' ପଛରେ ଠିଆ ହୋଇଛି କନି।

ଚିହିଁକି ଉଠିଲା ବିରକ୍ତିରେ, ପୁଣି ଆସିଲ କାହିଁକି? ବୋଉ ମୋର ଏକା ଅଛି ସେ ଘରେ, ଯାଅ କହୁଛି। କନି ମୁହଁ ଛପେଇଲା।

ଲଳିତା କହିଲା, ବୋଉ ଭଲ ଅଛନ୍ତି। ରବି ତାଙ୍କ ପାଖରେ ବସିଛି। ସେ ଗପୁଛନ୍ତି।

ତମେ ବି ଯାଅ।

'ସା' କେମିତି ଅଛି?

ଭଲ ଅଛି। ମୋ କଥା ମାନ। ବୋଉ ପାଖକୁ ଯାଅ। ଏତେ ଅଧୀର ହେବା ଆବଶ୍ୟକ ନାହିଁ। ଯାଅ ମୋତେ ଭାବିବାକୁ ଦିଅ।

ଲଳିତା ପଛେଇ ଗଲା।

ଟିକି ପିଲା କୁଆଁ କୁଆଁ ଡାକ ଛାଡ଼ିଛି।

ଯିଏ ଯେଉଁଠି ଥିଲେ ଧାଇଁ ଆସିଲେ। ଖୁସି ହୋଇ ନର୍ସ ଖବର ଦେଲା, ପୁଅ ହୋଇଛି।

ଅଭୟାଙ୍କର କାନରେ ବାଜିଲା, ପୁଅ ହୋଇଛି। କେହି ତ ପାଖରେ ନାହିଁ, କାହାକୁ ପଚାରି ବୁଝିବେ ? ରବି ଖସିଗଲାଣି। ଧାଇଁ ଯିବାକୁ ବଳ ପାଉ ନାହିଁ। ରୋଗ କୁଆଡ଼େ ଉଡ଼ି ପଳେଇଲାଣି। ହାତ ଭରା ଦେଇ ସେ ଉଠି ବସିଲେ।

ପୁଅ ହୋଇଚି ମୋ ନନ୍ଦିକାର! ଏତେ ଦିନକେ ପୁଣି ସେ ଫେରି ଆସିଚନ୍ତି, ସୁନନ୍ଦର ବାପ। ଧାଇଁ ଯିବାକୁ ମନ ହେଉଛି। ଗେଲ କରି ପଚାରିବାକୁ ଇଛା ହେଉଛି, ଆସିଲା ତ, ଏତେ ଡେରି କଲ କାହିଁକି ? ଆଗରୁ ଯଦି ଆସି ଥାଆନ୍ତ ଏ ଘରେ କଳି ମଞ୍ଜି ପୋତା ହୋଇନଥାନ୍ତା !

ନାଇଁ, ମୁଁ ଭୁଲ ବୁଝିଚି। ସେଇ ନନ୍ଦିକା ତ ନଅ ବର୍ଷ ହେଲା ଆସିଲାଣି, କେତେ ଔଷଧ ମଉଷଧି ଖାଇଥିଲା, ସବୁ ଦେବଦେବୀଙ୍କର ପୂଜା କରାହେଲା, ଉପାସ ବ୍ରତ ନନ୍ଦିକା ପାଳିଲା; ଆଜିଯାଏ ଫଳି ନ ଥିଲା ତ ! ପୁଅ କଢ଼େଇ ଆଣିଛି ଲଳିତା।

ସେଇଟି ମୋର ଲକ୍ଷ୍ମୀ! କେଡ଼େ ସୁଲକ୍ଷଣୀ! କେତେ ସେବା ସେ ମୋର କରିଛି। ତା'ର ବି ସାତ ପୁଅ ହେବ ଯେ।

କାହିଁଗଲା ସେ ବାଇଆଣୀ ? ଗୋଡ଼ ତା'ର ତଳେ ଲାଗୁ ନ ଥିବ। ତା' 'ସା'ର ପୁଅ ହୋଇଛି। କେଡ଼େ ଭଲ ପାଏ ସେ ନନ୍ଦିକାକୁ। କେତେ ବୁଦ୍ଧି ତା'ର, ନନ୍ଦିଆ ହାତରୁ ସବୁ ଗହଣା ଛଡ଼ାଇ ରଖିଛି, ସବୁ ଜବତ କରିଛି। ନନ୍ଦିକା ପାଖରେ ପୁଣି ସମର୍ପି ଦେଇଛି।

ହଉ, ସୁଖରେ ସେମାନେ ଘର କରନ୍ତୁ।

ନାତି ଟୋକା ପାଟି କରୁଛି, ଅଭୟାଙ୍କର ଦରମଲା ହାଡ଼ରେ ନୂଆ ଜୀବନରେ ଶିହରଣ ଛୁଟାଇଛି।

ବୋଉ, ବୋଉ–

ଲଳିତା ଘରେ ପଶିଲା। ସତେ ତ, ବାଇଆଣୀ ପରି ଦିଶୁଛି। ମୁଣ୍ଡ ଫୁରୁଫୁରୁ ଅଧ ଲଙ୍ଗୁଳୀ। ଦେହରେ ବେଶୀ ଗହଣା ନାଇଁ, ମୋଟା ଦରମଇଲା ଲୁଗାର ପଣତ ଲୋଟିଯାଇଛି ତଳେ। ହସରେ ଓଠ ଫାଟି ପଡୁଛି। ହାତରେ ଟିକି ଟିକି ଜାମା ପାଇଜାମା ଧରିଛି।

ଆରେ, ଏ ଲଳିତାଟା, ବୋହୂ ନା ଝିଅ ମ।

ବୋଉ ରାତି ଗୋଟାଏ ହେଲାଣି, ତମେ ଚେଇଁ ବସିଛ ? ମୋ ରାଣ, ଟିକିଏ ଶୋଇପଡ଼।

ତୋ ଶଶୁରର ରଡ଼ିରେ କ'ଣ ନିଦ ହେବ ?

ମୋଓରି ପୁଅ ସେ, 'ସା' କହିଛି –

ଲଳିତା ହସିଲା ।

ଅଭୟା କହିଲେ, ହଁ, ସେ ତୋଓରି ପୁଅ । ମୁଁ ବି ତୋରି ଝିଅ ହୋଇ ଆସିବି ଯେ ଦିନେ ରହି ଥା ।

କନି ଡାକିଲା ଦ୍ୱାରବନ୍ଧରୁ, ସାନ ଭାଉଜ !

ସ୍ୱର ଥରି ଉଠୁଛି ।

କଅଣ ଗୋ କନି ?

ଲଳିତା ଛୁଟି ଆସିଲା ଶାଶୁଙ୍କ ପାଖରୁ ।

ବଡ଼ ଡାକ୍ତର ନନ୍ଦିକାକୁ ଖଲାସ କରି ଚାଲିଗଲେଣି । ସବୁ ଭଲ ଥିଲା । କେବଳ ଅତ୍ୟନ୍ତ ଦୁର୍ବଳତା । ଶ୍ରୀମତୀ ଭୋଇ ତ ଅଛନ୍ତି, ବାକି ତତ୍ତ୍ୱ ସେ ନେବେ । ପିଲାଟିକୁ ଧୋଇ ଧାଇ ସଫା ସୁତୁରା କରି ଦୋଳା ଖଟରେ ଶୋଇ ଦେଇଛି ନର୍ସ । ଟିକି ମଣିଷକୁ ସମସ୍ତେ ଦେଖି ଆସିଲେଣି । ନନ୍ଦିକା ଆଖି ପୂର୍ଣ୍ଣ କରି ଦେଖୁଛି । ସବୁ ବେଦନା ସପନ ପରି ଭୁଲିଛି ।

'ସା' !

ମୁଗ୍ଧ ଆଖିରେ ନନ୍ଦିକା ଚାହିଁଲା ଲଳିତାକୁ ।

ସେ କାହାନ୍ତି ?

ବୋଉଙ୍କ ପାଖରେ ।

ବୋଉ ଭଲ ଅଛନ୍ତି ?

ଉଠି ବସିଲେଣି । କହିଲେ, ତୋ ଶଶୁରର ପାଟି ଶୁଭୁଛି ଲୋ ଲଳିତା ! ଜୀବନରେ ଏତେ ଆନନ୍ଦ କେବେ ତାଙ୍କର ହୋଇ ନ ଥିଲା ।

ନନ୍ଦିକାର ଦୁର୍ବଳ ମୁହଁରେ ହସ । କ୍ଷୀଣ ସ୍ୱରରେ କହିଲା, ବୋଉ ଟିକିଏ ଆସିବେ ନାହିଁ ଦେଖିବେ ନାହିଁ ତାଙ୍କ ନାତିକି ?

ଶ୍ରୀମତୀ ଭୋଇ କହିଲେ, ସେ ଅତି ଦୁର୍ବଳ, ଦେଖିବେ ବଳେ, କାଲି ଦେଖିବେ ।

କାଳେ କଅଣ ଘଟିବ ?

ସେ ଭୟ ନାହିଁ ନନ୍ଦିକା, ବୁଢ଼ୀ ଭଲ ହୋଇଗଲାଣି ।

କନି କହିଲା, ମୁଁ ଯାଉଛି ତାଙ୍କୁ କାଖ କରି ଆଣିବି । ଯାଉଚି ।

କନି ଚାଲିଗଲା ।

ଲଳିତା ନଇଁ ପଡ଼ିଛି ଝୁଲା ଖଟ ଉପରେ। ଟିକି ପିଲାଟି ଜୁଳୁ ଜୁଳୁ କରି ଚାହିଁଛି। ନନ୍ଦିକାର ଆଖି ଲାଖି ରହିଛି ସେଇଠି।

'କା'।

ଲଳିତା ଉଠି ଠିଆ ହେଲା।

ଦେଖିଲୁ ତୋ ପୁଅକୁ?

ଉହୁଁ, ଭଲକରି ଦେଖିନାହିଁ। ତୁ ଭଲ ହୋଇ ଶେଯରୁ ଉଠି ତାକୁ ମୋ କୋଳକୁ ଦେବୁ, ତେବେ ଯାଇଁ ତାକୁ ମୁଁ ଆଖି ପୂରେଇ ଦେଖିବି।

ଶ୍ରୀମତୀ ଭୋଇଙ୍କୁ ନମସ୍କାର କରିଛୁ 'କା', ସେଇ ତୋ ପୁଅକୁ ଆଣିଛନ୍ତି। ଭୁଲି ଯାଇଥିଲି।

ଲଳିତା ଡାକ୍ତର ଭୋଇଙ୍କ ପାଖକୁ ଉଠିଗଲା। ନମସ୍କାର କଲା। ହାତଧରି ପୁଣି କହିଲା, ମୋ 'ସା' କେବେ ଭଲ ହୋଇ ଉଠିବ?

ସାତଟି ଦିନ ଲାଗିବ।

କନି ସତେ କି କାଖ କରି ଅଭୟାକୁ ଆଣିଛି। ସୁନନ୍ଦ ମଧ୍ୟ ତାଙ୍କର ହାତ ଧରିଛି। ଶ୍ରୀମତୀ ଭୋଇ ଉଠି ପଦାକୁ ଆସିଲେ। ସୁନନ୍ଦ ପଚାରିଲା, ନନ୍ଦିକାର ଅବସ୍ଥା କିପରି ଅଛି?

ଭଲ ଅଛି। ଅତି କଷ୍ଟ ସେ ପାଉଛନ୍ତି। ଭୀଷଣ ହାମୋରେଜ। ଦେହରେ ରକ୍ତ ନାହିଁ। ଅତି ଦୁର୍ବଳ। ଏତେ ଲୋକ ଭିଡ଼ କରିବା ଠିକ୍ ନୁହେଁ। ମନରେ ଉତ୍ତେଜନା ଆସିବ। ହାର୍ଟ ଫେଲ କରିପାରେ। ସମସ୍ତଙ୍କୁ ଚାଲିଯିବାକୁ କହନ୍ତୁ। ଏଇସବୁ କାରଣରୁ ଡାକ୍ତରଖାନାକୁ ନେବା ସିଭିଲ ସର୍ଜନ କହୁଥିଲେ। ଆପଣମାନେ ଶୁଣିଲେ ନାହିଁ। ଅତି ଜଟିଳ କେସ୍। ରକ୍ତ ଇଞ୍ଜେକ୍‌ସନ ଦିଆହୋଇଛି ତଥାପି, ନିରାପଦ ନୁହେଁ। ଜଗି ରହିବାକୁ ସିଭିଲ ସର୍ଜନ ମତେ କହିଗଲେ। ସିରିଅସ୍! କେତେବେଳେ କି ଟର୍ଣ୍ଣ ନେବ, କିଏ କହିବ? ସମସ୍ତଙ୍କୁ ଚାଲିଯିବାକୁ କହନ୍ତୁ।

ମୁଗ୍ଧ ଆଖିରେ ନନ୍ଦିକା ଚାହିଁଛି,- ହସିଲା ମୁହଁରେ ଦୁର୍ବଳ ଶାଶୁ ଅନେଇଁଛନ୍ତି ତାଙ୍କର ସପନ ପ୍ରତିମା, କାମନାର କୁସୁମଟିକୁ। ଏପାଖେ କନି, ସେପାଖେ ଲଳିତା, ଶାଶୁଙ୍କୁ ଧରି ଠିଆ ହୋଇଛନ୍ତି।

ଦେଖନ୍ତୁ, ଆଖି ପୂରାଇ ସେ ଦେଖନ୍ତୁ। ମନ କାମନା ପୂର୍ଣ୍ଣହେଉ, ଆତ୍ମା ତାଙ୍କର କହୁ, ନନ୍ଦିକା ବାଞ୍ଝ ନୁହେଁ, ନନ୍ଦିକାର ପୁଅ ହୋଇଛି। ପାଚିଲା ଫଳ ସେ, କେବେ

ଝଡ଼ିବେ କିଏ କହିବ ? ଦେଖନ୍ତୁ, ଆଖି ପୂରାଇ ମନ ପୂରାଇ ସେ ଦେଖନ୍ତୁ ।

ନନ୍ଦିକାର କୋହ ଉଠିଲା । ଦେହ ଝାଳେଇ ଆସିଲା ।

ସୁନନ୍ଦ ଭିତରକୁ ଆସିଲା କହିଲା, ଡାକ୍ତର ବିରକ୍ତ ହେଉଛନ୍ତି । ସମସ୍ତେ ତୁମେ ଚାଲିଯାଅ । ରାତି ଦୁଇଟା ହେଲାଣି । ଶୋଇବ ଯାଅ । ନନ୍ଦିକା ବି ଟିକିଏ ଶୋଉନ୍ତୁ ।

କା – , କା –, କା –,

'ସା' ଡାକୁଛି ? ଖନେଇଁ ଖନେଇଁ ?

ଲଳିତା ଆଖି ଖୋଲିଲା ।

ଝରକା ବାହାରେ ସଜ ସକାଳର ଆଲୁଅ । ରାତି ପାହିଲାଣି । ବାହାରେ ଝରକା ଉପରେ, ଶୁଭ କାଉଟିଏ ବସି ତାହାରି ଆଡ଼କୁ ଚାହିଁ ବୋବାଳି ଛାଡ଼ିଛି । ଝରକା ଉପର କାନ୍ଥରେ ନନ୍ଦିକାର ବଡ଼ କରା ଫଟୋ । ବୋହୂ ହୋଇ ନୂଆ ମଣିଷଟି ଘରକୁ ଆସିଥିଲା ସେତେବେଳେ । ମୁଣ୍ଡରେ ଓଢ଼ଣା, ନାକରେ ନୋଥ ବସଣୀ, କପାଳରେ ଚନ୍ଦ୍ରଝୁମ୍ପା । ଲାଜେଇ ଲାଜେଇ ହସ । ଭୀତ ଭରା ତଳୁଆ ଚାହାଣୀ ।

କେଡ଼େ ସୁନ୍ଦର ଦିଶୁଛି ଆଜି ଆଖିକୁ ! କେତେ ଦିନରୁ ଟଙ୍ଗା ହୋଇଥିବା କାଗଜ ଫୁଲର ମାଳରେ ସତେକି କିଏ ନୂଆ କରି ରଙ୍ଗ ବୋଳିଛି । ଏଇ ଗାଉଁଲୀ ଝିଅଟି, ଆଜି ମା' ହୋଇଛି, ଦେବ ଶିଶୁପରି ପିଲାଟିଏ ସଂସାରକୁ ଆଣିଛି !

ନନ୍ଦିକାର ଫଟୋ ପାଖରେ ଲଳିତାର ବଡ଼ କରା ଛବି । ସିନେମା ତାରକାର ଅନୁକରଣ ! ମୁଣ୍ଡରେ ଲୁଗା ନାହିଁ, ଦର ଲଙ୍ଗୁଳୀ । ମୁହଁରେ ଅସ୍ୱାଭାବିକ ନିର୍ଲଜ ହସ । ସରମ ନ ଥିଲା ସାଧାସଳଖ ଚାହାଣୀ । ବେହିଆ, କେଡ଼େ ଅବରଜିଆ ଦିଶୁଛି । ସୁନନ୍ଦ ପୁଣି ତାକୁ ପ୍ରଶଂସା କରେ, ନନ୍ଦିକାକୁ କହେ ମରହଟୀ । ଛି ।

କା –, କା–, କା–

ଶୁଭ କାଉ ରାବୁଛି ।

ତଳୁ କନିର ପାଟି ଶୁଭୁଛି ।

ଆରେ, ସେ ଶୋଇ ପଡ଼ିଥିଲା । ରାତି ଦୁଇଟାରୁ ସକାଳ ପାଞ୍ଚଟା ହେଲାଣି । 'ସା' ତା'ର କଅଣ କରୁଥିବ ? ତା'ରି ପୁଅର ନୂଆ ମୁହଁଟି ନୂଆନୂଆ ସକାଳୁ ସେ ଦେଖିବ ନାହିଁ କି ?

ମାର୍ଗଶିର ଶୁକ୍ଳ ଦଶମୀ ସଜ ସକାଳ !

ତଳୁ ପାଟି ଶୁଭୁଛି ।

ଅସ୍ତ ବ୍ୟସ୍ତ ହୋଇ ପଲଙ୍କ ଉପରୁ ଲଳିତା ଉଠିଲା । କାଉଟା ଫଡ଼୍‌କରି ଉଡ଼ି ପଳେଇଗଲା । ଲଳିତା ଦୁଇ ଖେପାରେ ପାହାଚ ଡେଇଁ ତଳକୁ ଆସିଲା । ବୋଉଙ୍କ ଘରେ ଆଉ କେହି ନାହିଁ । ସେ ଶୋଇଛନ୍ତି । ଘନ ଘନ ନିଶ୍ୱାସ ଛାଡ଼ୁଛନ୍ତି ।

ସେନନ୍ଦିକା ଘରକୁ ଛୁଟିଲା ।

ଘର ବାହାରେ ଲୋକ ଭିଡ଼ ! ମନ ପ୍ରଶ୍ନେଇ ଉଠୁଛି, କଅଣ ହେଇଛି ?

ସମସ୍ତଙ୍କୁ ଠେଲି ସେ ଭୀତରେ ପଶିଲା । ପିଲାଟି ଝୁଲା ଖଟରେ ଶୋଇଛି । ନନ୍ଦିକାର ଛାତି ଉପରେ ଯନ୍ତ୍ର ଲଗାଇ ନଇଁପଡ଼ି ଦେଖୁଛନ୍ତି ବଡ଼ ଡାକ୍ତର, କାନରେ ଷ୍ଟେଥିସ୍କୋପ ।

କଅଣ ସେ ଦେଖୁଛନ୍ତି ?

ଡାକ୍ତରଣୀ ଭୋଇ ମୁହଁ ଶୁଖାଇ ଠିଆ ହୋଇଛନ୍ତି ମୁଣ୍ଡ ପାଖରେ !

'ସା' ଆଖି ବୁଜି ଶୋଇଛି । ତା'ର ଓଠରେ ଲାଗି ରହିଛି ମନହଜା, ସବୁ ଦୁଃଖ ପାସୋରା ହସ । ସ୍ୱାମୀ ଗୋଡ଼ ପାଖରେ ଠିଆ ହୋଇଛନ୍ତି । ରାତି ଅନିଦ୍ରା, କେଡ଼େ କଳା ଦିଶୁଛନ୍ତି ସେ ।

ଡାକ୍ତର ଉଠି ଠିଆହେଲେ ।

ମୁହଁ ଶୁଖାଇଲେ । କାନରୁ ଯନ୍ତ୍ର କାଢ଼ିଲେ । ଖୋଲିଲେ, ଡେରି ହୋଇଗଲା ସୁନନ୍ଦ ବାବୁ !

ଏଁ – ?

ସୁନନ୍ଦର ଆଖିରୁ ଦୁଇଧାର ଲୁହ ଗଡ଼ି ଆସିଲା ।

ଅସ୍ଥିର ହୋଇ ଲଳିତା ପଚାରିଲା, କଅଣ ଡେରି ହେଲା ?

କେହି ତା' ପ୍ରଶ୍ନର ଉତ୍ତର ଦେଲେ ନାହିଁ ।

ସେ କାବା ହୋଇ ଚାହିଁଲା ଏ ମୁହଁରୁ ସେ ମୁହଁକୁ । ସମସ୍ତଙ୍କ ଆଖିରେ ଲୁହ ।

ନନ୍ଦିକାର ଆଖିରେ ତ ଲୁହ ନାହିଁ, ଓଠରେ ଲାଗି ରହିଛି ସେହି ମନହଜା ହସଟି ।

ସମସ୍ତେ ଘରୁ ବାହାରି ଯାଉଛନ୍ତି କାହିଁକି ? ଆରେ, ସ୍ୱାମୀ କାହିଁକି କେଶ ଟାଣୁଛନ୍ତି ?

ନନ୍ଦିକାର ଛାତି ଉପରେ ବିଚଳିତ ଲତାଟି ପରି ଲୋଟି ପଡ଼ିଲା ।

ସେ ସବୁ ବୁଝିପାରିଲା । ସବୁ ଟେକ ରଖି ତା'ର 'ସା' ସେ ପୁରକୁ ଚାଲିଯାଇଛି ।

ସମସ୍ତଙ୍କୁ ସେ ଦେଇଛି, କାହାରି ସେ କିଛି ଧାରି ଯାଇ ନାହିଁ।

ହସିଲା ମୁହଁଟିକୁ ଦୁଇ ହାତରେ ଟେକି ଧରି, ଶୀତଳ କପାଳରେ ମୁହଁ ଲଗାଇ ସେ ଆକୁଳ ହେଇ କହି ଉଠିଲା, କହିବୁ ନାହିଁ, କହିବୁ ନାହିଁ କି ମୋର 'ସା' କଅଣ ତୋ'ର ହୋଇଛି ?

ଲଳିତାର ଆଖିର ଲୁହ ନନ୍ଦିକାର ଆଖିରେ ପଡୁଛି। ତା'ର ନିଦ ଭାଙ୍ଗୁନାହିଁ। ଯାହାକୁ ସେ ସଂସାରକୁ ଆଣି ଲଳିତାର ହାତରେ ସମର୍ପି ଦେଇଯାଇଛି, ଝୁଲା ଖଟରୁ ସେଇ ଏକା ଉତ୍ତର ଦେଉଛି—

ଭୁବନେଶ୍ୱର

ତା ୩।୧୧।୫୪

BLACK EAGLE BOOKS

www.blackeaglebooks.org
info@blackeaglebooks.org

Black Eagle Books, an independent publisher, was founded as a nonprofit organization in April, 2019. It is our mission to connect and engage the Indian diaspora and the world at large with the best of works of world literature published on a collaborative platform, with special emphasis on foregrounding Contemporary Classics and New Writing.